外国文学文化论丛

主编 栾栋

Renwenxue Shiyexia De T. S. Eliot Shixue Yanjiu

人文学视野下的 *T.S.* 艾略特 诗学研究

章晓宇/著

·广州·

版权所有　翻印必究

图书在版编目（CIP）数据

人文学视野下的 T. S. 艾略特诗学研究/章晓宇著. —广州：中山大学出版社，2015.8
（外国文学文化论丛）
ISBN 978 - 7 - 306 - 05471 - 5

Ⅰ.①人… Ⅱ.①章… Ⅲ.①艾略特，T. S.（1888～1965）—诗歌研究 Ⅳ.①I561.072

中国版本图书馆 CIP 数据核字（2015）第 239002 号

出 版 人：	徐　劲
策划编辑：	吕肖剑
责任编辑：	杨文泉
封面设计：	林绵华
责任校对：	王　璞
责任技编：	何雅涛
出版发行：	中山大学出版社
电　　话：	编辑部 020 - 84110283，84113349，84111997，84110779
	发行部 020 - 84111998，84111981，84111160
地　　址：	广州市新港西路 135 号
邮　　编：	510275　　　传　真：020 - 84036565
网　　址：	http://www.zsup.com.cn　E-mail：zdcbs@mail.sysu.edu.cn
印　刷　者：	广州中大印刷有限公司
规　　格：	787mm×1092mm　1/16　20.25 印张　370 千字
版次印次：	2015 年 8 月第 1 版　2015 年 8 月第 1 次印刷
定　　价：	38.00 元

如发现本书因印装质量影响阅读，请与出版社发行部联系调换

目　录

绪　论 …………………………………………………………………… (1)
　　第一节　在"三界"处求索的艾略特诗学 ……………………… (3)
　　第二节　T. S. 艾略特研究学术史回顾 ………………………… (9)
　　第三节　人文学视野下的艾略特诗学研究 …………………… (17)

第一章　艾略特诗学之"契合性"结构 ………………………………… (21)
　　第一节　"开放性"的有机传统观 ……………………………… (25)
　　第二节　一种"建设性"观点：传统与创新 …………………… (31)
　　第三节　"新"批评"旧"批评——新"方法"旧"方法" ……… (53)
　　第四节　批评与创作的契合 …………………………………… (66)

第二章　艾略特"诗学缘构"之"实构"："解疆化域"的诗学之维 …… (71)
　　第一节　"文史哲互根"：批评的界限 …………………………… (75)
　　第二节　"感受性分裂"之"诗""思"相融 ……………………… (83)
　　第三节　"古歌回响"：诗与神的交融 …………………………… (93)
　　第四节　一种有机的艺术形式：诗剧 ………………………… (105)

第三章　"辟文学"观照下的艾略特诗学缘构 ……………………… (127)
　　第一节　"辟文学"之诗非诗 …………………………………… (130)
　　第二节　古典与浪漫：一种"解构主义"诗学 ………………… (137)
　　第三节　一种"兼"性诗学：美与丑的合题 …………………… (157)
　　第四节　欧洲文学的"自赎"与欧洲文学的"解放" …………… (178)

第四章　教育与政治：艾略特文化批评的"双重面相" ……………… (187)
　　第一节　艾略特的有机文化观 ………………………………… (195)
　　第二节　政治、教育：艾略特文化的"双重面相" ……………… (209)

第五章 宗教:艾略特文学——文化批评之魂 (231)
 第一节 穿越炼狱——艾略特的信仰之路 (238)
 第二节 "向上的"启示:基督教与人文主义 (245)
 第三节 "向下"的理性:批判现代性的基督教人文主义 (257)
 第四节 一种智慧,而非一种哲学 (272)

结 语 一种走向"橐槖"的诗学 (283)
 第一节 神话——语言的"橐槖"性突破 (289)
 第二节 "解疆化域"的"橐槖"性实践 (291)
 第三节 "差异"与"同一"的"橐槖"性特色 (293)

参考文献 (296)

后 记 (317)

绪 论

第一节　在"三界"处求索的艾略特诗学

  19世纪，工业革命、科学技术迅猛发展，欧洲社会各个领域发生了翻天覆地的变化，人类沉浸在达尔文的"进化论"学说中，以为往前仍然是那幸福的康庄大道。这时候的历史演进观显然是"直线型的"、"乐观的"。这种"乐观"在19世纪末达到顶峰。然而，随着20世纪的到来，随着工具理性的发展超越了过往的任何时代，人类遭到了毁灭性打击。这一打击所引起的社会、文化的剧烈变化对于那些已经习惯了现代化生活方式和思维模式的人而言，绝对不亚于一场巨大的危机。1914年，第一次世界大战爆发，这场史无前例的恶战将欧洲击溃，使其躺在废墟之上。紧接其后的是一场规模巨大的社会革命浪潮。工人罢工、工人起义席卷整个欧洲。这些起义虽然都被狂暴地镇压下去了，但战争的屠杀以及它所引起的政治上的动荡不安却从根本上动摇了欧洲大陆的社会秩序。尽管从欧洲的历史来看，动荡不安并非罕见，但20世纪上半叶的这场危机却从根本上瓦解了欧洲的社会秩序和思维模式。自此，一种强烈的不协调感、社会秩序破碎感、混乱感和无序感在社会上生发，而"种种文化价值标准则陷入一片混乱"。①面对如此支离破碎的感觉，"科学好像已经衰退为贫乏的实证主义，目光短浅地忙于事实的分类；哲学在这样的实证主义与不堪一击的主观主义之间似乎已经四分五裂；形形色色的相对主义和非理性主义猖獗一时，而艺术则反映着这种茫然无措的状态"。②社会、思想界方面表现出了它最为寻常的反应："用绝望的、悲观的、惊慌而且夸张的话语，拼命地去寻找解决眼前危机的办法。"③一切正如俄国诗人丘特切夫所言，"我们时代的文明已经到了'沉默无言的渴望时刻'，其时，人'没有家园，举目无亲、孤孤单单、虚弱无力……看到的和知道的只是一场宿命的遗产'。"④

  出生于19世纪末的T. S. 艾略特（1888—1965），宛如黑格尔笔下那神秘兮

---

① （英）特雷·伊格尔顿：《二十世纪西方文学理论》，北京大学出版社2007年版，第53页。
② （英）特雷·伊格尔顿：《二十世纪西方文学理论》，北京大学出版社2007年版，第53页。
③ （美）斯坦利·罗迈·霍珀：《信仰的危机》，宗教文化出版社2006年版，第8页。
④ （美）斯坦利·罗迈·霍珀：《信仰的危机》，宗教文化出版社2006年版，第1页。

今的智慧女神米涅瓦的猫头鹰——"总爱等到一个时代完结，才肯在暮色中悄然出现，抖动它那灵活的双翼。"① 1910 年，欧洲正处于一种新旧交接、进退汇合的漩涡之中。此时，还在哈佛大学攻读哲学的年轻的艾略特从遥远的美国来到他朝思暮想的巴黎，游学一年。这一年，他在索邦大学学习了法国文学，并参加了柏格森的哲学讲座。当 22 岁的艾略特徜徉在这座令他魂牵梦萦的艺术之都时，巴黎的一切都令他惊喜。这一年后来被他称作"浪漫的一年"。这一年结束之后，他返回哈佛，继续攻读哲学博士学位。但枯燥的哲学时时都在与他内心深处的诗情作斗争，而巴黎的生活一次又一次地在他的记忆里闪烁，诱惑着他。他决定远走高飞，重返欧洲。1914 年，他获得哈佛大学提供的谢尔顿留学奖学金。这真是重返欧洲的天赐良机！于是，为撰写有关英国哲学家弗·赫·布拉德利的博士论文，他决定赴牛津大学的莫顿学院继续深造。这一年，成为艾略特个人生活转折的重要一年。这一年，他结识了比他大三岁的同胞庞德，并迅速融入了以后者为中心的意象派文学圈子，并在庞德的资助下，发表了《J·阿尔弗雷德·普鲁弗洛克的情歌》一诗。虽然这首诗以其支离破碎的形式以及稀奇古怪的意象，使得看惯了优雅、浪漫风情诗歌的大多数英国人不忍卒读，但那种"在幻想中让浪漫的情感充分地展示、表演，尔后给予致命一击"的诗风，还是对维多利亚以来英国文坛"湿漉漉的、矫揉造作的文风"给予了相当大的打击。正因如此，他与当时英国文学革命运动的若干文人志同道合，并迅速成为这场文学革命的中流砥柱。1915 年，艾略特的个人生活经历了一个关键性的变化。他与一位名叫维芬的英国女孩坠入情网，经过短暂的交往，在没有通知家长的情况下，艾略特与她结为了夫妻。他的异国婚姻震惊了远在大西洋彼岸的家人。家人强烈反对他的选择，是时，家里甚至还为他在哈佛大学谋得了一个职位，实在不希望他为了一个异国女子断送了自己的前程。但事实已是如此，家人束手无策。这场匆忙结合的婚姻完全没有带给艾略特欣喜，问题很快就暴露出来。新婚的 1915 年竟成为他艰难的一年。蜜月甚至还没过完，情感问题、经济问题就双重袭来，打击着年轻的他。在备受煎熬中，居无定所、劳累不堪的 1915 年终于过去。1916 年 4 月，他完成了博士论文，准备回哈佛参加答辩，随身还带上了自己的大部分诗作。命运就像一枚抛上天空的硬币，总是在关键时刻出现吊诡。由于战争的原因，他前往美国的船在启程的那一刹那居然停开。为了顺利返回祖国，在之后他甚至怀着满腔的爱国热情，希望能在美国海军情报局谋得一个职

---

① （德）黑格尔著、范扬中译：《法哲学原理》，商务印书馆1961年版，第24页。

位,并利用自己懂得多国语言的能力为祖国报效。但事与愿违,美国海军情报局并没有接受他的申请。自此,他似乎对美国彻底死心,决意定居伦敦。在庞德的帮助下,他进入了英国文化圈。1916年,艾略特出版了第一部个人诗集,逐渐地,他在英国文艺界站稳了脚跟,开始了在异国他乡兼诗人和文学批评家于一身的双重身份。但他并非以文为生,此时的他有比较稳定的工作,他的职业身份是劳埃德银行"殖民与外国科"的员工。这份工作从1917年开始,一直持续到1925年,其间,他还先后兼任了《个人主义》和《标准》两份杂志的主编。《标准》凝注了艾略特大量的心血,这使得这份杂志带有鲜明的艾略特特色,也使其一直持续到"二战"前的1938年才停刊。银行的工作同样也维持得比较久,一共9年,也就是说,直到1926年,他才辞去银行的职位。也就是在那一年,他正式成为英国赫赫有名的费伯—格威公司的一名主编。连同《标准》杂志一起,1926年之后的他终于可以在其所熟悉的文化事业里大施拳脚。那一年,他38岁。这就是艾略特的早期人生,之后的故事我们比较熟悉。1927年,他皈依了英国国教,同年加入英国国籍。从此,他的诗歌和文学、文化批评里透露着一股浓浓的宗教味,这让他从一位先锋的诗人转变成了世人眼里最保守的那类文人,众人均不理解。幸好,宗教并没有影响他的诗歌创作,反而,在某种程度上使他诗歌透出一股在有限的人生思考无限生命的哲理意味。在1939—1948年间,即"二战"爆发时期,有感于战争的残酷,他陆续发表深沉、哲理、大气磅礴的《四个四重奏》,这首诗被评论界称之为"史诗",他也因此获得1948年诺贝尔文学奖。至此,他达到了世俗之人所向往的成功的顶峰。同年11月,他人生当中最后一本重要的文论集《文化定义随笔》出版。之后,他忙于写剧,排剧,发表演讲。1965年,他在伦敦去世,和华兹华斯、丁尼生等伟大诗人一起,永远地安息在伦敦西敏寺大教堂的"诗人之角"。他的墓碑上刻有"记住T.S.艾略特,一位诗人",上面还有他的两行诗句:"我的开始就是我的结束,我的结束就是我的开始。"一直以来觉得自己是"异乡人"的艾略特,终于叶落归根,成为他魂牵梦萦的传统的一部分。在他生前,他就一直被欧洲大陆那份深厚的遗产所深深吸引。那份遗产植根于欧洲的过去——关于这个过去,我们不知道它有多久远;它也植根于现代的灵魂,关于这植根,我们并不愿意说出它有多深。我们只知道,那份遗产属于欧洲,它对于那些关注迷茫的、痛苦的、渴望的、斗争的人而言,一清二楚。

这个让他不惜背弃家庭也要奔入其怀抱的欧洲,在艾略特心里,其实并不以其边界定义,并非一个地理范围,而是一个文化概念。因此,当他说欧洲时,他实际上指的是欧洲文化。众所周知,这份文化既扎根于古希腊-罗马的土壤,也扎根于犹太-基督教之中,是一种有"根"的文化。正是这种欧洲文化深深吸引了他。要知道,美国虽然拥有发达的科技、丰富的物质,拥有实用主义哲学,但恰恰缺少了这样一份种源性文化。然而,自从人类文明进化以来,欧洲这一种源性文化便开始四分五裂,源于同一源头的不同文化脉络之间开始存在冲突与对立。因此,尽管拥有共同的源头,但从欧洲历史来看,欧洲文化却是一个"躁动的"、"动态的"文化概念,犹如一个"多源且相互冲突的漩涡"①。其中,"宗教与理性,信仰与怀疑,神话与批判,经验主义与理性主义,存在与观念,特殊与普世,问题与重建,哲学与科学,人道精神与科学文化,传统与演变,新与旧等等相反相成的概念在这个漩涡中激荡更新。"② 很明显,这是一种二元对立的冲突。事实上,就是在这一二元对立、二元逻辑之间的冲突与张力下,欧洲文化形成了它独特的文化魅力。正如在埃德加·莫兰看来,"欧洲没有任何文化要素或组成建构能够在长时间内压倒一方、禁止一方,没有任何力量可以拥有持久的霸权,即使在中世纪也不例外。"③ 来到欧洲之后的艾略特应该也曾在这二元对立的漩涡里挣扎过,但他并没有如普通的欧洲人那样在这对立的二元性中挑选出其一来作为自己的选择,深受东方佛教智慧影响的他,懂得跳出二元对立,在一种"彼"与"此"之间游走,非此非彼,却又是此是彼。因此,在常人看来,艾略特就是一个矛盾的代表。他骨子里流着叛逆的血液,却在世人眼中过着循规蹈矩的生活;他不愿受束缚,内心总是被不断沸腾的思想冲击,但却一直致力于寻找秩序与和谐;他被誉为现代派诗歌之父,但他却是那位将笔当作武器,毫不犹豫地抨击着现代性、反对着现代派的诗人;他被称为先锋诗人,但他却于中年选择了信仰皈依;在他所生活的时代,人人都在反传统、与传统进行根本决裂,但他却能更加敏感地意识到传统的重要性,不遗余力地在文章中,在演讲中宣扬失却了犹太-基督教,失却了古希腊-罗马文学之根的欧洲现代文学是一场多么大的灾难……其实,与其说他是"矛盾"的,不如说他很"中庸"。没错,艾略特就是一位具有"中庸"思想的智者诗人。当然,"中庸"思想,并非我们

---

① (法)埃德加·莫兰,康征、齐小曼译:《反思欧洲》,生活·读书·新知三联书店2005年版,第4页。

② (法)埃德加·莫兰,康征、齐小曼译:《反思欧洲》,生活·读书·新知三联书店2005年版,第4页。

③ (法)埃德加·莫兰,康征、齐小曼译:《反思欧洲》,生活·读书·新知三联书店2005年版,第4页。

中国人所特有,古希腊的智者同样也讲"中庸"。比如数学家毕达哥拉斯在《金言》中就说:"一切事情,中庸是最好的"①;哲学家德谟克利特说:"从一个极端到另一个极端的动摇不定的灵魂,是既不稳定又不愉快的。"② 除了这两人,苏格拉底、柏拉图也都讲过"中庸"。亚里士多德甚至曾撰专文对"中庸"做过深入分析:"中庸在过度和不及之间,在两种恶事之间。在感受和行为中都有不及和超越应有的限度,德行则寻找和选取中间。中庸是最高的和极端的美。"③ 只是,在苏格拉底那里,"中庸"是一种节制;在亚里士多德那里,"中庸"意味着"折中"。这样的"中庸",和艾略特的"中庸"显然有所差异。事实上,艾略特的"中庸"是一种具有东方智慧的"中",这是一种没有"中心"的"中",或者说是一种具有两个中心的"中","在这种'中'里,现实的本质是'易',所以会在两个中心之间往复,从而导致现实的变化。"④这种"中"也就是王夫之所说的:"一中者不易,两中者易。"这种"中庸"与西方式的"中庸"相比,最大的差别就在于"易"。由此看来,艾略特所采取的"非此非彼"的方式是一种具有"易",具有会通精神的"中庸",他游走于两极之间,不采取其中任何一种观点,因为他懂得,一旦观点形成,就将"两中"变成了"一中",思想势必僵化。"不将自己禁锢在任何观念当中,所以才能够展现现实的所有可能性。"⑤ 于是,在欧洲这个大背景之下所形成的艾氏文艺思想,势必会反映出欧洲文化的特质,即时代的冲突与二元的冲突,但同时,它更加会反映出一种时代思潮的变化以及这种二元之间的变化。在这样的诗学里,有卓见、有谬误,博学、复杂、充满变化,这也使他成为一位在"三界"中求索的诗人与智者。

栾栋先生曾撰写过关于人文"三界说"的讲稿(亦见《易辩法界说——人文学方法论》一文),以"临界"、"零界"、"领界"⑥ 概述人文学术创新的过程。在他笔下,"临界"指的是"这样或那样的非中心状态,是避开现成套路的羁绊或逃脱惯性运思的辖制,向人文的原生态过渡"。⑦ "由于人文的原生态是文

---

① 王岳川:《当代西方最新文论教程》,复旦大学出版社2008年版,第492页。
② 王岳川:《当代西方最新文论教程》,复旦大学出版社2008年版,第492页。
③ 王岳川:《当代西方最新文论教程》,复旦大学出版社2008年版,第492页。
④ (法)弗朗索瓦·于连:《圣人无意——或哲学的他者》,商务印书馆2006年版,第28页。
⑤ (法)弗朗索瓦·于连:《圣人无意——或哲学的他者》,商务印书馆2006年版,第26页。
⑥ 栾栋:《易辩法界说——人文学方法论》,《哲学研究》,2003年第8期,第55页。
⑦ 栾栋:《易辩法界说——人文学方法论》,《哲学研究》,2003年第8期,第55–56页。

明文化的源头参考,所以,临界思路明显地表现为非主流、非中心、非权威话语的方略,其突出的特点是对文明劣根性的敏锐警觉和反思式矫正。"① 从这一特点来看,思想中不具备"中心"的艾略特绝对是一位具有"临界胆色"② 的人物。1919年,在传统信仰遭到不断质疑和抛弃的英国文坛,他提出一个充满悖论、强调"变化"的传统观。在这种"非主流"思想里,传统影响着创新,创新影响着传统,文学在一种动态的传统观里"向人文的原生态过渡"。而且,由于其思维方法带有一种"融通"式的"中庸"特色,因此在他的著述中,到处可见一种"避开现成套路的羁绊","逃脱惯性运思的辖制",不断"向人文的原生态源头"进发的风骨,并由此展现出一种对现代性的大力批判,对人类文明大加鞭笞的自我"反思式矫正"。所以,说他具有"临界胆色"真是恰如其分。实际上,在具有了"临界风范"之后,艾略特继续向"零界"探索。在栾栋先生看来,"零界思想与中心话语和主流风潮相去甚远,在某种意义上可以称之为文化裂隙处的寻思,人文界边的观照。其最大的特征是以冷峻的目光透视人文,以界外通识洞察常情。"③ 作为20世纪初期的知识分子,"学科间的就近嫁接"④ 就是他们"界边"、"界外"思考的表现,也是他们"治学的亮点"。⑤ 比如,"弗洛伊德、胡塞尔、海德格尔"……都曾"程度不等地意识到一科独闭的不妥之处"⑥,因此,他们都曾致力于打破学科之间的界限。艾略特无疑是这一行列中的成员之一。诚然,他的思想并没有达到"零界"理论的高度,但作为一名诗人、一名文学评论家,他却时时刻刻以自己的创作实践映衬着"零界"的思索。在他的文学批评中,他退回到原点,退回到"无",退回到"零界",他去除了"中心",走出了"界内",采取一种"界边"、"界外"思考的方式,从而突破了文学、哲学、神学的疆界,解构了古典主义、浪漫主义、象征主义等"主义",融绾了音乐、绘画与表演等各种艺术门类。这种在"裂隙处"思考,在"界外"洞察人文的"解疆化域"和"通和致化"(栾栋语),不但体现在他的诗学里,而且也集中表现在他的诗歌中。因为在他的诗歌里,他可以把自古希腊以来的各路文学——中世纪文学、玄学派诗人、伊丽莎白戏剧、法国象征派诗

---

① 栾栋:《易辩法界说——人文学方法论》,《哲学研究》,2003年第8期,第56页。
② 栾栋:《易辩法界说——人文学方法论》,《哲学研究》,2003年第8期,第56页。
③ 栾栋:《易辩法界说——人文学方法论》,《哲学研究》,2003年第8期,第56页。
④ 栾栋:《人文学研究现况简说》,《研究报告及述评》,2012年第5期,第88页。
⑤ 栾栋:《人文学研究现况简说》,《研究报告及述评》,2012年第5期,第88页。
⑥ 栾栋:《人文学研究现况简说》,《研究报告及述评》,2012年第5期,第88页。

人,以及各国文学——英国、法国、德国、印度兼收并蓄,他几乎可以将整个人类文学史包容其中。尽管这种"表现出明显的学科嫁接特点"① 的诗歌诗学并没有脱离文学的范围,"局面还是相对拘谨"②,但在一种"通化灵肉"、"群科统善"③ 的意识之下,他最终仍朝着"领界"进发。须知,"领界思想是在零界守望点的缘构,"④ "是天人合一的原生景观"⑤,是"不同凡响的品格"⑥。按照栾栋先生的讲法,"领界是最艰难的治学之道,所以最大的成果往往是集体的创作"⑦,因此,我们可以说,艾略特正是那样一位具有"临界胆色"、"零界"意识的智者、诗人,因为只有具备了这两"界",他才有可能让后人在他的基础之上,"开始学科疆界的多向突破"⑧,进而达到那"另辟蹊径,别开生面,领异标新,自铸伟词"⑨ 的境界。

很明显,对于这样一位在"三界"处运思的诗人,这样一位不愿意被西方哲学思辨的形而上概念套住,但却愿在诗意的文学宇宙中自由遨游的评论家,对于这样一位不愿意被西方文化特质中的二元对立所束缚,但却能在二元对立的两极之间自由游走的智者,我们不能用惯常的文学批评方法去分析他的诗学与思想,不能用诸如"本体论"、"认识论"、"方法论"这样的术语去框定他。他恢诡荒诞、纵横恣肆、博大精深的诗学,也许只有梳理群科、囊括大典的人文学方略才能做一些有深度的化解。

第二节　T.S.艾略特研究学术史回顾

自从1914年发表第一首诗歌《J·阿尔弗雷德·普鲁弗洛克的情歌》,1919年发表论文《传统与个人才能》以来,艾略特就引起了英美文坛的关注。关注

---

① 栾栋:《人文学研究现况简说》,《研究报告及述评》,2012年第5期,第88页。
② 栾栋:《人文学研究现况简说》,《研究报告及述评》,2012年第5期,第88页。
③ 栾栋:《易辩法界说——人文学方法论》,《哲学研究》,2003年第8期,第56页。
④ 栾栋:《易辩法界说——人文学方法论》,《哲学研究》,2003年第8期,第56页。
⑤ 栾栋:《易辩法界说——人文学方法论》,《哲学研究》,2003年第8期,第56页。
⑥ 栾栋:《易辩法界说——人文学方法论》,《哲学研究》,2003年第8期,第56页。
⑦ 栾栋:《易辩法界说——人文学方法论》,《哲学研究》,2003年第8期,第56页。
⑧ 栾栋:《人文学研究现况简说》,《研究报告及述评》,2012年第5期,第88页。
⑨ 栾栋:《易辩法界说——人文学方法论》,《哲学研究》,2003年第8期,第56页。

的热度从他生前一直持续到他去世后的今天，从未降温。经过将近一个世纪的积累，艾略特研究早已成为一门"显学"。通过仔细梳理，现将其研究学术史大致归纳如下：

一、国外研究述评

作为影响世界文坛近一个世纪的重要诗人和批评家，T. S. 艾略特一直是文学评论界的焦点人物，研究成果丰富这一特性在西方学术界显得尤为明显。在他生前，同时代的批评家所发表的评论性文章就可以结成一卷厚厚的集子——由 J. S. 布鲁克所编辑的《T. S. 艾略特：同时代评论》（*T. S. Eliot：the Contemporary Review*），而在他去世之后，关于他的研究更是蔚为壮观，并且从中还涌现出一大批颇有成就和权威的"艾学"专家。1990 年，G. 克拉克编辑出版了厚厚的四卷本：《T. S. 艾略特批评遗产》，这基本上概括了英美学界关于艾略特的代表性研究。通观克拉克的归纳总结，尽管关于艾略特的研究多种多样，纷繁复杂，但我们仍可大致将其分为诗歌文本研究和诗学文化研究两大类。其中，诗歌文本研究集中在 20 世纪 20～50 年代，这一时期，评论界将艾略特晦涩难懂的诗歌称作"先锋"，大都采用新批评的研究方法对其或褒或贬；而在 60～90 年代这一段时间，诗学文化研究的表现则相对突出，这时，艾略特诗歌的先锋性逐渐丧失，经典性则不断增强，同时，新诗学也在不断涌现。在这种情况之下，批评界开始突破早期局限于新批评的文本研究方法，向多个方向拓展，具体表现在如下几个方面：

（1）挣脱艾略特"非个性化"观点的束缚，以他生平最为反对的研究方法，比如传记学、心理学、精神分析等来探究诗人的人生体验与其诗歌的关系。此类研究尤其擅长挖掘诗人的情感经历，并且试图以此来解开他诗歌中晦涩的谜团。比如 L·戈登在《艾略特的新生》中就把艾略特一生当中并不顺畅的情感纠葛——如与初恋女友艾米丽·霍尔之间若即若离、暧昧不明的爱情以及他与患病妻子维芬之间的不幸婚姻——看作影响艾略特诗歌风格的重要因素，认为正是这些女性使艾略特深刻"理解了人类的空虚和堕落"[①]；另一位研究家吉德斯则更为极端，他在《T. S. 艾略特：神秘家、儿子和情人》一文中通过研究艾略特文本中关于 D. H. 劳伦斯的支离破碎的评价，认为他患有一种"害怕自己遭受'恋

---

① 刘燕：《现代批评之始 T. S. 艾略特诗学研究》，广西师范大学出版社 2005 年版，第 11 页。

母情结'的焦虑"和"厌女症"①。相对于这两篇文章，威廉·特纳·莱维的《深情》一书则显得温情脉脉。这是一本文字平实的传记式的书，作者充满"深情"地回忆了与艾略特之间的点点滴滴，试图对艾略特进行一种客观描摹。

（2）把艾略特视作"现代派文学之父"，侧重考察他与现代派文学各个流派、各种语境、各个作家之间的关系，比如他与象征主义、意象派，以及他与叶芝、庞德、伍尔夫、乔伊斯、劳伦斯等现代主义作家之间的比较研究。这其中，施瓦茨的《现代主义的基质：庞德、艾略特和20世纪早期思想》、N. 哈格洛夫的《艾略特诗歌中作为象征的风景》、R. 克洛福德的《艾略特作品中的野人和城市》等都是属于将艾略特置于现代主义文学流派中的代表性研究。

（3）重新考察艾略特诗歌诗学中反浪漫主义的诗学现象与现代主义文学之间的关系。此类研究认为艾略特的诗歌诗学并非与浪漫主义相互隔绝，互不往来，在他们的笔下，他们认为艾略特现代主义文学的实质应该是"浪漫主义的第二个阶段"。可以说，这是艾略特诗学研究的一个突破性进展。

（4）将研究视野从文学范围转向艾略特思想中极为复杂的另一面，注重考察他诗歌诗学里所蕴藏着的哲学、宗教和伦理特征，从不同角度完善艾略特诗歌诗学研究。如 E. 西格的《美国的艾略特》、M. 简的《艾略特和美国哲学：哈佛生涯》、M. K. 奈克的《西方创造性文学中的印度意象》以及 D. E. 马克思威尔的《T. S. 艾略特诗学》等篇章就都是从哲学、宗教等角度来考察艾略特诗学特征的。

（5）以后现代主义的各种理论，比如解构主义、后殖民理论、女性主义等为指导思想，从种族身份、性别研究、意识形态等各个方面来重新解读艾略特诗歌诗学。此时，艾略特研究显得尤为丰富，各种声音齐齐发出，蔚为大观。比如这其中，有揭露艾略特文本中种族偏见的批评言论，如 A. 朱利斯的《T. S. 艾略特、反犹太者和文学形式》就认为艾略特的诗歌中暗含着反犹思想，有法西斯倾向；但也有与这一想法完全相反的声音，如 C. M. 科尔斯的《艾略特与印度传统：诗学与信仰的研究》就以艾略特诗歌诗学里的印度文化因子作为依据，认为艾略特的诗歌诗学恰恰体现了一种世界主义情怀。不光是这一方面，对艾略特持有两种极为相左的看法还可在"逻各斯中心主义"这一点上表现出来。关于这个观点，有的批评家认为艾略特诗学体现了强烈的逻各斯中心主义特征，如 G. 居罗里的《经典形成的意识形态：T. S. 艾略特和 C·布鲁斯科》；但也有驳

---

① 刘燕：《现代批评之始 T. S. 艾略特诗学研究》，广西师范大学出版社2005年版，第11页。

斥了这一观点的评论家，如 H. 戴维斯的《艾略特和阐释学》就主张艾略特诗学恰恰具有"反形而上学的一面"。很明显，在后现代主义的各种语境之下，艾略特研究显得复杂多样、充满悖论。但无论对其是持肯定还是否定的态度，研究的多样性、丰富性恰恰表明艾略特仍然是西方评论界的焦点人物。

二、国内"艾学"研究大致经历了以下阶段

1. 20 世纪 20 年代：首次进入

在艾略特发表《荒原》之后，即从 20 世纪 20 年代起，他的名字便开始零星出现在一些中国学者的译介或是评论文章之中。比如，茅盾（玄）在 1923 年的《文学周报》上发表了一篇题为《几个消息》的文章，在谈及英国新办的杂志 Adelphi 时，他提到了作为撰稿人之一的艾略特。而在 1927 年 12 月的《小说月报》上，朱自清（佩玄）翻译了 R. D. 杰姆逊《纯粹的诗》一文，文章持有这样一种观点，即认为从爱伦·坡、波德莱尔到瓦雷里的象征主义诗派的"纯诗"理论与艾略特的诗歌理论实际上一脉相承。在这一时段，尽管艾略特还未成就其盛名，但显然，来自遥远东方的他者已在有意无意间对他进行了相应的介绍。

2. 20 世纪 30 年代：积极译介

20 世纪 30 年代这一时期，可以称作中国学者对艾略特诗歌诗论进行积极译介的时段。此时的中国学界涌现了一大批知名的艾略特诗歌诗论的译介者，如叶公超、赵萝蕤、邵洵美、曹葆华以及卞之琳，等等。这其中，叶公超自称——当然据考察也应该是——第一个比较全面介绍艾略特的批评家。这其中的原因一方面得益于叶氏在当年留学于剑桥大学时与艾略特有过密切交往，另一方面则是因为叶公超尊崇传统的文艺思想与艾略特的观点基本一致。在当时，他不但在很多文章中回忆过与艾略特之间的点滴情谊，还作了国内最早针对艾略特的系列评论，如《美国〈诗刊〉之呼吁》、《艾略特的诗》、《再论艾略特的诗》、《论新诗》等，这些文章当年多半发表于《新月》杂志。

叶公超之后，其弟子赵萝蕤开始着手翻译艾略特的诗歌。这是第一个把艾略特的诗翻译成中文的翻译家。她所译的《荒原》无论是诗歌内容，还是诗歌技巧，都深得艾氏精髓。这一译本与后来查良铮、裘小龙的版本相得益彰，各具特色。除了诗歌，30 年代也是艾略特诗论在中国得到全面介绍的时期。此时，艾

略特的名篇，如《传统与个人才能》、《诗的功用与批评的功用》、《诗的功能》等逐渐被曹葆华、邵洵美、卞之琳等一一翻译出来。在这些学者的共同努力之下，艾略特逐渐被国人所熟悉、所接受。而且正是在这之后，欧美意象派和后期象征主义的诗歌、文章也得到了国内一些倡导现代主义诗歌的学者和诗人的大力介绍。这些文章在当时主要刊登在徐志摩主编的《诗刊》和施蛰存主编的《现代》这两份诗歌杂志上。其中具有代表性的作品有：高明所翻译的日本作家阿部知二的《英美新兴诗派》，F. R. 利维斯的三篇文章：《英诗之新评衡》、《大众的文明和少数的文化》和《劳伦斯》，以及埃德蒙·威尔逊的《现代美国文艺思潮》；还有曹葆华的《现代诗论》、《诗的法典》等译作。可以说，30年代针对艾略特所发表的评论绝大部分对他是持以肯定和赞叹的态度。但事实上，反感他的声音也同样存在，比如梁宗岱先生所发表的《新诗底十字路口》一文。在文中，梁宗岱明确表示，"英国现代最成功的自由诗人埃利奥特（T. S. Eliot），在他自选的一薄本诗集和最近出版的两三首诗中，句法和章法犯了文学批评之所谓成套和滥调（Mannerusm）的，比他所攻击的有规律的诗人史文朋（Swinburne）不知多了几多倍。"

其实，无论对艾略特是肯定还是反感，不可否认的是，这一时期对其诗歌诗论的大力推介确实引发了一股模仿艾略特诗风的热潮。这其中最具代表性的无疑是新月派诗人了。不过，以浪漫主义诗学原则为根基的新月派在模仿之时，侧重吸收的主要是艾略特诗歌的艺术手法，并没有形成新的诗学理论，因此，在美学观念上他们还不能从整体上超越其原有的艺术观念。

3. 20世纪40年代：改造制作

这一时段，艾略特的后期诗作和诗论继续被介绍过来，但令人惊喜的是，此时他的诗歌理论不但被中国学者吸收消化，还被改造成对中国新诗的实际创作具有指导性意义的新诗理论。在这方面，作出最大贡献的莫过于袁可嘉和唐湜两位了。当时，他们发表大量论文，比如《诗与意义》、《现代英诗的特质》、《诗的戏剧化》、《释现代诗中底现代性》、《新诗现代化——新诗传统的寻求》、《诗的新生》，等等，共同倡导吸收改造过后的新诗现代化和戏剧化等理论，这对当时中国新诗的一大派别"九叶派"诗人的创作给出了可操作性的指导。在那一时期，九叶派诗人的代表人物，如辛迪、穆旦等全面运用了这些新诗理论，创作出大量的现代主义诗歌，这使得中国诗歌真正实现了诗歌现代化，并且达到了中国新诗现代史上的一个高峰。

4. 20世纪50—70年代：反戈一击

这是一个特殊的历史时段，是一个意识形态与文学紧密联系的时代。受政治的影响，40年代被奉为先锋、被不断模仿的艾略特刹那间跌到谷底，"成为斗资批修的反面人物"。① 曾经积极倡导引介艾略特的学者如袁可嘉、王佐良等，纷纷与他划清界限，甚至对他反戈一击。比如袁可嘉在1960年第6期的《文学评论》上所发表的《托·史·艾略特——美帝国主义的御用文阀》一文中就断然宣称艾略特"是第一次世界大战以来美英两国资产阶级反动颓废文学界一个极为嚣张跋扈的垄断集团的头目，一个死心塌地为美英资本帝国主义尽忠尽孝的御用文阀"。而1962年，著名的英国文学研究家王佐良也在《文艺报》的第2期和第12期分别发表《艾略特是何许人也》以及《稻草人的黄昏———再谈艾略特与英美现代派》两篇文章，认为艾略特、庞德、叶芝等现代主义作家的作品"没有丝毫的价值可言"。这之后，艾略特被禁锢在文化坚冰之中长达30多年。所幸的是，在台湾和香港，艾略特研究不但没有中断，而且得到了一定程度的继承和发展。其中，不但有杜国清所译的《艾略特文学论文集》和《诗的效用和批评的效用》两部代表性译作，而且关于他诗歌诗学研究的成果也相当有特色。比如著名学者叶维廉、郑树森以及黄维梁就曾写过《艾略特的批评》、《静止的中国花瓶——艾略特与中国意象诗》以及《〈荒原〉与中国文学的方法》等篇章，试图通过运用比较文学的手段对艾略特诗学与中国古典诗歌艺术之间的关系进行深入挖掘。这些研究在某种程度上，对后来的大陆学者产生过很大的影响。

5. 20世纪80年代—21世纪：重新升温

从20世纪80年代开始，大陆学者从梦魇中醒来，面对着如"荒原"一般的世界，艾略特研究开始升温。此时，除了诗歌诗学译介以外，研究工作也进一步深入发展。其中，20世纪80～90年代期间关于艾略特的研究论文有140余篇，2000—2013年的十多年时间里，发表在各类期刊上的研究论文有200余篇、硕士学位论文41篇、博士学位论文10篇、专著7部、传记2本。

通过对这一期间文献的梳理，笔者发现，艾略特诗学研究表现出如下几个特点：

（1）将艾略特诗学框定在其提出的一些理论见解上，诸如：非个性化、客

---

① 刘燕：《艾略特 二十世纪文学泰斗》，四川人民出版社2003年版，第304页。

观对应物、传统与个人才能等方面。比如以下几篇博士学位论文:《现代批评之史:T.S.艾略特诗学研究》(刘燕,2005)、《多维的棱镜——T.S.艾略特诗学思想研究》(虞又铭,2007)以及《T.S.艾略特"秩序"理论诗学研究——诗化哲学探讨》(江玉娇,2008),这些文章虽然要么把艾略特诗学置于20世纪诗学特质之下进行概括分析,要么对艾略特诗学进行理论溯源,试图对艾氏诗学做一种突破性研究,但基本上还是在围绕艾略特这些被英美新批评奉为圭臬的理论来做文章。

(2) 运用比较文学的研究手段,将艾略特诗学与某个国家的某位作家或某一流派来进行比较研究。比如博士学位论文《在但丁影响下的T.S.艾略特》(邓艳艳,2007)以及张剑的专著《艾略特与英国浪漫主义传统》就是从但丁对艾略特的影响,以及艾略特与英国浪漫主义传统之间的关系来切入的。而博士论文《荒原之风:T.S.艾略特在中国》(董洪川,2004)和硕士学位论文《从中国古典诗学角度质疑艾略特非个性化理论》(冯明溪,2000)、《T.S.艾略特与吴宓浪漫主义诗学观之比较》(向天渊,2010),等等,很明显,是试图把艾略特与中国20世纪40年代的文艺浪潮联系起来进行比较研究,从而找到艾略特对中国文坛的影响。

(3) 侧重论述艾略特诗学当中的文化批评。比如蒋洪新的专著《英诗新方向——庞德、艾略特诗学理论与文化批评研究》,期刊论文《T.S.艾略特与雷蒙德·威廉斯文化思想比较研究》(李兆前)、《艾略特之传统观的"秩序意识"及其文化语境》(杨亚妮)、《论T.S.艾略特的社会文化批评》(蒋洪新)、《基督教社会与现代性冲突》(周永生),等等,就都是将解读的重点放在艾略特文化批评之上。

(4) 利用后现代文学研究方法对艾略特诗歌诗学进行个性解读。比如博士学位论文《救赎之道:T.S.艾略特诗歌中的创伤主题研究》(郭磊,2013)、《艾略特诗歌中两性关系的异化与重构》(赵晶,2013)、《论艾略特诗歌中的时间与意识》(秦明利,2005)以及期刊论文《试论艾略特现代主义话语权的几个建构模式》(韩金鹏)、《T.S.艾略特诗学观中的"个人化"转向及解构特质》(虞又铭)、《T.S.艾略特早期作品的反犹指涉及其文化根源》(祝平)、《T.S.艾略特的美国性》(何宁)、《人物指称与现代诗歌语义重构》(郭芳宁)等都是这方面的代表之作。

经过对国内外艾略特诗学研究现状进行上述梳理,我们可以看到,国内外对艾略特诗学的研究虽然已经取得了丰硕的成果,但也存在着一些不足。首先,早期的研究局限于艾略特的文本研究，评论界借用居多的是精神分析、心理学、传记学等方法，聚焦点则集中在艾略特的个人经验与其诗歌及诗学的关系方面；其次，随着研究视角不断开阔和研究方法不断增多，艾略特越来越多地被置于现代主义、浪漫主义和后现代主义等广阔语境中，即从哲学、政治学、人类学、意识形态、神话学、比较宗教学、比较文学和比较诗学等多维视角进行重新估价。这种趋势与变化无疑大大丰富了艾略特研究，然而，正如我前面所说，艾略特是一个不能被规范的智者，上述把他置于某个学科或某种主义范畴下的研究显然都不足以概括他诗学的全貌，无法洞察其诗学的穿透力，并将使艾学研究逐渐步入一种画地为牢的局面。

因此，尽管艾学研究现象蔚为壮观，但这并不能说明艾略特诗学已被穷尽。相反，在前人研究的基础上，我们正好可以看见艾略特诗学研究其实还有可以进行补漏的地方。比如当前研究者所缺乏的一种东方视域，以及一种将东西方思维方法融会贯通的研究方法。事实上，作为一位学识渊博的知识分子，艾略特思想中不但具有西方传统的文化特色，而且具有浓厚的东方式的圆融思维特点。对于这样一位能自觉吸收印度佛教、东方思想的哲人智者，如果仅仅用西方语境中的文化因子来研究显然不能窥其原貌。诚然，当前学术界有部分先知先觉的学者如蒋洪新教授和尹锡南教授，已对艾略特诗歌当中的印度文化进行了深入挖掘，并对艾略特诗歌当中受印度佛教思想影响的元素进行了细致而透彻的研究。这种研究非常宝贵。正是在这种研究的基础上，笔者忍不住思考，既然艾略特诗歌当中有如此丰富的印度文化因素，那么是否可以说，其思想当中具有一种不同于西方辩证法的东方式思维方法呢？基于这样的原因，笔者试图对艾略特诗学研究做一些推进。确切地说，艾氏思维并不完全属于西方思维体系，但也不完全是东方主义，他的诗学智慧在另辟蹊径、自铸新词。他是独领风骚的怪才。因此，无论用哪一种"主义"或者理论进行解读都不能将他穷尽。正如他从不认为自己是新批评的鼻祖一样，他并不愿被任何一种理论框架所束缚。这是上述研究的遗憾，也是笔者做此选题的来由。

如此看来，以人文学作为坐标，对艾略特进行焦点解析与散点透视结合的观照研究不失为有效的方法。从人文学的视角来看，艾略特诗学研究的理论价值和现实意义将体现在以下四个方面：

（1）T.S.艾略特的诗学集中表达了现代主义诗学的特质，但同时也蕴含着一些后现代主义的因素，它彰显了现代性与后现代性内在的关系。因此，深入展开艾略特诗学研究，意味着在现代性与后现代性的契合点上为其思想定位。

（2）T. S. 艾略特的诗学代表着西方20世纪以来部分有识之士对解放文学文体以及化解学科疆域的思考，这深刻影响着其后的文学、诗学以及美学的演变，因此，研究艾略特诗学可以为进一步分析其蕴含的辐射价值打开新的视角。

（3）T. S. 艾略特的诗歌试图将哲学、美学、文学、人类学、神学等学科融为一炉，将此特点放在人文学的坐标下研究实际上开启了学术探索新的思考态势。在一定意义上，可说是对人文学方法的学术实践。

（4）通过基于人文学的T. S. 艾略特诗学研究，或可开启国内对于艾略特诗学"他化"（栾栋语）研究的新维度。

第三节　人文学视野下的艾略特诗学研究

在开展"人文学视野下的艾略特诗学研究"之前，首先需要解决的问题应该是，人文学是什么？不同于当今学界所谓的"人文主义"、"人文精神"，人文学是栾栋先生创辟的一门"融贯人文大类各学科的会通之学"。① 这一"会通之学""是以人文群科为化感通变枢纽的学术园地，是以人文精神为终极关怀旨归的思想摇篮。如果从商兑学问的向度而言，她是考镜源流、辨彰学术涵养；从培育英才的方略而论，她是造就人才、求通化专的修为；从建设学科的眼光来看，她是笼罩群言、沟通壁垒的创制"。② 显然，人文学绝不是普通人所理解的几门学科的相加之和，它是一个人文群科的整合性理路，其要义是强调学科之间的交融互化。从人文学的思维方法来看，其主要方法是栾栋先生创制的"易辩法"。这一方法的创制基于其敏锐地看到，脱胎于中西母体的思维方法"易学法"和"辩证法"虽"都是人类文化的伟大创举，"但"各有优劣"。③ 在他看来，易学法属阴，"是神思的摇篮，是方法的荟萃，是字眼的生机，是诗哲的睿智，是意象的会通，是情景的韵律，是非科学的无序有序，是'资始''资生'的大道理"。④ 辩证法属"阳"，是"思辨的温床，是谋略的大成，是概念的体系，是

---

① 栾栋：《人文学举要手稿》，2010年。
② 栾栋：《人文学举要手稿》，2010年。
③ 栾栋：《易辩法界说——人文学方法论》，《哲学研究》，2003年第8期，第53页。
④ 栾栋：《易辩法界说——人文学方法论》，《哲学研究》，2003年第8期，第53页。

范畴的网络，是逻辑的机制，是形而上的构架，是科学的法则，是'万事万物的总规律'"。① 针对这两个各具优劣的思维方法，栾栋先生对两者进行了多方"涵摄"和改造制作，推出一种化感通变的全新思维方法："易辩法"（Yiperdialectique）。须知，这绝不是两者之间的"简单拼凑"，而是"深入本质的相互涵摄"。② 在他笔下："涵摄是互补"；"涵摄是互破"；"涵摄是互约"；"涵摄是互动"；"涵摄是互化"。③ 因此，"促动涵摄互补，实际上就是改造制作，就是扬长避短和通和致化，使这两种源远流长的伟大方法返老还童，实现超越工具主义局限的升华，成为人类与本真的生死契约，流转出天地神人的终极化境。"④ 如此，将"两种本根方法和合"而来的"易辩法"必定"是阴柔与阳刚的互补，是道化和器运的契合，是人类新轴心文化的变数。"⑤ 与之相配套、相辅助，他提出另一种人文学的本根方法："解域"论。在他看来，"西方文化在二千多年的发展中，突出地完善了分疆划界的学术方法，将逻各斯中心和体系主义机制推到了登峰造极的地步。"⑥ 因此，"解域就是解除现成的学术藩篱和僵化的学科局限"⑦，就是用易辩法的"化感通变"来化解辩证法、逻各斯的戾气。并且，"解域就是和合"，是"本真与衍化、目的和手段、博杂与精约的调谐和平衡"⑧。这样看来，以易辩法和解域论为根本方法的人文学，"从治学的意义上讲，（人文学）是对人文思想的圆观宏照，是对文史哲学的多元同构，是对中外学术的珠联璧合"；"从成才的角度看，（人文学）是对自身素质的补充完善，是对社会分工辖制的疏解，是对博精、通专、一多关系的契合"；"从学科建设的方面考虑，（人文学）是对人文学科的融会贯通，是对基础理论的拓展熔铸，是对高端话题的改造更新。"⑨ 就研究方法而言，本文所借用的正是栾栋先生"人文学"的建构性原理和研究方法。这对于究古今、通中西、解疆域的百科全书式的艾略特而言，无疑是一种更合适的方略，无疑会对艾略特诗学核心进行一种更深入的解读。

---

① 栾栋：《易辩法界说——人文学方法论》，《哲学研究》，2003 年第 8 期，第 53 页。
② 栾栋：《易辩法界说——人文学方法论》，《哲学研究》，2003 年第 8 期，第 53 页。
③ 栾栋：《易辩法界说——人文学方法论》，《哲学研究》，2003 年第 8 期，第 53 页。
④ 栾栋：《易辩法界说——人文学方法论》，《哲学研究》，2003 年第 8 期，第 53 页。
⑤ 栾栋：《易辩法界说——人文学方法论》，《哲学研究》，2003 年第 8 期，第 53 页。
⑥ 栾栋：《易辩法界说——人文学方法论》，《哲学研究》，2003 年第 8 期，第 54 页。
⑦ 栾栋：《易辩法界说——人文学方法论》，《哲学研究》，2003 年第 8 期，第 54 页。
⑧ 栾栋：《易辩法界说——人文学方法论》，《哲学研究》，2003 年第 8 期，第 54 页。
⑨ 栾栋：《人文学举要手稿》，2010 年。

基于人文学背景和"易辩法"、"解域论"等研究方法,本文分为五章,前三章侧重分析艾略特诗学结构;第四章试图重点解读艾略特文化批评;第五章则打算对前四章进行一种圆观宏照的把握,即探讨艾略特的宗教观,领略他在天人之际的思索。通过这五章的描写,笔者一方面试图将艾略特诗学还原至最客观的状态。一如他在其《批评的功能》(1923)一文中所写的那样:"一个批评家必须拥有一种高度发达的事实感。"① 这个"事实感"的意思就是"关乎一件艺术品的事实,优于对它的诸种诠释"。② 用我们中国人的话来讲,那叫本着实事求是的原则,不可臆断,不可猜测。基于这种态度,在面对博大、庞杂、诡谲而散乱的艾氏诗学之时,笔者发现,除了艾略特自己曾经贡献的"文本细读法"之外,想要对其诗学客观还原并没有别的捷径可行。因此,"客观"、"事实感"是本文所遵循的第一原则。另一方面,通过人文学的透视和"易辩法"的解析,本文试图对艾氏诗学研究做一些创新与推进。具体表现在,其一,在前三章对其诗学进行研究的过程中,笔者没有对评论界业已形成的观点亦步亦趋,不认为其诗学当中最重要的是他所提出的"客观对应物"、"非个性化"等理论,因此,本文将回归到诗学的源头,用一种深刻的诗学理论重解艾略特诗学的各个方面。具体而言,笔者将依靠栾栋先生在《诗学缘构简说》一文中所提出的"契合诗学结构"、"诗学缘构"以及"诗学缘构实构"三个命题,对评论界所认为的艾略特"本体论诗学"进行反驳,对其著名理论以及隐藏在诗学实构表面下的诗学缘构等问题进行深入探讨。通过人文学方法的辨析,笔者试图得出结论,即艾略特诗学应属于"契合诗学结构"。其二,通过仔细考察,笔者认为艾略特的文化批评并不是如评论界通常所断定的"保守",相反,如果用人文学之"辟文辟学辟思"这一思维方法来辨析,其文化批评的本质应是四面洞开的"他化",也是八面来风的"辟思"。其三,在研究艾略特的宗教观时,笔者发现,其宗教思想也不是如评论界所通常界定的"反动"、"落后",或不值一提,相反,如果在"融会贯通"、"通和致化"的人文学理路下来观察,笔者认为其宗教观是一种与人文主义、与理性相交相融的宗教观,这种宗教观本质上与马克思主义的"异化"理路有着相通、暗合之处。因此,这种宗教观并非意识形态的"落后"表

---

① T. S. Eliot. the Function of Criticism. In: Frank Kermode (eds). Sectected Prose of T. S. Eliot. New York: Harcourt Brace Jovanovich Publishers, 1975: 74.
② (美)克莱门特·格林伯格、沈语冰译:《艺术与文化》,广西师范大学出版社2009年版,第283页。

现，而是融通过后反现代性的另一种方略。

　　质言之，在诗学上，艾略特对诗之本质的理解，将很好地印证栾栋先生关于"文学非文学"的命题，可以说是"诗非诗"；在文学批评上，其突破纯文学界限的努力，是一种"解疆化域"的浅尝；在文化批评上，其对文化定义的突破，对教育与政治的关心，恰好与"辟文化"思想呈现一种互训。总之，所有关于他思想的一切，就是一种智慧，或曰诗化哲学。这一点将贯穿本文的每一章。而这也就是笔者把艾略特诗学置于人文学视野下观照的深层原因。

第一章 艾略特诗学之"契合性"结构

"契合诗学结构"源于栾栋先生 2003 年所作的一次题为《诗学缘构简说》的演讲（亦见《诗学缘构简说》一文）。在演讲中，栾先生"统观人类的诗学积储"，对三种形态的诗学结构进行了分类整理，即："认知结构"——"一种以人为认知主体的诗学建构"①；"本体结构"——"一种以存在理论为框架的诗学建构"②；"契合结构"——"一种很富于旷达精神的文学审美境界"。③ 这种分类的创新之处就是在学界所认可的两种诗学类型之外加入了"契合结构诗学"一说。在这种提法之前，艾略特诗学一直被归于本体论诗学行列，这在两篇优秀的博士论文：《现代批评之始 T. S. 艾略特诗学研究》（刘燕，2005）以及《多维的棱镜——艾略特诗学思想研究》（虞又铭，2007）中可见一斑。这种归类法在"契合性结构诗学"提出来之前并没有任何异议，因为本体论一说本身就是新批评健将之一的兰色姆所提出来的。

　　据赵毅衡先生考证，在兰色姆之前，"似乎没人把这名词用于文学理论"④之上。直到 1941 年，当兰色姆在其著作《新批评》的最后一章里用"呼唤本体论批评家"作为此章标题之时，"本体论批评"才这样自然而然地戴在了"新批评"的头上。再加上，不管新批评派跨越的时间有多长，他们的眼光始终是聚焦在"作品"之上，"认为作品即'本体'"，作品"包含了自身的全部价值和意义"⑤。如果从这一点来看，新批评确凿无疑是一种本体论诗学。这种本体论诗学的根本特点，用栾栋先生的概括来讲，"在于格外强调存在（Etre）的整全性、独一性和实体性，非常坚持'在'的意义和'是'的价值。"⑥ 表现在新批评之上，就是一种以文本"为出发点同时也以"文本"为归宿的完整的意义实在，"⑦文本"是一个自给自足的宇宙实体"。⑧ 然而，光是这样看，并不足以涵盖艾略特诗学的全部内容。

　　首先，我们得弄清楚，当兰色姆在提出"呼唤本体论批评家"这一广告语似的口号时，他其实并没有把自己在《新批评》中所论述的理查兹、燕卜荪、

---

① 栾栋：《诗学缘构简说》，《广东外语外贸大学学报》，2012 年第 3 期，第 54 页。
② 栾栋：《诗学缘构简说》，《广东外语外贸大学学报》，2012 年第 3 期，第 54 页。
③ 栾栋：《诗学缘构简说》，《广东外语外贸大学学报》，2012 年第 3 期，第 54 页。
④ 赵毅衡：《重访新批评》，百花文艺出版社 2009 年版，第 68 页。
⑤ 赵毅衡：《重访新批评》，百花文艺出版社 2009 年版，第 68 页。
⑥ 栾栋：《诗学缘构简说》，《广东外语外贸大学学报》，2012 年第 3 期，第 54 页。
⑦ 栾栋：《诗学缘构简说》，《广东外语外贸大学学报》，2012 年第 3 期，第 54 页。
⑧ 栾栋：《诗学缘构简说》，《广东外语外贸大学学报》，2012 年第 3 期，第 54 页。

艾略特及伊沃尔·温斯特这四人包括在本体论诗学家行列之内。在《新批评》中，兰色姆分别对这四人的诗学进行了深入的评价。他认为，基于这四人的"一种崭新的批评话语已经出现"，他甚至用一种"概念性"的语词框定了这四人的诗学特点。在他看来，理查兹和燕卜荪属于心理学批评家，艾略特是历史学批评家，伊沃尔·温特斯是逻辑学批评家，但这四人"都没有解决诗歌与科学的问题"①，因此，这四人也都并非本体论诗人。也因此，兰色姆才会在最后一章用"呼唤本体论批评家"作为标题。实际上，在兰色姆的书中，他"呼唤"的本体论诗人其实是指向他自己和他的同道的。其次，关于新批评将"文本"当作"本体"这一重大特征，如果要扣在艾略特头上，那这其中也存在着谬误。因为，将"文本"当作"本体"意味着在这种批评中，"读者是可以排除在外的"，"作品的意义不以读者为转移"；同时，在这种批评中，"作者也可以不必考虑，因为如果创作中的自我意识或其他动机已在作品中实现，那么研究作品即可；如果没有实现，那么跟批评也无关"。②而且，这种批评还意味着拒绝对"文学作品与其他作品的关系"③、"作品与过去其他作品的关系"④进行研究，因为"他们只研究单篇作品，不问群体"。⑤如果这种仅仅只将眼光聚焦在单篇作品、单篇文本之上的研究叫作本体论研究，很明显，艾略特诗学并不属于这一行列。因为尽管艾略特的文学批评推崇对文本进行细致解读，依靠细致解读得出一种批评结果，但他在研究时更注重在作品与同时代作品之间进行比较式研究，也注重对作品与过去其他作品的关系、作品与文学史之间的关系进行研究，同时他还注重作品与读者之间的关系研究。至于作品与作家之间的关系，艾略特也并非如传说中的那么不注重。之所以有这种印象，就在于艾略特著名的"非个性化理论"，但恰恰因为研究者没有完全弄清楚他的"非个性化理论"，导致对艾略特在作品与作家关系的看法上产生了曲解与谬误。实际上，艾略特曾明确表示，"比较研究"、"历史研究"是文学批评当中很重要的研究方法。由此可见，他绝不是单纯地将研究局限在文本之内的单一研究。事实上，他的诗学在学科范围上涵盖广泛，他打破文学的界限，将批评视角伸入哲学、神学、音乐、舞蹈的领地；他解构线性时间，将过去、现在、未来冶为一炉；他横跨东西方文明，让

---

① 赵毅衡：《重访新批评》，百花文艺出版社 2009 年版，第 67 页。
② 赵毅衡：《重访新批评》，百花文艺出版社 2009 年版，第 68 页。
③ 赵毅衡：《重访新批评》，百花文艺出版社 2009 年版，第 68 页。
④ 赵毅衡：《重访新批评》，百花文艺出版社 2009 年版，第 68 页。
⑤ 赵毅衡：《重访新批评》，百花文艺出版社 2009 年版，第 68 页。

印度佛教出神入化或隐或现地呈现在其诗学之内。更重要的是，通过种种兼容并包，艾略特并不是如大多数新批评派学者那样，试图建立一个整体性或统一性，从而表现出逻各斯中心主义特征，相反，在他的现代主义语境中，我们时刻可以看到一种后现代主义思想在闪光，时刻可以看到他在一种自觉不自觉的意识中解构着逻各斯。正如他在《四个四重奏》的序曲中这样说过的："尽管'逻各斯'对每个人来说都是普遍的法则，但多数人似乎却按照他们自己独特的法则生活。"① 很明显，这是他试图解构逻各斯的清晰明证。而这也可进一步说明，现代主义与后现代主义之间的鸿沟并非想象中的那么大，甚至可以说，在某些方面，它们一脉相承。因此，对于这样一位在各方面"兼容并包"的诗人、诗学家，对于这样一位一生都致力于克服逻各斯中心主义的知识分子，将他归于本体论诗学家行列，显然是一种谬误。

在栾栋先生所提出的开创性命题"契合结构诗学"之中，我们可以看到，"契合结构诗学是一种很富于旷达精神的文学审美境界。该结构的特点一如其名称所昭显，所以在以下几个方面值得关注：一是开放性，兼容并包，通脱达观；二是建设性，吸纳各方，异质同构；三是普世性，屈己成人，志在美善"。② 如果用这样一种颇具"旷达精神"的诗学原理来观照艾略特诗学，如果我们尝试着从人文学的角度进入艾略特的学术世界，我们会发现，艾略特的学问世界可能会展现得更为清晰明了。我们会看到，建立在他赫赫有名的传统观之上的诗学以及其超越了比较研究的研究方法，正是可以用那种融贯了"中学、西学、南术、北术，共同体现了人与文之间的化感通变"③ 的"契合结构诗学"原理进行论证的。在这种诗学原理的观照之下，我们会发现艾略特诗学在某种程度上的确具有"开放性"、"包容性"、"建设性"等"契合性诗学结构"的特点。

第一节　"开放性"的有机传统观

现在的时间与过去的时间

---

① （美）托·斯·艾略特：《四个四重奏》，见：陆建德，汤永宽，裘小龙等译：《荒原 艾略特文集·诗歌》，上海译文出版社2012年版，第233页。
② 栾栋：《诗学缘构简说》，《广东外语外贸大学学报》，2012年第3期，第54页。
③ 栾栋：《人文学概论》，暨南大学出版社2012年版，第183页。

> 两者也许存在于未来之中，
> 而未来的时间却包含在过去里。
> 如果一切时间永远是现在
> 一切时间都无法赎回。
> …………
> 可能发生过的和已经发生的
> 指向一个目的，始终是旨在现在。①
>
> ——艾略特《四个四重奏 烧毁了的诺顿》

　　这是 1954 年，艾略特在其著名的长诗《四个四重奏》中写下的诗句，如果不了解他的传统观，这几句诗几乎会成为无法破译的密码；但如果通过其传统观来细细体会，我们便会恍然大悟，领悟到其中的精妙之处。正因如此，提到艾略特的诗学，就不得不提到他的"传统"观，因为无论是在其诗歌中，还是在其文学评论中，以至在他的文化批评中，这一传统观是无论如何都绕不过去的一个话题。这个著名的"传统观"来自于他 1919 年所发表的一篇文学评论文章《传统与个人才能》。该文的发表，对还弥漫着 19 世纪浪漫主义余温的英国文艺界，对当时整个社会所流行的"反传统"风气，无异于一枚重磅炸弹。虽然当时的文学批评家艾略特——并非诗人艾略特——通过在伦敦 5 年的摸爬滚打，已在英国文艺界拥有不小的名气，但这篇文章的发表却让他迅速引起了更多人的关注，也让他在评论界收获了不少的褒奖。1920 年，他平生第一本文学评论文集《圣林》（The Sacred Wood）出版，里面便收录了这篇著名的文章。《圣林》的发行使得他在文学评论方面更增添了不少的声望，也促使了异乡人艾略特在伦敦知识界慢慢站稳了脚跟。也正是在那之后，《传统与个人才能》成为每本文论必须选编的一篇文章，这一点艾略特自己在 1932 年《诗的效用与批评的效用》一书的序中有所记载："每一位文选编者想要将我的论文样本包括进去时，莫不选上'传统与个人才能'——也许是最年少时期的、而的确是最初发表的一篇文章。"② 在今日，《传统与个人才能》不但是美国文学专业学生的必读之作，也是全世界文学专业学生的必读之作，这一点，翻开任意一本西方文艺理论的教程就可以得到明证。

---

① （美）托·斯·艾略特：《四个四重奏》，见：陆建德编，汤永宽、裘小龙等译：《荒原 艾略特文集·诗歌》，上海译文出版社 2012 年版，第 233 页。
② （美）T. S. 艾略特、杜国清译：《诗的效用与批评的效用》，纯文学出版社 1983 年版，第 1 页。

艾略特的传统观确实非常重要，因为它让艾略特诗学从一开始就定下了"有机观"的基调，这种有机观不但在他的文学批评、诗歌创作中贯穿始终，而且反映到他后期的文化批评之中，因此这是理解艾略特诗学的一个重要出口。同时，这种传统观对我们当今的文学世界仍有启示，因为这种传统观直接影响到传统与创新的关系。实质上，西方有学者在分析《传统与个人才能》这篇文章之时就已经指出过，艾略特所关注的其实是创新源泉的问题。没错，传统与创新的关系一直是文学发展过程中的一个重要话题。关于它，古今中外的理论家曾在不同的批评语境中运用不同的批评视角对此做过种种探讨，在文学发展过程的历史中，甚至出现过多次"古今之争"。文学传统与艺术创新之间到底存在着什么矛盾纠葛和复杂关系？传统究竟会促进创新，还是会抑制创新？创新意味着抛弃传统，还是要继承传统？当我们以艾略特的有机传统观来看待这些问题时，这些问题都将不再成为问题。因为我们会发现，常常是以对峙姿态出现的传统与创新，它们之间的对立性被解构了，消失了。在这个问题上，艾略特并不是要作一个"非此即彼"的选择，相反，在他看来，两者的关系应是互相影响、互相促进：传统促进创新，创新反过来也会影响传统，在这种互相促进、相互融合的和谐关系中，传统变化着，继而推动着文学的发展，未来变化着，反过来又改写着传统。很明显，这不是传统意义上的西方式思辨，这是一种试图打破西方二元对立模式的思维观，它带有印度佛教当中的悖论思想，也在某种程度上吻合东方文化中的"化境"。因此它具有"开放性"与"包容性"的特点，绝不能被归于西方传统文论中"本体论诗学"，或"认识论诗学"之中。

具体来看，艾略特的传统观并不是"仅限于追随前一代，或仅限于盲目地或胆怯地墨守前一代成功的方法"①；如果是这样的话，"'传统'自然不值得称道"。② 事实上，他的传统观"是具有广泛得多的意义"。但如要得到它，光靠继承是不行的，"必须用很大的劳力"。③ 这种得靠"劳力"才能得到的"传统"观暗含了一种"历史意识"，即"不但要理解过去的过去性，而且还要理解过去

---

① T. S. Eliot. Tradition and the Individual Talent. In: Frank Kermode (eds). Selected Prose of T. S. Eliot. New York: Harcourt Brace Jovanovich Publishers, 1975: 38 – 39.
② T. S. Eliot. Tradition and the Individual Talent. In: Frank Kermode (eds). Selected Prose of T. S. Eliot. New York: Harcourt Brace Jovanovich, Publishers, 1975: 38.
③ T. S. Eliot. Tradition and the Individual Talent. In: Frank Kermode (eds). Selected Prose of T. S. Eliot. New York: Harcourt Brace Jovanovich, Publishers, 1975: 38.

的现存性"。① 这就意味着不但要理解过去在过去是什么样,过去如果放到现在,会有什么影响,还要理解现在对过去会造成什么影响。这是悖谬的,但不是毫无道理的。

在艾略特的解析中,这种历史意识首先体现在一件新的作品与传统作品之间的关系上。在常人看来,产生一件新的优秀的艺术作品,无疑就是在这一系列优秀作品中增加了一个新成员而已,经典传统无非就是所有优秀作品之和。艾略特不这么认为,他将整个传统视为一种有机的动态。他说:"产生一个艺术作品,成为一个事件,以前的全部艺术作品就同时遭逢了一个新事件。现存的艺术经典本身就构成一个理想的秩序,这个秩序由于新的(真正新的)作品被介绍进来而发生变法。这个已成的秩序在新作品出现以前本是完整的,加入新花样以后要继续保持完整,整个的秩序就必须改变一下,即使改变得很小;因此,每件艺术作品对于整体的关系、比例和价值就重新调整了;这就是新与旧的适应。"② 这一段话将艾略特传统观的历史意识表现得淋漓尽致。在他看来,传统会因为新的作品加入到经典传统中而发生变化。也就是说,在新作品加入进来之前,经典传统是一个整体,并具有一种理想的秩序,当新作品加进来之后,这个经典传统仍要保持成一个整体,这就意味着在这个整体里面,每一件艺术作品相对于整体的关系、比例和价值都得进行调整。这种看法意味着一个有趣有情有理的悖论——即他最后所说的"过去因现在而改变"③。也就是他所说的:"谁要是同意这个关于秩序的看法,同意欧洲文学和英国文学自有其格局,谁听到说过去因现在而改变正如现在为过去所指引,就不至于认为荒谬。"④

那么,"现在"是怎样"为过去所指引"的呢?艾略特引导我们从具体的创作当中去看。他说,对于一个"想在二十五岁以上还要继续作诗的人",上文所提到的那种历史意识是"不可缺少的"。但这种历史意识并不意味着"能把过去当作乱七八糟的一团,也不能完全靠私自崇拜的一两个作家来训练自己,也不能

---

① T. S. Eliot. Tradition and the Individual Talent. In: Frank Kermode (eds). Selected Prose of T. S. Eliot. New York: Harcourt Brace Jovanovich, Publishers, 1975: 38.
② T. S. Eliot. Tradition and the Individual Talent. In: Frank Kermode (eds). Selected Prose of T. S. Eliot. New York: Harcourt Brace Jovanovich, Publishers, 1975: 38–39.
③ T. S. Eliot. Tradition and the Individual Talent. In: Frank Kermode (eds). Selected Prose of T. S. Eliot. New York: Harcourt Brace Jovanovich, Publishers, 1975: 39.
④ T. S. Eliot. Tradition and the Individual Talent. In: Frank Kermode (eds). Selected Prose of T. S. Eliot. New York: Harcourt Brace Jovanovich, Publishers, 1975: 39.

完全靠特别喜欢的某一时期来训练自己"①，具有历史意识的创作家必须"要感到从荷马以来欧洲整个文学及其本国整个的文学有一个共时的存在，组成一个同时的局面"②，"必须明了欧洲的心灵"、"本国的心灵"。在这一共时局面里，诗人得"深刻地感受到主要的潮流，"并且还得清楚，"主要的潮流未必都经过那些声名卓著的作家"③，所以，如果光靠自己所推崇的作家来进行创作，是不够的。除此之外，创作家还必须对"自己写作时的时代背景有所感受"④，这就意味着，在写作时，不但要有一种对历史的"永久的意识"，还要有一种对现在的"暂时的意识"，更重要的是还得有一种将"永久与暂时结合起来的意识"。⑤ 如此一来，才能具备创作家那不可缺少的"历史意识"。在这样的历史意识当中进行创作，诗人、作家才会看到"欧洲的心灵，本国的心灵，是一种会变化的心灵，而这种变化，是一种发展，这种发展决不会在路上抛弃什么东西，也不会把莎士比亚、荷马或马格德林时期的作画人的石画，都变成老朽"。⑥ 这种创作是一种发展，一种变化。而且只有在历史的意识与当代的意识相互融合相互影响之下，诗人才能把诗歌"织入由历时性和共时性搭建而成的文本体系中"⑦；才能做到"现在为过去所指引"⑧。也正是因为具有这样一种历史意识，使得作家不但具有传统性，而且能够使作家"最敏锐地意识到自己在时间中的地位，以及自己和当代的关系"⑨，使作家在"当下这一结点统一过去、现在和未来，表现

---

① T. S. Eliot. Tradition and the Individual Talent. In: Frank Kermode (eds). Selected Prose of T. S. Eliot. New York: Harcourt Brace Jovanovich, Publishers, 1975: 39.
② T. S. Eliot. Tradition and the Individual Talent. In: Frank Kermode (eds). Selected Prose of T. S. Eliot. New York: Harcourt Brace Jovanovich, Publishers, 1975: 38.
③ T. S. Eliot. Tradition and the Individual Talent. In: Frank Kermode (eds). Selected Prose of T. S. Eliot. New York: Harcourt Brace Jovanovich, Publishers, 1975: 39.
④ T. S. Eliot. Tradition and the Individual Talent. In: Frank Kermode (eds). Selected Prose of T. S. Eliot. New York: Harcourt Brace Jovanovich, Publishers, 1975: 39.
⑤ T. S. Eliot. Tradition and the Individual Talent. In: Frank Kermode (eds). Selected Prose of T. S. Eliot. New York: Harcourt Brace Jovanovich, Publishers, 1975: 42.
⑥ T. S. Eliot. Tradition and the Individual Talent. In: Frank Kermode (eds). Selected Prose of T. S. Eliot. New York: Harcourt Brace Jovanovich, Publishers, 1975: 42.
⑦ 秦明利：《对此在的把握——论 T. S. 艾略特的传统观》，《国外文学》，2011 年第 4 期，第 22 页。
⑧ T. S. Eliot. Tradition and the Individual Talent. In: Frank Kermode (eds). Selected Prose of T. S. Eliot. New York: Harcourt Brace Jovanovich, Publishers, 1975: 39.
⑨ T. S. Eliot. Tradition and the Individual Talent. In: Frank Kermode (eds). Selected Prose of T. S. Eliot. New York: Harcourt Brace Jovanovich, Publishers, 1975: 38.

人类所处的精神状态"。①

其实，这种有机传统观早在 1916 年他所完成的博士论文《F. H. 布拉德利哲学中的认识对象与经验》里就已经用哲学语言进行过类似表达："实在的世界经由无数复杂的有限中心构建而成，具有整体性和系统性，也就是完整性。构建世界的整体性和系统性，也就是统筹。"②"统筹是通过沟通既绝对又相对的有限中心实现的，传统正是这样一种统筹方式。"③ 而这种"完整性和贯通性"正好构成了艾略特实在世界的标准。1934 年，艾略特发表演讲：《追随异神》。在演说中，15 年前所发表的传统观得到了进一步的说明与强调："传统不是单独的，也不是某种教条式信仰的基本维持；这些信仰在传统形成的过程中展开了生命形态。我所谓的传统包括所有习惯性的行为和习俗，从最有意义的宗教仪式到我们传统的与陌生人打交道的方法都可以称之为传统，它代表的是居住在同一个地方的同一群人之间的血缘亲属关系。同时它还包含有禁忌的意思。"④ 实际上，这种传统观也是对其导师白璧德观点的延续和发展。因为，白璧德曾经说过："与传统决裂的人在其实只是无知和自大的时候反而会认为自己具有原创性。他往往认为自己领先自己的时代一百年，而实际上他至少落后时代四五百年。"⑤

在这样的传统观中，即使我们能充分了解过去之所以过去，也并不意味着我们能采取一种有效的方法使过去与现在分离。萨义德就曾在其《文化与帝国主义》一书中对此观点做了引摘与评价。他说："过去与现在互相提供信息，互相涵盖，并且，按照艾略特心中完全理想化的观点，互相依存。简短地说，艾略特提出的是一种文学传统的观念：它虽然尊重时间的连续性，却不完全为它所支配。正像任何诗人与艺术家一样，过去与现在单独地都不具有完整的意义。"⑥ 确实，在艾略特传统观的观照下，"诗人，或任何形式的艺术家，谁也不能单独

---

① 秦明利：《对此在的把握——论 T. S. 艾略特的传统观》，《国外文学》，2011 年第 4 期，第 22 页。
② T. S. Eliot. Knowledge and Experience in the Philosophy of F. H. Bradley. New York：Columbia University Press，1964：198.
③ T. S. Eliot. Knowledge and Experience in the Philosophy of F. H. Bradley. New York：Columbia University Press，1964：166.
④ T. S. Eliot. After Strange Gods. London：Faber and Faber Ltd，1934：18.
⑤ （美）欧文·白璧德，张沛、张源译：《文学与美国的大学》，北京大学出版社 2011 年版，第 141 页。
⑥ （美）爱德华·W. 萨义德、李琨译：《文化与帝国主义》，生活·读书·新知三联书店 2007 年版，第 3 页。

具有他完全的意义"①。鉴赏一位艺术家，评价一件艺术作品，不能"把他单独评价；你得把他放在前人之间来对照，来比较"；这也"就是鉴赏他和已往诗人以及艺术家的关系"。② 这是一种比较文学的方法，也是一种历史的批评原则。这种历史的批评原则意味着，一位艺术家"不可避免地要经受维吉尔竖立起来的经典标准"的"裁判"③。只是，这种裁判并不是"被裁判比从前的坏些，好些，或一样好；当然也不是用从前许多批评家的规律来裁判"。④ 这应是一种把经典的种种标准和现在的种种标准"互相权衡的一种裁判，一种比较"。⑤ 在艾略特看来，如果新的艺术作品只是适应过去的种种标准，那它断然不是"新"的，但一件艺术作品也绝不会因为其与过去完全不同，是"新的"，是"独特的"，因此就更有价值。由此，这种充满悖论精神的传统观最终指向了"创新"。

第二节 一种"建设性"观点：传统与创新

正由于这种传统观最终指向创新，因此，我们首先得了解艾略特关于传统和创新的关系。在他看来，创新需要传统："诗人必须获得或发展对于过去的意识，也必须在他的毕生事业中继续发展这个意识"⑥，这也就是说，当任何一个年轻作家能够认识到在他之前有几代属于他的国家和语言的前辈，而在这些前辈中又有几位被共同认可为伟大的作家时，传统就达到了一种自觉。这种传统上的自觉对于一个年轻作家的重要性不可估量。而在艾略特当时所处的时代，诗人们

---

① T. S. Eliot. Tradition and the Individual Talent. In: Frank Kermode (eds). Selected Prose of T. S. Eliot. New York: Harcourt Brace Jovanovich Publishers, 1975: 41.
② T. S. Eliot. Tradition and the Individual Talent. In: Frank Kermode (eds). Selected Prose of T. S. Eliot. New York: Harcourt Brace Jovanovich Publishers, 1975: 38.
③ T. S. Eliot. Tradition and the Individual Talent. In: Frank Kermode (eds). Selected Prose of T. S. Eliot. New York: Harcourt Brace Jovanovich Publishers, 1975: 38.
④ T. S. Eliot. Tradition and the Individual Talent. In: Frank Kermode (eds). Selected Prose of T. S. Eliot. New York: Harcourt Brace Jovanovich Publishers, 1975: 39.
⑤ T. S. Eliot. Tradition and the Individual Talent. In: Frank Kermode (eds). Selected Prose of T. S. Eliot. New York: Harcourt Brace Jovanovich Publishers, 1975: 39.
⑥ T. S. Eliot. Tradition and the Individual Talent. In: Frank Kermode (eds). Selected Prose of T. S. Eliot. New York: Harcourt Brace Jovanovich Publishers, 1975: 40.

要么只具有过去感,要么就"试图通过否定过去来建立对未来的希望"。① 这在艾略特看来,显然还并没有达到自觉的传统意识。他认为,诗人可以背叛前辈的伟大作品、经典作家,"就像有希望的青年反叛父辈的信仰、习惯和风俗一样",但是,只有当我们回首再来看的时候,"我们会发现他同样也是前人传统的继承者,他保留了基本的家族特征,他在行为上的差异只不过是另一种时代条件所造成的差异而已。"② 因此,传统和创新不能完全割裂开来,那种最激进的文学家,以为自己彻底割掉了传统,其实,仍然只是传统的继承者而已。由此,创新需要继承经典传统,传统也需要创新来使之变得动态。如何实现这种创新,很明显,这要求作家拥有广博的知识,并且"知道得越多越好"。只有具备了广博的知识,作家才能站在巨人的肩膀上,对前人的伟大作品加以融会贯通,然后再根据自己所处的时代,融入新思想,将两者放在一起"熔铸"锻造如此形成自己的新作品。在这样的新作品中,既有过去某些经典的影子,又有当今时代所具有的新鲜事物,两者交融,分不清彼此。如此创作,当然是"精练化",是"复杂化",也是一种中国人所讲的"融会贯通"。这种创作,用艾略特的话来讲,就好像一种化学反应:"诗人的心灵实在是一种贮藏器,收藏着无数种感觉、词句、意象,搁在那儿,直等到能组成新化合物的各分子到齐了。"③ 这种创新听起来也像歌德曾经做过的类似比方。歌德说:"怎么能说莫扎特compose他的乐曲《唐璜》呢?哼,构成!仿佛这部乐曲像一块糕点饼干,用鸡蛋、面粉和糖掺和起来一搅就成了!它是一件精神创作,其中部分和整体都是从同一个精神熔炉中熔铸出来的,是由一种生命气息吹嘘过的。"显然,奇妙的化学反应和神圣的精神创作有着异曲同工之妙。

如果将这种具有历史意识的传统创新观用在具体诗歌创作方面,艾略特发现,"学习掌握各种英国诗的唯一方法似乎是吸收和模仿。"④ 只是,他提醒我们得十分小心"模仿"一说。以诗歌为例,他认为模仿并不是说得像科学家那样去解剖、分析每一首、每一行诗歌的音步、韵格,然后再根据这种韵律、音步的

---

① T. S. Eliot. What is Classic?. In: Frank Kermode (eds). Selected Prose of T. S. Eliot. New York: Harcourt Brace Jovanovich Publishers, 1975: 119.

② T. S. Eliot. What is Classic?. In: Frank Kermode (eds). Selected Prose of T. S. Eliot. New York: Harcourt Brace Jovanovich Publishers, 1975: 119.

③ T. S. Eliot. Tradition and the Individual Talent. In: Frank Kermode (eds). Selected Prose of T. S. Eliot. New York: Harcourt Brace Jovanovich, Publishers, 1975: 41.

④ T. S. Eliot. from The Music of Poetry. In: Frank Kermode (eds). Selected Prose of T. S. Eliot. New York: Harcourt Brace Jovanovich Publishers, 1975: 108.

格式去创作。因为这种"单单希望通过按拉丁模式来设计英国韵律的企图往往一无所获"。① 要明白,"英语之所以能成为这样一种最适于诗歌写作的语言,其原因就在于其有如此之多的不同的欧洲语言的根源"。② 的确如此,英语当中含有相当多的凯尔特语、斯堪的纳维亚语以及诺曼底法兰西语的因素,同时英语中还有受法语的影响而吸收的法语词汇,以及根据拉丁语创作出来的大量的新词。因此,在艾略特看来,英语不但具有相当大的词汇量,而且,上述每一种语言其自身的乐音也给英语的韵律带来了影响。这样一来,词汇量的丰富性,以及韵律的多样性,丰富了英国诗的范围和种类,使得英语最终成为"诗人摆弄文字的最佳媒介"。③ 这也就是为什么艾略特会认为"英国诗的美可能就在于其中存在着一种以上的韵律结构"。④ 正因如此,在他看来,学习创作英国诗歌,如果仅靠音步分析进行模仿,那如此丰富且极不同的重音节以及变化不定的音节价值,显然不能让模仿者知道,"为什么这一行诗好,而那一行诗不好",这就如同"研究解剖学的教不会你怎样使母鸡生蛋"⑤ 一样。因此,他指出,对前辈优秀诗作进行吸收并不意味着循规蹈矩,也并不意味着学习写诗就是"通过对文体进行冷漠的模仿"⑥。诚然,我们确实是通过"模仿"来学写诗,但"这种模仿比通过分析问题达到的模仿要更深一层"。⑦ 这种模仿是一种创新,是一种在"接受过去的伟大诗人的实践"⑧ 之后所进行的创新——"因为我们的听觉是而且必须是根据他们的实践训练出来的。"⑨ 我们可以说,"一个模仿者,或者说一

---

① T. S. Eliot. from The Music of Poetry. In: Frank Kermode (eds). Selected Prose of T. S. Eliot. New York: Harcourt Brace Jovanovich Publishers, 1975: 109.
② (美) T. S. 艾略特:《基督教与文化》,四川人民出版社1989年版,第194页。
③ (美) T. S. 艾略特:《基督教与文化》,四川人民出版社1989年版,第194页。
④ T. S. Eliot. from The Music of Poetry. In: Frank Kermode (eds). Selected Prose of T. S. Eliot. New York: Harcourt Brace Jovanovich Publishers, 1975: 109.
⑤ T. S. Eliot. from The Music of Poetry. In: Frank Kermode (eds). Selected Prose of T. S. Eliot. New York: Harcourt Brace Jovanovich Publishers, 1975: 108.
⑥ T. S. Eliot. from The Music of Poetry. In: Frank Kermode (eds). Selected Prose of T. S. Eliot. New York: Harcourt Brace Jovanovich Publishers, 1975: 108.
⑦ T. S. Eliot. from The Music of Poetry. In: Frank Kermode (eds). Selected Prose of T. S. Eliot. New York: Harcourt Brace Jovanovich Publishers, 1975: 108.
⑧ T. S. Eliot. from The Music of Poetry. In: Frank Kermode (eds). Selected Prose of T. S. Eliot. New York: Harcourt Brace Jovanovich Publishers, 1975: 109.
⑨ T. S. Eliot. from The Music of Poetry. In: Frank Kermode (eds). Selected Prose of T. S. Eliot. New York: Harcourt Brace Jovanovich Publishers, 1975: 109.

个借用者，只是去注意这个大师的表达方式。如果他能够模仿得足够好，他便可以成功地掩盖自己无话可说的事实。"① 但实际上，在"诗歌艺术中，一个真正的学徒注重的是他仰慕的大师所要表达的东西，然后才是他表达的方式"。② 也就是说，学习作诗不单要对前人的作诗技巧、表达方式进行吸收，更重要的是还得对前人诗作中所表达的内容、前人的思想进行消化，如此一来所进行的模仿才不会是一种在音步、韵律方面"巧用心机"、"人为雕琢"的"生硬的"模仿，那是一种"只能训练出二流诗人"的模仿。要知道，诗不是一种有意识的模仿制作，它是一种自发的生长创造。因此，单靠模仿是作不出真正的好诗的。要作出好诗，唯有进行独创，这种"独创性主要是把最不相同、最不可能的材料集和起来"，进行消化、转换，如此"构成一个新整体"。

无独有偶，艾略特之传统与创新的关系竟然与刘勰的《通变》篇有着异曲同工之妙。刘勰也主张"通"与"变"的辩证统一，所谓"变则其久，通则不乏"。意思是"只有通晓通变的规则，文学的发展才能长久"。③ 在一味崇尚古体的崇古派和力倡"新变"的今体派中，刘勰的观点比较折中，他强调"通"，提出"还宗经诰"的主张："故文能宗经，体有六义。"也就是说，作文章要以经典之文为典范，强调文学发展的历史继承性。他也强调"变"，肯定了文辞藻采在写作中的重要意义。如能这样"通变"，"讹"和"浅"的毛病就都可以矫正。否则，只通不变，文学的发展将趋于停滞；只变不通，一味地追新逐奇，文风将暗淡衰落。

对于如何将通变观贯彻到文学创作中去，刘勰从两个方面论述了通变的规则：其一，"博览精阅，宏大体，总纲纪。"④ 这就是说，要广泛浏览，精心研读，深入研究前代的作品，从中汲取养料，并掌握作文的基本规则和纲要。这是对"有常之体"的掌握。其二，"凭情以会通，负气以适变。"⑤ 在掌握了作文的基本规则之后，根据个体情志表现的需要运用文辞，"以求在会通中适变，写出风格各异的文章，这是所谓通变中的变化的规律"。⑥ 如此一来，通变必然能

---

① （美）托·斯·艾略特：《美国文学和美国的语言》，见：陆建德主编，汤永宽、裘小龙等译：《批评批评家 艾略特文集·论文》，上海译文出版社2012年版，第59页。
② （美）托·斯·艾略特：《美国文学和美国的语言》，见：陆建德主编，汤永宽、裘小龙等译：《批评批评家 艾略特文集·论文》，上海译文出版社2012年版，第59页。
③ 陶东风、王南：《文学理论基本问题（第二版）》，北京大学出版社2005年版，第241页。
④ 陶东风、王南：《文学理论基本问题（第二版）》，北京大学出版社2005年版，第241页。
⑤ 周振甫：《文心雕龙今译》，中华书局1986年版，第275页。
⑥ 陶东风、王南：《文学理论基本问题（第二版）》，北京大学出版社2005年版，第242页。

达到刘勰的"赞":"文律运周,日新其业。变则可久,通则不乏。趋时必果,乘机无怯。望今制奇,参古定法。"① 也就是说,要符合通变的要求,就得"日新其业"。在创作上求"日新",这个新不光是继承,是要变,不光在内容上变,在语言上变,还在比兴手法上变。在新变中总结经验,才有利于救弊。

无法确切地证明艾略特是否受过中国古代哲学的影响,我们只能说,在他的传统与创新中,确实存在着和"通变"一样的道理。在传统与创新之间的辩证关系中,艾略特所反驳的是处于他那个时代当中反传统的大潮,这对于当时弥漫于学界的反传统风气无异于一剂清醒剂,能使当时浮夸的、竭尽全力用新花招来进行创新的文坛变得清醒,直至反省,这是艾略特传统—创新观中具有"建设性"的一面。但同时,我们又不得不注意到,与刘勰"通变"论相一致的传统——创新观似乎总缺少点什么。如果用"人文学"理论进行观照,我们会清晰地看到,这种创新观缺少的恰是一种"化境"。显然,他们在创新之时注意到了打通、相融之后的再制作。但他们没有达到融会贯通之后的"他化,化他"的"化境"。或者说,他们接近一种"他化化他、他化他归、他化他在"(栾栋语)的境界,但仅仅只是接近,并没有达到。用栾栋先生的话来讲,就是"通变通向哪里呢? 通变需要如何改进呢?"很明显,艾略特的传统—创新观和刘勰的通变论都没有对通变之后的下一步提出见解。时至今日,栾栋先生创造了"化感通变"、"通和致化"等术语,其目的就是为"通变"之后指明"三他"、"三归"的方向。这是一种真正的突破与创新,也正因如此,人文学"带给人文人的是学通群科之美,""带给人类科教文的是化感通变之宜,""带给世界的是通和致化只好。"② 艾略特如若重生,相信也会称许这种东方智慧式的不断往前推进,又不断往后挪移的在"化境"之中的层层创新。

一、语言与诗歌

落实到具体的文学作品创作、诗歌创作的实践当中,如何进行创新,艾略特在两方面给予了详细的阐发。其中之一就是对诗歌语言所赋予的极大的意义。在一篇关于诗的社会功能的文章中,艾略特指出,"诗能影响整个民族的语言和感受性。"③ "诗能够维护甚至恢复语言的美;它能够并且也应该协助语言的发展,

---

① 周振甫:《文心雕龙今译》,中华书局1986年版,第276页。
② 栾栋:《人文学概论》,暨南大学出版社2012年版,第2页。
③ (美) T. S. 艾略特:《诗的社会功能》,见:王恩忠编译:《艾略特诗学文集》,国际文化出版公司1989年版,第245页。

使语言在现代生活更为复杂的条件下或者为了现代生活不断变化的目的保持精细和准确"①。而且他认为,"诗人必须从周围的人所实际使用的语言中去提取他自己的语言,并把它作为创作的材料"。② 也就是说,从某种程度上讲,一首诗的质量好坏依赖于人们使用语言的方式。因此,在艾略特看来,诗依赖语言,诗能影响语言,诗也能维护、恢复语言;诗将随着语言的进步而获益,也将随着语言的退化而衰退。这就是艾略特眼中诗和语言的有机关系。

20世纪的西方世界,在艾略特、休姆、庞德、普鲁斯特、乔伊斯等一批文人看来,无疑是一个语言衰退的时代。这些被称作现代主义先驱的作家们在这一观点上保持着惊人的一致:"诗已经撞上了浪漫主义的暗礁,成为令人作呕的、女里女气的东西,其中充斥着滥感和柔情。语言已经变软并失去阳刚之气;因此需要使之重新硬化,要让它像石头一样坚实并且重新与物质世界相联。"③ 语言衰退与否,在语言学家看来必须经过多方考证,通过科学论证才能给出答案。但在这些文人的心里,作为文化载体的语言,作为文化一部分的语言,早已随着工业社会的到来而变得"陈腐不堪、毫无裨益",并且也早已随着科技的进步,随着世俗化媒体如电影、电视、广告等宣传载体的盛行,变得僵化,失去诗意。事实上,艾略特曾不止一次论及语言所面临的危机。在《美国文学和美国的语言》中,他说:"也许在相当长的一段时间内,用我们的语言写出的任何作品都会是干枯、学究式和纯模仿性的东西"④;也说,现代词语"内在含义与表面含义相隔离,并且变得神秘而深不可测";在《批评家和诗人约翰逊》中,他表明:"在我们今天所陷入的各种各样的混乱中,有一个就是语言的混乱,人们在语言中找不到任何写作的标准,同时对词源和文字的历史越来越漠不关心。我们需要反复提醒自己,我们诗人和批评家的责任是保护语言。"⑤ 在《四个四重奏》中,他甚至对语言危机作了诗意的记载:

---

① (美)T. S. 艾略特:《诗的社会功能》,见:王恩忠编译:《艾略特诗学文集》,国际文化出版公司1989年版,第245页。

② (美)T. S. 艾略特:《诗的社会功能》,见:王恩忠编译:《艾略特诗学文集》,国际文化出版公司1989年版,第245页。

③ (英)特雷·伊格尔顿、伍晓明译:《二十世纪西方文学理论》,北京大学出版社2007年版,第40-41页。

④ (美)T. S. 艾略特:《美国文学和美国的语言》,见:陆建德主编,汤永宽、裘小龙等译:《批评批评家 艾略特文集·论文》,上海译文出版社2012年版,第53页。

⑤ (美)T. S. 艾略特:《批评家和诗人约翰逊》,见:王恩忠编译:《艾略特诗学文集》,国际文化出版公司1989年版,第237页。

"一切始终是现在。言语承担过多,
在重负下开裂,有时全被折断,
在绷紧时松脱,滑动,消逝,
因为用词不当而衰退,因而
势必不得其所,
势必也不会长久。
…………
努力学习使用言语,每一个尝试
都是一个崭新的起点,一种不同的失败
因为一个人得学习使用精确的言语
表达人们不再说的事物,或者用人们不再
想表达的方法去表达。
蹩脚的表达工具总在退化,
无法把感情表达准确,
表达出来的是一团糟,好像散兵游勇,
所以每次尝试是一个新的开端,
是对无法表达内心思想时的一次冲击。"①

如何恢复语言的活力？对此,他从拉丁语的衰亡之中得到一丝启示。在那篇名为《什么是经典》的文章中,艾略特经过颇为复杂的推理论证以此说明维吉尔以及《埃涅阿斯纪》才能被称作欧洲文学的"经典",除此之外,别无二者。正因如此,拉丁语的最高峰就被维吉尔所占据,这也就意味着维吉尔之后的拉丁语不可能再创造出一首可以与《埃涅阿斯纪》相媲美的诗歌,因此,相对于拉丁语曾经创造的辉煌,它之后只能逐步走向衰亡,最终不可避免地被法语、意大利语、西班牙语和葡萄牙语所取代。而这些取代拉丁语的新鲜语言,因为是一种从"老的语言源头中生长出来"的,"或者说,从没有文化的人们日常使用的语言中发展出来"②的新鲜语言,这就意味着"在相当长的时期内,这些新的语言

---

① （美）托·斯·艾略特：《四个四重奏》,见：陆建德编,汤永宽、裘小龙等译：《荒原 艾略特文集·诗歌》,上海译文出版社,2012 年版,第 242—253 页。
② （美）托·斯·艾略特：《美国文学和美国的语言》,见：陆建德编,李赋宁、杨自伍等译：《批评批评家 艾略特文集·论文》,上海译文出版社 2012 年版,第 53 页。

是十分粗陋的,所能够表达的只是非常有限的一些简单情感和思想"。① 但是,与一开始就成熟的拉丁语相比,这些新生的、粗陋的语言不会逐渐衰亡。相反,它们会逐步发展、进化。在发展、进化的过程中,因为一些天才作家的出现,推动着这些原本粗糙的新生语言在各个方面逐渐成熟,逐渐演进成伟大而文明的语言。这个观点与恩格斯曾经形容古希腊是一个"早熟的儿童"颇为类似。如此看来,从拉丁语分化而来的法语、意大利语、西班牙语等新生语言其身上是承载着共同的历史、共同的传统的。因此,艾略特强烈反对那些提倡将语言进行简化的规则,他相信"一个语词包含的不仅是发音,也涉及书写时呈现的形象。我反感简化拼写是因为如此将毁掉一个词语根源和历史上的痕迹"。② 的确,如果毁掉了语词上的历史痕迹,如果去除了这些语言上的共同之"根",那么,欧洲各门语言将越发具有区域性特点,将越发地"封疆划界"。反过来说,只有保持了各门语言中共同的历史痕迹,共同的传统之"根",欧洲各门语言才能在"多"中蕴涵着"一",在"一"中包含有"多",才能永远保持一种生动活泼的劲头。更进一步来讲,如果去掉语词上的历史痕迹,传统之根,将愈发地凸显语言作为一种工具的功利性。因此,艾略特在此也是在为语言寻找海德格尔所提出来的"存在的家园"。他将触角深入到语言的"形态"之中,希望能在西方语言中找到那"不仅是发音,也涉及书写时呈现的形象"的一面。但众所周知,西方文字是一种以"拼读字母组合而成"③ 的、呈"线性地展开,以不断克服客体(自然对象)的方式向前突破"的文字,其"拼音和所指没有灵犀相通之处"。④ 汉字才是一种"其中有象,其中有意,其中有声,其中有神,其中有情""内涵极其丰富的文字。"⑤ "它于二维空间中建树起了天地人三才合璧的架构。"⑥ 因此,相比较而言,西方文字具有一种不能"呈现形象"的天生缺陷,即算保持了语词的"历史痕迹"也并不意味着能在书写时呈现汉字所能呈现出来的那种形象。艾略特明白这一点,因此,他没有如海德格尔那样,在"反本

---

① (美)托·斯·艾略特:《美国文学和美国的语言》,见:陆建德编,李赋宁、杨自伍等译:《批评批评家 艾略特文集·论文》,上海译文出版社2012年版,第53页。
② (美)托·斯·艾略特:《美国文学和美国的语言》,见:陆建德编,李赋宁、杨自伍等译:《批评批评家 艾略特文集·论文》,上海译文出版社2012年版,第49–50页。
③ 栾栋:《人文学概论》,暨南大学出版社2012年版,第205页。
④ 栾栋:《感性学发微——美学与丑学的合题》,商务印书馆1999年版,第194页。
⑤ 栾栋:《感性学发微——美学与丑学的合题》,商务印书馆1999年版,第194页。
⑥ 栾栋:《感性学发微——美学与丑学的合题》,商务印书馆1999年版,第194页。

寻源"中对语言进行创新的解释,"竭尽全力在西方语言中寻找一种同时具备得道且有诗,开显兼遮蔽的存在家园"。① 作为诗人,他将化解语言危机的办法放置到诗歌与神话之中,试图在诗性语言、在神话语言当中寻找到西方语言"书写时呈现的形象"。正因如此,他才会强调:"诗能够维护甚至恢复语言的美;它能够并且也应该协助语言的发展。"② 对于一位使用西方语言的人而言,能看到这一点确实显示了其睿智的一面。

其次,如果把这种带有"历史痕迹"的语言与其传统观联系起来看的话,可以说,语言与传统也是相互影响的。也就是说,如果想要任何一个文学传统继续延续下去,必要的条件就是让这门语言保持活力,永不衰亡。如何保持活力?从分析"经典"作家维吉尔所得出的经验来看,保持语言的活力就得要让此门语言处于不断变化之中。这也就是他所说的"如果一种语言还处于变化之中,它就还有生命力;如果它不再变化,那么后来的作家就无法摆脱只能模仿那些无法超越经典作品的厄运"。③ 什么样的语言才是不断变化的语言?在艾略特看来,这个答案显然又被寄托在诗歌身上了。他认为,唯有诗歌的语言才是不断变化、有活力的语言,唯有诗歌的语言才是有生命的语言,因为诗歌的语言"有自己的生长法则,虽然并不能总合乎情理,但却必须被接受,因为正像风雨、季节不能被控制一样,这些东西也不能被规划得整整齐齐"。④

如此看来,恢复语言活力、化解语言危机所使用的各种方略都指向了诗歌。对于诗歌语言所承担的如此重大的责任,我们并不会感到太大的意外。我们都知道,语言既是文学的同时又是科学的一种工具。但是文学与科学使用语言的方式并不相同。"科学是抽象的、指涉性的、外延的。科学话语使用语言是为了界定、澄清和限制词语的意思;为了稳定词语的意思,它往往倾向于把词语僵化成严格不变的外延意义。"⑤ 文学语言不一样,它虽然也讲究准确性,但这种准确性并不会像科学语言那样需要"铲除一切联想、情感色彩和主观态度与判断的

---

① 栾栋:《人文学概论》,暨南大学出版社 2012 年版,第 205 页。
② (美)T. S. 艾略特:《诗的社会功能》,见:王恩忠编译:《艾略特诗学文集》,国际文化出版公司 1989 年版,第 245 页。
③ (美)托·斯·艾略特:《美国文学和美国的语言》,见:陆建德编,李赋宁、杨自伍等译:《批评批评家 艾略特文集·论文》,上海译文出版社 2012 年版,第 53 页。
④ (美)T. S. 艾略特:《诗的社会功能》,见:王恩忠编译:《艾略特诗学文集》,国际文化出版公司 1989 年版,第 247 页。
⑤ (美)克林斯·布鲁克斯、陈永国译:《精致的瓮 诗歌结构研究》,上海人民出版社 2008 年版,第 4 页。

暗示"。相反，它需要联想，也需要情感，它不是"实用的，而是非指涉性的"、"含蓄的"。① 正因如此，在科技主义盛行的现代社会，有那么多的文学家、哲学家为了弥补科技语言过于僵化的一面，都希冀在诗意的语言中找到"存在的家园"。对此，受艾略特影响很深的布鲁克斯曾在一篇题为《文学的运用》的文章中这样说道："语言行将死亡的肉体将产生灵魂的坏蛆。文学的用法之一就是要保持我们语言的鲜活——让血液继续在身体政治的组织中流通。几乎没有比这更重要的功能了。"② 没错，在20世纪的西方世界，当工业和科学技术的发展使语言变得越来越抽象、复杂之时，要打破语言僵化的局面就必须依靠文学、依靠诗歌来赋予语言活力。只是，在对这种语言观表示赞同的同时，艾略特还另外提出一条意见，那就是不管诗人曾经受到过哪一种外国语言文学的影响，不管诗人曾经受过什么样的教育，也不管诗人受到怎样的时代影响，作诗有一条自然规律一定要遵循，即"诗不能过分偏离我们日常所使用和听到的普通的日常语言"。③ 这种提法在当今的我们看来，无疑有失偏颇，而且比较片面。但如果将这种提法放置到当时的语境当中，我们也不得不说有其一定的道理。要注意到，那是一个科学技术已经渗透到每一个行业、每一个领域、每一个人生活当中的时代，这其中当然包括人文学科的领域。于是，当唯科技主义使"语言的活性纤维被包裹上一层已死的皮肉组织"，当人类的日常生活中都"充斥着单义的技术术语和乏味的陈词滥调"时，到哪里去寻找诗歌的语言？正是在这样的基础上，艾略特才提出，每一位诗人都应对来源于日常生活的普通语言进行重视的观点。因为在他看来，"情绪和感情在一个民族的日常语言中——也就是在所有阶层都使用的语言中——得到最完美的表现"。④ 事实上，这一点和同时代的哲学家维特根斯坦的观点保持着一致性。维特根斯坦说："把我们的表达弄得更加精确，就可以消除一些误解；现在我们却好像在追求一种特定的状态，完全精确的状态；"⑤ 实际上，"愈细致地考察实际语言，它同我们的要求之间的冲突就愈尖锐。这种

---

① （美）克林斯·布鲁克斯、陈永国译：《精致的瓮 诗歌结构研究》，上海人民出版社2008年版，第4页。

② Cleanth Brooks. A Shaping Joy: Studies in the Writer's Craft. London: Methuen and Company Limited, 1971.

③ T. S. Eliot. from the Music of Poetry. In: Frank Kermode (eds). Sectected Prose of T. S. Eliot. New York: Harcourt Brace Jovanovich Publishers, 1975: 110.

④ （美）T. S. 艾略特：《诗的社会功能》，见：王恩忠编译：《艾略特诗学文集》，国际文化出版公司1989年版，第242页。

⑤ （英）维特根斯坦、陈嘉映译：《维特根斯坦读本》，新世界出版社2010年版，第62页。

冲突变得不可容忍：这个要求面临落空的危险。——我们踏上了光滑的冰面，没有摩擦，因此在某种意义上条件是理想的，但我们也正因此无法前行。我们要前行；所以我们需要摩擦。回到粗糙的地面上来吧！"① "我要对语言（词、句等等）有所说，我就必须说日常语言。"② 实际上，日常语言代表着一个民族的集体记忆和历史源流。人们在长期的生活生产实践中积累的知识经验、创作的民间文学，如神话、传说都保存在日常口语当中，靠口耳相传代代相袭，这也使得日常语言成为一种独特的文化和族群特征的重要体现和表现形式。因此，在日常语言中，无论是语言结构本身，还是语言中所包含的文化内涵，都具有丰富的特性和宝贵的文化价值。更重要的是，在当时"将科学性要求和对精确性的爱好引入普通的表音文字"的现象里，日常语言将"拯救语言的自然生命"，进而将"拯救文字的自然习惯"。③ 在唯科技主义盛行的20世纪，在面临着英国文坛日趋僵化的诗歌语言以及刻板的诗歌格律的境况之时，艾略特看到了日常语言对于化解僵化的格律、抽象的语词意义的重要性。因此他强调"无论是轻重音型的还是音节数型的、有韵的还是无韵的、格律的还是自由的，诗都不能同人们彼此间交流所使用的不断变化的语言失去联系"。④ 他说，诗的语言"必须同他那个时代的语言密切相关，使它的听众或者读者会说'假如我能说诗，我也要这么说'"。⑤ 而且，诗人的任务"必须从他所听到的各种声音中创造出他的旋律与和声"。他甚至偏激地认为，"诗界的每一场革命都趋向于回到普通语言上去"⑥。而"这就是为什么和过去的甚至更伟大的诗所能引起的情感相比，最优秀的当代诗能够给予我们一种完全不同的兴奋和满足感的原因"。⑦ 言辞虽然偏激，但苦心也很明显，那就是要拯救那已"异化"的语言，使阳春白雪的诗歌走入人民大众，因为在他心里，"诗歌并不与普通生活相分离，诗歌所关心的问题正是

---

① （英）维特根斯坦、陈嘉映译：《维特根斯坦读本》，新世界出版社2010年版，第63页。
② （英）维特根斯坦、陈嘉映译：《维特根斯坦读本》，新世界出版社2010年版，第61页。
③ （法）雅克·德里达、汪家堂译：《论文字学》，上海译文出版社2005年版，第53页。
④ T. S. Eliot. from the Music of Poetry. In: Frank Kermode (eds). Sectected Prose of T. S. Eliot. New York: Harcourt Brace Jovanovich Publishiers, 1975: 110.
⑤ T. S. Eliot. from the Music of Poetry. In: Frank Kermode (eds). Sectected Prose of T. S. Eliot. New York: Harcourt Brace Jovanovich Publishiers, 1975: 112.
⑥ T. S. Eliot. from the Music of Poetry. In: Frank Kermode (eds). Sectected Prose of T. S. Eliot. New York: Harcourt Brace Jovanovich Publishiers, 1975: 111.
⑦ T. S. Eliot. from the Music of Poetry. In: Frank Kermode (eds). Sectected Prose of T. S. Eliot. New York: Harcourt Brace Jovanovich Publishiers, 1975: 112.

普通人所关心的问题"。①

然而，将日常生活语言注入诗歌当中，会不会使诗歌与散文之间的区别被抹杀掉呢？这种疑虑在艾略特看来，并不存在。他认为，诗歌总是能传达一种散文所不能传达的节奏，即算是以日常语言入诗的诗歌和散文之间仍然存在着节奏的区别。而且诗与散文的差别还在于诗"是一个人跟另一个人的对话"②，具有明显的戏剧性。在他看来，诗区别于散文的节奏感，诗所特有的音乐性，不但隐藏在它那个时代而且隐藏在诗人所生活的那个地方的普通用语中。正因如此，诗人的任务就是使用他周围的人们所使用的语言，也即使用他最熟悉的语言。实际上，这个观点还暗含着他上面所表述的，要使一种语言保持生动性、生命性，就必须使这种语言保持一种"一"与"多"的相融。也就是说，如果大家都使用统一的标准英语或者"英国广播公司"的英语，那么，用这样的英语所作出来的诗势必不会再具有意义，或者说，这样的统一语言如果用任何一种形式来进行写作也都不会具有任何意义。要记住，语言的生动性正是蕴含于那"一"中的丰富性与变化性。当然，在作诗时如此强调掺入诗人本地的普通语言，并不是说"诗人只是精确地再现他自己、他的家庭、他的朋友们以及他那个特定地区的会话用语"，也绝不是说诗性的语言就是某个地区的日常生活中的普通语言。他再次强调，"诗的语言从来不可能和诗人所说、所听到的语言完全相同"③。这并非一种矛盾，也并非一种悖论，这可以说是一种"中庸之道"，也是一种突破二元对立的东方式的"融通"。

艾略特还提出，诗歌语言之所以是有生命的语言，之所以能承担化解语言危机的使命，还因为诗里具有一种"超越翻译的品质"。这种品质能让诗歌"超越时空，能在任何地点、任何时代的读者中引起人与人之间的直接反应"。④ 依照我们自己读诗的经验，在阅读一首外国诗时，就算我们能通过词汇、语法、句法来逐字逐句地把这首外国诗译成本国的语言，但这并不一定意味着已经读懂了这

---

① Cleanth Brooks, Robert Penn Warren. Understanding Poetry. Beijing: Foreign Language Teaching and Research Press, 2004: 8 - 9.

② T. S. Eliot. from the Music of Poetry. In: Frank Kermode (eds). Sectected Prose of T. S. Eliot. New York: Harcourt Brace Jovanovich Publishers, 1975: 111.

③ T. S. Eliot. from the Music of Poetry. In: Frank Kermode (eds). Sectected Prose of T. S. Eliot. New York: Harcourt Brace Jovanovich Publishers, 1975: 112.

④ （美）T. S. 艾略特：《哲人歌德》，见：王恩忠编译：《艾略特诗学文集》，国际文化出版公司1989年版，第285-275页。

首诗。因为"每一种语言的诗里都有一种若非本民族的人而无法理解的特质"。①因此,就是诗,也只有诗,才在不断地提醒我们注意那些只能用一种语言来表述而不能翻译的事物。相反,当遇上一首不能翻译的外国诗时,尽管里面有许多不熟识的字、许多无法分析的句子,但这首诗也许"却能直接、生动地传达出某种独特的、和英语中任何东西都不同的意思——某种我们无法用语言表述出来但感到已经懂了的意思"。②由此看来,"诗人的任务是使人们理解不可理解的",而这,恰恰就是诗歌语言的"神性"。

既然诗歌语言具有一种"神性",那就意味着在具体作诗之时,诗人不但需要掌握巨大的语言资源,并且要能在发展语言的时候丰富词语的意义,发掘词语暗含的潜力,赋予语言以"诗性"。因为当诗人"这样做的时候,也使得其他人有可能大大扩展感情和知觉的范围,因为他给了他们更有表现力的言语"。③相对应地,这也就给诗歌翻译带来了相当大的难度。对此,艾略特指明,要想对诗歌语言进行翻译,要想"咽下这一历史和科学知识难以消化的食物",就必须做好准备,付出更大的努力。这意味着,"我们需要既有能够吸收荷马又能够吸收福楼拜的能力。我们需要对文艺复兴时期的人文主义者和翻译家作认真的研究,就像庞德先生已经开始做的那样。我们需要有一种眼光能看出过去与现在的明确差异,同时又能看出过去是如此有活力,就像现在作为现在对我们来说那样。这是一种有创造力的眼光"。④于是乎,无论你是在写诗,还是在读诗,或者是在翻译诗歌的时候,只要你触碰到了诗歌,语言就成了那鲜活的生命,而不是那被动、僵化、沉默的物质。如此一来,艾略特强调,我们应用诗性语言"祛除僵化了的语言意义,恢复语言体现诗人感受力的功能"⑤,而"活着的作家有责任延续已故作家的生命力,帮助语言的发展,维持语言表现广阔而微妙的感觉和情

---

① (美)T. S. 艾略特:《诗的社会功能》,见:王恩忠编译:《艾略特诗学文集》,国际文化出版公司1989年版,第246页。
② (美)T. S. 艾略特:《诗的社会功能》,见:王恩忠编译:《艾略特诗学文集》,国际文化出版公司1989年版,第247页。
③ (美)托·斯·艾略特:《但丁于我的意义》,见:陆建德编,李赋宁、杨自伍等译:《批评批评家 艾略特文集·论文》,上海译文出版社2012年版,第163页。
④ (美)托·斯·艾略特:《欧里庇得斯和默里教授》,见:陆建德编,卞之琳、杨自伍等译:《传统与个人才能 艾略特文集·论文》,上海译文出版社2012年版,第64页。
⑤ 秦明利:《对此在的把握——论T. S. 艾略特的传统观》,《国外文学》,2011年第4期,第22页。

愫的品质和能力"。① "除非我们有少数几个能将不同一般的感受性和不同一般的文字支配力结合起来的人，否则，我们自己的能力——不仅是表达能力，甚至是对粗陋情况的感受力——将会衰退。"②

二、神话与诗歌

当身处于语言逐渐枯竭、理性慢慢暴露出其凶残一面的现代社会，"空谈'进步'或'理性'很明显再也不能使人信服"。因此作为诗人，必须"发展出一种会与'神经直接交流的感觉性语言'"；"必须选择'带有伸向最深层的恐惧和欲望的网状根须'的字词"③，如此，才能"渗入那些'原始的'层次"，才能感觉到"语言的凝练"④，才能进入"集体无意识之中"，使"心灵中存在着的某些深层的象征和韵律，即种种亘古不变的原型（archetypes）"⑤复活。也就是说，挖掘出语言的神性才能使语言复活，才能使诗歌语言"包含的不仅是发音，也涉及书写时呈现的形象"，才能"使人脱却理性逻辑和技术文明挟制的精神解放或者本真的回归"。⑥ 这样看来，"彻底背弃历史并且以神话取其而代之"不但是一种解决诗歌语言危机的办法，一种进行诗歌创新的手段，更能使语言成为真正的"人类存在的家园"。实际上，诗歌与神话原本就相偎相依。只是，处于一个被科学精神所引领，人类"匆匆向前趱程"的时代里，我们"宛如亲眼看到，神话如何被它毁灭，由于神话的毁灭，诗如何被逐出理想故土，从此无家可归"。⑦ 作为诗人的艾略特，对于这一点看得也非常透彻。因此，在他的诗歌里，我们看得到处处闪烁着的神话的影子，比如在《荒原》里，从始至终都贯穿着一个"暗示生殖崇拜的"关于诞生、死亡和复活的"鱼王"的神话。而且

---

① T. S. Eliot. from the Music of Poetry. In: Frank Kermode (eds). Sectected Prose of T. S. Eliot. New York: Harcourt Brace Jovanovich Publishiers, 1975: 116.

② T. S. Eliot. from the Music of Poetry. In: Frank Kermode (eds). Sectected Prose of T. S. Eliot. New York: Harcourt Brace Jovanovich Publishiers, 1975: 116.

③ （英）特雷·伊格尔顿、伍晓明译：《二十世纪西方文学理论》，北京大学出版社2007年版，第40页。

④ （英）考德威尔，陆建德、黄梅、薛鸿时等译：《考德威尔文学论文集》，百花洲文艺出版社1997年版，第8页。

⑤ （英）特雷·伊格尔顿、伍晓明译：《二十世纪西方文学理论》，北京大学出版社2007年版，第40页。

⑥ 栾栋：《感性学发微——美学与丑学的合题》，商务印书馆1999年版，第148页。

⑦ （德）尼采、周国平译：《悲剧的诞生》，上海人民出版社2009年版，第82页。

不但是西方神话，连印度神话也被艾略特拿来置于诗中。事实上，艾略特如此推崇在诗里运用神话也是同神话与诗同根同源分不开彼此这一特性密切相关。从诗的起源来看，诗起始于原始巫术，原始巫术中的巫歌、符咒、神谕都是诗的原始形态。当原始人把节律置入言语之时，其实是为了一种迷信的功用。他们希望"借节律的魔力强迫鬼神听从人的意志，为人谋利，或释放愤怒，归于宁静，使人类也得安宁"。① 随着原始神话的产生，诗也得到了发展。这也就是黑格尔所说的："古人在创造神话的时代，生活在诗的气氛里，他们不用抽象演绎的方式，而用凭想象创造形象的方式，把他们最内在、最深刻的内心生活转变成了认识对象。"② 然而，随着现代科学精神的兴起，神话被毁灭。而科学主义所带来的抽象思维的发展，也使得主要依靠"形象和情感"的处于神话"原始状态"中的诗歌语言生病了，"不再能质朴地表达感情。人成了词的奴隶，不再能朴素地说话，丧失了正确的感觉。"③ "诗变得无家可归。"因此，如何拯救诗歌，如何拯救语言，唯一的出路便是"回到语言的原始状态，神话式地思考"。只有这样的诗，才会是一种"在存在的深渊里呼叫，象征性地表达世界原始情绪"之"大我"④ 的诗，只有这样的语言才会是"本原性的语言，本原性的思"。⑤

除去这一点，艾略特重视神话的缘由还体现在《尤利西斯：秩序与神话》这篇文章里。在这篇文章中，艾略特一反当时英国文坛对《尤利西斯》的谴责，高度赞扬《尤利西斯》在英国文学史上作为丰碑的地位。其主要原因就在于他认为，乔伊斯在《尤利西斯》中尝试了一种新的神话写作的方法。在这种新方法中，乔伊斯通过"使用神话，构造了当代与古代之间的一种连续性并行的结构"⑥。这是"一种控制的方式，一种构造新秩序的方式，一种赋予庞大、无效、混乱的景象，即当代历史，以形状和意义的方式"。⑦ 实际上，艾略特认为，这种通过神话来对当代和古代之间进行并置的方式，并不是乔伊斯独创，在英国文

---

① （德）尼采、周国平译：《悲剧的诞生》，上海人民出版社2009年版，第82页。
② （德）黑格尔、朱光潜译：《美学（第二卷）》，商务印书馆1987年版，第18页。
③ （德）尼采、周国平译：《悲剧的诞生》，上海人民出版社2009年版，第82页。
④ （德）尼采、周国平译：《悲剧的诞生》，上海人民出版社2009年版，第82页。
⑤ 栾栋：《感性学发微——美学与丑学的合题》，商务印书馆1999年版，第148页。
⑥ T. S. Eliot. Ulysses, Order, and Myth. In: Frank Kermode (eds). Sectected Prose of T. S. Eliot. New York: Harcourt Brace Jovanovich Publishers, 1975: 176.
⑦ T. S. Eliot. Ulysses, Order, and Myth. In: Frank Kermode (eds). Sectected Prose of T. S. Eliot. New York: Harcourt Brace Jovanovich Publishers, 1975: 177.

学史上它来源于叶芝:"叶芝先生是当代首先意识到这一需要的人。"① 确实,在叶芝的著述里,无论是其诗歌如《塔楼》、论文如《幻象——生命的阐释》,还是剧本如《梦的骨头》,当中都出现了大量的用神话、用星座显示吉兆的神秘主义方式。这种方式,在科学时代的人们看来,"尽管有其自身的许多不足之处",但"不管我们是以嘲笑的态度还是以严肃的态度来对待它",这种用"心理学、人种学以及《金枝》共同发生作用的"方法,"使得几年前都还不可能的事成为可能"。② 这是一种"神话的方法,而不只是叙述方法了"。③ 在这里,艾略特相信,这种方法虽然是一种"在没有任何帮助的情况下,在一个无法为此目的提供什么帮助的世界上",④ 被那些默默参透了神话奥秘的人所把握的一种方法,但这种神话方法"使现代世界在获得艺术可能性的方面向前迈进了一步",也使"建立在奥尔丁顿先生强烈渴望秩序和形式的愿望上向前迈进了一步"。⑤ 总之,这一方法不但是一种艺术表达上的全新表现,更重要的是它能给无序的世界带来一种秩序感。在这里,神话除了会对处于危机之中的诗歌语言起到拯救与疗伤的作用,艾略特还引出了神话所具有的另一种功效,即"神话的出现不是为了自身,它是工具,用来制造带有普遍意义的场景"。也就是说,神话在艾略特笔下变成了一种工具,一种控制方式。这种神话工具非常神奇,它能使混乱的场景变得有序。这正如弗莱在其著作《批评的解剖》中所说的:"充满神话形象的世界,通常是以宗教中天堂或乐土的观念体现出来的;这个世界是神谕天启的,本身便是个完整的隐喻,其中任何事物都可能等同于其他事物,仿佛一切都处在一个无限的整体之中。"⑥ 没错,在《荒原》中,神话真正起到的正是这个作用。圣杯传奇的故事就是一个隐喻,它将表面看上去混乱不堪的诗歌化成一个无限的

---

① T. S. Eliot. Ulysses, Order, and Myth. In: Frank Kermode (eds). Sectected Prose of T. S. Eliot. New York: Harcourt Brace Jovanovich Publishiers, 1975: 177.

② T. S. Eliot. Ulysses, Order, and Myth. In: Frank Kermode (eds). Sectected Prose of T. S. Eliot. New York: Harcourt Brace Jovanovich Publishiers, 1975: 178.

③ T. S. Eliot. Ulysses, Order, and Myth. In: Frank Kermode (eds). Sectected Prose of T. S. Eliot. New York: Harcourt Brace Jovanovich Publishiers, 1975: 178.

④ T. S. Eliot. Ulysses, Order, and Myth. In: Frank Kermode (eds). Sectected Prose of T. S. Eliot. New York: Harcourt Brace Jovanovich Publishiers, 1975: 178.

⑤ T. S. Eliot. Ulysses, Order, and Myth. In: Frank Kermode (eds). Sectected Prose of T. S. Eliot. New York: Harcourt Brace Jovanovich Publishiers, 1975: 178.

⑥ (加拿大)诺斯罗普·弗莱,陈慧、袁宪军、吴伟仁译:《批评的解剖》,百花洲文艺出版社2006年版,第192-193页。

整体。这样的神话是一种"具有通识性的"传统共同体，它能"实现传统对于恢复人类文明秩序的作用"。① 艾略特所论述的这种神话方法，无疑是明智的，因为神话本身就是人类思维从杂乱走向清晰条理的认识过程的象征性标记。

  艾略特希望用神话来将混乱不堪的文化状态统一起来，这在某些地方和尼采、海德格尔这些大家们的思想相吻合。要知道，科学技术发达后所引起的神话"消亡"曾让尼采和海德格尔这两位大哲学家都发出过无可奈何的哀叹。尼采感叹"神话的毁灭"使得诗歌被逐出了她自然的故土，变得无家可归。海德格尔则进一步明确，不但诗歌无家可归，人类同样陷入了无家可归的尴尬困境。在科学无限进步的时代，他认为人类只有在神话中才能找到自己的家园。在他的思想中，"神"早已成为其"思想的四极之一"。栾栋先生曾分析说："从根本上来讲，海德格尔之神很接近神话之神，其基本思想是对古希腊神话的缅怀，是对未来救赎的向往，是对现实凄凉的拒斥。"② 而尼采则干脆明确地表达："没有神话，则任何一种文化都会失掉它那健康的、天然的创造力。正是神话的视野约束着全部文化运动，使之成为一个体系……神话的形象，必须是肉眼看不见但无所不在的守护神：在神鬼的庇护下，年轻的心灵逐渐长成，凭鬼神的指点，年轻人明白了自己的生存和斗争的意义。"③ 艾略特应该读过尼采这样的句子，要不然他们的思想怎么会如此一致？尽管在艾略特的著述里，仅仅两次提到过尼采的名字。一次是说，没有基督教文化，就不会产生尼采；一次则说："依我看，尼采是晚近的变种，他所表现的姿态是颠倒过来的斯多葛主义；这么说是因为把自己跟宇宙合而为一，与把宇宙跟自己合而为一，这里实在没有多大差别。"④ 这似乎是在批驳尼采。不管艾略特如何不愿和尼采挂上钩，但不可否认的是，他肯定关注了尼采，而且将尼采的思想注入自己的作品中来了。因此，当艾略特在文学中呼唤神话的到来，期盼神话能给当前混乱的社会带来一种共同的文化体，期盼神话能使这个信仰日趋杂乱的世俗的社会恢复秩序之时，我们甚至可以直接用尼采的话来为之加注："如果德国人想恢复文化统一体，那么就必须沿着古希腊人相反的方向前进，从理性的亚历山大地方文化时代中返回到神话的狄奥尼索斯悲

---

① 秦明利：《对此在的把握——论 T. S. 艾略特的传统观》，《国外文学》，2011 年第 4 期，第 22 页。
② 栾栋：《感性学发微——美学与丑学的合题》，商务印书馆 1999 年版，第 148 页。
③ （德）尼采、周国平译：《悲剧的诞生》，上海人民出版社 2009 年版，第 136 - 137 页。
④ （美）托·斯·艾略特：《莎士比亚和塞内加的斯多葛主义》，见：陆建德编，卞之琳、李赋宁等译：《传统与个人才能 艾略特文集·论文》，上海译文出版社 2012 年版，第 173 页。

剧时代。"①

　　实际上，艾略特、尼采这种希望用神话来统一混乱不堪的文化的观点还可以通过回溯神话的源起来给予证明。要知道，哲学、文学、宗教、神话在远古的希腊，原本就属于一体。或者我们也可以说，正是在神话中，孕育了哲学、文学、宗教的种子。希腊哲学家泰勒斯从神话中开辟出哲学的领域，沿着泰勒斯的道路，西方哲学不断从神话的土壤中成长壮大，最终脱离神话，长成一棵独立的树，成为希腊文化的最高成就。表面上看来，哲学兴起导致神话逐渐消失，实则不然，隐退的神话并没有消失，这正如青年学者李亚旭在《古希腊神话与哲学的欙棍视野》中所阐述的："'隐'是潜行，是暗流，它在矫正新生儿的发展，促使婴儿不成为逆子。'隐'是土壤，也是母亲，它为新生儿提供成长的营养，促使真理的表述绵延不断。从这个层面讲，神话与哲学恰如中国文化山林守与社稷守的两种人文形态。哲学的兴起，是社稷守，神话隐退，是山林守。哲学与神话之间隐中秀，秀而隐的欙棍机制，形成了希腊哲学特有的神思、蒙思与宇思的人文气质。"② 不仅是哲学与神话的关系如此，文学与神话的关系更是难舍难分，它们在"隐"中"秀"，在"秀"中"隐"，无论哪一方缺失，另外一方就将变成不完善的整体。这一点，栾栋先生讲得很好："丢掉神性的诗性是丧魂落魄的欲望狂欢，忽略人性的诗性是彼岸透光的空头支票。"③ 神话与文学如此之"纠缠"，怪不得让现代文学家、哲学家对神话如此难以舍弃。事实上，在他们看来，"远古文化积淀而来的神话也是表述真理的方式"。然而，不管是尼采、海德格尔，还是艾略特，当他们用深邃的眼光穿破迷雾，将远古的神话带入到现代社会中来之时，他们没有意识到他们自己实际上正是在迎接着一种"新神话"的到来。"新神话"是栾栋先生提出来的命题，在他看来，"新神话"与"古神话"具有"关联性"、"差异性"、"涵摄性"④的关系，新神话是一种"本真启蔽的灵境"；是一种"逼出神气的逆境"；更是一种"弥补人文的化境"，是一种"天地神人通化的大和合气势"。⑤"在人欲横流泥沙俱下的当今世界，新神话的

---

① （美）琳达·莱佛尔，陆道夫、张来民译：《尼采的悲剧理论和 T. S. 艾略特的剧本》，《商丘师专学报》，1988 年第 1 期，第 95 页。
② 栾栋：《人文学概论》，暨南大学出版社 2012 年版，第 231 页。（其中，"山林守"与"社稷守"两种文化观点均来源于栾栋先生《释欙棍》一文。）
③ 栾栋：《古歌三章——兼论诗性的时效》，引自栾栋：《比较文学十五讲手稿》。
④ 栾栋：《感性学发微——美学与丑学的合题》，商务印书馆 1999 年版，第 155 - 156 页。
⑤ 栾栋：《感性学发微——美学与丑学的合题》，商务印书馆 1999 年版，第 159 - 165 页。

崛起确实使天地开阔，人神俊爽。"① 它将使"诗语思豁然贯通，文史哲隐去界限，真善美重铸化境，地球村斗转星移"。② 而这，才是一种真正的人文学思维，一种橐栝的智慧。

三、艾略特诗歌中的"传统与创新"

事实上，如果从艾略特诗歌创作的实践上来考察，我们可以更加清晰地看到在"兼容并包"、"融会贯通"的有机传统观创新论调的指引下，他在形式上、内容上对20世纪诗歌所作出的先锋表率。在他的诗歌里，有一种自觉的、恢弘无比的"历史意识"。正因为具有这种历史意识，所以他才能将深邃的眼光穿透文学历史的层层雾霭，把传统与当下、与未来之联系点掌握于手心，也能将笔触巧妙地突破国别文学、民族文学的界限，把世界文学的各种声音兼收并蓄。在他的诗歌里，无论是古希腊文学、中世纪文学，还是17世纪英国诗人、20世纪法国诗人，抑或是伊丽莎白时期戏剧、日本诺戏，钦定本《圣经》甚至印度哲学宗教……整个人类史都被他囊括其中；除此之外，他的诗歌中还包含有大量的古希腊罗马神话、印度神话、民俗、宗教、俗语，等等，甚至还出现了拉丁语、法语、梵文等多种语言。这无疑是他向传统致敬、向传统回归的表征，也是他希冀通过融合传统进行诗歌创新以致恢复语言活力的苦心。就以《荒原》为例，据统计，这首诗里"一共博引了30多个作家的56种作品和谚语歌谣，而且使用了英、法、德、西班牙、希腊、拉丁和梵文等7种语言，运用了流行口语、书面语、古语、土语和外国语等5种形式，涉及欧洲、亚洲、非洲、北美等地区的文化"。③ 如 I. A. 瑞恰兹在评价这首诗时所说的，这首诗"在内涵上相当于一首史诗"，因为"一个读者会在短短的一首诗中信手拾得各种典故，包括《艾斯朋遗稿》、《奥赛罗》、《加鲁皮的托卡塔》、《安东尼和克里奥佩特拉》（两次）、《狂喜》、《麦克白》、《威尼斯商人》及马斯顿与罗斯金"。④ 在如此庞杂、散乱的从古代一直穿越至今的东西方文化的"散点"中，艾略特并没有简单地将这一切拼凑、堆积在一起，而是利用隐藏于诗的鱼王神话以及圣杯的传奇故事，从而力

---

① 栾栋：《感性学发微——美学与丑学的合题》，商务印书馆1999年版，第159页。
② 栾栋：《感性学发微——美学与丑学的合题》，商务印书馆1999年版，第165页。
③ 刘燕：《现代批评之始 T. S. 艾略特诗学研究》，广西师范大学出版社2005年版，第59 - 60页。
④ （英）I. A. 瑞恰兹、李鸥译：《T. S. 艾略特的诗歌》，http://yc. hnadl. cn/rewriter/CNKIYC/http/dota9bmjh9mds/kns/brief/default_ result. aspx.

图在一个宏大的历史背景中，寻找传统与现代、古与今之间的连续性和普遍性。通过这种写法，通过建构一种"当代与古代之间的连续性并行结构"，诗人不但将传统文化资源复活了，更重要的是，通过把传统融入现代生活这一手法，他能使当时那混乱无序的社会状态在历史的迷雾中找到方向，也能给那破碎的社会带来秩序感。可以说，在现代主义作家中，他对各种文化传统的痴迷、捍卫与重新运用的先锋姿态是相当罕见的。这种将各种传统文化熔为一炉，经过精心锻造而"熔铸"出来的诗作在现代主义诗歌中当之无愧地属于里程碑式的作品。在这首诗中，随处可见熟悉的作品以及直接从某首诗当中引用过来的诗句，但艾略特似乎用神奇的魔力将它们融合在一起，将具有历史意识的传统和具有当代意识的创新紧密联系、交织在一起，演绎出全新意义的作品。只是在阅读这样的诗作时，读者需要付出的努力是相当大的。他需要"阅读维斯顿女士的《从礼仪到传奇》，还需要摒弃其中'星状的'装饰点缀"，"还需要研究《炼狱》中的第26章"，"还需要将诗中处于中心位置的特瑞西斯探究出来"①……面对如此庞大复杂的诗歌结构，瑞恰兹干脆简略地将其称作"意象的音乐"。这种评价丝毫都没有错。在艾略特这些纷繁芜杂的意象当中，"抽象与客观的，总体的和具体的"如同"经过精心设计"的"音乐家的乐句"，它们高低起伏，娓娓道来，但"并非旨在告诉我们什么"。② 这首时而激烈、时而缓慢、时而高昂、时而低缓的交响乐般的诗作也许仅仅在于让我们的震撼、心悸、悲怆、希望等各种感受融合为一种和谐的心态，"并产生一种奇特的意志的释放"。这样的诗歌，不能被研究或被思索出来，"它们就在那里，等待着被激发出来"。③ 在后期的《四个四重奏》中，艾略特更是将这种"音乐般的"意象发挥到极致，他干脆在形式上直接采用交响乐四重奏，全身心地返回到欧洲文化之源，在个人皈依与人类"原罪"的对比融合之中，在印度佛教那耐人寻味的悖论里，创作出一首气势磅礴大气非凡的史诗之作。在这首诗的最后一章《小吉丁》中，我们可以看到一个"已故的大师"，"他既是一个人，又是许多人"，他是一个"复合的鬼魂"：

---

① （英）I. A. 瑞恰兹、李鸥译：《T. S. 艾略特的诗歌》，http：//yc. hnadl. cn/rewriter/CNKIYC/htp/dota9bmjh9mds/kns/brief/default_ result. aspx.

② （英）I. A. 瑞恰兹、李鸥译：《T. S. 艾略特的诗歌》，http：//yc. hnadl. cn/rewriter/CNKIYC/htp/dota9bmjh9mds/kns/brief/default_ result. aspx.

③ （英）I. A. 瑞恰兹、李鸥译：《T. S. 艾略特的诗歌》，http：//yc. hnadl. cn/rewriter/CNKIYC/htp/dota9bmjh9mds/kns/brief/default_ result. aspx.

在硝烟升起的三个街区之间
我遇见了一个行人
像被市内晨风席卷的金属片
急匆匆迎面而来。
当我用审视的目光
打量他那俯视地面的面孔
犹如我们在破晓前对初遇的陌生人盯视一样
我突然看见某个已故的大师
我曾认识他,但早已遗忘,只依稀记得
他既是一个人又是许多人,烘焦的脸上
是我熟识的鬼魂的眼睛
既很亲切又难辨认。①

　　这个人是谁?有人说他是白璧德,有人说他是但丁,但与其说他是某个人,不如说他是由维吉尔、但丁、莎士比亚、叶芝、白璧德、波德莱尔等他所推崇和喜爱的大师们所组合而成的历史复合体。这个复合体不但象征着人类悠久而深厚的文学传统,而且也是他倾其一生所追求的古与今、新与旧、现实与历史、创新与传统有机结合的完美表达。在艾略特的诗歌中,过去与现在之间的界限模糊了,现在继承着过去,现在改变着过去,过去、现在和未来如同一幅美妙织锦上的各种图案,彼此交缠、彼此混溶,彼此难分。这正如他自己在评价莎士比亚的时候所说过的:"莎士比亚的剧作像块带图案的大地毯;甚至想对此图案作出自己个人的阐释也得花好几年功夫。"② 事实上,在人类历史的长河中,没有人能否认悠久的传统、习惯、民族语言和文化地理的延续性。只是,艾略特对传统创造性的理解给我们提供了一个全新的文化图景。在这个图景中,没有畏惧,没有歧视,"好像这是人类生活的全部"。③ 在这个图景中,"传统"似乎是一条表面规范稳定,实则不断涌动开放的大河,在这条河里,文学传统的延续性、稳定性

---

① (美)托·斯·艾略特:《四个四重奏》,见:陆建德编,汤永宽、裘小龙等译:《荒原 艾略特文集·诗歌》,上海译文出版社2012年版,第274页。

② T. S. Eliot. Dante. In: Frank Kermode (eds). Sectected Prose of T. S. Eliot. New York: Harcourt Brace Jovanovich Publishers, 1975: 211.

③ (美)爱德华·W. 萨义德、李琨译:《文化与帝国主义》,生活·读书·新知三联书店2007年版,第478页。

与文学创作的创造性、变革性之间总能让人感到"一种既紧张又和谐的张力"。在这种张力之下,"一个有活力的文学传统总是在不断地变化着,而同时代的几个有活力的文学传统,总是通过一个或几个作家在相互影响之中改变着"。① 由此,他一再强调:"诗歌里没有任何与过去毫无关系而为完全独创的东西。只要再有一个维吉尔、但丁、莎士比亚或歌德诞生,整个欧洲诗歌的前途就会改变。一个伟大诗人的诞生,标志着某些成就一劳永逸地完成,并且再也不会重现;但是,另一方面,每一个伟大的诗人又都将对未来的诗歌借以形成的复杂材料有所贡献。"② 这就是艾略特的"通变"观,在他一系列深厚而新颖的艺术创作中,无论是诗歌还是文学批评,其创新都意味着是在传统的基础上进行再一次的"综合"与"转化"。当然,并非所有对传统有着深厚情感的人都能在吸收来自前辈们各个领域的概念、观点之后,能够对这些概念、观点赋予独特的凝聚力,使之上升最终成为一种统一的、有说服力的、创新的诗学理论,因此,艾略特在晚期一次题为《美国文学和美国的语言》的演讲中再次提醒:对于在这种传统观中进行的创新,我们不能过于依赖传统,变得"如很多英国诗人那样墨守成规甚至直接退回到维多利亚文学的固有模式中去"③,也不能像很多美国诗人那样,"很少被维多利亚文学传统所压迫,更加愿意接受新的影响和尝试新的文学实验",从而变得"孤立古怪和缺乏形式"④。传统与创新绝不是那非此即彼的选择。

由此,我们可以理解为什么艾略特从不触及"什么是文学"这种关于文学性质的问题,因为在这样的传统观下,未来的文学"会使我们基于现在和过去的作家作品"而得出的关于"什么是文学"的一切结论都变得过时。就像在科学领域,"一个新的发现往往要归功于几位互相之间对彼此的工作并不知晓,却又恰好向着同一个方向摸索的科学家。当我们回首往昔,也常常无法断定是哪一位科学家的天才做出了这样的发现"⑤。

---

① (美) 托·斯·艾略特:《美国文学和美国的语言》,见:陆建德编,李赋宁、杨自伍等译:《批评批评家 艾略特文集·论文》,上海译文出版社 2012 年版,第 63-64 页。

② (美) T. S. 艾略特,杨民生、陈常锦译:《基督教与文化》,四川人民出版社 1989 年版,第 197 页。

③ (美) 托·斯·艾略特:《美国文学和美国的语言》,见:陆建德编,李赋宁、杨自伍等译:《批评批评家 艾略特文集·论文》,上海译文出版社 2012 年版,第 67 页。

④ (美) 托·斯·艾略特:《美国文学和美国的语言》,见:陆建德编,李赋宁、杨自伍等译:《批评批评家 艾略特文集·论文》,上海译文出版社 2012 年版,第 67 页。

⑤ (美) 托·斯·艾略特:《美国文学和美国的语言》,见:陆建德编,李赋宁、杨自伍等译:《批评批评家 艾略特文集·论文》,上海译文出版社 2012 年版,第 65 页。

第三节 "新"批评"旧"批评
——新"方法"旧"方法"

任意翻开一本英国诗歌史或文学批评文集，我们都会发现，在介绍艾略特时，编者们总会给他加上一句"现代派文学之父"或"新批评鼻祖"之类的限定语。这种限定原意是对艾略特在诗歌、诗学方面所作出的贡献加以肯定，但艾略特本人却似乎对此并不买账。1956年，他在一次演说中就表达了这个困惑："我时常发现自己被看作现代批评的鼻祖之一——如果说我现在太老，不能算现代批评家的话——对此我感到颇为疑惑。"接着他还说："我最近读了一位作者——他当然是一位现代批评家的一本书，我发现他在书中提及'新批评'时说，'我不仅指美国批评家，而且是指启示于托·斯·艾略特的整个批评运动。'我不明白这位作者为什么这样鲜明地把我同美国批评家分离开来，另一方面我也看不到任何可以说是起始于我的批评运动，尽管我希望，作为一个编辑，我鼓励并在《标准》杂志上为新批评或其他的一部分提供了试验场所。"① 艾略特在此指的"这本书"就是兰色姆的《新批评》。在"新批评"这一词中，兰色姆所指的其实"主要是兰色姆自己和他几个学生做成的'南方批评派'"②，没想到，这个名字就这样"以讹传讹"地流传开来。很明显，从艾略特的有机传统观看来，艾略特并不会肯定"新批评"这一说法。所以他说"人们常常使用'新批评'一词，但未必都能意识到它包含了些什么"。③ 在他看来，所谓的"新批评"仅仅只是指"今天较为杰出的批评家，无论他们之间相互间的差别有多大，都各自在某个重要的方面不同于上一代批评家"。④ 在"某个重要的方面不同于上一代批评家"，这就是艾略特对于新批评的定义。实际上，和他一样，其他被

---

① （美）托·斯·艾略特：《美国文学》，见：陆建德编，李赋宁、杨自伍等译：《批评批评家 艾略特文集·论文》，上海译文出版社2012年版，第124页。
② 赵毅衡：《重访新批评》，百花文艺出版社2009年版，第56页。
③ （美）T. S. 艾略特：《批评的界限》，见：王恩忠编译：《艾略特诗学文集》，国际文化出版公司1989年版，第286页。
④ （美）T. S. 艾略特：《批评的界限》，见：王恩忠编译：《艾略特诗学文集》，国际文化出版公司1989年版，第286页。

划分为新批评派的成员都曾矢口否认他们是这其中的一员,这种尴尬的局面和那一与新批评有着血缘关系的俄国形式主义的遭遇非常相似。"形式主义"一词其实颇有贬损之义,因此当年的雅各布森一行人也曾"苦于这称呼之不名誉",干脆迁居捷克,在形成"布拉格语言小组"之后,再冠以"结构主义"这个名称。这个插曲挺有意思,也就是这个原因,"新批评"和"形式主义"一样,都不能涵盖艾略特诗学,这实质上也是他本人的意见。

那么,艾略特和新批评到底是什么关系呢?要弄清楚这期间的复杂曲折,我们得先对新批评做一个概观。在当今的文论史教程中,新批评派是特指20世纪20—60年代英美的一个文学理论派别。对于一个时间跨度如此之长的学派而言,哪些批评原理是他们的共同点呢?在特雷·伊格尔顿的《西方二十世纪文学理论》一书中,伊格尔顿是这样分析的:首先,他们都是"实用批评"与"仔细阅读"的推崇者,他们都坚持"作者写作时的意图即使可以被发现,也与对于他或她的作品的解释毫不相干"。[①] 其次,他们都认为"诗意味着它所意味的东西,无论诗人的意图或者读者由之而产生的主观意愿是什么"。[②] 形成这两条最重要的共同原则的主要原因,在伊格尔顿看来,就是由于工业侵略所带来的科技理性主义对曾经古老的"有机生活"的蹂躏,导致这些知识分子试图在"文学中重新虚构""他们在现实中所无法找到的一切"。[③] 对这群知识分子而言,"通过艺术,被异化了的世界可以在其全部的丰富多样性中被恢复给我们"。[④] 除去以上两条,在被冠以"新批评"称号的大部分批评家的著作中,"'文学'(literature)已经不知不觉地一滑就变成了'诗'(poetry)"。[⑤] 这是因为在他们看来,与科学的反应不同,"诗的反应","尊重其对象的感觉上的完整性:它可不是一个理性认识的问题,而是一种情感活动,这种情感活动以一条从本质上说具有宗教性质的纽带将我们与'世界的身体'联结起来。"[⑥] 由此,他们都把"诗变为崇拜偶像"。在伊格尔顿最后的总结中,他说,新批评的出现"标志着20年代到30年代中有自由主义倾向的文学知识分子所处的进退维谷之境:他们意识到了现在已经高度专业化的批评智力与对它过去研究的那个文学的种种'普遍'

---

① (英)特雷·伊格尔顿、伍晓明译:《二十世纪西方文学理论》,北京大学出版社2007年版,第48页。
② (英)特雷·伊格尔顿、伍晓明译:《二十世纪西方文学理论》,北京大学出版社2007年版,第49页。
③ (英)特雷·伊格尔顿、伍晓明译:《二十世纪西方文学理论》,北京大学出版社2007年版,第47页。
④ (英)特雷·伊格尔顿、伍晓明译:《二十世纪西方文学理论》,北京大学出版社2007年版,第49页。
⑤ (英)特雷·伊格尔顿、伍晓明译:《二十世纪西方文学理论》,北京大学出版社2007年版,第49页。
⑥ (英)特雷·伊格尔顿、伍晓明译:《二十世纪西方文学理论》,北京大学出版社2007年版,第46页。

成见之间的显著差异"。① 只是这种"新批评"的集合"并没有看上去那么共同，却更多几分特殊，一种取决于特定社会的特殊"。② 从伊格尔顿的分析里我们可以看到，新批评的范围非常宽松，而且指向一种对唯科技主义的深刻批判。如果新批评指的是这样的批评，那么艾略特确实属于新批评的行列。但在我国大部分的文论书中，由于没有对新批评一词所涵括的含义作详细的考察，因此新批评看起来就显得格外的含混而模糊。实际上，一般文论书中的"新批评"应主要是把"南方集团——耶鲁集团作为新批评"的主流来对新批评进行定义的。在那样的新批评中，艾略特最大的作用其实只是在于他"激发了新批评派潮流"。于他自己而言，尤其是在1927年皈依基督教之后，他就更加不能算是新批评派成员。同时，我们也应该看到，艾略特推崇传统，也曾宣称自己是"文学上的古典主义者"，如此一来，岂不和"新"式批评自相矛盾？难道，他的批评是一种古老的陈旧的批评方式吗？答案当然是否定的。事实上，在艾略特心里，从不曾有过新批评、旧批评这样一种非此即彼的选择，在他心里，有的只是新与旧的交融，新与旧的和合，新与旧的"会通"，而这恰好使他成为"新"批评的最佳代表。很明显，此"新"非彼"新"。早在《伊丽莎白时代的塞内加翻译》一文中，他就曾说过："旧世界和新世界之间的涨落起伏，二者之间变化的细微差别，值得我们研究和思考。新旧之间的模糊和含混或许赋予了这些译文一种独一无二的情调，这种情调只有通过耐心的反复阅读才能体会和欣赏。"③ 虽是在谈伊丽莎白时代的塞内加的译文，但其中所蕴含的对新与旧的包容使我们在看待他对新批评与旧批评之间关系的评判时仍有很大的启发，可以说，正因为这种"新与旧之间的模糊和含混"才能赋予艾略特诗学独一无二的情调，使他符合"契合性诗学结构"的诸多特点。

具体说来，艾略特诗学中的"新"应该在于他研究方法的"新"。在20世纪初期的英国学术界，有三种批评方法很盛行：解释性批评、传记式批评以及受德国影响的在人文学科中所运用的科学的研究方法。但在《批评的界限》一文中，艾略特曾严厉批判这三种方法是一种"伪学术"。在他看来，解释性的批评

---

① （英）特雷·伊格尔顿、伍晓明译：《二十世纪西方文学理论》，北京大学出版社2007年版，第52页。
② （英）特雷·伊格尔顿、伍晓明译：《二十世纪西方文学理论》，北京大学出版社2007年版，第52页。
③ （美）托·斯·艾略特：《伊丽莎白时代的塞内加翻译》，见：陆建德编，卞之琳、李赋宁等译：《传统与个人才能艾略特文集·论文》，上海译文出版社2012年版，第128页。

方法无非就是诠释学的具体运用,在这样的批评之中,学者执着于考证细节,如通过考证柯勒律治曾读过的所有书籍从而希冀在这些书中找到其在诗里所运用过的意象或词语;也比如一些读者对《荒原》中的注释所进行的一种不厌其烦的考察,使得引语好像比这首诗还要受欢迎;还有的甚至对莎士比亚的"洗衣账单"进行考证,对"英国小说中提到过多少次的长颈鹿"① 进行探究。在这样的批评方法中,学者把一切都当成文献考据,无休止地搜集材料,导致"把文献考据和印象批评似是而非地混为一谈",运用这样的方法来进行学术研究,艾略特认为这些诠释者们所付出的劳动对理解一首诗是有其必要性的,因为它能为后来的研究者打下良好的基础,能为后继研究者作更深层次的研究做好充分的准备。但诗歌语言比较特殊,它是一种有生命力的语言,具有某些不可言说的"神性",因此,他坚定地认为,对于"大多数诗"而言,绝没必要"进行这种解剖才能欣赏和理解"②,因为这种研究方法永远都提炼不出永恒的人类价值。而对于当时风行的传记式批评方法,艾略特更加毫不留情,抨击这是一种"危险最大的批评形式"③。因为这种批评"过度依赖解释起因","过度阐释作品的起因",④ 尤其当作传人在"外在事实的知识上附加了对内在心理经验的揣度的时候",⑤ 这种批评不但不能对理解作者作品起到好的帮助,反而有可能歪曲作品的内在含义。除非为作家作传的人本身具有一定的批评才能、鉴赏力和判断力,并且确实"欣赏他为之作传的那个人的作品"⑥,这样的传记式批评才有可能对理解作品有所帮助。实际上,上述两种客观性的解释批评法对于一部作品的理解能起到一定的帮助,但艾略特始终认为这两种方法不能用于诗歌的评价之中。在他看来,"诗歌欣赏是一个非常复杂的经历,其中糅合了好几种形式的满

---

① (美)托·斯·艾略特:《批评的功能》,见:陆建德编,卞之琳、李赋宁等译:《传统与个人才能 艾略特文集·论文》,上海译文出版社2012年版,第25页。
② (美)T. S. 艾略特:《批评的界限》,见:王恩忠编译:《艾略特诗学文集》,国际文化出版公司1989年版,第292页。
③ (美)T. S. 艾略特:《批评的界限》,见:王恩忠编译:《艾略特诗学文集》,国际文化出版公司1989年版,第294页。
④ (美)T. S. 艾略特:《批评的界限》,见:王恩忠编译:《艾略特诗学文集》,国际文化出版公司1989年版,第294页。
⑤ (美)T. S. 艾略特:《批评的界限》,见:王恩忠编译:《艾略特诗学文集》,国际文化出版公司1989年版,第294页。
⑥ (美)T. S. 艾略特:《批评的界限》,见:王恩忠编译:《艾略特诗学文集》,国际文化出版公司1989年版,第294页。

足，并且对于不同的读者它们糅合的程度可能也不尽相同"。① 因此，"对释放出一首诗的源泉的了解不一定能帮助我理解这首诗，"② 相反，"对诗的根源了解太多甚至可能会割断我同诗的联接。"③

而对于当时流行的强调"严格科学的研究方法"，艾略特同样不赞同，他甚至曾揶揄地将其说成是一种"挤柠檬汁"式的批评法。这种对诗歌进行科学研究的方法在当时集中表现在以瑞恰兹、燕卜荪教授为代表的在课堂上所传授的欣赏诗歌技巧的方法。这种方法要求学生对每一首诗进行逐行逐节的分析，然后"进行提炼、挤榨、梳理，尽一切可能把其中的每一点滴意义都挤压出来"④。艾略特认为，如此欣赏诗歌的科学做法，本身却并不太科学。因为"这种做法将假定作为整体的一首诗一定只有一种阐释，而且这种阐释必须是正确的"。⑤ 基于这种假设有效的话，读者一定"会对作者有意无意试图去做什么进行描述"，这就意味着这种科学的研究方法将循环到前面两种解释性方法当中去："当我们找到了根源、发现了诗人处理他的材料的过程时，我们就相信自己读懂了诗。"⑥ 就好像当时社会上所出现的一种"对古希腊罗马经典和过去常称作'圣经'的典籍"的"奇怪的弗洛伊德的—社会的—神秘主义的—理性主义的—更高级的—批评阐释"⑦ 的批评现象一样。这样说来，艾略特反对这种"科学的研究方法"其本质原因就在于他认为读者一定"会对作者有意无意试图去做什么进行描述"。艾略特对这几种方法的反应如此之大，应该是和他本人所遭遇到的实际经历有关。要知道，当《荒原》发表之后，无数的读者无止境地希望从他的某一节诗行或某一个注释中探究他内心隐秘的心思或试图从他的诗歌里找到他根本

---

① （美）T. S. 艾略特：《批评的界限》，见：王恩忠编译：《艾略特诗学文集》，国际文化出版公司1989年版，第294页。
② （美）T. S. 艾略特：《批评的界限》，见：王恩忠编译：《艾略特诗学文集》，国际文化出版公司1989年版，第295页。
③ （美）T. S. 艾略特：《批评的界限》，见：王恩忠编译：《艾略特诗学文集》，国际文化出版公司1989年版，第295页。
④ （美）T. S. 艾略特：《批评的界限》，见：王恩忠编译：《艾略特诗学文集》，国际文化出版公司1989年版，第296页。
⑤ （美）T. S. 艾略特：《批评的界限》，见：王恩忠编译：《艾略特诗学文集》，国际文化出版公司1989年版，第296页。
⑥ （美）T. S. 艾略特：《批评的界限》，见：王恩忠编译：《艾略特诗学文集》，国际文化出版公司1989年版，第297页。
⑦ （美）托·斯·艾略特：《欧里庇得斯和默里教授》，见：陆建德编，卞之琳、李赋宁等译：《传统与个人才能 艾略特文集·论文》，上海译文出版社2012年版，第156页。

不愿公布于世的私生活的蛛丝马迹，然后自以为自己弄懂了这首诗。艾略特反感这一切，因此他才一再强调，诗歌绝没必要"进行这种解剖才能欣赏和理解"；"对诗的根源了解太多甚至可能会割断我同诗的联接。"因此，艾略特在批驳上述三种批评方法时，并不是要否认这些研究者们在自己领域工作时所带来的巨大价值，实际上，他曾说过："学术成就，即使是它最低微的形式，也有它自己的权力。"① 他也赞同，这些工作对于开展真正的研究有极大的好处，因为它们将在细节和影响方面为真正的批评做好准备与铺垫。因此，我们可以说，艾略特并非一味地排斥批驳文学的社会、政治、历史、心理以及传记研究，只是，从诗人的角度出发，他一直在寻求一种更适合的研究诗歌的方法。在他看来，对诗歌的"有效的阐释必须是对我读诗时所产生的感情的阐释"。②

在这样的背景之下，艾略特将文学批评的重心转移到"文本"之上，在实践中专注于文学的文本分析。而这，恰恰就是他与新批评的相关之处。因为从他之后，所有的新批评派成员都自觉地将文本作为聚焦的对象。实际上，这是艾略特对文学被"过度阐释起因"的现象所作的一种强有力的反驳，也是他给学术界做出的最大贡献。基于这样的研究方法，我们很少能够在其文章里看到他对文学性质所作的抽象概括，抽象思辨。相反，他踏踏实实地从具体着手，遵从着个人"读诗时所产生的感情"，对一首首具体的诗歌、戏剧篇章细细解读，从而得出一些真知灼见，形成一些抽象术语。比如，他所谓的最有名的三个抽象术语："客观对应物"、"非个性化"以及"感受性分裂"就是他从对哈姆雷特、玄学派诗歌所作的具体分析之中得来的经验概括。也许正是这种经验性，以及这种从经验中得来的判断让他的文章格外具有亲和力、说服力与吸引力，这样的文章与向来重视经验的英国气质甚是相符，这样的文章从始至终洋溢着一股人文主义的气息，哪怕是他后期的文化评论文章也同样如此。事实上，他身体力行所倡导的"文本细读法"在当今学术界仍然被看作做学问的基础，从不过时。要知道，无论中外，每一位教授在指导他的学生时无一例外都会说："先去仔细看看他的文本吧。"

然而，误解也正是在此。实际上，艾略特一直否认自己是新批评派成员，因

---

① T. S. Eliot. The Function of Criticism. In: Frank Kermode (eds). Sectected Prose of T. S. Eliot. New York: Harcourt Brace Jovanovich Publishers, 1975: 75.
② （美）T. S. 艾略特：《批评的界限》，见：王恩忠编译：《艾略特诗学文集》，国际文化出版公司1989年版，第297页。

为他强调聚焦文本，但他并不局限于文本。他真正倡导的是一种以文本为焦点，通过文本细读来进行一种"散点"发散式的研究，找出作品与作品、作品与作者、作品与读者之间的关系，最终得出一种结论。因此，在他的文章中，总有一种看似散乱、复杂的比较分析，让人很难摸清楚头绪。但读他的文章之时，如能抓住焦点，便势如破竹。这样一种"散点"与"焦点"相交相融的研究，是一种继承于白璧德又突破了白璧德的比较文学方法。说它是一种比较文学的研究方法，是因为艾略特曾明确表达过："诗人，或任何形式的艺术家，谁也不能单独具有他完全的意义。"鉴赏一位艺术家，评价一件艺术作品，不能"把他单独评价；你得把他放在前人之间来对照，来比较"；这也"就是鉴赏他和已往诗人以及艺术家的关系"。之所以能够自觉地运用比较研究的方法，这是和他的导师白璧德分不开的。作为哈佛大学比较文学教授，白璧德早就意识到"来源研究"的弊端。在其著作《文学与美国的大学》里，他说："与出色的老式语法或考证（textual criticism）工作相比，大量时下流行的 Quellenforschung（德语：来源研究）本身其实处于较低的水平。"① 因此，他将古代经典作为古代与现代世界一脉相承的发展链条上的环节，倡导一种比较研究和历史研究相结合的方法。对此，他曾举例说明："以维吉尔为例，要研究他不仅需要熟悉古典时期的'维吉尔'，也需要熟悉后来的那个'维吉尔'——诱导中世纪想象的那个魔幻'维吉尔'、作为但丁向导的那个'维吉尔'……如果他研究的是亚里士多德，他应当能为我们展示亚氏通过拉丁文传统或间接通过阿维罗伊等阿拉伯学者对中世纪和现代欧洲思想所产生的巨大影响，如果他研究的作家是欧里庇德斯，那么他应该知道欧氏在哪些方面影响了现代的欧洲戏剧……"② 毫无疑问，艾略特受导师影响很深，因为他也曾明确表示过，一位艺术家"不可避免地要经受维吉尔竖立起来的经典标准"的"裁判"。当然，这种裁判并不是"被裁判比从前的坏些，好些，或一样好；当然也不是用从前许多批评家的规律来裁判"。这应是一种把经典的种种标准和现在的种种标准"互相权衡的一种裁判，一种比较"。因此，我们可以说，艾略特的有机传统观和具有历史意义的比较研究方法正是白璧德学术的一脉相承。

---

① （美）欧文·白璧德，张沛、张源译：《文学与美国的大学》，北京大学出版社 2011 年版，第 79 页。
② （美）欧文·白璧德，张沛、张源译：《文学与美国的大学》，北京大学出版社 2011 年版，第 4 页。

但他那种"焦点"、"散点"相交融的比较文学方法似乎又与其师所推崇的比较方法不太一样。实际上，作为一名曾师从白璧德系统学习过"比较文学"的优秀学生，他从没有在自己的任何著作里提到过"比较文学"，仅仅只有两次提到了"比较方法"一说。第一次是在其《批评的功能》一文里，他说"显然，比较和分析的确是工具，但必须谨慎使用"；第二次出现在1950所写的《但丁于我的意义》一文中，他说："我列举了一些'影响'的类型，是想用对比的方式大致点明但丁于我的意义。"① 由此看来，艾略特并不认为自己的研究是比较文学，而这正好可以说明他能充分地认识到自己和白璧德所做的是不一样的两项工作。也因此，他那种建立在"学贯东西、会通群科"基础之上，擅长将"焦点"、"散点"相交融的学术研究是一种突破了比较文学理论的"新"的研究方法。

基于这样的"新"方法，在一篇篇的评论文章里，他将从荷马开始直到现代的英国文学史上他欣赏的或不欣赏的一位位诗人、剧作家的作品进行细致的比较分析，也对法国、德国、美国、印度的文学史上杰出的诗人、作家及作品进行横向的评价。同时，在他的文章中，他还交融了哲学、宗教、音乐、舞蹈等不同门类的学科知识，试图打破学科与学科之间的壁垒森严。在这种纵横交错的文学批评中，他描绘了一幅世界文学的"星云图"，在这幅图中，各种文学类型、各个国家、各个民族的文学"焦点"、"散点"般的相互影响，交相辉映。在其诗学结构里，虽然他并没有形成一种更高层次的比较文学研究理论，但他确实是在实践中践履着一种"会通群科、融贯东西"的努力。时至今天，很多比较文学的教授都感受到了比较文学的学科危机，部分有识之士还在试图拯救危机、化解危机。事实上，当翻开艾略特那一篇篇闪烁着软金碎玉般光彩的文章之时，我们应该会得到一丝安慰，因为已经逝世半个世纪的艾略特，早已在做着这样一种努力与尝试。如今，一种比较文学高端冲刺的研究方法"熔铸"法、一种比较文学的高端研究"序比较"横空出世，如果用栾栋先生所创辟的这一全新思想对艾略特比较研究的方法进行观照，我们会发现他的实践恰恰在某些方面印证着"熔铸"的理论。

何谓"熔铸"？这一术语来源于栾栋先生一篇题为《释熔铸——兼说比较研究的高端冲刺》的文章。"熔""铸"二字则取自《文心雕龙》之《辨骚第五》：

---

① （美）托·斯·艾略特：《但丁于我的意义》，见：陆建德编，李赋宁、杨自伍等译：《批评批评家 艾略特文集·论文》，上海译文出版社2012年版，第154页。

"观其骨髓所树,肌肤所附,虽取熔经意,亦自铸伟辞。"栾栋先生解释说:"熔,通镕,指熔化,冶炼,兼及浇铸过程。古人用熔,指铸造范型,熔化之熔与注范之镕相合。"① 由此他推知:"刘勰将熔镕混一,既熔且范,尤其强调创新。"② 而在此文,他"用熔铸,指称熔化、铸造和创新的治学过程,旨在说明比较研究所期待的一个非常重要的方法,即学人把各种比较对象冶为一炉,将自己研究的内容铸造成一个完整的创新作品。这既是比较研究的难题,也是比较研究突破自身局限的一条出路"。③ 在这样的意义上,"熔铸说"可谓是比较研究在思维方法与研究方法上的根本性创新。这种研究方法超越了普通的比较研究,是一种更高层次的比较研究。用栾栋先生的话来讲,是"经验实证的突破","对类比成果的回炉","对条理板块的化解"。④ 它"克服了比较研究前提预设的内在距离","整合了比较研究学科名实相乖的矛盾","预示了比较研究学科自我扬弃的提升"。⑤ 但栾栋先生同时强调"倡导熔铸研究不是要取消比较研究,而是要促成后者的高端冲刺,期待出现一个本质上的飞跃和创新性的升华"。⑥ 与"熔铸研究"相对应地,是他提出的"序比较"一说。这一术语来源于他一篇题为《序比较——比较研究的高端冲刺之一》的演讲。当前的比较文学界,常见的方法仍然是法国式的影响比较和美国式的平行比较研究,再加上现在有学者提出的所谓"中国学派"的综合比较法,共三种。在他看来,无论是法国派、美国派,还是"中国派",这三种比较方法仍然只是在比而较之,缺乏融之通之的局面。就算是所谓"中国学派"提出的综合比较的话题,也只是"貌似全面,其实只是前两种方法的相加,充其量补充一点中国元素,本质上并未整合。也未熔铸"。⑦ 对此,他形象地举例说明"有些比较研究的专家学者也在主张融会贯通,但是事实上仍然在'奶酪'加'豆腐'、'白兰地'对'茅台酒'、矛盾对左拉"⑧。一点没错,随便翻开一些比较文学的期刊论文,"什么"和"什么"的比较是最多的,有时甚至是"拉郎配"⑨,生拉硬扯地把毫不相干的两样东西凑

---

① 栾栋:《释熔铸——兼说比较研究的高端冲刺》,《复旦学报》,2013 年第 2 期,第 129 页。
② 栾栋:《释熔铸——兼说比较研究的高端冲刺》,《复旦学报》,2013 年第 2 期,第 129 页。
③ 栾栋:《释熔铸——兼说比较研究的高端冲刺》,《复旦学报》,2013 年第 2 期,第 129 页。
④ 栾栋:《释熔铸——兼说比较研究的高端冲刺》,《复旦学报》,2013 年第 2 期,第 129 - 130 页。
⑤ 栾栋:《释熔铸——兼说比较研究的高端冲刺》,《复旦学报》,2013 年第 2 期,第 132 - 133 页。
⑥ 栾栋:《释熔铸——兼说比较研究的高端冲刺》,《复旦学报》,2013 年第 2 期,第 133 页。
⑦ 栾栋:《序比较——比较研究的高端冲刺之一》,引自《栾栋讲义》,2010 年。
⑧ 栾栋:《序比较——比较研究的高端冲刺之一》,引自《栾栋讲义》,2010 年。
⑨ 栾栋:《序比较——比较研究的高端冲刺之一》,引自《栾栋讲义》,2010 年。

在一块，也美其名曰比较，但比完之后，再无下文。针对这种现状，栾栋先生创辟出比较研究的高端冲刺："熔铸研究"与"序比较"两个全新术语。在他看来，"序比较"在每一部书当中的序言里最为常见。他说："序比较是动宾词组。序是动词，比较是宾词。序比较，就是给比较研究、比较方法和比较学科以定性定义的分析和提纲挈领的规略……序比较是关于比较方法的熔铸性提炼。"① 为了能更好地、通俗地理解熔铸研究的方法，栾先生建议大家读一读他给他的朋友和弟子写的序言，因为在这些序言里，"有分析评判，有褒贬臧否，有我思我见，有追昔抚今，有前构后绘，透视，述评，鉴定，提挈，回溯，反思，概括，重构，点化，别裁，不仅总结了整个论著的来龙去脉，而且推出了拾阶而上的下一步设计"。② "序比较的良苦用心于斯可见一斑。"③ 综而观之，栾栋先生是"将比较研究纳入学术长河中统筹，置于创新节点上琢磨，《序比较》贯而通之，《释熔铸》改而造之，序与铸共同构成比较研究的突破与创新"。④ 这种既在学术全局上整合，也在研究细节上切磋的方法颇有圆通大端和别出心裁的治学智慧。用这种方法解析艾略特的诗学，有助于我们看到其中的价值所在。

　　基于这样一种全新的比较文学理论，我们在艾略特的研究实践中确实可以看到大量的"对比较研究核心""转移"⑤ 的"熔铸研究"加以印证的例子。比如在《哈姆雷特》当中，艾略特并没有将焦点仅仅局限于莎士比亚的《哈姆雷特》，他"退一步"，先从托马斯·基德的《哈姆雷特》说起，然后引出这两个《哈姆雷特》之间风格上的异同；其后，他又借莎士比亚的其他剧作如《一报还一报》、《科利奥兰纳斯》等进行"进一步说理"，以此指出《哈姆雷特》剧中诗句、技巧上的特色；同时，他还会将歌德的哈姆雷特、柯勒律治的哈姆雷特以致拉弗格的哈姆雷特拿出来，做一种"总体的熔解"⑥，在一种"循环往复净化澄澈"⑦ 的比较当中，道出他对《哈姆雷特》的全新看法。又比如在《本·琼森》中，他会信手将但丁和莎士比亚先拿出来，将焦点暂时转移到但丁和莎士比亚的风格之上，在对但丁、莎士比亚、琼森的对比中，对琼森的诗句做一番评

---

① 栾栋：《序比较——比较研究的高端冲刺之一》，引自《栾栋讲义》，2010年。
② 栾栋：《序比较——比较研究的高端冲刺之一》，引自《栾栋讲义》，2010年。
③ 栾栋：《序比较——比较研究的高端冲刺之一》，引自《栾栋讲义》，2010年。
④ 栾栋：《原创论》，《栾栋讲义》，2011年。
⑤ 栾栋：《释熔铸——兼说比较研究的高端冲刺》，《复旦学报》，2013年第2期，第131页。
⑥ 栾栋：《释熔铸——兼说比较研究的高端冲刺》，《复旦学报》，2013年第2期，第131页。
⑦ 栾栋：《序比较——比较研究的高端冲刺之一》，引自《栾栋讲义》，2010年。

价；然后在某一段，他又将琼森与马洛、马斯顿之间的异同拿出来做一番比较，同时还顺手牵出鲍蒙特和弗莱彻等人，认为琼森并不具有这些人作品当中的"肤浅之作"，但紧接着又将焦点转移到"莎士比亚、多恩、韦伯斯特以及图尔纳（有时是米德尔顿）的大作"中，认为这些大家的作品中含有一种被称作"第三维度"的"深度"，而"这却是琼森的作品所不具备的"。① 在一番纵横交错、关系复杂的比较之中，艾略特不停地将研究核心进行"转移"，让"焦点"与"散点"的交叉点处于一种不断变化的"复合点"之中，由此让读者既能看到所比对象之间的"异"，也能看到所比对象之间的"同"。在这种"异"、"同"相杂的复合点之处，最终对研究对象作出一个被批评界形容为"精准"的评价。这样的例子数不胜数，只要任意翻开他某一篇论文，我们便可以在其中"捡到"他对某位作家所发表的高见，这种文学批评方法，让所有研究他的人叫苦不迭，因为这意味着艾略特几乎没有系统的观点，其文章也呈现出一种"模糊的"特性，要找到他的批评理论，不得不和他一样，一头栽进其中进行文本细读，找准"焦点"与"散点"。然而，这种文学批评读起来也甚是有趣，因为我们永远都不知道下一句里、下一段中藏了什么闪闪发光的金子，在一路阅读的过程中，总是带有惊喜。这种研究方法在他的作品中贯穿始终，而且越到后期，越是被他运用得自如，自然得好像空气一样。

跳脱出文中的研究对象，从整篇文章上观而察之，他的论文实际呈现出的是一种看似杂乱、复杂的"散点"发射图状，在这个复杂的图式中，散点与焦点于多处相交、相融，这就与当今比较研究中常见的"将复合点交叉于一处"② 完全不同。因此，以栾栋先生所提出的"熔铸研究"的理论进行观察，他采用的实质上是一种"退而其上"、"借一步"③ 说理，将研究对象置于"复合点"之上的"熔铸研究"的方式，如此一来，在他的文中，无论是琼森、德莱顿抑或波德莱尔、歌德，呈现出的都是一种"复数"之"他"，而非"单一"之"他"。这也就是"熔铸"理论所说的"借一步措置，"其"目的就在于跳出常识或套路来看待事物，尽可能找出叠合点之外的另一种角度来"。④ 这种研究方法将"比较研究的核心"进行"转移"，因而也体现出"熔铸研究"之"多一

---

① （美）托·斯·艾略特：《本·琼森》，见：陆建德编，李赋宁、杨自伍等译：《传统与个人才能 艾略特文集·论文》，上海译文出版社 2012 年版，第 195 页。
② 栾栋：《释熔铸——兼说比较研究的高端冲刺》，《复旦学报》，2013 年第 2 期，第 132 页。
③ 栾栋：《释熔铸——兼说比较研究的高端冲刺》，《复旦学报》，2013 年第 2 期，第 132 页。
④ 栾栋：《释熔铸》，引自栾栋：《比较文学十五讲手稿》，2010 年。

环把握"① 的特性。在《释熔铸》这篇文章中,栾栋先生指出,"常见的比较研究也有提炼出吊环的力作",但这些文章所涉及的比较研究的对象"如同两个吊环",需靠"人为地拉扯,相互才有靠拢的关联"。② 而"熔铸研究的提挈点则是多了一环的构设,这第三个环节将前两个环节紧紧地扣在一起,形成了三环衔接,首位连贯,与两环分立有明显不同"。③ 艾略特的比较研究恰恰就是这样做的,正因为他不是将两者之间如同"吊环"那样进行"悬置",依靠人力进行"交叉",因此,在他的文章中,随处可见那"多一环"的研究对象与比较对象之间的紧紧相扣。也因此,他的研究方法是一种超越了白璧德比较文学的研究方法。

而在《但丁于我的意义》这样一篇文章中,我们还可以比较清晰地看到,艾略特对常见的"影响研究"所作的突破。白璧德教他在研究维吉尔时,"不仅需要熟悉古典时期的'维吉尔'",也需要熟悉"后来的那个诱导中世纪想象的那个魔幻'维吉尔'"以及"作为但丁向导的那个'维吉尔'"。这实际就是一种比较文学中常见的"影响研究"。但艾略特不这么看。他在描述但丁在什么方面对他有所影响时是这么说的:"但丁的重大恩惠并不在于如何借用和改写但丁,也不是那种恩惠,只发生在另一诗人成长过程中的某一特定阶段,也不是在用他作为示范的段落里找得到。"④ 也不是说"一个人可能会得益于但丁的思想,他的人生观,或者赋予《神曲》形体与内容的哲学和神学"⑤。他认为,这样的影响并非不重要,但那是"另一个绝非不相关联的问题","重要的恩惠"、真正的影响,通通"与此无关"。因此,在他看来,真正的"影响"绝不仅仅在于"当你有一个特定的问题要处理,他们写的某些东西"可以"提示你解决的方法"⑥;也不仅仅存在于你有意识地在某个"不同的语言、时期或语境"中借用他的语言或诗句;也不仅仅是那位诗人可以"在你心目中确立某一种诗的优点的标准"⑦。在这样的话语之中,他和白璧德之间关于"影响研究"的不同见解

---

① 栾栋:《释熔铸——兼说比较研究的高端冲刺》,《复旦学报》,2013 年第 2 期,第 131 页。
② 栾栋:《释熔铸》,引自栾栋:《比较文学十五讲手稿》,2010 年。
③ 栾栋:《释熔铸》,引自栾栋:《比较文学十五讲手稿》,2010 年。
④ (美)托·斯·艾略特:《但丁于我的意义》,见:陆建德编,李赋宁、杨自伍等译:《批评批评家 艾略特文集·论文》,上海译文出版社 2012 年版,第 160 页。
⑤ (美)托·斯·艾略特:《但丁于我的意义》,见:陆建德编,李赋宁、杨自伍等译.《批评批评家 艾略特文集·论文》,上海译文出版社 2012 年版,第 160 页。
⑥ (美)托·斯·艾略特:《但丁于我的意义》,见:陆建德编,李赋宁、杨自伍等译.《批评批评家 艾略特文集·论文》,上海译文出版社 2012 年版,第 154 页。
⑦ (美)托·斯·艾略特:《但丁于我的意义》,见:陆建德编,李赋宁、杨自伍等译.《批评批评家 艾略特文集·论文》,上海译文出版社 2012 年版,第 154 页。

就已经表现得十分明显了。白璧德认为"影响"就是研究亚里士多德"对中世纪和现代欧洲思想所产生的巨大影响",或者说是研究欧里庇德斯"在哪些方面影响了现代的欧洲戏剧"。但在艾略特眼里,这些"影响"都不是"真正的影响"。在他看来,真正的"影响"存在于"当我们长大,靠近他们",与"他们"并肩,与"他们"携手这样一个过程当中,只有这种影响,才会让你在学习那位诗人的"技艺"、"语言"、"感觉力的探索"之后能将它们融化在你自己的创作语言当中;也只有这种"影响",才会让你"在逐渐成熟的每一阶段",对"他们的理解更为深刻"。① 因此,这种"影响"超越了那种看得见、摸得着的单层次的"影响",这种影响是一种融合了所有单层次影响的多维度影响,这种影响"在疆非疆"、"在科非科",这种影响"突破"了"实证经验","化解"了"条理板块",是一种将"影响"消解于"深层次的概括"② 的"圆融"。

当我们用上述所说的"熔铸"理论与"序比较"来观照艾略特诗学,确实会发现艾略特的批评实践在经验中对这一理论的印证。这是一种"学贯中西、会通群科"式的比较研究,这种研究绝不是将几门学科的知识简单相加、重叠,"也不是简单地超越原来的学科视野"。③ 它"是一个共和体",也是一个有机体,"它汇聚于人又在人的手里获得新生"。④ 因此,与其说艾略特的方法是比较文学,与其说他只是在简单地比较歌德、但丁和莎士比亚的异同,不如说在这比较之后,他能在更高一层对三者的思想进行融通进而创新,这样的方法已经在走向人文学"熔铸法"的途中。这种研究,相对于20世纪初期英国文坛上所风行的"阐释性研究"、"传记式批评"而言,无疑是一种全新的创造,这种创新让艾略特无愧于"现代批评鼻祖"的称号。这种"新",不单是"形式"上的"新",更是"内容"上的"新"。诚然,如他自己所言,一种写作方式在经历了一代人或更长时间的实践之后,总会有智者会在关键时刻跳出来,判定那种写作方式彻底过时,"不能够反映当代的思想、情感与表述形式"⑤。于是,一场文学革命即将爆发。革命初期总是充满着混乱,人们"对之或是充满嘲讽,或是

---

① (美)托·斯·艾略特:《但丁于我的意义》,见:陆建德编,李赋宁、杨自伍等译:《批评批评家 艾略特文集·论文》,上海译文出版社2012年版,第154页。
② 栾栋:《释熔铸——兼说比较研究的高端冲刺》,《复旦学报》,2013年第2期,第131页。
③ 栾栋:《人文学概论》,暨南大学出版社2012年版,第183页。
④ 栾栋:《人文学概论》,暨南大学出版社2012年版,第183页。
⑤ (美)托·斯·艾略特:《美国文学和美国的语言》见:陆建德编,李赋宁、杨自伍等译:《批评批评家 艾略特文集·论文》,上海译文出版社2012年版,第64页。

嗤之以鼻，他们把它看成对于传统的抛弃"①，但过了一段时间，人们最终"会发现这种新的方式并非是毁灭性的，而是一种重新的创造"。因为这种新的写作方式"并非像那些新文学潮流最顽固的敌人和最愚蠢的支持者所想象的那样彻底拒绝了过去；相反，我们拓展了对过去的理解，我们从这些新东西的角度出发，以新的形式去观照和理解过去"。② 在这样的文学革命中，新与旧重叠着，新与旧含混着，在这种含混模糊中显示出文学批评的独特魅力。

第四节　批评与创作的契合

"批评就像呼吸一样不可或缺"③，这是 T. S. 艾略特曾经说过的一句话。确实，文学批评非常重要。之所以如此重要，其原因就在于他认为，批评与创作是融为一体不分彼此的有机体。在这一点上，他曾批评阿诺德对"批评性"和"创造性"这两个术语、这两种活动之间所作的过于"粗率"④ 的区分。在他看来，批评的目的"在于回归艺术作品"，因此，"批评诗歌是为了创作诗歌"。⑤ 同样，在诗歌创作的过程中也可以存在批评活动，正如他自己所说的："一个作家在创作的过程中的确可能有一大部分的劳动是批评活动，提炼、综合、组织、剔除、修正、检验：这些艰巨的劳动是创作，也同样是批评。"⑥ 对于在创作中所呈现出来的批评，在题为《诗的用途和批评的用途》的演讲中，他进一步指出："在一首诗里所展开的批评头脑，在一首诗的写作过程中所发展出来的批评

---

① （美）托·斯·艾略特：《美国文学和美国的语言》，见：陆建德编，李赋宁、杨自伍等译：《批评批评家　艾略特文集·论文》，上海译文出版社 2012 年版，第 64 页。

② （美）托·斯·艾略特：《美国文学和美国的语言》，见：陆建德编，李赋宁、杨自伍等译：《批评批评家　艾略特文集·论文》，上海译文出版社 2012 年版，第 64 页。

③ T. S. Eliot. Tradition and the Individual Talent. In: Frank Kermode (eds). Selected Prose of T. S. Eliot. New York: Harcourt Brace Jovanovich Publishers, 1975: 37.

④ T. S. Eliot. the Function of Criticism. In: Frank Kermode (eds). Selected Prose of T. S. Eliot. New York: Harcourt Brace Jovanovich Publishers, 1975: 73.

⑤ （美）雷纳·韦勒克、杨自伍译：《近代文学批评史（中文修订版 第五卷）》，上海译文出版社 2009 年版，第 301 页。

⑥ T. S. Eliot. the Function of Criticism. In: Frank Kermode (eds). Selected Prose of T. S. Eliot. New York: Harcourt Brace Jovanovich Publishers, 1975: 73.

努力，这样的批评要超过那些基于某首诗——不管这首诗是他自己的还是别人的——所作的评论。"① 毫无疑问，这样的评论对当时大部分人所持的将创作与批评截然分开的观点作了一种有力的反驳。如他自己所讲："我们不能因为创作过程中没有明显的批评劳动，就认为没有付出批评劳动。我们不知道在创作之前，作家头脑中准备过什么劳动，或者在这个创作过程中，他又进行了些什么样的劳动。"② 于是，在他看来："批评家与创作家的区别，并非十分有益的区别。当今之世，最有活力的头脑是哲学头脑，总之，是产生价值的。"③ 因此，我们可以这样说，在他心里，理想的批评是一种创作与批评合而为一的创作："批评活动只有在艺术家的劳动中，与艺术家的创作相结合才能获得它最高的、真正的实现。"④ 正因如此，在那篇 65 岁所发表的题为《批评批评家》的文章中，他极力推崇一种诗人兼批评家的批评。对此，他不惜用一种近乎"偏激的立场"明确表达："值得一读的批评，只有那些本人是从事而且很出色地从事他们所评论的那一门艺术的批评家。"⑤ 当他说这些话的时候，也许他内心所想的是如维吉尔的《农事诗》那样的诗作，但那样的诗歌毕竟已随着现代社会的发展不可能再重现，因此，毋宁说，他内心所向往的正是东方世界里如《奥义书》、《摩诃婆罗多》那样的诗，或者也是中国文学里像《老子》、《文心雕龙》那样的作品。因为只有这样的作品才能弥补艾略特的遗憾："你可以将批评融化在创作里，却不能将创作融化在批评中"⑥；只有这样的作品才能真正达到他所向往的："批评家和创作型艺术家，往往应该合而为一。"⑦ 只有在这样的作品中，文学创作与文学批评真正地融为一体，不能分离。正是抱着这样一种态度，在他的诗歌里，

---

① T. S. Eliot. from the Use of Poetry and the Use of Criticism. In: Frank Kermode (eds). Selected Prose of T. S. Eliot. New York: Harcourt Brace Jovanovich Publishers, 1975: 79.

② T. S. Eliot. the Function of Criticism. In: Frank Kermode (eds). Selected Prose of T. S. Eliot. New York: Harcourt Brace Jovanovich Publishers, 1975: 73.

③ T. S. Eliot. the Function of Criticism. In: Frank Kermode (eds). Selected Prose of T. S. Eliot. New York: Harcourt Brace Jovanovich Publishers, 1975: 73.

④ T. S. Eliot. the Function of Criticism. In: Frank Kermode (eds). Selected Prose of T. S. Eliot. New York: Harcourt Brace Jovanovich Publishers, 1975: 74.

⑤ T. S. Eliot. the Function of Criticism. In: Frank Kermode (eds). Selected Prose of T. S. Eliot. New York: Harcourt Brace Jovanovich Publishers, 1975: 74.

⑥ T. S. Eliot. the Function of Criticism. In: Frank Kermode (eds). Selected Prose of T. S. Eliot. New York: Harcourt Brace Jovanovich Publishers, 1975: 74.

⑦ （美）雷纳·韦勒克、杨自伍译：《近代文学批评史（中文修订版 第五卷）》，上海译文出版社 2009 年版，第 301 页。

我们往往能读出戏剧的张力，读出深刻的哲理，而在他的文论中，我们又能体会到英国散文的细腻与魅力。将创作与批评合而为一的努力，将传统与创新相互"涵摄"的尝试，将新批评与旧批评互相包融的企图，恰恰表明他诗学中那非同一般的特色，那是一种不同于西式逻辑中咄咄逼人的态势，那是一种"契合性诗学结构"所体现出来的"祥和"与"圆融"。

然而，要达到这种"圆融"的境界，必须具有广博的学识，必须具有"融会文史哲，贯通中西学"的恢弘气度，这一点，艾略特恰恰具备。他有广阔的学术背景，这种背景与他自己的勤奋好学紧密相连，也与他接受到的良好教育紧密相连，也和他所遇到的好老师给予他的指引和教导分不开。1953年，艾略特应邀在其中学母校作了一次演讲。在此，他饱含深情地说："我学校教育的早期部分，在我看来也是最重要的部分，（却）来自华盛顿大学的附校史密斯预科学校。"① 没错，正是这所学校，为求知欲旺盛的艾略特提供了涵盖希腊语、拉丁语、英语、法语、德语等多门语言，包括古希腊罗马历史、英国和美国史的等各国历史的广泛而多样的课程，还为他提供了大量的文学阅读书籍。从传记上来看，在这里的最后一个学年，他"阅读了希尔的《修辞法》，莎士比亚的《奥赛罗》、《英诗金库》，弥尔顿，莫考莱，爱迪生，伯克的《与美国和解》，维吉尔的《伊尼特》第三、四卷，荷马的《伊利亚特》，拉辛的《安德罗马克》和《赫拉斯》，雨果的《悲惨世界》，莫里哀的《厌世者》，拉封丹的《寓言》的作品，同时还学习了物理、化学等自然科学"。② 对于一个十几岁的孩子而言，能在此时接受到这种博学多识的人文教育，无疑是一种幸运。难怪多年以后，当他在母校回忆起在此度过的几年生活时，他不无感激地说："如果我今天还算得上是一个受过教育的人，首先要感谢的是史密斯预科学校；如果不是在那里接受了这么好的教育，我也不可能在其他地方学到任何知识。"③

1908年，艾略特通过了哈佛大学入学考试，就读于哲学系。在大学，他很努力，也很有规划。他的课程从一开始就经过严格挑选。比如第一年，他学了德语语法、立宪制政府、希腊文学、英国文学和中世纪历史，重点是在广而不是在深。此后两年，他又选了法国文学、古代哲学与现代哲学、比较文学和其他一些

---

① （美）托·斯·艾略特：《美国文学和美国的语言》，见：陆建德编，李赋宁、杨自伍等译：《批评批评家 艾略特文集·论文》，上海译文出版社2012年版，第47页。
② 刘燕：《二十世纪文学泰斗》，四川人民出版社2003年版，第8页。
③ （美）托·斯·艾略特：《美国文学和美国的语言》，见：陆建德编，李赋宁、杨自伍等译：《批评批评家 艾略特文集·论文》，上海译文出版社2012年版，第48页。

课程。很明显，从这些课程当中汲取的知识日后对他产生了深远的影响。在哈佛攻读硕士学位的最后一年，他遇到了两位杰出的对他产生深远影响的老师。一位是诗人、哲学家乔治·桑塔亚纳，另一位是欧文·白璧德。桑塔亚纳是一位功底颇为深厚的哲学家，但对诗歌也有着独特的研究与见解；白璧德是一位人文主义者，东西方文化、文学的造诣都相当深厚。而且，这两位老师都将艾略特引向了学习梵语与印度佛教的道路上。

从艾略特所接受到的教育背景来看，他无疑具有"会通群科、融贯东西"的"人文学"视野。正是这样的学术背景让他能敏锐地看到在专业界限分明的现代学术体制和科层制组织日趋严密的社会结构下，人文学科的壁垒森严所导致的诗歌灵感丧失、学术研究僵化的局面。因此，作为一名睿智、深邃的先知学者，他自觉地在其诗歌中将哲学、神话学、人类学、东西方神学等各种学科融为一体，开创出一种独特的诗歌风格；有意地在诗歌理论中，打破各种"主义"限制，冲出各种学科界限，用一种"综合感受力"将各种成分熔于一炉，使之成为一个"有机整体"。同时，他还更加敏锐地指出当代文化衰退主要原因在于文化的分工，以及其所引起的艺术创造力的枯竭。因此，拯救西方文明的首要任务是使文化重归一个统一的整体。正因如此，他的诗学是一种具有深厚的人文底蕴、人文气质、人文精神的诗学。

时至今日，栾栋先生从学理的层面正式推出"人文学"这样一种大学科门类，她以"融会文史哲，贯通中西学和涵摄教科文"的恢弘气度为基础，通过融通性的人文教育，从学科的层面上来推进学科创新和社会创新，以重建"人"的完整性。"从学科脉络上讲，人文学是研究文史哲互根的学问。从学术本质上看，人文学是求索中西学融会的艺术。从学理辐射而论，人文学是探讨教科文贯通的方略。"人文学中包含了"文史哲互根"和"文学非文学"等命题，提供了"易辩法"和"辟文辟学辟思"之利器，建构了文学他化、归化和檃栝的格局，将其称之为崭新而又圆融的文学思想绝非过誉。以"人文学"理论对艾略特诗学进行观照，我们可以看到，这一诗学不但具有深厚的人文传统，而且正是一种以"文史哲互根"为基点，以"会通群科、融贯中西"为视野，以"辟文辟学辟思"和"易辩法"为武器的有特色的"契合性诗学结构"。艾略特诗学之"契合"，在于传统与创新的契合，在于新与旧的契合，在于批评与创作的契合，在于理性与感性的契合，在于"东学"与"西学"的契合，同时更在于这些"契合"所体现的"开放"、"包容"与"圆融"之中。这种"契合性诗学结构"一扫当时英国文学界中文学研究的僵化和呆板，力图克服西方文学研究中本体论诗学之"整全性"、"独一性"和"实体性"的霸气,将文学家、文学作品置于流动的、开放的传统之中,让研究对象不但与历史上的各类文学现象发生交叉,而且与各种学科发生交叉,在一种动感的文学研究形式中凸显出文学、文学语言的巨大活力。诚然,他绝对没有达到"人文学"的理论高度,但他的批评实践却时刻都在用经验证明着"人文学"的理论。正因如此,如果从人文学的角度来切入艾略特诗学,我们便会在已被无数学者研究过的艾略特诗学中找到新意,也会再一次从艾略特诗学中得到启示,我们会充满希望地看到,它就是那处于新旧交替时期的两面神,站在现在,指向过去,却又面向未来。

第二章 艾略特"诗学缘构"之"实构":"解疆化域"的诗学之维

当对艾略特诗学当中"契合结构"特征进行了论证之后，我们会很自然地牵出"诗学实构"与"诗学既构"、"诗学灵构"与"诗学重构"之说。与"契合性诗学结构"一样，这些术语同样来源于那场题为《诗学缘构简说》的演讲。在这场演讲里，栾栋先生将睿智的眼光投射到远古，投射到那还未有诗歌，甚至还未有人类的鸿蒙开辟之时的"零界"，即诗歌的"缘构"之处来论诗学。实际上，"契合性诗学结构"正是一种从"缘构"处论诗学所得来的结论。为什么要从"缘构"处论诗学？因为栾栋先生看到，"自古以来，人们考察诗歌和诗学都是从有诗歌之时和有诗说之日作为前提，这样的起点当然有实证的依据，但是在述而不作的后面，少了反思，少了创新，少了悟性，从一开始就抹杀了诗歌的一截——造化，放逐了诗性的一截——空灵，遮蔽了诗学的一截——缘构"。① 因此，从"缘构"处论诗学，"不仅是把诗歌的初始作为起点，而且是以诗歌的零界作为前提；不仅是将有字的诗歌作为根据，而且是把无字的时空也纳入建构；不仅把有声的诗歌作为凭证，而且把无声的自然也作为前奏；不仅将有原始生活的动静作为序曲，而且把天地人神时古老的宇宙观再一次纳入诗学的范畴；不仅以诗骚作为诗学研究的典范，而且以三易古歌作为诗学年轮的上限"。② 这样一番亦诗亦哲的话不仅给我们带来了对诗学研究现状的警示，也带来了诗学研究的新局面、新视野。因此，从"缘构"处论诗学是一种"对诗学思想的创辟性探索"。③ 实际上，"从缘构处论诗学"，一开始，便为我们"揭示了'缘构'的底基——'实构'"④，即诗学的"萌生嫩芽、体认脉络（episteme，米歇尔福科语）和形成情结，经历的是'一种天造地设加人为的多元性现象'"。⑤ 而"'实构'的进展便是'既构'。'既构'是既成事实之构设，也就是我们常说的结构"。⑥ 然而，"并非所有的缘构都能成为结构"⑦，因此，既然"诗学缘构"有"既构"、"实构"，那么相对应地，从"缘构"处论诗学，必然会发现"诗学缘构之灵构"、"诗学缘构之重构"这一"向度"。如果说前一向度的重点在于诗学的结构，后一"向度"所关注的正是"诗学作为宇宙精神的擘画"⑧。如此看

---

① 栾栋：《诗学缘构简说》，《广东外语外贸大学学报》，2012年第2期，第53页。
② 栾栋：《诗学缘构简说》，《广东外语外贸大学学报》，2012年第2期，第53页。
③ 栾栋：《诗学缘构简说》，引自栾栋：《比较文学十五讲手稿》，2010年。
④ 栾栋：《诗学缘构简说》，引自栾栋：《比较文学十五讲手稿》，2010年。
⑤ 栾栋：《诗学缘构简说》，引自栾栋：《比较文学十五讲手稿》，2010年。
⑥ 栾栋：《诗学缘构简说》，《广东外语外贸大学学报》，2012年第2期，第54页。
⑦ 栾栋：《诗学缘构简说》，《广东外语外贸大学学报》，2012年第2期，第54页。
⑧ 栾栋：《诗学缘构简说》，《广东外语外贸大学学报》，2012年第2期，第53页。

来,"以诗歌的零界作为前提"① 的从"缘构"处论诗学实际上打破了将诗学仅仅局限于"有诗歌之时和有诗歌之说"② 的僵局,跳出了常见的诗歌定义、诗学定义的"藩篱",进入到诗歌诗学之"他化化他,他化他在,他化他辞"的"化境",与"文学非文学"的"辟思"性命题交相辉映。它能让我们看清"诗学体系的发祥地"③,明了"诗学结构的成因"④,知晓"诗学体系(的)保护神"⑤。总之,这种开拓性的命题——从"诗学缘构"处论诗学——必定是"诗学根本处的钻仰"⑥。

  本章正是在这全新的视野之下来探讨艾略特"契合性诗学结构"之"诗学实构"。这一探讨,既将包括艾略特诗学的实际构造,即作为历史事实生发的诗学理论,也会涉及艾略特诗学"情结",即"产生的种因"和"内核"。在一种"缘构之构和情节之结在诗性时空中的能动的有机契合"中,最终描述出艾略特"诗学实构",以及其与契合性诗学结构所形成的契合、对应的关系。当前的学术界,艾略特诗学研究被大部分学者局限在其几个著名的公式与术语之中,但艾略特早已对此提出过警示:"我做得最好的批评——除了少数几个臭名昭著的词语,它们在世上获得了真正令人难堪的成功——是研究对我发生过影响的诗人和诗剧作家的那些论文。"在这里,一唱百和的术语被他当作了"臭名昭著的词语",正因如此,当面对"引用我的话时,仿佛是我昨天讲的,其实或许是写于三四十年前"这一现象时,他颇为恼怒。须知,真正的批评绝不是几个公式能表达出来的。在其博士论文《F. H. 布拉德利哲学的认识与经验》里,他曾呼吁:"真正的批评家是小心谨慎避免公式的人:他尽量不发表俨然看似合理的论调。他无处发现事实,总是接近事实。他的真理具有经验性质,而非毫发不爽的真理。"⑦ 因此,如果能把"缘构处论诗学"的起点落实到艾略特诗学的个案研究中,我们应该会无限接近艾略特诗学原貌。这样的研究会反转当今学术界大多数艾略特诗学论述都集中在其抽象概括的探讨之上的局面,这样的研究既聚焦术

---

① 栾栋:《诗学缘构简说》,《广东外语外贸大学学报》,2012年第2期,第53页。
② 栾栋:《诗学缘构简说》,《广东外语外贸大学学报》,2012年第2期,第53页。
③ 栾栋:《诗学缘构简说》,《广东外语外贸大学学报》,2012年第2期,第54页。
④ 栾栋:《诗学缘构简说》,《广东外语外贸大学学报》,2012年第2期,第54页。
⑤ 栾栋:《诗学缘构简说》,《广东外语外贸大学学报》,2012年第2期,第53页。
⑥ 栾栋:《诗学缘构简说》,《广东外语外贸大学学报》,2012年第2期,第53页。
⑦ (美)雷纳·韦勒克、杨自伍译:《近代文学批评史(中文修订版 第五卷)》,上海译文出版社2009年版,第209页。

语,又将眼光发散到术语背后的事实之中;既聚焦其相关的原理性文章,也将重心放置到他更多的具体的个案研究之中。在这样一种将"焦点"、"散点"相结合的研究之下,我们不但会看到艾略特诗学的"典型性",也会看到其"缘起性",不但会看到它的"骨骼性",也会看到它的"脉络性"①。这样的研究将跳脱那几个术语、公式,而无限接近其诗学的"事实"。实际上,作为一种整体,艾略特诗学实构恰恰反映在那一种"解疆化域"(栾栋语)的文学批评的界限之上;反映在他诗、思相交,诗、神交融的批评事实之上;也反映在他极力推崇的那种打破了文学、哲学、神学的界限,融合了诗歌、音乐、舞蹈的有机艺术形式之中。

第一节 "文史哲互根"②:批评的界限

"文史哲互根"是栾栋先生提出的一个学术命题。该命题深刻地揭示了文史哲不分家的根本原因,充分说明了文史哲贯通的理据,为人文学学科的创立奠定了第一块基石,对笔者研究艾略特文学批评的畛域问题,提供了学理的根据和运思的起点。

基于"世世代代,词语意义都在发生变化"这一原因,艾略特在《批评的界限》一文中首先对"文学批评"一词的演变过程进行了观察。他发现,"文学批评"一词如同他曾经考察过的"教育"一词一样,确实在随着时间的推移发生着某种变化。在《教育的宗旨》一文中,艾略特曾证实"教育一词的含义从16世纪到今天一直不断地变化着,之所以会如此,原因在于教育不仅包括了越来越多的科目,而且被提供或强加给越来越多的人"。③ 于是,在"文学批评"这个词上,艾略特发现了同样的变化,那就是"文学批评"一词的范围也变得越来越大,包括了越来越多的科目。这一变化,据他考证,在柯勒律治的《文学传记》一书中曾得到过反映。实际上,《文学传记》上承约翰逊的《诗人传》,但它们之间的差别"并不仅仅是约翰逊代表了一种即将结束的文学传统,而柯

---

① 栾栋:《诗学缘构简说》,《广东外语外贸大学学报》,2012年第2期,第53页。
② 栾栋:《论人文学术还家——兼释"文史哲互根"》,《学术研究》,2007年第10期,第5页。
③ (美)托·斯·艾略特:《教育的宗旨》,见:陆建德编,李赋宁、王恩忠等译:《批评批评家 艾略特文集·论文》,上海译文出版社2012年版,第79页。

勒律治是在维护一种新文体的"①特点。他们之间的最大差别在于柯勒律治在承继约翰逊的诗论中引入了另外一些兴趣的种类及范围："他确立了哲学、美学和心理学的相关性"②；而"自柯勒律治将这些学科引入文学批评以后"③，文学批评的传统就悄然发生着变化，文学批评的含义开始扩大。由此，由柯勒律治诗学发展而来的更新一代的批评家们发现"自己同柯勒律治有许多共同之处"。因为现代的文学批评确实已同往日的文学批评不一样，反过来，"假如柯勒律治今天还活着的话"，艾略特几乎敢肯定"他会对社会科学、语言及语义学研究发生兴趣，就像他当时对他能接触的科学感兴趣一样"。④

由柯勒律治传承而来的文学批评，显然已不是纯粹的文学批评。对于这一点，艾略特曾明确表示，"文学批评家并不是'纯粹'文学性的，文学批评家也不意味着他除了文学以外，'不具有任何其他方面的兴趣'"⑤。如果哪位文学批评家仍执着于进行一种纯粹的文学批评，那"他不可能告诉我们多少东西"，因为"他的文学只会是一个纯粹的抽象物"。⑥ 既然文学批评已渗透到其他领域，文学创作也必须如此。因此，在艾略特看来，诗人必须具有除诗之外的其他兴趣——"否则他们的诗将会非常空泛"⑦。他表示，诗人之所以是诗人，"只是因为他们的主要兴趣在于精化他们的经验和他们的思想（而体验和思想意味着具有除诗之外的兴趣）——在于把他们的经验和思想转化为诗"。⑧ 正因抱有这种激进的观点，艾略特甚至认为只有对诗以外的别的东西感兴趣的诗人才会是真正的

---

① （美）T. S. 艾略特：《批评的界限》，见：王恩忠编译：《艾略特诗学文集》，国际文化出版公司1989年版，第287页。
② （美）T. S. 艾略特：《批评的界限》，见：王恩忠编译：《艾略特诗学文集》，国际文化出版公司1989年版，第287页。
③ （美）T. S. 艾略特：《批评的界限》，见：王恩忠编译：《艾略特诗学文集》，国际文化出版公司1989年版，第287页。
④ （美）T. S. 艾略特：《批评的界限》，见：王恩忠编译：《艾略特诗学文集》，国际文化出版公司1989年版，第287页。
⑤ （美）T. S. 艾略特：《批评的界限》，见：王恩忠编译：《艾略特诗学文集》，国际文化出版公司1989年版，第299页。
⑥ （美）T. S. 艾略特：《批评的界限》，见：王恩忠编译：《艾略特诗学文集》，国际文化出版公司1989年版，第299页。
⑦ （美）T. S. 艾略特：《批评的界限》，见：王恩忠编译：《艾略特诗学文集》，国际文化出版公司1989年版，第299页。
⑧ （美）T. S. 艾略特：《批评的界限》，见：王恩忠编译：《艾略特诗学文集》，国际文化出版公司1989年版，第299页。

诗人，只有对诗以外的别的东西感兴趣的批评家才能被称作真正的文学批评家。这一观点，在艾略特眼里，还可以从另一角度来进行论证。他提出，如果一位文学批评家在进行批评时，当他面临着一首具有广博知识和各种兴趣爱好的诗人所写的诗歌时，他如何才能帮助他的读者理解并欣赏这一首诗呢？显然，他得"具有其他方面的兴趣，而且这个兴趣面要像诗歌作者本人的兴趣面那样广"①，如此他才能达到他进行文学批评的目的。这就是艾略特所提出来的，任何一位"文学批评家并不仅仅只是一个只了解他批评的作家所必须遵循的规则的技巧专家；批评家必须是一个全面的人，一个有信仰有原则的人，还必须具有生活知识和生活经验"。② 从这两方面来看，文学批评家要具备广泛的兴趣，要进行广博的阅读，如此，文学批评才能在不断肯定自己的活动范围——文学范围的同时，也可以跨出文学领域，进入到其他学科的领地。这样，才能在继承柯勒律治文学批评的传统上，再对之进行超越创新。这就好像一位文学批评家如果在论述但丁、莎士比亚或歌德时，其批评假若不涉及神学、哲学和伦理学，就不可能走得很远。尤其是在研究歌德时，还"必须偷偷摸摸、毫无'合法证件'地渗透进科学的禁区里"。③ 不但不能完全脱离神学、哲学、科学，艾略特还认为，我们在做文学批评时，甚至"永远无法在审美批评和道德及社会批评之间划界线"④，同时，也不能"把批评和形而上学截然分开"。⑤ 如此看来，在艾略特关于文学批评的字典里，学科之间的界限被完全解构，文学和其他学科之间那被人为制造出来的沟壑被艾略特调和、填平，直至融为一体。

基于这种"解疆化域"的想法，艾略特在《戏剧诗人七人谈》一文中再次声明："我们从文学批评开始，不管我们是多么严格的审美主义者，迟早都会越界，进入其他领域。"⑥ "文学越界"这样激进的提法，在当时的学界毫无疑问会

---

① （美）T. S. 艾略特：《批评的界限》，见：王恩忠编译：《艾略特诗学文集》，国际文化出版公司1989年版，第299页。

② （美）T. S. 艾略特：《批评的界限》，见：王恩忠编译：《艾略特诗学文集》，国际文化出版公司1989年版，第287页。

③ （美）T. S. 艾略特：《哲人歌德》，见：王恩忠编译：《艾略特诗学文集》，国际文化出版公司1989年版，第271页。

④ （美）托·斯·艾略特：《关于戏剧诗人的七人谈》，见：陆建德编，卞之琳、李赋宁等译：《传统与个人才能 艾略特文集·论文》，上海译文出版社2012年版，第52页。

⑤ （美）托·斯·艾略特：《关于戏剧诗人的七人谈》，见：陆建德编，卞之琳、李赋宁等译：《传统与个人才能 艾略特文集·论文》，上海译文出版社2012年版，第52页。

⑥ （美）托·斯·艾略特：《关于戏剧诗人的七人谈》，见：陆建德编，卞之琳、李赋宁等译：《传统与个人才能 艾略特文集·论文》，上海译文出版社2012年版，第52页。

遭到各方人士的质疑。对此，艾略特表明，当文学批评家超越了自己的领域时，有一条不变的法则就是，"他应该完全意识到他在做些什么。"① "并且，从另一方面来说，我们一定知道怎样和什么时候原路返回。我们必须要非常灵活。我可以从莎士比亚的道德批评开始，以审美批评结束，反之亦然。"②

从人文学的视角来看，艾略特希冀打破学科界限的文学批评正是一种"会通群科"式的人文学批评方法。这种方法对当时学科"壁垒森严"、学科"画地为牢"的现象作出了一种有力的抗争与反拨。须知，文明如一把双刃剑，它曾给我们带来科技的进步、物质的丰富，但在文明的内里其实又蕴含着对人类有更大伤害的"分工与私有"③。20世纪初的欧洲世界，尽管已是风起云涌，暗藏杀机，但沉浸在"进化论"中的人类全然没有察觉到身后的危机。只有一些哲人、智者才知道，文明已处于一种"零界"，随时都会爆发，这爆发之后的结果要么进入"领界"，独领风骚，要么深陷泥潭，一蹶不振。艾略特无疑属于智者的行列。他敏锐又不无忧虑地意识到，肇自人类远古的"分工与私有"已在文化、文学艺术等一切与人类精神有关的领域显示出其极致。在他心里，这种文化上的"分工"突出表现在大学教育当中。实际上，从19世纪开始，在自然科学学科中所进行的越来越细的分类逐渐蔓延到人文学科，到20世纪初，人文学科完全"成了科学家族中的一个小的分支，并且最终在分类学上完全被科学同化"。④在这样的"分工"之下，"文学"被挤入一个狭小的空间，曾经与文学同处一颗种子的那些因素、成分都被活生生地划分出去。人类将哲学、神学、文学等本是一体的学科"自立门户"，并把其当作"社会的成就"，丝毫没有反思之意。无怪乎艾略特发出这样悲壮的号召："这是一个充满不确定的时代，一个人类在新科学面前茫然不知所措的时代，一个自然而然的共同信仰如此少的时代，"⑤ 在这样一个时代，什么"应该是所有各种文学批评所共有的？"⑥ 答案显而易见："任

---

① （美）T. S. 艾略特：《哲人歌德》，见：王恩忠编译：《艾略特诗学文集》，国际文化出版公司1989年版，第271页。
② （美）托·斯·艾略特：《关于戏剧诗人的七人谈》，见：陆建德编，卞之琳、李赋宁等译：《传统与个人才能 艾略特文集·论文》，上海译文出版社2012年版，第52页。
③ 栾栋：《文学的疆域·有感于古代文学研究的块垒化》，《光明日报》，2003年第1期，第25页。
④ 栾栋：《人文精神与学科建设》，华中师范大学学报（哲社版），1996年第6期，第28页。
⑤ （美）T. S. 艾略特：《批评的界限》，见：王恩忠编译：《艾略特诗学文集》，国际文化出版公司1989年版，第297页。
⑥ （美）T. S. 艾略特：《批评的界限》，见：王恩忠编译：《艾略特诗学文集》，国际文化出版公司1989年版，第298页。

何一个可探索的领域都不是禁区"①，任何一个可探索的领域都是文学批评所共有的；任何可以"促进对文学的理解和欣赏"②的探索都是各种文学批评所共有的。

艾略特希冀将文学的触角伸入到哲学、美学、神学甚至科学的领地，这种素朴的语言竟能让现在的我们羞愧与汗颜，也值得我们细细思考。的确，我国的高等教育一直以来都是以西方高等学府为楷模，热衷于在某一大类学科底下进行细致的、科学的专业划分。专业细分固然可以带来好处，从科学研究来看，它具有系统性和稳固性的优点，从人才培养来看，它能带来的最大好处莫过于能快捷地培养大批量的专业人才。但是，这种"精"、"专"、"细"的人才培养方式似乎并不适用于人文学科。事实上，在专业细分之下，"拉帮结派"、"只此一家"的专业主义将逐渐形成，而文学境域则会变得越来越狭窄。从人文本根来看，这无异于是对"人文根器"的最大伤害。事实上，"人文根器"如若毁坏，其结果只能是扼杀智慧，压抑人才。因此，在这样的培养机制下，传统意义上的大师便很难再现。

与我们相隔一个多世纪的艾略特早已对此看清。深感唯科学主义的盛行将对"人文根器"带来深深伤害的他，站在文学批评的茫茫"荒原"之地，于1934年在弗吉尼亚大学所发表的著名演讲中，大声斥责中世纪以来对人文主义所作的种种歪曲之作无非"只是给我们提供了一幅荒芜、无聊的全景图"，这些歪曲之作强调文学的形式性，强调纯粹的文学作品，也强调纯文学批评能给人带来精神上的救赎，而"这只是用一道道墙壁把文学、艺术世界隔离开来"。被"一道道墙壁"与其他艺术世界分隔开来的文学，陷入尴尬，陷入痛苦。相对应地，文学批评同样也变得越来越狭隘。这种变化也就是他所说的："根据这些学科中的一个或几个来考虑文学问题，是我们时代文学批评发生转化的两个主要起因之一。"不得不说，对文学批评的界限变得日趋分明这一现象，艾略特看得很实际，也很深入。他注意到这其中还有一个原因在于，"大部分的批评是在大学里供职的作家们的作品，是在课堂里开始其批评活动的学者们的作品"③，这就意

---

① （美）T. S. 艾略特：《批评的界限》，见：王恩忠编译：《艾略特诗学文集》，国际文化出版公司1989年版，第297页。
② （美）T. S. 艾略特：《批评的界限》，见：王恩忠编译：《艾略特诗学文集》，国际文化出版公司1989年版，第298页。
③ （美）T. S. 艾略特：《批评的界限》，见：王恩忠编译：《艾略特诗学文集》，国际文化出版公司1989年版，第288页。

味着和19世纪相比,"严肃的批评是在为不同的、范围更小的——尽管人数并不一定更少——对象而写作。"① 文学批评的范围已是非常狭窄,阅读文学批评的人群同样也在缩小,如此循环,我们不禁要对文学批评的目的进行思考。文学批评难道不是要促进提高人民大众欣赏和理解文学的能力吗?随着现代文学批评的范围日趋狭窄,那从另一个角度来看,"现代批评的弱点是否正是不明确批评的目的所在?"② 当然,现代批评不明确批评的目的所在,另一方面也正是因为现代批评的丰富性和多样性所造成的。专业的细分,导致每一领域都会出现相应的专家,而这种专家式的批评家很可能都只是专注于一个明确的目标,致力于"一项无需说明其合理性的工作"③。所以,哪怕专业被划分得再丰富,哪怕文学批评工作变得再多样,批评家恰恰可能就是在这种丰富多样的专业性的工作中迷失文学批评的方向。文学批评最终被多样而专业的批评遮蔽了本身的目的。于是乎,艾略特表达出一种今天仍令人深省的困惑:"难道人们现在不是常说,科学,甚至人文科学,已经发展到了这样一种程度,关于任何一门专业都有那么多东西需要知道,以致学生根本没有什么时间去了解许多其他的东西?"④ 对此,他不无忧虑又充满着先知的精神向所有的文人呼唤,"在什么情况下,批评会变成为另外一些东西,而不再是文学批评?"⑤ 在什么情况下,我们需要"拯救我们自己,以免为我们自己的批评活动所淹没?"⑥

这是艾略特身上人文精神的烙印。终其一生,无论是在其诗歌创作,还是诗学理论,还是后期的诗剧创作,他都是在做这样一种"会通群科"式的努力。在这样的努力下,在这样对人类命运的忧虑中,艾略特后期从文学批评转向文化批评,对教育、政治、宗教等关切人类自身命运的话题进行了视野更为广阔的关

---

① (美) T. S. 艾略特:《批评的界限》,见:王恩忠编译:《艾略特诗学文集》,国际文化出版公司1989年版,第288页。
② (美) T. S. 艾略特:《批评的界限》,见:王恩忠编译:《艾略特诗学文集》,国际文化出版公司1989年版,第288页。
③ (美) T. S. 艾略特:《批评的界限》,见:王恩忠编译:《艾略特诗学文集》,国际文化出版公司1989年版,第288页。
④ (美) T. S. 艾略特:《批评的界限》,见:王恩忠编译:《艾略特诗学文集》,国际文化出版公司1989年版,第288页。
⑤ (美) T. S. 艾略特:《批评的界限》,见:王恩忠编译:《艾略特诗学文集》,国际文化出版公司1989年版,第289页。
⑥ (美) T. S. 艾略特:《批评的界限》,见:王恩忠编译:《艾略特诗学文集》,国际文化出版公司1989年版,第289页。

注和探讨。其中，在专门论述教育的相关文章里，他正式提出了要将专业教育和一般教育——即通识教育，或者叫文科教育——结合在一起的教育宗旨。这种教育理论，当他在探讨"文学批评的界限"时就已流露："寻找一种能把专业学习和某些一般性教育结合在一起的课程肯定是我们大学所讨论的种种问题之一。"①

事实上，这种提倡融合多门学科所进行的批评方法，其根正是深深地扎在"文史哲互根"的土壤之中。而这一点，也是他在实践中对人文学理论所进行的再次印证。的确，在"文史哲互根"的土壤里，东西方文化曾共同孕育着那集多种因素于一身的神话与宗教；而在教育的领地，这片土壤里曾经播种着西方传统教育的"七艺"，也曾种着东方私塾中的"四书五经"。然而，无论是东方的神话，还是西方的宗教；无论是西方古代的"七艺"，还是中国古代的"经书"，文、史、哲本来就是一个共合体，从未分裂。在人文学的这种"根器"里，"文史哲互根的渊源体现出一种学术共和的本真，文史哲互根的意识蕴藏着一种人类良知的本善，文史哲互根的橐楛充满了对人类命运的关切。文史哲互根的践履关系着人类未来的存亡，而文史哲互根的培植涉及人类精神的安顿"。② 诚然，艾略特没有达到"人文学"的哲理意识，作为一名诗人、一位文人，他只是敏感地看到了文学疆域的划分对人文精神造成的重大伤害。出于知识分子的良知，他希望在专业教育盛行的时候能强调"人文主义"的通识教育。这种教育曾体现在"七艺"里，曾盛行于牛津、剑桥这样古老的大学里，也曾深深地吸引着那些能看清文明裂变真正原因的人。无怪乎连后殖民主义鼻祖的萨义德都回归了人文主义。在他去世之前，他倾其全力，作出其最后一本著作：《人文主义与民主批评》。在这本书中，这位先锋的智者用无比怀念的心情回忆了他在哥伦比亚大学亲历的人文教育，也用一种充满希望的声音说："对自由和知识的人文主义理想依然能给最不幸的人们提供能量。"③

正是在"会通群科"的人文学意识上，诗学家艾略特一直努力将其兴趣拓展至诗歌之外。年轻的时候，他就在大学修了一系列看上去杂乱但实际上暗含着"人文学根器"的人文课程：英国古代文学、英国现代文学、法国文学、古希腊古罗马文学、比较文学、哲学、神学、政治、印度佛教，等等。得益于这份长长

---

① （美）T. S. 艾略特：《批评的界限》，见：王恩忠编译：《艾略特诗学文集》，国际文化出版公司1989年版，第289页。

② 栾栋：《论人文学术还家——兼释"文史哲互根"》，《学术研究》，2007年第10期，第5页。

③ （美）爱德华·W. 萨义德：《人文主义与民主批评》，新星出版社2006年版，第12页。

的课程列表，也得益于对艾略特影响颇深的老师——桑塔亚纳和欧文·白璧德，前者专攻哲学，却不时地在哲学著述中流露出诗性情怀；后者专攻新人文主义，自觉地将古今、东西之学融为一炉。两位老师的潜移默化，使得艾略特能用一种"会通群科"的方法作诗论文。正因如此，在他的诗歌中，他将一切文学非文学、一切能入诗的、不能入诗的东西纳为一体，因此他的诗歌显得格外的恢弘大气，气势磅礴；而在他的文论中，只要有助于他创作的，不管是文学、哲学、宗教、音乐、政治，甚至科学，他都将其吸纳、消化再创作，因此他的文论显得格外睿智，给人以启示。就这样，艾略特从自己的创作实践出发，自觉地消解着学科界限。在他的作品里，有对具体作品作评论的文学评论，有有关神圣信仰的宗教，也有抽象归纳的哲学思辨，他们没有界限，互相交融。正如艾略特从不称呼自己是神学家或哲学家（虽然他学过八年哲学）或专业评论家，他认为自己只是个诗人。

诚然，艾略特并不是如某些人所评论的那样保守，他对教育所发表的看法并不意味着他想要恢复亚里士多德或圣托马斯·阿奎那时代的那种大学，他对文学批评的犀利意见也并不是说他想要回到柯勒律治之前的文学批评状态。他并非保守主义者。这正如栾栋先生的"人文学"并不是要退回到中国古代一样。相反，这种表面看上去的"崇古"正显露着他们的先锋，也显露着他们的"圆融"。他们能看到人类精神深层次的问题，也能提出问题，更能用一种创新式的思维来解决问题。他们希望对文学进行大刀阔斧的"解疆化域"，去掉对文学的深深束缚，使文学能在其"根器"上健康地成长。然而，要知道，"解疆化域"并不是不要"疆域"，没有疆域无疑会导致另外一个极端，会使文学"失于野而难于行"[1]。"解疆化域"强调"化解"疆域，这也就是说，要用一种"化感通变"的精神，"解疆近道，越界通化；有疆无疆，有科无科"[2]——在疆界处"出神入化"[3]，在焦点上"天马行空"[4]，"在文史哲融会贯通中厚积薄发"。这是一种"圆观宏照的学术眼光，是笼罩群科的探索精神，是海纳百川的理论格局"[5]。这应该是艾略特诗学和人文学之间最深层次的契合。

---

[1] 栾栋：《人文学举要手稿》，2010 年。
[2] 栾栋：《人文学举要手稿》，2010 年。
[3] 栾栋：《人文学举要手稿》，2010 年。
[4] 栾栋：《人文学举要手稿》，2010 年。
[5] 栾栋：《人文学举要手稿》，2010 年。

第二节 "感受性分裂"之"诗""思"相融

在 20 世纪的西方世界,诗与哲学的联姻似乎是一种潮流。当时有很多哲学家在文学创作方面的成绩同样也不俗,比如存在主义哲学家萨特和加缪便是这其中的代表。相对于这些哲学家,诗人当中最具哲学家气质的那位就非艾略特莫属了。这得益于他所受到的长达八年的哲学训练。这种训练始于 1908 年在哈佛大学跟随桑塔亚纳学习哲学之时,终于 1916 年当其完成博士论文之后。其间,他曾在法国游学一年的时间里,研究过柏格森主义;也曾在 1914 年再次来到欧洲时,在英国莫顿学院专门研究新黑格尔派哲学家布拉德利的思想。对于这样一位接受过正统哲学训练的人而言,能在诗歌里自觉融入哲学范畴,能在文论中表现出对诗歌与哲学关系的关心,应该是一种下意识的行为。事实上,早在其博士论文中,他就曾提到过诗歌与哲学的关系。他说:"只要感情还是客体,它们便和其他客体存在于相同基础之上。它们是同等公开的,它们是同等独立于意识的,它们为人所知,而本身则并无所知。而且只要感情仅仅为人感受到,它们就既非主观,亦非客观。"① 如此看来,在他眼里,客体与感受是同等的,但感受与感情却是截然分开的。正因为客体是感受化的,因此这里便指向布拉德利的"直接经验"。在直接经验中,人的认识活动存在于"原初的整体"。这就意味着应该回归一种统一的感受力,在这种统一的感受力中,客体与感受没有区别。转化到作诗方面,这种统一的感受力就是"人的全部心智,包括思想和感情两方面"。② 思想进入诗歌:"诗歌能够为一个哲理思想所贯穿,能够处理这种思想,只要已经达到直接接受的程度,只要已经几乎成为一个有形修正。"③ 这种有形修正的意义应该就是思想与感情的有机融合,因为思想不可能以哲学的抽象形式、哲学信条贯穿于诗歌之中,它必须得经过修正,从而达到与感情的融合。由此看来,艾略特之所以如此称颂但丁,就是因为但丁能将哲学思想成功地融入其

---

① T. S. Eliot. Knowledge and Experience in the Philosophy of F. H. Bradley. London:Faber and Faber Ltd,1964:192.

② (美)雷纳·韦勒克、杨自伍译:《近代文学批评史(中文修订版 第五卷)》,上海译文出版社 2009 年版,第 313 页。

③ T. S. Eliot. Sacred Woods. London:Faber and Faber Ltd,1964:147.

诗歌之中:"但丁较之任何其他诗人,更为成功地交代了他的哲学,不是作为一个理论,或作为他的品评或反思,而是着眼于所感知到的事物。"① 把思想与感情融合,或者说转化为"纯粹识力,这些说法主要是用于表述将思想、信仰、哲学化为一种统一感受力的过程,这种感受力满足了艾略特,同时也是人类向往整体性和完满性的追求"。② 于是,在1919年所发表的《玄学派诗人》一文中,艾略特正式提出"感受力分化"这一概念。在他看来,17世纪以前的诗人,思维、感受和观察,并行不悖,这种情形在多恩身上体现得淋漓尽致。继玄学派诗人之后,诗歌中就发生了一种致命的分裂。也就是说,从17世纪开始,英国诗歌开始出现一种"情感分离现象"。这种分离现象在17世纪两位最强有力的诗人——弥尔顿和德莱顿的影响下进一步加深、加重。这两位诗人继承、改进了前人的语言,使语言变得更文雅,然而,他们的感觉却变得更加"粗糙"。这种影响一直持续到18世纪早期开始的伤感时代。在伤感时代,由于启蒙主义、科学主义的胜利,诗人们反抗写推理诗和写景诗,或者一味地推崇理性,只知思考。这个时期的大多数诗人是如艾略特所描述的那样:"他们的思想和感觉都是间歇的、一阵阵的,因此是失去平衡的。"③"情感分离现象"一直持续到丁尼生和勃朗宁那里,这两位诗人也思考,"但是他们并不直接感觉他们的思想,像他们感觉一朵玫瑰花的香味那样"。④ 到了19世纪,浪漫主义文风席卷而来,艾略特认为,此时的诗人却又只知一味感受,不能将思想融入感受之中。因此,在艾略特眼里,英国诗歌史就是一个思想与感情分离的过程。

在这一过程中,"感受力分化"的变化集中表现在多恩、赫伯特勋爵和丁尼生、勃朗宁这两个时代之间英国人精神上的差异之上:即"理智诗人和思辨诗人之间的区别"⑤。他认为,丁尼生和勃朗宁属于思辨诗人,"他们思考,但他们并不直接感觉他们的思想。"⑥ 相反,对于多恩来说,一个思想就是一种感受:

---

① T. S. Eliot. Sacred Woods. London: Faber and Faber Ltd, 1964: 155.
② (美)雷纳·韦勒克、杨自伍译:《近代文学批评史(中文修订版 第五卷)》,上海译文出版社2009年版,第314页。
③ T. S. Eliot. the Metaphysical Poets. In: Frank Kermode (eds). Selected Prose of T. S. Eliot. New York: Harcourt Brace Jovanovich Publishers, 1975: 65.
④ T. S. Eliot. the Metaphysical Poets. In: Frank Kermode (eds). Selected Prose of T. S. Eliot. New York: Harcourt Brace Jovanovich Publishers, 1975: 64.
⑤ T. S. Eliot. the Metaphysical Poets. In: Frank Kermode (eds). Selected Prose of T. S. Eliot. New York: Harcourt Brace Jovanovich Publishers, 1975: 64.
⑥ T. S. Eliot. the Metaphysical Poets. In: Frank Kermode (eds). Selected Prose of T. S. Eliot. New York: Harcourt Brace Jovanovich Publishers, 1975: 64.

"这个思想改变着他的情感。"① 于是,当多恩作诗时,也就是"当一个诗人的头脑处于最佳的创作状态,他的头脑就在不断地组合完全不同的感受"。② 对于不具备思辨能力的普通人而言,他们的"感受是杂乱无章的、不规则的、支离破碎的,普通人发生了爱情,阅读斯宾诺莎,这两种感受是相互无关联的,也和打字机的闹音或烹调的香味毫无关系。但在诗人的头脑中,这些感受却总在那里组合成为新的整体"。③

正因为能将思想与感情有机相融,玄学派诗人在英诗中的地位便史无前例地被艾略特拔高了。因为在他眼里,玄学派诗人"承担着努力寻求足以表达心情和感觉在文字上的对应词的任务"。④ 他们把"他所感兴趣的东西变为诗歌,而不是仅仅采用诗歌方式来思考这些东西"。⑤ 由此,他得出结论:诗人的哲学理解力愈高,他就愈有可能对事物感兴趣;对所可能感兴趣的东西愈是无穷,诗人的理解力则愈高。这是一个循环的关系。只有在这种循环关系中所创作出来的诗歌才是最佳诗歌。如此看来,英诗史中,除了玄学派诗人,再没有诗人具有"能够把思想转化为感觉,把看法转变成为心情的能力"。⑥ 英诗之外,艾略特在法国象征派诗人那里找到了共鸣:"拉弗格和科比埃尔比任何现代英国诗人更接近'多恩诗派'。"⑦ 同时他认为,比他们俩更古典的拉辛和波德莱尔也同样具有这种特征。而且,虽然弥尔顿或德莱顿已是非常深刻的诗人,能"看到我们的心灵深处,然后再写",但相比起这两位,拉辛和多恩除看到心灵深处之外,"还能看到很多其他东西的深处。人们还必须看到大脑皮层、神经系统和消化道

---

① T. S. Eliot. the Metaphysical Poets. In: Frank Kermode (eds). Selected Prose of T. S. Eliot. New York: Harcourt Brace Jovanovich Publishers, 1975: 64.

② T. S. Eliot. the Metaphysical Poets. In: Frank Kermode (eds). Selected Prose of T. S. Eliot. New York: Harcourt Brace Jovanovich Publishers, 1975: 64.

③ T. S. Eliot. the Metaphysical Poets. In: Frank Kermode (eds). Selected Prose of T. S. Eliot. New York: Harcourt Brace Jovanovich Publishers, 1975: 64.

④ T. S. Eliot. the Metaphysical Poets. In: Frank Kermode (eds). Selected Prose of T. S. Eliot. New York: Harcourt Brace Jovanovich Publishers, 1975: 65.

⑤ T. S. Eliot. the Metaphysical Poets. In: Frank Kermode (eds). Selected Prose of T. S. Eliot. New York: Harcourt Brace Jovanovich Publishers, 1975: 65.

⑥ T. S. Eliot. the Metaphysical Poets. In: Frank Kermode (eds). Selected Prose of T. S. Eliot. New York: Harcourt Brace Jovanovich Publishers, 1975: 66.

⑦ T. S. Eliot. the Metaphysical Poets. In: Frank Kermode (eds). Selected Prose of T. S. Eliot. New York: Harcourt Brace Jovanovich Publishers, 1975: 66.

的下面"。①

从上述论证看来,艾略特认定诗人不是哲学家,也绝非思想家。诗人应该像多恩那样,能将感受转化为思想,把思想转化为感觉。所谓"思考"的、"思辨的"诗人,只是说他能够表达跟思想等值的感情,但却未必能将思考转化为情。因此,尽管我们总是如此评价一首好诗,说它"思想是清晰的、感情是朦胧的。其中既有精确的感情,也有朦胧的感情。要表达精确的感情,就像要表达精确的思想那样,需要有高度的理智力"。② 但这并不意味着要将思想与感情分离。实际上,他强烈反对把感情从思想中分解出来,并声称,一种"偏执的"、独立的哲理并不可能弥补、统一那已分裂的思想与感情。由此,在《莎士比亚和塞内加的斯多葛主义》一文中,他进一步完善了思想与感情"统一感受力"的概念。首先,他强调,但丁和莎士比亚绝非思想家,"他们没有进行过自己的思考活动"。③ 但他们之间的不同之处在于:但丁的作品背后有一套系统的思想体系——托马斯·阿奎那的神学哲学体系;而在莎士比亚的背后却是一些"远不及莎士比亚本人的"思想。这样看来,是不是莎士比亚比但丁要低一等呢?艾略特给与了否定。在他看来,莎士比亚也好,但丁也罢,他们都不曾真正思考。只是但丁"更加碰巧儿",恰好在他那个时期里,"'思想'是有条理、是强有力、是美丽的,而它又集中在一个最伟大的天才的身上;"④ 这一伟大的天才便成为但丁诗篇背后的"靠山",即"另一个跟但丁本人同样伟大、可爱的人的思想——圣托马斯"。⑤ 但从诗的角度来看,这"靠山"却是一件与诗不相干的偶然事件,因为这种"思想在他们当时所具有的相对的流通价值,和他们不得不使用的作为表达感情的媒介,是无关宏旨的"。⑥ 所以,但丁并不因为作品背

---

① T. S. Eliot. the Metaphysical Poets. In: Frank Kermode (eds). Selected Prose of T. S. Eliot. New York: Harcourt Brace Jovanovich Publishers, 1975: 66.
② (美)托·斯·艾略特:《莎士比亚和塞内加的斯多葛主义》,见:陆建德编,卞之琳、李赋宁等译:《传统与个人才能 艾略特文集·论文》,上海译文出版社2012年版,第162页。
③ (美)托·斯·艾略特:《莎士比亚和塞内加的斯多葛主义》,见:陆建德编,卞之琳、李赋宁等译:《传统与个人才能 艾略特文集·论文》,上海译文出版社2012年版,第161页。
④ (美)托·斯·艾略特:《莎士比亚和塞内加的斯多葛主义》,见:陆建德编,卞之琳、李赋宁等译:《传统与个人才能 艾略特文集·论文》,上海译文出版社2012年版,第161页。
⑤ (美)托·斯·艾略特:《莎士比亚和塞内加的斯多葛主义》,见:陆建德编,卞之琳、李赋宁等译:《传统与个人才能 艾略特文集·论文》,上海译文出版社2012年版,第161页。
⑥ (美)托·斯·艾略特:《莎士比亚和塞内加的斯多葛主义》,见:陆建德编,卞之琳、李赋宁等译:《传统与个人才能 艾略特文集·论文》,上海译文出版社2012年版,第68页。

后有托马斯·阿奎那因此就成为一个更伟大的诗人,顶多只能说我们"可以从但丁那儿,比从莎士比亚那儿多得到一些东西"。① 既然背景思想有高低差异,但莎士比亚跟但丁是同样的伟人,是不是意味着莎士比亚"必然出自自己的思想,补充了蒙田、马基雅维利,或是塞内加等人的思想之不足,使之可以与圣托马斯的思想,质量相当"② 呢?这种想法同样也被艾略特予以了否定。他认为"我们容易为但丁的例子所蒙蔽",会理所当然地认为,既然《神曲》是一部代表着严密思想体系的诗篇,那就可以推论"但丁是有他一套'哲学'的",而且,"凡是像但丁那样伟大的诗人也都有他的一套哲学"。③ 这样一来,又回到他所驳斥的原点:但丁只是诗人,并不能被称为哲学家。因此我们只能说"恰好"在但丁的背后,有圣托马斯的思想体系,而且但丁的诗篇恰好跟这一思想体系可以逐条逐点相引证。而莎士比亚呢?在莎士比亚背后有塞内加、蒙田,或是马基雅维利,但莎士比亚的作品显然并不能逐条逐点地跟这些人物的某一篇著作相互印证。既然莎士比亚也只是诗人,并不是哲学家,因此艾略特认为,莎士比亚的诗歌能充满哲学色彩"必然是他自个儿的思想在这里悄悄地活动了一下,比那些人在干他们自个儿的活的过程中更出色"。④ 也就是说,莎士比亚把塞内加、蒙田或者马基雅维利的思想进行了"融会贯通",从而形成一种新思想注入其诗歌。这种新思想必然比他们中任何一位的单一思想要"出色"。因此,艾略特建议我们将但丁和莎士比亚的诗句进行比较,通过比较,他认为,不管是但丁说:"在神的意旨中存在着我们的宁静",还是莎士比亚说:"我们人在天神的手掌里,就像顽童捉住了苍蝇,伤害一条命,是为了好玩儿",都是伟大的诗句。因为他们"各自用完美的语言表达了人类的某种永恒的冲动"⑤,表达了一种哲理。只是,差别就在于,这两句同样伟大的诗行背后的哲学却并不一定都伟大。尽管如此,"从情绪上说,莎士比亚的诗句同样强烈、同样真实、同样具有启发

---

① (美)托·斯·艾略特:《莎士比亚和塞内加的斯多葛主义》,见:陆建德编,卞之琳、李赋宁等译:《传统与个人才能 艾略特文集·论文》,上海译文出版社2012年版,第161页。
② (美)托·斯·艾略特:《莎士比亚和塞内加的斯多葛主义》,见:陆建德编,卞之琳、李赋宁等译:《传统与个人才能 艾略特文集·论文》,上海译文出版社2012年版,第168页。
③ (美)托·斯·艾略特:《莎士比亚和塞内加的斯多葛主义》,见:陆建德编,卞之琳、李赋宁等译:《传统与个人才能 艾略特文集·论文》,上海译文出版社2012年版,第167页。
④ (美)托·斯·艾略特:《莎士比亚和塞内加的斯多葛主义》,见:陆建德编,卞之琳、李赋宁等译:《传统与个人才能 艾略特文集·论文》,上海译文出版社2012年版,第168页。
⑤ (美)托·斯·艾略特:《莎士比亚和塞内加的斯多葛主义》,见:陆建德编,卞之琳、李赋宁等译:《传统与个人才能 艾略特文集·论文》,上海译文出版社2012年版,第169页。

性"。① 并且"在诗歌是有用和有益的理解上,同样有用,同样有益,不输于但丁的诗句"。② 因此,艾略特表示,"跟他的同时代人比,莎士比亚是个精致得多的转化工具",③ 他彻底吸收了塞内加、马基雅维利和蒙田的各种因素,而且对其进行了"改变",然后让转变了"面貌"的这些哲学因素弥漫在他的整个世界当中。正因如此,莎士比亚"在可能的范围内做到了可以统一的地方"④,做到了思想与感情的统一。很明显,在艾略特看来,哲学与诗歌的关系最终体现在:"最真实的哲学乃是为最伟大的诗人所用的最佳材料;因此诗人必须最终根据二者来品第,一则为他在诗歌中所体现的哲学,一则为这种体现的圆满和恰当程度。"⑤

除了在《玄学派诗人》(1921) 以及《莎士比亚和塞内加的斯多葛主义》(1927) 这两篇文章中对"诗"、"思"相融的有机关系进行了详细论述,晚年的他在《哲人歌德》一文中对这一论点更作了进一步推演。这一推进不但集中在"诗人与哲学家持有某种'意念'是否同出一理",以及"诗人在诗中表达某一'哲学'思想时,他是否一定要相信这一哲学,抑或他完全可以只把它当作是诗的合理材料"⑥ 等问题之上,而且,他还从读者的角度,进一步探讨了读者对于诗中哲学观念的接受是否将成为完美欣赏诗歌的必要条件这一问题。首先是关于诗人与其在诗中所表现出的哲学观念之关系的问题,对此,艾略特早已在上面两篇文章中明确表达过:"诗人不一定要信仰他在诗中体现出来的某一哲学思想。"比如,但丁并不一定相信托马斯阿奎那的神学思想,莎士比亚并不一定信奉蒙田或马基雅维利的哲学信条。然而,这也就意味着,诗里所体现的哲学思想和诗人可以完全分开。也就是说,我们可以认为卢克莱修是为了取得某些诗歌效

---

① (美)托·斯·艾略特:《莎士比亚和塞内加的斯多葛主义》,见:陆建德编,卞之琳、李赋宁等译:《传统与个人才能 艾略特文集·论文》,上海译文出版社 2012 年版,第 169 页。
② (美)托·斯·艾略特:《莎士比亚和塞内加的斯多葛主义》,见:陆建德编,卞之琳、李赋宁等译:《传统与个人才能 艾略特文集·论文》,上海译文出版社 2012 年版,第 169 页。
③ (美)托·斯·艾略特:《莎士比亚和塞内加的斯多葛主义》,见:陆建德编,卞之琳、李赋宁等译:《传统与个人才能 艾略特文集·论文》,上海译文出版社 2012 年版,第 172 页。
④ (美)托·斯·艾略特:《莎士比亚和塞内加的斯多葛主义》,见:陆建德编,卞之琳、李赋宁等译:《传统与个人才能 艾略特文集·论文》,上海译文出版社 2012 年版,第 172 页。
⑤ (美)雷纳·韦勒克:《近代文学批评史(中文修订版 第五卷)》,上海译文出版社 2009 年版,第 317 页。
⑥ (美)T. S. 艾略特:《哲人歌德》,见:王恩忠编译:《艾略特诗学文集》,国际文化出版公司 1989 年版,第 277 - 278 页。

果而有意用了他自己也不信的宇宙起源论，也可以认为但丁只是将亚里士多德和经院哲学家们的哲学当作《炼狱》中的素材而已，其本人并不相信这些。当这些假设被提出来之后，艾略特遭到了德国教授海勒的批驳。在一篇论述里尔克思想，题为《被剥夺继承权的心灵》文章中，海勒教授认为，里尔克不仅在青年时期深受尼采影响，而且其成熟时期的作品中所表现出来的生命哲学也是一种尼采哲学的诗化对等物。这就表示，海勒认为诗人在诗里所体现出来的哲学思想是和诗人本人的思想完全重合的。也因此，海勒反对艾略特关于诗人的信仰与诗歌可以分离的观点，他认为那无异于一种暗示，"这种暗示像是一种为虚伪所作的辩解，它会消灭除了技巧成就外的所有诗歌价值"。[①] 对此种诘难，艾略特予以接受，承认他之前所说过的某些话确实有漏洞，而他现在"想稍事修改或是另换说法"[②]。但他避开了和海勒教授在"诗人与哲学家持有某种'意念'是否同出一理"这一问题上进行辩驳。因为如果回应的话，那又将退回到问题的原点，即莎士比亚和塞内加、蒙田以及马基雅维利之间的关系。事实上是，莎士比亚确实并不一定信奉这些人当中的某一个。因此他认为，如果非要纠结于去探讨诗歌信仰与哲学信仰的关系，以及诗人对哲学系统的态度——无论是信仰还是接受，这对于诗歌的理解与欣赏并没有太大的帮助，也不会使读者有多大收获。于是，他找到了海勒教授在文章中的另一处漏洞，即"海勒博士似乎觉得为了欣赏诗，读者自己必须接受诗人的哲学"。[③] 在这一点，他认为海勒教授基于特定问题，即里尔克与尼采的关系，而所作的一般性结论将问题过分简单化了。对此，他提出一种针对读者"对哲学的接受和对诗的欣赏之间的关系"[④] 的探讨。关于这一问题，艾略特认为，读者"最好不要将诗人的哲学思想记在心里——因为这种思想随着诗人的发展还有变化"。[⑤] 确实，如果我们非得同意某位诗人的信仰，那么我们便无法欣赏具有完全不同哲学观点的伟大作家，那样的话，能够为我们

---

① （美）T. S. 艾略特：《哲人歌德》，见：王恩忠编译：《艾略特诗学文集》，国际文化出版公司1989年版，第278页。
② （美）T. S. 艾略特：《哲人歌德》，见：王恩忠编译：《艾略特诗学文集》，国际文化出版公司1989年版，第277页。
③ （美）T. S. 艾略特：《哲人歌德》，见：王恩忠编译：《艾略特诗学文集》，国际文化出版公司1989年版，第278页。
④ （美）T. S. 艾略特：《哲人歌德》，见：王恩忠编译：《艾略特诗学文集》，国际文化出版公司1989年版，第278页。
⑤ （美）T. S. 艾略特：《哲人歌德》，见：王恩忠编译：《艾略特诗学文集》，国际文化出版公司1989年版，第279页。

所接受的文学范围将会变得非常狭窄。因此，艾略特认识到，问题的关键点其实在于读者对于诗人哲学的接受和对诗的欣赏之间的关系上。他以自己为例，指出"如果这首诗离我自己的信仰太遥远，那么我更注意的是同化；如果这首诗离我自己的信仰很近，那么我更注意的是距离"。① 比如，当阅读《圣经》中的诗歌部分，以及先知书和福音书时，如他一样的基督徒读者应力图与作品保持距离；而当读印度史诗《圣歌》，或卢克莱修的诗作，或如《杜茵的哀歌》这类与自己的信仰相隔遥远的作品之时，则应一头扎进诗里，"享受一下辞句的美妙、沉潜诗行的音乐"，"强迫自己进入那既深奥又疏远的思想里"②；但是当读《神曲》这样的作品时，则应该保持一种基于远和近的"钟摆式的平衡"③。在对诗歌哲学思想的接受和对诗歌的欣赏之间，艾略特建议，应在一种"收缩而后延伸，逼近而后撤离，同化而后分开的来回运动中"④，对诗歌的"形式"和"内容"⑤进行同步欣赏。当然，这种欣赏并"没有穷尽内容的全部"，仅仅只"触及到了作为哲学系统、作为可用其他言语表述的'思想'"⑥。实际上，作为读者，我们可以发现，最伟大的诗里并不仅仅只有一种我们必须接受或摒弃的"思想"，也不仅仅只有那种使艺术品成为"整体形式"的"思想"，伟大的诗里应该有一种"哲理诗的哲理"⑦，一种"我们大家都可以接受的智慧"⑧。这种"哲理"、"智慧"是与诗人的哲学信条以及诗歌背后的哲学相区别的。对于诗歌里所能揭示出来的哲学观念，无论是但丁诗里的托马斯·阿奎那，还是里尔克背后的尼

---

① （美）T.S.艾略特：《哲人歌德》，见：王恩忠编译：《艾略特诗学文集》，国际文化出版公司1989年版，第279页。
② （美）T.S.艾略特：《哲人歌德》，见：王恩忠编译：《艾略特诗学文集》，国际文化出版公司1989年版，第280页。
③ （美）T.S.艾略特：《哲人歌德》，见：王恩忠编译：《艾略特诗学文集》，国际文化出版公司1989年版，第279页。
④ （美）T.S.艾略特：《哲人歌德》，见：王恩忠编译：《艾略特诗学文集》，国际文化出版公司1989年版，第280页。
⑤ （美）尽管在艾略特的文章里，他一直很谨慎地避免使用内容和形式这两个术语。但在此，他确实认为，"抛开内容欣赏形式，或是忽视形式欣赏内容的想法只不过是个幻影。"
⑥ （美）T.S.艾略特：《哲人歌德》，见：王恩忠编译：《艾略特诗学文集》，国际文化出版公司1989年版，第280页。
⑦ （美）T.S.艾略特：《哲人歌德》，见：王恩忠编译：《艾略特诗学文集》，国际文化出版公司1989年版，第279页。
⑧ （美）T.S.艾略特：《哲人歌德》，见：王恩忠编译：《艾略特诗学文集》，国际文化出版公司1989年版，第280页。

采，我们"必须相信此真彼伪，此对彼错"。① 但如果将"诗""思"相融相通，再用诗的语言所传达出来的这种智慧，很明显"是平等的语言机能，对任何地方任何人来说都是一样的"。② 因此，在关于"诗""思"相融的论述上，艾略特不但回到了最开始所提出的"感受力统一"，即思想与感情相统一，不分离的观点，而且在此基础上进行了升华，因为当诗人将自己的思想、将诗歌背后的哲学观念，将诗歌语言相统一、相融相通过后，这样的诗歌语言已演变成了一种智慧，不再是一种哲学。

显然，在艾略特眼里，能将"诗""思"有机相融的诗人可以被分为两种不同类型。"第一类为沿用完满的哲学体系的诗人，诸如但丁和卢克莱修"③，在这两人背后，有一种完满的哲学体系，而诗人的诗篇可以和这个哲学体系一一对照；第二类是以"非系统化的折中方式，'接受流行思想而且加以利用'"④ 的诗人，如莎士比亚和多恩。只是在莎士比亚身上，是一种"杂烩哲学"，他将其背后的哲学思想融会贯通，形成了自己的新思想并将其注入自己的诗歌之中；而"像多恩那样一个诗人，他只是像鹊子那样，随意拣起那些把亮光闪进他眼里的各种观念的残片，嵌入自己的诗篇中罢了"。⑤ 但无论哪一种类型，他们都突破了艾略特之前的论断——他们是诗人，而不是思想家，而变成了能将诗人和哲人完美地融为一身的人，是有智慧的人。这样的诗人，才能被称为伟大的诗人。就像他自己所说的："诗的灵感并不那么普通，但真正的哲人比真正的诗人更为罕见。而当一个人身上同时具有智慧和诗歌语言这两种禀赋，我们就有了伟大的诗人。只有这类诗人才不仅仅属于本民族，而且属于整个世界；也只有这类诗人才不会被人们看作基本上囿于本民族和语言，而会被看作伟大的欧洲人。"⑥

实际上，能将"诗"、"思"熔为一炉的诗人，不管他们诗歌背后是一种怎样

---

① （美）T. S. 艾略特：《哲人歌德》，见：王恩忠编译：《艾略特诗学文集》，国际文化出版公司1989年版，第280页。

② （美）T. S. 艾略特：《哲人歌德》，见：王恩忠编译：《艾略特诗学文集》，国际文化出版公司1989年版，第280－281页。

③ （美）雷纳·韦勒克、杨自伍译：《近代文学批评史（中文修订版 第五卷）》，上海译文出版社2009年版，第316页。

④ （美）雷纳·韦勒克、杨自伍译：《近代文学批评史（中文修订版 第五卷）》，上海译文出版社2009年版，第316页。

⑤ （美）托·斯·艾略特：《莎士比亚和塞内加的斯多葛主义》，见：陆建德编，卞之琳、李赋宁等译：《传统与个人才能 艾略特文集·论文》，上海译文出版社2012年版，第171页。

⑥ （美）T. S. 艾略特：《哲人歌德》，见：王恩忠编译：《艾略特诗学文集》，国际文化出版公司1989年版，第263页。

的哲学信条，不管他们是否相信这种信条，他们都是将"诗""思"融化在想象之中，只是这种"想象是一种才气洋溢的想象，但是这个想象不是为想象而想象"，①"这个想象是一个严肃的思想在结构上的装饰"。② 这种融合过后的想象性语言是"智慧的"语言，也是"诗的语言"。在这样的诗中，"智慧与诗密不可分"。③

正因此，艾略特向读者建议："无论但丁、莎士比亚、歌德的'哲学'或是宗教信仰对我们来说是否可以接受，也还总有那我们大家都可以接受的智慧。正是为了学习智慧的原因，我们才必须经常阅读他们的作品。他们是哲人，所以如果觉得他们当中有谁有些别扭，我们就应努力克服这种厌恶或是漠然的情绪。"④ 而当读者在"熟读"了这些伟大诗人的诗作之后，如果能说出"由于我对他花了些时间，我感到现在自己也智慧多了"⑤ 这样的话时，显然，不仅读者得到了最大的收获，而且也最好地"见证"了那些"伟大作家智慧"⑥。

将"诗""思"相融的观念，以及将读者在面对"诗""思"相融的作品时所应具有的态度带入到文学批评中，我们会发现，"如果我们只强调理解，就有从理解滑向单纯的解释的危险"。⑦ 而且这样会使我们"以某种方式来从事批评，好像它是一门科学，而它从来就不是"。⑧ 另一方面，"如果我们过分强调欣赏，我们往往会堕入主观和印象的陷阱。而我们的欣赏对我们来说只会成为一种单纯的娱乐性的消遣"。⑨ 要牢记，文学批评的目的是旨在"促进对文学的理解和欣

---

① （美）托·斯·艾略特：《安德鲁马韦尔》，见：陆建德编，李赋宁、王恩忠等译：《现代教育和古典文学 艾略特文集·论文》，上海译文出版社2012年版，第26–27页。

② （美）托·斯·艾略特：《安德鲁马韦尔》，见：陆建德编，李赋宁、王恩忠等译：《现代教育和古典文学 艾略特文集·论文》，上海译文出版社2012年版，第27页。

③ （美）T. S. 艾略特：《哲人歌德》，见：王恩忠编译：《艾略特诗学文集》，国际文化出版公司1989年版，第281页。

④ （美）T. S. 艾略特：《哲人歌德》，见：王恩忠编译：《艾略特诗学文集》，国际文化出版公司1989年版，第280页。

⑤ （美）T. S. 艾略特：《哲人歌德》，见：王恩忠编译：《艾略特诗学文集》，国际文化出版公司1989年版，第280页。

⑥ （美）T. S. 艾略特：《哲人歌德》，见：王恩忠编译：《艾略特诗学文集》，国际文化出版公司1989年版，第280页。

⑦ （美）T. S. 艾略特：《哲人歌德》，见：王恩忠编译：《艾略特诗学文集》，国际文化出版公司1989年版，第300页。

⑧ （美）T. S. 艾略特：《哲人歌德》，见：王恩忠编译：《艾略特诗学文集》，国际文化出版公司1989年版，第300页。

⑨ （美）T. S. 艾略特：《哲人歌德》，见：王恩忠编译：《艾略特诗学文集》，国际文化出版公司1989年版，第301页。

赏",但只有在理解和欣赏的有机结合之下,理解促进欣赏,欣赏有助于理解,才不至于堕入到任何一种只关注其一,不关注其二的批评方法的危险之中。

所以,艾略特曾深情地表达,他最为感激的批评家是这样的批评家,这种批评家能发现我们过去从未曾看到过的,能打开曾经被我们偏见的眼睛所蒙蔽了的一切,当批评家将这一切呈现在我们眼前时,我们依靠"自己的感受力、智力以及发现智慧的能力"①,独自一人进一步地处理、进一步地欣赏和理解诗歌。而这才是那些最让人感激的批评家能为人带来的东西。只有这样的文学批评才能领略"诗"、"思"相融相通的智慧,只有这样的批评才能让那些有能力欣赏诗的所有人——不管这些人属于哪个世纪,不管他们操何种语言——在读诗时"有能力像诗人的同时代人那样思想和感觉"②,能让人感受到诗里那跳过"漫长岁月的火花"③,能"促使我们摆脱我们自己时代的局限性,以及使我们正阅读其作品的诗人摆脱他那个时代的局限性"④,这是一种文学批评的智慧。

第三节 "古歌回响"⑤:诗与神的交融

特雷·伊格尔顿曾在《二十世纪西方文学理论》一书中说过:"如果有谁被要求对19世纪后期英国文学研究的增长只给出一个解释,他的回答也许勉强可以是'宗教的衰落'。"⑥ 一点不假。自从18世纪启蒙主义诞生以来,信奉上帝的一神论便逐渐转变成自然神论,随着科学的发展,到19～20世纪,人类逐渐"祛魅",自然神论慢慢转变成了无神论。这种"祛魅"的过程当然可以看作人类文明的进步,但如果从人类的整体命运来看,当人粗暴地将神拉下神坛之时,

---

① (美)T. S. 艾略特:《哲人歌德》,见:王恩忠编译:《艾略特诗学文集》,国际文化出版公司1989年版,第300页。
② (美)T. S. 艾略特:《哲人歌德》,见:王恩忠编译:《艾略特诗学文集》,国际文化出版公司1989年版,第300页。
③ (美)T. S. 艾略特:《哲人歌德》,见:王恩忠编译:《艾略特诗学文集》,国际文化出版公司1989年版,第300页。
④ (美)T. S. 艾略特:《哲人歌德》,见:王恩忠编译:《艾略特诗学文集》,国际文化出版公司1989年版,第300页。
⑤ 栾栋:《古歌三章——兼论诗性的时效》,《学术研究》,2009年第8期,第118页。
⑥ (英)特雷·伊格尔顿:《二十世纪西方文学理论》,北京大学出版社2007年版,第21页。

也即人变得极其自负之日，因为在那时，人势必会天真地以为全宇宙为"人"独尊。这种偏执、自大的想法把"人的欲望推到了极点。人的烙印无所不在，对自然的宰杀达到了空前的程度"。① 时至今日，人的欲望、人试图对自然的控制有增无减。这样的人，用哲学的话来说，就是"作为'意识'（consciousness）的主体，作为'存疑'的一端（a pole），来对待这个客观的世界"，只有这样，"'自我'才能从'自然的一部分'摆脱出来，使'自然'成为'自我'的对应物（correlated），成为'人'的'环境'，从而使'人'有可能对它进行'建构'"。② 很明显，这种将自然当作可"建构"之物的"人"，其实"人"而不"人"。如果用艾略特的诗句来描绘的话，这样的"人"宛如"荒原"里的行尸走肉，麻木、空洞，这样的人是"荒原"中不知是死是活的人，是"荒原"中如同机器一样在"办公室"重复着"抬起眼睛和脊背"的人，也是"荒原"中那些有欲无爱的"情人"。而如果用栾栋先生的话来说，就是失去了对鬼神的敬畏之后，在遗弃了对圣贤的景仰之后，"人类在尽情地恶质化，将戾、坏、恶、毒宣泄到淋漓尽致的地步"。③ 人已至此，"文"必定文而不文，文而坏文，也就将成为栾栋先生所称之的"忘本之文"、"庸俗之文"，甚至是"腐化颓败之文"。这样的文学，其特点"不仅宗教精神日益淡化，崇高文化也秋深叶黄。前者是因为失却了对鬼神的敬畏而抹去脱俗的彼岸，后者由于遗弃了对圣贤的景仰而失落了心灵的尊严"。④

当人类文明被整个地"物质化"和"工具化"了的时候，在"这个繁花似锦、肉欲横流的世界"⑤，"人""文"的价值何在？如何拯救陷入"恶质化"的"人""文"？在艾略特看来，皈依宗教，在人性诗学中掺入神性，将隐藏于彼岸的神重新拉回此岸世界，也许是最直接有效的一个办法。于是，1927年，艾略特秘密皈依英国圣公会高级教派，次年，才向众人宣布。这种转变并非突然，早在1916年，当艾略特还在伊克尔郡的某学院任课讲述"现代法国文学"时就已初露端倪。当时他认为，"当今的（文学）运动是要部分地回到17世纪的理想中去。因此，一位文学艺术中的古典主义者必然坚持专制统治的形式，服从天主

---

① 栾栋：《说文》，《文学评论》，2007年第4期，第194页。
② 叶秀山：《思·史·诗——现象学和存在哲学研究》，人民出版社2010年版，第89页。
③ 栾栋：《说文》，《文学评论》，2007年第4期，第194页。
④ 栾栋：《说文》，《文学评论》，2007年第4期，第194页。
⑤ 叶秀山：《思·史·诗——现象学和存在哲学研究》，人民出版社2010年版，第95页。

教教会"。① 这些话语似乎在冥冥之中早已指明他未来的人生方向。实际上，当他 1919 年在《荒原》中企图唤醒那被人类遗忘的神话，向神发出召唤的时候，也暗示了他将来信仰皈依的某种必然，只是，神话中的"多神"变成了基督教中的"唯一神"：上帝。

关于现代社会宗教信仰颓唐、式微的原因，许多人会将此归结于科学主义的发展。与大多数人的看法不一样，艾略特认为宗教信仰的衰败来源于宗教感受性的衰退。在《诗的社会功能》一文中，他表达了这一观点。他说："人们到处都在谈论宗教信仰的衰败，却很少有人注意到宗教感受性的衰败。现时代的麻烦不只是不能相信我们祖先所相信的、关于上帝和人类的某些东西，而是不能像他们那样感受上帝和人类。不再被信仰的东西是一种在某种程度上尚能被理解的东西，而一旦宗教感情消失，人们花费了许多心血用以表达它的语言也就失去了意义。"② 没错，启蒙时代以来的种种思想文化运动都是在力图表明与上帝脱离了关系，与传统断绝了往来，但如果细究起来，那看似与上帝分裂的种种思想其实仍然植根于传统，仍然来源于基督教信仰。因此，表面上上帝已死，但实际上，上帝只是"隐"起来了，"隐"于世俗生活中，"隐"入现代社会里。艾略特敏感地察觉到了上帝的"隐"，所以他担心的正是人们失去对上帝的情感，一旦情感消失，就算上帝重新显现，人们也不可能会再去相信上帝。由此，他不但身体力行地重新选择了信仰宗教，而且提出了恢复"宗教感受性"一说。这一方面当然可以看作艾略特在向传统致敬。因为，谁也不能否认，哪怕是进入到现代化社会的 21 世纪，宗教仍与人类生活密切相关，宗教仍是传统的基础。事实上，只要有人类的地方，就会有宗教的出现，因为宗教是人类"渴望在精神领域寻找出路和慰藉的结果"。③ 正是凭着宗教信仰，"现实中不可思议的事物在宗教的解释中变得可以理解，人们在精神领域感觉获得了秩序和宁静"。④ 因此，恢复宗教即意味着恢复传统。也因此，艾略特才会说："维护宗教的纪律和权威与坚持原罪说是必要的，因为它们是传统的构建模式。"⑤ 另一方面，对于诗人艾略

---

① （英）彼得·阿克罗伊德，刘长缨、张筱强译：《艾略特传》，国际文化出版公司 1998 年版，第 63 页。

② （美）T. S. 艾略特：《诗的社会功能》，见：王恩忠编译：《艾略特诗学文集》，国际文化出版公司 1989 年版，第 247 页。

③ 刘建举：《基督教文化与西方文学传统》，北京大学出版社 2005 年版，第 332 页。

④ 刘建举：《基督教文化与西方文学传统》，北京大学出版社 2005 年版，第 332 页。

⑤ Ronald Schuchard. Eliot's Dark Angel. London: Oxford University Press, 1999: 26.

特而言，恢复"宗教感受性"对于恢复文学艺术的活力具有重大意义。记得他曾说过，"（现代）艺术的感受力由于同宗教的感受力相分离而变得迟钝"①，因此，在艺术中恢复"宗教感受性"就意味着为现代艺术重新找出路，意味着替"身负罪孽"的现代艺术赎罪，也意味着恢复艺术感受力与宗教感受力的相融相合。可以说，当他力图将神性带入到其诗歌、诗学，乃至文化批评之中时，这种努力与其试图恢复文学艺术活力的目的息息相关。正因为这样，我们可以认为，他的信仰皈依是经过深思熟虑之后的深沉决定，这种皈依与信仰有关，与时势有关，与诗歌有关。这种行为表现在诗学上，是对人性诗学的一种突破，表现在诗歌上，"是神性的灵光在偶然与必然的暗影里闪烁"。②

只是，在关于19世纪以来的文学特点被归结为"宗教的衰微"与"传统的遗失"这一点之上，艾略特观察得更加细致。在他看来，现代文学中神性的失落所导致的文学世俗化的表现，其一表现于作者："当前的读物当中更大的一部分是那些对于一个超自然的秩序没有真正信仰的人为我们所写的"，这些人"不仅自己没有这种信仰，而且甚至还不知道世间还有人如此'落后'，或如此'古怪'，还继续相信这些东西"。③ 除了大部分写书的人已是失去信仰之人，现代文学世俗化还表现在读书的人再也不愿回顾经典。对于这种奇特的现象，艾略特忍不住揶揄："我相信从来没有一个时代像现在这样有如此巨大的读者群，或如此毫无抵抗能力地暴露在我们自己时代的各种影响前面的读者群。我相信从来没有一个时代像现在这样，读一点书的人读活人的书的数量大大超过他们读死人的书的数量；从来没有一个时代像现在这样极端狭隘，这样与过去完全隔离。"④ 而且，"目前的出版商太多了；一些刊物还在不断地鼓动读者要'跟上'正在出版的新书"。⑤ 在作者和读者的双重"作用"之下，现代文学中的艺术感受力与"宗教感受性"彻底分离，现代文学中的"根"被彻底斩断，现代文学彻底变成了"不仅宗教精神日益淡化，崇高文化也秋深叶黄"的堕落之文。这就怪不得

---

① （美）T. S. 艾略特，杨民生、陈常锦译：《基督教与文化》，四川人民出版社1989年版，第98页。
② 栾栋：《古歌三章——兼论诗性的时效》，《学术研究》，2009年第8期，第121页。
③ T. S. Eliot. Religion and Literature. In: Frank Kermode (eds). Selected Prose of T. S. Eliot. New York: Harcourt Brace Jovanovich Publishers, 1975: 106.
④ T. S. Eliot. Religion and Literature. In: Frank Kermode (eds). Selected Prose of T. S. Eliot. New York: Harcourt Brace Jovanovich Publishers, 1975: 106.
⑤ T. S. Eliot. Religion and Literature. In: Frank Kermode (eds). Selected Prose of T. S. Eliot. New York: Harcourt Brace Jovanovich Publishers, 1975: 106.

艾略特会强调，尽管现代社会有铺天盖地的印刷品，有比过往任何一个社会都要多的读者群，但这并不能避免现代社会的庸俗感，也不能避免现代社会"群氓"的出现。也怪不得他会对现代文学表现出强烈的不满："我对于现代文学的不满""不是因为现代文学是普通意义的'不道德'，或甚至'不属于道德范畴'；但无论如何，提出这样的控告是不够的。原因仅仅是因为现代文学否定了，而且完全忽视了我们最根本和最重要的信仰；因此，现代文学倾向于鼓励它的读者在有生之涯尽量从生活里得到他们所得到的好处，不要错过每一种呈现在面前的'经验'；如果他们做出任何牺牲的话，那么仅仅为了对尘世间的别人现在或者将来有确实的好处，就应该牺牲他们自己。"① 如此现代文学，完全沦落成了一种仅仅为"得到好处"的庸俗不堪的物质，它不但背负着深深的罪孽，而且，它"作为一个整体倾向于使人们堕落"。② 然而，现代文学让人觉得悲剧的地方不仅在此，还在于现代人"没有觉察到我们多么彻底但又是多么不合理地割裂了我们的文学标准和我们的宗教标准之间的联系"。③ 看来，在艾略特眼里，所谓现代文学世俗化就是指文学与宗教、文学标准与宗教标准、人性诗歌与神性诗歌之间那种"不合理的割裂"。因此，恢复文学与宗教的统一性，恢复诗歌中人性与神性的相融，恢复文学批评中"文学标准"与"宗教标准"的共同作用，在艾略特看来，已急不可待。事实上，文学世俗化的时代已经经历了几百年，在这几百年中，人性诗歌已经对"人类才气、志气、霸气、傲气、娇气、戾气"进行了淋漓尽致的"宣泄和释放"④，在"唯人类中心主义泛滥成灾的态势下"，确实是时候对人性诗歌进行反思了。在这方面，艾略特无疑是一个先行者。因为，在他笔下，诗歌已与哲学结合，人性的诗学已经形成。但只有当人性诗歌与神性诗歌结合之后，我们才能得到真正的诗性智慧，我们才能打破逻各斯，恢复一种过往的神话般的思维模式。在这种思维方法里，无论是宗教的、哲学的、还是科学的、艺术的，没有二元对立，没有主体客体，没有对立统一，一切都浑然为一体，似乎是一种"混沌"，也似乎是"道"，一切都未曾分开，你中有我，

---

① T. S. Eliot. Religion and Literature. In: Frank Kermode (eds). Selected Prose of T. S. Eliot. New York: Harcourt Brace Jovanovich Publishers, 1975: 106.

② T. S. Eliot. Religion and Literature. In: Frank Kermode (eds). Selected Prose of T. S. Eliot. New York: Harcourt Brace Jovanovich Publishers, 1975: 103.

③ T. S. Eliot. Religion and Literature. In: Frank Kermode (eds). Selected Prose of T. S. Eliot. New York: Harcourt Brace Jovanovich Publishers, 1975: 100.

④ 栾栋：《古歌三章——兼论诗性的时效》，《学术研究》，2009年第8期，第123页。

我中有你。难怪艾略特会如此称赞《神曲》。在他眼里，但丁无疑是将诗和信仰结合得最好的作家，是一位能自觉地利用诗性智慧习惯写诗的诗人，是"一位名副其实的诗人"、"伟大的圣人"。实际上，艾略特的想法非常正确。宗教作为人类最为古老的"思维方式"本来就是一个"统一体"，里面蕴含着由于文明的进步而分裂出去的哲学、科学以及艺术。这一点在叶秀山先生的《科学·宗教·哲学——西方哲学中科学与宗教两种思维方式研究》一书中也曾得到过清晰的印证。叶先生认为，宗教这种人类最古老的"思维方式，从后来的视野看，或许包括了以后所谓的'哲学的'、'科学的'、'艺术的'，当然也包括了'宗教的'等等"。① 也就是说，"这些以后的分化出来的种种'意识形态'——'思维方式——思想形态'，当时还都'蛰伏'在一个'统一体'中"。② 从这种视角看来，"'宗教'和'哲学'以及'艺术'、'科学'等等，乃是'生活'在这个总'根子'中的一个'组成部分'，一个'因素—元素'。它们'综合'在一起"。③ 既然叶先生已如此清楚明白地道明宗教和艺术是同一个"根子"的不同部分，那我们也可以形象地说宗教和艺术是来源于一个母体的双胞兄弟。

这对双胞胎兄弟长得最像的地方就在于，他们都注重"想象"。的确，宗教离不开想象，要知道，存在于彼岸之中的那至善至美的神的世界，那令人无限憧憬的永恒幸福的"上帝之城"正依赖于宗教的想象；而艺术也离不开想象，正因为艺术世界中那想象的翅膀，不那么完满的现实和人生才能被审美化、诗意化。也就是说，"幻想和想象是实现宗教和文化创造价值的途径和手段"。④ 也正是在这个意义上，费尔巴哈才明确表达："因为幻想是诗的主要形式或工具，所以人们也说，宗教就是诗，神就是一个诗意的实体。"⑤ 如此看来，费尔巴哈恰好揭示了宗教与诗的关系。要知道，就宗教和文学的起源而言，它们确实是一对同胞兄弟，在其发展历程中，它们又往往以爱为前提，以想象为翅膀，"在人

---

① 叶秀山：《科学·宗教·哲学——西方哲学中科学与宗教两种思维方式研究》，社会科学文献出版社2009年版，第139页。

② 叶秀山：《科学·宗教·哲学——西方哲学中科学与宗教两种思维方式研究》，社会科学文献出版社2009年版，第139页。

③ 叶秀山：《科学·宗教·哲学——西方哲学中科学与宗教两种思维方式研究》，社会科学文献出版社2009年版，第139页。

④ 杨从容：《宗教价值与审美情感——宗教与文学对话》，《重庆师院学报哲社版》，1998年第1期，第8页。

⑤ 杨从容：《宗教价值与审美情感——宗教与文学对话》，《重庆师院学报哲社版》，1998年第1期，第6页。

性、人道精神的指引下，相互渗透，相互依存，对立统一，既遵循着自己的轨迹，又相互溶合，借鉴"。①

这样看来，在但丁的诗里，肯定蕴含着丰富的想象，而且这种想象是不同于现代社会人们所具有的想象，那是一种将艺术想象和宗教想象熔为一炉的"寓象"。这种"寓象不是一个能使没有灵性的人写出诗来的技巧"②，而是出自一种具有将宗教、文学、哲学融为一炉的一种诗性智慧，"一种精神习惯"。正因如此，对于这样的诗人而言，"寓象意味着清晰的视觉想象"③，但这种"视觉性想象"又不等同于"现代静物画家的视觉性想象"④。这种具有"视觉性想象"的"寓象"之基础就是有"一个人们还能够看到幻象的时代"，即一个具有宗教信仰的时代。只有在那种时代，在那种意义上，他的想象力才能具有"视觉性"效果。如今的时代，宗教式微，宗教感受性分裂，这让"我们除了梦幻之外一无所有"⑤，也让"我们已经忘了"曾经所看见的"幻象"，这种"幻象"在今天人们的心里已变成"只有反常的和没有教养的人才会"看得见的"幻象"，殊不知，这种"幻象"曾经是一种多么"有意义"、多么"有趣味"和多么"有修养"的"梦想"。如今的我们"想当然地认为梦从下方跃出"；想当然地将原本属于诗里的神性一脚踢出，正因为如此，"我们的梦的质量受到了损害"⑥，我们的诗意也不可避免地受到泯灭。

但丁所具有的"视觉性想象"，现代人已无法拥有，而这在当时就"是一种心理习惯"，⑦正因为这种视觉性想象，使得但丁"语言的灵魂具有形体"，使得

---

① 杨从容：《宗教价值与审美情感——宗教与文学对话》，《重庆师范学院学报（哲社版）》，1998年第1期，第8页。

② T. S. Eliot. Dante. In: Frank Kermode (eds). Selected Prose of T. S. Eliot. New York: Harcourt Brace Jovanovich Publishers, 1975: 209.

③ T. S. Eliot. Dante. In: Frank Kermode (eds). Selected Prose of T. S. Eliot. New York: Harcourt Brace Jovanovich Publishers, 1975: 209.

④ T. S. Eliot. Dante. In: Frank Kermode (eds). Selected Prose of T. S. Eliot. New York: Harcourt Brace Jovanovich Publishers, 1975: 209.

⑤ T. S. Eliot. Dante. In: Frank Kermode (eds). Selected Prose of T. S. Eliot. New York: Harcourt Brace Jovanovich Publishers, 1975: 209.

⑥ T. S. Eliot. Dante. In: Frank Kermode (eds). Selected Prose of T. S. Eliot. New York: Harcourt Brace Jovanovich Publishers, 1975: 209.

⑦ T. S. Eliot. Dante. In: Frank Kermode (eds). Selected Prose of T. S. Eliot. New York: Harcourt Brace Jovanovich Publishers, 1975: 209.

但丁"感情范围的宽度"比"光谱或音域的"① 宽度还要宽。在这种将神性与人性相融相合的诗歌里,诗人总是能寻找到词语来"捕捉人们甚至难以察觉到的感情"。也正是这种神性与人性的融合,使诗人既能掌握"巨大的语言资源","使人们理解不可理解的";也能在"扩展感情和知觉的范围"时,"丰富词语的意义,发掘词语的潜力"。② 在这两者的相融之处,但丁确实是艾略特所认为的"所知语言中的任何诗人都不及的"。他的《神曲》不但表现了"人能够经验的、在堕落的绝望和至福的零视之间感情领域的一切",③ 而且表现了人经验不到的在彼岸"灵光不朽"之处的一切。这样的诗歌"总是不断提示诗人有责任探索未被说出的东西,并寻找词语来捕捉人们甚至难以察觉到的感情"。④ 这样的诗人"不仅在正常视力和听觉范围内比其他人更明晰地感觉和分辨色彩或声音;而且他还(能够)觉察到普通人觉察不到的振动,有能力使人们相互之间看见和听到更多"。⑤ 这就是但丁身上的特质,他能将一切,不管是诗歌的,还是哲学的,不管是人性的,还是神性的,他都能将这一切融入其诗歌,"臻于化境"。

由此看来,但丁和其他的"宗教诗人"是不一样的。"英国文学里有宗教诗人,但是和但丁相比,他们只是专家。"⑥ 他们能做的仅仅就是"用宗教精神来处理全部诗歌题材"⑦,或者干脆就把诗歌当作"一种特殊的宗教意识的产物"⑧。但丁不是这样的,像但丁,或高乃依、拉辛这种意义的"宗教诗人",即便是在他们那些"不涉及宗教主题的剧本里",仍然能感受到宗教无所不在。就

---

① (美)托·斯·艾略特:《但丁于我的意义》,见:陆建德编,汤永宽、裘小龙等译:《批评批评家 艾略特文集·论文》,上海译文出版社2012年版,第162页。
② (美)托·斯·艾略特:《但丁于我的意义》,见:陆建德编,汤永宽、裘小龙等译:《批评批评家 艾略特文集·论文》,上海译文出版社2012年版,第162页。
③ (美)托·斯·艾略特:《但丁于我的意义》,见:陆建德编,汤永宽、裘小龙等译:《批评批评家 艾略特文集·论文》,上海译文出版社2012年版,第162页。
④ (美)托·斯·艾略特:《但丁于我的意义》,见:陆建德编,汤永宽、裘小龙等译:《批评批评家 艾略特文集·论文》,上海译文出版社2012年版,第162页。
⑤ (美)托·斯·艾略特:《但丁于我的意义》,见:陆建德编,汤永宽、裘小龙等译:《批评批评家 艾略特文集·论文》,上海译文出版社2012年版,第163页。
⑥ (美)托·斯·艾略特:《但丁于我的意义》,见:陆建德编,汤永宽、裘小龙等译:《批评批评家 艾略特文集·论文》,上海译文出版社2012年版,第163页。
⑦ T. S. Eliot. Religion and Literature. In: Frank Kermode (eds). Selected Prose of T. S. Eliot. New York: Harcourt Brace Jovanovich Publishers, 1975: 99.
⑧ T. S. Eliot. Religion and Literature. In: Frank Kermode (eds). Selected Prose of T. S. Eliot. New York: Harcourt Brace Jovanovich Publishers, 1975: 103.

算是维永和波德莱尔,"尽管他们有那么多的缺陷和越轨行为",但他们仍然是如同但丁一样伟大的宗教诗人。这样的"宗教诗人"像一位"跨越了通常意识边界的探索者"①,他具有一种广泛性,他是那种能将诗和信仰融合得最好的诗人。

在艾略特心里,像但丁这样的宗教诗人之所以如此重要的原因还在于他能非常巧妙而令人信服地"用过去不久的历史人物、传奇和《圣经》中的人物,以及古代传说中的人物来恰当地表现现实生活中的人物,如他的同代人、朋友以及敌人"。②"这些人,正像尤利西斯那样,在整体上是经过变形了的;因为无论是现实中的还是非现实中的人都是代表罪孽、受苦、过失和美德色类型,并且都成了同样现实的同时代人。"③ 由此看来,在人性诗歌中补全神性,其最大的作用就是在于警醒过于自负的人类,压制膨胀的人性欲望。

同时,宗教诗人表现出来的让人震撼的"原罪"无疑也会起到道德警示的作用,能让人类更加清醒地意识到"善与恶"的问题。所以他说:"在这一歌中(《炼狱篇》第21歌),贪欲者在烈焰中洗练,然而我们可以清楚地看出炼狱的烈焰和地狱的烈焰之间的不同之处。在地狱里折磨来自被诅咒者自身的特性,表现了他们的本质;他们在自己永远堕落的特性的折磨中翻滚。"④ 但是"在炼狱中,悔过者是自觉地、有意识地接受烈焰的折磨"。⑤ "炼狱中的灵魂之所以受难是因为他们为了洗罪希望受难。和维吉尔在永恒的地狱边缘受难相比,这些灵魂更加主动、愉快地接受苦难,因为他们是即将受到祝福的灵魂。在他们的受难中存在着希望,在维吉尔的麻木状态中却没有希望;这便是其中的差别。"⑥

由此看来,能意识到人类的"恶"就会进入炼狱,进入炼狱的人都是心存希望的人;而意识不到"恶"的麻木者,空心人,毫无疑问,最终的结果终将

---

① (美)托·斯·艾略特:《但丁于我的意义》,见:陆建德编,汤永宽、裘小龙等译:《批评批评家 艾略特文集·论文》,上海译文出版社2012年版,第163页。

② T. S. Eliot. Dante. In: Frank Kermode (eds). Selected Prose of T. S. Eliot. New York: Harcourt Brace Jovanovich Publishers, 1975: 214.

③ (美)托·斯·艾略特:《但丁于我的意义》,见:陆建德编,汤永宽、裘小龙等译:《批评批评家 艾略特文集·论文》,上海译文出版社2012年版,第163页。

④ T. S. Eliot. Dante. In: Frank Kermode (eds). Selected Prose of T. S. Eliot. New York: Harcourt Brace Jovanovich Publishers, 1975: 222.

⑤ T. S. Eliot. Dante. In: Frank Kermode (eds). Selected Prose of T. S. Eliot. New York: Harcourt Brace Jovanovich Publishers, 1975: 222.

⑥ T. S. Eliot. Dante. In: Frank Kermode (eds). Selected Prose of T. S. Eliot. New York: Harcourt Brace Jovanovich Publishers, 1975: 222.

堕入地狱，在永远的折磨中翻滚。这也就是为什么艾略特认为"莎士比亚对人生的理解要比但丁对人生的理解更为广阔，更为丰富；但是但丁对堕落以及崇高的理解更为深刻"。① 因为但丁能让人性几乎完全赤裸地呈现在他的目光之下，能让软弱、污浊、阴暗……种种人性之恶与时代之恶交织在一起。如果没有诗与宗教的交融，如何能让现代人看清灵魂，理解善恶？

值得注意的是，艾略特一再强调，阅读《神曲》这样的作品，并不是要读者也相信但丁的信仰。他说："如果世界上可以分成能单独地把诗看作诗的人和完全不能读诗的人，这就没关系了。"② 但是很显然，很少有人在读诗时仅仅只把诗当作诗。在这种情况之下，他说："我的意思是我们不能忽略但丁的哲学和神学信仰，不能跳过那些最清楚地表达了这些信仰的字节；但是，另一方面，你自己却并没有必要相信这些信仰。"③

如何能在阅读《神曲》的时候不忽略但丁的神学信仰但同时又不相信但丁的信仰呢？对此，艾略特提出，首先，"在阅读但丁的作品时，你必须进入到十三世纪天主教的世界中，那不是现代天主教的世界，就像但丁所处的物质世界不是现代的物质世界一样"。④ 如此先把现代时间进行"悬置"，读者就没有必要相信但丁所相信的东西，"因为即使你相信，你的理解和鉴赏的价值丝毫也不会有所提高；"⑤ 读者需要做的是，"有必要不断地加深你对但丁的信仰的理解"。⑥ 在进行阅读的时候，读者应把"信"与"不信"再次"悬置"，如此一来，在鉴赏《神曲》的时候，你就会"把诗当作诗来阅读，你就会'相信'但丁的神学，正像你相信他的游历具有物理真实一样"。⑦ 确实，在许多方面，一个天主

---

① T. S. Eliot. Dante. In: Frank Kermode (eds). Selected Prose of T. S. Eliot. New York: Harcourt Brace Jovanovich Publishers, 1975: 217.

② T. S. Eliot. Dante. In: Frank Kermode (eds). Selected Prose of T. S. Eliot. New York: Harcourt Brace Jovanovich Publishers, 1975: 221.

③ T. S. Eliot. Dante. In: Frank Kermode (eds). Selected Prose of T. S. Eliot. New York: Harcourt Brace Jovanovich Publishers, 1975: 221.

④ T. S. Eliot. Dante. In: Frank Kermode (eds). Selected Prose of T. S. Eliot. New York: Harcourt Brace Jovanovich Publishers, 1975: 222.

⑤ T. S. Eliot. Dante. In: Frank Kermode (eds). Selected Prose of T. S. Eliot. New York: Harcourt Brace Jovanovich Publishers, 1975: 222.

⑥ T. S. Eliot. Dante. In: Frank Kermode (eds). Selected Prose of T. S. Eliot. New York: Harcourt Brace Jovanovich Publishers, 1975: 222.

⑦ T. S. Eliot. Dante. In: Frank Kermode (eds). Selected Prose of T. S. Eliot. New York: Harcourt Brace Jovanovich Publishers, 1975: 221.

教教徒要比一个普通的不可知论者更容易抓住《神曲》的含义,"但是这并不是因为他们的天主教信仰,而是因为他们有这方面的知识。这只是一个知与不知的问题,而不是一个相信或怀疑的问题。关键在于但丁的诗作是一个整体;如果你想理解其中任何一部分,你必须理解每一部分"。① 从诗歌的本来面目来看,艾略特"突破关于神圣诗学的禁忌"是非常有意义的。在他所倡导的"宗教诗歌"、"神性诗学"中,他一再强调并不是要迫使读者皈依宗教。

在"诗歌"与"信仰"融为一体的思想的指引下,艾略特在文学批评里引进神学批评的维度就一点也不让人惊奇。1935 年,他发表《宗教与文学》一文。文章开头便明确表示:"我想说的话主要为了支持下面的命题:文学批评应该用明确的伦理学和神学观点的批评来加以补充。"② 很明显,这是艾略特对"人性诗学"的一种反思。因为确实如栾栋先生在《古歌三章》中所写的那样:"如果一味追求扩张人性为极致的诗学,诗歌就会堕入人性的膨胀或诗性的形式化,即今之所谓生活的审美反映,或各种艺术性的感情表达。如此论诗,有了人性的独奏,少了神圣的隐喻。擎起了人本的旗帜,遮蔽了超越的津梁。多了此岸的计较,少了彼岸的畅想。"③ 如何在文学批评中引入神学的维度?在具体实践中,艾略特主张,不要"把文学批评的责任完全推卸给那些为报纸写书评的人"。那些人在出版商的压力下,既不会对传统的经典进行评价,也不会把宗教纳入文学的范围。如果按照当时社会流行的做法,文学批评要么是为报纸写书评的人所作,要么是大学里的教授所作,那都将达不到文学批评的目的。一定要记住,文学批评的目的是促进人民大众的文学欣赏和理解的能力。那么,怎么办呢?难道不能阅读现代文学和现代文学批评了吗?对此,艾略特断然否定。他说:"我们肯定要继续阅读最好的一类现代文学,阅读我们的时代所提供的文学,但是,我们必须不懈地根据我们自己的原则来批评现代文学,而不是仅仅根据作者自己和在报刊上讨论现代文学的批评家们所接受的原则。"④ 由此,艾略特提出一个颇有新意的观点:

---

① T. S. Eliot. Dante. In: Frank Kermode (eds). Selected Prose of T. S. Eliot. New York: Harcourt Brace Jovanovich Publishers, 1975: 222.
② T. S. Eliot. Religion and Literature. In: Frank Kermode (eds). Selected Prose of T. S. Eliot. New York: Harcourt Brace Jovanovich Publishers, 1975: 97.
③ 栾栋:《古歌三章——兼论诗性的时效》,《学术研究》,2009 年第 8 期,第 123 页。
④ T. S. Eliot. Religion and Literature. In: Frank Kermode (eds). Selected Prose of T. S. Eliot. New York: Harcourt Brace Jovanovich Publishers, 1975: 102.

"我们大家都应该努力成为批评家，"① 或者我们应该都要努力成为一名好的批评家，"好的批评家是这样一种人，他把敏锐、持久的感受力和广泛的、与日俱增的有辨别力的阅读结合在一起。"② 看来，作为一名好的批评家，广泛的阅读必不可少。艾略特指明："广泛阅读的价值并不在于作为一种贮藏、积累知识的手段，也不是为了获得人们有时用'蕴藏丰富的头脑'这一词语所指示的东西。"③ 广泛阅读之所以有价值，"那是因为在受到一个接着一个的强大个性的感动过程中，我们就会变得不再受任何一个或任何少数强大个性的统治。各种不同的人生观同时存在于我们的头脑中，这些不同观点会相互影响，而我们自己的个性就会宣布自己的独立见解，并在我们自己的独立见解结构中给每一种观点以适当的地位。"④ 这一点对于一位批评家而言，简直太重要了。在广泛阅读的过程中，如果我们能够将我们所吸收到的所有知识相互影响，相互融合，如此一来就会摆脱某个或某种"强大个性的统治"，形成自己的新观点，并且逐渐提升自己的感受力和与辨别力。这些，都是艾略特的作品之所以能具有诗歌独特、文论犀利等特色的经验之谈。当艾略特将这种个人经验传授给大家的时候，他希望看到的是现代人类不再随波逐流，能形成自己真正的判断，只有这样，才能意识到"固定在我们自己和大部分当代文学之间的鸿沟"，⑤ 才能意识到，现代世俗文学所表现出来的特点恰恰是艺术感受力与宗教感受性之间的"决裂"。当意识到这样一道鸿沟之时，很显然，我们就能下意识地保护自己免受现代文学的危害，我们也才能够"从当代文学当中提取它所能为我们提供的任何教益"。⑥ 如此一来，我们才不会变成荒原上那些不知自己是死是活的"空心人"。

终其一生，艾略特反对阿诺德用文学替代宗教的主张。但他也曾无比哀怨地

---

① T. S. Eliot. Religion and Literature. In：Frank Kermode（eds）. Selected Prose of T. S. Eliot. New York：Harcourt Brace Jovanovich Publishers, 1975：102.

② T. S. Eliot. Religion and Literature. In：Frank Kermode（eds）. Selected Prose of T. S. Eliot. New York：Harcourt Brace Jovanovich Publishers, 1975：102.

③ T. S. Eliot. Religion and Literature. In：Frank Kermode（eds）. Selected Prose of T. S. Eliot. New York：Harcourt Brace Jovanovich Publishers, 1975：103.

④ T. S. Eliot. Religion and Literature. In：Frank Kermode（eds）. Selected Prose of T. S. Eliot. New York：Harcourt Brace Jovanovich Publishers, 1975：103.

⑤ T. S. Eliot. Religion and Literature. In：Frank Kermode（eds）. Selected Prose of T. S. Eliot. New York：Harcourt Brace Jovanovich Publishers, 1975：106.

⑥ T. S. Eliot. Religion and Literature. In：Frank Kermode（eds）. Selected Prose of T. S. Eliot. New York：Harcourt Brace Jovanovich Publishers, 1975：102.

表达过现今的时代已是如此："我们的文学代替了宗教，而我们的宗教又代替了文学。"① 在他看来，诗与宗教本身并不可分，它们属于统一体，宛如同一件事情的两面。因此，"终极说来，艺术的功能在于将一种足以凭信的秩序置于普通现实，从而使人对现实中的秩序有所感知，这样使得我们进入一种安详，宁静，和解的状态；然后，如同维吉尔听任但丁一样，任凭我们趋于一种宗教信仰。"② "诚然，每个国家、每个时代的宗教感情就像诗的感情一样，并不完全相同；即使信仰和教义仍然还是原先的信仰和教义，但感情已经发生了变化。"③ 不过，信仰是人类生存的一个条件，信仰绝不会死亡，如今的社会，它可能隐藏于某个地方。但这种"隐"不是消亡，而是"潜行"，是"暗流"。"这本身就值得我们希望。"④ 须知，"诗歌是宇宙给予人类的片羽吉光，是人类回馈自然的情思心香；她也是命运敲打灵魂的雷电火石，是天才直面造化的低吟高唱。其中除不去神性，因为必然偶然不会穷竭。其中也少不了人性，由于情志意志源远流长。"⑤ "神性诗歌和人性诗歌必将继续在粗俗性中经磨历劫，在神圣性中提炼升华。神性诗学与人性诗学还会在小年轮中涵摄通化，在大年轮中启蔽归藏。"⑥

第四节 一种有机的艺术形式：诗剧

1934 年，艾略特人生第一部诗剧《磐石》上演并获得商业上的成功。这之后，他一发不可收拾，将自己绝大部分时间用来创作诗剧，陆续创作了如《大教堂谋杀案》、《合家团聚》、《鸡尾酒会》、《机要秘书》、《老政治家》等剧本。这种对诗剧的执着与热爱，几乎占据了他后半生大量的精力和时间。对此，所有的人都感到疑惑不解。比如对艾略特颇有研究的埃德蒙·威尔逊就在其《阿克

---

① （美）托·斯·艾略特：《关于戏剧诗人的七人谈》，见：陆建德编，汤永宽、裘小龙等译：《传统与个人才能 艾略特文集·论文》，上海译文出版社 2012 年版，第 39 页。
② （美）T. S. Eliot. On Poetry and Poets. London: Faber and Faber Ltd, 1979: 94.
③ （美）T. S. 艾略特：《诗的社会功能》，见：王恩忠编译：《艾略特诗学文集》，国际文化出版公司 1989 年版，第 247 页。
④ （美）T. S. 艾略特：《诗的社会功能》，见：王恩忠编译：《艾略特诗学文集》，国际文化出版公司 1989 年版，第 248 页。
⑤ 栾栋：《古歌三章——兼论诗性的时效》，《学术研究》，2009 年第 8 期，第 124 页。
⑥ 栾栋：《古歌三章——兼论诗性的时效》，《学术研究》，2009 年第 8 期，第 124 页。

萨尔的城堡》一书中表达了这种困惑。他说:"我们可能会对他探究现代诗剧可能性的持续努力感到困惑。我们会问:为什么他要关心以诗写剧这样的事?为什么在易卜生、霍普特曼(Hauptmann)、萧伯纳和契科夫之后,他仍不满于以散文方式写戏剧?"①事实上,如同任何事情的发生都有其征兆一样,艾略特对诗剧的偏好也并不是突然转变的。早在他步入文坛还未达到盛名之时,例如在1919年到1928年这十年的时间里,他就已陆续发表了对诗剧理论性研究的文章以及对以伊丽莎白时期剧作家的系列评论,包括《修辞与诗剧》、《关于戏剧诗的七人谈》、《伊丽莎白时代四位剧作家》、《克里斯托弗·马洛》、《哈姆雷特》、《本·琼森》、《玛丽·劳埃德》等篇章。而且当时的他"十分熟悉希腊悲剧译本","对塞内加的兴趣接近专业程度"。②实际上,将创作方向进行转移,是符合艾略特之前谈论文学批评界限时所倡导的"诗人应该具有除诗以外的其他兴趣"这一主张的。在他看来,拓展除诗以外的兴趣对于诗人而言,会使诗人的视野变得更加开阔。而且,当新的兴趣对诗歌注入新的活力之后,诗人就不至于在晚年时只能依靠重复年轻时诗作中的技巧、思想打发度日了。他认为,真正成功的诗人应该是像叶芝那样,青年时期的诗作已取得了巨大的成功,但晚年的作品又能在此基础上进行了一番更大的突破。只是,说来容易做起来难。当一位诗人在写了那么多年的诗歌,并且显然已经凭借其诗歌功成名就,一旦转行来写诗剧,就意味着这很可能是在做一件损毁声誉的冒险的事。因为这时,诗人不得不启用另一种全新的、与他作诗时所习惯了的完全不同的思维方式。由此,当艾略特将这种自觉拓展的额外"兴趣"变成其创作的主体时,这种"兴趣"就成了一种更大的勇气。如他自己所说,写诗,"是在用自己的嗓子说话:你朗读给自己听,那诗念来如何,就是对它的检验,因为表演者是你自己。至于交流的问题,至于说读者能得到什么的问题,并非至关重要。如果你觉得这诗不错,但一开始却只有个把睿智明鉴的批评家对它竭诚赞助,那也够了。你希望这诗能等上一阵子,希望读者总有一天会接受。对于诗而言,应当是未来的读者向诗人靠拢。"③但是写诗剧就完全不一样了,"你有意识地为别人的声音,而不是为你自己的声音写作,而且你也不知道这些声音会是谁的。你的目的是写一出诗剧,仅

---

① (美)埃德蒙·威尔逊、黄念欣译:《阿克瑟尔的城堡 1870—1930年的想象文学研究》,江苏教育出版社2006年版,第85页。

② (美)雷纳·韦勒克、杨自伍译:《近代文学批评史(中文修订版 第五卷)》,上海译文出版社2009年版,第334页。

③ T. S. Eliot. On Poetry and Poets. London: Faber and Faber Ltd, 1979: 78.

仅抓住观众的心,但你与观众素不相识,观众对此剧还一无所知,而且演员和导演也都像陌路人。你不能指望那些与你素不相识的观众会对诗人特别开恩,会特别包容诗人。诗人写戏的对象,不可能只是他的倾慕者,不可能只是那些熟悉他的诗歌,并且对他名下任何作品都会表示欢迎的人。诗人写作时,必须时时想到,观众对他壮胆来写戏之前的成就一无所知,而且也毫不在乎,这样,你就会发现,你曾经很得意的拿手好戏本身有很多已不合用,你现在所写的每一行诗都必须用新的标准,即用是否具有戏剧性来进行检验。"① 这段文字摘录于艾略特1950年在西奥多·斯宾塞纪念会上所发表的一篇题为《诗歌与戏剧》的演讲稿。在这次的演讲中,艾略特重申了他创作诗剧的理由,并对自己刚刚进行诗剧创作时忐忑不安的心情进行了回顾。从这种回忆性的文字来看,在文坛上已凭借诗歌取得一定地位的艾略特中年时转行写诗剧,所面临的确实是一种全新的挑战。这种挑战让他忐忑,但并没有让他退缩。因为他曾认为创作戏剧是作为一名诗人所必需具备的天职。在1933年所发表的《诗歌的功用和批评的功用》一文里,他曾说:"从社会的角度看,最有用途的诗歌必须能够影响当前公众鉴赏力的各种现有层次,各种层次或许就是社会分崩离析的象征。所以,我以为,剧院是实现诗歌功能最理想的媒介,剧院是实现诗歌社会功能最直接的方法。"② 从这段话里,我们可以隐约瞥见叶芝曾经说过的一句话的影子。叶芝说:"一切艺术分析到最后显然都是戏剧,这就是我为什么喜爱戏剧的原因。"但是,这段话又揭示出了诗剧的社会功能,这是和叶芝不一样的另一番苦心。在20世纪的英国现代社会,电视、电影早已成为大众娱乐的主要媒介。但正如本雅明在《可技术复制时代的艺术作品》一文中所揭露的,在现代社会中,随着摄影、摄像技术的发展,艺术品已变成了一种单一的、完全一样的复制品。本雅明敏锐地看到"在艺术作品的可技术复制时代中,枯萎的是艺术作品的氛围。这一过程是病症;其意义已超出艺术范畴"。③ 而且,"即便最完美的复制品也不具备艺术作品的此地此刻(Hier und Jetzt)——它独一无二的诞生地"。④ 由此,本雅明认为"与任何一部《浮士德》电影相比,乡下《浮士德》演出即使再蹩脚,也有一点比电影强,这就是:演出总有一个理想,即与此剧在魏玛的首演相媲美"。⑤ 对

---

① T. S. Eliot. On Poetry and Poets. London: Faber and Faber Ltd, 1979: 79.
② T. S. Eliot. On Poetry and Poets. London: Faber and Faber Ltd, 1979: 94.
③ (德)本雅明,王炳均、杨劲译:《经验与贫乏》,百花文艺出版社2002年版,第264页。
④ (德)本雅明,王炳均、杨劲译:《经验与贫乏》,百花文艺出版社2002年版,第262页。
⑤ (德)本雅明,王炳均、杨劲译:《经验与贫乏》,百花文艺出版社2002年版,第264页。

于这一观点，艾略特应该是表示赞同的。的确，戏剧这种艺术形式与电影或电视完全不一样。因为"每一部戏剧的时间都是当下"，① 每一出戏的表演绝不重复，绝不"静止"，戏剧在"当下的流逝中"，"创造了它的时间"，"孕育了未来"。② 事实上，"舞台演员的艺术成就，确实是通过演员本人展现在观众面前的；与此相反，电影演员的艺术成就则是通过一台机器展现给观众的"，③ 因此，"人们面对舞台会回想起任何一种传统内涵"，④ 但在电影银幕前，一切失去了其价值。因此，戏剧的特点使其在"可技术复制"的时代显得格外有意义。

其次，在戏剧中融入诗歌，更能提高大众的欣赏趣味。众所周知，诗歌是属于阳春白雪般的少数人的爱好，如果能把诗歌置入与大众紧密联系的剧院之中，那很明显，大众的审美趣味会在欣赏诗剧的过程中逐步得到提升。在艾略特看来，如果观众能慢慢适应诗剧这种艺术形式；如果戏剧家们能做到"把诗歌带入观众所生活的那个看完戏就得返回的真实世界——而不是一种与我们真实世界完全无关的想象世界——的时候"；⑤ 如果剧中的诗歌能对观众产生一种"无意识"影响，使观众在听诗之时能自言自语："我也能用诗歌说话了！"⑥ 如果到了那样一个时刻，"我们就不会被带去神游一个人造的世界；相反，我们这个惨淡腌臜的尘世会突然披满霞光，幻若仙景"。⑦

艾略特知道，"也许这是一个永远无法实现的理想"，但这恰恰可以激发他，为他"在诗剧创作方面进行进一步的探索和试验提供更大的激励，这种探索本身就可以超越任何可以实现的目标"。⑧ 因此，艾略特强调诗剧的社会功能："所有的艺术通过自身所带的秩序感能为我们提供一种有序生活的感觉，而这就是艺术的功能。"⑨ 事实上，在艾略特眼里，诗剧已演变成一种"人类行为和言词的

---

① （德）彼得·斯从狄著、王建译：《现代戏剧理论（1880—1950）》，北京大学出版社2009年版，第10页。
② （德）彼得·斯从狄著、王建译：《现代戏剧理论（1880—1950）》，北京大学出版社2009年版，第10页。
③ （德）本雅明，王炳均、杨劲译：《经验与贫乏》，百花文艺出版社2002年版，第273页。
④ （德）本雅明，王炳均、杨劲译：《经验与贫乏》，百花文艺出版社2002年版，第264页。
⑤ T. S. Eliot. On Poetry and Poets. London: Faber and Faber Ltd, 1979: 82.
⑥ T. S. Eliot. On Poetry and Poets. London: Faber and Faber Ltd, 1979: 82.
⑦ （美）托·斯·艾略特：《大教堂的谋杀案》，见：赵毅衡译：《外国现代剧作家论剧作》，中国社会科学出版社1982年版，第271页。
⑧ T. S. Eliot. On Poetry and Poets. London: Faber and Faber Ltd, 1979: 85.
⑨ T. S. Eliot. On Poetry and Poets. London: Faber and Faber Ltd, 1979: 86.

图案"，① 其最终目的就是通过"给日常生活赋予一种可靠的秩序感，并从中抽引出那种秩序感，从而把我们带入一个平静的、晴朗的和谐境界，然后离开我们，就像维吉尔离开但丁那样，让我们自己走向一个不再需要引导的新天地"。② 诗剧的社会功能被艾略特寄予厚望，很明显，这和叶芝的看法完全相反。虽然在诗剧创作的数量上，叶芝远远超过艾略特，但叶芝是那种将诗当作少数人才能欣赏的人，所以他希望剧场里只能容纳少量能真心待诗的观众，也因此，他的诗剧里保持了更多难以理解的隐喻、象征和神秘的因素。在诗剧的社会功能方面，艾略特无疑比叶芝具有更高一层的"普遍性"包容。

除去上述两种原因，当我们把艾略特的文本著述当作一个整体来看待，把他同期创作的文章放到一起比较时，我们会发现他转行的背后其实还有另外的缘由和秘密。

熟悉艾略特的人都知道，20世纪30年代以来，艾略特在文学评论方面的论文减少，而诗剧与文化批评的创作却十分繁荣、丰富，正是在其诗剧创作与文化批评的关系上，笔者发现这两者之间有着某种隐秘的联系。1939年，艾略特在一篇《关于文化定义的札记》的演说中开宗明义地表达过，现代西方文化并没有随着达尔文的进化论而进化，反而是在步步衰退，衰退的根本原因在于"文化的分裂"。在他看来，原始社会的文化是一种集宗教、艺术于一身的"生活方式"（艾略特语）。随着现代文明的发展，原始社会中那集多元性于一身的"文化分裂"也随之开始，并且"分裂"的现象随着科学技术的发展愈发严重。因此，拯救西方文化，当务之急便在于弥合文化中分裂的各个因素（这一点将在第四章中详细阐发）。相对应地，诗剧这种古老的艺术门类，恰巧是一种集宗教仪式以及各类艺术：诗歌、音乐、舞蹈、表演于一身的有机艺术形式。对于这一点，任何一位熟悉诗剧起源的人都不会反对。从诗剧的发展历史来看，它可以追溯到古希腊、古罗马时期。在当时，无论是埃斯库罗斯、索福克勒斯和欧里庇德斯的悲剧，还是阿里斯托芬的喜剧，都是用诗体所写的。而在英国，诗剧也具有悠久的传统。根据何其莘先生在《英国戏剧史》一书中的介绍，诗剧在英国最开始起源于中世纪教堂的宗教仪式，从中经历了一个从"诗节式对话"到16世纪的"诗行对句"，再到"无韵诗与散文并置"这样一个逐渐发展的过程。在英国戏剧史上，伊丽莎白时期戏剧一直被奉为典范，尤其是莎士比亚，更被欧洲大

---

① T. S. Eliot. On Poetry and Poets. London: Faber and Faber Ltd, 1979: 87.
② T. S. Eliot. On Poetry and Poets. London: Faber and Faber Ltd, 1979: 87.

陆的各国人士视为经典作家。这一时期的剧作能取得如此大的成就，其原因就在于，这一时期的剧作家们可以非常出色地把散文与无韵诗结合在一起，也可以毫不费力地把诗与剧糅合起来。艾略特显然也是这样认为的。在他看来，伊丽莎白时代以莎士比亚为首的剧作家通过把诗和剧进行有机融通，通过将散文和韵文紧密结合，从而找到了一条表达人物思想感情的最佳途径。在他的评论文章里，他经常提到莎士比亚，但他也明确表示莎士比亚不可模仿，诗人们只能无限地接受莎士比亚的影响，因为再模仿，也不可能达到莎士比亚的水平与高度。诗剧的繁荣，在英国戏剧史上一直持续到 19 世纪末。在 18 世纪，"由德莱顿开创的英雄诗剧仍然被保留了下来"，① 诗体语言仍然被看作戏剧体裁公认的最佳选择。到了 19 世纪，虽然这一时期在英国文学史上，"显然不是一个戏剧的时代"②，但当时几乎所有的"主要诗人都尝试过为伦敦的舞台撰写诗歌"。③ 19 世纪末期，随着宗教式微，也随着写实主义戏剧的兴起，诗剧慢慢地衰落，转而散文剧独占鳌头。到 20 世纪初期，"专业性的诗剧演出在英国已十分罕见，许多诗剧作品只是由业余剧团在教堂演出，或由专业剧团在非公众性的场合演出"。④ 由此看来，诗剧的"死亡"和现代社会文化的衰退有着某种程度上的一致。正因为诗剧具有各种艺术特点，糅合了各类文体，因此，在艾略特看来，诗剧绝对是一种阻止艺术分裂、防止文化衰退的最好方式。更重要的是，诗剧的源起与宗教仪式紧密相连、不可分割，这显然也与艾略特在差不多同一时期皈依基督教有着某种暗合。从以上种种分析看来，我们应该理解艾略特为什么在写实主义戏剧、散文体戏剧大行其道的 20 世纪，反而用一种与现代社会格格不入的古老方式来表达其戏剧情结了。这一方面，当然是艾略特对传统表示敬重的一种方式，但更重要的是在于诗剧本身的价值，以及诗剧所能带来的社会功能。

在力图恢复诗剧这一艺术形式方面，艾略特与尼采又有着某种程度上的不谋而合，而且这也与他们呼唤神话的到来是一致的。尽管如我们之前所论述的，艾略特在其文本中很少提及尼采，但作为《悲剧的诞生》的作者，尼采在戏剧理论方面应该对艾略特有过启示。因为我们可以看到，在发表于 1872 年的《悲剧的诞生》中，尼采早已指出："演员、伶人、舞蹈家、音乐家、抒情诗人在其本

---

① 何其莘：《英国戏剧史》，译林出版社 2008 年版，第 277 页。
② 何其莘：《英国戏剧史》，译林出版社 2008 年版，第 299 页。
③ 何其莘：《英国戏剧史》，译林出版社 2008 年版，第 300 页。
④ 汪义群：《T. S. 艾略特与英国诗剧传统》，《上海外国语大学学报》，1994 年第 4 期，第 55 页。

能上是一脉相通，原本一体的，但逐渐地专门化和分化了——直至竟然彼此冲突。"① 他也认为："如果说悲剧吸收了一切早期艺术种类于自身，那么，这一点在特殊意义上也适用于柏拉图的对话，它通过混合一切既有风格和形式而产生，游移在叙事、抒情与戏剧之间，散文与诗歌之间，从而也打破了统一语言形式的严格的古老法则。"② 在这部惊世骇俗的著作当中，尼采说："苏格拉底代表了古希腊文化的衰微和神话的丧失。"③ 究其原因，正是因为"在苏格拉底看来，悲剧艺术从来没有'说明真理，且不说诉诸'不具备多大智力的人'"，④ 而且苏格拉底"认为悲剧属于谄媚艺术之列，它只描写娱乐之事，不描写有用之事，因此他要求他的信徒们戒除和严格禁绝这种非哲学的诱惑"。⑤ 由此，尼采力辩，"如果德国人想恢复文化统一体，那么就必须沿着古希腊人相反的方向前进，从理性的亚历山大地方文化时代中返回到神话的狄奥尼索斯悲剧时代。"⑥ 他甚至用诗性的语言大声倡议："是的，朋友们，同我一起信仰酒神的生涯，信仰悲剧的再生吧！"⑦

不得不说，艾略特为了弥合已经分裂的各门艺术而进行诗剧创作的这一主张和尼采的观点如出一辙。当然，在关于悲剧这一主题之上，尼采是那种具有天才般哲学头脑的人，他仅仅凭借其"最内在的经验"，理解了"奇异的酒神现象"，并能"把酒神精神转变为一种哲学激情"⑧。而艾略特，如他自己多次所强调的对"抽象思辨"不感兴趣的那样，在这方面侧重的是对悲剧的实际创作。而且，在悲剧溯源这一点上，他也没有如尼采走得那么远。尼采越过古希腊寻求到了人类初始之时的神话阶段，回到了"神话的狄奥尼索斯悲剧时代"，艾略特却仅仅止步于古希腊。在他的剧作里，无论是古代剧还是现代剧，无论是悲剧还是喜剧，题材几乎都来源于古希腊悲剧。只是在如《大教堂谋杀案》这样的古代悲

---

① （德）尼采、周国平译：《悲剧的诞生 尼采美学文选》，上海人民出版社2010年版，第412页。
② （德）尼采、周国平译：《悲剧的诞生 尼采美学文选》，上海人民出版社2010年版，第140－141页。
③ 琳达·莱佛尔，陆道夫、张来民译：《尼采的悲剧理论和T.S.艾略特的剧本》，《商丘师专学报》，1988年第1期，第95页。
④ （德）尼采、周国平译：《悲剧的诞生 尼采美学文选》，上海人民出版社2010年版，第140页。
⑤ （德）尼采、周国平译：《悲剧的诞生 尼采美学文选》，上海人民出版社2010年版，第140页。
⑥ 琳达·莱佛尔，陆道夫、张来民译：《尼采的悲剧理论和T.S.艾略特的剧本》，《商丘师专学报》，1988年第1期，第95页。
⑦ （德）尼采、周国平译：《悲剧的诞生 尼采美学文选》，上海人民出版社2010年版，第124页。
⑧ （德）尼采、周国平译：《悲剧的诞生 尼采美学文选》，上海人民出版社2010年版，第6页。

剧中，古希腊悲剧的题材是明显可以看得出来的。比如在这出剧中，艾略特在"使用合唱队，埃斯库罗斯式的冗长的颂歌合唱队，原型的悲剧英雄和情节，甚至像《俄瑞斯忒斯》结尾所使用的一种审判"①等方面，都是在严格遵循古希腊悲剧"公认的准则"。② 而在如《合家团聚》和《鸡尾酒会》这样的现代喜剧当中，古希腊悲剧的因素是隐而不显的。关于这一点，他自己在总结《鸡尾酒会》这部剧时曾说："在诗剧创作的主题方面，我仍倾向于返回到古希腊戏剧中去寻找，但是我决定只把这当作一个出发点，并将隐其出处，这样除非由我自己来点明、揭穿，否则没有人将认出来……没有一个熟人或是评论家能认出来，我的故事来自欧里庇德斯的《阿尔塞斯提斯》。"③ 在悲剧溯源这一点上，显然，尼采比艾略特具有更深层次的意义。但是，不管是抽象的哲学激情，还是具象的创作实践；不管是超凡脱俗、深层次地回溯悲剧之源，还是平庸地人云亦云，艾略特确实是在身体力行中试图对这样一种融合了所有艺术门类，甚至集道德、哲学以及宗教于一身的艺术形式进行振兴，从而为其拯救分化分裂、文化衰退指明一条合理的道路。这种在艺术追求的道路上绝非人云亦云的精神同样令人敬佩。

和尼采一样，在对艺术审美问题、艺术功能的看法上，艾略特多次否认为艺术而艺术的纯艺术观点，也不认同艺术是为闲暇而生，是"一种娱乐的闲事"，他强调艺术是审美功能和宗教感受性的统一体，艺术是对现代性进行强烈批判的一种态度。这正如尼采所言："从未有过另一艺术时代，所谓文化与真正的艺术如此疏远和互相嫌恶对立，如同我们当代所目睹的这样。"④ 而"酒神悲剧最直接的效果在于，城邦、社会以及一般来说人与人之间的裂痕向一种极强烈的统一感让步了，这种统一感引导人复归大自然的怀抱"。⑤ 很可惜，大多数学者没有注意到艾略特和尼采在悲剧上观点几乎一致的现象，他们简单、粗暴地将艾略特试图恢复诗剧的努力扣上了"保守主义"的帽子，甚至认为他的诗剧在现代社会不具备太大的意义，实际上，艾略特创作诗剧的真正意义应在于，在诗剧这样一种有机的艺术形式上，既有学科分裂得以相融相合的诗学"实构"，又有他对

---

① （美）琳达·莱佛尔，陆道夫、张来民译：《尼采的悲剧理论和T.S.艾略特的剧本》，《商丘师专学报》，1988年第1期，第97页。
② （美）琳达·莱佛尔，陆道夫、张来民译：《尼采的悲剧理论和T.S.艾略特的剧本》，《商丘师专学报》，1988年第1期，第97页。
③ T. S. Eliot. On Poetry and Poets. London: Faber and Faber Ltd, 1979: 85.
④ （德）尼采、周国平译：《悲剧的诞生 尼采美学文选》，上海人民出版社2010年版，第166页。
⑤ （德）尼采、周国平译：《悲剧的诞生 尼采美学文选》，上海人民出版社2010年版，第112页。

西方文化衰退所开出的药方,这其中有他对所向往的一切的有机融合。

在仔细地辨析了艾略特创作诗剧的原因之后,我们还是得把注意力转移到其诗剧理论上来。其实,作为一门古老的艺术形式,戏剧从来没有失去过其魅力。在一些文化、历史潮流的转折时期,戏剧甚至起过非常先锋的作用。比如文艺复兴时期,莎士比亚和他的同时代剧作家就是以戏剧为武器,高唱人的独立与自由,从而率先打破中世纪文化的桎梏。而在法国,浪漫主义运动的兴起就是"以雨果的《爱尔那尼》打头阵的"。① 至于"二战"过后的荒诞派戏剧,更是在尤涅斯库、贝克特等人看似荒诞不经的舞台表演中给人带来震撼之后的启示。总之,"戏剧是武器"②,戏剧也是西方文学当中不可或缺的重要部分。谁若不了解西方戏剧,就不会完整地了解西方文化。20世纪初的欧洲,戏剧表演同样十分繁荣,也活跃着一批著名的以契科夫、梅特林克、萧伯纳等为代表的现代派戏剧家。在整个现代派戏剧中,当时占主流的应是现实主义戏剧。当然,无论是现实主义,还是非现实主义,或是浪漫主义,或是表现主义,这一时期的戏剧都与艾略特的戏剧有着根本的差别,那就是散文剧和诗剧的差别。在当时,可以说,几乎所有的人都将诗歌和戏剧看成是两个相互分离的东西。人们在评论伊丽莎白时代的戏剧时,要么会说,这是一部烂剧,却是一首好诗;要么说这剧是好剧,但绝对不是一首好诗。人们甚至认为只有具有超凡天才的作家才能使二者结合起来。实际上,从诗剧发展史来看,戏剧和诗歌的关系虽远不是像某些人割离得很机械的那样,但戏剧和诗歌的关系也绝非一种机械的聚合。在理想中的诗剧里,剧与诗的关系是最具融合性的,就像"在埃斯库罗斯的剧本里,我们并不觉得某些段落是文学,其他的段落是戏剧;剧中每一种风格的言词都和全剧有关,由于这种关系它本身就是戏剧性的"。③ 诗歌和戏剧的关系还在于"最具有戏剧性的东西,也是最有诗性的东西"。④ 就像莎士比亚在最有戏剧场景中写出他最好的诗歌那样,这些剧既是最有诗性的,也是最有戏剧性的。剧与诗不是两种不同的活动,而是"同一个活动的充分扩展"。而这也可以说,"诗歌和戏剧是没有'关系'的。所有诗歌都有戏剧倾向,所有戏剧都有诗歌倾向"。⑤ 二者融为

---

① 朱虹:《外国现代剧作家论剧作》,中国社会科学出版社1982年版,第1页。
② 朱虹:《外国现代剧作家论剧作》,中国社会科学出版社1982年版,第1页。
③ T. S. Eliot. On Poetry and Poets. London:Faber and Faber Ltd, 1979:85.
④ (美)托·斯·艾略特:《戏剧诗人七人谈》,见:陆建德编,卞之琳、李赋宁等译:《传统与个人才能 艾略特 文集·论文》,上海译文出版社2012年版,第48页。
⑤ T. S. Eliot. On Poetry and Poets. London:Faber and Faber Ltd, 1979:76.

一体。

艾略特诗学中这种诗与剧相偎相依、相辅相成、相融相合的有机关系其实早已体现在艾略特的诗歌里了。或者可以说，艾略特诗歌之所以能取得巨大成功的一个原因就在于"他的想象在本质上的戏剧性"。① 还记得《荒原》中圣杯传奇的故事吗？记得《J·阿尔弗雷德·普鲁弗洛克的情歌》中的普鲁弗洛克吗？还有那个在《西默盎之歌》中"活了八十岁而没有明天"的老头，以及《空心人》中的那位空心人吗？可以毫不夸张地说，艾略特诗歌中最好的作品都基于一种意想不到的戏剧对比。艾略特原本就是一个戏剧诗人。所以，从他一开始创作诗歌的时候，他的心里就已经种下了诗剧的种子，他早已认为"最伟大的戏剧是诗剧"，因为"戏剧的缺点能够被诗的优点所补偿"。从另一个方面来说，每一首伟大的诗也必定具有戏剧性。荷马、但丁的诗都是这样。即使"但丁在以最高超的技艺向宗教神秘发起进攻的时候"，他也有使"我们卷入人类对这种神秘的态度这一具有戏剧性的问题上来"。②

对于诗剧这一表演形式，艾略特还用芭蕾舞来与之比较。他说："如果说戏剧，尤其是诗剧，还有前途的话，难道它不是在芭蕾舞所指出的方向上吗？难道它不是形式的而非伦理方面的问题吗？"③ 实际上，这两个反问句表明了艾略特将诗剧与芭蕾舞来进行比较的原因就在于形式和伦理两个方面。首先是形式问题，在他看来，看过芭蕾舞表演的人可能都会观察到，"我们所赞赏的男演员或女演员只是在演出时才有他或她的存在，他或她的生命只是一个个性，一个生命的火焰，不知来自何方，也不知消失到哪里去，它只有在它出现在舞台上的时刻是完整的和充分的。它是一个按照惯例行动的生命，这个生命只存在于艺术品中，也只为了艺术品而存在。"④ 用直白的语言来讲，就是说在芭蕾舞中，总的动作都已经设计好了、规定好了，演员只能做一些有限的舞蹈动作，并只能表现"有限程度的感情"，演员"唯一的活动余地就是该演员所应表演的角色"。一位

---

① （美）埃德蒙·威尔逊、黄念欣译：《阿克瑟尔的城堡 1870—1930 年的想象文学研究》，江苏教育出版社 2006 年版，第 85 页。
② （美）托·斯·艾略特：《戏剧诗人七人谈》，见：陆建德编，卞之琳、李赋宁等译：《传统与个人才能 艾略特 文集·论文》，上海译文出版社 2012 年版，第 43 页。
③ （美）托·斯·艾略特：《戏剧诗人七人谈》，见：陆建德编，卞之琳、李赋宁等译：《传统与个人才能 艾略特 文集·论文》，上海译文出版社 2012 年版，第 41 页。
④ （美）托·斯·艾略特：《戏剧诗人七人谈》，见：陆建德编，卞之琳、李赋宁等译：《传统与个人才能 艾略特 文集·论文》，上海译文出版社 2012 年版，第 42 页。

优秀的舞蹈家和一位仅仅够格的舞蹈家之间的区别就在于"有无生命的火焰"。优秀的舞蹈家往往能将生命的火焰点燃,使自身与舞蹈中的人物性格以及与舞蹈融为一体。二流的演员却只能生硬地传达出已设计好的舞蹈动作,并不具备"生命的火焰"。这种具有严格形式的舞蹈表演在艾略特看来,和诗剧一样,也就是说诗剧演员应该和芭蕾舞演员一样,在舞台上并非要刻意凸显演员自身的个性,而应凸显剧中人物的个性,自身的生命就像一股活火,能点燃剧中人物的性格。很明显,用芭蕾舞来比拟诗体剧这一观点是对当时英国剧坛上现实主义戏剧所带来的过于强调演员个性风尚所作的反拨。在他看来,"在现实主义戏剧(这种戏剧总是力求挣脱艺术对它的约束)中,个人总要介入。如果没有个人,如果没有这种介入,剧本就无法上演。"①因此,诗剧的情感表达范围和逼真性应与芭蕾舞一样,在某种程度上是受到限制的。正因如此,诗剧与芭蕾才是一种古典的、具有永恒性和普遍性的艺术形式。

诗剧像芭蕾舞,还因为芭蕾舞是"是传统的、具有象征性和高度技巧性的运动体系。它是一种具有广泛适应性的礼拜仪式"。②这就意味着在伦理方面,芭蕾舞与诗剧也保持着根本的一致。因为诗剧"产生于宗教形式,并且不能脱离宗教仪式"③,其完美形式正是在"弥撒的仪式中"。可以说,这一观点正是对尼采学说的继承。尼采早已说过,"只有在酒神秘仪中,在酒神状态的心理中,希腊人本能的根本事实——他们的'生命意志'——才获得了表达。"④"希腊人用这种秘仪担保什么?永恒的生命,生命的永恒回归;被允诺和贡献在过去之中的未来;超越于死亡和变化之上的胜利的生命只肯定;真正的生命即通过生殖、通过性的神秘而延续的总体生命……"⑤ 在宗教仪式与悲剧的血缘关系上,在强调宗教仪式的重要性上,尼采返回到古希腊着重的是人类意志,艾略特放眼未来强调的是人类现状。但不管是哪种方式,他们都会赞同,宗教仪式绝不是

---

① (美)托·斯·艾略特:《伊丽莎白时代四位剧作家——为一本未写成的书作的序言》,见:陆建德编,卞之琳、李赋宁等译:《传统与个人才能 艾略特文集·论文》,上海译文出版社2012年版,第134–135页。

② (美)托·斯·艾略特:《戏剧诗人七人谈》,见:陆建德编,卞之琳、李赋宁等译:《传统与个人才能 艾略特文集·论文》,上海译文出版社2012年版,第43页。

③ (美)托·斯·艾略特:《戏剧诗人七人谈》,见:陆建德编,卞之琳、李赋宁等译:《传统与个人才能 艾略特文集·论文》,上海译文出版社2012年版,第43页。

④ (德)尼采、周国平译:《悲剧的诞生 尼采美学文选》,上海人民出版社2010年版,第14–15页。

⑤ (德)尼采、周国平译:《悲剧的诞生 尼采美学文选》,上海人民出版社2010年版,第15页。

"现代人所谓之繁文缛节",相反,它是构成那种神圣秩序的组成部分,实际呈现的是一种"寻常中之非常","无形之真际"。① 因此,在艾略特的诗剧《大教堂谋杀案》里,我们可以看到诗人在对情节、形式等方面刻意安排得和同时代宗教仪式的惯例——弥撒完全一样:"教会的歌唱队取代了原先的合唱队,布道(仅仅是戏剧中的独白)由悲剧中的英雄来进行,所有参加宗教礼拜式的会众充当了陪审者,更重要的是,他们对当作歌队的扩大和补充。"② 在艾略特眼里,当诗剧与宗教仪式紧密相融、成为一体时,"人们可以找到一切必需的东西":一个信徒可以通过诗剧找到他所需要的宗教信仰,一个非信徒可以通过弥撒、宗教仪式找到对戏剧的渴望。对于已皈依了基督教的艾略特而言,他强调,"在我们所处的时代,当戏剧的范围已经尽可能地扩大的时候"③,当一切处于分崩离析的时候,回到宗教仪式应该是唯一的解决问题的方法。其实正是这一点凸显出了艾略特和尼采的不一样之处:当一切处于分崩离析之时,尼采疾呼回到悲剧,艾略特召唤回到宗教。当然,这也是他们之间的相通之处,因为在具有酒神精神的悲剧里,宗教和悲剧原本就是一体,但它们谁也不能代替另一方而单独存在。在20世纪满目疮痍的时代,"宗教在根基上已经变质为学术迷信",④ 面对着"荒原"一般的尘世,艾略特发出低沉的悲叹:如果我们没有宗教也能将就,那么,就让我们有戏剧,但是,别假装它就是宗教;如果我们没有戏剧也能将就,那么,我们就不要假装宗教就是戏剧。他预测,当"宗教和伦理原则越明确,戏剧就越能够自由地朝着现在称之为摄影式的方向发展"⑤;当"宗教和伦理原则越变动不居,越混乱,戏剧就会朝着仪式的方向发展"。⑥ 只有当一个时代的戏剧和宗教之间"呈现出某种恒定的关系"⑦ 之时,戏剧和宗教之间的运动方向

---

① 赵林、杨曦楠:《神秘与反思》,广西师范大学出版社2008年版,第86页。
② (美)琳达·莱佛尔,陆道夫、张来民译:《尼采的悲剧理论和T. S. 艾略特的剧本》,《商丘师专学报》,1988年第1期,第95页。
③ (美)托·斯·艾略特:《戏剧诗人七人谈》,见:陆建德编,卞之琳、李赋宁等译:《传统与个人才能 艾略特文集·论文》,上海译文出版社2012年版,第43页。
④ (德)尼采、周国平译:《悲剧的诞生 尼采美学文选》,上海人民出版社2010年版,第157页。
⑤ (美)托·斯·艾略特:《戏剧诗人七人谈》,见:陆建德编,卞之琳、李赋宁等译:《传统与个人才能 艾略特文集·论文》,上海译文出版社2012年版,第45页。
⑥ (美)托·斯·艾略特:《戏剧诗人七人谈》,见:陆建德编,卞之琳、李赋宁等译:《传统与个人才能 艾略特文集·论文》,上海译文出版社2012年版,第45页。
⑦ (美)托·斯·艾略特:《戏剧诗人七人谈》,见:陆建德编,卞之琳、李赋宁等译:《传统与个人才能 艾略特文集·论文》,上海译文出版社2012年版,第45页。

才是自由的，这样的运动很明显，是一种处于两个中心之间的"易"，只有这样，一切才会如尼采所言，"不管现象如何变化，事物基础之中的生命仍是坚不可摧和充满欢乐的。这一个慰藉异常清楚地体现为萨提儿歌队，体现为自然生灵的歌队，这些自然生灵简直是不可消灭地生活在一切文明的背后，尽管世代更替，民族历史变迁，它们却永远存在。"①

在明确了艾略特对于"诗剧"这一戏剧形式的理论阐述之后，我们就可以在艾略特诗剧创作的实践中继续深入观察其关于诗与剧关系的论点。我们注意到，"戏剧的可能性取决于对白的可能性"②，因为"对白是戏剧的载体"③。因此，对白的方式、情感的表达到底是用散文能更表达得清晰一些，还是用韵文能更加让人满意一些？这个问题对于大多数现代戏剧家而言，似乎能达成一致，那就是他们都倾向于认为，散文能更加充分地表达情感。事实上，在散文和韵文的区别以及两者在戏剧之中的关系上，艾略特曾为此伤透了脑筋。作为一位推崇"诗体剧"的诗人剧作家，他欣赏的一直是伊丽莎白戏剧时期那些擅长将诗歌与散文糅合在一起的剧作家，因此，在散文与诗歌的关系中，他并没有如瓦莱里那样，认为两者之间存在着明显的区别。反而，他觉得诗剧与散文戏剧的对比问题仅仅只是形式程度的问题。他明确表示："在舞台上，无论我们是用散文入戏，还是用韵文入戏……这之间的差异，并不如我们所想的那么大。"④ 但在当时的戏剧界，人们往往把这两者之间的差异看成截然对立的两种形式，而且大多数人倾向于把韵文当作对戏剧情感表达的限制。他们认为，"戏剧的情感表达范围和逼真性受韵文的限制和约束"。⑤ 持这种意见的人很明显对当时的散文剧很满意，因为"他们喜欢受约束的和不自然的情感表达"。⑥ 在他们看来，只有散文才会使戏剧中的感情不加克制地充分地表现出来，只有这种情感的完全表达与宣泄才符合现实。对此，艾略特持反驳意见。他认为，人类在情感最强烈的时候，人的

---

① （德）尼采、周国平译：《悲剧的诞生 尼采美学文选》，上海人民出版社2010年版，第112页。
② （德）彼得·斯从狄著、王建译：《现代戏剧理论（1880—1950）》，北京大学出版社2009年版，第11页。
③ （德）彼得·斯从狄著、王建译：《现代戏剧理论（1880—1950）》，北京大学出版社2009年版，第11页。
④ T. S. Eliot. On Poetry and Poets. London: Faber and Faber Ltd, 1979: 85.
⑤ （美）托·斯·艾略特：《戏剧诗人七人谈》，见：陆建德编，卞之琳、李赋宁等译：《传统与个人才能 艾略特文集·论文》，上海译文出版社2012年版，第41页。
⑥ （美）托·斯·艾略特：《戏剧诗人七人谈》，见：陆建德编，卞之琳、李赋宁等译：《传统与个人才能 艾略特文集·论文》，上海译文出版社2012年版，第41页。

灵魂往往试图以韵文的形式来表现自己。而人类的情感从埃斯库罗斯所处的那个时代到现在为止都没有什么变化，既然如此，始于埃斯库罗斯时代的诗体剧才能表达出人类情感的最强音。这就好像他在那篇很重要的戏剧理论文章《诗歌与戏剧》一文中所说的："在我们的意识生活中，当意识指导人的行动之时，意识世界当中有一种可命名的、可分类的情感和动机，这种情感、动机以及它所指引出来的行动是用散文剧来表达就已足够的了；但是也有那种意识无限延伸的边缘地带，在那边缘地带，我们的感情仅仅只能被察觉，但并不能被道明；这种感情能用我们的眼角瞥见，但却永远无法看清，这是一种能让我们清醒地意识到的已与行动暂时分离的感情。"① 在艾略特看来，尽管一些伟大的散文戏剧家如易卜生和契科夫"有时完成了一些我没有想到散文能做到的事情"②，但是，"这种处于特殊的、奇怪范围内的情感却只能用剧诗才能表达出来，因为那一刻，情感达到了最高强度"。③ "在那一刻，我们触碰到了只有用音乐才能表达的情感的边缘"。④ 由此，艾略特引出了其诗剧与音乐之关系的论点。

在他看来，音乐对于诗剧来说太重要了，音乐能表达出那不可言说的情感的"边缘地带"，而诗歌仅仅只是能够触碰到它，因此"我们不能模仿音乐，因为达到音乐的境界，意味着诗歌已被取消，尤其是戏剧诗歌会被取消掉"。⑤ 艾略特的这个观点，又和尼采有着同声相契的一致。尼采说过："在民歌创作中，我们看到语言全力以赴、聚精会神地模仿音乐……我们以此说明了诗与音乐、词与声音之间惟一可能的关系：词、形象、概念寻求一种同音乐相似的表达方式，终于折服于音乐的威力。"⑥ 这就是说，诗歌试图模仿音乐，但诗歌最终折服于音乐。因此，尼采说："语言绝不能把音乐的世界象征圆满表现出来，音乐由于象征性地关联到太一心中的原始冲突和原始痛苦，故而一种超越一切现象和先于一切现象的境界得以象征化了。相反，每种现象之于音乐毋宁只是譬喻；因此，语言作为现象的器官和符号，绝对不能把音乐的至深内容加以披露。当它试图模仿音乐时，它同音乐只能有一种外表的接触，我们仍然不能借任何抒情的口才而向

---

① T. S. Eliot. On Poetry and Poets. London: Faber and Faber Ltd, 1979: 86.
② T. S. Eliot. On Poetry and Poets. London: Faber and Faber Ltd, 1979: 86.
③ T. S. Eliot. On Poetry and Poets. London: Faber and Faber Ltd, 1979: 87.
④ T. S. Eliot. On Poetry and Poets. London: Faber and Faber Ltd, 1979: 87.
⑤ T. S. Eliot. On Poetry and Poets. London: Faber and Faber Ltd, 1979: 86.
⑥ （德）尼采、周国平译：《悲剧的诞生 尼采美学文选》，上海人民出版社2010年版，第107页。

音乐的至深内容靠近一步。"① 而且在尼采看来，悲剧正是源起于酒神音乐。看样子，艾略特是从反面来论证尼采思想的，一旦悲剧达到音乐的境界，很明显，悲剧就会消失。因此，他在《诗歌与戏剧》一文中的最后部分描述了一幅"完美诗剧的幻象：那是一幅人类言词和行动的美妙织锦，在那上面交织着戏剧与音乐的双重境界"。② 这样也就达到了尼采曾预言的那样："我们把这个寓音乐形象的过程搬用到一个朝气蓬勃的、富有语言创造力的人群中，便可约莫了解诗节式的民歌如何产生，全部语言能力如何因模仿音乐这一新原则而获得调动了。"③

而在创作实践中，艾略特事实上也是试图用尼采的音乐理论来处理其诗剧中的音乐元素。在这方面，他强调了歌队在剧中的作用。他说："我清醒地意识到我在剧中是如此依赖合唱队的帮助。原因有两点：第一，一出戏的情节，不管是历史事实，还是我所杜撰出来的，都是十分有限的。一个人回到家，预见到他会被杀死，也果然被杀死了。我不想写一部12世纪的政治编年史，但也不想如同丁尼生那样篡改原本就不怎么忠实的历史（丁尼生加进一个美人罗莎蒙，而且杜撰贝克特早年曾失恋）。我只想把精力集中在殉道和死亡这一主题之上。而激动的，有时甚至是歇斯底里的妇女所组成的合唱队，在反映剧中人物的情感和行动的意义时，作用非常大，而且效果很好。第二，对于初次为舞台写诗的诗人而言，写合唱的韵文要比写戏剧性的对话要来得得心应手一些。这个，是我有信心做到的。同时，戏剧中的剧情弱点有时能被妇女们的哭喊声所掩盖，合唱队的作用能加强戏剧力量，而且能掩盖我在戏剧写作技巧中的缺陷。"④ 显然，在诗剧中，艾略特运用合唱队一方面是为了掩盖剧情上的弱点。另一方面，剧情冲突、人物性格也能在合唱队的音乐中得到加强。在这一观点上，艾略特显得中规中矩，尼采显然比他走得更远。在《悲剧的诞生》中，尼采说："歌队是抵御汹涌现实的一堵活城墙，因为它（萨提儿歌队）比通常自视为惟一现实的文明人更诚挚、更真实、更完整地摹拟生存。"⑤ 他甚至认为"阿提卡悲剧的观众在歌队身上重新发现了自己，归根到底并不存在观众与歌队的对立，因为全体是一个庄严的大歌队，它由且歌且舞的萨提儿或萨提儿所代表的人们组成"。⑥ 当然，这

---

① （德）尼采、周国平译：《悲剧的诞生 尼采美学文选》，上海人民出版社2010年版，第109页。
② T. S. Eliot. On Poetry and Poets. London: Faber and Faber Ltd, 1979: 87.
③ （德）尼采、周国平译：《悲剧的诞生 尼采美学文选》，上海人民出版社2010年版，第108页。
④ T. S. Eliot. On Poetry and Poets. London: Faber and Faber Ltd, 1979: 81.
⑤ （德）尼采、周国平译：《悲剧的诞生 尼采美学文选》，上海人民出版社2010年版，第114页。
⑥ （德）尼采、周国平译：《悲剧的诞生 尼采美学文选》，上海人民出版社2010年版，第114–115页。

也就是尼采对人类所作的最大贡献之一。在他眼里，悲剧诞生之时，没有观众与歌队的区别，"希腊剧场的构造使人想起一个寂静的山谷，舞台建筑有如一片灿烂的云景，聚集在山上的酒神顶礼者从高处俯视它，宛如绚丽的框架，酒神的形象就在其中向他们显示。"① 在酒神音乐不断向日神形象迸发的过程当中，在两者之间不断"结合"，又不断"对立"，不断"斗争"，又不断"新生"的过程中，悲剧诞生。在尼采看来，随着"新的苏格拉底乐观主义的舞台世界"的到来，"早在索福克勒斯，即已表现出处理歌队时的困惑"，"他不再有勇气把效果的主要部分委托给歌队，反而限制它的范围"，"到了欧里庇得斯、阿佳同和新喜剧，毁灭的各个阶段惊人迅速地相继而来。乐观主义辩证法扬起它的三段论鞭子，把音乐逐出了悲剧。也就是说，它破坏了悲剧的本质"。② 由此看来，在强调合唱队的作用上，在维护悲剧的本质上，尽管艾略特在理论上没有如尼采般深刻，但他始终在实践中践履着尼采的意见："采用歌队是决定性一步，通过这一步，便向艺术上形形色色的自然主义光明磊落地宣了战。"③

除了针对韵文比散文更能表达人类强烈的情感这一说法进行了论证，艾略特还针对当时社会上某些人所认为的韵文是一种造作的语言形式这一观点进行了驳斥。他认为，每一种戏剧的表现形式其本身就是矫揉造作，不管这出剧是现实主义的还是浪漫主义的。因为，"舞台上的散文"并不可能同日常生活中的语言一模一样，实际上，舞台上的散文"同韵文一样矫揉造作"。④ 或者我们可以反过来说，舞台上的"韵文和散文一样自然"。⑤ 在艾略特看来，散文体的现代戏剧最致命的地方在于它仅仅倾向于强调短暂的和肤浅的东西；如果我们想要掌握具有永久性和普遍性的东西，还是得用韵文的形式来表达自己。因此他说，"散文体戏剧只是韵文体戏剧的一个微不足道的副产品"。⑥ 说到底，艾略特坚持诗体剧优于散文剧的观点和尼采一样。因为尼采也说："尽管剧场上的日子本身只是人为的，布景只是一种象征，韵律语言具有理想性质。"⑦ 他们都认为，诗体剧

---

① （德）尼采、周国平译：《悲剧的诞生 尼采美学文选》，上海人民出版社2010年版，第115页。
② （德）尼采、周国平译：《悲剧的诞生 尼采美学文选》，上海人民出版社2010年版，第142页。
③ （德）尼采、周国平译：《悲剧的诞生 尼采美学文选》，上海人民出版社2010年版，第111页。
④ T. S. Eliot. On Poetry and Poets. London：Faber and Faber Ltd, 1979：85.
⑤ T. S. Eliot. On Poetry and Poets. London：Faber and Faber Ltd, 1979：85.
⑥ （美）托·斯·艾略特：《戏剧诗人七人谈》，见：陆建德编，卞之琳、李赋宁等译：《传统与个人才能 艾略特文集·论文》，上海译文出版社2012年版，第42页。
⑦ （德）尼采、周国平译：《悲剧的诞生 尼采美学文选》，上海人民出版社2010年版，第111页。

是戏剧当中最理想的一种形式。

当然,鉴于当时英国文坛所风行的那种"湿漉漉的"矫揉造作的浪漫主义诗风,艾略特还是如之前那样,力倡一种简洁的、能准确表达情感的语言。他倡导,诗体剧中的"韵文是有机的,而非装饰性的;是用来观察的媒体"。① 他认为,叶芝晚年写剧时之所以能"将抒情合唱幕间剧"运用得很成功,其"原因是对诗化装饰物的逐渐摒弃"。② 因此,在艾略特看来,"摒弃诗化装饰物"或许是一个试图写诗剧的现代人最艰苦的工作。这种改进的方向将使作品越来越单纯。在这种单纯的诗句里,"所需要的不是一行或孤立一段的美,而是织进剧本肌质本身的美,它使你几乎分不清是诗句使剧作变得宏伟,还是剧作使言语变成了诗"。③ 当然,这中间尼采的影子也无所不在。尼采说:"诗的境界并非像诗人头脑中想像出的空中楼阁那样存在于世界之外,恰好相反,它想要成为真理的不加掩饰的表现,因而必须抛弃文明人虚假现实的矫饰。"④

然而,如何去除诗化装饰物?作为哲学家的尼采并没有提出实际的意见,而作为诗人的艾略特却有着这方面的实践经验。在这点上,他重复了其一再提倡的"为了让观众获得感受,必须得用口语化的诗来写作"的观点。他认为,在所有诗的类型之中,"剧作里的诗行比任何其他种类的诗更直接地依赖口语"。⑤ 但是,他所谓的"用口语化的诗来写作"的观点并不是指诗歌语言应像现实主义戏剧那般强调对生活无限制的模仿。相反,针对从基德到高尔斯·华绥无止境地追求现实主义效果的英国戏剧,艾略特指出"对生活的模仿是受到限制的,接近日常生活的语言或远离日常生活的语言,这两种风格并不是互不相干或互不影响。重要的是,一件艺术作品必须本身是一致的"⑥。关于这一点,他曾在多篇

---

① (英)阿诺德·P. 欣克利夫,马海良、寇学敏译:《现代诗体剧》,昆仑出版社1993年版,第49页。

② (美)T. S. 艾略特:《叶芝》,见:王恩忠编译:《艾略特诗学文集》,国际文化出版公司1989年版,第172页。

③ (美)T. S. 艾略特:《叶芝》,见:王恩忠编译:《艾略特诗学文集》,国际文化出版公司1989年版,第172页。

④ (德)尼采、周国平译:《悲剧的诞生 尼采美学文选》,上海人民出版社2010年版,第114页。

⑤ T. S. Eliot. from the Music of Poetry. In: Frank Kermode (eds). Selected Prose of T. S. Eliot. New York: Harcourt Brace Jovanovich Publishers, 1975: 111.

⑥ (美)托·斯·艾略特:《伊丽莎白时代四位剧作家——为一本未写成的书作的序言》,见:陆建德编,卞之琳、李赋宁等译:《传统与个人才能 艾略特文集·论文》,上海译文出版社2012年版,第132页。

文章中极力称赞过莎士比亚后期的剧作，诗歌语言朴实、简洁，但令人称奇，却又与人物贴合，更重要的是能加强剧情。因此，他的所谓来源于日常口语的诗剧语言是与日常口语迥然相异的，这种诗歌语言因其鲜明的节奏，"能给诗带来更大的自由，能使它不受日常口语的约束"①。因此，他认为，在诗剧创作中，"一方面，现实生活是艺术的素材；另一方面，从现实生活中提取精华却又是艺术创作所不可缺少的条件。"② 艾略特如此提倡诗剧语言与日常语言的紧密关系，主要原因在于当时英国诗剧已接近灭绝的现实境况，即算存活下来的诗剧也仅仅变成了案头欣赏的文学作品。为了能使诗剧走入剧院，为了能使观众在观看诗剧时感同身受，为了达到其诗剧的社会功能目的，他强调以日常口语来入诗。因此，他不遗余力地称赞叶芝"一开始就使用口语，而不是书面语创作和思考诗歌"③。并且，他总是"着意写作可以演的，而不是仅仅用来读的剧作"。④ 而且幸运的是，当时和叶芝在一起工作的是一群"具有自然和未遭破坏的语言和表演才能"的人民，正是"这一优势，他使诗剧的观念在遍遭不幸的时候保持着活力"。⑤

正因为抱着"用口语化的诗"来写诗剧这样一种态度，所以在做完第一部古代题材的诗剧之后，艾略特一直试图创造一部现代诗剧。作为一名已皈依了基督教的信徒，他并不愿意搬演一味宣传宗教目的的戏，于是我们就看到了《合家团聚》和《鸡尾酒会》等现代诗体剧。在创作这些现代诗剧之前，他早就已经想好了："人们对身着古装的人用诗说话早已做好了思想准备，因此肯定能忍受也应该让他们听到诗体台词出自穿着现代服装、住我们一样的房子和公寓、使用电话、汽车和收音机的人物之口。"⑥ 尽管对《合家团聚》这部戏他自己并不十分满意，并曾十分纠结地称其没有处理好古与今的关系，但实际上，这些戏，

---

① T. S. Eliot. from the Music of Poetry. In: Frank Kermode (eds). Selected Prose of T. S. Eliot. New York: Harcourt Brace Jovanovich Publishers, 1975: 111.

② （美）托·斯·艾略特：《伊丽莎白时代四位剧作家——为一本未写成的书作的序言》，见：陆建德编，卞之琳、李赋宁等译：《传统与个人才能 艾略特文集·论文》，上海译文出版社2012年版，第132页。

③ （美）T. S. 艾略特：《叶芝》，见：王恩忠编译：《艾略特诗学文集》，国际文化出版公司1989年版，第173页。

④ （美）T. S. 艾略特：《叶芝》，见：王恩忠编译：《艾略特诗学文集》，国际文化出版公司1989年版，第173页。

⑤ （美）T. S. 艾略特：《叶芝》，见：王恩忠编译：《艾略特诗学文集》，国际文化出版公司1989年版，第174页。

⑥ T. S. Eliot. On Poetry and Poets. London: Faber and Faber Ltd, 1979: 81 - 82.

尤其是在《鸡尾酒会》当中，"他的诗句有一种与现代口语十分接近的节奏形式，诗的重音往往正好落在人们平时说话时自然会放的位置上"。① 如果仔细来听，来读，又能感觉到这些诗句当中的音韵节奏之美以及从中所透出的诗意。这些现代诗体剧因其包括了很多中产阶级的日常套语，并能将丰富的俗语与"显豁的"诗的特征结合在一起，因此被很多评论家称赞说其剧有一种明显的"以散文入诗"的特点，因此既具有当代性，又具有戏剧性，也因此达到了"去除诗化装饰物"的目的。而且这几部剧都获得了不错的票房。事实上，在诗剧创作的实践中，艾略特一直秉持着"他希望抛弃浪漫的、虚假的东西，揭开精神生活层面"②的观点。他持续20多年的努力使诗剧语言得到创新，使英国诗剧这一古老传统再度步入辉煌。虽然诗剧在他去世之后仍然归于凋零，并没有如他所期待的那样真正复活，但作为一名不断创新的艺术家，他在其诗剧里获得了他曾经在诗歌中所获得的那种成功。

在艾略特具体的诗剧创作中，他还有另一种创新式的理论。这一理论集中体现在其论文《诗的三种声音》一文中。这篇文章非常有趣，在这篇文章中，艾略特将诗人的声音分作三种："诗人对自己说话的声音——或者是不对任何人说话时的声音"，"诗人对听众讲话时的声音"，以及"当诗人试图创造一个用韵文说话的戏剧人物时诗人自己的声音"。③ 艾略特认为，正是这三种声音的区别"构成了诗剧、准诗剧和非诗剧之间的差异问题"。④ 他认为，与第一种声音相对应的应该是"抒情诗"，因为抒情诗在《牛津大辞典》中的定义就是指"短诗，通常分成节或联；直接表达诗人自己的思想和感情"。⑤ 虽然对"短"这个指代极其模糊的标准艾略特颇有微词，但关于抒情诗是一种"直接表达诗人自己的思想和感情"的特点，艾略特非常赞同。第二种声音，即"诗人对听众讲话时的声音"，艾略特将之归属于戏剧独白。之所以如此肯定，他的理由是，在戏剧

---

① 汪义群：《T. S. 艾略特与英国诗剧传统》，《上海外国语大学学报》，1994年第4期，第58页。
② （英）阿诺德·P. 欣克利夫，马海良、寇学敏译：《现代诗体剧》，昆仑出版社1993年版，第64页。
③ （美）T. S. 艾略特：《诗的三种声音》，见：王恩忠编译：《艾略特诗学文集》，国际文化出版公司1989年版，第249页。
④ （美）T. S. 艾略特：《诗的三种声音》，见：王恩忠编译：《艾略特诗学文集》，国际文化出版公司1989年版，第249页。
⑤ （美）T. S. 艾略特：《诗的三种声音》，见：王恩忠编译：《艾略特诗学文集》，国际文化出版公司1989年版，第256页。

独白中,"诗人是将自己装扮成一个角色,在一个面具后面说话的"①,因此,在戏剧独白中,诗人并不是自己的独白,而是诗中角色的独白。这种声音的代表非勃朗宁莫属,但"从勃朗宁对戏剧独白的娴熟把握以及他相当平凡的戏剧成就来看",戏剧并不会因其戏剧独白的成功而成功。

由此看来,戏剧中还含有第三种声音,这种声音即是"当诗人试图创造一个用韵文说话的戏剧人物时诗人自己的声音"。② 这时的诗人所说的话并不是他本人会说的话,"而是他在两个虚构人物可能的对话限度内说的话"。③ 在艾略特眼里,写一部成功的诗剧,复杂之处就在于如何将第三种声音运用得自如、恰当。在这种声音中,诗人得"为几个在背景、气质、教育水平和智力上都迥然相异的人物寻找不同的语言"④,而且绝不能使这些人物与诗人等同。诗人给他或她的诗"必须与他/她相称"。⑤ 演员念出来的诗必须和他的人物相符,并且对剧情的发展具有必要性。当一个角色在舞台上念诗时,绝不能让观众感觉这演员仅仅只是诗人的代言人。如何做到这一步呢?艾略特认为唯一的做法就是赋予这个人物生命,并对他寄予"深切的同情"。因为诗人要能为每个人说话,"甚至能为那些与他自己迥然相异的人说话"⑥;为了做到这一点,诗人"必须有能力在某一时刻使自己成为每一个人或其他人"。⑦ 在这种情况之下,诗人如把自身的一小部分给予人物,也许就能使人物的生命萌芽。反之,艾略特相信,诗人同样受到他所创造出来的人物的影响。

因此,在一部诗剧中,"诗人是作为不同的人物说话,他的媒介是导演训练出来的一组演员,并且不同的时候,演员和导演都不相同,他的语言特色必须能

---

① (美) T. S. 艾略特:《诗的三种声音》,见:王恩忠编译:《艾略特诗学文集》,国际文化出版公司1989年版,第255页。

② (美) T. S. 艾略特:《诗的三种声音》,见:王恩忠编译:《艾略特诗学文集》,国际文化出版公司1989年版,第256页。

③ (美) T. S. 艾略特:《诗的三种声音》,见:王恩忠编译:《艾略特诗学文集》,国际文化出版公司1989年版,第256页。

④ (美) T. S. 艾略特:《诗的三种声音》,见:王恩忠编译:《艾略特诗学文集》,国际文化出版公司1989年版,第252页。

⑤ (美) T. S. 艾略特:《诗的三种声音》,见:王恩忠编译:《艾略特诗学文集》,国际文化出版公司1989年版,第252页。

⑥ (美) T. S. 艾略特:《叶芝》,见:王恩忠编译:《艾略特诗学文集》,国际文化出版公司1989年版,第170页。

⑦ (美) T. S. 艾略特:《叶芝》,见:王恩忠编译:《艾略特诗学文集》,国际文化出版公司1989年版,第170页。

表现出所有的声音，而且必须在一个较他只为他自己说话时更深的层次上"。①
20世纪虽然有很多人尝试写作诗剧，但往往都索然寡味，其原因就在于"他们所使用的语言节奏是某种我们除了同诗朗诵者之外，无法同任何人联系起来的东西"。② 于是，在一部优秀的诗剧中，起先，你总能不费什么力气就能听出戏中人物的声音；紧接着，你也能分辨出第一种声音和第二种声音。如莎士比亚那样伟大的剧作家，其诗剧本身就由这三种声音的相互融合构成。在这样的剧中，你能听到每一个人物都在为他自己说话，但当你想寻找莎士比亚时，又"只能在他创造的人物身上找到他"。诗剧之所以也能被当作娱乐的地方就在于"伟大剧作家的世界是一个创造者无处不在，又到处都隐藏不见的世界"。③

总之，在艾略特的诗剧理论中，我们可以看到一种不同门类艺术——诗与剧、诗与音乐、诗与舞蹈——相互影响、相互依存的关系；也可以看到不同文体，如韵文与散文、诗体语言与日常口语等相互糅合的现象。这种不同艺术门类、不同文体之间相互交织、相辅相成的复杂关系应该构成了艾略特戏剧理论的全貌。实际上，他后期的诗剧创作实践及理论同样深深地影响或者说协助了他的诗歌创作。正因为具有丰富的诗剧创作经验，他才能更加娴熟地将"剧"渗入到他的诗中，才能在后期创作出《四个四重奏》这种被人称作"史诗"的作品。在诗与剧的关系中，他曾作过总结："从长远的观点来看，诗人和剧作家两者不能完全孤立。"④ 曾经称颂叶芝的那段话似乎完全可以用在他自己身上："出生在一个普遍信奉'为艺术而艺术'的世界，又成长于一个要求艺术为社会目的服务的世界，他却坚持两者之间的正确观点，这种观点绝不是这两者之间的一种妥协。他的行为表明一个艺术家在完全诚实地追求他的艺术的同时，也为他的国家和世界做着力所能及的贡献。"⑤

也许在某些人看来，艾略特的诗剧远不如他的诗歌那么轰动，那么有意义，

---

① T. S. Eliot. from the Music of Poetry. In: Frank Kermode (eds). Selected Prose of T. S. Eliot. New York: Harcourt Brace Jovanovich Publishers, 1975: 113.
② （美）T. S. 艾略特：《叶芝》，见：王恩忠编译：《艾略特诗学文集》，国际文化出版公司1989年版，第173页。
③ （美）T. S. 艾略特：《诗的三种声音》，见：王恩忠编译：《艾略特诗学文集》，国际文化出版公司1989年版，第262页。
④ （美）T. S. 艾略特：《叶芝》，见：王恩忠编译：《艾略特诗学文集》，国际文化出版公司1989年版，第174页。
⑤ （美）T. S. 艾略特：《叶芝》，见：王恩忠编译：《艾略特诗学文集》，国际文化出版公司1989年版，第174页。

但当我们弄清楚在其诗剧创作的背后,隐藏了一种本雅明式的对现代世俗社会艺术作品当中艺术性失落的关注,也蕴含了一种尼采式的对当代社会缺乏统一的文化共同体所发出的警示,同时还含有一种对现代社会早已四分五裂的艺术、文化进行融合进行拯救的尝试与努力之时,我们应该对其表示敬意。这是一个以科学技术为旨归的时代,尽管这样的"社会尚且不够成熟,还不能以技术为器官;技术尚且不够完善,还不能制服社会的基本力量"①,但"在这个信仰日趋杂乱的世俗社会,需要一种神话,需要一种信仰来对四分五裂的文化进行弥合"。②很明显,无论是艾略特所作的努力,还是尼采所说的预言,它们在冥冥之中都指向"一个趋通人文群科的大场合"。这种"场合""不是习惯上所说的文史哲相加",也"不是凭借西方神学划界或西式逻辑演绎的学科延伸","作为囊括人文群科的趋通性价值大类,"它是"应全球化文明变数的大文类品质优化之学"。③

---

① (德)本雅明,王炳均、杨劲译:《经验与贫乏》,百花文艺出版社2002年版,第292页。
② (德)尼采、周国平译:《悲剧的诞生 尼采美学文选》,上海人民出版社2010年版,第125页。
③ 栾栋:《人文学趋通特征刍议》,《中国文化研究》,2012年(冬之卷),第197页。

"辟文学"观照下的艾略特诗学缘构

第三章

还记得在那场名为《诗学缘构简说》的讲演中，栾栋先生曾讲过的那段话吗？"自古以来，人们考察诗歌和诗学都是从有诗歌之时和有诗之说之日作为前提，这样的起点当然有实证的依据，但是在述而不作的后面，少了反思，少了创新，少了悟性，从一开始就抹杀了诗歌的一截——造化，放逐了诗性的一截——空灵，遮蔽了诗学的一截——缘构。"① 这样的话语即算是反反复复地听来，仍振聋发聩。要知道，习见的诗学都是以"有诗歌之时和有诗歌之说"立论，殊不知，这种实证之实正是"人"的欲望之实，与其说为诗张目，不如说让诗蒙尘。诗歌，是一种有生命的"空灵"之物，是一种"缘域"的"造化"，它绝不会因为人类认为这是诗歌而成为诗歌，也不会因为人类说这不是诗歌而不成为诗歌。波德莱尔也曾描述过这样一种具有神秘性的诗歌，他认为诗人之所以为诗人，是因为他独具慧眼，能够读懂自然这部"象形文字的字典"，诗人之所以为诗人，是因为他能把自然中的万物之间、自然与人之间、人的各种感官之间存在的隐秘的、内在的、彼此对应的关系揭示给世人。这样的说法很有道理，但仍是高估了"人"。因为自然岂能全部为人参透？所以，从"造化"、"空灵"和"缘构"来看待诗歌诗学才能突破诗歌人之欲望之实。须知，诗歌既有其能让人看得清摸得着的"实构"，但更有其被"隐"、被"蔽"、被"遮"、被"涵摄"的"缘构"。这种"缘构"是"一种天造地设加人为的多元性现象"，"是一种自然与不自然、偶然与必然、应然与非然、了然与未然的竟然与果然的诗性存在。"② 从"诗学缘构处"讲，就是"指诗学产生之际原初的要素，如产生背景，诗学种源"。如是看来，"每一种诗学的结构都有自己的缘构"。③ 而且，"诗学缘构是诗学构成的成因，是诗学结构的童贞，诗学的独特风格由此生成"。④ 更进一步讲，"如果说诗学结构是诗学体系形成的基本元素，那么诗学缘构便是诗学体系的发祥地，是诗学体系的守护神"。⑤

从栾栋先生充满玄思妙想的诗意理论来考量艾略特诗学，确实会发现，在那人人都能看得清楚的艾略特诗学背后，其实竟隐藏着一种奇妙的"诗学缘构"。这种"诗学缘构"，就是艾略特诗学"产生之际的原初的要素"，也是艾略特诗学之所以成为诗学的那样东西。这个"诗学缘构"生发出他的"诗学实构"，在

---

① 栾栋：《诗学缘构简说》，《广东外语外贸大学学报》，2012年第2期，第53页。
② 栾栋：《诗学缘构简说》，《广东外语外贸大学学报》，2012年第2期，第54页。
③ 栾栋：《诗学缘构简说》，《广东外语外贸大学学报》，2012年第2期，第54页。
④ 栾栋：《诗学缘构简说》，《广东外语外贸大学学报》，2012年第2期，第54页。
⑤ 栾栋：《诗学缘构简说》，《广东外语外贸大学学报》，2012年第2期，第54页。

他的诗歌、文论中某些思想深处、某些思想边际也契合着他的"诗学实构"。显然，如果从"缘构"处论艾略特诗学，我们会发现，那种曾被他称为"地毯图案"的庞大恢弘的莎士比亚戏剧理论，同样可以用在他自己身上。要知道，他曾经通过细细梳理，发现莎士比亚复杂的戏剧理论之下呈现出的是一种并非毫无关联、互不相关的整体感——"井然有序梳理之后，便可看出莎士比亚的各种剧本之间，存在一层关系"，只是"即使贸然对莎剧地毯般的格调作出一个个别的解释，也需要钻研多年"。① 同样地，如果我们对他的诗学进行一番刻苦的钻研、有序的梳理，也会发现那散乱地分布于各篇论文里看似毫无体系的诗论之中，同样也存在着一丝丝隐约可见的脉络，存在着一种隐约可循的根基。在那根基的生发处，在那脉络的枝丫间，就是他的诗学"缘构"。因此，从"缘构处"来看待艾略特诗学，不但能揭示出他的诗学结构，也能找到他诗学的"缘域造化"之处。在这样的文章肌理里，"实构"的重点在于"实"，"缘构"将点落在"虚"，从"实"处来看诗学，必然侧重诗学作为"诗歌及其诗学理论的历史事实"，从"缘构"处看诗学，必然强调诗学思想的精神来源与诗学脉络。一个主实，一个侧虚，虚实相间、浓淡相宜，犹如一幅中国古代山水画，实处凸显山之巍峨雄伟，虚处显示山之灵秀动感。如此虚实结合，方能看清他诗学的本来面貌。

第一节　"辟文学"之诗非诗

"辟文辟学辟思"是人文学的根本利器之一。如果拿这样一种武器来探析艾略特诗学"缘构"，那"缘构"之处的分分合合，虚虚实实，有我无我之境便会被剖析得清清楚楚。这一利器，曾在栾栋先生的三篇文章得到过详细的阐释，分别是《辟文学通解——兼论文学非文学》、《〈文心雕龙〉辟文学思想刍议——兼论文学的"自觉"与"非自觉"》和《辟文学别裁》。在这三篇文章中，《通解》篇是"三辟"中原理性最强的一篇，《刍议》篇则是《辟文学通解》的现身说法，而《别裁》篇则是《辟文学通解》的时空拓展。如果从栾栋先生的学术整体来看，我们会发现，他"曾以'三归'圆通古学今学，以'理会'化裁中学

---

① （美）雷纳·韦勒克、杨自伍译：《近代文学批评史 中文修订版 第五卷》，上海译文出版社2009年版，第308页。

西学，以感性学整合美学－丑学，以咸学涵养感性学－道学，以道学囊括文史哲学"。① 在这样的学术背景之中，栾栋先生精心设计了"三辟"，"将辟文学升华为诗性哲学"。② 由此使"辟文辟学辟思"显露着智慧的光芒。"辟"，在许慎的《说文解字》中，是这样解释的："辟，法也。从卩从辛，节制其辠也；从口，用法者也。"③ 然而，在栾栋先生看来，这个"非常有趣"的词除了这样解释外，还有更多的含义。据他考证，"辟字的含义非常丰富，兼有创制－效法，典章－用度，打开－偏离，开拓－躲闪，治理－偏蔽，怪诞－大方，邪恶－清除等对折－融会的意思。辟（pi）通辟（bi），有君侯－官吏；法度－罪行，征召－斥退，畏缩－勇为，破解－搓和等悖谬－通化的内涵。"④ 之所以将这一具有"悖谬－通化内涵"的词来修饰"文学"，究其原因在于，栾栋先生看到，古今中外的思想家在分析"文学"性质的时候，无论是从哲学角度区分"理念分有与性灵体现"，还是力图剖析文学内在结构或"外缘"文体，或者从"学科界定"来看"文学自律与异质同构"⑤，这些思想大都只是"把赌注下在了'是文学'的方面，充其量顾及了'是文学'的基础或边缘，而并没有从根本上抓住文学每个细胞和神经都牵扯到的一个根本性的纽结——'是文学'与'非文学'——在本质上的盘根错节"。⑥ 因此，以"辟"字作前缀，对"文学"二字加以修饰，"不仅便于厘清文学遮蔽自身九头精怪的复杂组合，也有利于揭开文学作为多面女神的诸多变态，当然也适合于品味文学作为星云乐曲的无穷意趣"。⑦ 总之，"辟文学"能让我们看到文学源头之处那"天地神人的耦合"⑧，能让我们知晓文学除了那作为"是"的部分，还有"非文学"的另一半。

以目前西方学界所出现的"反思文学的思潮"——来自于法国的"Paralittérature"这一派为例，针对国内学界将"Paralittérature"一词译为"副文学或泛文学"这一现况，栾栋先生认为"这类译文抓住了 Paralittérature 的一

---

① 栾栋：《辟文学通解——兼论文学非文学》，《文学评论》，2008 年第 3 期，第 30 页。
② 栾栋：《辟文学通解——兼论文学非文学》，《文学评论》，2008 年第 3 期，第 30 页。
③ 栾栋：《辟文学通解——兼论文学非文学》，《文学评论》，2008 年第 3 期，第 24 页。
④ 栾栋：《辟文学通解——兼论文学非文学》，《文学评论》，2008 年第 3 期，第 24 页。
⑤ 栾栋：《辟文学通解——兼论文学非文学》，《文学评论》，2008 年第 3 期，第 23 页。
⑥ 栾栋：《辟文学通解——兼论文学非文学》，《文学评论》，2008 年第 3 期，第 23 页。
⑦ 栾栋：《辟文学通解——兼论文学非文学》，《文学评论》，2008 年第 3 期，第 24 页。
⑧ 栾栋：《辟文学通解——兼论文学非文学》，《文学评论》，2008 年第 3 期，第 23 页。

些积极的特征，但是还未切入要义"。① 其原因就在于这些译者们忽略了"Para"一词的"通关义项"。在他看来，"Para 这个前缀还有导引、避开、经过、兼顾等一语通关的统筹义项。如 Paratonnerre（避雷针）就既有避雷，又有导雷电的双兼含义。Parapluie（雨伞）也有遮雨和导引雨水的双关义。"② 由"Para"一词所具有的一语通关之义看来，"辟文学"一词才"最能体现 Paralittérature 的命意"。③ 换言之，以"辟"字作前缀，对"文学"二字加以修饰，不但可以包含"Paralittérature"一词中"Para""一词的通关义项，而且还可以补足 Para 所不具备的贯通文脉和熔铸典范的意蕴"。④ 在厘清楚"辟文学"的深层含义之后，栾栋先生在《辟文学刍议》一文中，以《文心雕龙》为实例，对其进行"辟文学"考察，由此阐释出"辟文学"之"文学范文学，文学反文学，文学泛文学，文学非文学"的"多面神"和"九头怪"的文学面目。在这里，他从文学的源头出发，对文学进行了更进一步的深刻辨析，他认为，"在文学的人文源头，自然是人文的母胎，变异是人文的父本，而与人类俱生之文及其后发之学，是自然的真正的变动，其中文学的种性，将无是非与有是非沉瀣一气。"⑤ 从人文源头来看文学，无异于揭示出文学的"缘构"，文学的"零界"。因此，从这个层次而言，"分说辟文学之辟，不啻于揭橥文学来路于自然，概括文学萌芽以斐然，奠定文学他在而本然。在文学的生长过程中，'是'文学如日益秀出的尤物，'非'文学似含英咀华的外壳，'反'文学像原道归本的逆旅，将文学的运作，纳入一种统和背谬的精神航道。"⑥ 但很可惜，如今的文学界仍然只是将文学当作"与人类俱生之文及其后发之学"，因此，他们必然会强调把文学视作"是"什么的概念，而忽略文学隐藏于文心之中的"反"、"泛"、"范"、"非"的多面意义。也就是说，只有"辟文学"对文学之"文"进行了解疆化域的还原，只有"辟文学"从文学之'非'、之"反"、之"泛"、之"范"处打破了文学之

---

① 栾栋：《文心雕龙》辟文学思想刍议——兼论文学的"自觉"与"非自觉"，《哲学研究》，2004年第12期，第63页。
② 栾栋：《文心雕龙》辟文学思想刍议——兼论文学的"自觉"与"非自觉"，《哲学研究》，2004年第12期，第63页。
③ 栾栋：《文心雕龙》辟文学思想刍议——兼论文学的"自觉"与"非自觉"，《哲学研究》，2004年第12期，第63页。
④ 栾栋：《文心雕龙》辟文学思想刍议——兼论文学的"自觉"与"非自觉"，《哲学研究》，2004年第12期，第63页。
⑤ 栾栋：《辟文学通解——兼论文学非文学》，《文学评论》，2008年第3期，第24页。
⑥ 栾栋：《辟文学通解——兼论文学非文学》，《文学评论》，2008年第3期，第24页。

"学"的固有限制,只有"辟文学"才抓住了文学之文、文学之学、文学之为文学的正面、反面、侧面;内在、外在、表里;以及文学的"实构"、"缘构",只有"辟文学智慧的运作艺术在启蔽、隐秀、通变中得到收发自如的舒卷"。① 很明显,这种辟文学的思维方式,是"西方辩证逻辑对立统一、量变质变、否定之否定三大定律的他者"。② 它在"与西式逻辑的比照下益显其独特的风采"。③

如此看来,作为一种具有契合性诗学结构特点的艾略特诗学,如果用"辟文学"的思想去观照,我们会非常清晰地发现,艾略特"诗学缘构"正在于其所理解的诗歌之源头,诗歌之"起点",诗歌之"零界"。那不仅是一种"有字的诗歌",也是一种"无字的时空";不仅是"有声的诗歌",也是"无声的自然";那是一种"天地神人的耦合"。对这样的诗歌进行理论"化裁",其诗学"缘构"正体现在对所有"主义"的消解与解构之中,也存在于对所有"主义"的相融相合之中。这是一种"诗非诗"的"辟思",正是这种"辟文学"思想愈发地显现出他试图突破西式逻辑辩证思辨、消解西方话语中文学本质所作的尝试与努力。

具体来看,这种"辟思"精神首先体现在他对文学性质、诗歌性质所作的辩解之上。作为一名诗人,终其一生,艾略特从未对诗歌进行过定义。有学者注意到了这个事实,但没有人对这个事实进行深层次的思考。艾略特并非不具备抽象思维能力,并非不能对诗歌或文学作一个他认为适合的概括。事实上,作为一位哲理诗人,他探讨过诗歌、文学的本质,也熟悉从古至今各位文学家、诗人对诗歌、文学所作的定义或界限,但他没有采纳其中的任何一种。他敏锐地看到,这些定义无法参透处于流动传统之中的每一种文学形态,他也看到如果谈文学只谈一种纯文学,势必"就会陷入文学之自我设置的水晶瓶之中"。他聪明地觉察到,也深刻地感受到诗非诗原本就是一体,虽然在他的文论里,没有任何关于这些理论的论述,但他的诗歌创作,确实隐含有一种"圆融""通合"的一体性,也确实具有虚与实、隐与秀、灵与人、美与丑的"众合、共成"与"溟会"(栾栋语)。正是在这"一"与"多"融为一体之中,其诗歌显露出诗非诗的真正本性。

---

① 栾栋:《文心雕龙》辟文学思想刍议——兼论文学的"自觉"与"非自觉",《哲学研究》,2004年第12期,第66页。
② 栾栋:《文心雕龙》辟文学思想刍议——兼论文学的"自觉"与"非自觉",《哲学研究》,2004年第12期,第66页。
③ 栾栋:《文心雕龙》辟文学思想刍议——兼论文学的"自觉"与"非自觉",《哲学研究》,2004年第12期,第66页。

在诗学里，其对诗歌本质、文学本质的探讨集中在他于 1932 年所发表的题为《诗歌的功能和批评的功能》的演讲中。在这次演讲中，艾略特一开头就表明自己此次演讲的主题并非旨在说明"诗歌与批评的关系"①，因为那样就已经"假设我们知道诗歌是什么和什么是诗歌的目的了"。② 但实际上，"我们对诗歌是什么，诗歌的功能是什么，并没有一个清晰的了解，而且我们最好不要假装自己知道"。③ 在他看来，尽管一篇好的文学批评总是想对这些问题寻根问底，但它"永远也发现不了诗歌到底是什么"，也"不能对诗歌下一个最明晰的定义"。④ 是真的不知道吗？我们接着来看。马上，他列举了一些著名诗人对诗歌的看法，比如说，"锡德尼认为诗歌能让人迅速愉悦，并能给人以教诲。诗歌是社会生活的装饰，也是国家的荣誉"。⑤ 这种对诗歌的定义曾风行一时，但很快，华兹华斯和柯勒律治就推翻了它。于是，在雪莱那著名的诗句里，"诗人是'世间未经公认的立法者'"⑥，诗歌是"神圣的"⑦。但到了阿诺德手里，诗不是宗教，但它是"宗教极好的替代品"⑧。而在现代，由于"各种因素的冲击"，⑨ 诗的本质又与心理学、社会学发生了联系。当对诗歌定义的历史进行一番梳理之后，他发现无论哪一种对诗歌的界定都只是时代的产物，是暂时的、片面的，都"没有揭示出诗歌永恒不变的本质"。⑩ 如此一来我们总算明白，他并非不知道什么是诗歌，而是现在所见的"什么是诗歌"的定义全都不符合他的要求。这些定义都有狭隘、局限之处，要么具有片面性，要么具有暂时性，更为关键的是，这些定义都是"人为的"，完全忽略了"诗"作为一种有机体所具有的生命性、本性。要知道，诗歌的本质绝不是人从某种目的出发，为满足人的某种需求而所进行的界定，诗歌的本质也绝不会因人从某种目的出发，为满足人的某种需求对诗歌所进行的一系列界定而发生任何改变。诗歌并非因世界、因人类而诞生，也绝非属于人类的世界，诗歌不属于任何世界，但它又属于任何世界。人的世界断

---

① T. S. Eliot. the Use of Poetry and Poetic. Lodon: Faber and Faber Ltd, 1961: 14.
② T. S. Eliot. the Use of Poetry and Poetic. Lodon: Faber and Faber Ltd, 1961: 14.
③ T. S. Eliot. the Use of Poetry and Poetic. Lodon: Faber and Faber Ltd, 1961: 14.
④ T. S. Eliot. the Use of Poetry and Poetic. Lodon: Faber and Faber Ltd, 1961: 15.
⑤ T. S. Eliot. the Use of Poetry and Poetic. Lodon: Faber and Faber Ltd, 1961: 25.
⑥ T. S. Eliot. the Use of Poetry and Poetic. Lodon: Faber and Faber Ltd, 1961: 25.
⑦ T. S. Eliot. the Use of Poetry and Poetic. Lodon: Faber and Faber Ltd, 1961: 26.
⑧ T. S. Eliot. the Use of Poetry and Poetic. Lodon: Faber and Faber Ltd, 1961: 26.
⑨ T. S. Eliot. the Use of Poetry and Poetic. Lodon: Faber and Faber Ltd, 1961: 26.
⑩ T. S. Eliot. the Use of Poetry and Poetic. Lodon: Faber and Faber Ltd, 1961: 27.

然是有诗歌的,但自然的世界也有诗歌,神的世界也有诗歌,冥界的世界同样也有诗歌,宇宙的世界更有诗歌。诗歌从不会因人类的诞生或消亡而诞生或消亡,诗歌的本质绝不会因人类的定义而变成人之所想的样子。诗歌的生命与本质在于它的特立独行,在于它的流动变化,在于"天地神人的耦合"之处,也在于人所看到的非诗歌、反诗歌之中。在这方面,艾略特也做过一些具体描述,他说:"鸟儿的歌唱,鱼儿的跳跃,某一时刻花儿的芳香,或者德国山间小路上的老妇人……"① 都可以是诗的来源之处。总之,诗歌不能被人穷尽。用他的话来讲就是:"从某种意义上来说,"诗歌,"自有其生命。""诗歌产生的感受、或感情,或幻境,不同于诗人心灵的感受,或感情,或幻境。"如果非要说,诗歌是什么的话,也许,"除了节奏以外,没有什么能成为诗歌的特性,而且,实际上,节奏也并不能让你分辨得很清楚究竟什么是诗歌。"② 因此,他如是说:"我很乐意在这里将关于诗歌本质的阐释留在这儿。因为它是从黑暗中走来向我发出召唤的柯勒律治笔下那忧伤的精灵。"③

抱着这样的思想,艾略特的演讲中始终贯穿着对诗歌本质所作的各种概括的怀疑与否定。在演讲的最后,他将读者引进来,认为诗人在描绘什么是诗的时候,其实应该"把自己当作作品的读者,忘记自己写诗时的原初感受,如果忘不了的话,那也应该将它改变"。④ 因为"诗不仅是作者眼里那成为诗的东西,而且也是读者眼里那什么是诗的东西"。⑤ 如此一来,就能克服上述那么多关于诗的定义中"处于具体地点、具体时间中具体的人的局限性"。⑥ 因此,在这篇演讲中,作为诗人的艾略特不但没有回答"什么是诗"的问题,而且彻底消解了诗歌的本质。实际上,这样的想法并不是艾略特突如其来的异想天开。早在他的博士论文中,他就流露过这样的思想。在文章中,他说:"所有重要的真理都

---

① T. S. Eliot. from the Use of Poetry and the Use of Poetic . In: Selected Prose of T. S. Eliot. New York: Harcourt Brace Jovanovich Publishers, 1975: 91.
② T. S. Eliot. from the Use of Poetry and the Use of Poetic . In: Selected Prose of T. S. Eliot. New York: Harcourt Brace Jovanovich Publishers, 1975: 95.
③ T. S. Eliot. from the Use of Poetry and the Use of Poetic . In: Selected Prose of T. S. Eliot. New York: Harcourt Brace Jovanovich Publishers, 1975: 96.
④ T. S. Eliot. the Use of Poetry and Poetic. Lodon: Faber and Faber Ltd, 1961: 130.
⑤ T. S. Eliot. the Use of Poetry and Poetic. Lodon: Faber and Faber Ltd, 1961: 130.
⑥ 虞又铭:《艾略特诗学观中的"个人化"取向》,《华东师范大学学报(哲学社会科学版)》,2009 年第 5 期,第 97 页。

是个人化的真理,"① 并且,"'一个灵魂的生命不是关于一个连贯的世界的思索',而是充满了各种'各种跳动的、不协调的、流逝的'多元视角。"② 这也就是说,既然真理意味着个人真理,但个人的角度却是"流逝的"、非恒常的,因此,"对事物的认识,总是具体的、有限的,不存在事物的抽象本质——文学本质当然也不例外"。③ 对于这样的论述,在其主编的杂志《标准》上我们也能见到类似的说法:"关于诗歌,能够言之有物的见解少得惊人;在为数区区的见解中,多半最终不是谬论,便是没有意义的空谈。"④

艾略特这种"怀疑抽象哲理美学的态度",曾一度被人看作怀疑主义者。对此,他不置可否。面对精彩纷呈的诗的各种定义,艾略特坚持他的观点,淡然处之:"诗歌性质、诗歌本质方面的极端化理论说明,即便存在的话,也属于美学研究,不是诗人或我这样资格有限的批评家关心的问题。"⑤ 在艾略特对文学、诗歌本质所作的消解中,我们可以看到他在捍卫其文学观点时所表现出来英勇、先锋的姿态。在关于文学本质的描述中,他没有随波逐流,没有仅仅强调文学、诗歌之"是"的方面。他站在自己的诗歌、诗学的角度,凭着对古今诗歌、诗学的了解,凭着自己在诗歌创作中的实践经验,一直试图打破一种人类自以为是的文学观,也一直避免给文学概念赋予任何"是文学"的僵化、统一的内涵。在领悟诗歌本质的精准方面,他像一位预言家,用自己的诗歌"向人类告白文学还有其非文学的另一半"⑥,也像一位先知,扛着自己理想中的文学旗帜,从不"将文学纳入真善美与假恶丑对立斗争的前一方"。在捍卫"文学的文学性"的同时,他一直试图突破"文学的遮蔽和局限的根本"⑦。恰如1952年,他在家乡圣·路易斯华盛顿大学对莘莘学子所说的:"我的演说不会触及'什么是文

---

① 虞又铭:《艾略特诗学观中的"个人化"取向》,《华东师范大学学报(哲学社会科学版)》,2009年第5期,第98页。

② 虞又铭:《艾略特诗学观中的"个人化"取向》,《华东师范大学学报(哲学社会科学版)》,2009年第5期,第98页。

③ 虞又铭:《艾略特诗学观中的"个人化"取向》,《华东师范大学学报(哲学社会科学版)》,2009年第5期,第98页。

④ (美)雷纳·韦勒克、杨自伍译:《近代文学批评史 中文修订版 第五卷》,上海译文出版社2009年版,第298页。

⑤ T. S. Eliot. from the Use of Poetry and the Use of Poetic. In: Selected Prose of T. S. Eliot. New York: Harcourt Brace Jovanovich Publishers, 1975: 92.

⑥ 栾栋:《辟文学通解——兼论文学非文学》,《文学评论》,2008年第3期,第24页。

⑦ 栾栋:《辟文学通解——兼论文学非文学》,《文学评论》,2008年第3期,第24页。

学'这一问题。无论人们对于什么样的印刷品符合文学的标准如何地众说纷纭，这类审美品位和判断上的分歧并不会影响我所要讨论的问题。"① 他进一步补充："像其他术语一样，'美国文学'这个术语在时间之流中已经改变和发展了它的意义。它今天对我们意味的东西不同于百年之前它所意味的。"② 实际上，这种处于流动、变化中的文学思想不但体现在他短短的一篇论文之中，而且体现在他一生的创作之中。因此，无论是他的诗歌创作，还是他对具体诗学概念的把握，都显示着一种"统和背谬"的"圆融""辟思"。

第二节 古典与浪漫：一种"解构主义"诗学

艾略特生于1888年，于20世纪初步入文坛。在这起承转合之时，雄霸英国文学界将近一个世纪的浪漫主义的"庙堂已出现了裂缝"，古典主义有回潮之势，唯美主义早已打出了旗帜，现实主义也俨然处于一片混乱之中。"这是一个流派蜂起，方生方死的时代，既是新与旧更替的交接点，又是进与退汇合的漩涡。"③ 在这样的时代，"伟大的传统业已消失，而新的传统尚未形成"。④ 这种场景不禁让人想起波德莱尔。和艾略特一样，他也曾站在这样的十字路口，也曾如艾略特一样顾前观后，继往开来。历史总是这样吊诡，在时间过去半个多世纪的节点，会出现同样的场景，会产生两位无论在精神上，还是诗歌创作上，会如此接近的诗人。他们俩不仅是诗歌创作上的伊阿诺斯，也是文艺批评上的伊阿诺斯。在这样一个奇特的时代，艾略特的诗歌、诗学既先锋，又古典；既反浪漫派，但又带有浪漫精神。他的诗学深深扎根在广阔的欧洲文学的土壤里，有从法国借过来的象征主义诗学，有从歌德手上拿过来的"世界文学"的大气魄，也有从英国本土的柯勒律治身上传承下来的有机诗学观，他不属于这其中的任何一种文学流派。他似罗马神话中的两面神伊阿诺斯，也似中国神话中的九头怪，他

---

① （美）托·斯·艾略特：《美国文学和美国的语言》，见：陆建德编，李赋宁、杨自伍等译：《批评批评家 艾略特文集·论文》，上海译文出版社2012年版，第49页。
② （美）托·斯·艾略特：《美国文学和美国的语言》，见：陆建德编，李赋宁、杨自伍等译：《批评批评家 艾略特文集·论文》，上海译文出版社2012年版，第49—50页。
③ （法）波德莱尔、郭宏安译：《波德莱尔美学论文选》，人民文学出版社2008年版，第2页。
④ （法）波德莱尔、郭宏安译：《波德莱尔美学论文选》，人民文学出版社2008年版，第272页。

解构了所有的"主义",在文学非文学的世界自由畅游,形成既传统又创新的诗学风格。然而这种诗学并非如很多人评价现代主义文学特征所用的二字:矛盾。这不是一种矛盾,这是一种德里达式的解构:"在古典哲学的对立中,我们所处理的不是面对面的和平共处,而是一个强暴的等级制。在两个术语中,一个支配着另一个(在价值上、在逻辑上,等等),或者有着高高至上的权威。要消解对立,首先必须在一定时机推翻等级制。"这更是一种将矛盾化解了的"中庸"与"融通",是一种突破中心,打破疆界,将所有"主义"的特点融入一身、化为一体的"辟文学"智慧。或许也可以这样说,终其一生,艾略特对众多文本所作的解读,就是试图通过这样一种新的阅读方式和阐释方式,来颠覆诗歌史上"形形色色的二元对立的等级秩序",从而对西方传统诗学展开有力的批判。

在1927年所出版的《兰斯洛特·安德鲁斯》文集的序言里,艾略特曾写过一句伴随其终身、让人方便摘引的话:"文学上的古典主义者,政治上的保皇党,宗教上的英国国教高级教派。"虽然他后来对此话所带来的误解与困扰无比之懊恼,但已无法改变那些没有对他进行细致研究的人将此当作概括他的最佳断定。实质上,艾略特的思想远非这么简单直白,他复杂含蓄,隐而不显。当然,无论他自己如何不满,也无论我们如何解释,我们不得不承认,艾略特的诗学确实带有浓厚的古典主义色彩。这一方面表现在,其作为一位敏锐的哲人智者,作为一位从不对"进步论"抱任何兴趣的诗人,曾多次表达过现代文学的不满,指出它是一种衰退的文学现象。对他而言,这种衰退的原因,一种是我们之前所论述过的,由于世俗化社会的到来,文学中神性的消失所造成的现代文学"堕落"感;另一种原因则是他在《古典文学和文学家》一文中所表达的:"近二十年来,我一直在观察着一种现象,即照我看来,似乎是中间文学阶层的退化,这种退化现象主要发生在文学批评所需要的标准和学识方面。"[①] 文学批评所需要的标准,早在《传统与个人才能》一文中他就论述过,"诗人,任何艺术的艺术家,谁也不能单独具有他完全的意义。他的重要性以及我们对他的鉴赏,就是鉴赏他和以往诗人以及艺术家的关系。你不能把他单独评价;你得把他放在前人之间来对照,来比较。我认为这不仅是一个历史的批评原则,也是一个美学的批评

[①] (美)托·斯·艾略特:《古典文学和文学家》,见:陆建德编,汤永宽、裘小龙等译:《批评批评家 艾略特文集·论文》,上海译文出版社2012年版,第187页。

原则。"① 由此看来，文学批评所需要的标准和学识都含在"传统"之中。那这种传统又由什么组成呢？经典作品。由此，艾略特将文学衰退的最根本原因指向经典作品、古典作品在现代社会中产阶级人群中的缺失："造成这种衰退的原因无疑是很复杂的。我并不想说这一切都应归罪于对古典文学研究的忽视，也不想说恢复这方面的研究就足以抵挡这个衰退的潮流。但共同的教学背景，共同的文学和历史基础，以及对于英国文学的根源的共同认识，这一切的消失或许使得作家们更容易在他们所不能对之负责的那些文学趋势的压力下去进行创作。"② 如果说这段话还比较委婉的话，那么他接下来的语气似乎严重多了："一旦古典文学和我国文学之间的联系完全中断，当古典文学学者变得像埃及学家那样完全专业化，过去一位诗人或批评家的智力和审美力通过拉丁文和希腊文学受到锻炼，而现在这种锻炼变得非常特殊，甚至比一个剧作家通过细心研究光学、电学和声学物理来为完成他的剧场任务而训练他自己的做法还要特殊，当这种情况发生时，我们的语言和我国的文学可能会受到什么影响呢？"③ 这种影响显而易见：当古典文学成为一门学科的时候，研究古典文学的人势必变成了占极少人数的"专家"一族，那么普通大众呢？中产阶级呢？他们在出版商的敦促下一本接一本地看着"活人的书"呢。这种场面的直接后果就是导致批评家的鉴赏力下降，批评家鉴赏力下降又将导致现代文学整体水平的下降。如此循环，后果不堪设想。于是，艾略特理所当然地认为，恢复传统、拯救现代文学的当务之急必须是恢复古典文学、经典作品的地位。

那什么是经典呢？对于这个问题，西方社会曾在20世纪70年代产生过激烈的论争，是时，由于种种原因，西方社会处于十分激进和动荡不安的状态之中，社会现实已是如此，那理论界呢？彼时，各种后现代思潮正风行于世，解构主义正盛行一时。社会现实和理论思想的双重结合使得原本就易于冲动的年青一代纷纷对传统投与一种怀疑和叛逆的眼神，这使得整个社会弥漫着一股深深的怀疑精神和浓郁的反抗传统的气氛。作为传统的一个有机部分，"经典"自然首先地成为被叛逆青年讨伐的对象。由此，这场论争的关键问题就是对传统认定的"经

---

① T. S. Eliot. Tradition and the Individual Talent. In: Frank Kermode (eds). Selected Prose of T. S. Eliot. New York: Harcourt Brace Jovanovich Publishers, 1975: 38.
② （美）托·斯·艾略特：《古典文学和文学家》，见：陆建德编，汤永宽、裘小龙等译：《批评批评家 艾略特文集·论文》，上海译文出版社2012年版，第187页。
③ （美）托·斯·艾略特：《古典文学和文学家》，见：陆建德编，汤永宽、裘小龙等译：《批评批评家 艾略特文集·论文》，上海译文出版社2012年版，第187页。

典"本身的怀疑和反思。当时许多激进的经典论者提出:"传统的'经典'绝大多数出自那些已经过世的、欧洲的、男性的、白人(Dead White European Man, 常常缩写为 DWEM)作家之手,而许多非欧洲的、非白人的、女性的作家却常常被排除在这个名单之外。"① 由此看来,这种激进的经典观主要是从女性主义、后殖民主义、西方马克思主义的立场出发,抨击传统经典观所含有的性别歧视、种族歧视以及欧洲中心主义的偏见,其政治和意识形态的意味相当强烈。然而,尽管这种激进派的经典论者火药味很浓,政治和意识形态性太强,但他们确实提醒我们,应该对"经典"这一问题重新思考与审视。

从词源来看,在英文中,"经典"对应的是 classic 这个单词,它源自拉丁文 classicus,是一个"古罗马税务官用来区别税收等级的一个术语"。② "公元 2 世纪,罗马作家奥·格列乌斯用它来区分作家的等级,到文艺复兴时期人们开始较多地采用它来说明作家,并引申为'出色的'、'杰出的'、'标准的'等义,成为'model'(典范)、'standard'(标准)的同义词",也由此,以推崇古希腊、古罗马经典作家为主流的文艺复兴时期将 classic 变成了 classicism,意为"古典主义"。③ 因此,我们可以从中看出,实际上这词在最开始的词源中,并没有附带任何政治意识形态,是后来者将很多具有本国本民族代表性的作家列入"经典"行列,混淆了"经典",由此引发了大争论。可以说他们并没有对"经典"、"经典作品"一词作透彻的分析,也可以说他们混淆了"经典"与"伟大"的含义。

而早在 1933 年,艾略特在《什么是经典作品》一文中,就已经对"经典"给出了不同寻常的,但格外具有开放性的清晰解释,但很可惜并没有引起 70 年代后人们的强烈注意。

在艾略特看来,"'经典'的含义,那就是成熟"④,即要达到"心智的成熟、习俗的成熟、语言的成熟以及共同文体的完善"⑤ 这几个标准。能将这几个

---

① (美)莱昂内尔·特里林、刘佳林译:《诚与真 诺顿演讲集,1969—1970》,江苏教育出版社 2006 年版,第 2 页。

② (美)莱昂内尔·特里林、刘佳林译:《诚与真 诺顿演讲集,1969—1970》,江苏教育出版社 2006 年版,第 4 页。

③ (美)莱昂内尔·特里林、刘佳林译:《诚与真 诺顿演讲集,1969—1970》,江苏教育出版社 2006 年版,第 4 页。

④ T. S. Eliot. What is a Classic?. In: Frank Kermode (eds). Selected Prose of T. S. Eliot. New York: Harcourt Brace Jovanovich Publishers, 1975: 116.

⑤ T. S. Eliot. What is a Classic?. In: Frank Kermode (eds). Selected Prose of T. S. Eliot. New York: Harcourt Brace Jovanovich Publishers, 1975: 116.

"成熟的"标准同时具备,在整个欧洲文学的传统中,他认为堪称经典典范的只有维吉尔,以及他的史诗《埃涅阿斯纪》。这是因为,首先,罗马人维吉尔具有一种历史意识。这种历史意识让他们"能从自己文明之外的文明——希腊文明中不断地吸收和利用希腊诗的发现、传统和创造;比起只利用自己民族的早期文学,以这种方式利用一种外国文学标志着文明发展到了一个新的阶段"。① 在这种历史意识中,维吉尔表现出了心智的成熟,同时也衬托出他那个时代的成熟感;同时,通过对《埃涅阿斯纪》进行细致考察,艾略特发现在埃涅阿斯身上具有一种不"恪守某种纯地方性或纯种族性的习俗准则"的具有"地方气"却又超越了"地方气"的特点,这也就意味着在埃涅阿斯身上的行为既是罗马的,又是欧洲的。因此艾略特判断,不但维吉尔时代有一种"文明的意识和良心",是一个习俗成熟的时代,而且维吉尔本身也是心智成熟之人。于是,习俗的成熟以及心智的成熟联系在一起,构成经典作品所必须具备的品质之一。

但这还不够。照他看来,"我们在判断一个作家是否是经典作家的时候,不仅仅要考虑诗人,而且还要考虑他所使用的语言:不只是经典诗人用竭了语言,而且也只有可以被用竭的语言才可能产生经典诗人。"② 这就意味着"拉丁语言之所以能更加趋近经典性,不只是因为它们是让人心无比之向往的拉丁语,还因为它们比英语更单一"③,"更容易趋向于一种共同的文体"④,更具有统一性。如艾略特在《但丁》一文中曾论述过的那样,拉丁语是一种具有"普遍性的"语言。对此,他说:"现代语言往往割裂抽象的思维(数学是现在唯一具有普遍性的语言);但是,中世纪的拉丁语往往强调不同种族,不同国度的人民思维上的一致的地方。在我看来,但丁所使用的佛罗伦萨语言中就存在这种普遍语言所具有的某些性质;如果(佛罗伦萨语)有区域性的话,那似乎是强调普遍性的区域性,因为它不受现代种种民族性的影响。"⑤ 如此"普遍性"的语言,显然

---

① T. S. Eliot. What is a Classic?. In: Frank Kermode (eds). Selected Prose of T. S. Eliot. New York: Harcourt Brace Jovanovich Publishers, 1975: 122.

② T. S. Eliot. What is a Classic?. In: Frank Kermode (eds). Selected Prose of T. S. Eliot. New York: Harcourt Brace Jovanovich Publishers, 1975: 126.

③ T. S. Eliot. What is a Classic?. In: Frank Kermode (eds). Selected Prose of T. S. Eliot. New York: Harcourt Brace Jovanovich Publishers, 1975: 123.

④ T. S. Eliot. What is a Classic?. In: Frank Kermode (eds). Selected Prose of T. S. Eliot. New York: Harcourt Brace Jovanovich Publishers, 1975: 12.

⑤ T. S. Eliot. Dante. In: Frank Kermode (eds). Selected Prose of T. S. Eliot. New York: Harcourt Brace Jovanovich Publishers, 1975: 134.

更容易趋向一种共同的文体；反过来看，"英语是各种伟大语言中成分最多样化的"，因此，"它趋向于多样性而不是完美，（因此）它需要更长的时间来实现自己的潜能，或许还包含着更多的尚没有开发的可能性"。①

在迂回曲折的论证之中，艾略特最终得出他关于"经典"的结论，那就是只有在维吉尔身上，只有在《埃涅阿斯纪》这部史诗中，也只有在创造了维吉尔以及他的作品的那段罗马历史里，才达到了一种作家、作品、时代、语言四者均"成熟"的天时地利人和，也就是说，维吉尔成为当之无愧的经典典范。在这样的经典标准下，艾略特将但丁、莎士比亚、歌德排在维吉尔之后，当然，也许在这个经典行列，他应该还会把詹姆斯一世时期风格的戏剧家、玄学派诗人、德莱顿和法国象征派诗人包括进来。事实上，将诗人按等级进行划分，艾略特并非头一次这么做。他曾经就这样明确表达过："要想谈论诗歌，我们就必须假定，存在某个绝对的诗歌等次体系：我们内心深处，念念不忘某种世界末日，某种上帝的最后审判，届时诗人纷纷按等次级别，鳞集一堂。长远地看，总有比较伟大和不太伟大的终极区别。"② 其他国家、其他民族的作家为什么没有一个能像维吉尔那样，成为艾略特心目当中的经典典范，其原因要么是这些作家所处的时代达不到成熟的标准，要么是这些作家所使用的语言达不到成熟的标准。这样的"经典"观，不仅改写了英国诗歌历史，也改变了一代人的趣味。但细细体会，恐怕很多人都不会赞同，由此艾略特笔锋一转，对这个令人疑惑的"经典"又进行了合理的解释。他说，正因为维吉尔具有最完美的经典特质，因此在他之后的所有拉丁诗人都将活在他的影响之下，所有拉丁诗都只能按照维吉尔树立的标准来受到赞扬或者指责。其次，正因为维吉尔达到了经典的标准，这就意味着他已穷尽了拉丁语，这对于作为一种单一语言的拉丁语，其后果只有死亡。反之，作为用英语或法语写作的人，应该感到幸运，正因为没有产生一部高度经典的作品，因此这两国最伟大的经典诗人仅仅只穷竭了某些特定的领域，如莎士比亚在戏剧方面，弥尔顿在史诗方面，如此，除了戏剧、史诗，非经典性的英国文学将给后面的诗人、作家留下很宽阔的空间和余地。这样一来，"我们可以对英语、法语过去的丰富多样性和未来进一步创新的可能性引以为豪"。③ 当然，这

---

① T. S. Eliot. What is a Classic?. In: Frank Kermode (eds). Selected Prose of T. S. Eliot. New York: Harcourt Brace Jovanovich Publishers, 1975: 126.

② （美）雷纳·韦勒克、杨自伍译：《近代文学批评史（中文修订版 第五卷）》，上海译文出版社2009年版，第301页。

③ T. S. Eliot. What is a Classic?. In: Frank Kermode (eds). Selected Prose of T. S. Eliot. New York: Harcourt Brace Jovanovich Publishers, 1975: 127.

言下之意也就是取得经典地位的罗马文学从此将再无出头之日。对于他挚爱的拉丁语、罗马文学，艾略特用一种近乎悲怆的声调说："罗马文学为了自己在欧洲的使命，为了未来语言的丰富和多种多样，在无意间牺牲自己，从而产生了经典作品。"① 至此，艾略特圆满地论证了他眼里完美的经典典范：维吉尔和他的《埃涅阿斯纪》。他们立在那里，提醒我们永远"别忘了我们维护文学标准的义务"。②

这样的经典观旨在提醒所有的欧洲人，"只有一个维吉尔，正如只有一个耶稣，只有一个教会，只有一个罗马，只有一个西方基督教文明，而罗马-基督教文明中也只能有一部原始性质的经典"③；这样的经典观也旨在提醒所有的欧洲人，欧洲人的根深深扎在古希腊和古罗马这两种古典语言、古典文学之中，也深深扎在基督教文明之中，而且，"这些根是无法解开地纠结在一起的"。④ 然而，现代社会中的现代文学，既与信仰切断了关系，又与古希腊、古罗马的经典文学断了往来，现代文学断了根，没有根的文学如何发展？没有根的文学不可能有文学非文学的"开放和交汇"，没有根的文学也不可能让人感悟到文学之形上形下的互动，没有根的文学无异于断翅的鸟儿，不可能在想象的天空飞翔。由此，拯救现代文学的"堕落"，除了让它与神性相结合，还得让其回归传统，回归经典，让它有"根"。反过来说，如果我们不能让现在的文学充满活力，那"我们和过去的文学（将）越来越疏远"⑤，"最后我们会感到它很陌生，就像是另一个民族的文学似的"⑥，久而久之，随着"我们的语言不断发生着变化，我们的生活方式因受到我们周围各种各样物质变化的压迫也发生着变化，除非我们有少数几个能将不同一般的感受性和不同一般的文字支配力结合起来的人，否则我们自己的能力——不仅仅是表达力，甚至是对最粗略的情况的感受力——将会衰退"。⑦ 因

---

① T. S. Eliot. What is a Classic. In: Frank Kermode (eds). Selected Prose of T. S. Eliot. New York: Harcourt Brace Jovanovich Publishers, 1975: 131.

② T. S. Eliot. What is a Classic?. In: Frank Kermode (eds). Selected Prose of T. S. Eliot. New York: Harcourt Brace Jovanovich Publishers, 1975: 131.

③ （南非）J. M. 库切、汪宏章译：《异乡人的国度 文学评论集（1986—1999）》，浙江文艺出版社2010年版，第5-6页。

④ （美）托·斯·艾略特：《古典文学和文学家》，见：陆建德编，李赋宁、杨自伍等译：《批评批评家 艾略特文集·论文》，上海译文出版社2012年版，第198页。

⑤ （美）T. S. 艾略特：《诗的社会功能》，见：王恩忠编译：《艾略特诗学文集》，国际文化出版公司1989年版，第243页。

⑥ （美）T. S. 艾略特：《诗的社会功能》，见：王恩忠编译：《艾略特诗学文集》，国际文化出版公司1989年版，第243-244页。

⑦ （美）T. S. 艾略特：《诗的社会功能》，见：王恩忠编译：《艾略特诗学文集》，国际文化出版公司1989年版，第244页。

此，维护传统之根不但对于文学，而且对于人的表达力、感受力都有很大的影响，正因如此，维护传统之根的思想一直贯穿在艾略特的诗歌、文论乃至文化批评当中，也许，这就是他被当作新古典主义者最强有力的原因之一了吧。

但我们也不要忘记，艾略特回归传统绝不是一味地复古，他回归传统是为了创新。在这种创新之中，艾略特表面上对浪漫主义予以了很大的批判，但如果我们细心观察，会发现，这远不是一般人所认为的非此即彼。也就是说，他反对浪漫主义，但这并不意味着他将归属于古典主义；他倡导回归经典，也并非就是与浪漫主义一刀两断。对于这一点，他早已指出，"'古典主义的原则是服从职责或传统，不服从人。'但我们要的不是原则，而是人"。①

很多学者认为艾略特身上具有一种守旧、保守一味崇古的另外一个原因在于他对浪漫主义文学的大力批判和反拨，这种反驳主要体现在他的"客观对应物"和"非个性化"两个术语——或者称之为"公式"——之中。对于这两个术语（加上"感受力分化"应该一共是三个）曾经所产生的一呼百应的壮观景象，艾略特曾不止一次表示过忧虑。他曾在公开场合多次承认，对于"美学思辨"，他"既无能力，亦无兴趣"。② 他也曾声称"自己的才力不足以进行深奥推理"，因此，不可能有"自成一家的一般理论"。③ 发出如此妄自菲薄地、承认自己无知的表白，在常人看来，似乎有点"言之过甚"。然而，通过纵观艾略特一生的诗学及其当中的细微变化，我们会明白这实在是他的苦衷。如此否认自己的理论能力，其目的就在于提醒读者，切不要把"非个性化"和"客观对应物"当作艾略特的标志，也千万不要在引用的时候，不标注时间，因为对于一位批评家而言，其观点是会随着时间的变迁而变得愈加成熟："随着阅读面的扩展，一个人便会越来越多地接触到最好的诗人和散文家，同时也获得了对世界更深的体验和更强的思考力，而他的欣赏趣味也会变得越来越宽广，情感越来越恬淡，思想越来越深刻。在这几阶段，我们开始发展批评和自我批评的能力，没有后者，那么诗人终其一生也顶多只能重复自己。"④ 由此看来，仔细考察这两个术语的发展

---

① T. S. Eliot. the Function of Criticism. In: Frank Kermode (eds). Selected Prose of T. S. Eliot. New York: Harcourt Brace Jovanovich Publishers, 1975: 73.

② （美）T. S. 艾略特：《诗的社会功能》，见：王恩忠编译：《艾略特诗学文集》，国际文化出版公司1989年版，第244页。

③ （美）雷纳·韦勒克、杨自伍译：《近代文学批评史（中文修订版 第五卷）》，上海译文出版社2009年版，第297页。

④ （美）T. S. 艾略特：《哲人歌德》，见：王恩忠编译：《艾略特诗学文集》，国际文化出版公司1989年版，第264页。

变化以及诗人的自我批评才应是我们研究的重点。

在1919年所发表的《传统与个人才能》一文中，正当少壮的艾略特写下了一段为人所无数次摘引的话："一个艺术家的前进是不断地牺牲自己，不断地消灭自己的个性"①；"诗不是放纵感情，而是逃避感情，不是表现个性，而是逃避个性。"② 这就是其著名的"非个性化"理论的来源之处。为了说明这种非个性化理论，艾略特首先做了一个著名的比喻，即将"一根白金丝放到一个贮有氧气和二氧化硫的瓶里"③，然后请我们观察这之后的反应和变化。他发现，"当前面所说的两种气体混合在一起"④ 并加上那根白金丝的时候，"它们就化合成硫酸"，但白金丝并没有受到"影响，还是不动，依旧保持中性，毫无变化"。⑤ 受这个"发人深省"的实验的启发，艾略特将诗人的心灵比喻成一条"白金丝"，而那两种"受接触变化的元素"，则是"情绪与感觉"⑥。当诗人进行创作时，作为白金丝的心灵通过"部分地或全部地在诗人本身的经验上"⑦所起的作用，使得"情绪与感觉"这两个元素发生化学变化，产生新的感情。也就是如他所比喻的："诗人的心灵实在是一种贮藏器，收藏着无数感觉、词句、意象，搁在那儿，直等到能组合成新化合物的各分子到齐了"⑧，心灵则开始发生白金丝般的催化作用，然后产生诗。这样的诗对于欣赏者而言，"是一种特殊的经验，和任何非艺术的经验根本不同，它可以由一种感情所引发，也可以由几种感情的结合所带来，也可以因作者特别的词汇、语句，或意象而产生的各种感觉，

---

① T. S. Eliot. Tradition and the Individual Talent. In: Frank Kermode (eds). Selected Prose of T. S. Eliot. New York: Harcourt Brace Jovanovich Publishers, 1975: 40.

② T. S. Eliot. Tradition and the Individual Talent. In: Frank Kermode (eds). Selected Prose of T. S. Eliot. New York: Harcourt Brace Jovanovich Publishers, 1975: 43.

③ T. S. Eliot. Tradition and the Individual Talent. In: Frank Kermode (eds). Selected Prose of T. S. Eliot. New York: Harcourt Brace Jovanovich Publishers, 1975: 43.

④ T. S. Eliot. Tradition and the Individual Talent. In: Frank Kermode (eds). Selected Prose of T. S. Eliot. New York: Harcourt Brace Jovanovich Publishers, 1975: 43.

⑤ T. S. Eliot. Tradition and the Individual Talent. In: Frank Kermode (eds). Selected Prose of T. S. Eliot. New York: Harcourt Brace Jovanovich Publishers, 1975: 43.

⑥ T. S. Eliot. Tradition and the Individual Talent. In: Frank Kermode (eds). Selected Prose of T. S. Eliot. New York: Harcourt Brace Jovanovich Publishers, 1975: 43.

⑦ T. S. Eliot. Tradition and the Individual Talent. In: Frank Kermode (eds). Selected Prose of T. S. Eliot. New York: Harcourt Brace Jovanovich Publishers, 1975: 43.

⑧ T. S. Eliot. Tradition and the Individual Talent. In: Frank Kermode (eds). Selected Prose of T. S. Eliot. New York: Harcourt Brace Jovanovich Publishers, 1975: 41.

再加上最后所造成的结果而产生"。① 通过将心灵比喻成白金丝、贮藏器，艾略特完善了他在文中所提出的"非个性化"理论，此理论可以从两方面来理解，一方面当然是旨在说明诗人在创作过程中所表现出来的绝不是诗人自己的个性，诗人在诗中只是一种催化剂，一种表现艺术的特殊工具。另一方面，它也可以说明诗的来源。即诗绝非来源于诗人的心灵，而是产生于各种情绪与感觉的冶炼、化合过程，因此，诗人的心灵无法直接酝酿诗。当种种情绪、感觉、经验借助于心灵的催化作用相互组合形成了诗的时候，当非个性化理论运用自如的时候，诗人就"不再是统率文本意义和技巧的主体"，诗人的心灵与诗"是分离的"。而且，艾略特还指出："成熟诗人的心灵与未成熟诗人的心灵所不同之处并非就在'个性'价值上，也不一定指哪个更饶有兴味或'更富有涵义'，而是指哪个是更完美的工具，可以让特殊的，或颇多变化的各种情感能在其中自有组成新的结合。"②

实际上，艾略特提出"非个性化"理论的主要缘由在于批驳当时英国诗界所风行的"诗等于'宁静中回忆出来的感情'"③ 这一概括。他指出，诗歌之所以能让读者产生兴趣的主要原因在于诗歌能传达出一种丰富而复杂的情感，只是这种情感绝不可能是诗人的"个人感情"，因为，他特有的个人"感情是单纯的、粗疏的，甚至是枯燥乏味的"。④ 很多诗人明白这一点，所以他们千方百计地在生活当中的特殊事件里寻求新的情感以求标新立异。但很可惜，他们通常"在错误的地方找新奇，结果发现了古怪"。⑤ 由此，艾略特表明，"诗人的职责决不是去猎奇新奇的情感"⑥，而是应该"运用寻常的感情"或者他"所从未经验过的感情"⑦ 通过心灵的催化，以艺术综合化方式将诗人并未经历过的情感化

---

① T. S. Eliot. Tradition and the Individual Talent. In: Frank Kermode (eds). Selected Prose of T. S. Eliot. New York: Harcourt Brace Jovanovich Publishers, 1975: 43.

② T. S. Eliot. Tradition and the Individual Talent. In: Frank Kermode (eds). Selected Prose of T. S. Eliot. New York: Harcourt Brace Jovanovich Publishers, 1975: 43.

③ T. S. Eliot. Tradition and the Individual Talent. In: Frank Kermode (eds). Selected Prose of T. S. Eliot. New York: Harcourt Brace Jovanovich Publishers, 1975: 43.

④ T. S. Eliot. Tradition and the Individual Talent. In: Frank Kermode (eds). Selected Prose of T. S. Eliot. New York: Harcourt Brace Jovanovich Publishers, 1975: 43.

⑤ T. S. Eliot. Tradition and the Individual Talent. In: Frank Kermode (eds). Selected Prose of T. S. Eliot. New York: Harcourt Brace Jovanovich Publishers, 1975: 43.

⑥ T. S. Eliot. Tradition and the Individual Talent. In: Frank Kermode (eds). Selected Prose of T. S. Eliot. New York: Harcourt Brace Jovanovich Publishers, 1975: 43.

⑦ T. S. Eliot. Tradition and the Individual Talent. In: Frank Kermode (eds). Selected Prose of T. S. Eliot. New York: Harcourt Brace Jovanovich Publishers, 1975: 43.

炼成诗。由此，诗就成了"许多经验的集中"①，是经验"集中后所发生的新的东西"②。这一说法彻底颠覆了诗是诗人"在宁静中回忆起来的情感"，因为这样的诗"不是感情，也不是回忆，也不是宁静"③，这样的诗是非个人的，是各种经验的集合，是一种变化。由此，他得出结论："诗不是放纵感情，而是逃避感情；不是表现个性，而是逃避个性。"④而且在他看来，只有真正有个性和感情的诗人才能理解和明白那要逃避的个性；只有把自己完完全全地献给他所从事的诗歌创作工作的诗人，才能达到这一境界。

无疑，艾略特的非个性化理论对当时浪漫主义诗风直抒胸臆、表现强烈自我意识的作诗法的确起到了反拨作用，这一点已被很多批评家证明。而且，这种"非个性化"理论最直接的作用在于他成功地将诗与诗人分离开来，"使得文学批评的视线从诗人转移到诗上，最终使诗歌成为包含情感生命的独立自足的有机整体，并由此获得了客观的意义"。⑤

但当我们重新阅读艾略特的著述时，我们禁不住产生一种疑问，"非个性化"理论是他1919年所写的，难道这意味着1919年以后他所作的诗歌，都没有倾注自己的情感或个性了吗？难道作为诗人的他会对文学主情的特点避而不见吗？答案显然是否定的。相反，对"文学主情"这一点，他有很清醒的意识。他曾明确表示过"诗是感情的载体"。⑥他也认为："所有的诗歌都来源于人类与自身、他人、神明和周围世界之间的关系中产生的情感经历。因此，诗歌也与思想和行动有关，它们源于情感，又孕育着情感。"⑦因此，他认定"诗歌是通过情感来表达思想的，思想必须同情感融合，诗歌首先是感情的产物"。⑧正因为

---

① T. S. Eliot. Tradition and the Individual Talent. In：Frank Kermode（eds）. Selected Prose of T. S. Eliot. New York：Harcourt Brace Jovanovich Publishers，1975：43.
② T. S. Eliot. Tradition and the Individual Talent. In：Frank Kermode（eds）. Selected Prose of T. S. Eliot. New York：Harcourt Brace Jovanovich Publishers，1975：43.
③ T. S. Eliot. Tradition and the Individual Talent. In：Frank Kermode（eds）. Selected Prose of T. S. Eliot. New York：Harcourt Brace Jovanovich Publishers，1975：43.
④ T. S. Eliot. Tradition and the Individual Talent. In：Frank Kermode（eds）. Selected Prose of T. S. Eliot. New York：Harcourt Brace Jovanovich Publishers，1975：43.
⑤ 刘燕：《现代批评之始 T. S. 艾略特诗学研究》，广西师范大学出版社2005年版。
⑥ （美）T. S. 艾略特：《诗的社会功能》，见：王恩忠编译：《艾略特诗学文集》，国际文化出版公司1989年版，第242页。
⑦ （美）托·斯·艾略特：《从爱伦·坡到瓦莱里》，见：陆建德编，李赋宁、杨自伍等译：《批评批评家 艾略特文集·论文》，上海译文出版社2012年版，第38页。
⑧ 杨周翰：《攻玉集》，北京大学出版社1983年版，第139页。

这样，他才在 1940 年这样评价叶芝的晚期诗作："我曾在早先的一些论文中，称颂过我所谓艺术中的非个性化的东西。现在我却认为，叶芝后期作品之所以更成功的原因就是其中个性得到了更大的表现。"① 这是艾略特的自相矛盾吗？显然，艾略特承认了其早期"非个性化"理论的不完善之处，他说："也许是我表达得太糟糕，或是对这一观念认识得还不够成熟。"② 于是在这篇文章中，他对其"非个性化"理论进行了补充说明："这事的真情如下所述：有两种非个性化。其中一种只要是熟练的匠人就会具有，另一种则只有不断成熟的艺术家才能逐步取得。前者是我称之为'选集作品'的非个性化，这样的作品有洛夫莱斯或萨克林的抒情诗，或者比这两位诗人都好的坎皮恩的作品等。后者是这样一些诗人的非个性化：他们能用强烈的个人经验，表达一种普遍真理；并保持其经验的独特性，目的是使之成为一个普遍的象征。"③ 这段话的意思是，如果仅仅只是在诗歌中表现出"非个性化"，这样的诗顶多只能算作某种"选集作品"，这样的诗人还不能称之为"诗人"，只是"匠人"。相反，如果通过自己独特的个性、独特的经验表现出一种人类普遍的情感，那么这样的诗人才是伟大的诗人。他以叶芝为例，发现叶芝在早期诗作中，很少表现自己强烈的情感经验，但在晚期作品中却通过他所流露的强烈个性而表达了一种人类的普遍经验，因此他认为，叶芝既属于"熟练的匠人"，但更是"成熟的诗人"。正因为晚期的诗作具有个性化，艾略特称赞叶芝表现出一种逐渐成熟的诗风，并且其诗歌在表现方法上而不是在题材上变得更加爱尔兰化，但同时也变得更加具有普遍性。他说："能够取得叶芝在中年和晚年所作出的成就，是我称之为艺术家性格的伟大、永恒的榜样——未来的诗人应该满怀崇敬的心情学习这一榜样。艺术家的性格是一种道德和智慧上的卓越不凡。"④ 这种对早期非个性化理论的调整，意味着艾略特本人思想的不断成熟。实际上也表明，他从单一的反对浪漫主义，批驳浪漫主义，转变成了通过吸收浪漫主义的特点，并经过糅合两种对立的思想，使之融通，最后形

---

① （美）T. S. 艾略特：《叶芝》，见：王恩忠编译：《艾略特诗学文集》，国际文化出版公司 1989 年版，第 167 页。
② （美）T. S. 艾略特：《叶芝》，见：王恩忠编译：《艾略特诗学文集》，国际文化出版公司 1989 年版，第 167 页。
③ （美）T. S. 艾略特：《叶芝》，见：王恩忠编译：《艾略特诗学文集》，国际文化出版公司 1989 年版，第 167 页。
④ （美）T. S. 艾略特：《叶芝》，见：王恩忠编译：《艾略特诗学文集》，国际文化出版公司 1989 年版，第 168－169 页。

成了一种独特的诗学观。在这种经过融通的"非个性化"理论中,我们可以看到,一方面,诗人可以表达个性、突出自己强烈的个人经验;但另一方面,诗人又得隐藏自己的个性,在一种既突出又隐藏诗人个性、个人经验的独特性的同时还必须得表达一种人类的普遍真理。这种"普遍真理"的表达意味着诗人不但开始作为一个独特的人说话,而且是为人类说话,诗人在诗中的个性象征了整个人类的普遍真理。可以说,这种经过后期调整的"非个性化"理论才是真正值得追求的理论。

正因为这样,当我们读他于1944年所作的那篇《什么是经典作品》一文时,总可以感觉到那其中"包含一个潜文本,而这个潜文本所诉说的正是艾略特本人"。[①] 诚然,在这样的文本中,诗人将自己的个性、个人经验隐藏得很巧妙,不对艾略特有一定程度了解的人看不出来,但这样的文本确实表达了诗人的个性以及其个人经验,但更重要的是,这样的文本不但表达了诗人的个人经验,而且表达了人类的普遍经验。在这篇文章中,如果你以为艾略特在借维吉尔说自己,那你就错了。实际上,艾略特的影子藏在了埃涅阿斯身上。根据里弗斯在《T. S. 艾略特:一个维吉尔式的诗人》一文中的研究,之所以说艾略特的影子藏在了埃涅阿斯身上,原因之一在于艾略特和埃涅阿斯一样,是一个"原本想待在特洛伊,但最终还是流亡海外"的人。这种"流亡的目的之大,他并不十分清楚,但或多或少有所体认"。[②] 1914年,年轻的艾略特接受哈佛大学提供的奖学金,再次重返欧洲,计划到牛津大学的默顿学院继续学习哲学。这一次离开家乡不同于上一次的短暂分离,在这一次的离开之中,他不但娶了一位英国女孩,还决定定居伦敦,成为一个英国人。这期间,他曾试图返回哈佛参加博士论文答辩,但由于战争的原因,他订的那艘船没有开。这之后,在"一战"期间,他也曾怀着满腔的爱国热情,希冀在美国海军情报局谋个职位,但辗转反侧,也告于失败。命运,如同抛掷到天空的硬币。由此,他对美国彻底死心。1918年,他加入英国国籍,成为英国公民。对于为何离开美国,艾略特一直讳莫如深。我们只能想象得到,一个异乡人,想要融入异国的主流社会,融入异国学术界,其中付出的努力与所经历的痛苦可想而知。在艾略特的一封信中,我们发现了这样

[①] (南非)J. M. 库切、汪宏章译:《异乡人的国度 文学评论集(1986—1999)》,浙江文艺出版社2010年版,第3页。

[②] (南非)J. M. 库切、汪宏章译:《异乡人的国度 文学评论集(1986—1999)》,浙江文艺出版社2010年版,第3页。

的句子:"将来我想写一篇文章,谈谈一个不是美国人的美国人的观点,这个人出生在南方,很小的时候就到新英格兰去受教育,当时说起话来还略带南方黑人常有的拖腔。然而,他也算不得是个南方的南方人,因为他生长在一个南北交汇的州,其他居民都是北方人,他们瞧不起南方人和弗吉尼亚人。因此,这个人到哪儿都觉得格格不入,以为自己更像一个法国人而不像一个美国人,更像一个英国人而不像法国人,但同时又觉得,直到一百年前的美国仍然是欧洲的家族分支一样。"① 这种背井离乡的痛苦,这种无根的飘摇,让艾略特在埃涅阿斯身上找到了共鸣:埃涅阿斯最终成功地回到了特洛伊,艾略特最终成功地回到了东科克尔郡。在埃涅阿斯身上,完美地表达了艾略特这句诗的寓言:"我的人生终点就是起点。"这就是艾略特的个人经验在埃涅阿斯身上相对应的一面。他借用埃涅阿斯,一方面表达自己内心深处无处诉说的"无根"情感,试图用"埃涅阿斯那受命运驱使的人生印迹提供论证,证明其合法"②;另一方面,他借用埃涅阿斯为人类代言,如若要拯救失落的文明,必须得去寻找人类所失去的文明之"根",文化之"根",文学之"根"。在这样"个性"与"非个性"融为一体的表达中,在这种"隐"与"显"互相交织的文字里,艾略特的书显得格外有意义,它吸引着我们一遍一遍地去读,一遍一遍地去感受其不同层次的情感。而这,也是艾略特对后期经过调整了的"非个性化"理论所进行的最好诠释。

其实,如果我们通观艾略特从"非个性化"到"个性化"再到个性化与"非个性化"相融相合的这一诗学变化,我们会发现这里面还有更深层次的意思。作为作者也好,作为读者也罢,当我们写出一首诗或者面对一部文学作品之时,我们莫不认为文从"'我'出",是"我"写出了这样的作品,实际上,这只是"作者撰写和文学鉴赏的浅层感受"。③ 很明显,艾略特曾试图突破这一浅层感受,认为文章中所表现出来的是那一个"非我",因此,他才提出"非个性化"一说。这就是说,他看到了"那一个个署着'我'名的作品,其上下前后左右内外"④,哪一处都有那"隐形或显性的他者"。⑤ 也就是栾栋先生所说的:

---

① (南非)J. M. 库切、汪宏章译:《异乡人的国度 文学评论集(1986—1999)》,浙江文艺出版社2010年版,第22页。
② (南非)J. M. 库切、汪宏章译:《异乡人的国度 文学评论集(1986—1999)》,浙江文艺出版社2010年版,第3页。
③ 栾栋:《文学他化说》,《文学评论》,2009年第4期,第193页。
④ 栾栋:《文学他化说》,《文学评论》,2009年第4期,第191页。
⑤ 栾栋:《文学他化说》,《文学评论》,2009年第4期,第191页。

"缘轻言志,均有'他'属。"① 正因如此,他才会明确表示文学作品并非"'我'的产物"②,"我"也并非"作品的生身父母"。③ 实际上,这一看法是和其"诗非诗"的观点相契合的。因为既然诗不能被定义成"是"什么,既然诗既可以来源于人,来源于人与人之间的关系,也可以来源于他人、神明、周围世界,甚至冥界、宇宙以及人与这一切之间的关系,那么这就意味着表面上由"我"而出的作品,实际上这"我""发现自己其实是一个他者"。④ 因此,这种通过"逃避感情"、"逃避个性"的"非我"之诗恰恰强调了文学非文学的一面,体现了"文学'性非性'之品性"。⑤ 然而,当1940年,艾略特对其"非个性化"理论作了调整之后,我们可以说这调整之后的观点将文学非文学作了圆融的观照,将文学性与非文学性看得更加清楚明了,是一种将个性化与非个性化进行"通和致化"的表现。在这样的作品中,"我"不但是一个他者,而且是"他在中的一员"⑥,也就是说,这样的作品有力地体现了"作品是以'我'为聚焦点的他化性结晶"⑦,有力地凸显了"文学'性连性'之复性"的特色,是一种"'我''非我'的成就"。⑧ 这样的作品,"不但讲男女有别,也讲阴阳互包互含"⑨,不但有个性,有非个性,而且还有那个性与非个性的"非阴非阳和亦阴亦阳"⑩。事实上,当艾略特将早期的"非个性化"理论进行调整之后,也就意味着他将文学之"性非性"、"性连性"挖掘出来了,并且触碰到了"文学'性底性'之根性"。⑪ 所谓寻求文学的"性底性",实际上就意味着在"时下文学性研究止步的地方"⑫ 再继续往下走,继续"刨根问底"。栾栋先生曾对此作过总结,他认为文学"性底性"包括文学的"物性、巫性、吾性"⑬。其中,文

---

① 栾栋:《文学他化说》,《文学评论》,2009 年第 4 期,第 191 页。
② 栾栋:《文学他化说》,《文学评论》,2009 年第 4 期,第 191 页。
③ 栾栋:《文学他化说》,《文学评论》,2009 年第 4 期,第 191 页。
④ 栾栋:《文学他化说》,《文学评论》,2009 年第 4 期,第 191 页。
⑤ 栾栋:《文学他化说》,《文学评论》,2009 年第 4 期,第 193 页。
⑥ 栾栋:《文学他化说》,《文学评论》,2009 年第 4 期,第 191 页。
⑦ 栾栋:《文学他化说》,《文学评论》,2009 年第 4 期,第 191 页。
⑧ 栾栋:《文学他化说》,《文学评论》,2009 年第 4 期,第 191 页。
⑨ 栾栋:《文学他化说》,《文学评论》,2009 年第 4 期,第 193 页。
⑩ 栾栋:《文学他化说》,《文学评论》,2009 年第 4 期,第 191 页。
⑪ 栾栋:《文学他化说》,《文学评论》,2009 年第 4 期,第 191 页。
⑫ 栾栋:《文学他化说》,《文学评论》,2009 年第 4 期,第 192 页。
⑬ 栾栋:《文学他化说》,《文学评论》,2009 年第 4 期,第 192 页。

学之"物性"也即"文学中的亚人性"①,"其中沉淀着抹不掉的物性牵连和畜群意识"。② 这"二者共同构成了文学肇始的自然质地"。③ 文学之"巫性","是物性与人性之间的纽带,也是人性于神性之间的桥梁"。④ 而文学之"吾性",即指文学之"我—您—他"⑤,也就是文学之"我",之"你",之"他"。如此文学"性底性",实际上就是"文学的最早因子"⑥,"文学的最原始的母胎"⑦,也就是文学的缘构,文学非文学的那一部分。说艾略特仅仅只是触碰到了文学"性底性"的根性部分,一点也没错,因为他虽然觉察到了早期的"非个性化"理论具有片面性,并对其进行了调整,但我们只能说他仅仅看到了文学之"性非性",并试图突破文学性质的"封闭性",发现文学之"性连性",想要对"人性—天性"、"偶然—必然"、"自我—非我"之间进行相融相通。但调整之后的理论,他却坚称这仍然是一种"非个性化",因此,我们可以说尽管他能用东方智慧对西方思想进行补充,但他本质上仍然属于西方逻各斯话语中的一员,他实际上并没有完全跳出"正统文学"的"纯一",仅仅只是触碰到了文学的"根性"。其实,关于文学"是一种是'我'非'我'的艺术成就",尼采也表达过类似的观点。他说,当人们认为"在每个艺术种类和高度上,首先要求客服主观,摆脱'自我',让个人的一切意愿和欲望保持缄默"⑧之时,我们应该看到,"现代美学家所谓抒情诗人的'主观性'只是一个错觉"。⑨ 因为真正的抒情诗是"天才在艺术创作活动中对同这位世界原始艺术家(der Urkunstler der Welt)互相融合","在这种状态中,他像神仙故事所讲的魔画,能够神奇地转动眼珠来静观自己。这时,他既是主体,又是客体,既是诗人和演员,又是观众"。⑩ 很显然,在关于诗歌的本根性上,尼采彻底消融了主体与客体,化解了个性与非个性,在这一点上,他明显比艾略特更加透彻与深刻。

当把艾略特的"非个性化"理论进行前前后后的仔细考量之后,我们便能

---

① 栾栋:《文学他化说》,《文学评论》,2009年第4期,第192页。
② 栾栋:《文学他化说》,《文学评论》,2009年第4期,第192页。
③ 栾栋:《文学他化说》,《文学评论》,2009年第4期,第191页。
④ 栾栋:《文学他化说》,《文学评论》,2009年第4期,第193页。
⑤ 栾栋:《文学他化说》,《文学评论》,2009年第4期,第193页。
⑥ 栾栋:《文学他化说》,《文学评论》,2009年第4期,第193页。
⑦ 栾栋:《文学他化说》,《文学评论》,2009年第4期,第193页。
⑧ (德)尼采、周国平译:《悲剧的诞生 尼采美学文选》,上海人民出版社2010年版,第102页。
⑨ (德)尼采、周国平译:《悲剧的诞生 尼采美学文选》,上海人民出版社2010年版,第103页。
⑩ (德)尼采、周国平译:《悲剧的诞生 尼采美学文选》,上海人民出版社2010年版,第106页。

对其由"非个性化"理论延伸出来的"客观对应物"一说看得更加清晰透彻。在 1919 年提出"非个性化"理论时,为了给需要逃避感情、避却个性的作家找到一种既不能直接倾泻其思想感情但又必须具备思想感情的表达方式,艾略特在《哈姆雷特》一文中提出了"客观对应物"一说:"艺术形式中唯一表达情绪的方式就是找到一种'客观对应物'。"① 在这篇文章中,艾略特一反常人对哈姆雷特的高度评价,认为《哈姆雷特》作为一部艺术作品有令人失望的一面。在他看来,莎士比亚的这部作品是在前人托马斯·基德写过的同名剧作的基础之上改编而成的,而基德的《哈姆雷特》又是由《西班牙悲剧》这一故事改编而来。也许正因为是改编之作,使得莎士比亚没能把"母亲的罪过对儿子的影响"这一动机成功地融进原先剧作中所具备的那些"难以驾驭的"材料中去。由此,造成了该剧在表现主人公的厌世情绪与利用原先情节之间出现了裂缝。出现这种裂缝的原因,就是因为剧中缺乏一种恰当表现人物思想感情的"客观对应物",换句话说,就是缺乏一种"用一系列实物、场景,一连串事件来表现某种特定的情感"。② 对于在《哈姆雷特》这部剧中所缺乏的"客观对应物",艾略特建议我们去研究一下莎士比亚其他的悲剧作品。他说:"如果你研究一下莎士比亚比较成功的悲剧作品,你会发现一种十分准确的对应;你会发现麦克白夫人梦游时的心境是通过巧妙地堆积一系列想象出来的感觉印象传达给你的;麦克白在听到他妻子的死讯时说的那番话使我们觉得它们好像是由一系列特定事件中的最后一个自动释放出来的。艺术上的'不可避免性'在于外界事物和情感之间的完全对应。"③这段话很详细地解释了他所认为的《哈姆雷特》所缺少的正是外部事件与人物感情之间的对应,也就是缺少激发剧中人物感情的外部情境或事件。在他看来,倘若缺乏这些恰当唤起人物情感的"客观对应物",那么,剧中人物的感情就会显得要么太强,要么太弱,甚至会显得毫无由来,令人费解。因此他认为,一部好的剧作必须要做到"感觉经验的外部事实一旦出现,便能立刻唤起那种情感"。④ 而且他接着说:"假定哈姆雷特与其作者的同一性在这一点上是

---

① (美)托·斯·艾略特:《哈姆雷特》,见:陆建德编,卞之琳、李赋宁等译:《传统与个人才能 艾略特文集·论文》,上海译文出版社 2012 年版,第 180 页。
② (美)托·斯·艾略特:《哈姆雷特》,见:陆建德编,卞之琳、李赋宁等译:《传统与个人才能 艾略特文集·论文》,上海译文出版社 2012 年版,第 180 页。
③ (美)托·斯·艾略特:《哈姆雷特》,见:陆建德编,卞之琳、李赋宁等译:《传统与个人才能 艾略特文集·论文》,上海译文出版社 2012 年版,第 180—181 页。
④ (美)托·斯·艾略特:《哈姆雷特》,见:陆建德编,卞之琳、李赋宁等译:《传统与个人才能 艾略特文集·论文》,上海译文出版社 2012 年版,第 180 页。

真实的：哈姆雷特由于缺乏客观对应物的困惑，也是其创造者面临艺术问题时的困惑的一种延续。"① 如此看来，"客观对应物"这一术语的应用范围就扩大了，它不仅是指剧中人物的感情如何与其经历的事件和情境相对应的问题，而且也是指艺术中的思想感情如何加以表现的问题。换言之，艾略特就是认为，当艺术表现思想感情时，应该找到"一系列实物、场景、一连串事件"②，或者也可以是一个恰当的暗喻、意象或者象征等各种形式的"客观对应物"来进行"十分准确的对应"，以此"表现某种特定的情感"，而且"要做到最终形式必然是感觉经验的外部事实一旦出现，便能立刻唤起那种情感"。③ 也就是说，艺术作品的思想感情应切忌直白、浅露。

不难发现，这种"客观对应物"其实就是艾略特早期"非个性化"理论的另一种表达。实际上，这两篇文章均写于1919年，所以这也是艾略特早期诗学观的一种表现。同样的观点出现在了1921年所写的《玄学派诗人》一文当中。在这篇文章里，艾略特充分肯定了玄学派诗人们"在最佳情况下，承担着努力寻找表现心情和感觉的文字对等物的任务"。④ 他当时断言，所谓有"思想"的诗人，不过是"能够表达思想的感情等同物的诗人"。尽管这些提法有所不同，意思也略有差异，但"反对浪漫主义直抒胸臆的诗风，坚持诗歌在表现思想感情方面遵循克林斯·布鲁克斯所谓的'间接陈述原则'，却是艾略特的'客观对应物'理论的核心所在"。⑤

同样，当"非个性化"理论发生转变，变得更加完善的时候，"客观对应物"也需要我们重新审视。实际上，经过细致考察，这种"客观对应物"可以说是一种"假象的客观"⑥。既然诗人可以将其个人情感、经验注入诗里，那就意味着就算诗歌最后表达出来的是人类普遍的情感，而不是诗人个人的情感，但

---

① （美）托·斯·艾略特：《哈姆雷特》，见：陆建德编，卞之琳、李赋宁等译：《传统与个人才能 艾略特文集·论文》，上海译文出版社2012年版，第180页。
② （美）托·斯·艾略特：《哈姆雷特》，见：陆建德编，卞之琳、李赋宁等译：《传统与个人才能 艾略特文集·论文》，上海译文出版社2012年版，第180页。
③ （美）托·斯·艾略特：《哈姆雷特》，见：陆建德编，卞之琳、李赋宁等译：《传统与个人才能 艾略特文集·论文》，上海译文出版社2012年版，第181页。
④ T. S. Eliot. the Metaphysical Poets. In: Frank Kermode (eds). Selected Prose of T. S. Eliot. New York: Harcourt Brace Jovanovich Publishers, 1975: 65.
⑤ 杨冬：《文学理论 从柏拉图到德里达》，北京大学出版社2009年版，第219页。
⑥ 黎跃进：《艾略特：诗化的理性与理性的诗化》，《湘潭大学学报（哲学社会科学版）》，2007年第4期，第83页。

终究是"情感",这种"情感"里因为有个人的经验,所以绝不可能是很客观的情感。这也就意味着,我们并不能完全将诗人个人的情感与艺术的情感区分开来对待,因为两者已在"客观对应物"之上浑然一体。因此,这种客观对应物表面上是"一种主观向客观转化的意象,是主体转化的媒介,其客观意象是主体情感的载体"。① 但实质上,客观对应物的作用却是"在主体情感的作用下",使"主客体融合的统一体"。② 如是,我们可以看到,艾略特曾试图区分个人"生活的情感"与"艺术的情感",他说:"伟大的诗歌,可以无需直接运用任何情感来完成:可以单单由感情构成。"③ 在这里,也许他的意思是指:"'情感'是指某种纯粹个人,非理性,模糊,不清晰的感受,而'感情'则是渗透性的,具体的,确切的,几乎和感觉或知觉相同。"④ 然而,大多数时候,这种个人的情感与诗歌所表达出来的感情连艾略特自己也并不能完全区分得很清楚。这也就是雷纳·韦勒克在描述艾略特诗学时所作的记载:"有些时候,他对情感与感情加以区别,不过这两个名词,他往往交替运用。"⑤ 诚然,如艾略特所说,来自个人的"情感"是"简单,粗糙而平淡乏味"的,因此,诗人不能在诗中直接表达个人情感,最佳的做法应是将"粗糙的"个人情感与"确切的"人类普遍的情感在客观对应物上融为一体,如此构成"艺术情感的复杂性"。正因如此,在论述图尔纳《复仇者的悲剧》一文中,艾略特曾试图用一种"结构性情感"表述这种复杂的情感。他说,这幕剧"有一处体现了'一种结构性情感',它反映出剧本的'主调',而这种主调'得之于以下事实:集中流动的感情,有一种亲和力附丽于这种绝非明显的情感,它们与之交集起来,给予我们一种全新的艺术情感'"。⑥ 将个人的情感与普遍的情感融合在"客观对应物"上,这才是艾略

---

① 黎跃进:《艾略特:诗化的理性与理性的诗化》,《湘潭大学学报(哲学社会科学版)》,2007年第4期,第83页。
② 黎跃进:《艾略特:诗化的理性与理性的诗化》,《湘潭大学学报(哲学社会科学版)》,2007年第4期,第83页。
③ (美)雷纳·韦勒克、杨自伍译:《近代文学批评史(中文修订版 第五卷)》,上海译文出版社2009年版,第310页。
④ (美)雷纳·韦勒克、杨自伍译:《近代文学批评史(中文修订版 第五卷)》,上海译文出版社2009年版,第310页。
⑤ (美)雷纳·韦勒克、杨自伍译:《近代文学批评史(中文修订版 第五卷)》,上海译文出版社2009年版,第310页。
⑥ (美)雷纳·韦勒克、杨自伍译:《近代文学批评史(中文修订版 第五卷)》,上海译文出版社2009年版,第310页。

特"客观对应物"的真实含义。由此看来，如果不用"辟文学"的思想对这两个术语进行深层次分析，我们永远只能了解到表面上的那层含义。我们要切记，真正的艾略特并非附着在维吉尔身上，而是藏在埃涅阿斯的影子里。

从上述论证可以看出，实际上，艾略特反对传统浪漫主义，但并不意味着与浪漫主义彻底决裂。事实上，从他传统观的有机性来看，他的先锋、他的保守，实际上都与浪漫主义一脉相承。他反感浪漫主义甜腻的诗歌语言，也不主张没有节制地一味抒发个人的情感，他努力将"浪漫主义直露、热烈、外在"的特点反拨成"隐晦、冷峻、内在"的标志，但这并不意味着他要在浪漫主义与古典主义之间做一个非此即彼的选择。所以，他说："我希望我们同意'古典主义'并非与'浪漫主义'相对的选择对象，不同于'把这帮流氓赶下去'讲坛上的那些政治党派，不是保守党就是自由党，不是共和党就是民主党。"① 他认为，当今时代的人们已经曲解了古典主义，因为我们不能说，"一个作家可以通过放弃手头上十分之久的材料，只挑选博物馆中木乃伊般的玩意儿来进行创作，而成为'古典的'"——这样的古典势必会被人"说脏话"。② 但"古典"这个词之所以"会产生混淆不清的现象，是因为人们非但将它用于文学，还将它用于各种利益、行为方式以及包含文学在内的社会所构成的整个复合体；而它在两种用法中产生的影响是不同的"。③ 与创造艺术、与其他任何一个领域相比，"在文学批评领域成为古典主义者比较容易，因为在进行批评时，你只须对自己需要什么负责"，但是在进行创作时，"一个作家可以通过尽量出色地处理手头上的材料，而成为具有古典倾向的作家"④，但必须"对你能够怎样处理、那些你不得不接受的材料负责"。⑤ 这种古典主义文学"是一切优秀文学——只要确实优秀的话——根据各自在区域和时间上的可能性，力争达到的一个目标"。⑥

---

① T. S. Eliot. Ulysses, Order, and Myth. In: Frank Kermode (eds). Selected Prose of T. S. Eliot. New York: Harcourt Brace Jovanovich Publishers, 1975: 177.
② T. S. Eliot. Ulysses, Order, and Myth. In: Frank Kermode (eds). Selected Prose of T. S. Eliot. New York: Harcourt Brace Jovanovich Publishers, 1975: 177.
③ T. S. Eliot. Ulysses, Order, and Myth. In: Frank Kermode (eds). Selected Prose of T. S. Eliot. New York: Harcourt Brace Jovanovich Publishers, 1975: 177.
④ T. S. Eliot. Ulysses, Order, and Myth. In: Frank Kermode (eds). Selected Prose of T. S. Eliot. New York: Harcourt Brace Jovanovich Publishers, 1975: 177.
⑤ T. S. Eliot. Ulysses, Order, and Myth. In: Frank Kermode (eds). Selected Prose of T. S. Eliot. New York: Harcourt Brace Jovanovich Publishers, 1975: 177.
⑥ T. S. Eliot. Ulysses, Order, and Myth. In: Frank Kermode (eds). Selected Prose of T. S. Eliot. New York: Harcourt Brace Jovanovich Publishers, 1975: 177.

在《什么是经典作品》一文中，艾略特再次对古典与浪漫之间的沟痕进行了淡化处理："从古典、浪漫相争的角度来看，把一件艺术品称为'古典的'，要么是最高的褒扬，要么是最大的贬损，这都随评论者属哪一派而定。这个词暗示了某些特定的优点或者缺点：不是形式的完美，就是绝对的呆板。但是我只想定义某一种艺术，我并不关心它是否绝对地或者在每一方面都优于或次于另一种艺术。"① 对古典主义、浪漫主义的消解还表现在他那篇《追随奇怪的众神》一文当中。在此篇文章里，艾略特讨论了当时学界对古典的、浪漫的等文学概念的滥用。他认为，对这些概念的使用往往没有注意到它们"在不同背景中不可避免地产生的意义的转变"。② 事实上，运用这些概念的人、他们的价值观、运用的背景、文学之外的各类价值观，都会影响文学概念的内涵。正因为有如此多的制约因素，他明确地表示"使用者在使用这些概念的时候，必须小心，以防泛化"。③ 由此看来，艾略特反对随意套用古典的或者浪漫的这些学术术语，或者可以说，他的诗学既不是古典主义，也不是浪漫主义；但同时，既是古典主义，又是浪漫主义，"古典"与"浪漫"之间的界限在他的诗学中，早已消失不见。

第三节　一种"兼"④性诗学：美与丑的合题

艾略特的诗歌曾受到法国象征派诗人的影响，这一点毋庸置疑。但如果把艾略特当作后期"象征主义诗人"的典型代表，这却有待商榷。诚然，他的诗歌诗学的确受到过法国象征派诗人的影响，但他的诗歌诗学却又在象征派的基础上进行了一番超越。他与象征派诗人相似，但更多的是相异；他与象征派诗人相连，却又与他们相分。这样的诗学似是而非，如果把它拘泥于诸如"象征主义"的"藩篱科别"里，其"文殆矣"⑤，其思殆矣。事实上，这样的诗学具有一种"兼"性，

---

① T. S. Eliot. What is a Classic?. In: Frank Kermode (eds). Selected Prose of T. S. Eliot. New York: Harcourt Brace Jovanovich Publishers, 1975: 116.
② T. S. Eliot. After Strange Gods. London: Faber and Faber Ltd, 1933: 26.
③ T. S. Eliot. After Strange Gods. London: Faber and Faber Ltd, 1933: 26.
④ 栾栋：《辟文学别裁》，《文学评论》，2010年第4期，第189页。
⑤ 栾栋：《辟文学别裁》，《文学评论》，2010年第4期，第189页。

这种"兼"的特点,只有在"辟文学"的思想中才能得到"得体的释读"①,只有"兼通式的辟读"②才能掀开它"多面神"的"面纱","品味"到它"'九头怪'的文学底蕴"③,才能看清楚其"兼驳"、"兼会"的"辟思"④性特点。

关于其诗歌诗学受到法国文学的影响,这一点艾略特自己曾不止一次地在不同文章、不同场合中明确承认。他说过:"年轻作者的欣赏口味很浓重,但较狭窄:它仅仅取决于个人的需要。我所需要的那种能教我运用自己声音的诗,在英国文学中根本就不存在,只是后来在法国文学中才找到"⑤;他也曾讲:"19世纪末到20世纪最初的十年,英美诗人当中除了叶芝以外,没有哪一个处于巅峰创作的诗人能为年轻后辈指引方向,除此之外,也就只有法国象征派诗人的作品中有些值得英语诗歌学习和汲取的养分。"⑥而且,在具体的法国文学作品作家中,他也明确表示:"有些诗人,我在某个特定的时期从他们身上学到很多东西。例如朱尔·拉弗格,我能说他是第一个教我说话的人,教我用自己的话语特色来写诗的种种可能性。"⑦受到法国象征派诗人的影响,在此可见一斑。实际上,还在读大学的时候,年轻的他就曾被法国象征派诗人所吸引。这一点在其传记中有明确的记载。比如传记上说,在1908年2月,艾略特"在哈佛联合图书馆偶然找到一本亚瑟·西蒙斯的《文学中的象征主义运动》。后来他承认,正是在这本书中,他接触了儒尔·拉弗格,从而影响了他一生的道路"。⑧而且在哈佛大学的第二年,他便开始读波德莱尔。在这些法国诗人的诗歌中,"主人公不仅满足于自己的忧郁情绪,还把这种情绪同当代城市生活中的琐事联系起来,从而产生了深远的意义"。⑨而且"这些诗歌的作者像每个时代的诗人所作的那样,

---

① 栾栋:《辟文学别裁》,《文学评论》,2010年第4期,第189页。
② 栾栋:《辟文学别裁》,《文学评论》,2010年第4期,第189页。
③ 栾栋:《辟文学别裁》,《文学评论》,2010年第4期,第186页。
④ 栾栋:《辟文学别裁》,《文学评论》,2010年第4期,第186页。
⑤ (美)T. S. 艾略特:《叶芝》,见:王恩忠编译:《艾略特诗学文集》,国际文化出版公司1989年版,第164页。
⑥ (美)T. S. 艾略特:《叶芝》,见:王恩忠编译:《艾略特诗学文集》,国际文化出版公司1989年版,第163页。
⑦ (美)托·斯·艾略特:《但丁于我的意义》,见:陆建德编,李赋宁、杨自伍等译:《批评批评家 艾略特文集·论文》,上海译文出版社2012年版,第152页。
⑧ (英)彼得·阿克罗伊德,刘长樱、张筱强译:《艾略特传》,国际文化出版公司1989年版,第21—22页。
⑨ (英)彼得·阿克罗伊德,刘长樱、张筱强译:《艾略特传》,国际文化出版公司1989年版,第22页。

认真观察自己的文化环境,并使之转化为诗歌素材"。① 正是在这样的诗歌里,艾略特不但找到了那"可称之为城市罗曼斯的诗歌"②,而且拓宽了自己的诗歌视野。从传记里我们可以清晰地看到,对艾略特产生深远影响的法国象征派诗人共有三位。其中,有两位已被作传人清晰点明,即波德莱尔和拉弗格,但还有一位却无从可知。经过许多学者认真考察,终于发现,那位没有说出名字的诗人应该是特里斯坦·科比埃尔。对于这样这一位诗人,艾略特在自己的论文当中,也几乎没有提及过。根据埃德蒙·威尔逊的研究,科比埃尔最著名的诗集叫《黄色爱情》,但这位诗人性格古怪,且心理失衡。他早年虽接受过良好的教育,但后来却成为逃犯,与水手为伍,居无定所。因此,他的诗歌经常"写得很口语化而又朴实,但又有一种奇特的俗语修辞"③,诗里"充满着浪漫个性的展示,但又不断通过粗鄙与野蛮的自嘲来羞辱这种个性"。④ 这样一位在常人看来精神异常的诗人,其怪异风格从未被人接受。"留意到他的人不仅觉得他有失体统,而且认为他简直就是精神失常"⑤——也许这也就是艾略特几乎没有提及过他的原因吧,毕竟艾略特来自于新英格兰的贵族家庭,接受过非常良好的正统教育。直到1883年,当魏尔伦将科比埃尔《被诅咒的诗人》称作是"象征主义评论发展中重要的一页"之时,科比埃尔才在法国文学史上占有了一席之地。事实上,正是这样一位放浪形骸、非正统的诗人,将年轻的艾略特领进象征派诗歌的大门,让他窥见了诗歌非诗歌、诗歌反诗歌的多重面貌。据威尔逊的分析,他认为"科比埃尔写得特别机智的那些四行诗,以及当中突然滑入温柔或悲怆的性质,都可以在艾略特的讽刺诗里找到痕迹"。⑥ 他拿了一首名叫《艾略特先生的周日早晨礼拜》和科比埃尔的《卖艺人狂想曲》作了一番比较,认为艾略特这首诗

---

① (英)彼得·阿克罗伊德,刘长缨、张筱强译:《艾略特传》,国际文化出版公司1989年版,第20—21页。
② (英)彼得·阿克罗伊德,刘长缨、张筱强译:《艾略特传》,国际文化出版公司1989年版,第22页。
③ (美)埃德蒙·威尔逊、黄念欣译:《阿克瑟尔的城堡1870—1930年的想象文学研究》,江苏教育出版社2006年版,第72页。
④ (美)埃德蒙·威尔逊、黄念欣译:《阿克瑟尔的城堡1870—1930年的想象文学研究》,江苏教育出版社2006年版,第72页。
⑤ (美)埃德蒙·威尔逊、黄念欣译:《阿克瑟尔的城堡1870—1930年的想象文学研究》,江苏教育出版社2006年版,第72页。
⑥ (美)埃德蒙·威尔逊、黄念欣译:《阿克瑟尔的城堡1870—1930年的想象文学研究》,江苏教育出版社2006年版,第73页。

"很难说没有受到科比埃尔"的影响。确实,《艾略特先生的周日早晨礼拜》这首诗很短,但闪烁着一种机智(wits)的光芒。比如,在描写人类在星期日早晨礼拜的宗教仪式之中,诗人将没有性别特征的"蜜蜂"、"抓着赎罪便士的青年"以及"现代牧师的粗俗与无味"突然渗入这庄重的仪式之中,从而产生一种"悲怆"之情,使"虔诚信徒的灵魂/ 燃烧得黯淡无光,无形"。① 而且,这首诗几乎每一节都有一种浓厚的悖论反讽意味,比如我们可以读到这样的诗句:

> 翁布里亚派的一个画家,
> 在石膏粉地中画上
> 施洗的上帝头上的光轮。
> 荒野到处开裂,而且棕黄。
>
> 通过又苍白又稀薄的水流
> 依然闪耀着对谁都无恶意的双足,
> 那里,在画家的上面坐着
> 圣灵还有圣父。
> ············
> 沿着花园墙,毛茸茸肚皮的
> 蜜蜂,在生雄蕊的
> 和生雌蕊的花中间飞过,
> 无两性特征的人的有福的办公室。
>
> 斯威尼从左腿臀到右腿臀
> 把他浴盆中的水晃动,
> 那些学校的深奥的师长
> 满口争论,真是博学的人。②

这种悖论式反讽也就是威尔逊所认为的机智,而这样的"机智"恰恰是科

---

① (美)托·斯·艾略特:《艾略特先生的星期日早晨礼拜》,见:陆建德编,汤永宽、裘小龙等译:《荒原 艾略特文集·诗歌》,上海译文出版社2012年版,第72页。
② (美)托·斯·艾略特:《艾略特先生的星期日早晨礼拜》,见:陆建德编,汤永宽、裘小龙等译:《荒原 艾略特文集·诗歌》,上海译文出版社2012年版,第70-72页。

比埃尔所擅长的。至于另外一位对艾略特有深刻影响的诗人拉弗格，其诗风与科比埃尔十分相似。虽然他出身中产之家，但他和不走寻常路的科比埃尔一样，"满不在乎地粗暴对待法国诗歌的成规"①。这位诗人同样依靠一种科比埃尔式的"对话式反讽"，诸如"华丽的俚语"、"下流的天真"而深深吸引着艾略特。正是在这两位诗人的影响下，除了上面所举的例子，在艾略特诗歌里我们还可以见到大量的"对话式反讽"。比如《情歌》里所出现的"情人"：

> 我早已熟悉那些臂膀，熟悉它们一切——
> 那戴着手镯的臂膀，赤裸而白皙
> （可是在灯光下，长满了一层浅棕色的软毛！）②

也有那《荒原》中的头一句里所描写的"四月"和"冬天"：

> 四月是最残忍的月份，从死去的土地里
> 培育出丁香，把记忆和欲望
> 混合在一起，用春雨
> 搅动迟钝的根蒂。
> 冬天总使我们感到温暖，把大地
> 覆盖在健忘的雪里，用干燥的块茎
> 喂养一个短暂的生命。③

在诗人的心里，四月变成了最残忍的季节，冬天却"总使我们感到温暖"，这样的句子读起来不但能让人感受到诗人的智慧，也能让读者震撼。可以说，这种对话式反讽在他的诗歌里，贯穿始终。不但在诗歌中自觉运用，而且他还对此进行过理论说明。在《传统与个人才能》里，他摘引了一段来自图尔纳《复仇者的悲剧》中的诗行：

> 如今我想甚至于要怪自己

---

① （美）埃德蒙·威尔逊、黄念欣译：《阿克瑟尔的城堡 1870—1930 年的想象文学研究》，江苏教育出版社 2006 年版，第 72 页。
② （美）托·斯·艾略特：《J·阿尔弗雷德·普罗弗洛克的情歌》，见：陆建德编，汤永宽、裘小龙等译：《荒原 艾略特文集·诗歌》，上海译文出版社 2012 年版，第 6 页。
③ （美）托·斯·艾略特：《荒原》，见：陆建德编，汤永宽、裘小龙等译：《荒原 艾略特文集·诗歌》，上海译文出版社 2012 年版，第 79 页。

> 为什么痴恋着她的美；虽然为她的死
> 一定要报复，因为还没有采取任何不平常的举动。
> 难道蚕耗费它金黄的劳动
> 为的是你？为了你她才毁了自己？
> 是不是为了可怜的一点儿好处，那迷人的刹那，
> 为了维护夫人的尊严就把爵爷的身份出卖？①

在这一段诗里，艾略特察觉到几乎每一行都"有正反两种感情的结合：一种对于美的非常强烈的吸引和一种对于丑的同样强烈的迷惑，后者与前者作对比，并加以抵消"。② 如此，构成了戏剧上剧情和结构的平衡感。正是这种平衡感与戏剧的音调一起化合成了一种"新的艺术感情"③。这无疑是吸引艾略特的一种诗歌、戏剧之美。可以说，正是在科比埃尔和拉弗格的影响下，"对话式反讽"的"悖论"成了艾略特诗歌的一大特点，且与其诗学理论相互映衬。

然而，与科比埃尔和拉弗格相比，波德莱尔才应该是对艾略特影响最大的那位。这一点可以在其晚期的一篇论文《但丁于我的意义》中得到证明："从波德莱尔那里我第一次知道诗可以那么写，使用我自己的语言写作的诗人从未这样做过。他写了当代大都市里诸种卑污的景象，卑污的现实与变化无常的幻景可以合二为一，如实道来与异想天开可以并列。从波德莱尔那里，就像从拉弗格那里，我认识到我拥有的那种材料，一个少年在美国工业城市所具有的经验也能成为诗歌的材料；新诗的源头可以在以往被认为不可能的、荒芜的、绝无诗意可言的事物里找到；我实际上认识到诗人的任务就是从未曾开发的、缺乏诗意的资源里创作诗歌。诗人的职业要求他把缺乏诗意的东西变成诗。"④ 可以说，在诗歌创作中，是波德莱尔教会了艾略特如何扩大诗歌的领域；是波德莱尔让艾略特认识到，琐碎的、丑恶的、可憎的，甚至可怕的题材都可以表现在诗歌里；是波德莱尔让他知道，诗歌有其反诗歌、非诗歌的一面；是波德莱尔让他知道，文学需

---

① T. S. Eliot. Tradition and the Individual Talent. In: Frank Kermode (eds). Selected Prose of T. S. Eliot. New York: Harcourt Brace Jovanovich Publishers, 1975: 39.

② (美) 托·斯·艾略特:《传统与个人才能》，见：陆建德编，卞之琳、李赋宁等译:《传统与个人才能 艾略特文集·论文》，上海译文出版社 2012 年版，第 9 页。

③ T. S. Eliot. Tradition and the Individual Talent. In: Frank Kermode (eds). Selected Prose of T. S. Eliot. New York: Harcourt Brace Jovanovich Publishers, 1975: 39

④ (美) 托·斯·艾略特:《但丁于我的意义》，见：陆建德编，李赋宁、杨自伍等译:《批评批评家 艾略特文集·论文》，上海译文出版社 2012 年版，第 153 页。

"审美",但文学也应"审丑"。

1919年,艾略特的《J·阿尔弗雷德·普鲁弗洛克的情歌》、《荒原》等诗歌发表,轰动一时。但外界对这两首诗的评价,贬损大于褒奖。他在诗里所运用的大量的意象拼贴、零散化叙事遭遇到了铺天盖地的批评。人们指责它:"(艾略特先生)忘记了诗歌的第一本质在于美。"① 甚至诅咒他:"艾略特先生的新和奇自然使他该被咒骂。"② 在这样的评论中,我们发现,艾略特的诗之所以不同于以往的诗,之所以被称为"新诗",之所以遭到唾弃,就是因为他诗歌里出现了大量的对"丑"的描摹与再现。事实上,把"丑"放在诗歌之中的这一手法,在法国象征派诗人雨果的笔下早已被用过。雨果曾说:"万物中的一切并非都是合乎人情的美,她会发觉,丑就在美的旁边,畸形靠近着优美,丑怪藏在崇高的背后,美与恶并存,光明与黑暗相共。"这种将崇高优美与滑稽丑怪对立统一的诗歌理论从雨果发端,到波德莱尔手上达到极致。在波德莱尔那里,"美"是一种独特的东西,而且他认为,"每个时代和每个民族都拥有自己的美和道德的表现"。于是,他找到了一种属于他自己的"美":"我发现了美的定义,我的美的定义。那是某种热烈的、忧郁的东西,其中有些茫然、可供猜测的东西。……神秘、悔恨也是美的特点";"不规则,就是说出乎意料、令人惊讶、令人奇怪,是美的特点和基本部分。"③ 在这里,他一口气"列举了十一种造成美的精神,其中大部分都与忧郁、厌倦有关系,然后他说:'我不认为愉快不能与美相联系,但是我说愉快是美的最庸俗的饰物,而忧郁才可以说是它的最光辉的伴侣,以至于我几乎设想不出(难道我的头脑是一面魔镜吗?)一种美是不包含不幸的。根据——有些人则会说:执着于——这种思想,可以设想我难以不得出这样的结论:最完美的雄伟美是撒旦——弥尔顿的撒旦'"。④ 显然,这是一种以丑为美、"丑中见美"的想法。基于这样的"审丑"观,我们可以看到,在波德莱尔诗歌里"奇丑景象数不胜数",但这种"丑"却被他当作一种"古怪的""美","令人惊奇的""美"。比如,在他笔下,巴黎这座城市的美并不在于五光十色、灯红酒绿的豪华生活,而在于城市里的地下迷宫、活跃着娼妓和乞丐的底层社会。在他的诗里,巴黎是一座盛开着"恶之花"的"病城",是可以从病城中那

---

① T. S. Eliot. The Critical Heritage. London: Routledge & Kegan Paul Ltd, 1982: 67.
② T. S. Eliot. The Critical Heritage. London: Routledge & Kegan Paul Ltd, 1982: 99.
③ (法)波德莱尔、郭宏安译:《波德莱尔美学论文选》,人民文学出版社2008年版,第13页。
④ (法)波德莱尔、郭宏安译:《波德莱尔美学论文选》,人民文学出版社2008年版,第13页。

令人忧郁和愤怒的面貌里挖掘出"美"的最佳场所。这种通过重新定义"美",将"丑"纳入到"美"的范围、将"丑"视为"美"的作诗法,最终让波德莱尔在1857年因为《恶之花》"有伤风化"而出庭受审。但是,圣伯夫这样为他辩护:"'在诗的领域中,任何地方都被占领了。拉马丁占领了天空。维克多·雨果占领了大地,还不止于大地。拉普拉德占领了森林。缪塞占了激情和令人眩晕的狂欢……还剩下些什么呢?剩的就是波德莱尔所占的。'"① 于是,发端于雨果的"审丑"思潮在波德莱尔笔下达到顶峰。事实上,19世纪的象征主义就是以"丑艺术""为自己开辟道路的"②,这种"丑艺术"贯穿于19世纪的象征主义文学思潮当中。只是,在雨果的笔下,"他的审丑只是想调解一下审美过久的胃口"③;但在波德莱尔的诗里,他却强词夺理,以"丑"为美。但不论他"'化丑为美'的辩证法如何高妙",也总"难脱鸵鸟遁世之嫌"④,因为,"丑"始终是"丑","丑"不可能成"美"。但不管怎样,在"审丑"这一视野上,艾略特与法国象征派诗人一脉相承。

可以说,在诗歌创作的领域,波德莱尔对于艾略特而言,就是一位"信念的守护神"⑤,对波德莱尔的着迷直接体现在他本人的创作实践之中。于是,我们可以看到,在他的诗里,平庸的、可厌的、丑陋的、病态的形象取代了传统诗歌中优美纯净的词句,到处是尸体、裹尸布、鲜血、可怕的场景等这样一些形象。在地理位置上本来就偏隅一方的英国人,看到如此惊世骇俗的"美",如此"丑"的"美",果然大受刺激。他们对《情歌》中这样对"美"轻轻撕裂了一个口子的句子都无法忍受:

> 那就让咱们去吧,我和你,
> 趁黄昏正铺展在天际
> 像一个上了麻醉的病人躺在手术台上;
> 让咱们去吧,穿过几条行人稀少的大街小巷,
> 到那临时过夜的廉价小客店

---

① 李永毅:《艾略特与波德莱尔》,《外国文学评论》,2011年第1期,第72-73页。
② 栾栋:《感性学发微》,商务印书馆1999年版,第37页。
③ 栾栋:《感性学发微》,商务印书馆1999年版,第21页。
④ 栾栋:《感性学发微》,商务印书馆1999年版,第25页。
⑤ (美)托·斯·艾略特:《波德莱尔》,见:陆建德编,李赋宁、王恩忠等译:《现代教育和古典文学 艾略特文集·论文》,上海译文出版社2012年版,第187页。

到满地是锯屑和牡蛎壳的饭店
那夜夜纷扰
人声嘈杂的去处:
街巷接着街巷像一场用心诡诈冗长乏味的辩论
要把你引向一个令人困惑的问题……①

也难怪,他们会认为写出这样诗句的艾略特着实应该受到诅咒:

夜莺曾唱在鲜血淋淋的林子里,
那时阿伽门农正高声疾呼,
撒下它们湿漉漉的杂质
玷污那僵硬而不光彩的尸布。②

面对英国读者的负面评价,艾略特不以为然,他坚持在其诗歌里加入一种恐怖、让人心惊胆战的非"美"的意象。这些场景有如在《荒原》中所唱到的:

亲爱的泰晤士河,你轻柔地流,直到唱完我的歌,
亲爱的泰晤士河,你轻柔地流,因为我说得不响也不长。
但是在我背后,在一阵冷风中我听见
尸骨的格格声和吃吃的笑声传向四方……

一只耗子轻轻爬过草丛
拖着黏滑的肚子在河堤上行走
而我在一个冬天的薄暮,离煤气厂后面不远
在那条滞缓的运河上钓鱼
沉思我的兄王在海上的遇难
和在他以前我的父王的驾崩。
白色的尸体赤裸在低洼潮湿的地上
尸骨却被扔在一座低矮而干燥的小阁楼里,

---

① (美)托·斯·艾略特:《J·阿尔弗雷德·普鲁弗洛克的情歌》,见:陆建德编,汤永宽、裘小龙等译:《艾略特文集·诗歌》,上海译文出版社2012年版,第3页。
② (美)托·斯·艾略特:《夜莺声中的斯威尼》,见:陆建德编,汤永宽、裘小龙等译:《荒原 艾略特文集·诗歌》,上海译文出版社2012年版,第75页。

年复一年只是给耗子踩得格格作响。①

也有如在《圣灰星期三》中所描写的那般：

在第二节楼梯的第一个弯子上
我转过身，往下看到
在恶臭的空气烟雾中
那同一个形状扭曲在楼梯扶手上
与恶魔一般的楼梯搏斗着——那楼梯
有一张骗人的希望和绝望的脸庞。

放在第二节楼梯的第二个弯子上
我离开他们，它们依然在下面扭曲地转身；
再无什么脸庞，楼梯一片漆黑，
潮湿、粗糙，就像个老人的嘴淌着口水，无药可救，
或是一条年迈的鲨鱼的长着牙齿的食道。②

在这种令人毛骨悚然的、表现丑恶的、病态的描写中，艾略特的诗歌主题里总是流露着一股如波德莱尔般的绝望、虚无的悲观主义色彩。但是，当我们细细阅读两人的诗作，却会发现艾略特诗里的非"美"与波德莱尔那赤裸裸的"审丑"是不一样的。波德莱尔试图将"丑"纳入"美"的范畴，但艾略特从没这样想过。在他的诗里，"丑"就是"丑"，绝对不美，只是这样的"丑"并不是我们通常所联想的"恶"，可以说，这样的"审丑"更多的是表现出了一种诗人对20世纪世俗社会里"美的堕落"与"美的流俗"③的痛心疾首。比如，在《情歌》里，他描写了一群在客厅里"谈论着米开朗琪罗"的女人们，很明显，那曾经无比高贵的美已堕落，已流俗，已沦为无所事事的女人们嘴里的谈资。也比如，在《序曲》里，他这样写道：

---

① （美）托·斯·艾略特：《荒原》，见：陆建德编，汤永宽、裘小龙等译：《荒原 艾略特文集·诗歌》，上海译文出版社2012年版，第89-90页。

② （美）托·斯·艾略特：《圣灰星期三》，见：陆建德编，汤永宽、裘小龙等译：《荒原 艾略特文集·诗歌》，上海译文出版社2012年版，第131页。

③ 栾栋：《感性学发微》，商务印书馆1999年版，第41页。

坐在床边上，那里
你卷着头发中的纸袋子，
或用两只腌臢的手掌
捏着黄黄的脚底心。①

　　读这几行诗，如果联系前一节他所绘制的"无数间摆满家具的房间"以及"化装舞会"那些场景，我们可以明显感受到，诗人笔下那舞会中的女人绝非风情万种的优雅形象，而是一种丑的、堕落的象征。还比如像《小老头》当中的那个小老头，年轻时一事无成，年老时还患了性病，是无比肮脏与堕落的典型代表，但他并非"恶"人，他只是精神空虚的现代人中的一员，在已丧失信仰的生活里，在生命、纯洁统统都被吞噬掉的时代里，在一个"昏昏欲睡的角落，毫无希望地等待着生命的甘雨"②。因此，我们可以说，在艾略特的字典里，"美"就是"美"，"丑"就是"丑"。但"美"并非就是"真"和"善"，而"丑"也绝不是"假"或"恶"。这样的"审丑"只有当他用来描绘战争的惨烈状况之时，"丑"与"恶"之间才画上了等号。除了对"丑"有深一层的理解之外，他的"审丑"视野也是极为广阔的。在他"审丑"的笔下，一个被"异化了的世界"③跃然纸上："政坛、金融界、酒肆、咖啡馆"④、小旅店，哪儿都有"尔虞我诈的战争"⑤，哪儿都是"扭曲人性的斗兽场"⑥。但这样的"丑"，并非都是"恶"，这样的"丑"表现出的是一种对世俗世界那可怕的荒原之地、荒原之上那没有信仰的麻木的人类的图景，在这里，"丑"是麻木不仁的人类，"丑"是失却了信仰的社会，"丑"是物质至上的人心，"丑"是情欲横流的冲动，"丑"是时间对人的摧残。可以说，与波德莱尔的"以丑为美"不一样，艾略特之"审丑"更多的是对现代性的一种猛烈批判，要知道，那是一个人类被工业技术革命压榨得如同机器一样的世界，那是一个被战争摧残得支离破碎的世界，那是一个失去了信仰物欲横流的世界。因此，与波德莱尔相比，在艾略特

---

① （美）托·斯·艾略特：《序曲》，见：陆建德编，汤永宽、裘小龙等译：《荒原 艾略特文集·诗歌》，上海译文出版社2012年版，第20页。
② （美）托·斯·艾略特：《小老头》，见：陆建德编，汤永宽、裘小龙等译：《荒原 艾略特文集·诗歌》，上海译文出版社2012年版，第45页。
③ 栾栋：《感性学发微》，商务印书馆1999年版，第41页。
④ 栾栋：《感性学发微》，商务印书馆1999年版，第21页。
⑤ 栾栋：《感性学发微》，商务印书馆1999年版，第21页。
⑥ 栾栋：《感性学发微》，商务印书馆1999年版，第21页。

"审丑"的笔下,同样弥漫出来的一种绝望、虚无的悲观主义情怀中,更多地增添了一份悲天悯人的普世情怀,一种揭露异化世界的勇气。

同时,在波德莱尔的影响下,艾略特将诗歌的领域扩展到了城市,他热衷表现城市中梦庵似的幻景,以及城市人主观感受和畸形多变的心态。凡是读过他的诗的人都不会忘记这样的意象:

> 虚幻的城市,
> 在冬天早晨的棕色浓雾下,
> 人群流过伦敦桥,那么多人,
> 我没有想到死神竟报销了那么多人。
> 偶尔发出短促的叹息,
> 每个人眼睛都盯着自己的脚尖。
> ············
> 我看见一个熟人,我叫住他:"斯特森!"
> 你不就是在梅利和我一起在舰队里的吗?
> 去年你栽在你花园里的那具尸体,
> 开始发芽了没有?今年会开花吗?①

这样的意象不仅使描写更生动有力,而且这样的画面似乎能直抵人的内心深处。用艾略特的话来说,这是一种用波德莱尔的方式所传达出来的一种心境。这样做的重要性"不仅在于运用大都市污浊生活的意象,而且在于把这类意象提升到第一等强度——照原样去描述它,但让它代表本身之外的某种事物"。② 由此可见,艾略特表面是在进行实物描写,实际却是非常注重这种意象背后的某种事物、某种暗示。这和波德莱尔的"应和论"相差无几。还记得波德莱尔那首著名的诗歌《应和》中的诗句吗:

> 自然是座宇宙 那里活的柱子,
> 有时吐出了模模糊糊的话音;

---

① (美)托·斯·艾略特:《荒原》,见:陆建德编,汤永宽、裘小龙等译:《荒原 艾略特文集·诗歌》,上海译文出版社2012年版,第82页。
② 杨金才:《谈法国象征主义诗歌对T. S. 艾略特的影响》,《外国文学评论》,1993年第4期,第119页。

> 人从那里过，穿越象征的森林，
> 森林用熟识的目光将他注视。①

在一种如梦如幻的神秘情感里，波德莱尔为我们揭示出存在于我们所生活的这个世界背后的那"另一个世界"。在他看来，"那是上帝根据自己和天堂的形象创造和规定的世界"，是"更为真实的东西"。②而诗歌之所以能表现出更高一层的真实，就在于"诗人独具慧眼，能够读懂这部'象形文字的字典'"③，能把自然中的万物之间、自然与人之间、人的各种感官之间存在的隐秘的、内在的、彼此对应的关系揭示给世人。受这种理论的启发，艾略特将个人情感隐藏于意象背后，他既是唤起意象背后那份情感的象征主义者，但更是一个"超验象征主义者"。在他的诗歌里，"荒原"是他生活的真实写照，但这种藏有个人经验的"荒原"更是一个全人类所面对的"地狱的对应物"。如此看来，艾略特在波德莱尔的影响之下，将"应和论"与其"客观对应物"以及"非个性化"理论有机地结合起来，就像他曾经将诗人的个性与非个性融合起来表现人类的普遍价值一样，这种诗歌观使得艾略特的诗歌不仅是一种象征、一种谜、一种让人去猜想的暗示，也不仅具有一种由梦幻状态形成的神秘性，这种诗歌观值得让所有人都记住的地方在于他超越了波德莱尔仅将诗歌当作"疗救自己精神创伤"的一味良药的个人局面，他的视野更加开阔，在他的诗里，他所要表达的是"挽救欧洲乃至人类危局"④的那种大气魄。而且，当我们用"文学非文学"之"辟思"对艾略特这种"审丑"的城市诗歌来进行观照，会发现这明明就是在用实践证明着"诗非诗"，诗不仅来源于那可以被称作"诗"的美妙之物，诗更可以来源于"荒芜的、绝无诗意可言的事物"。

除了城市诗歌"审丑"的意象，艾略特与象征派诗人的联系还在于诗歌与音乐的关系之上。众所周知，象征派诗人擅长把音乐与诗歌相结合，用音乐感来增添诗歌的节奏性。在这一点上，艾略特与象征主义诗学既有着紧密联系，但更多的也是在做一种超越，这对于所有研究艾略特思想的人而言，不可忽视。

诗这个谜如何让人去猜，它的暗示、梦幻如何得以体现？在象征主义诗人看来，除了诗歌的意象以外，还得通过诗的音乐性才能达到。爱伦·坡曾经说过：

---

① （法）波德莱尔、郭宏安译：《波德莱尔美学论文选》，人民文学出版社2008年版，第3页。
② （法）波德莱尔、郭宏安译：《波德莱尔美学论文选》，人民文学出版社2008年版，第3页。
③ （法）波德莱尔、郭宏安译：《波德莱尔美学论文选》，人民文学出版社2008年版，第3页。
④ 李永毅：《艾略特与波德莱尔》，《外国文学评论》，2011年第1期，第77页。

"也许正是在音乐中,诗的感情才被激动,从而使灵魂的斗争最最逼近那个巨大目标——神圣美的创造。"马拉美也曾明确表示他写的是音乐,这就是瓦莱里在总结马拉美诗歌创作时曾说过的:"终生萦绕着马拉美的问题,他始终思考和孜孜以求的对象,就是还诗歌以伟大的现代音乐从它那里夺走的王国。"① 象征主义对音乐如此推崇,一方面是看到了音乐在韵律、节奏等形式上的长处;另一方面,也是更重要的方面,他们发现音乐具有奇妙的暗示功能。1897 年,马拉美发表《骰子一掷永远取消不了偶然》一诗。这是一首常人很难看明白的诗:诗行无序,字号不一,诗页中还留有大量空白。在诗的序言中,马拉美提醒读者,这种"'白色'承受着重要性",因为"诗学要求它们,就像音乐要求寂静一样"②,因此,这种留白就像乐谱,也像音乐中所必需的节奏。至于诗行排列无序,字号大小不一,马拉美这样解释:"把一组组词语分开的或词与词之间的精神摹写空间似乎时而加快时而放慢着运动的程度,使运动的节奏加强。"③ 于是,整首诗在形式上宛如乐章。在内容上,他也将整首诗当作一首交响乐,把诗分成四个乐章,即四组字:"骰子一掷"、"永远"、"取消不了"和"偶然"。"这四组字像交响乐中的主旋律一样,在'诗'中轮流反复出现,并让大写字母占有显著地位,从而造成一种波形运动感。"④ 马拉美的聪敏与机敏之处正在于此,他擅长将语言最本质的美"抽象化为音乐符号",或"一种比音乐符号更加复杂的音乐"⑤。在这种音乐美中,诗人既是音乐演奏家,又被音乐的旋律、节奏所陶醉,"人化于乐中,乐化于人中"⑥。这充分体现了他对诗歌音乐性的执着追求。是无独有偶吗?还是刻意效法?在艾略特后期著名的长诗《四个四重奏》当中,我们可以看到诗人按照交响乐的主旋律,同样地将诗分为四章:《烧毁了的诺顿》、《东科克尔村》、《干燥的塞尔维吉斯》、《小吉丁》。在这首诗中,艾略特为了达到"天体音乐"的效果,"在总体结构上借鉴了音乐上奏鸣曲的形式,在诗的内在节奏上采用了新的重音节奏,两者互为补充,读起来犹如美妙的交响乐"⑦。只是,相较于马拉美诗歌的灵动、纤巧,艾略特交响乐般的诗歌更

---

① (法)保罗·瓦莱里、段映虹译:《文艺杂谈》,百花文艺出版社 2002 年版,第 223 页。
② (法)马拉美,葛雷、梁栋译:《马拉美诗全集》,浙江文艺出版社 1997 年版,第 117 页。
③ (法)马拉美,葛雷、梁栋译:《马拉美诗全集》,浙江文艺出版社 1997 年版,第 117-118 页。
④ 施丽珠:《艾略特与马拉美比较》,《杭州师范大学学报》,1990 年第 3 期,第 4 页。
⑤ (法)马拉美,葛雷、梁栋译:《马拉美诗全集》,浙江文艺出版社 1997 年版,第 8 页。
⑥ (法)马拉美,葛雷、梁栋译:《马拉美诗全集》,浙江文艺出版社 1997 年版,第 8 页。
⑦ 蒋洪新:《论四个四重奏的音乐手法》,《湖南师范大学学报》,1996 年第 6 期,第 113 页。

加大气磅礴，更加深沉厚重。

既然在诗歌创作中如此重视音乐的糅合，那么在其文论中，"音乐"也确实是一个很活跃的术语。他甚至曾专文论述了《诗的音乐性》。在这篇文章里，艾略特慎重地提出"诗人可以通过研究音乐学到许多东西"。① 和象征派诗人一样，他相信，"在音乐的各种特点中和诗人关系最密切的是节奏感和结构感"。② 因此，他认为，在一首诗中或某一节诗中，往往是先出现一种特定的节奏，然后才有文字的表达，而且这种节奏可以帮助诗歌产生意念和形象。

事实上，艾略特很爱朗诵诗歌。根据传记上的记载，曾经在和弗吉尼亚·伍尔夫一行人的聚会中，艾略特很爱在众人面前朗诵自己的诗歌。确实，诗并不光是用来阅读的，也应该是用来朗诵的。诗歌中的韵律与音乐一样，当朗诵者声音响起来的那一刹那，观众就如在听一场交响音乐会，指挥棒举起，所有的人都屏住呼吸，所有的心灵都在期待，期待如音乐般的诗歌流淌过我们的神经世界，刺激它，深入它，"平息它，粉碎它，不断带给它惊奇、抚爱、幻觉和风暴"。③ 这就是诗歌中音乐的力量，也是诗歌中音乐的魔力。就如同瓦莱里所描述的："一千来人集中在一起，出于同样的原因，阖上眼睛，感受着同样的激奋，他们只感觉到自己的存在，但也由于内心的激情而与无数真正成为他们同类的邻人浑然一体。"④ 诗歌确实具有音乐一样的魔力。然而，艾略特冷静地提醒我们，并不是所有的诗都"音调优美悦耳、富于旋律"⑤，也并不是说，优美的旋律就必然是组成语言音乐性的一个部分。在他看来，无数蜜蜂的嘤嘤声可以是诗中的音乐，古榆树中鸽群的咕噜声也可以是诗中的音乐，甚至还有许多不和谐的声音，乃至噪音都在诗中有其存在的位置。这些不和谐的声音就像一首诗中"强弱节段"之间的过渡，也像整首诗在音乐结构上所必需有的情感波动的节奏一样。所以说，在一整首诗中，并不需要"从头到尾""音调悦耳富有旋律感"⑥。事实上，

---

① T. S. Eliot. from the Music of Poetry. In: Frank Kermode (eds). Selected Prose of T. S. Eliot. New York: Harcourt Brace Jovanovich Publishers, 1975: 113.

② T. S. Eliot. from the Music of Poetry. In: Frank Kermode (eds). Selected Prose of T. S. Eliot. New York: Harcourt Brace Jovanovich Publishers, 1975: 113.

③ （法）保罗·瓦莱里、段映虹译：《文艺杂谈》，百花文艺出版社2002年版，第222页。

④ （法）保罗·瓦莱里、段映虹译：《文艺杂谈》，百花文艺出版社2002年版，第221页。

⑤ T. S. Eliot. from the Music of Poetry. In: Frank Kermode (eds). Selected Prose of T. S. Eliot. New York: Harcourt Brace Jovanovich Publishers, 1975: 112.

⑥ T. S. Eliot. from the Music of Poetry. In: Frank Kermode (eds). Selected Prose of T. S. Eliot. New York: Harcourt Brace Jovanovich Publishers, 1975: 113.

在他的诗歌中，我们就可以读到这样的句子：

啷 啷 啷
佳 佳 佳 佳 佳
那么粗暴地强行非礼
忒瑞

这几行诗来自于《荒原》的第三节《火诫》，同样还是在这首诗里，我们还可以多次遇见这样的诗行："Weialala leia Wallala leialala"，注释上写着，这是女声的歌词，这两句词在同一节诗中出现了两次。而这一节的最后几句同样也富有丰富的音乐意味：

　　　　la la
于是我来到了迦太基

燃烧吧　燃烧吧　燃烧吧　燃烧吧
啊　主啊　请您把我救出来吧
啊　主啊　您救救我吧
燃烧吧。①

很明显，这些诗句与艾略特诗学相互对应。正是将这样谈不上优美的旋律镶嵌在诗句中，使整首诗如同一曲完整的音乐，富有高、低、舒缓、激烈的情感波动的节奏。既然不和谐的声音可以在诗中出现，并占据一定位置，这同时也意味着，一首诗也绝不是仅仅只由"华丽的辞藻"写成。所以他指出，一整首诗中，完全应该有"丑"、"恶"的描写。但如何表现出"丑"和"恶"？在他看来，"字"是音与义的结合，如果光就声音而言，字与字之间是没有"美""丑"之分的，而且如果从"字"的意义来看，我们也不能说词之间有美丑之分，只能说并非所有的字、词都具有丰富的意义，都能被连接得很巧妙。那如何使一首诗中含有丑陋的词呢？在他看来，首先诗人"写诗时不能过多地使用丰富的词"②，其次诗人还应该"把更丰富的词恰当地安置到意义较弱的词中间

---

① （美）托·斯·艾略特：《荒原》，见：陆建德编，汤永宽、裘小龙等译：《荒原 艾略特文集·诗歌》，上海译文出版社2012年版，第96页。

② T. S. Eliot. from the Music of Poetry. In：Frank Kermode（eds）. Selected Prose of T. S. Eliot. New York：Harcourt Brace Jovanovich Publishers，1975：113.

去"①，如此一来，诗歌里"一个词的音乐性"就在词与其他词之间那种确定或不确定的"某个交错点上"产生了。通过仔细分析一首诗中字、词在声音以及词义上所应有的音乐感，艾略特得出结论："一首'音乐性的诗'是一首在声音、在组成它的词的次要含义上（都）具有音乐性格式的诗，这两种形式是一个不可分割的整体。"②"这种音乐性既是声音的，又是意象的。"③ 正因为持有这样一种独特的观点，他才在一篇关于克拉肖的文章里，对雪莱诗作《云雀》中的这一段："尖锐如箭头/ 来自那银色的球体/ 强烈的灯光渐渐收窄/ 在白色的清澈的日出，/ 直至我们看不见，/ 只能感受它的存在"表达了强烈的不满。他深刻地指出："也许这是第一次，在如此卓越的诗中，只有声音而毫无意思。"在他看来，只有又表音又表义的节奏感才能够帮助产生诗的意念和形象，并且使诗中主题的回复运用和在音乐中一样自然。这就好像一部交响乐或四重奏中的乐章一样，"用几组不同的乐器来发展主题"④，"也有可能用对位法来安排素材"⑤。总之，"诗的幼芽不是在歌剧院而是在音乐厅里得到催生茁长"。⑥ 声音、意义不可分割的音乐整体观在他后来另外一篇文章里得到再次强调："诗歌，种类各不相同，可以说有让读者关注声音的诗歌，也有让读者关注意义的诗歌。对于前一种诗歌，其意义的理解几乎未曾让人意识到；对于后一种诗歌——在这两种极端上——恰恰是声音的运用让人不曾察觉。但是不论哪一种，声音和意义都得相互配合；即使在最纯粹的叠句诗歌中，词语的词典意义也不能够被心安理得地忽视掉。"⑦

从这里，我们再一次看到艾略特和法国象征派诗歌的区别，通过将声音的音

---

① T. S. Eliot. from the Music of Poetry. In: Frank Kermode (eds). Selected Prose of T. S. Eliot. New York: Harcourt Brace Jovanovich Publishers, 1975: 113.

② T. S. Eliot. from the Music of Poetry. In: Frank Kermode (eds). Selected Prose of T. S. Eliot. New York: Harcourt Brace Jovanovich Publishers, 1975: 113.

③ T. S. Eliot. from the Music of Poetry. In: Frank Kermode (eds). Selected Prose of T. S. Eliot. New York: Harcourt Brace Jovanovich Publishers, 1975: 113.

④ T. S. Eliot. from the Music of Poetry. In: Frank Kermode (eds). Selected Prose of T. S. Eliot. New York: Harcourt Brace Jovanovich Publishers, 1975: 114.

⑤ T. S. Eliot. from the Music of Poetry. In: Frank Kermode (eds). Selected Prose of T. S. Eliot. New York: Harcourt Brace Jovanovich Publishers, 1975: 114.

⑥ T. S. Eliot. from the Music of Poetry. In: Frank Kermode (eds). Selected Prose of T. S. Eliot. New York: Harcourt Brace Jovanovich Publishers, 1975: 114.

⑦（美）托·斯·艾略特：《从爱伦·坡到瓦莱里》，见：陆建德编，李赋宁、杨自伍等译：《批评批评家 艾略特文集·论文》，上海译文出版社2012年版，第30-31页。

乐性与意象的音乐性融合在一起的诗歌—音乐理论无疑已超越了拉弗格、马拉美等人的诗歌—音乐理论。

如果说，以上两种超越主要体现在作诗技艺上，那么，从诗学理论方面来看，艾略特同样对象征派诗学予以了超越，这种超越主要表现在"纯诗"的理论上。在《从爱伦·坡到瓦莱里》一文中，艾略特详细地阐述了爱伦·坡对波德莱尔、马拉美以及瓦莱里的影响，因为这三位诗人代表着法国象征派诗人的前后三代。他也试图解开一个谜团，那就是为什么爱伦·坡的"诗歌和诗歌理论在法国影响巨大，而在英美好像几乎微不足道"。经过仔细考察，他发现，爱伦·坡之所以吸引波德莱尔，最重要的一点在于爱伦·坡这个人本身以及对于爱伦·坡所提出的"诗歌除了其本身，应当什么都不考虑"① 这一理论。而对于马拉美而言，爱伦·坡的吸引之处则在于"诗歌技巧"上，"尽管他认识到爱伦·坡的技巧是一种法语无法借鉴的作诗法。"② 到了象征派诗人的第三代传人瓦莱里身上，两个可以追溯到爱伦·坡的观点都发展到了顶峰，其一便是波德莱尔所得出的："诗歌除了本身应当什么都不考虑"，其二则是马拉美所忠实的："创作诗歌时应当尽可能地深思熟虑、字斟句酌，诗人应当在创作中观察自己。"③ 正因为瓦莱里将象征派诗人的两大特点集于一身，并将之发挥到了极致，所以艾略特才认为象征派诗艺"已经尽其可能得到了发展"，不再会对后人有任何帮助。在此，他借瓦莱里，对象征派诗歌理论进行了反思性批判。首先是关于象征派的"纯诗"一说，即"诗歌除了其本身，应当什么都不考虑"，对此，艾略特表明，尽管诗歌"源于情感，又孕育着情感"④，但这并不能说，诗歌的功能仅仅在于"简单地唤起听者心中相同的情感"。⑤ 因为诗歌不但要具备情感，也得包括语言、主题、风格和技巧等因素，而且诗除了诗本身的目的，也应该有诗的其他社会功能。因此，他讽刺道，如果说"纯粹"指的是"主题无关紧要，技巧举足

---

① （美）托·斯·艾略特：《从爱伦·坡到瓦莱里》，见：陆建德编，李赋宁、杨自伍等译：《批评批评家 艾略特文集·论文》，上海译文出版社2012年版，第37页。
② （美）托·斯·艾略特：《从爱伦·坡到瓦莱里》，见：陆建德编，李赋宁、杨自伍等译：《批评批评家 艾略特文集·论文》，上海译文出版社2012年版，第37页。
③ （美）托·斯·艾略特：《从爱伦·坡到瓦莱里》，见：陆建德编，李赋宁、杨自伍等译：《批评批评家 艾略特文集·论文》，上海译文出版社2012年版，第41页。
④ （美）托·斯·艾略特：《从爱伦·坡到瓦莱里》，见：陆建德编，李赋宁、杨自伍等译：《批评批评家 艾略特文集·论文》，上海译文出版社2012年版，第38页。
⑤ （美）托·斯·艾略特：《从爱伦·坡到瓦莱里》，见：陆建德编，李赋宁、杨自伍等译：《批评批评家 艾略特文集·论文》，上海译文出版社2012年版，第38页。

轻重"①，那爱伦·坡就轻而易举地达到了"纯粹"。因为在爱伦·坡的诗里，"不需要通过净化过程来达到纯粹，他的素材已经够空洞稀薄了"。② 显然，如果不考虑诗歌主题，光注重风格、技巧的诗歌叫纯诗的话，那么诗歌将不复存在；而如果"只注重主题而完全忽视其他，对听者来说意味着诗歌还未出现"③。而且就算从"语言纯粹"这一方面来讲，爱伦·坡的诗歌也远远谈不上纯粹。因此，从这几方面来说，象征主义的"纯诗"理论，都"将是个永远都不可能实现的目标"。④ 其次，关于象征派"写作时深思熟虑、字斟句酌"这一作诗方法，艾略特认为发展到瓦莱里，其已到达极致，导致瓦莱里变得"极度怀疑"，"连艺术也不相信"。⑤ 确实，对于观察他自己的写作过程这一方法，瓦莱里显得兴致勃勃。他曾试图研究"写诗的时候，我在做什么？"⑥ 他甚至认为，艺术作品的创作过程同样也应该被当作艺术作品。对此，艾略特批评瓦莱里通过这样一种"内省性"的批评活动，"将诗学的深层研究推到了一个极点"，正是在这点上，"前者开始破坏后者"。意思也就是说，来源于爱伦·坡的作诗法，已经对后来追随他的诗人们产生了负面效果。

于是，艾略特得出结论，萌芽于爱伦·坡而成熟于瓦莱里的"纯粹的""诗艺"，已经尽其可能得到了发展，对后来的诗人也不再会有任何帮助。尽管这种诗艺曾对浪漫主义诗歌所固有的特点——比如浪漫派诗人认为诗歌当中主题应是最重要的，其他都是辅助性的；也比如他们坚持诗歌是诗人自然而然，不经思索，依靠灵感，忽视技巧而作出来的，等等——起到了很大的反拨作用，甚至可以说，没有象征派诗人的诗歌理论，诗歌无论如何都只能从高度文明退化到野蛮状态。但象征派诗学已走到了尽头，这是不可否认的。诚然，艾略特和瓦莱里确

---

① （美）托·斯·艾略特：《从爱伦·坡到瓦莱里》，见：陆建德编，李赋宁、杨自伍等译：《批评批评家 艾略特文集·论文》，上海译文出版社2012年版，第41页。
② （美）托·斯·艾略特：《从爱伦·坡到瓦莱里》，见：陆建德编，李赋宁、杨自伍等译：《批评批评家 艾略特文集·论文》，上海译文出版社2012年版，第41页。
③ （美）托·斯·艾略特：《从爱伦·坡到瓦莱里》，见：陆建德编，李赋宁、杨自伍等译：《批评批评家 艾略特文集·论文》，上海译文出版社2012年版，第39页。
④ （美）托·斯·艾略特：《从爱伦·坡到瓦莱里》，见：陆建德编，李赋宁、杨自伍等译：《批评批评家 艾略特文集·论文》，上海译文出版社2012年版，第41页。
⑤ （美）托·斯·艾略特：《从爱伦·坡到瓦莱里》，见：陆建德编，李赋宁、杨自伍等译：《批评批评家 艾略特文集·论文》，上海译文出版社2012年版，第39页。
⑥ （美）托·斯·艾略特：《从爱伦·坡到瓦莱里》，见：陆建德编，李赋宁、杨自伍等译：《批评批评家 艾略特文集·论文》，上海译文出版社2012年版，第42页。

实在某些地方很像，比如他和瓦莱里一样，"相信文学作品不是天才如有神谕一样倾泻出来的，而是一件刻意构造和旨在产生特定效果的事物"。① 他们也都相信，诗歌必然经过艰难的思索才能写出。但他绝不会像瓦莱里那样走入一个极端，绝不会认为"最本真的哲理更多的不是在深思的对象中，而是在思考行为及其处理的本身"。② 正是因为知己知彼，所以艾略特才能敏锐地发现，当"纯诗"理论发展到瓦莱里笔下变成一种极致之时，这时确实需要"一种既能包容也能超越爱伦坡和瓦莱里思想"③ 的新的美学思想的出现。但未来会如何发展呢？艾略特并没有盲目地下结论。他认为，也许瓦莱里对语言的过度警觉和过分关注"会因重荷的不断增加而使人类大脑和神经变得不堪忍受"④，最终土崩瓦解，但也许随着"科学发现发明无穷尽地深精细究，政治社会机器无止境地细化发展"⑤，瓦莱里的诗艺将得到保存。未来怎样，艾略特认为他无法预测，但他坚持，"诗人的理论必须来源于他的实践，而不是实践来源于理论"。⑥

这就是为什么艾略特一直提醒自己要与法国象征主义主要人物保持一定距离的原因。在他看来，"象征主义的手法一旦滥用，它借以产生诗意氛围的手段即流于表面化，如果再加之内容空洞，就会收到适得其反的效果"。⑦ 因此，尽管艾略特曾如此崇拜法国象征派诗人，确实也受到他们很大的影响，但不得不说，他毕竟是与象征派迥异的。这种差异并不仅仅存在于艾略特和波德莱尔两人气质上的差异："艾略特偏学者，波德莱尔篇艺术家；艾略特冷静，波德莱尔激情；艾略特追求秩序，波德莱尔渴望反叛。"⑧ 这种差异更重要的表现在于，艾略特在吸收了象征派诗学理论之后，能反过来对象征派诗学作一番深刻的反思，并提

---

① （美）埃德蒙·威尔逊、黄念欣译：《阿克瑟尔的城堡 1870—1930 年的想象文学研究》，江苏教育出版社 2006 年版，第 88 页。
② （美）托·斯·艾略特：《从爱伦·坡到瓦莱里》，见：陆建德编，李赋宁、杨自伍等译：《批评批评家 艾略特文集·论文》，上海译文出版社 2012 年版，第 39 页。
③ （美）托·斯·艾略特：《从爱伦·坡到瓦莱里》，见：陆建德编，李赋宁、杨自伍等译：《批评批评家 艾略特文集·论文》，上海译文出版社 2012 年版，第 43 页。
④ （美）托·斯·艾略特：《从爱伦·坡到瓦莱里》，见：陆建德编，李赋宁、杨自伍等译：《批评批评家 艾略特文集·论文》，上海译文出版社 2012 年版，第 43 页。
⑤ （美）托·斯·艾略特：《从爱伦·坡到瓦莱里》，见：陆建德编，李赋宁、杨自伍等译：《批评批评家 艾略特文集·论文》，上海译文出版社 2012 年版，第 43 页。
⑥ （美）托·斯·艾略特：《从爱伦·坡到瓦莱里》，见：陆建德编，李赋宁、杨自伍等译：《批评批评家 艾略特文集·论文》，上海译文出版社 2012 年版，第 43 页。
⑦ 吴晓妮：《T. S. 艾略特的诗剧理想和实践》，《上海戏剧学院学报》，2000 年第 2 期，第 62 页。
⑧ 李永毅：《艾略特与波德莱尔》，《外国文学评论》，2011 年第 1 期，第 77 页。

出一种对未来诗学的期待。从这个层面上来讲,他的诗学是流动的、变化的,是能往前瞻仰,又能退后思索的。他不属于象征派诗人行列,正像他自己从未曾将自己当作象征派诗人一样。正是在这样试图超越象征主义诗学所作的努力中,我们才能深深领会艾略特的这句话:"我以为马克·吐温的作品中有着一种伟大的无意识的深刻性;正是这种深刻性赋予了《哈克贝利费恩历险记》一种象征性的价值,而恰恰是因为这样的象征是无意识的,非作家刻意所为,才显得更加具有感染力。"①

现代社会,是如此丰富多样的一个社会,这样的社会势必会对诗人产生重大的影响。正如艾略特曾说过的:"我们的文化体系包含极大的多样性和复杂性,这种多样性和复杂性在诗人精细的情感上起了作用,必然产生多样的和复杂的结果。诗人必须变得无所不包,愈来愈隐晦,愈来愈间接,以便迫使语言就范,必要时甚至打乱语言的正常秩序来表达意义。"② 所以,"我们只能这样说,即在我们当今的文化体系中从事创作的诗人们的作品肯定是费解的"。③ 这种复杂性、多样性恰恰就是艾略特诗学结构中那颇具特色的"兼"性,这是"对不同文象的辟合"之"兼驳"④;是"对历史际遇的辟选"之"兼会"⑤;是对"异质文思的辟通"之"兼通"⑥。这样的"兼"性,体现在艾略特的诗歌诗学中,便是"隐晦"、"间接"、"无所不包",也是解构、建构和超越。诚然,艾略特并没有达到"三兼"集于一身的境界,但毫无疑问,其诗学确实是一种对"文之是非的兼容兼制"⑦,确实具有一种"辟文辟思"的"神采",这种"辟思"精神,将他的诗学直接指向那"星云图"般的欧洲文学的理想之上。

---

① (美)托·斯·艾略特:《美国文学和美国的语言》见:陆建德编,李赋宁、杨自伍等译:《批评批评家 艾略特文集·论文》,上海译文出版社2012年版,第60页。
② T. S. Eliot. the Metaphysical Poets. In: Frank Kermode (eds). Selected Prose of T. S. Eliot. New York: Harcourt Brace Jovanovich Publishers, 1975: 14.
③ T. S. Eliot. the Metaphysical Poets. In: Frank Kermode (eds). Selected Prose of T. S. Eliot. New York: Harcourt Brace Jovanovich Publishers, 1975: 14.
④ 栾栋:《辟文学别裁》,《文学评论》,2010年第4期,第189页。
⑤ 栾栋:《辟文学别裁》,《文学评论》,2010年第4期,第189页。
⑥ 栾栋:《辟文学别裁》,《文学评论》,2010年第4期,第189页。
⑦ 栾栋:《辟文学别裁》,《文学评论》,2010年第4期,第189页。

第四节　欧洲文学的"自赎"① 与欧洲文学的"解放"②

在艾略特的著述里，我们经常会碰到"欧洲诗人"这几个字。谁是欧洲诗人？这个概念听起来真耳熟，似乎和他曾经论述过的"何为经典作品"有着某种重合。其实不然。在《何为经典作品》中，艾略特已经非常明确地表达过："经典只有一个，那就是维吉尔和他的《埃涅阿斯纪》。"只是因为"经典"一词几乎随处可见，既有"青少年读物经典"，又可以说"电影经典"，等等，因此，为了表述上的顺畅，笔者将维吉尔称为艾略特的经典典范，而他所推崇的其他诗人，诸如但丁、莎士比亚、歌德、叶芝、法国象征派诗人也归为"经典"。事实上，如果要更贴近艾略特原意的话，维吉尔之外的作家不如划分到"欧洲伟大作家"的行列更好。这就实际上引出了我们的开头："谁是欧洲诗人？"在艾略特那篇名为《哲人歌德》的文章中，艾略特对此给了比较清晰的界限。在他的概念里，"欧洲诗人"即"欧洲伟大的诗人"，而要成为"欧洲伟大的诗人"必须具备两个条件："永恒性与普遍性。"具体来说，就是"欧洲诗人"首先得在欧洲文学史上占有一定位置，他的作品必须给后代以乐趣和裨益；其次，这位欧洲诗人所带来的影响不仅仅是一个历史纪录问题，他应该"对任何时代都含有一定的价值，而且每个时代对他都会有不同的、新的理解"③；最后，这位欧洲诗人必须"不仅仅对本民族和语言显得重要，就是对其他民族和语言也要一样显得重要：本民族和语言的人们将会感觉到他完全是他们当中的一员，而且也是他们在国外的代表"。④ 总的说来，这种"欧洲伟大的作家"须对于不同国家、不同时代的读者均具有不同的意义；而且他的重要性，应该得到了欧洲任何一个国家以及任何一个时代的充分肯定。再有，关于这种欧洲优秀作家的

---

① 栾栋：《世界文学格局中的中国文学》，《中国文化研究》，2002年（冬之卷），第125页。
② 栾栋：《世界文学格局中的中国文学》，《中国文化研究》，2002年（冬之卷），第125页。
③ （美）T.S.艾略特：《哲人歌德》，见：王恩忠编译：《艾略特诗学文集》，国际文化出版公司1989年版，第269页。
④ （美）T.S.艾略特：《哲人歌德》，见：王恩忠编译：《艾略特诗学文集》，国际文化出版公司1989年版，第269页。

"作品历史也会变为欧洲思想的一部分"。①

能毫无争议地达到这三个条件的欧洲诗人,艾略特认为只有但丁、莎士比亚和歌德三人。在他看来,这三人的作品特色首先表现在"永恒性"方面,因为这三人的作品均达到了三个共同点:"丰富、宏博、统一。"② 丰富和宏博很好解释,那就是他们的著述都颇为丰硕且不容忽视,同时他们都具有广泛的兴趣、普遍的好奇心和比大多数人更大的涵容量。"统一"如何说呢?在他看来,这种"统一"首先表现在他们的各种兴趣和好奇之间的"统一"之上。其次,具体说来,他认为但丁的统一,表现为"他的政治、神学、道德和诗歌目的的统一"③;莎士比亚的统一性则体现在其早期作品和晚期作品的统一之上,这种统一性很强,以致不了解他的早期作品,就无法了解他的晚期作品;不了解他的晚期作品,也就无法了解他的早期作品。而歌德的统一性在他的作品中不易察觉,但后来艾略特居然发现歌德的"科学观点不知怎么恰好和他的想象相吻合"。④ 当然,也可能有一些作家,如塞万提斯,虽然同样表现出了上述"丰富、宏博、统一"的"永恒性"特点,但艾略特并没有将他们归于伟大的欧洲诗人,其原因就在于伟大的欧洲诗人还应该具有"普遍性"。

这种普遍性表现在但丁、莎士比亚、歌德的身上,那就是,首先他们都是其出生地那一特定区域的代表,即分别意味着意大利化、英国化和德国化,他们都具有十足的"地方气"。这种"地方气"对于一位诗人来说,非常重要。因为诗人的语言"受本国语言束缚最大"⑤,诗人"甚至不能将另一种语言学得跟母语一样好"⑥,因此,"对于诗人来说,要探索本国语言的资源,需要的是一生的工

---

① (美)T. S. 艾略特:《哲人歌德》,见:王恩忠编译:《艾略特诗学文集》,国际文化出版公司1989年版,第269页。
② (美)T. S. 艾略特:《哲人歌德》,见:王恩忠编译:《艾略特诗学文集》,国际文化出版公司1989年版,第269页。
③ (美)T. S. 艾略特:《哲人歌德》,见:王恩忠编译:《艾略特诗学文集》,国际文化出版公司1989年版,第270页。
④ (美)T. S. 艾略特:《哲人歌德》,见:王恩忠编译:《艾略特诗学文集》,国际文化出版公司1989年版,第270页。
⑤ (美)T. S. 艾略特:《哲人歌德》,见:王恩忠编译:《艾略特诗学文集》,国际文化出版公司1989年版,第271－272页。
⑥ (美)T. S. 艾略特:《哲人歌德》,见:王恩忠编译:《艾略特诗学文集》,国际文化出版公司1989年版,第272页。

作"。① 也因此，诗人首先得依附于、从属于、同时得代表他那一个国家的人民。这是诗人"地方气"的重要表现。这种"地方气"还表现在作品翻译的难度上。实际上，越是能代表本国、本民族语言的作品，越难翻译。正因为在这个意义上，他的作品可见性才显得更大。比如，将莎士比亚的作品翻译成另一种语言，原文意义确实会得到相当大的损失，但即算是这种损失后的译作，也比另一个容易翻译的次流诗人的作品价值更大，"毕竟原文中所有的东西本来就更多一些"。②

颇具地方性的欧洲诗人如何表现其普遍性呢？在艾略特看来，这就在于他既属于本民族、本国家，但他更属于欧洲的各个民族、各个国家。因此，从某种程度上讲，我们可以说"欧洲诗人"既是他本民族最卓越的代表之一，但他又能被来自各个不同国家的人民称之为同胞。很明显，这样的欧洲诗人既能帮助他的同胞理解他们自己，又能帮助别人理解并接受自己；这样的欧洲诗人既代表了他的时代，但又对别的时代具有永恒的意义。这样的人既是"代表"，却并不具备代表性，因为他不仅可以代表他那个时代，也可以代表"落后于他所处时代"的时代；既可以与他所属的时代相悖，也可以先进于他所处时代，也就是说，这样的伟大作家可以超越任何时代。其实，检验一位诗人是否为伟大的欧洲诗人，最有效的方法就是看是不是每一个欧洲人对他的作品都有所了解。或者说，如果一个普通的欧洲人因为对这位作家的作品全然无知而被说成没有受过教育的话，那也就可以证明这位作家确确实实属于欧洲的伟大作家。

如此一来，艾略特成功地确认了"欧洲伟大作家"的标准，一如他曾经确立"经典"的"标准"一样。但是要记住，在艾略特心里，这些伟大的欧洲作家并非次于维吉尔，而是与维吉尔有着承继的关系。就好像维吉尔代表着欧洲传统的根，而这群欧洲伟大作家正是结在这根藤上的果。

根据同样的标准，在一次关于《美国文学和美国的语言》演讲中，艾略特选择了三位作家：爱伦·坡、惠特曼和马克·吐温作为美国文学史上的里程碑。选择他们三个的理由一如之前所说过的一样："首先是一种鲜明的地域性，其次是与之相结合的一种无意识的普遍性。"③ 两者不可或缺。而且他解释："普遍性

---

① （美）T. S. 艾略特：《哲人歌德》，见：王恩忠编译：《艾略特诗学文集》，国际文化出版公司1989年版，第272页。

② （美）T. S. 艾略特：《哲人歌德》，见：王恩忠编译：《艾略特诗学文集》，国际文化出版公司1989年版，第272页。

③ （美）托·斯·艾略特：《美国文学和美国的语言》，见：陆建德编，汤永宽、裘小龙等译：《批评批评家 艾略特文集·论文》，上海译文出版社2012年版，第60页。

来自对个体透彻的经验和感悟进行表现。"① 在他看来，这种地域性与普遍性相结合的特点也体现在陀思妥耶夫斯基身上。虽然陀思妥耶夫斯基一直待在俄国，但他的作品中却有一种与鲜明的地域性相结合的普遍性。而这种特性同样也在爱伦·坡的作品里表现出来，虽然爱伦·坡的"活动范围南北方向不超过里士满和波士顿，东西方向也不超过几个中心城市"②，但其作品中想象世界的背后显示着他似乎曾去过巴黎、意大利或西班牙一样。还比如说，他认为，奥德修斯、浮士德、堂吉诃德、哈利·费恩等这些角色，都是其本民族、本文化的最典型代表，"但是这些人物中的任何一个都成为了关于人本身的神话中的一个原型"。③这些人物中的任何一个都反映了一种人类生活的普遍经验，并且都是对于人类灵魂更为深刻的探索。因此，表现于这些人物之中的"地方气"绝不是狭隘，相反，它是一种包容，一种具有"普遍性"的"地方气"。在这一伟大的作家群中，叶芝显然也是其中的一位，因为他"在表现方法上而不是在题材上变得更加爱尔兰化的同时，变得更加具有普遍性了"。④

在对"普遍性"进行了反反复复的论证当中，我们可以体会到艾略特对文学当中所表现出来的那种不具备"普遍性"的"地方气"的深深忧虑。在他看来，"一种新的地方气正在形成"，"这种地方气所造成的危险是，我们大家——地球上所有的民族——可能会同时变得地方气；那些不愿成为带地方气的人只能成为隐士"。⑤ 这种地方气"只可能使我们在理应坚持鲜明信条或者准则时，变得麻木不仁，使我们在应该允许地区或个人偏好的问题上，变得不宽容"。⑥ "地方气"危害如此之大，所以艾略特理所当然地强调文学作品当中所应具备的"普遍性"。与"地方气"相对应的，这样的"普遍性"就是"不仅在思维方法

---

① （美）托·斯·艾略特：《美国文学和美国的语言》，见：陆建德编，汤永宽、裘小龙等译：《批评批评家 艾略特文集·论文》，上海译文出版社 2012 年版，第 60 页。

② （美）托·斯·艾略特：《美国文学和美国的语言》，见：陆建德编，汤永宽、裘小龙等译：《批评批评家 艾略特文集·论文》，上海译文出版社 2012 年版，第 26 页。

③ （美）托·斯·艾略特：《美国文学和美国的语言》，见：陆建德编，汤永宽、裘小龙等译：《批评批评家 艾略特文集·论文》，上海译文出版社 2012 年版，第 62 页。

④ （美）T. S. 艾略特：《叶芝》，见：王恩忠编译：《艾略特诗学文集》，国际文化出版公司 1989 年版，第 168 页。

⑤ T. S. Eliot. What is a a Classic?. In: Frank Kermode (eds). Selected Prose of T. S. Eliot. New York: Harcourt Brace Jovanovich Publishers, 1975: 130.

⑥ T. S. Eliot. What is a Classic?. In: Frank Kermode (eds). Selected Prose of T. S. Eliot. New York: Harcourt Brace Jovanovich Publishers, 1975: 130.

上与当时整个欧洲和他有同样文化的人相同，而且他所采用的表达方式在当时整个欧洲也是共同的，大家都能理解的"。① 在反对把"地方性"与"普遍性"当作一种对立双方的描述中，艾略特的目的其实已经很明显，他要将读者带入到一种统一的欧洲文学当中，在这种欧洲文学当中，"地方性"与"普遍性"互相映衬，互为表里。而当我们将这种统一的欧洲文学观在"辟文学"思想下进行查看之时，我们会发现，这竟然是一种"散点——焦点相交融"的欧洲文学观。而这种"散点——焦点相交融"的欧洲文学竟变成了艾略特对欧洲现代文学进行"自赎"与"解放"的一种方略。

"散点——焦点"、"自赎"与"解放"均来源于栾栋先生《世界文学格局中的中国文学》一文。在这篇文章中，栾栋先生提出了"世界文学星云化"的全新概念。套用在艾略特身上，如改成"欧洲文学星云化"似乎也挺合适。当然，当艾略特一开始提出"欧洲文学"这一命题时，就不可避免地遭到众人的围剿，说这是一种"欧洲中心主义"的论调。其实不然。艾略特并非一个欧洲中心主义者，这一点，光是从他曾潜心研究印度宗教、印度哲学这一方面就能得到明证。他对印度哲学的热爱并非是浮光掠影或附庸风雅，而是真正地潜心学习。以至于印度宗教、印度哲学不但体现在他诗歌、诗学里的"融贯东西"中，更重要的是，印度宗教、印度哲学已深深地影响了艾略特的思维方式。正因为这样，他的诗学观不能被西方思维模式中的"本体论"或"认识论"匡正，却偏偏与"契合"、"缘构"这种带有浓厚东方思维特点的诗学结构契合。所以，艾略特绝非"欧洲中心主义者"，相反，他具有开阔的眼界和心胸，他也曾试图将世界文学纳入到他的视野。他曾郑重提过："存在着一个应予提出而且也应予以回答的问题。处于欧洲之外的亚洲的伟大文学对欧洲文学有何影响？"② 作为一名诗人，他关心亚洲诗歌对欧洲诗歌有何影响。他清楚地表示："在过去的一个半世纪里，某些东方诗歌的影响是不可否认的：仅以英国为例，由埃兹拉·庞德和阿瑟威利所译的中国诗歌，可能每个用英语写作的诗人都阅读过。"③ 但很遗憾的是，从艾略特个人的角度出发，对于阿拉伯语、波斯语和汉语一窍不通的

---

① T. S. Eliot. Dante. In：Frank Kermode（eds）. Selected Prose of T. S. Eliot. New York：Harcourt Brace Jovanovich Publishers, 1975：207.

② （美）T. S. 艾略特，杨民生、陈常锦译：《基督教与文化》，四川人民出版社1989年版，第196页。

③ （美）T. S. 艾略特，杨民生、陈常锦译：《基督教与文化》，四川人民出版社1989年版，第196页。

他，所接收到的来自东方文学的影响"通常是通过翻译而实施的"。① 因此，这种影响是一种间接的影响。但他仍坚定地认为，即算是"通过个人的解释，特别是通过那些对别种文化具有天才鉴赏力的人的解释"②，东西方文学也是完全可以互相影响的。因此，在关于"统一的欧洲文学"这一命题时，他再次强调："我并不想给人造成这样一种印象，即我把欧洲文学看成是某种与其他文化相隔绝的东西。文化的疆界不是也不应该是封闭的，只是历史使之有所区别。而那些有着重要的历史联系的国家，就其未来的文学发展而言，其相互之间的影响尤其重要。"③

实际上，艾略特之所以希望建立一种"统一的欧洲文学"，其根本原因在于欧洲"共同享有希腊罗马的古典文学，尽管《圣经》有几种译本，但它仍是一部世人共享的经典之作"。④ 古希腊罗马的古典文学，以及基督教文明，这就是艾略特一直坚持的欧洲文学的共同之根。正因为拥有共同之根，欧洲各民族的文化不可能在彼此毫不相干的情况下繁荣。虽然，"曾经有过一些在孤立状态下发展起来的高级文明，它们创造了伟大的艺术、思想和文学"⑤，那些文明也许也并不像乍看起来的那样孤立，但那些能够独立成长出来的文明绝不属于欧洲。他很肯定地认为，在欧洲的历史上，从来不可能出现一种在孤立状态下发展起来的文明，因为甚至连古希腊都曾受到来自埃及以及来自亚洲边远处的许多影响。对于希腊各城邦所持有的不同方言和不同风格，对于它们彼此之间的关系，艾略特认为那就是"类似于欧洲各国之间所有的那种相互影响和刺激"⑥ 的迷你版本。

事实上，这种"统一的欧洲文学"并不是指一种完全独立的、封闭的文学形态，如同艾略特所言，在这种"统一"的背后，存在着"永无休止的给予和

---

① （美）T. S. 艾略特，杨民生、陈常锦译：《基督教与文化》，四川人民出版社 1989 年版，第 196 页。
② （美）T. S. 艾略特，杨民生、陈常锦译：《基督教与文化》，四川人民出版社 1989 年版，第 196 页。
③ （美）T. S. 艾略特，杨民生、陈常锦译：《基督教与文化》，四川人民出版社 1989 年版，第 196 - 197 页。
④ （美）T. S. 艾略特，杨民生、陈常锦译：《基督教与文化》，四川人民出版社 1989 年版，第 198 页。
⑤ （美）T. S. 艾略特，杨民生、陈常锦译：《基督教与文化》，四川人民出版社 1989 年版，第 197 页。
⑥ （美）T. S. 艾略特，杨民生、陈常锦译：《基督教与文化》，四川人民出版社 1989 年版，第 197 页。

接受，而每一种文学每隔一段时间就会由于外来的刺激而获得新生"。① 正是在这样的欧洲文学中，我们可以说，存在着一种"星云化的"文学现象。因为在这其中，文学突破了国界，打破了民族主义。在这样一种"有边无际的领域中，每个人、每个群体充其量只落一个边，谁都不是中心，但谁都可以是散点——焦点全息文学运动的网眼"。② 如同艾略特自己所论述的："就诗歌而论，没有任何一个国家能够无限期地长盛不衰。每个国家都会有其处于从属地位的时代，那时它就不会发生任何引人注目的新的艺术的发展；所以诗歌创作活动的中心，会在各国之间游移不定。"③ 其实不止诗歌，其他艺术也是一样。因为"艺术从来就不是欧洲某一个国家的专利"④，而且"每一个伟大的民族只能在艺术的这一方面或那一方面出类拔萃"。⑤ 因此，没有哪个国家会成为所有艺术门类的中心，也没有哪一个国家可以在历史上永久地占有那一门艺术的头筹。实际上，在欧洲历史上，艺术确实没有中心，也没有国界，它四处游走，居无定所。它可以于同一时期突出地表现在意大利的绘画、法国的哲学、德国的音乐或英国的诗歌之上。也可以在不同时期将某一门艺术种类的中心出现在不同国家，比如在 18 世纪最后几年和 19 世纪的前 20 年，诗歌的中心被置于英国；但到了 19 世纪下半叶，这种中心又被转移到法国身上。

很显然，在这样一种"散点——焦点全息文学运动的网眼"之中，文学将得到"自由的化裁"⑥，将在"自由"的领域诗意地进行"他化""化他"。"文学他化化他"是栾栋先生的创新式术语，是一个"意味深长的话题。这个话题将'文学非文学'的命题推到了辟文学的看台，使辟之为用进入解析文学是非的通转境地"。⑦ 用这样的命题来看艾略特"星云化"的欧洲文学格外有意义。栾栋先生认为，当文学仅仅"胶着于自我本质"⑧，当文学仅仅局限于"小家小户"⑨，当文学"画地为牢"之时，这样的文学势必衰落。这恰恰也就是艾略特所忧虑的，因为他曾说，当几个欧洲国家彼此隔绝，当诗人只能读到用本国语言

---

① （美）T. S. 艾略特，杨民生、陈常锦译：《基督教与文化》，四川人民出版社 1989 年版，第 197 页。
② 栾栋：《世界文学格局中的中国文学》，《中国文化研究》，2002 年（冬之卷），第 132 页。
③ （美）T. S. 艾略特，杨民生、陈常锦译：《基督教与文化》，四川人民出版社 1989 年版，第 197 页。
④ （美）T. S. 艾略特，杨民生、陈常锦译：《基督教与文化》，四川人民出版社 1989 年版，第 197 页。
⑤ （美）T. S. 艾略特，杨民生、陈常锦译：《基督教与文化》，四川人民出版社 1989 年版，第 197 页。
⑥ 栾栋：《世界文学格局中的中国文学》，《中国文化研究》，2002 年（冬之卷），第 132 页。
⑦ 栾栋：《文学他化疏——兼析托多洛夫"文学危殆说"》，《法国研究》，2011 年第 1 期，第 1 页。
⑧ 栾栋：《法国文学的他者指归》，《学术研究》，2010 年第 3 期，第 6 页。
⑨ 栾栋：《法国文学的他者指归》，《学术研究》，2010 年第 3 期，第 6 页。

写成的文学作品之时,则那些国家的诗歌必然会衰亡。但是,如果能建立一种"星云图"式的文学图景,如果文学能在那自由的场域进行"他化""化他",就势必会把"文学推进到他者思想的最佳境界"。① 对此,艾略特有同样的期待。他认为,任何国家若希望使其文化绵延不绝,就必须同其他国家进行交流,即算是那些只懂得本国语言的优秀诗人,也要接受其本民族当中以及外国其他一些作家的影响。而且,"如果同一种艺术未能在邻国和其他语言里得以培育造就,那么,任何一个民族、任何一种语言,都不能取得其本应取得的成就。如果不广泛了解欧洲其他地方的文学,就不能了解欧洲任何一个地方的文学"。② 在他看来,如果欧洲文学能处于一种时间、空间纵横交错的影响之中,那它绝不可能变成一种完全独立的封闭性文学,也不可能成为一种完全自给自足的封闭性文化。这样一来,艾略特对欧洲文学的期待正是栾栋先生笔下那一种开放、包容、"散点——焦点全息文学运动的网眼"。在这样一种"星云式"的欧洲文学"场域"里,不同国家不同民族的"文学个体和文学族群"如"放飞于全息交融时空"③中的星云,不断地互相影响,不断地进行变化,不断进行着"他化""化他",俨然"介入拟态世界的'文学狂欢'"。④ 在这样的"他化化他"之际,"各种文学"将实现"自我更新,"将"向新的创造性活动进展,并在语言的运用上获得新发现的可能性"⑤,将有可能在"开放的山林,他者的摇篮,甚至与他在共臻佳境"⑥。

在题为《欧洲文化的统一》的演讲中,艾略特如同先知一般向欧洲文人提出严肃的请求。他说,在这一与多相融相合的欧洲文学里,"我们可以具有不同的政治观点"⑦,也可以喜欢或厌恶对方的作品,这都没有关系,文学不是政治,文学亦非感情。但将文学从意识形态中解放出来,"使之不受政治影响的污染",是欧洲文人共同的责任。对于欧洲文人而言,"我们应承认我们之间的相互关系

---

① 栾栋:《法国文学的他者指归》,《学术研究》,2010年第3期,第6页。
② (美)T. S. 艾略特,杨民生、陈常锦译:《基督教与文化》,四川人民出版社1989年版,第198页。
③ 栾栋:《世界文学格局中的中国文学》,《中国文化研究》,2002年(冬之卷),第132页。
④ 栾栋:《世界文学格局中的中国文学》,《中国文化研究》,2002年(冬之卷),第132页。
⑤ (美)T. S. 艾略特,杨民生、陈常锦译:《基督教与文化》,四川人民出版社1989年版,第198页。
⑥ 栾栋:《法国文学的他者指归》,《学术研究》,2010年第3期,第6页。
⑦ (美)T. S. 艾略特,杨民生、陈常锦译:《基督教与文化》,四川人民出版社1989年版,第207页。

和相互依赖性"①，因为"离开了这种相互依赖性，我们彼此就不能创造出那些标志着更高文明的最优秀的作品来"。② 我们还应该尽力保护"希腊、罗马和以色列的遗产，以及欧洲 2600 年以来的遗产"③，因为"正由于我们有希腊、罗马和以色列文学中的共同背景"④，正"有赖于我们对祖先持续的敬仰"⑤，我们才能说我们有"欧洲文学"。而且，更重要的是，"如果在欧洲的统一性内将各种文化彼此拆离"⑥，那将是一种很危险的行为，那将会使人类的精神财富面临更急迫的危险。在这个已经经历了重重浩劫的世界里，我们绝不能将欧洲文学看成一种"单一的统一"⑦，那是一种僵化、一种蒙昧。要记住，"多样性和统一性都不可或缺"⑧，也要记住，欧洲文学的"星云"只有在那文学"场域"之中永远流动、变化，保持活力，才有可能进入"他化""化他"的"化境"。

这就是艾略特"星云化的""统一的欧洲文学"，这种文学观和他试图重建统一的欧洲文化如出一辙，互为表里。这是身处四分五裂的时代之中的艾略特为之奋斗终生的事业，因为数十年来他一直都在试图消解、重建"民族"的界定，试图保护欧洲文化的根源，试图对欧洲文学进行"自赎"与"解放"。在这方面，他显得比任何英国人，或者任何欧洲人都要尽职。而且很显然，这种文学观只有在"辟思"的观照下，才显得格外清晰，因为这样的欧洲文学已经触碰到"一中生多，一多互兼，通和致化"⑨ 的境界，已经闪耀着"辟思"的光芒。

---

① （美）T. S. 艾略特，杨民生、陈常锦译：《基督教与文化》，四川人民出版社 1989 年版，第 207 页。
② （美）T. S. 艾略特，杨民生、陈常锦译：《基督教与文化》，四川人民出版社 1989 年版，第 207 页。
③ （美）T. S. 艾略特，杨民生、陈常锦译：《基督教与文化》，四川人民出版社 1989 年版，第 207 页。
④ （美）T. S. 艾略特，杨民生、陈常锦译：《基督教与文化》，四川人民出版社 1989 年版，第 207 页。
⑤ （美）T. S. 艾略特，杨民生、陈常锦译：《基督教与文化》，四川人民出版社 1989 年版，第 207 页。
⑥ （美）T. S. 艾略特，杨民生、陈常锦译：《基督教与文化》，四川人民出版社 1989 年版，第 207 页。
⑦ （美）T. S. 艾略特，杨民生、陈常锦译：《基督教与文化》，四川人民出版社 1989 年版，第 207 页。
⑧ （美）T. S. 艾略特，杨民生、陈常锦译：《基督教与文化》，四川人民出版社 1989 年版，第 207 页。
⑨ 栾栋：《辟文学通解——兼论文学非文学》，《文学评论》，2008 年第 3 期，第 25 页。

教育与政治：艾略特文化批评的"双重面相"

第四章

从 1926 年开始，T. S. 艾略特的批评理论开始逐渐从文学批评转向文化批评，内容涉及对英国、美国、欧洲乃至全世界的政治局势、经济问题、教育问题以及宗教问题等方面。发生这种转变的原因，笔者认为可表现为如下四个方面。其一，家族遗传。根据传记我们可以得知，艾略特的父亲、祖父、曾祖父都是"对公共事务、教区、教育"予以了极大的关注并注重身体力行，付诸实践的值得尊敬的人，他们对家族后人的影响绝非空谈。其二，导师白璧德的影响。因为就算与白璧德的新人文主义存有很大的分歧，但艾略特一生都与他保持着亲密的师生关系，这一点无人质疑。从白璧德的著作中我们可以发现，其新人文主义始于教育——《文学与美国的大学》，终于政治——《民主与领袖》，这也许给艾略特带来过不小的启发。除了这两点，此种转变还可以看作诗人在中年以后试图在另外一个领域进行思考，从而对前期的思想作出补充而进行的一种自我突破。在文论《叶芝》当中，艾略特曾说过："人到中年有三种选择：要么完全停止写作，要么重复昔日的自己（也许写作技巧会不断地提高），要么想法找到一种不同的工作方法，使自己适应中年。"①在文中，他盛赞叶芝是艺术家"伟大、永恒的榜样"，原因就是因为他认为叶芝在成为无可置疑的大师之后仍能在写作上持续不断地发展。在他看来，晚期的叶芝，其诗作中不但没有重复早期诗作创造出来的精华，反而写出了一种对早期诗作"可资弥补的新品质"②。显然，这曾激励过艾略特，使他在中晚期也试图在"性格"上体现"一种道德和智慧上的卓越不凡，"③ 也试图开拓出一条和年轻时不一样却可以对年轻时的思想进行补充、拓展的新道路、新方向。如果套用他对叶芝的评价，我们可以说，如果没有早期诗作中的经验，他是写不出《四个四重奏》，也写不出后期文化批评中那些充满智慧的文字的。当然最后，发生此种转变还应与当时的时代背景分不开。我们都知道，20 世纪发生过两次世界大战、西班牙内战、法西斯主义等一系列重大的、对人类带来巨大灾难的事件，而这些应是促使艾略特这一类知识分子关注时局、关心人类，对政治、教育等重大问题发表看法的重要原因。因为在那样的年代，如果还有哪位作家只把自己关在象牙塔里，仅仅专注于写一些普通读者、

---

①（美）T. S. 艾略特：《叶芝》，见：王恩忠编译：《艾略特诗学文集》，国际文化出版公司 1989 年版，第 165 页。
②（美）T. S. 艾略特：《叶芝》，见：王恩忠编译：《艾略特诗学文集》，国际文化出版公司 1989 年版，第 165 页。
③（美）T. S. 艾略特：《叶芝》，见：王恩忠编译：《艾略特诗学文集》，国际文化出版公司 1989 年版，第 165 页。

普通民众完全"搭不上话的"诗歌，他应该不配做一名伟大的作家。这正如他自己在《教育的宗旨》一文中流露的愤怒："我感愤的是，在兵火连天的英国，竟然还有人坐而论道！"① 所以在那时，会有如奥登那样的诗人，为了社会主义，亲自上战场进行战斗，最终牺牲；也会有海德格尔、庞德那样的哲人会选择法西斯主义当作自己的信念，其结果当然令人唾弃。在那种时代，关注时局、关注政治、关注文化、关注如何拯救病入膏肓的西方文明应该是任何有良知的知识分子下意识的选择，不需要理由。正如他同时代的作家奥威尔所说的："1936年以来，我所写的每一行文严肃的文字，都是直接或间接地为反对极权制度、为实现我心目中的民主社会主义而作。在我看来，身处我们这样的时代，如果还以为自己能避开这类话题，纯属无稽之谈。每个人都以这样或者那样的伪装在写它们。所不同的，只是你站在哪一边、采取哪种写作方式的问题。而你越是清醒地认识到自己的政治立场，你就越能够一方面积极地参加政治斗争，一方面保持自己审美和思想方面的独立性不受损害。"② 由此可见，艾略特的批评创作重心从文艺批评转向文化批评与政治、时局不无关联，因为这一转变完全可以当作他对资本主义现代性另一种方式的顽强反抗。这种反抗很奇特，因为他不属于任何主义。除了是虔诚的英国圣公会高教派会员以外，他不属于任何一种"主义"：资本主义、社会主义、法西斯主义、共产主义、保守主义、激进主义；但他又属于任何一种"主义"，他在这些"主义"当中进退自如，或者可以说，他超越了所有的这些"主义"，也可以说，他融会了所有的这些"主义"，他没有立场，却又有立场。这完全是一种东方式的智慧。没错，对东方的佛学、哲学很感兴趣，且颇有研究的他无疑已将东方的智慧融入了他西方式的刚硬的辩证当中，正因为这样，他才能写出那么多充满悖论的诗歌，才能在其文学批评中显示出一种"辟思"的精神，才能被称为伟大的作家；也正因为这样，我们才会经常见到那种对他所作出的矛盾的评价："对保守派来说，他显得太激进；对激进派来说，他又显得太保守。"其实，这并非一种矛盾，而是一种"中庸"，一种"圆融"、"圆通"，一种智慧。

关于文学批评与文化批评的关系，是笔者试图解释的另外一点。本文的题目是"基于人文学的艾略特诗学批评"，对此，有人也许会提出疑义，认为文化批

---

① （美）托·斯·艾略特：《教育的宗旨》，见：陆建德编，汤永宽、裘小龙等译：《批评批评家 艾略特文集·论文》，上海译文出版社2012年版，第71页。

② （英）乔治·奥威尔、李存捧译：《政治与文学》，凤凰传媒集团译林出版社2011年版，第1页。

评应不属于文学批评的范畴。的确,我们已习惯将这门学科与那门学科之间的界限划得如此清楚。在常人看来,狭义的文艺学确实只是一个"文学艺术研究的集合名词",并没有包括"文化"。很明显,对文艺学的此种理解非常狭隘。根据栾栋先生在《文艺学系谱——从艺文志分说》一文当中的考察:"中国古代没有文艺学的提法。西方(不含东欧)也没有文艺学的学科。今之所谓文艺学是我国学术界从苏联学习的过程中演化出来的学科术语。"[①] 他认为,"文艺学之成'学'","让人沉重"。[②] 因为"学"这个字,在今天是"各种规范化、理论化、科学化、体系化和定向化了的学说"。[③] 把文艺放在"学"里,原来活泼生动的艺术、文学顿时变得沉重。于是,他希望用"化境"来追溯文艺学系谱的另一个层面,即"追溯中国古代关于文学、艺术的思想以及与之相关的学术概括"。[④] 由此他发现,在中国古代,"文艺学的历史演化深深地植根于'艺文志'的来龙去脉之中"。[⑤] "艺文志"首见于班固的《汉书》。在栾栋先生看来,"艺文志"的提法比"文艺学"更胜一筹。因为首先,"艺"放在"学"的前面更合适,因为"艺可包文,文只是艺的一枝。古之艺,同技,统术,通数,是人文与自然、工艺与学术的结合体"。[⑥] 其次,"艺文志"用"志"代替"学",去掉了"学"里的束缚,还原了艺术文学的活泼天性,而且"志"的含义很多,包括"记录"、"叙述"、"标志"、"微小"、"准"以及"归藏"[⑦] 之义。于是,"艺文志"比起"文艺学",更具备一种打破学科、突破疆界、"聚集古往今来,囊括诸子百家,汇总兵农医艺,辑录星相数术"[⑧] 的大人文气魄。如此看来,以"化感通变"的人文学作为坐标,艾略特的文化批评完全可归为"艺文志"——"文艺学"的范围内,而且,以人文学为坐标来理解艾略特的文化批评还可以帮助我们更深一层理解他的文学批评,因为其文学批评、文化批评所构成的正是一种互相应和的契合性诗学结构。其实,不管是艾略特的诗歌诗学,还是他的文化批评,都需要人文学擘画。诗学属一科,文化无际涯,人文学放诗学于文史哲贯

---

① 栾栋:《文艺学系谱——从艺文志分说》,《广东外语外贸大学学报》,2006年第3期,第6页。
② 栾栋:《文艺学系谱——从艺文志分说》,《广东外语外贸大学学报》,2006年第3期,第6页。
③ 栾栋:《文艺学系谱——从艺文志分说》,《广东外语外贸大学学报》,2006年第3期,第6页。
④ 栾栋:《文艺学系谱——从艺文志分说》,《广东外语外贸大学学报》,2006年第3期,第6页。
⑤ 栾栋:《文艺学系谱——从艺文志分说》,《广东外语外贸大学学报》,2006年第3期,第6页。
⑥ 栾栋:《文艺学系谱——从艺文志分说》,《广东外语外贸大学学报》,2006年第3期,第7页。
⑦ 栾栋:《文艺学系谱——从艺文志分说》,《广东外语外贸大学学报》,2006年第3期,第7页。
⑧ 栾栋:《文艺学系谱——从艺文志分说》,《广东外语外贸大学学报》,2006年第3期,第7页。

通的津渡，收文化于诗语思的纲目，不枝不蔓，不纠不结，艾略特地下有知，当欣慰而不觉误读。

事实上，除了关于"艺文志"的人文学解读，很多做文化研究的学者也都认为文化研究并非一门学科，而是一种包含非常广阔的学术研究。比如英国文化研究的奠基人雷蒙·威廉斯就认为："文化研究承担着研究一个社会的艺术、信仰、机构以及交流实践这样一个整体领域的使命"；美国学者西蒙·杜林如是判断："文化研究并不像别的东西那样是一门学科。它既没有一种界定完备的方法论，也没有清晰划定的研究领域"；当代学者王晓路则说："文化研究是一个学术领域，它结合了政治经济学、传播学、社会学……以及艺术史及艺术批评，以研究各种社会的文化现象"；著名美国学者乔纳森·卡勒认为："文化研究包含并囊括了文学研究，它将文学作为一种特殊的文化实践来审视"……从这些判断中我们可以明确，文化研究不属于任何一类学科，而应是一种跨越了所有学科、名副其实的"解疆化域"的学术研究。

因其广阔性、复杂性，因此相应地，文化研究可以分作几个层次来进行。根据学者王宁在其《面对文化研究的挑战：比较文学的未来》一文中的看法，文化研究首先应对文化本身进行理论探讨和反思，其目的在于建构各种形式的文化；其次可以"从文化和意识形态的视角来探讨文学研究，而非像传统的文学研究者那样从形式和审美的视角来研究文学"。① 很明显，此种文化研究法非常适用于艾略特的文化批评研究。因为在艾略特的文学、文化著述里，一方面，有对"文化"本身进行定义的理论构建；另一方面，则有大量的文学理论观点与文化研究观点互相映照，相辅相成的论著。也就是说，在艾略特的批评文字里，其文学研究丰富了文化研究，文化研究影响着文学研究，两者相辅相成，互相影响。

具体来看，艾略特的文化批评作品主要包含 4 部演讲及一部分系列论文。其中关于"文化"的定义主要体现在《阿诺德和佩特》（1930 年）及《关于文化定义的札记》（1948 年）这两篇文章内。而《欧文·白璧德的人文主义》（1928）、《关于人文主义重新考虑后的意见》（1929）、《现代教育与古典文学》（1932）、《教育的宗旨》（1950）等篇章则是集中表达其教育思想的一种论述。事实上，艾略特的教育思想是对其师白璧德"人文主义教育理念"的一种反思与拓展，也是对教育与宗教之间关系的一种全新认识。至于《兰贝斯会议有感》

---

① 王宁：《面对文化研究的挑战：比较文学的未来》，《文艺理论研究》，2012 年第 5 期，第 6 页。

(1931)、《追寻异神》(1934)和《欧洲文化的统一》(1934)、《什么是基督教社会》(1955)等则应是艾略特关于政治的见解，也是其文化批评在政治层面上的伦理体现。而其他的文化论述比如《现代教育与古典文学》(1932)、《宗教和文学》(1939)、《古典文学和文学家》(1942)、《政治文学》(1955)则很明显，是其文艺思想与教育及政治思想的一种融合与互相映衬。

通过对艾略特文化著述的这种较为简单的层次划分，我们亦可以对其文化批评作如下层次的研究与探讨。第一层次是其建构的文化观念。第二层次则是他从文化和意识形态的视角所探讨的文学、教育、政治以及宗教之间的种种关联性。如文学和教育、文学和政治、教育与宗教、文学与宗教、政治与宗教的关系。事实上，在艾略特文化批评的四个元素：文学、宗教、教育、政治中，宗教似灵魂，文学如血液，灵魂和血液在文化整体中贯穿始终，这使其文化批评表面上显现出教育与政治的双重面相，内里则凸显出一种开放性与交互性互包、整体性与动态平衡性相容的有机文化形态特色。

值得指出的是，尽管艾略特的文化批评带有鲜明的宗教色彩——这在我国的意识形态领域中很容易被扣上保守、落后的帽子，但实际上，通过对艾略特文化批评抽丝剥茧的仔细分析，我们可以说，作为诗人和批评家的艾略特很明显地继承了英国文化研究的光荣传统。

英国文化研究的先驱者如霍尔、阿诺德、利维斯、雷蒙·威廉斯，等等，都和他一样，早期均是硕果累累、声名在外的文学研究者，虽然所处的时代并不相同，但因为对人性堕落、世风日下、物欲横流的社会状态，对潜伏在工具理性背后人类深层次的精神危机有着共同的忧虑与感受，因此在人生的中、晚期都将文学批评的视野扩大到文化批评的范围。作为现代诗歌艺术的经典大师，艾略特从诗人转变成为西方社会文化批评家和活动家无疑是这一传统中的一枝，且具有很大的意义。首先，这构成了其在艺术和精神双重领域里不断追寻和探索的重要部分，使得其批评理论超越了新批评孤立狭隘的文学研究视野，扩大了文学研究的范围，丰富了文学研究的层次，也使得文学研究与文化研究之间的鸿沟得到有效的弥补，文学与广阔的社会文化语境之间的紧密联系得到进一步促进。正如他早在1919年所出版的文论集《圣林》的前言中所说过的那样：他"关注的不仅仅是诗歌与它同时代，或者其他时代的精神、社会生活的关系，而且关注的是关于社会、文化和宗教的本质问题"。同时，与其"朋友"阿诺德一样，他看到了西方社会在现代化之后所面临的深刻危机，虽然这一危机主要是来自于荒原之上灵魂被撕裂、精神极度空虚的"荒原"人、"空心人"，与阿诺德所面临的那个不顾一切追逐利益的社会并不一样，但他和阿诺德等文化批评家一致，试图把走出困境的希望寄托在"文化"身上，希冀通过振兴"文化"来拯救精神危机。因此，他对西方社会文化研究的意义，不仅仅在于其试图突破新批评理论所带来的文学研究日趋狭窄、萎缩的状态，更重要的则在于这完全可以看作是对资本主义现代性的顽强反抗。这种反抗是对阿诺德、利维斯这些英国传统文化研究者们所怀有的人文主义济世情怀的一种继承，也是其知识分子身上所体现出来的对社会的责任感、使命感。纵观文化研究历史，阿诺德、利维斯、艾略特、雷蒙·威廉斯等文学—文化研究者们的实践以及所取得的成就虽不完全一样，但他们无不具备这种忧国忧民的济世情怀。因此，我们可以说，当艾略特在1928年之后从一位现代艺术的经典大师转而成为一位西方社会文化的批评家和活动家之后，他对西方社会文化的种种研究，毫无疑问是对英国文化研究传统的承继。

今日之世界，随着越来越多的文学被后殖民主义弄得混杂，越来越多的经典作品被解构，被恶搞成大众文学、通俗文学，随着那曾经神圣无比的文学殿堂迎来了越来越多"难登大雅之堂的东西"，文学的空间正变得越来越大。与之相对应的是，学术界中越来越多的文学研究学者除了传统意义上的文学话题以外，还倾向于将文化——不管是大众文化还是精英文化，或日常生活的朴素话题纳入自己的研究范畴。这种异于传统文学研究的研究，其视野不仅要聚焦于传统意义上的"文本"之上，而且还要将眼界拓展至"社会和意识形态意义上的文本或语境"之上。针对文学研究的此种趋势，我们可以展望甚至可以断言，未来的文学研究方法应是一种超越阶级、超越国界、超越语言、文化交叉、打破学科疆界的更高一级的研究方式，文学研究和文化研究应融为一体。很明显，这种解构式、融合式、熔铸式的高端文学批评也是栾栋先生所提出的"人文学"的一部分。从小处来看，这种研究将从具体的文学现象入手，经过一种"人文学"的理论分析之后再返回文学，"由此对文艺理论本身做出必要的补充乃至重新建构"。从大处来思考，这种批评的目的是一种以文史哲互根为基点，以求索中西学融汇、探讨科教文贯通、趋通文科大类场域为目的的高端文学—文化批评研究范式。因此，以人文学理论对艾略特文化批评进行研究无论是在当今的现实生活、当今的文艺理论界，还是对人类精神价值取向的指引都具有十分重要而深远的意义。

第一节 艾略特的有机文化观

一、文化的定义

在特雷·伊格尔顿《文化的观念》一书当中，伊格尔顿对"文化"这个词作了详细的词源考证。据他考察，英文"'culture'这个词的拉丁语词根是 colere，可以表达耕种、居住、敬神和保护当中的任何意义"①，这些意义现均已发展成不同的词语。比如其中"居住"的含义"就已经从拉丁语的 colonus 演变为当代的'colonialism'（殖民主义）"②。而 culture 这个词的一个原始意义就是取其词根 colere 当中的"耕作（husbandry）"之义，包含有"对自然生长实施管理"③的意思，与意为犁锋的"coulter"一词同源。于是我们发现，"文化"这个表达人类最优雅活动的字眼竟然是从劳动与农业生产活动中派生出来的，也就是说，"文化"这个词"最先表示一种完全物质的过程，然后才比喻性地反过来用于精神生活"。④ 由此，伊格尔顿认为，在"文化"这个词身上"编码了许多关键性的哲学问题"⑤，体现出"自由与决定论、主体性与持久性、变化与同一性、已知事物与创造物"⑥、物质与精神之间对立统一的哲学意味。

事实上，自从"文化"这个词诞生以来，就一直遭到各路学者的不同解说，也一直被各路学者委以重任。比如，在阿诺德看来，文化是"完美"；在利维斯看来，文化是"少数人的文化"；在特雷·伊格尔顿看来，文化不仅是"我们赖以生活的一切，在很大程度上，它还是我们为之生活的一切"；⑦ 在丹尼尔·贝尔看来，文化是"想对生存困境提供一系列内在一致的应对的努力"。⑧ 在中国

---

① （英）特瑞·伊格尔顿著、方杰译：《文化的观念》，南京大学出版社2006年版，第1页。
② （英）特瑞·伊格尔顿著、方杰译：《文化的观念》，南京大学出版社2006年版，第2页。
③ （英）特瑞·伊格尔顿著、方杰译：《文化的观念》，南京大学出版社2006年版，第1页。
④ （英）特瑞·伊格尔顿著、方杰译：《文化的观念》，南京大学出版社2006年版，第1页。
⑤ （英）特瑞·伊格尔顿著、方杰译：《文化的观念》，南京大学出版社2006年版，第2页。
⑥ （英）特瑞·伊格尔顿著、方杰译：《文化的观念》，南京大学出版社2006年版，第1页。
⑦ （英）特瑞·伊格尔顿著、方杰译：《文化的观念》，南京大学出版社2006年版，第131页。
⑧ （美）丹尼尔·贝尔著、严蓓雯译：《资本主义文化矛盾》，江苏人民出版社2012年版，第5页。

学者李庆霞的眼里,"文化"是整个社会的创造物,是"历史地凝结成稳定的生存方式"。① 这么多种解释,但似乎没有一种突出了"文化"对立统一的哲学特性。据此,当我们来观察艾略特对文化的定义之时,会发现他那"有机的"文化观对"文化"所具有的对立统一特性发挥得淋漓尽致,是一种前所未有的创造。

首先,他表明,文化是"有机的构成(它不仅仅是人们设计的,而且也是不断生长的)"。② 对此,他形象地比喻,文化不是一架机器,而是一棵树,因此不能被设计制造——"你不能制造出一棵树来,你只能栽种一棵树苗,精心加以照料,等待它届时长大成树;当它长成之时,如果你发现,一棵橡子长成了橡树而不是榆树,对此你是不能抱怨的。"③ 在这个新奇的比喻中,我们可以看到一种动态的、非凝结的、有机的文化特点。正由于是"一种复杂的有机结构物",因此文化并不是一件"可加以改善的物质"④,也并"不是能够刻意寻求得到的东西"⑤,它是"或多或少地趋于和谐的各种活动产生的结果"⑥。如何理解这种"各种活动趋于和谐的结果?"在此,我们得把他笔下这个复杂的"文化"解剖一番,仔细察看。在艾略特的文化概念里,首先有一种整体的框架,即整体社会,然后内里有若干层次。如他所说:"文化这个术语,按照我们考虑的是个人文化,还是集团文化或阶级文化,抑或是全社会文化的发展变化,可以具有不同的含义。个人文化依赖于集团或阶级文化,而集团或阶级文化则依赖于其所属的那个社会整体的文化,根据以上所述可知,社会文化才是基本的,所以,与整个社会有关的'文化'那一含义才首先应该予以审视。"⑦ 由这段话我们可以先为其文化勾勒一个草图。它先有三种层次:个人文化、阶级文化以及社会文化。其中,"个人文化依赖于阶级文化";"阶级文化依赖于"社会文化,社会文化包括个人文化和阶级文化,又表现为个人文化和阶级文化。由此,三者构成一种动态的结构,其中,"个人文化不能从集团文化中孤立出来,而集团文化

---

① 李庆霞:《社会转型中的文化冲突》,黑龙江出版社2004年版,第29页。
② T. S. Eliot. Notes towards the Definition of Culture. London: Faber and Faber Limited, 1979: 89.
③ (美)T. S. 艾略特,杨民生、陈常锦译:《基督教与文化》,四川人民出版社1989年版,第3页。
④ T. S. Eliot. Notes towards the Definition of Culture. London: Faber and Faber Limited, 1979: 89.
⑤ (美)T. S. 艾略特,杨民生、陈常锦译:《基督教与文化》,四川人民出版社1989年版,第90页。
⑥ (美)T. S. 艾略特,杨民生、陈常锦译:《基督教与文化》,四川人民出版社1989年版,第90页。
⑦ (美)T. S. 艾略特,杨民生、陈常锦译:《基督教与文化》,四川人民出版社1989年版,第94页。

也不能从整个社会的文化中抽象出来"①，社会文化作为整体文化，涵盖了个人文化和集体文化。这是文化对立统一的第一层表现。这种分层的文化概念完全突破了阿诺德、利维斯的单一文化定义，具有很大的创新性。其次，文化还有具体和抽象的指代之分。比如，当文化指个人的修养、礼仪之时，文化是一种具体的、人类刻意寻求并可获得的东西；而当文化被当作一种抽象的描述人类思想和精神的发展如学问、哲学这一含义时，就比较难以获得一致的解释。由此，文化是具体和抽象的对立统一。同时，因为文化包括文学、绘画、音乐艺术、政治等这些活动，看上去像是以上所有这些活动的总和，其实不然，如果只是一种相加的总和，文化必然是静止的、凝固的。因此，正确的说法是，文化不仅仅是种种文化活动的总和，而且是对所有这些活动融合在一起的一种"想象的理解"。由此看来，文化又是经验与想象的对立统一。这样一来，文化宛如一张立体的网络：里面有个人、阶级、社会层次的划分，有抽象、具体层次的划分，有经验的各种活动及想象的层次划分，当然也有这每一层次的统一。在这个网状结构中，每一层次划分的线均与另一层次划分的线交叉，由此构成立体网络。在艾略特看来，在这一立体网络中，每一点与另一点之间相通，每一点与另一点互动，由此形成一幅和谐的、立体的动态网络图，当这一动态的网络图出现，我们才能说具有"全部的文化"。显然，要想具备全部的文化，要想达到艾略特笔下的"有文化的人"，确实只能是一种幻想。在这种多层次互相交合的相互和谐作用的文化网络中，我们会发现，无论是个人文化、阶级文化还是社会文化，也无论是具体文化还是抽象文化，也无论是包含在文化之中的任何活动，宗教总是或隐或显地处于其中。于是，这就来到他在《关于文化定义的札记》中曾下的断定："没有一种文化的产生和发展同宗教没有关系。"② 也正是在关于文化与宗教的关系问题上，艾略特与阿诺德有了最大的分歧。在1930年的那篇文章《阿诺德与佩特》中，艾略特提到了阿诺德的文化观念。他说："我们阅读阿诺德，为了得到精神上的爽快，也因为他和我们的观点相似，可以做我们精神上的伴侣，而不是我们要做他的信徒。"③ 阿诺德的文化批评在英美批评界影响甚广，追随他的信

---

① （美）T. S. 艾略特，杨民生、陈常锦译：《基督教与文化》，四川人民出版社1989年版，第94页。

② （美）T. S. 艾略特，杨民生、陈常锦译：《基督教与文化》，四川人民出版社1989年版，第85页。

③ （美）托·斯·艾略特：《阿诺德与佩特》，见：陆建德编，李赋宁、王恩忠等译：《现代教育与古典文学 艾略特文集·论文》，上海译文出版社2012年版，第203页。

徒非常之多。从某种层面上来说，欧文·白璧德曾经都受到过他的影响；或者也可以说，阿诺德是新人文主义的一位先驱。在其著作《文化与无政府状态》中，阿诺德曾用一种美妙的散文体描述了文化是一种"对完美的追寻"。他说："文化引导我们认识到，在人类全体普遍达到完美之前，是不会有真正的完美的。"① 而且，"人类是个整体，人性中的同情不允许一位成员对其他成员无动于衷，或者脱离他人，独享完美之乐；正因为如此，必须普泛地发扬光大人性，才合乎文化所构想的完美理念。文化心中的完美，不可能是独善其身。个人必须携带他人共同走向完美，必须坚持不懈、竭其所能，使奔向完美的队伍不断发展壮大，如果不这样做，他自身必将发育不全，疲软无力。"② 对于阿诺德的文化观，艾略特并没有持赞同态度。在他看来，阿诺德"说理的本领"并不见长，也缺乏一种哲学上的"抽象能力"，当然最重要的是道不同不相为谋。这也就是为什么艾略特仅仅只将阿诺德视为"朋友"，而非"领袖"，其间最主要的原因就在于虽然他们都很看重文化，将西方文明的衰落归结为文化的衰落，但在关于文化的具体含义中，他们的分歧实在太大。在阿诺德的上述关于文化的阐述当中，一方面我们佩服他语言的优美；另一方面，我们发现在阿诺德的第二段文字中，如果把"宗教"二字替换成"文化"，似乎完全可行。如是，在阿诺德的眼里，宗教仅仅只是被文化所排挤出去的一样东西，两者完全分离——尽管阿诺德本人也十分重视宗教。这点，在艾略特看来，实际上是瓦解了宗教。正因为有这样的文化观，于是阿诺德在重视宗教的同时，主张这样做："宗教与诗歌相比，我以为宗教体现的人性更为重要，因为它所要达到的完美更为宽泛，受宗教影响的人数也更多。诗歌主张美，主张人性在一切方面均应该臻至完善，这是诗歌的主旨；宗教的主旨是克服人身上种种显而易见的动物性的缺陷，使人性达到道德的完善。尽管诗歌的主张尚不如宗教那么有成效，但它乃是真切而宝贵的思想，诗歌的主张若与宗教观念中有虔诚之心的干劲活力结合，就注定会改造并统治宗教的主张。"③ 由此，在阿诺德看来，宗教不但与文化处于并列的关系，而且一旦文化与宗教"虔诚之心的干劲活力"相结合，就一定可以代替宗教。于是，为了拯

---

① （英）马修·阿诺德著、韩敏忠译：《文化与无政府状态——政治与社会批评》，生活·读书·新知三联书店2008年版，第162－163页。
② （英）马修·阿诺德著、韩敏忠译：《文化与无政府状态——政治与社会批评》，生活·读书·新知三联书店2008年版，第11页。
③ （英）马修·阿诺德著、韩敏忠译：《文化与无政府状态——政治与社会批评》，生活·读书·新知三联书店2008年版，第33页。

救这样的文化低迷现象,阿诺德提出两组概念:"希伯来精神"和"希腊精神"。"希伯来精神"根源于希伯来民族孕育出的基督教精神,因此,希伯来精神意味着"服从",个人要始终如一地遵从神的旨意。阿诺德将当时的英国社会分为三个层次,野蛮人,即贵族阶层;非利士人即中产阶级;群氓即英国的劳工阶层。在整个希伯来风气的影响下,无论贵族、中产、劳工三个阶层所信奉的标准有如何大的差异,不管他们所信仰的是世界一片美好或是物质至上、工具万能,还是随心所欲,盲目跟风,整个英国国民在当时都埋头苦干、兢兢业业、脚踏实地,用自己诚恳的热情和辛勤的劳动创造了英国现代文明。这种辉煌的时刻正是阿诺德所生活的时代:由于最早实行工业革命,英国是当时全世界最富裕的国家。但就是在这种情况之下,当所有的人都埋头致富时,阿诺德提出,正是"长期以来占绝对地位的希伯来精神将我们带到了"这样的"境地"。"希伯来精神坚持让我们天性中的一个方面,而不是所有的方面达到完美;它单单提出道德的一面,服从和行动的一面,它只强烈地关注这些,使严厉的道德良心成为几乎唯一的大事;至于各方面达到完美,让人性得到全面和谐发展等,则可推迟,留待日后到来世再关心。"① 于是阿诺德认为,要达到"完美的"文化,光有希伯来精神是不够的,还得有希腊精神强调智性的本能。他说:"我们的问题正是过于片面地培植崇尚希伯来精神的本能,过于专一地褒扬热切的行动而不重视细致灵活的思想,乃至希伯来天性倾向已发展过度,使我们陷入机械的无果的成规。我们似乎又一次受到教育,认识到目前最需要的是培育崇尚希腊精神的本能倾向,热诚地追寻事物之可知的规律,让鲜活的思想之流自由地冲击既定的观念和习惯。"② 于是,在希伯来精神过于强调德性的片面中,阿诺德试图将希腊精神的智性注入其中,由此达到一种对"美好和光明"的追求,这种将古希腊的理性精神提取出来,补充到基督教一味遵从的柔性思维中的"完美"文化无疑将替代基督教,在这样的文化观中,宗教只是这种完美文化一种不可缺少的成分。

对这种瓦解宗教的文化观,艾略特绝不赞同。他说:"对文化与宗教之间的关系作出简单假定也许正是阿诺德的《文化与无政府状态》一书中最根本的弱点。"③ 不赞同的原因并非仅仅在于他是一个虔诚的基督教教徒,更在于他早已

---

① (英)马修·阿诺德著、韩敏忠译:《文化与无政府状态——政治与社会批评》,生活·读书·新知三联书店2008年版,第125页。
② (英)马修·阿诺德著、韩敏忠译:《文化与无政府状态——政治与社会批评》,生活·读书·新知三联书店2008年版,第131页。
③ (美)T. S. 艾略特,杨民生、陈常锦译:《基督教与文化》,四川人民出版社1989年版,第98页。

看清文化与宗教是一种不能分割的有机体,而非两种互无关联的东西。

他举例说明,"在比较原始的村社里,各种文化活动明显地交织在一起。达雅克人(Dyak)把一个季节天气最好的那些日子都耗费在建造、雕刻和油漆一种用于每年的猎人头仪式的造型奇特的小船上,在这里,他们就同时进行了几种文化活动,有艺术的、宗教的、也有水陆两栖作战的活动。"① 由此,在艾略特看来,只有在原始时代的活动里,"先民不屈不挠的奋斗精神、顽强的民族个性与原始的人道主义及民主体制是互为表里的有机统一体"。②也只有在这样的文化中,"物质"和"精神"才相互交融,相互映衬,互为基础,互相表现,是一个不可分割的整体,而不是可以用"关系"二字来描述的二者。由此,艾略特推论,若不具备一种宗教基础,任何一种文化是不能自行产生和维持下去的;我们称之为一个民族的文化的东西以及我么称之为一个民族的宗教的那种东西,实质上是一个东西的不同方面。因此,艾略特得出结论,文化在本质上可以说就是一个民族的宗教的体现。

然而,对于他当时所生活的那个世俗时代,艾略特非常忧虑。在那个世俗化时代,由于宗教的式微,文化肯定衰退,而这种衰退却是随着文明的进步而来的。这真是对人类莫大的讽刺!由此他提出警示,进步伴随着危险,进步伴随着退步。在他看来,文明的进步"促成了更为专门化的文化集团"③的出现,这种更专门化的文化集团的出现促使了他构造的那个立体文化网络中的点与点之间、层次与层次之间互不往来:"那些具有或应该具有最为发达的文化阶级,其某些分化已经开始,社会中不同层次的文化也开始了某种形式的分离。宗教思想及其实践,哲学以及艺术,全都要变成由彼此之间互不往来的集团各自耕作的互不相关的领域。艺术的感受力由于同宗教的感受力相分离而变得迟钝了,反之亦然;这样一来,礼仪的残余可能只留给了已经消亡的阶级的为数不多的幸存者,这些幸存者既无宗教的感受力,又无艺术的感受力,甚至说俏皮话的才能也没有。所以,在这些幸存者的生活中,没有任何东西可赋予他们的行为以价值。高层次的文化退化,不仅是关系到明显受其影响的集团的重大事情,而且是关系到全社会

---

① (美) T. S. 艾略特,杨民生、陈常锦译:《基督教与文化》,四川人民出版社1989年版,第95-96页。
② 栾栋:《略论中国文化的两栖机制》,《陕西师范大学学报》,1994年第4期,第48页。
③ (美) T. S. 艾略特,杨民生、陈常锦译:《基督教与文化》,四川人民出版社1989年版,第97页。

的人的重大事情。"① 而且，"文化的分化是最严重的而且也是最难以弥合的分化。"② 这也就是艾略特在基于其有机文化观之后所提出的文化危机。在这样的现代社会中，由于科学主义的盛行让文化当中"具体的与抽象的、物质的和精神"有机体分裂开来，文化由此失去张力，失去活力，文化自然陷入危机。

其实，这并不是艾略特个人的一厢情愿，很多哲人也感受到了这一点，如多恩的诗中就有这么一句："一切皆支离破碎，所有的一致性均已不复存在。"席勒也早已指出："国家与教会、法律与习俗，如今都已被分离；娱乐同劳作分离，手段同目的的分离，努力与报偿分离。人被永久地系绑在社会整体的某个独立而微小的片断之上，他自己也变得不过是个片段；日复一日地操弄着机器的齿轮，耳畔充斥着震耳欲聋的噪音。"尼采也是这么认为的，所以他主张返回到"酒神悲剧"。这么多学者都意识到了文化的分裂与文化的衰退，尽管原因并不一样，但他们都明白社会与文化的剧烈变化对整个人类而言不啻是一场强烈的危机，他们都能清醒地认识到"曾一度稳固的社会秩序和思维模式的瓦解，常常会引发广泛的社会不协调感、破碎感、混乱和无序感"。各种各样的智者论述着各种各样文化衰退的原因，也都在拼命地去寻找解决眼前危机的办法。但在这一切背后，我们应该弄清楚"文化"到底是个什么问题，我们也应该再次记住：我们不可能对文化进行控制，也不可能对文化施加任何影响。因为文化不是一架机器，它是一棵树。当你播下一颗橡树种子的时候，它肯定就只能长成一棵橡树。

而既然文化与宗教是不可分割的互相影响的一个有机体，所以当文明不断进步所导致文化分裂的状态同样也能在宗教身上看到："随着社会的发展，大量程度不同和种类不同的宗教权能和宗教职能（以及其他权能和职能）将会出现。值得注意的是，在某些宗教里，其分化是如此广泛，结果实际上产生了两种宗教：民众的宗教和神职人员的宗教。宗教分裂为两个国家。"③ 当宗教被分裂之后，尽管"基督教教义能够而且必须将对同一教义作出的程度不同的理智上的、想象上的和情感上的许多理解包容起来，正如其可以包容不同形式的教规和教仪

---

① （美）T. S. 艾略特，杨民生、陈常锦译：《基督教与文化》，四川人民出版社 1989 年版，第 98 页。
② （美）T. S. 艾略特，杨民生、陈常锦译：《基督教与文化》，四川人民出版社 1989 年版，第 97 页。
③ （美）T. S. 艾略特，杨民生、陈常锦译：《基督教与文化》，四川人民出版社 1989 年版，第 100 页。

那样"①，但人们在信仰的态度上必定会出现"怀疑主义"，怀疑主义的出现导致人们习惯性地对各种事物包括信仰进行检查证据之后再进行判断，而不是如原始社会当中，将信仰自然而然地包含在文化之中，宗教信仰是一种无意识的行为。于是，这种判断、选择导致了宗教的分化，宗教开始衰退。

　　文化—宗教不是彼此分离的两种不同的事物，但也并不能完全等同。它们之间的张力共同构成了文化这课大树。由此，当对一件艺术品进行审美判断时，他这样建议："审美的感受力必须融入精神的洞察力，而精神的洞察力也必须融入审美的感受力和训练有素的审美趣味之中。单单只以艺术标准或宗教标准来评论艺术作品，其结果最终都是有失偏颇的，不完善的。"② 这和他之前在《宗教与文学》一文当中所倡导的将宗教标准引入文学批评标准的观点前后一致。而且在这儿，他再次强调，要真正掌握这种评判的方法，只有在人们对他们的文化和他们的宗教都毫无意识的时候，意思是只有当宗教与文化处于无意识状态之下融于一体之时，才有效果。

　　由于文化与宗教如同一事物的两个面，互不分离，也由于文化如同之前我们所描绘的立体网络，于是文化最终就可以被描述成"某一民族的整个生活方式"。③ 这不仅仅是种种文化活动的总和，而且是"整个社会的创造物"，也是"使社会成为社会的东西"④。于是我们可以看到一种有趣的关系：一个民族的文化是数目不定的各种地方文化的结果，这些地方文化经过分析，又是由各种更小的地方文化组成的。当由小到大地对各种文化进行探讨时，会发现文化的含义均在变化。文化的有机观在于，无论文化的大小，都各具特点，而且各文化之间，如大小文化之间、民族文化与外部文化之间应既有所给予又有所吸收。于是，在任何两种文化的关系上，"总是有着互相平衡的两种敌对力量的存在：即吸引力与排斥力——没有吸引力它们就不能彼此互相影响，而没有排斥力，它们就不能作为相互区别的文化而存在，一种文化就会吸收另一种文化，或两种文化就会融

---

① （美）T. S. 艾略特，杨民生、陈常锦译：《基督教与文化》，四川人民出版社1989年版，第100页。

② （美）T. S. 艾略特，杨民生、陈常锦译：《基督教与文化》，四川人民出版社1989年版，第102页。

③ （美）T. S. 艾略特，杨民生、陈常锦译：《基督教与文化》，四川人民出版社1989年版，第117页。

④ （美）T. S. 艾略特，杨民生、陈常锦译：《基督教与文化》，四川人民出版社1989年版，第117页。

合成一种文化"。①

很明显，艾略特看到了文化与宗教的不可分割，看到了原始文化中那将一切完美地融于一身的有机文化，也敏锐地指出了当今西方世界文化衰退的原因隐含于科技的发展，文明的进步所造成的文化分裂之中，也就是说，他看到了西方现代文化一味进取、一味"崇今"的弊端，因此在解决这一问题之上，他推出原始文化，推出传统文化，希望用原始文化中那独特的包容性来"涵摄""西方现当代文明中工具理性与实质理性角弓反张的机制"②。同时，深谙印度哲学的艾略特肯定也注意到了东方文化对西方文化的弥补、借鉴作用。因此，在文化传播的过程中，他格外强调家庭的作用。确实，与西方现代社会相比，东方是以血液为纽带的家族式的宗法制社会，在这样的社会里，个体没有西方现代人所具有的疏离感。对东方社会的此种特点，他予以吸收，认为在文化传播的过程中，如果"家庭生活不再发生作用"③，那我们的文化肯定会堕落，因为"没有任何人能完全逃出其从儿时环境中所获得的那种文化，或完全超越这一文化层次"。④ 在艾略特的笔下，当家庭传播文化时，家庭实际上充当了一种承袭过去、延续将来的重要社会单位。这是一种东方式家庭的家族传承，而非西方社会所认为的仅仅只是"活着的家庭成员"之间的文化传播，因此，这种家族传承就是一种家庭成员之间的情结，这种情结就其延续的时间而言比对死者的缅怀之情更长，比对未出生的婴儿的渴望之情更长，这种情结绝不等同于崇拜家族血统，也不是社会纲领的制定者对未来政策的期待。当然，这并不是说家庭是文化传播的唯一渠道，因为在任何一个结构复杂的社会里，文化传播是得到了其他传统渠道的补充和延伸的，如从师傅手中或从技术学校里学习技艺，从大学里学习知识，从宗教团体学习某种宗教信仰，等等，这种学习都是一种文化的传播，也是一种生活方式的承袭。

艾略特所提出的解决西方文化分裂的办法，其实谈不上十分清晰，也谈不上有系统。因此，如果我们能够将栾栋先生所作的《略论中国文化的两栖机制》一文与艾略特的文化观点联系起来看，恐怕我们能得到更大的启示。在这篇文章中，栾栋先生指出："中国文化经久不绝的关键在于它是一种原始文化文明文化

---

① （美）T. S. 艾略特，杨民生、陈常锦译：《基督教与文化》，四川人民出版社1989年版，第116页。
② 栾栋：《略论中国文化的两栖机制》，《陕西师范大学学报》，1994年第4期，第51页。
③ （美）T. S. 艾略特，杨民生、陈常锦译：《基督教与文化》，四川人民出版社1989年版，第118页。
④ （美）T. S. 艾略特，杨民生、陈常锦译：《基督教与文化》，四川人民出版社1989年版，第117页。

的独特的结合体。"① 在他看来，这种两栖文化具有"长于持恒收成，弱于革故鼎新"②的特点，它使得中国人的意识活动呈现出"整体性"、"和合性"以及"混融性"等特征。正是因为"强于守成"，这种两栖文化机制"对社会制度的稳固作用非常强韧"③，"使得中国文明不致大起大落"④。但也恰恰是其"弱于革故鼎新"的短处，"助长着国民性中怯懦、保守和苟且的弱点，使文明古国停滞僵化"⑤。因此他指出，如果能"借鉴西方思想、文化、科技和经济管理等方面的有益成果"⑥，定将会对中国两栖文化机制中的"流弊以越来越沉重的打击"⑦，会推动中国文化积极发展。那反过来看，西方文化正好相反。西方文化"在调节、改进和克服自身弊端方面积累了许多经验"⑧，但其工具理性的急速扩张却需要"一种宏伟的调控机制，一方面防止科技文明导致人的完全物化，另一方面也给人与自然的和谐共济提供制衡作用"⑨。也就是说，"中国两栖文化的综合性、传承性和和合性，足以给西方文明裂变危机提供一种疗救的参考"⑩。

诚然，在解决东西方文明问题上，关于"东方文化与西方文化"之间互为补充互相促进，"原始文化与文明文化"之间"相反相成"、"互相牵制"的关系，艾略特并没有看得如此清晰透彻。但不管怎样，其为弥合西方文化的分裂而对文化所作的详细、创新的考察，其笔下那所有活动融为一体、互相影响、互相依存的有机文化观就是对西方文化的"自身弊端"所作的"调节、改进和克服"，而此种文化观不但对20世纪的西方世界，而且对当今时代的我们，都有一定的启发。

二、一种"辟文化"的解读

可以说，艾略特的这种"有机文化观"对栾栋先生所提出的开创性命题"辟文化"有着某种程度的印证。在栾栋先生看来，"辟字的结构就很深刻地透

---

① 栾栋：《略论中国文化的两栖机制》，《陕西师范大学学报》，1994年第4期，第48页。
② 栾栋：《略论中国文化的两栖机制》，《陕西师范大学学报》，1994年第4期，第51页。
③ 栾栋：《略论中国文化的两栖机制》，《陕西师范大学学报》，1994年第4期，第50-51页。
④ 栾栋：《略论中国文化的两栖机制》，《陕西师范大学学报》，1994年第4期，第51页。
⑤ 栾栋：《略论中国文化的两栖机制》，《陕西师范大学学报》，1994年第4期，第51页。
⑥ 栾栋：《略论中国文化的两栖机制》，《陕西师范大学学报》，1994年第4期，第52页。
⑦ 栾栋：《略论中国文化的两栖机制》，《陕西师范大学学报》，1994年第4期，第52页。
⑧ 栾栋：《略论中国文化的两栖机制》，《陕西师范大学学报》，1994年第4期，第52页。
⑨ 栾栋：《略论中国文化的两栖机制》，《陕西师范大学学报》，1994年第4期，第52页。
⑩ 栾栋：《略论中国文化的两栖机制》，《陕西师范大学学报》，1994年第4期，第52页。

露出了这样一种前文化与辟文化在缘起处的凑泊。①辟从卩，徐中舒主编的《甲骨文字典》释卩为祭祀跪拜姿势，即'祭祀时之行礼活动'。②许慎释卩为'瑞信也。守国者，用玉卩；守都鄙者，用角卩；使山邦者，用虎卩；土邦者，用人卩；泽邦者，用龙卩；门关者，用符卩；货贿用玺卩；道路用旌卩。象相合之形。'③辟从辛，《说文解字》认为，辛属秋，'秋时万物成而熟，金刚味辛，辛痛即泣出。'④郭沫若训辛未剞剧，即所以施墨刑之曲刀。⑤辟亦从口，口是重要器官，许慎看到了其作为'人所以言食'的重要功能。⑥《甲骨文字典》从古卜辞考索，推究出了口的否定性和消极性的方面，因而'疑为灾祸之义'。⑦病从口入，祸从口出。灾祸义亦可通。综合上述各点，至少涉及如下义项：'祭祀'，'跪拜'，'瑞信'，'相合'，'金秋'，'物成'，'辛痛'，'泣出'，'曲刀'，'施黥'，'言食'，'灾祸'，诸如此类的意义组合，成全了一个辟字。其中囊括了石破天惊的自然人文，也贯穿了人猿揖别的氏族自然，将鸿蒙辟开的偶发和人文辟合的必然结成连理。"① 于是，从"辟"字的解析看来，"在中国古代，辟—文—化中字字有生克，笔笔有解析，绘声绘色地擘画出有物混成的缘构样态，活灵活现地传达出天地初判的音韵信息，惟妙惟肖地披露出三才文化的缘构精神。早在人文源头，辟象作为一种天地人的耦合，披露了自身的非凡构造，蕴涵着本原意义上的辟文辟化。"②

艾略特认为文化由于分裂而导致文化衰退，那反言之，若想让文化恢复其活力，就必须让文化统一成一个有机体。让文化成为统一的有机体，这样的说法自然有一定道理，但总好像少了些什么。细细思来，其实少的正是栾栋先生所谓的"对多元文化的辟思性解读"。③ 因此，与其说让文化成为一种统一的有机体，不如说让文化成为一种"辟文化"。正是在这种"辟文化"思想的观照下，在艾略特的有机文化观里才会存在着"一"与"多"之间的辩证："一个民族的文化要得以繁荣，则这个民族既不能过于统一，又不能过于分裂……过分的统一，可能是由于不开化，它会导致暴政；而过分的分裂，则可能是由于腐败，它也会导致暴政；因而它们都会阻碍文化的进一步发展。"④ 也就是说，一个民族的文化想要繁荣，则不能有过分的统一，因为过分的统一势必导致僵化、极权。当然也不

---

① 栾栋：《辟文化简说》，《中国文化研究》，2011 年（秋之卷），第 165 页。
② 栾栋：《辟文化简说》，《中国文化研究》，2011 年（秋之卷），第 165 页。
③ 栾栋：《辟文化简说》，《中国文化研究》，2011 年（秋之卷），第 168 页。
④ （美）T. S. 艾略特，杨民生、陈常锦译：《基督教与文化》，四川人民出版社 1989 年版，第 125 页。

能有过分的分裂。只有当"一"与"多"之间的张力达到某种平衡,文化被分裂的危机才能克服。同理,宗教也一样。当然在这里,"为了达到本文的目的",艾略特解释说他"不得不同时坚持两个互相矛盾的命题:其一是,宗教与文化是一个统一体的两个方面,其二是,宗教与文化是两个彼此不同相互对立的东西"。① 实际上,宗教也的确如此,过分的统一势必会像中世纪那样,僵化凝固;但过分的分裂则又会使其失去控制,引发争执。看来,如何在"一"与"多"之间进行平衡,是艾略特苦苦思考的东西。

关于"一"与"多"之间如何进行平衡,艾略特提出了"卫星文化"这一概念。这种"卫星文化"是以英伦三岛的地区文化与英格兰文化之间的文化关系为例,对独断文化进行化解的最好表现。首先他指出,存在于英伦三岛上的文化是一种呈星座分布的特殊情况,其间,较弱的那方也保留了其自身的语言、文化,与较发达的文化之间保持着一种持久稳定的关系。简单地说,较弱的那方既依赖另一种发达文化,但又并不废除自己本民族所特有的文化、语言。如此所形成的卫星文化不同于那种独立自主的小国所拥有的独立文化。在艾略特看来,卫星文化不但对较低层次的那方文化有好处,而且对于较发达的那方文化同样有益。比如说,如果威尔士人、苏格兰人和爱尔兰人变得与英格兰人一模一样,大家都变成了不分彼此毫无特色的英国人,那不但是对威尔士、苏格兰、爱尔兰文化的一种摧毁,同时英格兰文化本身也会变得一无是处,单调,乏味。这就是说,在卫星文化的星云图中,星座间的影响是相互的,并不会因为哪一星座较大而不受较小星座的影响。因此,如果英格兰文化能持续不断地从苏格兰、爱尔兰和威尔士的文化吸收精华、得到影响,那么英格兰文化也就会变得更加丰富更加深厚。所以说,卫星文化是一种相互影响、互相依赖的文化现象。如此看来,卫星文化的实质就在于,如果英伦三岛上较弱一方的文化完全被英格兰文化所取代所同化,那么英格兰文化自身也会消失。这就好像说,如果英国文化完全脱离欧洲大陆的文化,那么双方都不可能更加繁荣昌盛。进一步推论,如果英格兰周围较弱那方的文化消失了,或者说英格兰本地内更低级的地方性文化被同一化了,也就是说,如果整个英伦三岛的文化完全被同一了,那所产生出来的文化势必是一种层次更低的文化。这也就意味着,在这样的星座式的文化图景中,只有保持地方性文化的"多",才能使那种"一"得以繁荣,只有各个文化各自所组成的部分彼

---

① (美)T. S. 艾略特,杨民生、陈常锦译:《基督教与文化》,四川人民出版社1989年版,第125页。

此互利,相互独立,却又相互影响才有利于那个民族那个国家整体文化的繁荣。

在对这种星座式的文化进行解读的过程中,艾略特多次强调多样性的必要性。在他看来,多样性意味着既有朋友又有敌人,朋友意味着人与人之间的类似与惺惺相惜,敌人意味着人与人之间的不同与冲突。诚然,一个人在适当的时候遇到一位真正的朋友是幸运的,但一个人在适当的时候遇到真正的敌人同样也是幸运的。为什么如此说呢?敌人意味着冲突、猜忌,当一个人在面对敌人时,他势必会对自己做进一步的提升来对抗敌人,于是,在这种与敌人的"摩擦"中,自身获得了创造和进步。同时,"摩擦"意味着多样性,而多样性对统一性而言,又能起到牵制作用。因此,艾略特认为,"摩擦"对于一个社会而言至关重要。在"一"与"多"的相融相合中,他提醒我们,一个国家如果过于分裂,对其自身肯定是一种危险;但如果过于统一,那也绝不是一件好事。过于统一极可能演变成法西斯那样的极权主义。

正因为想要"统一"全欧洲,乃至全世界,因此,尽管德国法西斯清楚地意识到各种文化之间的不可调和性和多样性,但他们仍坚持用一种暴力的方式试图达到政治、经济、文化上的德式统一,坚持任何与他们自己文化相敌对的文化都应该强行予以根除,认为终极的世界文化就是他们自己所属的文化的延伸。当他们这样做时,他们不但给地球上其他国家的文化带来了毁灭性的打击,而且让他们自己的文化也未幸免于难。

在关于"一"与"多"的探讨中,艾略特还深入到殖民地化这一问题上。在这个问题的探讨上,他将英国与印度之间的殖民地关系拿来作为例证。在他看来,其实也是事实表明,当英国在印度表现出一种狂妄的高高在上的姿态,想要统一印度文化时,他们完全没有料想到印度文化是如此一种复杂而又难以统一的多元文化:"它既包括具有高度文明的古代传统的人民,又包括只具极为原始的文化的部落人。既存在婆罗门教,又存在着伊斯兰教。此外,它还存在着其宗教基础完全不同的两种或更多的重要文化。"① 因此,当英国人企图强行将印度文化同化时,他们不但达不到目的,而且反而给印度,甚至给自己带来了"压制个性和扭曲个性的结果"②。所以说,英国给印度带来所谓的好处只是表面的、纯物质上的,这种好处转瞬即逝,但他对印度本土文化的干扰所造成的恶果则将

---

① (美)T. S. 艾略特,杨民生、陈常锦译:《基督教与文化》,四川人民出版社1989年版,第141页。

② (美)T. S. 艾略特,杨民生、陈常锦译:《基督教与文化》,四川人民出版社1989年版,第141页。

一直不断地持续下去。

同样，一种移民形式的殖民地化问题也不可避免地遇到"一"与"多"的问题。也就是说，当带走了一部分本国文化的移民来到一个新的地方之时，他们不可避免地将在新的土地上发展出一种新的文化，这种文化既与其母体文化相似而又与之不同；既与当地的文化有所关联却又有明显异于当地文化，这种移民文化非常复杂，它带来一种特殊类型的"文化交感"（艾略特语），实际上也就是一种"一"与"多"的冲突。

当面对着这样一种统一的文化与地区多样性文化之间的冲突时，艾略特这样看待，他说："我们的任何所作所为，都会对我们自己的文化和其他一些民族的文化产生影响。我们也应学会尊重每一种其他民族的整体文化，不论这种文化较之我们的文化是如何低级，也不论我们指责它的某些特点是如何正当。处心积虑地毁灭其他民族的总体文化是一种无法弥补的过错，其罪恶不亚于把人当作动物来对待。"① 这样的句子令当今的我们听起来仍觉震撼，实际上，这也就是艾略特"辟文化"思想的最佳解读，这样的"辟思"无疑是一种"独断文化的厄化剂"②、解毒剂。

诚然，如艾略特所说的那样，有独断文化并不奇怪，但"在文化上完全自给自足是根本行不通的。任何国家若希望使其文化绵延不绝，就必须同其他国家进行交流。但是如果在欧洲的统一性内将各种文化彼此拆离是一种危险，那么将导致单一的统一也是一种危险。多样性和统一性同样不可或缺"。③ 而且更"要紧的是还须有破除独断文化的制衡因素。有制衡独断文化机制的民族可以久治长安，没有此机制的民族往往会将自己逼上绝路"。④ 因此，在艾略特提出的有机的文化统一体中，我们已经可以清晰地看到栾栋先生所提出来的"辟思"精神。

既然在艾略特的眼里，文化与宗教不可分割，那很显然，适用于文化上的"辟思"同样适用于宗教。于是我们可以发现，在论证宗教的"一"与"多"时，艾略特再次显露出那已超出西方辩证模式的"圆融"思想。他说，16世纪宗教改革以来的教派分裂这一现象既是对欧洲任何一种地区文化的损害，但同

---

① （美）T. S. 艾略特，杨民生、陈常锦译：《基督教与文化》，四川人民出版社1989年版，第142页。
② 栾栋：《辟文化简说》，《中国文化研究》，2011年（秋之卷），第168页。
③ （美）T. S. 艾略特：《诗的社会功能》，见：王恩忠编译：《艾略特诗学文集》，国际文化出版公司1989年版，第246页。
④ 栾栋：《辟文化简说》，《中国文化研究》，2011年（秋之卷），第168页。

时，也带来了许多非常引人注目的文化成就。由此他推论，一个"全无新教倾向或新教倾向微乎其微的"国家要么是宗教集权、政治僵化，要么信仰式微、道德沦丧。在宗教集权的国家里，无论教会和国家谁处于支配地位，都将导致一种"反宗教文化"的生长，由此使得这一宗教陷入分裂的局面。而在不信教的国家里，由于没有信仰而道德沦丧，此种国家更不在艾略特称许的范围之内。也因此，艾略特证明了同样的道理，即在宗教中保持"一"与"多"的平衡是多么的重要。这种平衡，艾略特认为英国国教基本上算是做到了。因为这是一种包容了很多教派教义、"一"与"多"保持着最佳平衡的教派。在艾略特眼里，这无疑是一种理想的宗教状态。实际上，写作此文时，他已经皈依了英国国教派。为什么会皈依英国国教派，想必这也是个很大的理由吧。说到底，在艾略特心里，无论是具有中央管理机构的国际教会，还是国家教会或独立教派这三种宗教组织的主要类型，都不能确保文化不会退化。因此，他提出"在社会各个阶级的相互关系上，在一个国家的几个地区的相互关系以及地区与中央政权之间的关系上，保持某种向心力和离心力之间的持续斗争是很有必要的。因为没有这种斗争，平衡就不可能维持，任何一方取胜，结果都会是悲催的"。① 但同时，在这种平衡中，还应有一种共同信仰，即希望一切民族紧密地聚合在某种文化中的努力。总之，如何突破独断文化，使多元文化各因子之间进行交流互动，兼容并蓄，从而达到整体相关性与动态平衡性的统一，开放性与交互性的统一，应该是在"辟文化"的视角下对艾略特文化观的最佳解读。

第二节 政治、教育：艾略特文化的"双重面相"

在《基督教与文化》一书的前言中，艾略特曾引用过某个匿名记者在1939年7月13日发表于《新英语周刊》上的一段话："在每一个社会里，人们都依赖（某种）精神制度和政治制度，而且无疑也依赖经济活动为生。众所公认的是，在不同的时期，他们主要是把自己的信任放在作为社会的真正结合剂的上述

---

① （美）T. S. 艾略特，杨民生、陈常锦译：《基督教与文化》，四川人民出版社1989年版，第160页。

三种东西之一上。但是，他们任何时候也不曾排斥另外的两种东西，原因是他们不可能这么做。"① 在这里，艾略特认为这个记者对构成社会的三样主要的东西作了重要的区分，即影响社会的三种最主要的制度应该包括政治制度、经济制度和精神制度，三种制度之间不可分割，三种制度互相影响，因此应该有机地将三种制度构成整体，一起来看待，如此才能对整个社会进行一种批判及有意识地建设。而且在《关于文化定义的札记》这篇文章的导言里。他也明确表明，要在论述文化的这些章节里，"把文化同政治及文化同教育的纠葛解开"。② 因此，我们可以说，在艾略特所论述的有机文化观中一直呈现的是那政治与教育的双重面相，在这双重面相之中，宗教作为灵魂，始终贯穿其中。

一、重视社区、公共事务及教育——艾略特家族的传承

作为一名诗人，艾略特毫无疑问应对诗学、文艺感兴趣，为什么他会如此重视政治、教育这类公共事务？笔者认为，这和他小时候所处的环境有直接关系。记得他曾说过："文化传播的基本渠道是家庭"③，这也就意味着，在他心里，家庭教育，包括父母的潜移默化作用，对于一个人的成长、对子女产生的影响非常重要。因此，尽管他十分反对从传记学或心理学方面分析某一作品，但现在的我们却不得不去翻一翻他的传记，看一看他曾经所接受过的教育。果然，在传记中，我们发现重视教育、关心公共事务是艾略特家族的优良传统，因为他们家积极投身于社会服务事业的这一根源可追溯到家族中赫赫有名的教育家查理斯·威廉·艾略特之上，他曾是哈佛大学的董事之一；也可直接追溯到对艾略特影响至深的祖父——威廉·格林利夫·艾略特身上，他是当今美国名校之一的圣路易斯华盛顿大学的创始人。对于这位几乎影响了托马斯·艾略特一生的祖父，我们有必要提一提。他毕业于哈佛大学神学系，是唯一神教的牧师，1834年为传播唯一神教福音从波士顿举家迁移到当时的文明边缘之地圣路易斯。他以慷慨无私、济贫扶弱的人格魅力成功地在当地传播了信仰，建造了唯一神教堂，而且于1853年创办了史密斯学院和圣路易斯华盛顿大学，并出任校长。对于这样一位

---

① （美）T. S. 艾略特，杨民生、陈常锦译：《基督教与文化》，四川人民出版社1989年版，第2页。
② （美）T. S. 艾略特，杨民生、陈常锦译：《基督教与文化》，四川人民出版社1989年版，第36页。
③ （美）T. S. 艾略特，杨民生、陈常锦译：《基督教与文化》，四川人民出版社1989年版，第117页。

极富正义感和奉献精神的祖父,虽然艾略特从未与其谋面,但在母亲写给孩子们的回忆录中,以及在所接受到的家庭教育中,艾略特对他的音容笑貌、他的规诫训律并不陌生。正如 1953 年 6 月,当他受圣路易斯·华盛顿大学之邀为其百年校庆所作的题为《美国的文学与美国的语言》的讲演中曾提到的那样:"我从未见过我的祖父,他在我出生的前一年就去世了;可是他的影子却始终伴随着我长大成人……家里的一切行为标准都是祖父订下来的;我们所奉行的道德判断,我们对于责任与放纵的区分都是依照着祖父的原则,这些原则仿佛是摩西从西奈山上带下来的神圣律法,而一切违背它们的行为都是有罪的。"①祖父对于这个家庭,如同摩西。因此,虽从未见过祖父,但祖父的精神与戒律却与他如影相随。其实相对于戒律,祖父更是一名实干家,他要求族人为公众服务做出的实际行动要比严格的清规戒律多得多。对此艾略特如此回忆:"其实,祖父定下来的律法中要求我们努力践行的东西要多于严格的清规戒律,而其中一条就是要为公众服务的法则……那就是必须要参加各种涉及公共服务的委员会的工作。这条为公众服务的法则特别关乎三个方面:教会、城市和大学……这一切构成了宗教、社群和教育事业的象征物。"② 从这里,我们可以清晰地看出,早在儿童时代,艾略特就被灌输要有使命感、责任感,要关注公共事务,要关注社会,关注民族精神,要参加涉及宗教、社会和教育的各项文化事业。对此,艾略特欣然接受,因为他"认为任何儿童在这种受尊敬的制度下成长,作为一个孩子生涯的第一步,是一件极好的事情"。不但接受,而且成年之后他一直都试图将童年所接受到的教育付诸实践。正因为这样,他几乎丝毫不差地继承了祖父身上所具有的强烈的社会责任感、献身于公共事业的热情、一丝不苟的原则以及对宗教的追寻等特点。因此,在他成年之后所从事的任何领域,无论是文化、社会批评,还是诗剧创作,抑或是他从事的《标准》杂志以及费伯出版社的编辑工作中,人们都很容易发现其祖父的精神,可以说,他对文学传统和历史意识的强调,对教育中古典审美趣味的推崇,对世俗文明的否定和对基督教社会的构想等方面,都是在追随着祖父的足迹。正因为祖父的烙印在他身上如此深刻,因此,无论他是作为宗教学家、社会活动家、文化批评家,还是诗人,他所表现出的对社会政治的关

---

① (美)托·斯·艾略特:《美国的文学与美国的语言》,见:陆建德编,李赋宁、杨自伍等译:《批评批评家 艾略特文集·论文》,上海译文出版社 2012 年版,第 46 页。
② (美)托·斯·艾略特:《美国的文学与美国的语言》,见:陆建德编,李赋宁、杨自伍等译:《批评批评家 艾略特文集·论文》,上海译文出版社 2012 年版,第 46 页。

心，对人类文明衰退的痛心疾首，以及对教育事业的积极参与，一点也不让人觉得奇怪。

除了童年时代所受到的影响，艾略特在求学道路上的经历也为他日后在关心政治、教育等问题，孜孜不倦地寻求最理想的政治制度以及教育策略方面打下了基础。在这方面，对他影响最大的非欧文·白璧德莫属。作为一位人文学者，欧文·白璧德自1894年开始，直至1933年去世，一直任教于哈佛大学，教授法国文学与比较文学。他著名的《文学与美国的大学》一书发表于艾略特做他学生的前一年。这本书言辞激烈地抨击了工业社会有关进步的说法，指出像哈佛这样的美国大学对正在发展中的工业文化和平均主义卑躬屈膝，为此他主张采取并实施"新人文主义"教育理念。《民主与政治》是他最后一本论著，也许这是一种巧合，也许是刻意的安排，但不管怎样，白璧德的新人文主义贯穿了他的教育理念与政治思想。虽然从艾略特与新人文主义者之间一系列的论争中我们可以清楚地看到，艾略特与老师的"新人文主义"概念之间有着很大分歧，但我们并不能因此而说艾略特是一位不具有人文主义精神的知识分子。事实上，他可能比任何人都具备人文精神，比任何人都了解"新人文主义"，他从"新人文主义"中学到的东西应该也超过了任何人。因此，在政治，尤其是教育方面，白璧德对他的影响是至深的。正因如此，我们才可以明白，为什么艾略特关于教育、政治的一些文章、片段里会带有浓厚的白璧德的影子，会表达白璧德曾经所关心的问题以及他的态度。

二、艾略特之文化观与政治的关联

说到文化与政治的关系，我们中国人当然不会感到陌生，甚至可以说整个20世纪，因为曾经经历过的政治风云、路线斗争，等等，我们在这方面的神经已变得十分发达。文化与政治的关联，在中国人的眼里异常敏感。但是，艾略特诉说的文化及其同政治的关联，却完全不同于这一情况。深谙黑格尔哲学、涂尔干的宗教社会学和曼海姆的知识社会学的他，在批判、继承前人学说的基础上，阐述的文化与政治的关联实际上是一种精英文化与大众文化共同存在的有机社会体。通过对这一有机社会体的勾勒，他指出，当今时代，由于文化分裂导致文化变成了一种政治手段，因此我们应该十分警惕各种类型的帝国主义所推行的"文化殖民"，这种文化殖民不仅对殖民地的文化有很大的伤害，而且对帝国本身也将带来惩罚。在这一点上，艾略特的文化政治观无疑对我们仍然具有很大的启示。

阶级产生于文化出现分裂的社会发展的高级阶段。在艾略特看来，阶级的产生并不总是有害的，反而，阶级的产生使得"某个特殊层次的文化的维系不仅有利于维系该文化的那个阶级，而且也有利于全社会"。① 基于这样的想法，艾略特反对当时弥漫于英国希望建立一个"我们的理智有能力引导我们去争取的无阶级社会"② 的普遍思潮。"无阶级社会"的思潮来自于启蒙主义观点，因为启蒙主义强调"社会可以通过世俗的、平等的、自治的方式进行管理"。对这种"无阶级社会"、平等的社会，艾略特与加塞特一样，始终保持着高度的警惕。由此，在他的政治理想中，他提出要建立一个有合理阶级冲突的社会的理想社会。什么叫"合理的阶级冲突"的社会？对于艾略特而言，就是一种介于"无阶级"和"有阶级"之间的一种社会。在他看来，无论是无阶级的社会抑或是等级森严的社会，都不是完美的社会。因为在这样的社会中，文化都有可能直接衰退。而且，他认为"无阶级的社会总会产生阶级，而阶级社会则总是趋于消除其阶级划分"。③ 据此，他设计了一种理想的介于两者之间的阶级社会。在这个社会中，"各个阶级都应不断地有消有长"。④ 这意味着这个社会有阶级区别，但各种阶级之间的疆界模糊，能够自由混合，在文化上相互交往。由此各个阶级就会拥有一种"共同的文化"。建立这样一种有阶级的社会，在艾略特看来比没有阶级划分的国家会更加宽容、更为和平，因为"阶级划分意味着民族内部有既有团结，又有冲突，而适当的冲突对国家的稳定似乎更为重要"。⑤

既然这样的社会是由高低不同的阶层所组成，那么处于较高等级的阶层理应具备充分的文化素养，由此艾略特在这一阶级社会中引出了精英。在艾略特看来，精英并不完全来源于上层阶级，但它"必然附属于某个阶级，不管这个阶级是上层阶级还是下层阶级"。⑥ 当然，"统治阶级是最有可能吸引这类精英集团的"。当精英集团取代统治阶级之后，他们将承袭积极的社会职能，作为领导者指导国家的公共生活。在这里，艾略特针对德国学者曼海姆将择取精英的标准定为"血缘"、"财产"和"成就"，批评曼海姆将"阶级"与"精英"混为一谈。他毫不客气地提出质疑，"我认为在阶级分化尖锐的时候也能辨别出精英，我们

---

① （美）T. S. 艾略特，杨民生、陈常锦译：《基督教与文化》，四川人民出版社1989年版，第108页。
② （美）T. S. 艾略特，杨民生、陈常锦译：《基督教与文化》，四川人民出版社1989年版，第108页。
③ （美）T. S. 艾略特，杨民生、陈常锦译：《基督教与文化》，四川人民出版社1989年版，第109页。
④ （美）T. S. 艾略特，杨民生、陈常锦译：《基督教与文化》，四川人民出版社1989年版，第109页。
⑤ （美）T. S. 艾略特，杨民生、陈常锦译：《基督教与文化》，四川人民出版社1989年版，第110页。
⑥ （美）T. S. 艾略特，杨民生、陈常锦译：《基督教与文化》，四川人民出版社1989年版，第117页。

会相信中世纪的艺术家们都出身贵族吗？或者，社会等级制和政客们都是按照家族血缘关系而决定的吗？"① 由此，在艾略特看来，精英指代"一个秩序井然、与众不同的群体，而绝不仅仅是一群优雅人士、大亨或者地方首领"②，它是一个极富变动性的概念。这一群体有着内在共同的关注对象，分享着共同的语汇，表达着共同的诉求。正因为有了阶级的划分，有了精英的出现，在之前所描绘的文化网格里，我们还得划出阶级的层次以及精英的层次。这两种层次不但相交，而且他们之间和谐的活动将使文化呈现活性。

在文化这个立体网状图里，艾略特认为，精英的功能在于消费高雅文化、保存高雅文化。由此，艺术作品、思想作品的主要消费者，以及保存高雅文化的任务就由一类既来自精英阶层，又来自统治阶级的人共同承担。于是，通过文化，阶级和精英纠缠在一起，重叠在一起。其次，在这个重叠的人群里，精英通过消费文化，又与其他阶级发生联系，从而传播高雅文化。阶级传播文化，优秀个人即精英传播文化，家庭传播文化，而文化的生产者则负责改变文化，于是，在文化这个有机网格里，所有的层次、所有的点都在相互活动，相互交流。每一个点都在各司其职。既然文化是一种生活方式，因此，每个人都会按其承袭的地位，每个人都会按其承袭的社会地位或多或少地承袭对社会的责任，每个阶级也会承担起多少有些不同的责任。

通过引入阶级、引入精英，艾略特进一步完善了他的有机的立体文化大网络。在这样一种理想的社会里，当位于文化这幅立体文化网络上的所有"点"都和谐地互相活动，文化绝不会衰落。这样的社会，并不是一个"没有阶级而完全由精英集团统治的社会"③，那样的社会"即使是最乐观的人也不会指望这种社会体系会运转得十分理想"④。诚然，"精英集团通过驱逐前统治集团，可以拯救、改造或复兴国民生活"⑤，但也有可能"步其他统治精英的后尘而变成统

---

① （美）T. S. 艾略特，杨民生、陈常锦译：《基督教与文化》，四川人民出版社1989年版，第113页。
② （美）T. S. 艾略特，杨民生、陈常锦译：《基督教与文化》，四川人民出版社1989年版，第119页。
③ （美）T. S. 艾略特，杨民生、陈常锦译：《基督教与文化》，四川人民出版社1989年版，第119页。
④ （美）T. S. 艾略特，杨民生、陈常锦译：《基督教与文化》，四川人民出版社1989年版，第119页。
⑤ （美）T. S. 艾略特，杨民生、陈常锦译：《基督教与文化》，四川人民出版社1989年版，第120页。

治阶级"①，然后又重新回复到一种等级森严的阶级社会。因此，艾略特希望通过在一种有阶级的社会里引入精英阶层，从而实现他理想当中的那种介于有阶级和无阶级的社会，而建构这样的社会，其目的最终指向的是一个"国家的总体文化"②，因为只有这样，文化才能处于一种流动的、变化的活力之中。

  实际上，无论是阿诺德还是利维斯，他们都曾表现出浓郁的精英意识。因此，艾略特的精英意识与他们一脉相承。事实上，在其文学批评中，他也同样崇尚精英，只是这种精英在文学的世界里不叫精英，叫"卓越人物"。如他所说："永远应该有少数能鉴赏诗的先行者，他们独立，并在一定程度上超过他们自己的时代，或者随时准备比常人更快地吸收新异的事物。文化的进步并不是要让每个人都走在最前列，这样做仅仅只能让大家跟上而已；它指的是维持这样一批卓越人物，同时大多数更为被动的读者落在后面不超过一个世代左右。"③ 其中，"卓越人物"四个字他用了着重的符号来强调。由此看来，不但是政治上需要精英，文学上也同样如此。在这方面，艾略特和阿诺德、利维斯一样，他们所推崇的文化精英都是从社会上各个阶层中脱颖而出的最优秀的个人，是受过良好教育、具有高度修养的文化人。只是，在阿诺德那里，这个最优秀的个人被称之为"最佳的自我"或"最优秀的自我"；在艾略特那里，这个最优秀的个人则直接表述为"精英"或"精英集团"。利维斯与之不同，他将最优秀的个人称之为"少数人"，他所认可的精英指具备一定文学修养的知识分子，主要以伟大的诗人或文学家为代表。从三人的称号表述上我们似乎可以较为清晰地看到，从阿诺德到利维斯再到艾略特，他们的精英意识实际上在慢慢地变得清晰明了。如果说阿诺德的"最佳自我"流露出了精英的初步意识，那么利维斯的"少数人"则将这种意识明朗化，而艾略特则在他们的基础上明确地树立起精英文化的意识。由此看来，这一批关心文化的知识分子内部也在进行一种自觉性反思。

  从根源上说，精英文化观和大众文化观是密不可分的。但在对待大众文化这一点上，艾略特和阿诺德、利维斯所持的态度并不一样。虽然他不否认，"大众"即是在阿诺德的文化观念里所称的与贵族阶层和非利士阶层所对立的劳工

---

① （美）T. S. 艾略特，杨民生、陈常锦译：《基督教与文化》，四川人民出版社1989年版，第120页。
② （美）T. S. 艾略特，杨民生、陈常锦译：《基督教与文化》，四川人民出版社1989年版，第121页。
③ （美）T. S. 艾略特：《诗的社会功能》，见：王恩忠编译：《艾略特诗学文集》，国际文化出版公司1989年版，第244页。

阶层，是"群氓"，也不否认以广告、电影等文化工业产品的形式所呈现出来的大众文化消解了文学经典的高雅趣味性和权威性，降低了大众的文化品位。对此，他甚至曾以一种略带嘲讽的口气说："广大群众几乎只关心他们同土地、海洋、机器以及少数人之间的享有和责任的直接关系"①，也曾很愤慨地表示过"群氓，尽管他们吃得好，穿得好，而且还训练有素，但群氓终归是群氓"。② 但不要忘记，也许他是"高雅文化的鉴赏者，但他也是流行生活方式的拥护者"③，因此尽管他贬低大众文化，但他并非像一位纯精英主义者那样支持一般文化而反对具体文化，支持高雅文化，而反对大众文化。究其原因，就在于艾略特并不认为文化的衰落来源于大众文化。因此，对于大众文化，他并没有如阿诺德和利维斯所表现的那般偏激。在他看来，既然有阶级的分化，那么出现"较高层次的文化"④和"较低层次的文化"⑤就非常自然。而且，较低层次的大众文化并不意味着比较高层次的文化所拥有的文化要少。对于这点，他明确表达："我们不能认为较高层次的文化比低层次的文化拥有更多的文化，而只能认为高层次的文化代表着一种更自觉的和更专门的文化。"⑥更进一步说来，正是由于社会中包含层次不同的文化，正是由于不同层次的文化相互之间有所往来，有互动，我们才有可能拥有真正的民主政治，在这种真正的民主当中，"处于较高文化层次的较小的集团同处于较低文化层次的较大的集团拥有同等的权力"。⑦ 如此看来，艾略特绝不是要否定大众文化，相反，他把大众文化当作那有机的、立体的、复杂的文化网络上的一个点，当这一点与其他点之间和谐地互动，相互作用，产生张力之时，文化的分裂性才有可能得到弥合，衰落的文化才有可能得到恢复。而且，正是在这样一个有机文化的作用下，那种理想的社会才可能出现。在那样的

---

① （美）T. S. 艾略特，杨民生、陈常锦译：《基督教与文化》，四川人民出版社1989年版，第21页。

② （美）T. S. 艾略特，杨民生、陈常锦译：《基督教与文化》，四川人民出版社1989年版，第15页。

③ （英）特瑞·伊格尔顿、方杰译：《文化的观念》，南京大学出版社2006年版，第93页。

④ （美）T. S. 艾略特，杨民生、陈常锦译：《基督教与文化》，四川人民出版社1989年版，第123页。

⑤ （美）T. S. 艾略特，杨民生、陈常锦译：《基督教与文化》，四川人民出版社1989年版，第123页。

⑥ （美）T. S. 艾略特，杨民生、陈常锦译：《基督教与文化》，四川人民出版社1989年版，第123页。

⑦ （美）T. S. 艾略特，杨民生、陈常锦译：《基督教与文化》，四川人民出版社1989年版，第123页。

社会里，人们用不着三句话不离本行，用不着想方设法谈论职业上的事才能互相交流，相反，由于人们内心深处有着互相关联的共同文化，有着某种共同的词汇和习语，因此人们仿佛彼此相识，交流无阻。这有点类似于那已过往的有机社会："规模较小，人们交谈较多，读书较少。"①

在艾略特心里，在当时那个"品位偏低"的现代社会里，政治与文化相互分离，文化成为政策的工具，要么被看作一种自生自灭的、可以忽略的副产品，要么被当作是按某种计划组织起来的某个部门。而且，社会的政治理论并不太关心人类的真正本性与价值，相反，它们把人类本性看成是某种可以一再改变的、以适应某种政治形态所需要的东西，这样的政治理论，很明显是一种"非人"的力量。而研究、实行此种政治理论的人就是一群"丧失了人性"的人。在这样的社会里，文化艺术变得相当危险，它可以同时滋生出纳粹主义、共产主义和民族主义等相左的思想。面对如此一种强调分裂、非人的政治理论，艾略特不但表达了上述有机社会的理想，而且在现实中提醒我们要警惕帝国主义的文化殖民。这种文化殖民，有可能是像大英帝国曾经做过的那种——通过用武力占领某个地区或国家，然后在比如印度等地，用暴力强行推广英国文化，试图将西方文明强加于另一种文明之上；也有可能是当今美国所作的那样——通过商业贸易以及好莱坞电影这种流俗文化的输入，来培养人们对其商品、物质嗜好，然后把其生活方式强加于人；也有可能像俄国那样，通过精心扶持它的"各加盟国和卫星国"的地方文化，比如语言、文学、地方艺术和习俗等那些生动别致、有益无害且与政治无关的东西，进而达到一种以莫斯科文化为统治的文化殖民。艾略特认为，不论这三种形式中的哪一种，都是一种恶劣的文化侵略、文化殖民。这种文化殖民不但会给被殖民地国家、地区的文化带来危害，同样也会为推行殖民文化的国家的文化带来威胁，也就是他所说的，在"帝国在扩张过程中对本土文化会造成损害"。②

正因现代社会具有如此多的弊端，具有文化殖民的倾向，因此艾略特才会设想一种在其有机文化观的指引下所建立的介于有阶级和无阶级之间的理想社会。这个社会必定也是一个有机体，它按照等级组合而成，它尊重精英领导人的权

---

① （美）T. S. 艾略特，杨民生、陈常锦译：《基督教与文化》，四川人民出版社1989年版，第111页。

② （美）T. S. 艾略特，杨民生、陈常锦译：《基督教与文化》，四川人民出版社1989年版，第124页。

威，但认为社会上层也应该承担保障下层民众生活的职责；它相信传统与习俗，强调宗教和礼仪对社会融合成一个整体所需要的重要性；它接受代议制政府，并对民众参与政治有足够的认识，最重要的是，他强烈反对一切性质的独断专行，因而与民主政治有着某种高度的吻合。在这样的社会里，文化在其中所起的作用就是，"从我们宗派主义的政治自我中蒸馏出我们共同的人性，从理性中赎回精神，从永恒中获取暂时性，从多样性中采集一致性"。① 在这样的社会里，"文化既意味着一种自我区分，又意味着一种自我治疗"。② 通过这种治疗，我们倔强、世俗的自我并没有被抛弃，而是被一种更为理想形式的人性从内部进行改善。

要知道，在他生活的时代，人性堕落、物欲横流，荒原之上到处一派萧瑟破败景象，到处是一群灵魂被撕裂、脑袋里"塞着干草"、"活了八十岁仍没有明天"的"空心人"。面对如此危机，他如同之前的文化评论者们一样，把走出困境的希望寄托在"文化"身上，但与他们不一样的地方在于，艾略特试图用一种东方社会的"圆融"、"祥和"来弥补西方社会里人与人之间的疏离，来弥合西方现代文化上的裂痕，"给西方文明裂变危机提供一种疗救的参考"。③ 这样的政治观很明显是一种"解毒"式的"辟文化"观点。栾栋先生说过："辟文化是毒性文化的消解剂。文化的要义在化，化解的关键在辟。辟文化的化解功能突出地表现在对毒性文化的处理方面。是物三分毒，文化亦然。有毒不可怕。可怕的是形成气候的毒性文化。可怕之最那便是毒性文化一枝独秀且失去任何牵制。"④ 艾略特的文化政治观的关键之处正是在于"化解"：化解强权政治，化解文化殖民，化解文明的戾气。实际上，当他自觉运用一种"辟文化"的思维艺术时，他就已经在试图"调动多元文化的各种因素"⑤，"共同抗恶治恶"⑥，"化解恶性文化"⑦ 了。因此，从人文精神的价值来说，他的文化政治观实质上是试图在危机的化解之中为西方社会的人类构建一个理想中的有机文化，理想中的有机社会，理想中的精神家园。在这里，人与自然、人与人之间和谐相处，人类真正实

---

① （美）T. S. 艾略特，杨民生、陈常锦译：《基督教与文化》，四川人民出版社1989年版，第173页。
② （美）T. S. 艾略特，杨民生、陈常锦译：《基督教与文化》，四川人民出版社1989年版，第173页。
③ 栾栋：《感性学发微》，商务印书馆1999年版，第180页。
④ 栾栋：《辟文化简说》，《中国文化研究》，2011年（秋之卷），第169页。
⑤ 栾栋：《辟文化简说》，《中国文化研究》，2011年（秋之卷），第169页。
⑥ 栾栋：《辟文化简说》，《中国文化研究》，2011年（秋之卷），第169页。
⑦ 栾栋：《辟文化简说》，《中国文化研究》，2011年（秋之卷），第169页。

现了"诗意地栖居"在大地之上。因此,艾略特文化—政治观的最终意义,在于它关注人类在社会当中的存在,也在于它所代表的一种传统的整体和谐的生活观,这种"辟思"下的文化政治观值得后人尊敬。

三、反思性的宗教教育观

艾略特曾说过:"一个国家的教育制度,比其政府制度重要得多,因为只有适当的教育制度,才可能把积极的生活与冥想的生活、行动与思辨、政治与艺术统一起来。"① 重视教育的程度与原因在此可见一斑。但这种教育,不是当时英国社会上的那种教育,那种教育仅仅意味着传授知识,或者说传授有用的知识,也或者说那样的教育只是"执政党把所赞同的政治原则向人民大众反复灌输"②的一种工具。那种教育完全已经变了味!20世纪的英国,在艾略特看来是如此的混乱不堪:社会变成了群氓的社会,知识阶层不断在分化,国家已经世俗化,道德已经在利益面前完全沦丧。显然,这种混乱场面应该由这种变了味的教育负责。于是,教育要改革。这种改革在统治者手中简单粗暴,即让教育从属于政治,或者说让一切从属于政治权力。这种简单粗暴的方法将很快起到平息混乱的作用,但这种解决方法却也意味着扼杀教育,因为"知识分子的自由思想"将会受到压制,艺术也将因为有了政治的标准而变得衰败。怎么办?如何拯救教育?在艾略特进行了这番言辞挖苦的评论之后,他提出了最终的解决办法,这种方法与他的宗教思想合二为一,那就是"只有在具有宗教基础的社会中,个人和社会才能取得应有的和谐和张力"③,只有在具有宗教基础的社会里,教育才能成为真正成为教育的那样东西。但艾略特强调"这种宗教基础与教会专制并不是一回事"。④ 由此,要理解艾略特的教育思想,宗教必不可少。但我们也不要忘了,艾略特的导师白璧德也可称得上是一位教育家,他曾用人文主义教育方法教育出了艾略特,因此,从艾略特自身受教育的经历也好,从艾略特所受到的导师的影响也罢,我们都不能忽视白璧德人文主义教育观在艾略特身上的体现。实质上,艾略特的教育观就是对人文主义的一种承继与发展。当然,艾略特的教育思想绝对谈不上具有系统性,但从他的著作当中,从他对社会的针砭当中,从他和

---

① (美) T. S. 艾略特,杨民生、陈常锦译:《基督教与文化》,四川人民出版社1989年版,第31页。
② (美) T. S. 艾略特,杨民生、陈常锦译:《基督教与文化》,四川人民出版社1989年版,第31页。
③ (美) T. S. 艾略特,杨民生、陈常锦译:《基督教与文化》,四川人民出版社1989年版,第32页。
④ (美) T. S. 艾略特,杨民生、陈常锦译:《基督教与文化》,四川人民出版社1989年版,第31页。

同僚辩论以及与论敌的正面交锋当中，他的教育思想如同散落在草丛中熠熠闪光的宝石。轻轻捡起来，并仔细察看，我们会发现这种教育观对当今的我们仍有启示。

艾略特曾高度评价白璧德在教育方面的洞见，他说："我觉得白璧德观点中让他倾注了最多心血和力量的就是教育问题……三十年前，白璧德还是一个地位不稳的年轻讲师，就在那时，他即开始了几乎是单枪匹马（也许得到了查尔斯·诺顿的默许）地抨击哈佛大学查尔斯·艾略特建立起来并普及全美的教育体制；直至其生命终结，他都反对约翰·杜威学校的'左道邪说'。这些都是他光彩的值得彪炳史册的功绩。"①

由此可见，艾略特对白璧德的教育思想是赞同的，而具体地说来，白璧德的教育思想即是对查尔斯·艾略特校长当年在哈佛大学所推行的选修制教育以及约翰·杜威的功利性教育所进行的批判与反思。白璧德对选修制的痛恨众所周知，他甚至在公开场合也不放过对选修制的攻击，认为艾略特校长只是一个以个人的兴趣爱好行事的狂热、彻底的卢梭主义者，他没有充分认识到人性中的惰性，没有料到大学生也仅仅是卢梭主义者。就好像他在那篇题为《艾略特校长与选修制》的文中所说的那样，如果艾略特不对"人性持那样一种诗情画意的观点"②就好了。由此看来，白璧德之所以认为选修制不好，是因为查尔斯·艾略特没有看到人性中的惰性。作为在哈佛大学任了十多年教的老师，白璧德亲眼见过许多学生在面对艾略特校长开出的丰富的、昂贵的选修课大餐时，只挑选几门最容易通过的大课。因此，他的反对确实是有依据，也有其自身意义。对于这个选修制，艾略特持一种矛盾的态度。一方面他也曾亲眼见到一些和他同时代的某些学子，由于这种自由选修的学制，可以将选课"全部安排在周二和周四"③，无所约束，"如此一来，他便可以一周四天在纽约潇洒"④，而即便这样的学习课程，"他也没有充分用功读完"⑤，无法获得学位。但另一方面，他并没有如他的老师一样如此地憎恨选修制。实质上，艾略特正是那个能够克服自己惰性的少数人之

---

① （美）T. S. 艾略特、李赋宁译：《T. S. 艾略特文学论文集》，百花洲文艺出版社1994年版，第45页。
② （美）托·斯·艾略特：《教育的宗旨》，见：陆建德编，李赋宁、杨自伍等译：《批评批评家 艾略特文集·论文》，上海译文出版社2012年版，第94页。
③ 欧文·白璧德：《性格与文化：论东方与西方》，上海三联书店2010年版，第135页。
④ （美）托·斯·艾略特：《教育的宗旨》，见：陆建德编，李赋宁、杨自伍等译：《批评批评家 艾略特文集·论文》，上海译文出版社2012年版，第94页。
⑤ （美）托·斯·艾略特：《教育的宗旨》，见：陆建德编，李赋宁、杨自伍等译：《批评批评家 艾略特文集·论文》，上海译文出版社2012年版，第94页。

一。他非常勤奋，而这种勤奋让他成为哈佛大学选修制度的最终受益者。正因为有这种选修制，他才有可能在大学时修到了德语语法、立宪制政府、希腊文学、英国文学和中世纪历史，还有法国文学、古代哲学与现代哲学、比较文学等文、史、哲、政治互相夹杂的课程。这些混杂的，在任意一个系都不可能同时修到的课程，对艾略特后来无论是在诗歌中体现出来的文史哲相交相融还是对他在神学、哲学上的思索，影响无疑是巨大的、积极的。也正因此，艾略特对选修制并没有提出自己太多的意见，对于白璧德那篇对选修制最具攻击性的题为《艾略特校长和美国教育》的文章，艾略特只是轻描淡写地说过一句："那篇文章写得很好。"

相反，针对杜威的功利性教育，艾略特接过了白璧德的旗帜，坚定不移地对其理念进行凌厉的抨击。在对乔德博士所发表的教育的三项宗旨的其中之一：教育是"帮助少男少女日后能够自食其力"① 的说法进行严厉了的批判之后，他认为，目前的教育已经变得相当功利化了：个人受教育是为了能够自食其力，即谋生；国家受教育是为了打败其他国家；阶级受教育是为了战胜其他阶级，守住阵地。这种功利性教育一方面是和 20 世纪初所兴起的科学技术的狂潮联系在一起，另一方面和当时社会上流行的"向上爬的努力"联系在一起。因为变得如此功利，所以教育断然只是一种"冲淡了的或掺了水的教育"②。而这样的教育，是完全谈不上进步一说的。这种看法在当时普遍持进步观的人看来，无异于固步自封。但艾略特坚持继续阐述自己的想法。他认为之所以说教育不但没有进步反而退化的原因，就在于教育质量的下降，质量下降的状态不但出现在大学之中，也同样存在于初等教育当中。20 世纪初，英国的教育政策之一便是立法普及初等教育。这种初衷无疑是好的，但艾略特看得非常细心，他敏锐地察觉到："现代不论是初等教育，还是高等教育，所面临的实际状况是，每一所小学的人数都在增加，已从之前的 15 人一个班增加到了 40 人一个班，而大学就更不用说了。每一所大学都在尽可能办得更大，招更多的学生，盖更多的礼堂和宿舍，聘一个庞大的教职员工队伍，培养出越来越多的毕业生，无限扩张人口、增加财富。"③ ——这难道不和中国目前的实际情况一模一样吗？——这种受教育人数

---

① （美）托·斯·艾略特：《教育的宗旨》，见：陆建德编，李赋宁、杨自伍等译：《批评批评家 艾略特文集·论文》，上海译文出版社 2012 年版，第 81 页。

② （美）托·斯·艾略特：《教育的宗旨》，见：陆建德编，李赋宁、杨自伍等译：《批评批评家 艾略特文集·论文》，上海译文出版社 2012 年版，第 95 页。

③ （美）托·斯·艾略特：《教育的宗旨》，见：陆建德编，李赋宁、杨自伍等译：《批评批评家 艾略特文集·论文》，上海译文出版社 2012 年版，第 120 页。

的无限扩张和当时实际办学条件的不对等性让教育所面临的直接后果便是,受教育的人的数量上来了,但教育的质量却下降了。而且初等教育质量下降,则直接影响高等教育质量。针对这种现象,艾略特提出的解决方法非常实际,他认为首先应该着眼的是"为国家资助或援助的中小学在校学生,提供更多的师资和住宿条件,为14岁以下的学生努力提供比现有的更好的教学"。① 他呼吁政府将更多的钱投入到初等教育当中,改善初等教育教学条件,保证初等教育的质量,让初等教育达到最好的水平。不得不说,这种希望提高初等教育质量的方法对我们目前的时代仍有启示。而在高等教育方面,艾略特希望"将高等教育的人数缩减到目前的三分之一"②,这和白璧德所推行的精英式教育模式一模一样。白璧德曾经说过:"理想中的领袖应该是'天然的贵族',他们作为领导阶层应该具有榜样的作用。"③ 这些天然的贵族来源于《文学与美国的大学》一书,在这里,白璧德明确指出:"当整个世界都醉心于量化的生活,大学却必须恪守自己的根本目的:培养高质量的人,力求建造社会所需要的性格与智力贵族,以此来取代世袭贵族并与逐渐萌生的金钱贵族相抗衡,大学的指导精神既不应是人道主义式的,亦不应是科学式的,而应该是人文的,并且是贵族的。"④ 通过将高等教育人数减少,通过确定大学培养贵族的目标,艾略特确立了他的精英化高等教育方式。在他的心里,代表社会中坚力量的中产阶级"尽管他们吃得好,穿得好,住得好,而且还训练有素,但群氓终归是群氓"。⑤ 这和艾略特的精英政治观相辅相成,互为表里。这种精英式的高等教育模式还直接促成了艾略特对当时英美教育界流行的"教育平等论"⑥ 的驳斥。教育平等的观念直接来源于启蒙主义中的"人人平等"。但艾略特却一针见血地指出,教育不可能完全平等,其原因就在于资本主义社会财富不均等。他气愤地说:"如果富人为富人创办的学校结果

---

① (美)托·斯·艾略特:《教育的宗旨》,见:陆建德编,李赋宁、杨自伍等译:《批评批评家 艾略特文集·论文》,上海译文出版社2012年版,第120页。
② (美)托·斯·艾略特:《教育的宗旨》,见:陆建德编,李赋宁、杨自伍等译:《批评批评家 艾略特文集·论文》,上海译文出版社2012年版,第121页。
③ (美)欧文·白璧德、张沛、张源译:《民主与领袖》,北京大学出版社2011年版,第105页。
④ (美)欧文·白璧德、张沛、张源译:《文学与美国的大学》,北京大学出版社2011年版,第105-106页。
⑤ (美)T.S.艾略特、杨民生、陈常锦译:《基督教与文化》,四川人民出版社1989年版,第15页。
⑥ (美)托·斯·艾略特:《教育的宗旨》,见:陆建德编,李赋宁、杨自伍等译:《批评批评家 艾略特文集·论文》,上海译文出版社2012年版,第121页。

成为较好的学校,那么机会均等又从何说起呢?""如果一个孩子一生拥有的机会比另一个孩子更好,仅仅因为父母比较富有,很多人不是会认为这种情况有失公允吗?"① 确实,在财富收入如此不平衡的社会,何来的教育平等?如果要提教育平等,也要清楚那仅仅只是一种"有限的平等"。

  对于当时英国的教育问题,艾略特还有说法。他认为功利性教育的危害不仅让教育背离其最原始的初衷,使得教育质量下降,而且还会导致专门化教育。20世纪以来,随着科学技术的高度发展,各种专业型人才便显得供不应求。于是,一向推崇"博雅教育"、"绅士教育"的英国教育界,也开始改革,将专业化教育进行得如火如荼。这种专门化教育的出现,在艾略特看来,和文化的分裂不无关系,因此这也是文化危机的表现之一。对于这种专门化教育培养出来的专业性人才,艾略特表达过这样的意见:如果一个学生犯了专门化的"毛病",这种"毛病"会导致他们"对于人类共同感兴趣的东西一无所知"。他甚至拿自己写诗作为例证来说明专门化教育的危害。他说,如想要成为一名诗人,那么必须既在写作上付诸实践,精益求精,又得培养其他的兴趣爱好。培养其他的爱好,"不仅是为了运用潜力,为了成为一位修养有素的人"②,而且是为了"在写作时言之有物"。③ 同时,培养别的兴趣爱好还意味着要对"别人的所想所为"④"充满好奇"、抱有兴趣,因为"人类的一切活动,都和他自身的活动息息相关"⑤。当一个诗人在发展这些兴趣爱好时,他并不知道将来哪些东西能够直接为其所用,但是他曾经的研究和兴趣,如果能够得到吸收、消化,就势必在他的诗歌中得到表现。他认为,正因为几乎每一种知识的形式都存在缺陷,所以缺乏其他方面的知识兴趣势必会让人对芸芸众生的体验十分有限。因此,要成为一名诗人,还应尽量通晓多门语言的上乘诗歌。如此这样,就能水到渠成,信手拈来。在这里,我们看到了栾栋先生所提出的人文学教育理念。人文学就是像艾略特所理解

---

① (美) 托·斯·艾略特:《教育的宗旨》,见:陆建德编,李赋宁、杨自伍等译:《批评批评家 艾略特文集·论文》,上海译文出版社2012年版,第121页。
② (美) 托·斯·艾略特:《教育的宗旨》,见:陆建德编,李赋宁、杨自伍等译:《批评批评家 艾略特文集·论文》,上海译文出版社2012年版,第98页。
③ (美) 托·斯·艾略特:《教育的宗旨》,见:陆建德编,李赋宁、杨自伍等译:《批评批评家 艾略特文集·论文》,上海译文出版社2012年版,第98页。
④ (美) 托·斯·艾略特:《教育的宗旨》,见:陆建德编,李赋宁、杨自伍等译:《批评批评家 艾略特文集·论文》,上海译文出版社2012年版,第98页。
⑤ (美) 托·斯·艾略特:《教育的宗旨》,见:陆建德编,李赋宁、杨自伍等译:《批评批评家 艾略特文集·论文》,上海译文出版社2012年版,第98页。

的作诗需要的那种学问。很明显，这样的学问，专业化教育是无论如何也教不出来的。由此看来，艾略特通过自己"作诗"的亲身体验，表达了现代教育的失望："在各个国家，这些机构的规模如此庞大；它们聚集了莘莘学子，其类型如此截然不同；它们有如此之多的院系；它们同时经过如此高度的组织化，结果反而变得如此不成章法。和祖辈及曾祖辈相比起来，我们可以轻易地好高骛远，而成就甚微。①"他也试图能对当时风行的教育理论进行矫正："判断一个人，无论其是否专家，不该根据其专门的知识，而应根据其对人类所作的思考、体验以及观察的总和。"②

当然，这种要"人文"的教育，"并不是为了反科学，而是为了纠正工具理性偏张的弊病"。③ 要知道，艾略特曾发现"歌德的科学观不知怎么恰好与他的想象相吻合"，他甚至还说过当今的文学批评应该要偷偷地潜入到科学领域中去的话。由此看来，艾略特反对专业化教育并不意味着他反对科学，希望采取一种完全的"非专业化"的普通教育。实质上，他反对的是一种把一般教育与专业教育人为割裂、绝对对立起来的做法，他希望采取的恰是一种你中有我，我中有你，能将两种教育有机结合，互相补充，相得益彰的方式。如他所想，一般教育与专业教育确实不能整齐地对立，不能被截然分开。因为在一般教育中，学生同样会产生一种特别的兴趣爱好；同样地，在专业教育中，"学生的思想也会向外引发"，因此两者之间应该是相互渗透和相互诱发的，就像"你不能把一件无缝的学问割裂开来"一样。用艾略特的话来讲，就是"我们往往倾向于采取某一种教育方法，这些方法所造就的男女人才，往往在某个狭隘的科学或学术兴趣方面受过高级培训，而在其他方面一知半解"④。因此要"平衡职业教育和一般教育，那是让我们能更加聪明地履行专业化工作"⑤。这也就栾栋先生曾所指出的："人文有赖于自然力、科技力量的协调作用才能演奏出美妙的乐章。反之亦然，自然力和科学力量也只有在人文力量的引导下不至于走入歧途。"⑥ 艾略特正是

---

① （美）托·斯·艾略特，李赋宁、杨自伍译：《批评批评家 艾略特文集·论文》，上海译文出版社2012年版，第81页。
② （美）T. S. 艾略特，杨民生、陈常锦译：《基督教与文化》，四川人民出版社1989年版，第3页。
③ 栾栋：《人文精神与学科建设》，《华中师范大学学报（哲社版）》，1996年第6期，第33页。
④ （美）托·斯·艾略特：《教育的宗旨》，见：陆建德编，李赋宁、杨自伍等译：《批评批评家 艾略特文集·论文》，上海译文出版社2012年版，第101页。
⑤ （美）托·斯·艾略特：《教育的宗旨》，见：陆建德编，李赋宁、杨自伍等译：《批评批评家 艾略特文集·论文》，上海译文出版社2012年版，第112页。
⑥ 栾栋：《人文精神与学科建设》，《华中师范大学学报（哲社版）》，1996年第6期，第33页。

看到了这两者之间必须互相协调，因此才在呼吁人文通识教育的同时，并不忘科学化的职业教育。

实际上，这是艾略特在试图化解持续到当今的功利性教育、专业化教育模式的一种策略。但很明显，他没有达到人文学的理论高度。人文学作为涵括东西学、打通文史哲的一门学问，涵盖了人文类的所有学科，在人文学这个大类科里，职业教育与一般教育早已融合得天衣无缝，它才是一门真正的无缝的学问。这种人文学的学科设置如能推行成功，将有效地改善目前大学教育所面临的过于功利性和专业化的尴尬局面。

艾略特看到了功利性教育的弊端，也知道职业教育并不可缺少，但如何使二者结合得更加紧密，他首先想到的是强调古典文学以及拉丁语、希腊语的重要性。在他看来，古典文学教育是英国过去教育的背景、基础。正因为有这样的背景、基础，所以即算莎士比亚在同时代的作家当中受教育程度并不算高，但这并不妨碍他成为欧洲最伟大的诗人之一；而且对于弥尔顿而言，正因为他接受过古典文学教育，掌握了古典文学、神话和历史的知识，也掌握了拉丁句法、诗歌韵律以及基督教神学的知识，他才能成为英国文学史上不能抹掉的标志。因此，在其教育实践中，他号召全民修读拉丁文，坚持"维护英国文学的延续性"，他认为古典文学不但是"祖国语言的文学研究"、"我们个人的文学教育史"的组成部分，而且是"民族道德教育"的组成部分。在他眼里，唯有加重古典文学的教育才能让学生了解普遍意义上的人，了解作为社会成员的人的含义，了解那已逝去的、仍活着的和尚未出生的人之间千丝万缕的联系。他认为，通过增加古典文学的教育，将完善当时英美只重视科学化的职业教育模式，将使人不但拥有职业知识，还将学会如何作一个完整的人。在这里，他和白璧德站在了同一条道路上。因为白璧德也曾这样说过："宝贵的经验存在于文学与历史的经典著作中，能激发学生对共同的人类中心的道德想象以及与更广阔世界的交流"；① "上承的古典文学并不使我们产生某种情感，更不会让我们产生某种冲动，相反它总是诉诸我们更高的理性与想象，这些官能为我们提供了逃离小我的康庄大道，并且使我们得以投身于普遍的生活之中。这样，它带领其研读者离开并超越了自身，因而具有实实在在的教育作用。"② 在人文主义教育上，白璧德到此止步。然而，

---

① Irving Babbitt. Rousseau and Romanticism. Boston: Houghton Mifflin Company, 1919: 3.

② （美）欧文·白璧德，张沛、张源译：《文学与美国的大学》，北京大学出版社 2011 年版，第 107 页。

艾略特还在不断地前行。他顺着强调古典文学、拉丁语希腊语这条路一路走来，发现，命运最终将他引到了上帝这儿。因为如今已只有在教会中，才会有拉丁文和希腊文的教授。更重要的是，他发现要医治现代社会、现代人的病，光靠新人文主义强调"更高意识"的外部的自我控制还不够，社会、人类最终仍要在宗教这种内部控制的压力下才能得到约束。因此，在《教育的宗旨》一文中，他一再强调，他想要建立的基督教社会绝不是一个回到中世纪让教会统治一切的社会，在他的这个基督教社会里，如世俗社会一样，教会是与国家分离的，但这样的"教会组织，既能与国家冲突，也能与之合作"①；"既能够保护我们不受国家干预，能够确切说明关于我们的权利、责任，还有屈从的义务的界限"②，同样也能使我们在需要国家的保护之时，"不受教会组织干预"③。教会与国家之间的一种张力，在他那本《基督教与文化》一书中再次得到提及和重视。由此可见，他最终所倡导的一种基督教教育是服务于他理想中的基督教社会的。但到底哪种基督教教育才适合他理想中的基督教社会呢？对此，艾略特列举了四种不同的基督教教育形式：

  一、国家本身宣布矢忠于一个特定的宗教或者具体教派，在这样的地域，在国家控制的所有各级教育机构，这种宗教可以予以肯定，予以宣教；而教导内容则要合乎这个教派的学说……

  二、宗教训导与其他科目的教学截然割裂开来……

  三、在中小学校传授那类宗教训导，它们代表着当地社会绝大部分人的共同信仰，而任何特殊教派的学说则留待家长和教会去传授……

  四、双轨并存的体制，其中在国立学校里任何宗教概不教诲，而凡是拥护任何宗教信仰的人，都可以为自己的子女创建教派学校。④

通过他的分析，他发现第一种和第二种为两种不同的极端，即要么国家全体

---

① （美）托·斯·艾略特：《教育的宗旨》，见：陆建德编，李赋宁、杨自伍等译：《批评批评家 艾略特文集·论文》，上海译文出版社2012年版，第134页。
② （美）托·斯·艾略特：《教育的宗旨》，见：陆建德编，李赋宁、杨自伍等译：《批评批评家 艾略特文集·论文》，上海译文出版社2012年版，第132页。
③ （美）托·斯·艾略特：《教育的宗旨》，见：陆建德编，李赋宁、杨自伍等译：《批评批评家 艾略特文集·论文》，上海译文出版社2012年版，第132页。
④ （美）托·斯·艾略特：《教育的宗旨》，见：陆建德编，李赋宁、杨自伍等译：《批评批评家 艾略特文集·论文》，上海译文出版社2012年版，第131-132页。

信仰某种教派，而对另一种宗教持完全的控制；要么，国家没有特定的宗教信仰，学校不进行任何宗教教育。对于第一种极端方式，艾略特认为将会导致国家对教会的控制，或者国家被教会控制的局面，这不需要予以考虑。第二种方案说明的是现代世俗社会，这正是他力图拯救的一种社会。第三种方案是1944年英国国家教育法案。此法案规定中小学必须传授"当地社会绝大部分人的共同信仰"①，而其他特殊的教派则留待家长或教会去传授。艾略特认为这项法案只是一种妥协，而且"当地社会绝大部分人的共同信仰"还隐含着这样一条信息："基督教乃是所有基督信徒共同笃信的宗教思想"②，如此，将会抹杀各个教派，如圣公会成员、卫理公会教徒、长老派教徒、公理会教友或浸礼会教友等之间的教义差异。在他看来，假设这个过程真正实施起来的话，则有可能会在所有这些教派之上再产生一个新兴的国家基督教。这对于已经皈依了圣公会的艾略特来说，简直不可思议。第四种属于双规并置的体制，国立学校不传授任何宗教，但凡是拥护任何信仰的人，可以自己创建教派学校。这显然也不在艾略特的考虑范畴。在厘清楚这四种选择之后，他明确提出了自己的方案："国家本身宣布矢忠于一个特定的宗教或者具体教派，在这样的地域，在国家控制的所有各级教育机构，这种宗教可以予以肯定，予以宣教，而教导的内容要遵守这个教派的学说。"③ 在这样一个方案里，我们可以清楚地看到这又回到了艾略特所主张的那样一种教会与国家之间存在着张力的基督教社会。从原点回到了起点。他认为，只有在这样一种基督教国家采取这样一种基督教教育，才能实现他文中开头所提到的乔德博士的三项教育宗旨：注重公民素质的教育以及作为一个社会人的教育，以及能发展个人潜力的教育。如何实现这三项宗旨，他坚持只有教会与国家互相制约的教育模式才能让公民素质教育和作为人的教育互相制约，互为补充。因为他早已论证，公民素质高不一定是好人，好人并不一定就是高素质的公民。由此他推导，只有在神学方面达成一致，具体教育问题才能达成一致，理想的教育宗旨才能实现。当然他一再强调，他理想中的基督教教育并非是要叫所有的人都信仰基督教，但它必须包含宗教培养，也得接受宗教的培养。这也就是他眼里

---

① （美）托·斯·艾略特：《教育的宗旨》，见：陆建德编，李赋宁、杨自伍等译：《批评批评家 艾略特文集·论文》，上海译文出版社2012年版，第131页。

② （美）托·斯·艾略特：《教育的宗旨》，见：陆建德编，李赋宁、杨自伍等译：《批评批评家 艾略特文集·论文》，上海译文出版社2012年版，第131页。

③ （美）托·斯·艾略特：《教育的宗旨》，见：陆建德编，李赋宁、杨自伍等译：《批评批评家 艾略特文集·论文》，上海译文出版社2012年版，第131页。

教育和宗教之间的张力所在：教育培养需要宗教培养，宗教培养需要教育培养。两者不可或缺，两者互为补充。这种将宗教引入到教育、将教育引入宗教的智慧超越了教育包含某种性质的道德培养。只有弄清楚这一点，我们才能够理解艾略特曾经说过的那番话："进行一种基督教教育，并不是指的在世俗学校开设一些共同的神学课程，也不是指的由教会来进行教育上的统治，那样只是一种宗教上的蒙昧主义。"① "唯有基督教教育观应该是比为谋求政府机关中一个一个文职人员位置所受的教育，比为达到技术效率所受的教育，或比为取得社会上或共终生事物上的成功所受的教育，要包含一些更多的内容。"② 他强调，基督教教育的目的"主要是训练人们使之能用基督教的范畴来进行思考，然而，这并不是要强迫人们信奉基督教，也不是要使人们假装信奉基督教"。③ 这样的基督教教育观很明显能让我们更清楚地看待艾略特的宗教问题。

　　实际上，艾略特的基督教教育观是将神引入到了人的世界。可以说，此岸与彼岸、今生与来世、人间与天堂奇妙结合，共同构成了其教育思想的出发点。在这样的教育观中，宗教化与世俗化两者并行不悖，且互相印证。这样一种教会与国家之间的张力、世俗化教育与宗教教育之间的张力被一种"圆观宏照"的思维所把握，如同栾栋先生曾说过的那样："真理既包容在老诸子百家的对立和辩论中，也涵摄于新诸子百家的争鸣和张力中。"④ 很明显，将上帝引入到尘世的观点来源那样一种信仰，即"认为上帝的观念和宗教信仰不仅存在于理性的推理或形而上学的思辨之中，也植根于人的最内在情感体验中的观点"⑤，这也就像卢梭在《爱弥儿》中所写的那样：

　　　　这个实体是存在着的。"你看见它存在在什么地方？你这样问我。不仅存在于旋转的天上，而且还存在在照射我们的太阳中；不仅在我自己的身上存在，而且在那只吃草的羊的身上，在那只飞翔的鸟儿的身上，在那块掉落的石头上，在风刮走的那片树叶上，都存在着。⑥

---

　　① （美）T. S. 艾略特，杨民生、陈常锦译：《基督教与文化》，四川人民出版社1989年版，第20页。
　　② （美）T. S. 艾略特，杨民生、陈常锦译：《基督教与文化》，四川人民出版社1989年版，第20页。
　　③ （美）T. S. 艾略特，杨民生、陈常锦译：《基督教与文化》，四川人民出版社1989年版，第20 - 21页。
　　④ 栾栋：《感性学发微》，商务印书馆1999年版，第170页。
　　⑤ 赵林：《西方宗教文化》，武汉大学出版社2005年版，第413页。
　　⑥ 卢梭：《爱弥儿下卷》，商务印书馆1978年版，第391 - 392页。

"当我们执意要追问上帝在什么地方或上帝是由什么东西构成的时候,上帝就避开了我们,但是他同时却在一切生命的非生命的存在物中向我们显示他那无限的智慧,使我们坚定地相信他的存在。"① 也许,这也就是艾略特自己所说的:"不论有无道理,有些要归因于一部书的影响,诸如卢梭的《爱弥儿》(和我本人一样,卢梭也是舞文弄墨之辈)。"② 在这样的观点和背景之下,哲人艾略特将对知识的思考、对教育的认识聚焦于对道德、情感和传统的认识中,这种对精神性事物的重视也就是他对永恒的人类价值、人类心灵的重视。在他眼里,只有通过基督教教育的方式和途径才能引导人将自身的素质与潜力与社会人进行完美融合,进而实现人之为人的目的和意义。

---

① 赵林:《西方宗教文化》,武汉大学出版社 2005 年版,第 413 页。
② (美)托·斯·艾略特:《教育的宗旨》,见:陆建德编,李赋宁、杨自伍等译:《批评批评家 艾略特文集·论文》,上海译文出版社 2012 年版,第 125 页。

宗教：艾略特文学——
文化批评之魂

第五章

18世纪风靡欧洲的启蒙运动以来，西方世界开始进入到我们常说的现代化社会，在整个现代化的进程当中，延续了一千多年的基督教文化传统被激进的思想界进行了猛烈的批判，并生发出一套以适应现代化社会的文化观念体系和信仰道德支柱。从表面上看，这是与基督教传统的一种决裂，实际上，这种新的现代化社会却是从基督教文化传统中生发出来的。因此，哪怕在当时宗教越来越遭到人们的质疑，在当今人类断然宣称"人定胜天"的时候，西方社会也没有与其基督教传统文化彻底断裂；也哪怕当今的政治家们竭力向人类表达改善民生的愿望与决心，并且已经取得不小的进步，宗教却也没有消失，相反每年仍然有不少人不断地加入到宗教信仰者的行列之中。宗教，始终与人类如影随形。这也就是为什么艾略特在《基督教与文化》一书的前言中开宗明义地说过，他所倡导的建立一个基督教社会并不是人们所相信的通常意义上的"宗教复兴"，其原因在于"宗教复兴"这个术语对他来说似乎暗示着"上帝死了"，似乎证明了那在西方人心里盘根错节近两千年之久的上帝观念，就真的像革命中那被砍掉了的查理一世或路易十六的脑袋。实际上，在从宗教学角度被称为"世俗化"的现代西方社会的发展过程中，"文艺复兴、宗教改革、启蒙运动和以后的资产阶级革命所造成的，不是传统的断裂，而是传统的转化"。① 这也就是宗教学者何光沪先生所言的："世俗化的特征不是上帝观的消失，而是上帝观的转化。上帝观念不但是维持西方社会文化基本价值观的巨大力量，也是连接现代文化与传统文化的有力纽带，而且它的转变也成为西方文化发展的一个中心环节，成为这种发展方向的浓缩和升华的反映。"② 这也就意味着当尼采借一位疯子之口发出"上帝死了"的惊呼时，其意思并不是指人们因为不信上帝所以将导致西方文化的价值基础崩溃，而是表明那在西方文化价值系统中犹如基石一般地位的上帝假如崩塌，必将产生不可预见的灾难性后果。因此，当西方世界在20世纪遭遇如此巨大的动乱和灾难时，许多人不得不"叹服尼采先知般的预见性"。③

现在，越来越多的中国学者认识到，如果不熟悉犹太—基督宗教、西方哲学、西方文化是无法深入研究下去的；反过来，如果不了解古希腊罗马精神，也

---

① 何光沪：《多元化的上帝观 20世纪西方宗教哲学概览（增订版）》，中国人民大学出版社2010年版，第11页。
② 何光沪：《多元化的上帝观 20世纪西方宗教哲学概览（增订版）》，中国人民大学出版社2010年版，第11页。
③ 何光沪：《多元化的上帝观 20世纪西方宗教哲学概览（增订版）》，中国人民大学出版社2010年版，第11页。

就不可能知道基督宗教思想的来龙去脉。"进一步说来,整个欧洲乃至西方的精神史,就是一部犹太—基督宗教、有教养的人文主义和理性主义,与大众的个人人格、风俗、信仰和生活方式相融、互补的历史。"① 从苏格拉底一直数下来,几乎任何流派的哲学都要论述宗教问题、神学问题或上帝问题。就算是当代最没有宗教色彩的哲学流派,请翻翻哥德尔、维特根斯坦、哈贝马斯、列维纳斯、德里达、德勒兹的书,也是或全书或专辟章节讨论宗教上的问题。诚然,这些哲学家可能有自己独特的宗教观、上帝观,也很有可能被称之为无神论者,但他们对宗教的了解、重视与探究与我们通常见到的那些对宗教文化不甚了了的无神论者并不能混为一谈。

根据权威的《世界基督教百科全书》（*World Christian Encyclopedia*）记载,"2003年,全球基督徒的总数为20.7亿（同年全世界人口总数为62.7亿,基督徒占世界人口总数的33%）,其中有8.2亿人生活在欧洲和北美,11.5亿生活在非洲、拉丁美洲和亚洲。"② 而根据"世界基督教数据库"的统计,"2010年,欧洲的基督教徒将为5.5亿,占欧洲总人口的76.2%；北美的基督徒人数为2.8亿,占北美总人口的82.7%。"③ 虽然与1910年相比,2010年欧洲和北美的基督徒在人口中的比例有所下降（1910年分别为94.5%和96.6%）,但是他们仍然占欧洲和北美总人口的绝大多数。也就是说,现代化进程并没有使西方人从根本上抛弃他们的文化传统和宗教信仰,相反,在好莱坞和麦当劳等令人舒适的流俗文化对世界其他地区的年青一代产生了巨大影响的情况之下,在当今的中国青年将后现代、解构主义当作时髦武器对中国传统文化进行支离破碎的解构、调侃之时,西方、北美世界不但在用世代相袭的基督教信仰有效地抵制和中和这种流俗文化的巨大冲击波,而且他们当中一些严肃的哲学家、思想家已经在思索后现代之后如何接续传统的问题了。"由此可见,对于基督教与西方社会之间这种如影相随的密切关系进行了解,不仅有利于我们在一个全球化时代里更好地认识处于强势地位的西方文化,而且也可以促使我们更加深刻地反思中国现代化进程中经济发展与文化建设之间的辩证关系。"④ 而且显而易见的是,在资讯如此发达的全球化时代,在基督教逐渐成为一种以非西方人为主体的宗教的趋势之下,在

---

① 张宪:《启示的理性——欧洲哲学与基督宗教思想》,四川出版集团巴蜀书社2006年版,第11页。
② （美）菲利普·詹金斯:《下一个基督王国》,台湾立绪文化事业有限公司2003年版,第4页。
③ World Christian Database, www.worldchristiandatabase.org.
④ 赵林、杨曦楠:《神秘与反思》,广西师范大学出版社2008年版,第3页。

信仰缺失所带来的强大的负面影响之下,对于这样一个其信徒人数越来越壮大的世界第一大宗教,我们无论如何不应该,也不能够,也不可能再如从前那样采取一种不置可否、置若罔闻的自欺欺人的态度。此时提及基督教,展开对于基督教所进行的研究,其意义就不仅仅在于只是为了了解T. S. 艾略特,了解西方社会的文化,而且是为了能更好地追踪世界文化格局的新发展趋势。

1931年,T. S. 艾略特在一篇题为《兰贝斯会议有感》的文章中回忆了这样一件事:

> 几年前,我出版了一本题为《兰洛斯特·安德鲁斯》的散文集,一位匿名批评家在《泰晤士报文学增刊》上刊登了我只能描述为逢迎讨好的讣告模样的评论。他用一些非常严肃而又极其诚恳的言辞指出我突然止步不前了——我不知道他认为我该往哪里前进——而且,让他大失所望的是我无疑朝着一个错误的方向前进。不论何故我失败了并且承认了自己的失败,我即便不是一个迷失的头领,也至少是一只迷失的羔羊。更甚者,我还是个叛徒,那些跨越荒原来到希望之地的人们可能会因没在新圣人的名册中见到我的名字而潸然落泪。①

这里指的便是1927年艾略特在众人没有任何预料的情况之下突然皈依英国国教一事。这种从先锋到保守的信仰上的转变,让很多人失望、瞠目结舌,甚至愤怒。这也直接导致这一时期艾略特所发表的无论是诗歌,如《空心人》、《圣灰星期三》、《三位圣贤的旅程》等,还是他所作的文化批评,都遭到人们甚至朋友的质疑与嘲笑。因为那个在他们心目当中,敢于"推翻前辈大理石宫殿圣像"的先锋诗人居然变成了一位如此腐朽、与现代世界如此格格不入的"逃跑者"!此时的他,虽然努力将自己塑造成一种新型的、试图将思想与感情结合在虔诚的基督教精神之中的知识分子形象,但这种新形象不仅使他疏远了他的读者与崇拜者,而且使得那些十分了解他的朋友也感到艾略特不但离他们越来越远,甚至已经"堕入了一个他们并不赞同并且无甚关系的世界"。② 据了解,弗吉尼亚·伍尔夫对他皈依英国国教一事所作的评价是:"他还不如一具僵尸可靠!"

---

① (美)托·斯·艾略特:《兰洛斯特·安德鲁斯》,见:陆建德编,李赋宁、王恩忠等译:《现代教育和古典文学》,上海译文出版社2012年版,第126页。

② (英)彼得·阿克罗伊德,刘长缨、张筱强译:《艾略特传》,国际文化出版公司1989年版,第164页。

多年的好友庞德在得知此事时,认为艾略特应对这种"堕落"的行为负责,他甚至为此还写了两行诗:"无论如何,让我们唱起哀歌/ 为那些因摩西而放弃缪斯的精神病患者。"甚至连"康拉德·艾肯这样的老朋友都说此书充满了'对一切新鲜、勇敢或慷慨事物的敌意'"。① 除了这些朋友,艾略特皈依英国国教一事更是在批评界引起轩然大波。一些批评家谴责他所发表的《兰洛斯特·安德鲁斯文集》中的系列论文,认为他犯下了"叛国罪";有些人则认为他的这种行为是在"对过去文化的颂扬,特别是对等级制封建主义文化的颂扬,是从民主回到反动的逆转的一个组成部分……"② 一时之间,沸沸扬扬,批评声、质疑声持续不断。但其实回顾一下艾略特的人生之路,我们首先会发现这种信仰上的转变其实并非那么突然,而是在人生之路上早已埋下了许多的暗示与迹象:家庭的唯一神教环境、祖父的影响、婚姻的不幸、怀疑主义思想、对基督教的理性思考、对文化分裂的危机意识、对拯救文明所想到的方法……,都成为他皈依英国国教的原因。其次我们也可以清晰看到的是,皈依宗教之后,他并没有成为一位真正意义上的神学家,而只是将宗教作为灵魂,植入他的诗歌、他的戏剧、他的文化批评当中,他仍然是以诗人、文学评论家,甚至社会学家而非神学家的身份在写诗论作、谈论文明;我们还可以看到在皈依宗教之后,宗教并没有成为他的绊脚石,相反,由于有了信仰,他的诗歌变得更加充满哲理而获得人们的赞扬与青睐,他的文化批评则因为带着更多对人类、对文明的永恒思考而让后来的一些思想家在他们的著作中,如特雷·伊格尔顿的《文化的观念》、詹姆逊的《单一的现代性》、丹尼尔·贝尔的《资本主义文化矛盾》、赛义德的《人文主义与民主批评》等,一再地提及、一再地被引用。可以很明确地说,皈依基督教之后,他在各个方面仍然取得了辉煌的成绩。当然,这种"辉煌"仅仅只是我们在今天重新回过头去看时所发表的感悟。实际上,当年的情况并非如此。1938年,也就是他皈依基督教之后,他首次发表了两部作品集:《诗集1909—1935》以及《古代与现代文集》。其中,《诗集1909—1935》收入了《燃烧的诺顿》、《圣灰星期三》等名篇,这些诗与构成《四个四重奏》中的其他三篇诗一样,都被人称为宗教诗或者哲学诗。与他刚刚皈依宗教时的反应不同,此诗集在第一版时就

---

① (英)彼得·阿克罗伊德,刘长缨、张筱强译:《艾略特传》,国际文化出版公司1989年版,第165页。

② (英)阿历克·威斯特:《T. S. 艾略特对诗和批评的滥用》,见:《外国诗》,外国文学出版社1983年版,第301—302页。

印了6000册,并在评论界赢得了一片赞誉之声。从这部诗集大受欢迎的现象可以看出,在受到当代审美趣味创造者们的质疑之后,他的信仰已被人承认、接受,他的诗歌仍然能给人带来震撼、惊异、奇特的美感。而那部论文集《古代与现代文集》当中,则收集了一半来自《兰洛斯特·安德鲁斯》这本文集中筛选重印的论文,以及一些新的作品,如《宗教与文学》、《现代教育与经典作品》、《帕斯卡尔》等。从这些文章的标题就可以看出,此部文论集仍然是以宗教为主题,对文学、教育等所发表的系列阐释。在这些文章中,艾略特不改其中肯、敏锐、一针见血的批评方式,用一种近乎刻薄的语气抨击当代文化中占主体地位的世俗主义、个人主义以及自由主义,但言谈中也以无比悲哀与心痛的笔调预言没有宗教信仰的世俗社会将是一种野蛮状态的社会。这种虽然大气,但却带着神圣信仰的、知识分子独有的忧国忧民情绪的文化评论显然并没有迎合当时的科学化、世俗化、都市化的社会状况,因此尽管此时他的宗教观点已为人所熟识,但人们在对他就某个作家所作的独到见解所表达的钦佩之情之中,仍然夹杂着对他所倡导的宗教原则持一种难以理解,甚至蔑视的成分。

如今重新翻起艾略特的宗教—文化批评,我们会发现,他不是人们所常断言的:"这是一位文化保守主义分子在作垂死的挣扎",也不是学界通常所认为的:"(其文化批评)过分宗教化的论调和偏激的道德说教(又)制约了艾略特诗学思想的深刻性。"① 我们会发现他所倡导的基督教社会虽然不具备现实操作意义,但他用基督教来反抗现代性对人类精神上的蚕食,在当今物欲横流、道德低下的社会不但有着独到的意义,而且反而更加显示了他诗学思想的深刻性。同时,他的这种宗教论调以及强调道德学说更显示了其作为一位既有出世精神,但更具备入世情怀的虔诚基督教信仰者身上既有着"向上的"以神为本的思考,又有着"向下的"以人为本的忧虑,这是一种敢于直面世界的勇敢!通过仔细考察,我们还会发现他的这种基督教思想其实是一种更深层次的暗示,是一种信仰与人文主义的深刻结合,是一种信仰与理性的根本结合。在《荒原》中他曾深刻而生动地描述的"火诫",也许正因为经过火的洗礼,才能让荒原之上的艾略特与许许多多西方哲人一样明白,信仰与人文、信仰与理性的根本结合才能像再生的"火凤凰"那样在自由的思想大地上飞翔。而信仰与人文、信仰与理性的根本结合直接指向古希腊传统。因此,"这正如康德所指出的,人类精神的成熟性只能

---

① 刘燕:《现代批评之始 T.S. 艾略特诗学研究》,广西师范大学出版社2005年版,第112页。

在不断自由自如地返回自己原来的传统的思考中才能得以实现"。① 在这一层次上,艾略特希冀对人类"原罪"进行救赎的理想,正是一种在"返回自己原来传统"中所体现出来的成熟性,也是他试图在不间断的对传统的承继中实现对未来理想的追求。"在这种灵性追求中,其宗教启示体现了人类向着无限永恒的终极实在开放自己的认知自由。只有人类在宗教中获得真正的自由和尊严,人的解放才不至于是政客空洞的许诺。"②

第一节　穿越炼狱——艾略特的信仰之路

艾略特曾作过一次总结性的发言,他说:"1926年是世界范围的战后特征开始出现的第一年。前七年的学术与艺术著作都是旧世界的最后作品,而不是一个新世界的最初作品。"③ 这句话完全可以看成是艾略特对自己创作进程的一种回顾与展望,这标志着,1926年之后,他的人生以及他的作品风格均发生了转变,造成这种转变最大的力量便是信仰的改变。的确,这一年是艾略特人生的第二个转折点。在这一年,妻子维芬的精神病加重,夫妻俩不得不在家、医院和疗养院之间不断奔波,这使两人的身体都遭到了不小的伤害。但与身体上的伤害相比,精神上的压力更加可怕。此时,因为患病,维芬的情绪变得极其敏感,她经常死死黏着艾略特,一刻也不愿离开他。这给艾略特精神上带来巨大压力,也使得他的工作与创作受到了很大的影响。在身体与精神的双重折磨之下,艾略特身心俱疲,几近崩溃,他甚至也陷入了一种"感应性精神病"的精神危机,自己都得去看心理医生。通过传记我们了解到,这时的艾略特应该已在内心中想到过要和妻子分开的事,因为在他送给维芬的那本《诗集1909—1925》上,他题词说:"只有她能真正懂得这本书的内容,但那是属于过去的诗歌了,以后的作品再也不会在她身上引起同样的共鸣。"④ 此时的艾略特虽然内心对妻子有一种放不下

---

① 张宪:《启示的理性——欧洲哲学与基督宗教思想》,四川出版集团巴蜀书社2006年版,第11页。
② 张宪:《启示的理性——欧洲哲学与基督宗教思想》,四川出版集团巴蜀书社2006年版,第11页。
③ (英)彼得·阿克罗伊德,刘长缨、张筱强译:《艾略特传》,国际文化出版公司1989年版,第145页。
④ (英)彼得·阿克罗伊德,刘长缨、张筱强译:《艾略特传》,国际文化出版公司1989年版,第150页。

的情绪，但确实在用一种若即若离的方式，一点一点地刻意疏远妻子。心里的种种煎熬与痛苦反映在从《力士斯威尼》的篇头引语中所摘录的一句话里："灵魂不从它对被创造者的爱中解脱，就不能获得神性的结合。"① 很显然，享受不到家庭的温暖、心中的情感无处寄托，痛苦纠结的心态应该是促使艾略特皈依宗教的一个原因。因为就是在这一年，他开始在英国圣公会接受定期的培训、参加晨礼拜了。当然，种种迹象早已表明，艾略特并非一个情感主义者，相反，他审慎、理智。因此对于他皈依英国国教一事，通过考察，我们还可以断定有两种原因，其一是他身上所特具的怀疑主义精神，其次是他对基督教的理性思考。关于怀疑主义，艾略特早曾认为那"也是一种信仰———一种更高的更困难的信仰"。② 其实，如果说怀疑主义不是信仰，那我们也可以认为，怀疑主义可以帮助理解宗教，或者说，"所有的信仰都应该用一种灵活的怀疑主义进行理性的分析"。③ 因此在他看来，文明社会里人类的最高目标就应该是"把最深刻的怀疑主义与最深厚的信仰结合起来"④。实际上，早在1914年，他就曾思考过怀疑主义与信仰的关系。在妻子患病之后，他更加敏感，甚至带有偏执地意识到，存在于人类世界中那被称为空虚的东西就是混乱和无意义的代表。当人无法用智性解释"混乱、无意义和徒劳"⑤ 时，人便会陷入深深的怀疑之中。在这时，只有宽宏的信仰才能对现实中的状态，对那处于怀疑中的虚无加以理解与忍受。V. A. 德曼特对此曾指出："在宗教、甚至可能在皈依宗教一事上，他感到身不由己，是已经被选择好了的，而不是去选择。"⑥ 这就是说，在某种意义上，皈依宗教也许就是他身上早已具备的怀疑精神的一种必然结果。事实上，基督教信仰中使艾略特感触最深的东西，就是那能深深意识到原罪的灵魂所作的"祷告与忏悔，慰

---

① （英）彼得·阿克罗伊德，刘长缨、张筱强译：《艾略特传》，国际文化出版公司1989年版，第151页。

② T. S. Eliot. The Validity of Artificial Distinction. In: Case 1 of Philosophy Notes, Eliot Collection. Houghton Library, Harford Univ, 77.

③ T. S. Eliot. The Validity of Artificial Distinction. In: Case 1 of Philosophy Notes, Eliot Collection. Houghton Library, Harford Univ, 77.

④ （英）彼得·阿克罗伊德，刘长缨、张筱强译：《艾略特传》，国际文化出版公司1989年版，第151页。

⑤ （英）彼得·阿克罗伊德，刘长缨、张筱强译：《艾略特传》，国际文化出版公司1989年版，第151页。

⑥ （英）彼得·阿克罗伊德，刘长缨、张筱强译：《艾略特传》，国际文化出版公司1989年版，第153页。

藉与赦罪"。① 他相信"原罪",相信通过祷告能使痛苦的灵魂得到明显的安抚,这在当年的《标准》杂志中,在《但丁》这样的文章中都曾得到过表达。实际上,很多现代派文学家都相信"原罪"一说。比如波德莱尔就曾在那首题为《敞开我的心扉》一诗中这样写道:

  真正的文明的理论。
  不在煤气之中,
  不在蒸汽之中,
  也不在旋转的桌子中,
  它在原罪的痕迹的减少中。②

  尼采曾在《权力意志》中引用过此诗。很明显,在"原罪"的看法上,他和这些现代派的代表人物观点一致。除了"原罪"说,除了认为人生下来就应赎罪,艾略特还表达过宗教的另一种功能,即认为有教条的宗教是一种培养、控制情感的有效途径,虽然"只有那些探视过深渊的人才可能谈论这种控制"③,但通过宗教,这个世界会变得更加有"原则",有条理。这就像安托瓦纳·贡巴尼翁在其著作《反现代派》一书中所写的那样。他认为,那些"反现代"的现代派,即真正的现代派,"试图通过羞辱现代派的冒犯、重新肯定堕落和'天意法则'的永恒真理,如同波德莱尔和德迈斯特之后说的那样,重新统一和组织世界"。④

  内在的、外在的种种原因交织在一起,终于促使艾略特向他的朋友——美国牧师威廉福斯·斯特德——征求意见,请求正式加入圣公会。1927 年 6 月 29 日,在完成了培训之后,他正式被圣公会在科茨沃尔兹的芬斯托克教堂吸收入会。主持仪式的正是那位美国牧师斯特德。同年,艾略特发表《兰特洛斯·安德鲁斯文集》,在序言中,他写了一句让后人可以无限摘引的标签似的自称"文学上的古典主义者,政治上的保皇党,宗教上的英国国教高教会派"的话。虽

---

① (英)彼得·阿克罗伊德,刘长缨、张筱强译:《艾略特传》,国际文化出版公司 1989 年版,第 153 页。
② (法)安托瓦纳·贡巴尼翁、郭宏安译:《反现代派——从约瑟夫·德·迈斯特到罗兰·巴特》,生活·读书·新知三联书店 2009 年版,第 95 页。
③ (英)彼得·阿克罗伊德,刘长缨、张筱强译:《艾略特传》,国际文化出版公司 1989 年版,第 152 页。
④ (法)安托瓦纳·贡巴尼翁、郭宏安译:《反现代派——从约瑟夫·德·迈斯特到罗兰·巴特》,生活·读书·新知三联书店 2009 年版,第 95 页。

然在1961年所作的题为《批评批评家》的演讲中，73岁的他在回忆此事时，认为这是一句在和导师白璧德赌气之下所说的话，并认为这句话表达得并不合适，有"寻事挑衅"之嫌，但连他自己也不得不承认这种"对信仰的表达不会因时过境迁而需要修改"。①

皈依英国国教之后所发表的第一篇文章《兰斯洛特·安德鲁斯》可以看作艾略特经过深思熟虑之后最终选择英国国教，而不是皈依天主教或新教的最好明证。因为在这篇文章中，他明确地表达了英国国教的好处及作用。这是一篇论及英国国教历史上著名的大主教兰斯洛特·安德鲁斯的文章，虽然此文的目的是议论安德鲁斯布道文的风格，但艾略特似乎意不在此，通篇除了少数文字谈论了安德鲁斯布道文的散文风格，大部分都是在向读者证明英国国教确实是一个伟大的宗教。在文中，首先他就提出，判断一个宗教是否经得起历史的考验，其检验标准应该是看同时代最伟大的思想家是不是参与到这个宗教的建设之中；其次，判断一个教会是否成功还得"看它如何影响最敏感者的感性和最有智者的智性，而且还必须通过树立艺术成就的丰碑以为明证"。② 通过回顾历史，通过与欧洲大陆的天主教会相比较，他发现，英国国教史上出现过伟大的思想家，即胡克和安德鲁斯两位主教。他认为，这两位主教的"思想成就和散文文风完整构架起英国国教的体系，犹如13世纪的哲学成就了天主教的顶峰一样"③。同时，在英国国教教会的成功标准上，他认为，纵然英国国教会"没有能与但丁平起平坐的文学大师，没有能与圣托马斯之思想高度相提并论的神学家，没有十字约翰那般虔敬的性灵制高点，建筑也没有摩德纳大教堂或是长方形罗纳圣泽诺大教堂那样富丽堂皇，但是，却有那么一些人，对他们来说，伦敦城的教堂珍贵如同罗马四百多座备受呵护的教堂中的任何一座。在他们看来，同圣彼得大教堂相比，圣保罗大教堂亦不失体面，英国17世纪的宗教虔敬诗——包括信仰上难以调和的克拉肖的诗——比之与同时代任何国家或者宗教团体的作品都要格外出色"。④

---

① （美）T. S. 艾略特：《批评批评家》，见：陆建德编，李赋宁、杨自伍等译：《批评批评家 艾略特文集·论文》，上海译文出版社2012年版，第7页。

② （美）T. S. 艾略特：《兰斯洛特·安德鲁斯》，见：陆建德编，李赋宁、王恩忠等译：《现代教育和古典文学 艾略特文集·论文》，上海译文出版社2012年版，第93页。

③ （美）T. S. 艾略特：《兰斯洛特·安德鲁斯》，见：陆建德编，李赋宁、王恩忠等译：《现代教育和古典文学 艾略特文集·论文》，上海译文出版社2012年版，第93页。

④ （美）T. S. 艾略特：《兰斯洛特·安德鲁斯》，见：陆建德编，李赋宁、王恩忠等译：《现代教育和古典文学 艾略特文集·论文》，上海译文出版社2012年版，第93页。

很明显，英国国教在思想方面、艺术成就方面无疑也达到了艾略特所认为的一个宗教是否经得起历史的考验、是否成功的标准之一。此外，艾略特还发现在胡克和安德鲁斯身上（后者是同时代全欧洲最博学的哲人伊萨克·卡索邦的密友），具有一种"广博的文化修养，人文主义和文艺复兴博学的从容气度"①，而这种气度使他们既有广泛的欧洲传统背景，不落后于其欧陆对手，同时又能使他们的宗教最能体现英国文化的精神：不失之偏颇，不流为狭野寸土之异端宗派。无疑，这是艾略特判断一个宗教是否伟大的第二重标准，那就是这个宗教必须具有强烈的人文主义气息，必须具有高贵、好教养的出身。再次，通过比较安德鲁斯和多恩的布道文，艾略特发现"安德鲁斯更具中世纪风格，因为他更纯粹，他与教会、传统紧紧相连。神学满足了他的智性，祷告和礼拜满足了他的感性。相对来说，多恩更加现代化……也不那么传统"。② 很明显，不同于新教，英国国教是一种能提供历史与仪式的延续的宗教，这种对历史、对传统的延续恰恰是最吸引艾略特的，因为对极其具有传统意识的他而言，这才是宗教信仰的核心。

的确，在对英国国教经过慎重的考察之后，艾略特才理性地选择了皈依英国国教。而且英国国教不但有上述他明确表明的符合他的标准的特点：传统性、人文性、思想性，更重要的是相比于天主教、新教，英国国教还具有一种包容性与中庸性的特色，而这些特色恰恰符合了艾略特个人的人生哲学。

实际上，关于英国国教是一种宽容的宗教，艾略特在其《基督教与文化》一书中也进行过论述。他说："英国国教会本身就包含了为外国观察家难于置信的众多不同的信仰和崇拜（因为在这些人看来，一个机构要包容如此之多的东西，早就把它胀破了）；其次是因为，从英国国教会分裂出去的教派也是数目众多、种类复杂的。"③ 确实，我们都知道英国国教是由伊丽莎白女王为否定罗马教皇的权威而最终确立的在组织上完全独立于罗马天主教体系的安立甘宗。作为一个新教宗派，由于英国宗教改革的特殊性——这是一个由上至下而不是像欧洲大陆由下至上的一种宗教变革——以及当时政治环境的逼迫性，因此具有相当大的包容性。一方面它保留了天主教的传统成分，尊重来自旧约的天主教观点；但

---

① （美）T. S. 艾略特：《兰斯洛特·安德鲁斯》，见：陆建德编，李赋宁、王恩忠等译：《现代教育和古典文学 艾略特文集·论文》，上海译文出版社 2012 年版，第 94 页。
② （美）T. S. 艾略特：《兰斯洛特·安德鲁斯》，见：陆建德编，李赋宁、王恩忠等译：《现代教育和古典文学 艾略特文集·论文》，上海译文出版社 2012 年版，第 106 页。
③ （美）T. S. 艾略特，杨民生、陈常锦译：《基督教与文化》，四川人民出版社 1989 年版，第 150 页。

另一方面，它也吸纳了 16 世纪宗教改革以来几乎所有重要的新教宗派的代表性思想。比如在其《三十九条信纲》里就包含有路德宗、加尔文宗、茨温利宗以及圣奥古斯丁等各派教义。正因如此，这一教派没有明确提出奉哪一宗派为正统思想，也没有确切说明哪一宗派为异端邪说。事实上，只要各宗派不提出格要求，他们都可以在安立甘宗中找到一席之地。英国国教所体现出来的广泛性、包容性特点，让它成为一支十分特殊的宗派。有人称其为"一种基督教各宗派观点的大杂烩"①，这比较准确。当然，这种教派出现的主要原因在于当时的政治环境，因此，这也是伊丽莎白女王政治态度的表现。因为通过这种宗教政策，她不仅能得到新教教徒的支持，也不至于被天主教教徒所反对，如此使社会趋于稳定。与传统性、宽容性随之而来的就是英国国教的另一特色，即"中庸"的特质。正因为它几乎对所有宗派都敞开大门，因此，其教纲《三十九条信仰》在表述一些差别性很大、争议性较强的教义时，比如关于"圣餐本质"这样的问题，它绝不采纳某一宗派的某种观点，而是采用一种"涵义宽泛的措词"来调和基督教各派的差异性，使各个宗派都能在其中找得到依据。很明显，这是一种"非此非彼"的中庸，也是伊丽莎白女王在环境逼迫下所走的一条著名的"中间道路"②的体现，尽管女王真正倾心的是新教。但历史证明，女王的这种"非此非彼"，但又是"此"是"彼"的政治手段是一种更合适、更正确的决策。很明显，英国国教的特点：传统、包容、中庸，完完全全可以套用在艾略特身上。关于传统，我们不必多言；但关于"中庸"，我们却得格外注意。如我们在前言中所提到的，这是在一种没有中心的"易"时所表现出来的"中"，也是一种人文学"易辩法"的思维模式。当栾栋先生以中国的易学法来融合辩证法，把东方祥和的易学文化与科学性的西方辩证法治为一炉、进行相互"涵摄"之时，他实际上就是在理论的高度来对这种"高韬"的思维方法进行提炼、独创。这不是在"彼""此"之间"和稀泥式的"做法，所谓的"和稀泥"意味着将同时扬弃两者，也不是将两者简单地相加。这是对两者进行一种融通式的突破，"是深入本质的相互涵摄"③，是一种"既是——又是"的思维方法，是力图对"无限度地人极化"的一种反拨与矫正。也许，艾略特对中国文化并不熟悉，但我们不要忘记，他曾深受其导师白璧德的影响。要知道，白璧德对东方文化有着很

---

① 柴惠庭：《基督教安立甘宗的形成及其特点论析》，《史林》，1994 年第 2 期，第 76 页。
② 柴惠庭：《基督教安立甘宗的形成及其特点论析》，《史林》，1994 年第 2 期，第 77 页。
③ 栾栋：《易辩法界说——人文学方法论》，《哲学研究》，2003 年第 8 期，第 53 页。

深的悟性,他曾试图将东方文化融入其人文主义的思想里,从而克服西方启蒙理性的弊端。在这方面,艾略特深得其师的精华。所以我们深信艾略特思想中存在一种不可忽视的东方模式。因此,如果用"易辩法"来对艾略特的宗教思想进行观照,我们应该有所启示,也应该可以发现,艾略特所构思的"基督教社会"既不会是一种中世纪里宗教统治一切的社会,也不会是20世纪初所兴起的法西斯、共产主义社会,也不会是以盈利为目的道德沦丧的资本主义社会。他要走的应该是一条在世俗社会与宗教社会之间,在极权社会与民主社会之间的"中庸性"道路,这条道路宛如他在《荒原》中所塑造的"帖瑞西士":一个"年老的男子却有布满皱纹的女性乳房"、将男性与女性融为一体的人,也宛如他在《周日早晨礼拜》里描绘的那只分不清雌雄的蜜蜂。

  曾经的"荒原"诗人,就这样在生活的磨炼中,在思想的成长中,一步一步地转向对永恒的思考,这种皈依的方式不是圣保罗式的,而是奥古斯丁式的。要知道,圣保罗在接受基督教时,经历的是一种"突如其来的、神秘的光照和恩典"①;相反,奥古斯丁的信仰之路与艾略特一样,漫长、持久。他们都曾年少轻狂,都通过"无数次灵与肉的痛苦挣扎,无数次洗心革面的忏悔",② 才在中年时期"见得真光"。这种信仰之路和他曾经描述帕斯卡尔皈依宗教时所说的也一样。在那篇文章中,他写道:"他(帕斯卡尔)试图有意识地、一丝不苟地向自己解释如何一步步走向信仰……他发现,世界原来是这样的;他发现世界的特点无法用任何非宗教理论来解释:在宗教之中,他发现了基督教,特别是天主教,可以用最令人满意的方式对世界作出解释。"③ 帕斯卡尔"发现"了天主教,他则选择了英国国教,因为在他看来,"这个教会的传统和组织以及它在历史上与人民的宗教—社会生活的关系,因而只有它才是符合我们要求的教会"。④ 对于当时教会内那些主张取消国教的声音,他专门撰文反击,认为"我们应该冷静下来好好想一想,教会一旦非国教化,就不容易再次国教化了,取消国教这个行动,比起教会从未国教化来,将更加明确和更加不可挽回地把教会同国民的生活割裂开来。教会明显而引人注目地退出国事,有意识地承认两种生活标准和生活方式并遗弃所有那些不是全心全意留在教会里的人,这一切在英国人民的心中

---

① 刘燕:《现代批评之始T. S. 艾略特诗学研究》,广西师范大学出版社2005年版,第112页。
② 刘燕:《现代批评之始T. S. 艾略特诗学研究》,广西师范大学出版社2005年版,第112页。
③ (美)托·斯·艾略特:《帕斯卡尔》,见:陆建德编,李赋宁、王恩忠等译:《现代教育和古典文学》,上海译文出版社2012年版,第174页。
④ (美)T. S. 艾略特,杨民生、陈常锦译:《基督教与文化》,四川人民出版社1989年版,第36页。

造成的影响是难于估量的。危险太大了,因而取消英国国教的行动只能是一种无计可施、铤而走险的行动"。① 由此看来,艾略特皈依英国安立甘宗,是他在经历了个人生活的磨炼,理性的考察,以及"无数次灵与肉的痛苦挣扎,无数次洗心革面的忏悔"之后所作出的审慎决定。当把它以及其传统观并置在一起考察之时,我们会发现,这种宗教观就是古希腊社会里那兼具人文精神与理性传统的宗教形式。

第二节 "向上的"启示:基督教与人文主义

T. S. 艾略特,19 岁进入哈佛大学攻读哲学,遇上对其影响一生的导师——欧文·白璧德。白璧德终其一生,致力于其所倡导的"新人文主义"。所谓"新"人文主义,就是白璧德在西方传统人文主义的基础上对其进行批判性的重新阐释。根据阿伦·布洛克在《西方人文主义传统》一书中的看法,"人文主义源自西方文化的原点——古希腊",在经历了中世纪"神"统治一切的历史阶段,文艺复兴时期的人文主义者重新发现了人身上特有的理性、崇高的品质以及无穷的求知力,充分肯定了人的价值、尊严和力量,断定人可以创造一切。这打破了中世纪以"神"为中心的局面,也使得人文主义发展到顶峰。从那以后,各个时期的人文主义均延续了文艺复兴以来人文主义的核心思想,注重发掘个人潜能,高度关注个人的自身发展,肯定个人的幸福追求,等等。作为新人文主义者的开拓者,白璧德认为文艺复兴时期的人文主义实质上也是个人主义的第一次推进,通过对拉丁词"humanitas"的重新考证,他认为这个词包含有"信条与纪律"② 之意,但这层意思一直被文艺复兴以来的人文主义者所忽视。在他看来,人自身存有"理性和欲望、高级自我和低级自我之间的冲突,需要自律、克制、道德约束"。也就是他所说的:"人之成为人文的,就在于他能够战胜自身本性中的这个命定之事;他所能达到的人文程度,完全取决于他调和自身相反德行的程度。"③ 在这样的基础上,他推出了自己的新人文主义。在创建新人文

---

① (美) T. S. 艾略特,杨民生、陈常锦译:《基督教与文化》,四川人民出版社 1989 年版,第 36 页。
② (美) 欧文·白璧德,张沛、张源译:《文学与美国的大学》,北京大学出版社 2011 年版,第 79 页。
③ (美) 欧文·白璧德,张沛、张源译:《文学与美国的大学》,北京大学出版社 2011 年版,第 16 页。

主义的过程中，白璧德求助于东方文化中的传统和经验，试图通过糅合东西方文化，以"东方的体证的生命践履"，"内转西方外向性的文化来弥补其不足"①，通过自律、克制来达到个体完善，恢复人文主义传统，"矫正美国个人主义之弊端"②，以道德和文化的力量救治现代社会的混乱与危机。这种人文主义在狭义的基础上作了进一步发展，因而被冠与"新"的称号。作为白璧德的高徒，艾略特无疑得到过导师的精心栽培，受到过导师的巨大影响。因为同导师一样，他博学，有着百科全书式的丰富学识；也熟谙东西方文化要领，了解印度宗教，擅长使用糅合东西方思维方法之长的方法看待问题；也是传统与继承的坚定支持者。更重要的是，他们都看到了西方文明的弊端，都试图用自己的方法来拯救西方文明。因此，在这一方面，我们可以说他是一个具有深厚人文精神的知识分子。然而，1927 年，艾略特皈依英国国教，这被看成是"反出师门"的叛逃。因此我们发现，横在师徒二人之间的原来是"宗教"这样东西。正是基于对宗教与人文主义关系的不同理解，造成了艾略特与老师的分道扬镳。因此，要彻底洞悉艾略特的宗教观，就必然要理解艾略特对人文主义与宗教之关系的看法；而要了解艾略特对人文主义与宗教之关系的看法，就不得不去知晓其师白璧德的宗教观，如此才能看出师徒二人在对待宗教问题上的差异。

关于白璧德的宗教观，很多学者曾做过不同的阐释。但因其模糊不清，因此学界并未形成一致的观点。在此，笔者倾向于认同学者张源在《"人文主义"与宗教：依赖，还是取代？——试论白璧德的宗教观》一文当中所作的考察。在张源看来，"白璧德的宗教观有两个要点：一、'宗教'的概念；二、'人文主义'与宗教的关系"。③首先来看第一要点：宗教的概念。在白璧德眼里，"'宗教'的定义隐含着两层容易混淆的内容：一层为'历史形态的宗教'，一层则是'真正的宗教'。前者如现实中的天主教，作为一种'教条的、天启式的宗教'不可避免地与固定的'教义'和'机构'——其典型代表为'教会'相联系"④。后者则是指"人的'普通自我'必须服从'更高的'或'神性的'自我，只有达到这种内在的制约，才能获得和平与安宁，这一观念便是'真正的

---

① 杨劼：《人文学视野下的欧文白璧德》，广东外语外贸大学 2012 年博士学位论文，第 63 页。
② 杨劼：《人文学视野下的欧文白璧德》，广东外语外贸大学 2012 年博士学位论文，第 63 页。
③ 张源：《"人文主义"与宗教：依赖，还是取代？——试论白璧德的宗教观》，《国外文学》，2006 年第 2 期，第 41 页。
④ 张源：《"人文主义"与宗教：依赖，还是取代？——试论白璧德的宗教观》，《国外文学》，2006 年第 2 期，第 41 页。

宗教'的本质"。① 张源认为,白璧德对宗教的第二层含义即"真正的宗教"深为推许;而对第一层含义"历史形态的宗教",即"教义"、"教会"持断然否定、坚决批判的态度。在这里,我们先不去议论白璧德所赞许的"真正的宗教"是否真只是将佛教——更确切地说,是小乘佛教——"作为'真正的宗教'的代表",但从他下定义的那句话里——"'普通自我'必须服从'更高的'或'神性的'自我,只有达到这种内在的制约,才能获得和平与安宁"②——我们明显看到他的这种所谓真正的宗教其实与其新人文主义的核心内容:"内在制约"并无两样!于是张源断定:"白璧德所谓的'宗教'实际上只换了内容。事实上,凡是不符合白璧德'人文主义'之规定的'宗教'——如基督教和大乘佛教——从未被允许进入'人文主义'的腹地,甚至被取消了'真正的宗教'的资格。"③ 这就难怪乎艾略特曾不无遗憾地表达:"有人可能会对此感到惊讶:孔子与佛陀——人们一般将他们视为宗教创始人——竟在此列(即人文主义者行列)"④,也许那是因为"白璧德先生总是强调人的理性,而非超自然启示"。⑤ 于是乎,白璧德先生甚为推崇的"真正的宗教"就这样被轻易地消解掉了。

再来看白璧德关于宗教的第一层定义,这是一种现实的宗教,有关教会与教义。其实,这种对"教义"、"教会"的否定,并非一种只有白璧德先生才具有的态度,我们可以说几乎所有的人文主义者都具有这种反"教会"与"教义"的态度。当然这之间会有所区别。作为人文主义者,这些人的眼光非常犀利,但他们在这方面的矛头所向,主要是局限在"基督教社会"或中世纪这段历史之中。在他们看来,中世纪就是一个毫无文明可言的"黑暗"社会,对之持如此否定的态度,其主要原因就在于中世纪教会统治一切的局面,以及教会内部所存在的腐败、僵化和种种弊端。因此,他们十分敏感而又尖锐地认为教会的这些弊端与人文精神互相冲突,宗教与人文主义势不两立。因此,像白璧德这样用人文

---

① 张源:《"人文主义"与宗教:依赖,还是取代?——试论白璧德的宗教观》,《国外文学》,2006年第2期,第41–42页。
② 张源:《"人文主义"与宗教:依赖,还是取代?——试论白璧德的宗教观》,《国外文学》,2006年第2期,第41页。
③ 张源:《"人文主义"与宗教:依赖,还是取代?——试论白璧德的宗教观》,《国外文学》,2006年第2期,第43页。
④ (美)T. S. 艾略特:《欧文·白璧德的人文主义》,见:陆建德编,李赋宁、王恩忠等译:《现代教育和古典文学艾略特文集·论文》,上海译文出版社2012年版,第264页。
⑤ (美)T. S. 艾略特:《欧文·白璧德的人文主义》,见:陆建德编,李赋宁、王恩忠等译:《现代教育和古典文学艾略特文集·论文》,上海译文出版社2012年版,第264页。

主义来反对教会、反对基督教或是想用人文主义来代替宗教其实是一部分知识分子所采取的行动，这显示了他们思想的先锋性。然而，我们得注意到，像艾略特这样的基督徒同样会看到教会的种种腐败堕落与僵化，也会看到"任何宗教都永远有僵化成仅仅留下宗教仪式和习惯的东西的危险"①，但他们并没有由此反对基督教，因为他们通过这些看到的不是基督教与人文精神的冲突，而是教会弊端与基督教精神的冲突，由此，他们用以反对这些弊端的人文精神，则是以基督精神作为基础！或者说，基督教精神其实从未与人文精神相冲突过。费尔巴哈曾在《宗教本质讲演录》中也指出过："神学是人本学和自然学"；而在《基督教的本质》一书中费尔巴哈对这个观点作了更详细的阐释。在他看来，"上帝之意识，就是人之自我意识；上帝之认识，就是人之自我认识"。②尽管"这并不是说信宗教的人会直接意识到他的关于上帝的意识乃是他自己的本质之自我意识"③，但费尔巴哈认为，恰恰就是这样一种意识构成了"宗教所固有的本质"。而现在我们要做的就是要证明，"属神的东西跟属人的东西的对立，是一种虚幻的对立，它不过是人的本质跟人的个体之间的对立；从而，基督教的对象和内容，也就完全是属人的对象和内容"。④ 其实，关于基督教与人文主义在本质上并不相冲突的观点，我们同样可以在《圣经》的故事中找到证据。比如我们可以看到在《创世纪》中，上帝赋予了人以超出其他一切造物的地位，还赋予了人以某种创造性和能动性；而在《新约》的结尾处，我们可以发现，"圣城即耶路撒冷并非远在天庭，而是'由上帝那里从天而降'，上帝自己也要来到人间，'与人同住'"。⑤ 所以，可以说，"从《创世纪》到《启示录》，整部《圣经》自始至终都一直关注着的，绝不仅仅是上帝，而是与人相关的上帝"。⑥ "《圣经》的核心信息是，天地之主上帝在这个世界上活动，要使人性摆脱一切危害人生的东西，最终完全实现他要给自己的子女即人类的一切力量与欢乐。"⑦ 关

---

① （美）T. S. 艾略特：《欧文·白璧德的人文主义》，见：陆建德编，李赋宁、王恩忠等译：《现代教育和古典文学艾略特文集·论文》，上海译文出版社2012年版，第264页。
② （德）费尔巴哈：《基督教的本质》，商务印书馆2010年版，第42页。
③ （德）费尔巴哈：《基督教的本质》，商务印书馆2010年版，第42页。
④ （德）费尔巴哈：《基督教的本质》，商务印书馆2010年版，第43页。
⑤ 何光沪：《多元化的上帝观20世纪西方宗教哲学概览（增订版）》，中国人民大学出版社2010年版。
⑥ J. M. Shaw, R. W. Franklin, H. Kaasa, C. W. Buzicky eds. Readings in Christian Humanism, Augsburg: Augsburg Publishing House, 1982: 66.
⑦ J. M. Shaw, R. W. Franklin, H. Kaasa, C. W. Buzicky eds. Readings in Christian Humanism, Augsburg: Augsburg Publishing House, 1982: 65.

注上帝，实际上就是关注人本身。这就是基督教与人文主义精神并不矛盾的地方所在，也就是像以白璧德为代表的人文主义与以艾略特为代表的基督教人文主义之间的差别：一种是用人文主义来反对教会、教义；另一种是用具有基督教精神基础的人文主义来反对教会，或者说是在"感情的觉醒和新生的虔诚"之上，再"依靠具有批判力的理性"，即人文主义来反抗教会！无疑，在西方，大多数的学者会赞同艾略特的思想，因为基督教与人文主义确实不是对立的，也不是对等的，也不是互相平行的，它们你中有我，我中有你，互相影响，不可分割。基督教精神与人文主义的精神实质上存在着根本的一致性！

将基督教与人文主义的实质关系理清楚之后，我们再来看白璧德在这方面的观点与表述。仍是根据张源在《"人文主义"与宗教：依赖，还是取代？——试论白璧德的宗教观》一文中的分析，可以得知，白璧德在对待人文主义与宗教之关系上的表述是"前后矛盾"的。比如，白璧德在1919年所发表的《卢梭与浪漫主义》一书的"导言"中，曾认为"'人文主义'与宗教只是同一条道路上的不同阶段而已，二者互为补充，彼此连接，'人文主义'尤其不可失助于宗教"。① 但是到了1924年的《民主与领袖》一书时，白璧德转向了，他矛盾地表示："有些人支持神恩说，有些人则断理智居于首位"②，但不管怎样，欧洲文明在宗教式微之后"仍然能够幸存"，但必须要"找到神恩的某种对应物"。③ 言下之意就是说，新人文主义应成为宗教的对应物。可以说，在白璧德的言说中，我们并不能清晰地找到他对人文主义与宗教关系的论断，也不能简单地认为白璧德就是持着一种新人文主义可以"独立于宗教而自立门户"的观点。也许这个问题一直困扰着追求平衡感的白璧德，所以他才在不同文章中对此闪烁其词。与白璧德对此问题的模糊感不同，信仰国教的艾略特在宗教与人文主义之关系上的观点十分清晰明了。

艾略特曾于1928年、1929年两次著文：《欧文·白璧德的人文主义》以及《关于人文主义重新考虑后的意见》，来反驳新人文主义对宗教的看法。白璧德在对人文主义与宗教之关系的问题上不是如上所述的，并不能归纳成一种明确的看法吗？为何艾略特要两次著文批驳、反对一种并未明确的观点？原来，艾略特第一篇反驳文章恰逢白璧德的著作《民主与领袖》一书出版之后、《艾略特校长

---

① 张源：《"人文主义"与宗教：依赖，还是取代？——试论白璧德的宗教观》，《国外文学》，2006年第2期，第43页。

② （美）欧文·白璧德：《民主与领袖》，北京大学出版社2011年版，第138页。

③ （美）欧文·白璧德：《民主与领袖》，北京大学出版社2011年版，第138页。

与美国的教育》一文发表之前的间歇,因此,此文直接针对的是白璧德在《民主与领袖》(1919)一书中的观点,如同他自己在文中所说的那样:"白璧德先生哲学的中心是人文主义的学说。在他以前写的几本书中,我们能够不加分析地接受这个人文主义思想;但在《民主与领袖》一书——这本书我认为是迄今为止他的理论的总结——中,我们不禁对他的理论发生怀疑。"① 是时,恰逢艾略特在经过深思熟虑之后刚刚皈依了英国国教,也刚刚对外公布于众。因此,公开发表关于宗教性质的文章,在当时看来,也是他身体力行支持宗教的行为。再加上,对于此前深谙白璧德学说的艾略特,确实是看到了新人文主义的漏洞,只是指出这种事实,并不是为了他自己扬名立外而"弑父",并非要"破坏"新人文主义,相反,这完全是他希望完善其师思想的一片苦心,也表明了他对新人文主义吸收之后的重新"建设"。正如他自己所说的:"我相信最好还是痛快地承认人文主义的弱点,考虑到它的不足之处,以免它的结构在过重的压力下倒塌下来;以便我们可以做到对人文主义对于我们的价值,以及人文主义的缔造者对于我们的恩惠,予以持久的承认。"②

在这篇文章中,首先我们应该指出的是,在对待老师白璧德时,艾略特表现出了应有的谦虚和尊敬。他对《民主与领袖》高度评价,说这是一本将"批判和建设性的理论结合在一起的"③ 书,而且在其字里行间也到处流露出对老师白璧德的称颂,如:"这种派生出来的人生观只能对少数像白璧德先生那样具有高度文化修养的人有效"④;"白璧德先生是一位文化传统和持续性坚定的卫护者,凭着他广博的、百科全书般的知识,他一定知道……"⑤;"(白璧德教授)他知道的宗教和哲学实在太多了,他对这些宗教和哲学的精神实质吃得太透了(可能在英国或美国没有任何人比他能够更好地理解早期的佛教)"⑥ ……至于他向

---

① (美)托·斯·艾略特:《欧文·白璧德的人文主义》,见:陆建德编,李赋宁、王恩忠等译:《现代教育和古典文学 艾略特文集论文》,上海译文出版社2012年版,第259-260页。
② (美)托·斯·艾略特:《欧文·白璧德的人文主义》,见:陆建德编,李赋宁、王恩忠等译:《现代教育和古典文学 艾略特文集论文》,上海译文出版社2012年版,第271-272页。
③ (美)托·斯·艾略特:《欧文·白璧德的人文主义》,见:陆建德编,李赋宁、王恩忠等译:《现代教育和古典文学 艾略特文集论文》,上海译文出版社2012年版,第271页。
④ (美)托·斯·艾略特:《欧文·白璧德的人文主义》,见:陆建德编,李赋宁、王恩忠等译:《现代教育和古典文学 艾略特文集论文》,上海译文出版社2012年版,第269页。
⑤ (美)托·斯·艾略特:《欧文·白璧德的人文主义》,见:陆建德编,李赋宁、王恩忠等译:《现代教育和古典文学 艾略特文集论文》,上海译文出版社2012年版,第270页。
⑥ (美)托·斯·艾略特:《欧文·白璧德的人文主义》,见:陆建德编,李赋宁、王恩忠等译:《现代教育和古典文学 艾略特文集论文》,上海译文出版社2012年版,第271页。

人文主义抛出的他所坚决反对的观点,他也只是谦虚地说,仅仅只是打算在这里向"白璧德先生的建设性理论提几个问题"。① 这就是艾略特,他确实是一辈子都保持了对白璧德的尊敬之情,这种尊敬的态度绝没有因为他与新人文主义存有显而易见的分歧而发生过改变。当然,在实质性的关于人文学与宗教之关系的学术讨论中,艾略特恢复了他一往的敏锐文风,一连用三个反问句表达了对其代为总结的白璧德在《民主与领袖》当中的核心命题——人文主义是宗教的代用品——的疑惑,并就此直截了当地给出了自己的观点:"作为历史事实,人文主义与宗教一点也不相同,人文主义是时隐时现的,而基督教却是延续不断的"②;"人类的宗教习惯,在一切地方,一切时代,以及对一切人来说,都仍然是很强的。"③ 接着,他大胆论证,提出了自己一系列的全新看法。首先他承认,白璧德的新人文主义在本质上是"批判性"的,但它"若想存在,必须依赖某种其他的态度,因此它是寄生的"④。它"曾经是很有价值的,而且仍旧会有很大的价值"⑤,但它"要不是宗教的代替物,就是宗教的附属品"⑥,因此它的作用是次要的,它本身不可能变成一种宗教。在表达完这些观点之后,他对新人文主义进行了第二层的揭示。事实上,他完全看穿了新人文主义,知道新人文主义实际上就是白璧德试图将其作为一种"内心控制"的"更高意识"来对自我进行约束,进而取代宗教的外部约束:"照我看来,白璧德先生在一个方面想要做的事情似乎是想让人文主义——他自己那种人文主义——不必借助宗教而起作用。"⑦但如何明确"外部的"和"内在的"约束,如何进行"内心控制"?在这里,白璧德所批判的"宗教的外部约束"似乎暴露了他在宗教的第一层定义当中的

---

① (美)托·斯·艾略特:《欧文·白璧德的人文主义》,见:陆建德编,李赋宁、王恩忠等译:《现代教育和古典文学 艾略特文集论文》,上海译文出版社2012年版,第259页。
② (美)托·斯·艾略特:《欧文·白璧德的人文主义》,见:陆建德编,李赋宁、王恩忠等译:《现代教育和古典文学 艾略特文集论文》,上海译文出版社2012年版,第261页。
③ (美)托·斯·艾略特:《欧文·白璧德的人文主义》,见:陆建德编,李赋宁、王恩忠等译:《现代教育和古典文学 艾略特文集论文》,上海译文出版社2012年版,第261页。
④ (美)托·斯·艾略特:《欧文·白璧德的人文主义》,见:陆建德编,李赋宁、王恩忠等译:《现代教育和古典文学 艾略特文集论文》,上海译文出版社2012年版,第261页。
⑤ (美)托·斯·艾略特:《欧文·白璧德的人文主义》,见:陆建德编,李赋宁、王恩忠等译:《现代教育和古典文学 艾略特文集论文》,上海译文出版社2012年版,第261-262页。
⑥ (美)托·斯·艾略特:《欧文·白璧德的人文主义》,见:陆建德编,李赋宁、王恩忠等译:《现代教育和古典文学 艾略特文集论文》,上海译文出版社2012年版,第264页。
⑦ (美)托·斯·艾略特:《欧文·白璧德的人文主义》,见:陆建德编,李赋宁、王恩忠等译:《现代教育和古典文学 艾略特文集论文》,上海译文出版社2012年版,第265页。

缺陷，即一种现实中的宗教，与教会和教义相关。这个定义将宗教当成一种外部约束，它不能触动人的自我，不能打动人的灵魂，它只能让教会、教士控制自己，就像自己被警察控制那样，很明显，这不是真正的宗教，宗教的概念应"仍然是内在的约束"。白璧德将"内在的约束"力量依靠人文主义，无疑是要将人文主义替代成宗教。这实际上也是艾略特对白璧德一直闪烁其词的对宗教看法的揭示。针对新人文主义以恢复文明为指归的目的性，他指出，新人文主义所想达到的文明应是"在一个高层次上精神和理智的协调"①，而这种精神和理智的协调、相容，在艾略特看来仅存在于早期的文明之中，在那时，文化与宗教是一种不可分割的现象，文化包含着宗教，宗教体现着文化。而随着人类的发展，科技的进步，文化与宗教分裂，文化与各种艺术分裂，由此导致了文明的衰退，因此，恢复文明即意味着恢复文化与宗教的相融性，也即意味着没有宗教、没有教会完全不可能谈达到文明。至此，艾略特全盘否认了白璧德关于人文主义与宗教之关系的看法，他指出："我的目的始终是想要指出，一旦关于'人文主义'的模糊不清的理解得到了澄清，我认为他的哲学所应采取的方向。我认为他的哲学应该引导出这样一个结论，即人文主义的观点从属于而且依附于宗教观点。对我们来说，宗教就是基督教；而基督教，我认为也包含着教会的概念。"② 他坚信，人文主义的观点相对于宗教的观点而言，是辅助性的，并依赖于后者；人文主义与宗教不可分割，互相融合。

白璧德看到了学生对其新人文主义的不同看法，但他似乎并未有很大反应，仅仅在其后的一篇题为《艾略特校长与美国教育》的文章中以寥寥数语予以了回应："这并非就可以得出结论说：人们必须接受 T. S. 艾略特（T. S. Eliot）所发展的主体，即人文主义是某种不稳定和寄生性的东西，尤其对西方人而言，除非它能得到教条化和启示性的宗教支持，否则它注定要迅速崩溃。全世界都已经有目共睹的人文主义最主要的表现形式——古希腊的人文主义——没有任何这种支持。"③

对于白璧德的这番话，艾略特紧接着发表《关于人文主义重新考虑后的意

---

① （美）托·斯·艾略特：《欧文·白璧德的人文主义》，见：陆建德编，李赋宁、王恩忠等译：《现代教育和古典文学 艾略特文集论文》，上海译文出版社 2012 年版，第 269 页。
② （美）托·斯·艾略特：《欧文·白璧德的人文主义》，见：陆建德编，李赋宁、王恩忠等译：《现代教育和古典文学 艾略特文集论文》，上海译文出版社 2012 年版，第 271 页。
③ I. Babbitt. President Eliot and American Education: Essays in Spanish Character and other Essays. Boston and New York: Houghton Mifflin Company, 1940: 205.

见》，但这次并不再对白璧德提出任何异议，而是将矛头指向白璧德的另一弟子弗尔斯特的新著《美国的批评》。开篇之初，他就表明了自己的这一立场："1928年7月，我在《论坛》杂志上发表了论欧文·白璧德先生的人文主义的一篇文章……据我了解，白璧德教授以为我没有正确地陈述他的观点；但是，由于我直到现在还没有得到任何一位人文主义者对我进行较详细地纠正，我仍然不知自己错在哪里……在这里，我觉得讨论诺曼·弗尔斯特先生的卓越的《美国的批评》一书，比讨论白璧德先生的著作更为有用。作为一位门徒的著作，弗尔斯特先生的书比白璧德先生的著作，似乎更清楚地暗示了人文主义有可能变成什么，以及人文主义有可能起什么样的作用，因为白璧德先生的著作更多地涉及他个人。"① 在这里，既然对手只是这位应该被称作师弟的弗尔斯特，那艾略特可"口"不留情，毫无那种对待白璧德时的敬重之情，讽刺、鄙夷溢于言表。他先通过引用弗尔斯特的一段话，指责其文笔拙劣，思想偏见、混乱，不但将人文主义的定义、信条胡拉乱扯，而且将人文主义与宗教之间本就模糊的看法推向一种极致的矛盾，导致"一方面承认在过去人文主义和宗教曾经结合在一起，另一方面却又相信在将来人文主义将有能力忽视传统宗教"②；而且"在一种情况下把人文主义和宗教等同起来，在另一种情况下又把两者对立起来"。③ 在这样的痛斥之下，他批判弗尔斯特所说的"纯粹的人文主义"，"太伦理了，以至于不复真实"④，他讥讽弗尔斯特"还不够人文主义化"，"不懂规则就来参加哲学和神学的游戏"⑤，措辞非常严厉。除了持续批驳新人文主义者在人文主义与宗教关系上摇摆不定的态度，艾略特在这篇文章的最后为人文主义做了八点建议，可以说这是他对新人文主义的一大贡献。其中有两条是这样说的："（二）人文主义导致宽容、信仰自由、不偏不倚和明智、稳健。它和狂热、盲信势不两立"；"（三）没有宽容、信仰自由和明智，世界不能前进；同样，没有狭隘、偏执和

---

① （美）托·斯·艾略特：《关于人文主义重新考虑后的意见》，见：陆建德编，李赋宁、王恩忠等译：《现代教育和古典文学 艾略特文集论文》，上海译文出版社2012年版，第269页。
② （美）托·斯·艾略特：《关于人文主义重新考虑后的意见》，见：陆建德编，李赋宁、王恩忠等译：《现代教育和古典文学 艾略特文集论文》，上海译文出版社2012年版，第275页。
③ （美）托·斯·艾略特：《关于人文主义重新考虑后的意见》，见：陆建德编，李赋宁、王恩忠等译：《现代教育和古典文学 艾略特文集论文》，上海译文出版社2012年版，第275页。
④ （美）托·斯·艾略特：《关于人文主义重新考虑后的意见》，见：陆建德编，李赋宁、王恩忠等译：《现代教育和古典文学 艾略特文集论文》，上海译文出版社2012年版，第275页。
⑤ （美）托·斯·艾略特：《关于人文主义重新考虑后的意见》，见：陆建德编，李赋宁、王恩忠等译：《现代教育和古典文学 艾略特文集论文》，上海译文出版社2012年版，第281页。

狂热，世界就能前进。"① 细细体会，这应该是艾略特试图在新人文主义的纪律、信条与宗教的宽容、信仰之间所寻求的新平衡点吧。也许是他颇具新意的观点，也有可能是由于他的观点是立足于西方传统的宗教与文化观之上的，因此自出版以来，此文不断得到许多西方评论者的认同与回应，这在另一方面也促使了他对人文主义后来的发展起到了很大的影响。

但当时遭到艾略特严厉批评的弗尔斯特并不服气，马上写出《人文主义与宗教》一文奋起反抗，针对艾略特的批驳逐条反驳，其中反驳的核心就在于他认为人文主义的基础是"古典的、希腊的、前基督教的"②，人文主义始于宗教之先，因此，人文主义从根源上来说是"独立于宗教而存在，并成为宗教的替代品"③，它"并非基督教的衍生物"，"并非寄生性的，亦非第二性的。亦非依赖性的"④。对此，艾略特保持沉默，没有再著文反驳。因为针对弗尔斯特所说的这一点，艾略特在之前的文章中早已说得很清楚了：早在基督教传入到希腊之前的前基督教时期，各种活动就已带有了神性——"苏格拉底究竟有多少信仰我们不清楚，我们也说不清传说中他请求杀一只公鸡作祭祀的牺牲品是否仅说明他的君子守信行动或甚至是一种嘲讽举动？"⑤ 而且"苏格拉底和伊拉斯谟二人都满足于批判"，但绝没有"去触动当时的宗教结构"。⑥ 实际上，古希腊罗马文明里确实包含着人文精神；但很明显，同时也蕴藏着宗教精神。

这就是那场著名的人文主义内部之争。在这场争论中，白璧德并没有直接地参与其中，但没有发声并不能说他没有关注，没有受到影响。事实上，在他编写的、有艾略特参与的那部人文主义文集《人文主义与美国》当中，当他在作最后一篇对人文主义进行定义的文章时，他似乎力图将其摇摆不定的人文主义宗教

---

① （美）托·斯·艾略特：《关于人文主义重新考虑后的意见》，见：陆建德编，李赋宁、王恩忠等译：《现代教育和古典文学 艾略特文集论文》，上海译文出版社2012年版，第284页。
② 张源：《"人文主义"与宗教：依赖，还是取代？——试论白璧德的宗教观》，《国外文学》，2006年第2期，第43页。
③ 张源：《"人文主义"与宗教：依赖，还是取代？——试论白璧德的宗教观》，《国外文学》，2006年第2期，第43页。
④ 张源：《"人文主义"与宗教：依赖，还是取代？——试论白璧德的宗教观》，《国外文学》，2006年第2期，第43页。
⑤ （美）托·斯·艾略特：《关于人文主义重新考虑后的意见》，见：陆建德编，李赋宁、王恩忠等译：《现代教育和古典文学 艾略特文集论文》，上海译文出版社2012年版，第263页。
⑥ （美）托·斯·艾略特：《欧文·白璧德的人文主义》，见：陆建德编，李赋宁、王恩忠等译：《现代教育和古典文学 艾略特文集论文》，上海译文出版社2012年版，第263页。

观进行一次总结性陈述。在文中，他明确表示："说'人文主义'可以取代宗教是错误的，'人文主义'不能没有宗教，甚于宗教不能没有：'人文主义'"①；"人文主义者与'真正的基督徒'可以展开重要的合作。"② 而这，应该是他在这场人文主义内部之争的影响下对人文主义与宗教之间的关系所进行的一种调整。

值得提醒各位读者的是，虽然艾略特与弗尔斯特对彼此的观点公开论战，但这并非剑拔弩张的同门相争。实际上，弗尔斯特批判艾略特的那篇文章是发表在艾略特的《标准》，而艾略特在白璧德、弗尔斯特所编选的第二部人文主义文集《人文主义与美国》里同样也贡献了自己的篇章。因此，我们可以明确，这二人都是在为导师的观点积极贡献自己的思考意见。身为新人文主义阵营的中坚分子，弗尔斯特固然是在维护老师的学说；但作为白璧德的弟子，虽然观点不一致，艾略特同样也是在帮助完善老师的思想。正如艾略特所说："我写的那篇文章没有攻击的意图。我自己开始时曾是白璧德先生的门徒，我的确感到我没有抛弃我认为是他的教导中任何积极有用的东西，因此我没有资格'攻击'人文主义。相反地，我关心的是如何指出人文主义的弱点，以便先发制人，保卫人文主义，以免某些它的真正的敌人利用它的弱点来向它进攻。"③ 在《人文主义与美国》这部文集中，艾略特文章的题目为《缺乏人文主义之宗教》，文章的标题就已经指明，这是艾略特从反面来进一步完善其保持一致的观点，即缺乏人文主义的宗教同样会面临极大危险。这篇文章的发表，标志着关于人文主义与宗教关系的论争就此结束，也标志着艾略特在这一关系的论证上所画的圆满句号。他用一种人文学"易辩法"之并非"非此即彼"地说明了："在宗教立场和纯粹的人文主义立场之间没有任何对立：两者相辅相成。"④ 这样看来，我们确实可以说，艾略特始终保持着一种圆融的思维观，在他眼里，没有二元对立，有的只是一种通过"融通"化解了的"彼"与"此"的融合。

时至今日，关于人文主义与宗教的论争似乎并没有结束。尤其在我国，很多

---

① 张源：《"人文主义"与宗教：依赖，还是取代？——试论白璧德的宗教观》，《国外文学》，2006年第2期，第48页。
② 张源：《"人文主义"与宗教：依赖，还是取代？——试论白璧德的宗教观》，《国外文学》，2006年第2期，第47页。
③ （美）托·斯·艾略特：《关于人文主义重新考虑后的意见》，见：陆建德编，李赋宁、王恩忠等译：《现代教育和古典文学 艾略特文集论文》，上海译文出版社2012年版，第274页。
④ （美）托·斯·艾略特：《关于人文主义重新考虑后的意见》，见：陆建德编，李赋宁、王恩忠等译：《现代教育和古典文学 艾略特文集论文》，上海译文出版社2012年版，第288页。

学者和读者对这两大迄今为止对人类生活影响最深最广的精神力量——人文主义与基督教的关系仍有不小的误解。这种误解集中体现在："代表人文精神的西方古代文明即希腊罗马文明，遭到了代表宗教精神的基督教的毁灭或压制，因此，从文艺复兴开始的人文主义运动，即我们所谓狭义的人文主义，因此也就是要返回古代文明并反对基督教的一种思想运动。"① 很明显，这就是一种如白璧德那般的新人文主义者所持的一种误解。这种误解否定基督教、反对基督教，认为基督教与人文主义的关系是互相分离、割裂的，甚至是对立、冲突、水火不容的。这种对基督教的误解，很大一部分的原因其实是来自于对教会的愤怒，正如布克哈特在《意大利文艺复兴时期的文化》一书中所说的："早期对上帝的信仰是从基督教和基督教的外部象征，即教会，得到它的来源和主要支持的。当教会已经变得腐败时，人们应该划清界限，并无论如何保住他们的宗教。但这说起来容易做起来却难。"② 很明显，大部分的人出于对教会的反感情绪而干扰了对基督教的情感。实际上，在宗教史上我们也可以看到，正是由于教廷和教会的突出腐败表现出了基督教的"原则和它的外部表现形式之间存在的"矛盾，而引发了马丁·路德率先发起的宗教改革。布克哈特告诫我们，在痛恨教会的时候，应该保持冷静，应该看到基督教在本质上仍然是关注"人"，关注人的"自由意志"，这一点与人文主义绝不冲突。艾略特无疑是这样一个冷静的人，他明确地知道基督教精神与人文精神在本质上的一致性，他也非常清楚神学的思维其实是以"人"为出发点，"上帝"最终会"来到人间"，"与人居住"；"上帝在这个世界上活动"，目的是"要使人性摆脱一切危害人生的东西，最终完全实现他要给自己的子女即人类的一切力量与欢乐"；他也很懂得《圣经》的特征在于宣称："上帝在人类的人格和环境之中并通过人类的人格和环境，表达了他对人性的仁爱的目的。关于人世间充满罪恶的状况，《圣经》绝对是现实主义的，而对于上帝宽恕和治愈之爱的力量，《圣经》同时又是满怀信心的。"③ 须知，"人既出自尘土，又赋有上帝的形象"。④ 因此，他在对教会的反感之中，又会有信赖圣礼

---

① 何光沪：《多元化的上帝观 20 世纪西方宗教哲学概览（增订版）》，中国人民大学出版社 2010 年版，第 310 页。
② （瑞士）布克哈特：《意大利文艺复兴时期的文化》，商务印书馆 2006 年版，第 447 页。
③ J. M. Shaw, R. W. Franklin, H. Kaasa, C. W. Buzicky (eds). Readings in Christian Humanism, Augsburg: Augsburg Publishing House, 1982: 66.
④ 何光沪：《多元化的上帝观 20 世纪西方宗教哲学概览（增订版）》，中国人民大学出版社 2010 年版，第 314 页。

和圣典的意识；也因此，他才会在基督教精神与人文精神本质一致的基础之上，提出建立一个理想的基督教社会的建议。建立此种基督教社会的想法，我们可以将之看作一条"向下"的路。这条"向下"的路意味着艾略特并不是从"向上"、从超越的和神性的视域出发，而是从人类的存在出发，探讨一种内在的、实在的而不是超越性的道路，这条道路将把我们的眼光从"上帝"转向人间，从而回到世俗生活、关心世俗事物。

第三节 "向下"的理性：批判现代性的基督教人文主义

在了解《基督教与文化》这本书之前，我们还是得先回顾一下艾略特以及他写作此书的时代背景。艾略特生于1888年，也就是在这一年，尼采推出了其最后一部著作《权力意志》。在这本书的序言里，他说：

> 我谈论的是两个世纪以后的历史。我描绘的是将要到来，而且不可能以其他方式到来的现象：虚无主义的降临。这种历史现在就可以讨论；因为必然性本身已在运转。这个未来甚至以一百种迹象已在讲述……因为我们整个欧洲文化如今正走向灾难，带着一代代以来增长着的无止无息的、剧烈的、一往无前的扭曲张力，像一条奔向尽头的河流不再回顾过去，也害怕回顾过去。①

果然被誉为先知，因为欧洲文化正如他所预言的那样，带着一种一往无前的扭曲张力，走向灾难。从任何一本历史书里我们都可以了解到，在19世纪到20世纪初的欧洲大陆，相继发生了一系列影响深远的革命：科学革命、工业革命、资产阶级革命、无产阶级革命，这些革命使欧洲各个国家的政治制度、社会结构、思想文化、宗教信仰等方面均处于一种剧烈的改变之中。剧烈的改变，助长了各种乱世现象的滋生，也使得各国之间的敌对情绪扩大，冲突加深。这些冲突一方面促使了各个国家社会经济、技术、政治和文化上的飞跃；但另一方面，这

---

① （德）尼采著、孙周兴译：《权力意志（下卷）》，商务印书馆2008年版，第732页。

些飞跃反过来又产生了新的冲突。如此一来，欧洲内部长久以来所保持的平衡状态被打破。在这互相联系又互相制约、互为补充又互相对立的发展过程，欧洲历史上出现了一种呈漩涡状的沸腾状态，俨然已到达"临界"。这沸腾的漩涡不断移动，不断转移重心，终于在1914年彻底爆发。从1914年到1918年，欧洲处于全面战争期间，境况极其惨烈：到处是铁与火和滚滚的毒气烟幕弹，城市化为焦土，乡村横遭浩劫，无辜百姓在狂轰滥炸下死于非命。1918年美国参战，战争结束。然而在这场自杀性大战过去之后，由于胜利者的既得利益和各国人民的权益问题如一团乱麻纠缠不清，这种随之而来的和平并没有使欧洲镇静下来，反而给它带来神经质的痉挛，暗藏杀机。1933年，在一场巨大的经济危机之后，希特勒登上权力宝座，随即进行独裁化，迅速扩张军备，开始对外兼并领土。其疯狂行径一发不可收拾，并终于导致1939年第二次世界大战的爆发。这是一次危害性更大的世界性大战。虽然最终，这次大战因为苏联共产主义政府和美国民主政府的联手作战，使得全世界彻底摆脱了受纳粹政权奴役的命运，也使得曾经处于漩涡之中的欧洲似乎恢复了平静，但曾今这个统治了全世界的欧洲，也就这样从巅峰走向了倾覆。它眼睁睁地看着"不到半个世纪，（这个）世界的一部分解放了欧洲，另一部分自己解放了自己"。[①] 这就是欧洲在19世纪末到20世纪中期的历史，这也是艾略特一生所经历的时代。《基督教与文化》一书正是1939年3月也即第二次世界大战爆发的前夕，应剑桥大学柯普斯·克里斯蒂学院师生协会的邀请所作的演讲集。到3篇演讲修改完善付诸印刷之时的1939年9月，战争已经全面爆发。全文包括前言和注释，就是作者在一种"意识到战争会发生"的忧虑心境之下完成。其实，谁也不会否认，生于19世纪末，卒于20世纪的这一代西方人是感受力最强且最不平凡的一代人。因为在他们的一生当中，经历过太平盛世物质极度丰富的时候，也品尝过资本主义市场由极盛到极衰的经济危机；目睹了第一次、第二次世界大战的满目疮痍，又被从法西斯主义到共产主义这左右两极的思想大潮所席卷。那是一个极端的时代，对于那样的极端，大部分人会选择某一极当作自己终生的信仰、依托，但像艾略特这样受过东方文化熏陶，懂得将东方的柔性思维化入到西方刚性思维当中的学者，无疑不会作一种"非此即彼"的选择，不会将其中的任何一极当作人生的追求。相反，非此非彼似的"圆融"，是此是彼的"中庸"，才是他的最终向往。因此，可以毫无悬念

[①] （法）埃德加·莫兰，康征、齐小曼译：《反思欧洲》，生活·读书·新知三联书店2005年版，第21页。

地说，艾略特的这种"基督教社会"不但是对西方现代自由民主社会的一种严厉批判，也是一种不服于法西斯或共产主义中任何一种政府形式的表现。这是一条企图将人类四分五裂的文明弥合，但不在任何立场上停留的"非此非彼"。对于这种"此"、"彼"，庄子早已说过："物无非彼，物无非是。自彼则不见，自是则知之。故曰：彼出于是，是亦因彼，彼是方生之说也。"① 艾略特应该是了解一些中国哲学的，不要忘记他的导师是一个对中国、印度思想颇有研究的学者，不要忘记对他早期诗歌影响颇深的庞德先生的中国古典诗歌情结，也不要忘记在他的诗论中我们曾经发现过他与中国古典诗学的某种契合。事实上，在名诗《四个四重奏》当中，他早已对中国艺术作出过一种不动声色的欣赏与向往。在诗里，他是这样说的：

    只有凭着形式、图案，
    言词和音乐才能够达到
    静止，就像一只静止的中国花瓶
    永远在静止中运动。②

  无法考证艾略特是否读过庄子，但不管怎样，他的这种"在静止中运动的"中国花瓶似的"基督教社会"绝不是通过辨证地处理两个对立项之间的关系，从而找到一种使它们统一起来的更高一级范畴的刚性方式。相反，他不纠缠于其中的任何一个论断——无论是民主自由社会，还是极权社会，他也不受制于其中的任何一方，无论是世俗社会还是宗教国家；但反过来说，他也不放弃其中的任何一方，也不丧失其中的任何一方。他站在"无彼无此"、"非彼非此"的外围，早已从"彼""此"中抽身而出，并试图疏散"彼""此"，化解"彼""此"。用西方人熟悉的话来说，这叫作"不固执于任何立场的一种变化"③。本节所要探讨的正是艾略特在这种"易辩法"的思维方法下试图对现代文明所进行的一场深刻反思。带着这样的思维方式，很快我们就在这篇《什么是基督教社会》的文章中找到了一些契合点。首先是关于"基督教社会"的定义。对于普通读

---

 ① 孙通海译注：《庄子》，中华书局2008年版，第32页。
 ② （美）托·斯·艾略特：《四个四重奏》，见：陆建德编，汤永宽、裘小龙等译：《荒原 艾略特文集·诗歌》，上海译文出版社2012年版，第238页。
 ③ （法）埃德加·莫兰，康征、齐小曼译：《反思欧洲》，生活·读书·新知三联书店2005年版，第23页。

者而言，翻开这本书，很自然就会想了解到底他所提出的"基督教社会"究竟"是什么？"或者"什么是"他提出的"基督教社会"。可是，细细读完每一行字，我们如坠云里，对什么是基督教社会仍然一头雾水。直到翻到最后一页，我们才发现艾略特早已在文后的注释中清晰地解释了这一疑惑。他说："用'是什么'这个术语时，我指的是（以此例为限）一个事物的概念，这个概念并不从该事物存在的任何特定的状态、形态或方式中抽象而出，而且也不是从任何一种或若干种形态（或方式）中综合得出；它是由对该事物最终目的的认识来确定的。"① 没错，自从苏格拉底以来，我们已经习惯了两种下定义的方式。要么从个别到一般，通过从事物的存在状态中抽象而出；要么从一种或若干种形态中综合而出。但是在"基督教社会"这一例中，艾略特表明他并不是要从某种存在或某类存在中抽象或综合得出一个对"基督教社会"的概念。因此，他否定了这个基督教社会是指地球上某个已经完善了的如中世纪一样的基督教社会，也不是某些"还保留着基督教信仰"或"基督教活动的遗迹"的社会——不执着于任何立场，在此可见一斑。在他笔下，这个"基督教社会"指的只是一种尚未到来，但通过分析"我们生活于其中的社会'是什么'"可以引导出来的一种完善的社会。也因此，他的这个基督教社会是和为什么要建立一个基督教社会紧密联系在一起的，目的即过程，过程即目的。虽然不能清晰地定义艾略特的基督教社会到底是什么，但通过细细考察，我们却能画出这种基督教社会的大致轮廓，并能在从中窥见他"非此非彼"思想的全貌。这个社会由基督教国家（the Christian State）、基督教社团（the Christian community）、基督教团体（the community of Christians）三个等级组成。一如他所奉行的政治原则，这是一个等级分明的阶级社会，由精英统治阶层——基督教团体、人民群众——基督教社团以及基督教国家三个层次构成。首先我们要明确这个理想的基督教社会并不是对极权社会或民主社会的任意一种否定，在这个社会里，他同时表达了对自由民主的西方国家以及对法西斯和共产主义社会的不满。比如，他说："那些用来描绘我们这个社会的流行术语，以及我们这些'西方民主国家'的人为了颂扬这个社会而得之与其他社会所作的种种对比，都只能起到欺骗和麻痹的作用。"② 而他同时又表示："我们从根本上反对法西斯主义的理由，是说它是异教的东西。（但）

---

① （美）T. S. 艾略特，杨民生、陈常锦译：《基督教与文化》，四川人民出版社1989年版，第50页。

② （美）T. S. 艾略特，杨民生、陈常锦译：《基督教与文化》，四川人民出版社1989年版，第5页。

在政治领域和经济领域里还有反对法西斯主义的其他理由,但我们只有把自己的事情弄得井井有条之后,才能体面地提出这些反对意见。我们还反对暴力、压迫和残酷行径……"① 这就可以看出,自由民主的西方国家或者某种极权社会都不是他心中所向往的政府形式。但同时,他也表达了一种看上去极为矛盾的观点。这一观点里,既有对西方民主社会的认可,也有对极权社会所具有的高效率优点的称赞。比如,他说:"西方世界所主张的是'自由'和'民主'……其中'民主'一词(却)风行于世,很得人心"②;但他也明确表示:"我怀疑,在我们对极权主义的厌恶之中,也掺杂着对其效率的不少羡慕"③;"我们处于一种危险之中,除了对德国和俄国所坚持的一切满怀厌恶之外则无所主张:这种厌恶是报纸所宣扬的轰动一时的消息和偏见的混合,它会同时产生两种乍看起来是不可调和的后果。这种厌恶或许会使我们拒斥一切可以进行的东西,这种厌恶同样可能会使我们成为纯粹的反向模仿者,即对外国所否定的任何态度几乎不加鉴别地全盘接受。"④ 在这样看似矛盾的论断中,他对本文下了结论:"本文并不打算成为一篇反共宣言,也不打算成为一篇反法西斯宣言。"⑤ 因此,我们首先可以看出,在他所构想的理想社会中,他化解掉了民主自由的西方社会和极权社会之间的对立,既要有自由与民主,但也要有集中地控制。他认为,处于这种理想社会里的自由与民主不能是无极限的自由与民主,必须用宗教加以束缚与平衡,而且这种基督教社会对人民群众要有一种道德上的控制,当然必须是一种适度、民主的控制。其次,我们还要注意到,这种理想的社会并不是一个如中世纪般的基督教社会与世俗社会的完全对立,因为这个理想的基督教社会不是一个纯粹的基督教社会,它是一个夹杂着世俗主义的基督教社会。关于这一点,艾略特清晰地表明,在这个基督教社会中,国家统治者"并不一定都得是基督徒",也有"可能经常会采取非基督教的行动"。而且在他笔下,那被冠以精英阶层名号的"基督徒团体(the community of Christians)"是一个既有基督徒也有俗人的团体,它包

---

① (美)T. S. 艾略特,杨民生、陈常锦译:《基督教与文化》,四川人民出版社1989年版,第14页。
② (美)T. S. 艾略特,杨民生、陈常锦译:《基督教与文化》,四川人民出版社1989年版,第9页。
③ (美)T. S. 艾略特,杨民生、陈常锦译:《基督教与文化》,四川人民出版社1989年版,第5页。
④ (美)T. S. 艾略特,杨民生、陈常锦译:《基督教与文化》,四川人民出版社1989年版,第13页。
⑤ (美)T. S. 艾略特,杨民生、陈常锦译:《基督教与文化》,四川人民出版社1989年版,第44页。

括"具有卓越的智力天赋和/精神天赋的基督徒、牧师或俗人,而且还包括一些被称为'知识分子'的人"①,这里,知识分子群体也属于俗人的行列。再有的是,虽然这个社会中的绝大多数人为基督教社团所有,要接受基督教教育,但这种教育并不是说"要受牧师们的管理"②,也不是"企图让每个人都学习神学"③。最后是教会,要知道,世俗化社会最大的特点就是在很大程度上实现了宗教和政治的分离,使得政治、艺术、哲学、教育等社会的各个方面都挣脱了教会的控制。在艾略特看来,虽然"教会与国家的分离"对宗教和政治生活都能带来好处,但是,它也将带来一种显而易见的危险,因为这种分离意味着政治将会完全变成一种与超越自我利益的一切道德准则无关的事情,因此,将有可能导致整个社会不顾最基本的道德准则最大化地追逐利益。艾略特对政教分离将带来的危险的预见显然具有积极意义,但他也并不因此而主张国家完全由教会指挥、操控,并不主张政教合一,因为他认为,如果那样,教会必有可能会像在中世纪之时那般腐败沦丧。于是,他建构了一种理想的基督教社会,在其中,教会和国家政权彼此分开,却又彼此合作,彼此制衡,就像他自己曾经所设想的:"我们需要一种教会组织,既能与国家冲突,也能与之合作。我们需要一种教会组织能够保护我们不受国家干预,相对我们的权利,我们对待自身和上帝的责任和义务而言,能够确切说明关于我们的权利、责任、还有屈从的义务的界限。再则,由于人性脆弱,我们可能有些时候需要国家保护,不受教会组织干预,过于密切的政教合一会导致无法逃脱的压迫。"④ 如此一来,就能达到他所期待的那种"教会与国家的张力要永远存在,这种张力对基督教社会的观念至关重要"。也只有这样,才能建立一个这样的统一体,在这个统一体里,"应该有着观念之间的无休止的冲突——因为只有通过同不断出现的错误观念作斗争,真理才能得以扩展和澄清,并且正是在同异端的冲突之中,正统才能得以发展,从而满足时代的需要"。从上述看来,艾略特并不是要对世俗社会、民主社会、法西斯与共产主义社会进行全盘否定从而妄图建立一个返回到中世纪由教会统治一切的基督教社会。他的理想其实是在这四个对立物的"彼""此"之间自由游走,非此非彼,无此无彼,互相融合。如同庄子在针对彼此的分别最后这样说道:"是亦彼也,

---

① (美)T. S. 艾略特,杨民生、陈常锦译:《基督教与文化》,四川人民出版社1989年版,第26页。
② (美)T. S. 艾略特,杨民生、陈常锦译:《基督教与文化》,四川人民出版社1989年版,第28页。
③ (美)T. S. 艾略特,杨民生、陈常锦译:《基督教与文化》,四川人民出版社1989年版,第26页。
④ (美)托·斯·艾略特:《教育的宗旨》,见:陆建德编,李赋宁、杨自伍等译:《批评批评家 艾略特文集·论文》,上海译文出版社2012年版,第135页。

彼亦是也。彼亦一是非，此亦一是非。果且无彼是乎哉？果且无彼是乎哉？"①看样子，艾略特果然是悟到了东方的智慧，因为此时，"枢始得其环中，以应无穷。是亦一无穷，非亦一无穷也"。②

很遗憾，很多中国学者看不清这点，相反，他们从意识形态出发，认为艾略特这种以基督教为支柱的思想方法与我国马克思主义观的解决方法背道而驰，由此，他所谈的西方世界的问题与我们目前面临的问题毫无关系，他所谈的西方世界面临的种种危机对我们目前的社会也毫无启发。也因此，他们将艾略特的基督教社会视为一种"反唯物主义性质"的观点，认为其应该被归于保守派甚至反动派的作家行列之中。殊不知，这种看法、这种观点相当狭隘，且不说，以这种简单的非此即彼的思维方法对西方宗教持一种封闭、屏蔽的看法将无法让我们彻底了解西方文化与哲学，无法了解我们自己，也无法了解世界的新格局，更何况，再仔细察看，这种以基督教为思想支柱的思想方法与以马克思主义观为支柱的思维方式竟不是对立、冲突的双方，在基督教和马克思主义这两者之间，竟也同样是一种非此非彼的状态，竟也存在着某种相通性、一致性！这种与马克思主义的相通之处隐藏在建立这个理想的基督教社会的目的之中，也即隐藏在艾略特对当时社会的异化以及人的异化的严厉批判之中。

众所周知，"异化"这一概念是在马克思笔下才得到了最大限度、最深层次的阐释与发展。其实，"这个词的原意是转让（法律用义）和疯癫（医学用义），转意为束缚和奴役"。③ 事实上，研习欧洲思想史的人都知道，"异化"这一词最早可见于黑格尔的《精神现象学》。在此书中，黑格尔思辨地描述了精神的这样一种状态——"心灵分裂为文化世界、教化世界和信仰世界即本质王国，不再能够辨认自己的文化创作是属于自己的。"④ 短短一句话其实表现出了黑格尔"对文化和宗教的异化所作的描述"⑤。除了黑格尔，费尔巴哈也曾在《基督教的本质》一书中对异化做过精辟的论证，但是这里的异化主要指的是宗教的异化，不同于黑格尔着力表现出来的对社会文化异化的描述。据学术界考察，无论是社会文化的异化，还是宗教的异化，这两人的异化理论应该都对马克思给予过启发。但与这两人不同的是，马克思更为强调的是"异化的根源在于社会的经济

---

① 孙通海译注：《庄子》，中华书局2008年版，第32页。
② 孙通海译注：《庄子》，中华书局2008年版，第32页。
③ 栾栋：《感性学发微——美学与丑学的合题》，商务印书馆1999年版，第73页。
④ （德）黑格尔：《精神现象学（下卷）》，商务印书馆1979年版，第4页。
⑤ 张宪：《启示的理性——欧洲哲学与基督宗教思想》，四川出版集团巴蜀书社2006年版，第397页。

运动"。① 在他看来，资本主义社会下的"资本主义占有制"所造成的劳动异化，"主要表现在：①劳动产品的异化；②劳动本身的异化；③劳动者人性的异化；类的异化，也就是人相互'疏离'"。② 毫无疑问，马克思揭示出了人类异化最深刻的状态。这也就是栾栋先生所说的："近代以降，随着个性解放和主体意识的增强，人们对戕害人性现实状况日益敏感，这个词的转意所指反而成为最受人关注的社会和精神问题的焦点。它成了一切非人道和反人道现象的概称。"③ 无疑，艾略特不是马克思主义者，但在对待"异化"这个问题，反映社会文化、人类精神的"异化"现象，表现现代社会中"人相互'疏离'"的状态时，他表现出了与马克思主义的异曲同工之妙。比如，在他的诗歌中，我们经常可以看到他对现代大城市中可怕的阴郁气氛所作的描摹：

  飘渺的城，
  在冬天早晨的棕色雾下
  一群人流过伦敦桥，这么多人
  我没想到死亡毁了这么多人
  叹息，又短又稀，吐出了口，
  每个人的目光都盯在自己足前。
  流上山岭，流下威廉王大街，
  流到圣马利吴尔诺斯教堂，它死气沉沉的声音
  在九点的最后一下，指着时间。

也可看到他对人与人那疏离、隔绝的冷漠关系入木三分的刻画：

  她掉转身子往镜子里端详了一会，
  几乎没有理会她那已经离去的情人；
  她脑子里只闪过一个没有完全成形的念头：
  "唔，现在完事啦：谢天谢地，这事儿总算已经过去。"
  当淑女降尊屈从干了蠢事以后

---

① 张宪：《启示的理性——欧洲哲学与基督宗教思想》，四川出版集团巴蜀书社 2006 年版，第 397 页。
② 张宪：《启示的理性——欧洲哲学与基督宗教思想》，四川出版集团巴蜀书社 2006 年版，第 397 页。
③ 栾栋：《感性学发微——美学与丑学的合题》，商务印书馆 1999 年版，第 73 页。

重又在房间里来回踱步，孤零零的，
　　她无意识地用手抚平头发，
　　接着在唱机上放上一张唱片。①

　　事实上，艾略特着力想要表现的是，这种阴郁气氛、这份冷漠隔离不但来源于战争，也来源于人类思想的麻木不仁。这是当年伦敦的真实写照，也是他对人心入木三分的刻画与描摹。在诗人的笔下，伦敦已不只是一座立在荒芜之地的麻木不仁的城，还是混乱与怀疑之地。在这个混乱不堪、麻木不仁的城市里，思想、文化四分五裂，人类理想破碎，神经紧绷，人们丧失了斗志，对于未来，对于自己所做的事情都抱持一种怀疑的态度。其实，不单是伦敦，战后的各个城市都是如此，都有数以百万计的如同行尸走肉般的无名者，将生命消耗在办公室那索然寡味、日复一日年复一年的例行公事之中，将生命的意义体现在有性无爱的麻木生活当中，不间断的操劳悄然把他们的灵魂磨蚀净尽，但却无法让他们获得任何有益的回报，他们变成了名副其实的"空心人"、"稻草人"，在麻木中享受人生的龌龊和脆弱，这种麻木甚至比他们的痛苦更显悲伤，因为生命在麻木中失去了其所应该具有的严肃、完整甚至神圣。而这也就是人成为机器的机械化、非人道的异化的深刻表现。在这样的现代社会中，工业技术的无限扩张使得机器成为社会的中心，除了生活已完全机械化之外，人类自身也不得不尽可能像一台高效机器那样运转，人类自身也变成了工业及其中的"零件"，一个可更换的元件。对于人的这种异化，席勒早在其《审美教育书简》中就有所警示："人被永久地系绑在社会整体的某个独立而微小的片断之上，他自己也变得不过是个片段；日复一日地操弄着机器的齿轮，耳畔充斥着震耳欲聋的噪音。"美国学者罗伯特·布鲁纳也说："工业文明的'强迫性'，无论在资本主义社会还是在社会主义社会，都导致'按照使人适应机器而不是更困难得多的其他方式去组织工作、生活乃至思想。'"②诚然，"异化的存在绝不会使人真正充分地认识自己"，③但悲剧就在于，"人越是异化，就越察觉不到痛苦，就越觉得世界舒适，自己平安"。④对于如何克服人的异化，海德格尔提出"焦虑"一说，认为"只

----

　　① （美）托·斯·艾略特：《四个四重奏》，见：陆建德编，汤永宽、裘小龙等译：《荒原 艾略特文集·诗歌》，上海译文出版社2012年版，第238页。
　　② （美）大卫·雷·格里芬、王成兵译：《后现代精神》，中央编译出版社2012年版，第32页。
　　③ 张宪：《启示的理性——欧洲哲学与基督宗教思想》，四川出版集团巴蜀书社2006年版，第398页。
　　④ 张宪：《启示的理性——欧洲哲学与基督宗教思想》，四川出版集团巴蜀书社2006年版，第398页。

有经由焦虑感受,对人在世界上的整个存在产生追问,才有可能回归本真性"。①这也就是说,只有当人处于焦虑的状态时,才会发现世界并非之前所感受到的那般舒适,才会觉察到痛苦。基督教学者张宪教授如此归纳:"焦虑显示了包围生存的虚无,由此也就显明了存在的核心——存在只有以虚无为背景,才能被人理解。吊诡的是,焦虑使人的生存回归其本来状态,借此克服了异化。"② 焦虑确实会让人觉得不舒适,但在栾栋先生看来,只有具有危机意识的人才能真正让自己想要去克服异化。艾略特无疑是一位既有焦虑感,又具有危机意识的人。因此在他的著述中,我们到处可以见到这样的段落:"国家越是高度工业化,物质主义哲学就越容易盛行,而且这种哲学也就越有害。"③ 对于英国而言,其"达到高度工业化的时间要比其他任何一个国家都早得多"④,因此"这种无限制的工业化取向则造成了各个阶级的男男女女脱离传统,疏远宗教,并变得容易受群众煽动的影响;换句话说,他们成了群氓。尽管他们吃得好、穿得好、住得好,而且还训练有素,但群氓终归是群氓。"⑤ 如今的"我们正日益认识到,建立在私人利益原则和破坏公共原则之上的社会组织,由于毫无节制地实行工业化,正在导致人性的扭曲和自然资源的匮乏,而我们大多数的物质进步则是一种使若干后代将要付出惨重代价的进步"。在此,他列举了一个公众可以轻易目睹得到的例子,那就是:"我只需提及土壤侵蚀所造成的后果就够了——这是为了商业利益,整整两代人对地球进行大规模开发的结果:直接的好处导致了产生饥荒和土地沙漠化。"⑥ 毫无疑问,这是对现代社会现代性的有力控诉,事实上,只有具备这种焦虑感与危机意识,才能明白西方文明其实已真如病入膏肓的躯体,如"再不下决心寻求彻底的解决方法"⑦,"把使文明差不多快要陷入彻底崩溃的癌

---

① (美)大卫·雷·格里芬、王成兵译:《后现代精神》,中央编译出版社2012年版,第33页。
② 张宪:《启示的理性——欧洲哲学与基督宗教思想》,四川出版集团巴蜀书社2006年版,第388-399页。
③ (美)T. S. 艾略特,杨民生、陈常锦译:《基督教与文化》,四川人民出版社1989年版,第21页。
④ (美)T. S. 艾略特,杨民生、陈常锦译:《基督教与文化》,四川人民出版社1989年版,第21页。
⑤ (美)T. S. 艾略特,杨民生、陈常锦译:《基督教与文化》,四川人民出版社1989年版,第21页。
⑥ (美)T. S. 艾略特,杨民生、陈常锦译:《基督教与文化》,四川人民出版社1989年版,第46页。
⑦ (美)T. S. 艾略特,杨民生、陈常锦译:《基督教与文化》,四川人民出版社1989年版,第67页。

肿切除掉"①，"则已经到手的大赦期，不过是对接受惩罚的日子予以推迟罢了"。② 因此，当某位读者读到艾略特这样的文字，不联想到马克思的异化理论，肯定是件不可思议的事情，因为这分明就是一种马克思主义式的对资产者推崇资本权力、对技术的商品拜物教所进行的毫不妥协的批判。

实质上，艾略特对这种批判是从两个方面来进行的。一方面是对现代社会"集中性"的批判。根据后现代著名学者费迪南·托尼斯的看法，现代化进程中现代社会所产生的主要变化是"从社区向整体性社会的过渡"，因此现代社会最大的特点就是"集中化"，在费迪南·托尼斯看来，这种集中化过程意味着"对小型的、亲密的、有机的社区和机构的破坏"③。具体表现在：从经济方面看，"集中化就是工业化（有时是资本主义的，有时是社会主义的）；从社会学角度看，集中化就是城市化；从政治学角度看，集中化反映在国家主义之中。"④ 这种在经济、政治的角度产生"集中化"的社会变化，直接摧毁或削弱了使人们"具有亲密的面对面的关系且能解决大部分生活问题的"⑤ 有机的、小型的社区结构，使"个人的'社会关系'越来越受制于大型工厂、国民经济、大城市和民族国家等仅涉及人们生活的极抽象部分的大型非人格化群体"⑥，从而也使个人主义成为现代精神最重要的特色之一。的确，艾略特对现代社会的控诉，首当其冲的就是他对工业化、城市化的批判。在他看来，正是因为工业化、城市化、机械化和技术官僚体制，才使得过去充满人情味的社会关系变得越来越非人性化，使生活于其中的个人越来越觉得孤独、疏离、无所依赖。而且，工业化、城市化所带来的另外一件毁灭性的事物就是使传统价值观念坍塌及宗教观念日趋疏离。记得人类曾为科学技术所带来的"进步神话"而欢呼雀跃，曾为自己终于摆脱了神的控制而自信不已，曾都一心一意地盯着未来，试图割断与过去的所有联系，曾都为了今后的生计、为了子孙不停地挣钱、攒钱，以为可以把世界变得更加美好，但当进步神话崩溃之后，当人类意识到科学技术能同时给人类带来进

---

① （美）T. S. 艾略特，杨民生、陈常锦译：《基督教与文化》，四川人民出版社1989年版，第67页。
② （美）T. S. 艾略特，杨民生、陈常锦译：《基督教与文化》，四川人民出版社1989年版，第67页。
③ （美）大卫·雷·格里芬、王成兵译：《后现代精神》，中央编译出版社2012年版，第30页。
④ （美）大卫·雷·格里芬、王成兵译：《后现代精神》，中央编译出版社2012年版，第30页。
⑤ （美）大卫·雷·格里芬、王成兵译：《后现代精神》，中央编译出版社2012年版，第30页。
⑥ （美）大卫·雷·格里芬、王成兵译：《后现代精神》，中央编译出版社2012年版，第30页。

步与摧毁,带来生命与死亡,带来自由与奴役之时,人类顿时倍受打击,于是精神萎顿、灵魂颓废,尘世中到处弥漫着反叛与虚无主义的绝望。毫无疑问,这是人类在工业革命之初,在启蒙革命之时,自己种下的"恶"的种子。

除了对工业化、城市化的现代精神进行严厉批判,艾略特还对现代性最突出的个人主义、自由主义进行了深层次的打击。他表明,"自由"一词不但词义已变得模糊不清,而且"已经不大受人欢迎了"。这是因为"自由主义趋向于释放能量而并非汇聚能量,它要进行放松而非加以紧固,它是一种运动,且不太为其目的而更容易为其出发点所限制,它是远离而非接近某种明确的东西"①。在他看来,自由主义"可以消除人民的传统社会习惯,可以将自然的集体意识分解成个人意识的成分,可以对愚人的想法予以认可,可以用指导代替教育,也可以鼓励聪敏机巧而不鼓励奇才大智,鼓励暴发户而不鼓励具有真才实学的人,还可以鼓励一种混日子的观点(而除了混日子之外就只有无可救药的麻木不仁)"②,因此,自由主义有一种"会变成与自身大不相同的别的东西的趋向"③,即极有可能"走向自身的反面即进行人为的、机械的和冷酷无情的控制的"④ 相反的道路。这种观点一点也没错,要知道,现代社会中所体现出来的自由主义或个人主义特质,其本质就在于它"已不把社会看成首要的东西,已不认为个人只是社会的产品,仅仅拥有有限的自主性"⑤。在自由主义者、个人主义者看来,社会是"为达到某种目的而自愿地结合到一起的独立的个人的聚合体"⑥,在这样的理解当中,"个人"被独立出来,被视作一种完全独立的、与他物无涉的存在。正因如此,当个人主义者们处理人与自然的关系之时,他们会很自然地将自然视作毫无知觉,且与个人无关的他物,这实际上就为现代社会中的人类肆无忌惮地统治自然、掠夺自然、支配自然提供了"意识形态上的理由"。毫无疑问,个人

---

① (美)T.S.艾略特,杨民生、陈常锦译:《基督教与文化》,四川人民出版社1989年版,第10页。
② (美)T.S.艾略特,杨民生、陈常锦译:《基督教与文化》,四川人民出版社1989年版,第10页。
③ (美)T.S.艾略特,杨民生、陈常锦译:《基督教与文化》,四川人民出版社1989年版,第10页。
④ (美)T.S.艾略特,杨民生、陈常锦译:《基督教与文化》,四川人民出版社1989年版,第10页。
⑤ (美)大卫·雷·格里芬、王成兵译:《后现代精神》,中央编译出版社2012年版,第28页。
⑥ (美)T.S.艾略特,杨民生、陈常锦译:《基督教与文化》,四川人民出版社1989年版,第10页。

主义的发展会使得人类征服、控制、统治自然的欲望过度膨胀，而膨胀之后的恶果无疑就是带来了当今时代人类所遇到的最大难题：环境污染、生态破坏，也许更进一步就将会有地球毁灭、人类毁灭的最大后果。个人主义所带来的危害如此之大，这就难怪白璧德终其一生，将个人主义当作最大的敌人，试图用人文主义当作批判现代社会个人主义、自由主义的一大武器。无疑，艾略特继承了白璧德人文主义的精髓，虽然角度不一样，方法不一样，但他试图对个人主义、自由主义的扭转所作的努力、对人类文明进行的终极思索，却完全是对导师精神的承继。

从以上看来，艾略特对现代社会异化现象的揭露与批判，尽管立场、观点与马克思主义并不一样，但表现出来的事实却与马克思主义如出一辙，完全可以看作马克思批判工作的继续。这种批判从上帝在耶稣基督身上的自我启示即从上帝的爱出发，试图将上帝的爱撒向整个人世之间，创造一个上帝在其中居住的世俗之城。如同艾略特所解释的："我们卷入了一个我们自己不能置身身外的、由种种制度构成的网络，而这些组织制度的作用已不再是中性的，而是非基督教的了。一切同家庭中世代相传的基督教传统一样的东西都将消失，基督徒的人数日渐减少。"① 因此，可以肯定地说，"对此唯一的控制和平衡，只能是宗教的控制和平衡，一个可使文明艺术的创造活动得以繁荣和延续的社会，其唯一有希望的发展趋势，只能是变成基督教社会。那种前景至少包括受约束、行动不自由和心情不舒畅。但是从今以后，为了不至于沦入地域，唯一的选择便是进入炼狱"。② 由此一来，"我们必须学会用基督教先辈们的眼光去看待世界，而追本溯源的目的，在于我们能够带着更多的精神认识返回到自己的处境。我们需要恢复宗教畏惧之感，这样它才可以由宗教希望来加以克服"。③ 如此看来，艾略特理想中的基督教社会应该是一种宗教—社会性相统一的社会。在这种社会里，宗教和社会并未分离，人不但具有自然的目的、尘世生活的目的，即社会具有美德，所有社会成员能享受到"福利"；也具有一种超自然的目的：即达到一种"至福"。在这样的社会里，精神生活和世俗生活不截然分离，个人和社区的宗教生活不完全

---

① （美）T. S. 艾略特，杨民生、陈常锦译：《基督教与文化》，四川人民出版社1989年版，第20页。

② （美）T. S. 艾略特，杨民生、陈常锦译：《基督教与文化》，四川人民出版社1989年版，第16 - 17页。

③ 张宪：《启示的理性——欧洲哲学与基督宗教思想》，四川出版集团巴蜀书社2006年版，第397页。

分开，一切变成了一个新的有机体。这"是为解决工业化、都市化和市郊化的一种方案"①，这和某些人所认为的"废弃现代世界的建设"，"倒退到一种更原始更简单的生活方式上去"②完全不同。

针对基督教和现代社会的关系，列维·施特劳斯曾经说过"彼岸的圣经信仰已经彻底此岸化了。不再希望天堂生活，而是凭借纯粹人类的手段在尘世建立天堂"。③20世纪著名的宗教社会主义学者蒂利希也曾这样表达："我们越是深入地投身于我们的历史时代，越是全面地处于基督宗教与现代社会的张力之中，独立于我们愿望的那个东西就能越快地通过我们而到达：一种让基督宗教与未来社会结成某种新型关系的恩典形式，将会最终来临。"④撇开实现社会解放所要走的路径不论，蒂利希的"恩典形式"不是与艾略特的"基督教社会"如出一辙吗？而不论是"恩典形式"还是"基督教社会"不也非常接近马克思所要确立的"此岸世界的真理吗？"

从之前的论述中，我们已经明确了艾略特的宗教观是一种人文主义的基督教观念，而正是这种基督教的人文主义，使艾略特的神学观念与马克思主义观契合相通。这是因为"从《创世纪》到《启示录》，整部《圣经》自始至终都一直关注的着的，绝不仅仅是上帝，而是与人相关的上帝"。但这种人，绝非独立存在的个体，而应该是与上帝相关的人，也是生命相连的立约伙伴，所以，生命的成全只能在于人与神、人与人之间互相契合的境界中才能达到。如是，个体价值当然要肯定，但不能加以绝对化。为自我价值的实现必须蕴含着自我克制、自我舍弃以至自我否定的情操。如是，在追求自由的时候，不是要追求一种绝对的没有任何限制的自由，而应是追求一种超越自我进而达到有责任有限制的自由，爱的自由。因此，基督教传统所肯定的社会是一个立约的互爱群体。这个群体不希望人为一己私利而努力，而是为爱的最终实现而努力。无疑，在这样的宗教观下，每个人的生存与发展都是一种召唤，都是为超越自我私利目标所作出的响

---

① （美）T. S. 艾略特，杨民生、陈常锦译：《基督教与文化》，四川人民出版社1989年版，第23页。

② （美）T. S. 艾略特，杨民生、陈常锦译：《基督教与文化》，四川人民出版社1989年版，第23页。

③ （美）列奥·施特劳斯、丁耘译：《现代性的三次浪潮》，见：贺照田编：《西方现代性的曲折与展开》，吉林人民出版社2002年版，第87页。

④ 张宪：《启示的理性——欧洲哲学与基督宗教思想》，四川出版集团巴蜀书社2006年版，第397页。

应。"由此,个人自由并非绝对,社群的福祉同样甚至更为重要。"①由此,我们完全有理由相信,在反对资本主义和技术对人的操控,反对极权、争取自由、正义社会和实现人类解放的斗争方式方面,马克思的宗教批判思想和具有人文主义的基督教完全可以相互补充,基督徒和马克思主义者完全可以携手合作。

因此,我们也可以断定,基督教是一种对于资本主义的"罪"可以起到治疗效果的药。一直以来,基督教让人怀有对上帝的渴望。但现代化的资本主义社会却将这种渴望腐化了、扭曲化了。它用一种非自然的资本主义手段拽住并歪曲了这种渴望,训练并且奴役这种渴望。于是,这种被歪曲了的渴望变成了一种扭曲的欲求,一种罪的形式。基督教就是"关于人罪性治疗的宗教,或者说,是一种使欲求得以从罪中解放出来的宗教"。② 通过宗教的疗救,通过渴望上帝而不是渴求欲望,资本主义所带来的对欲望的疯狂追求能够得到控制,人类能得以从资本主义的负担中释放出来,人类的理性欲求也"才有可能像它曾经创造过善那样再次流溢出来"③。对基督教的这种疗救效用,艾略特曾说过:"任何宗教,当其存在于世之时,就会在其自身的水准之上,赋予生活以明显的意义,赋予文化以结构框架并防止人民陷入厌倦和绝望的境地。"④

当对艾略特的宗教观进行了透彻的了解,当弄清楚艾略特的宗教观在现代世俗化生活中并非如很多学者所判断的那般不具有意义之后,我们可以认识到,其实马克思主义理论与基督教的积极一面并不是像"彼"、"此"那样成为事物的两极,并非那么的对立与水火不容。我们暂且不论"马克思主义学说来源于基督教"这一说法的真伪性,但只要想到马克思主义者和基督徒都有这样的一种希望蓝图——未来就像一张桌子,所有的人都围绕而坐,兄弟般地享受丰富的面包和美酒的欢乐——我们就会抛开所有偏见,认为这两种信仰在某种程度上是如此的契合。如张宪教授所说的:"如果马克思主义正是伪基督教的对立者,那么它就是真基督教内必须重新建立的否定的因素。我们只有否认了基督教保守传统

---

① 张宪:《启示的理性——欧洲哲学与基督宗教思想》,四川出版集团巴蜀书社2006年版,第395–396页。
② 张宪:《启示的理性——欧洲哲学与基督宗教思想》,四川出版集团巴蜀书社2006年版,第420页。
③ 张宪:《启示的理性——欧洲哲学与基督宗教思想》,四川出版集团巴蜀书社2006年版,第420页。
④ (美)T. S. 艾略特,杨民生、陈常锦译:《基督教与文化》,四川人民出版社1989年版,第95页。

之肯定因素并确认它里面的否定因素,才能把马克思主义的立场与基督教的立场通合起来。"① 我们应该坚信这两者之间的通合之处,我们应该认识到共产主义可以为基督教保留一定空间,基督教也可以包含共产主义,或者说,世间的一切都存在于"毋意,毋必,毋固,毋我"之中。

第四节 一种智慧,而非一种哲学

> 在旋转的世界的静点。既无众生也无非众生;
> 既无来也无去;在静点上,那里是舞蹈,
> 不停止也不移动。别称它是固定,
> 过去和将来在这里相聚。既非从哪里来,
> 也非朝哪里去的运动,
> 既不上升也不下降。除了这一点,这个静点。
> 只有这种舞蹈,别无其他的舞蹈。②
> ——艾略特《四个四重奏 烧毁了的诺顿》

这是艾略特的名诗《四个四重奏》中的诗句,谜一样的情感,却能带给我们无限的哲理思考。在这首诗的题头,他还引用了赫拉克利特同样像谜一般的句子:"向上的路和向下的路是同一条路。"在这首诗中,他甚至还写了一句:"上升的路就是下降的路,向前的路就是向后的路。"③ 这是在给我们启示吗?真如他自己反反复复所说,"向上的路"和"向下的路"是同一条路吗?向上的路,是天国之路;向下的路,是尘世之路;向上的路,是启示的路,是以"神"为中心的路;向下的路,是"理性"的路,是以"人"为中心的路。当我们再次以人文学的"易辩法"来看待这两条路时,我们会发现这两条路"神中心论"

---

① 张宪:《启示的理性——欧洲哲学与基督宗教思想》,四川出版集团巴蜀书社2006年版,第421页。

② (美)托·斯·艾略特:《四个四重奏》,见:陆建德编,汤永宽、裘小龙等译:《荒原 艾略特文集·诗歌》,上海译文出版社2012年版,第238页。

③ (美)托·斯·艾略特:《四个四重奏》,见:陆建德编,汤永宽、裘小龙等译:《荒原 艾略特文集·诗歌》,上海译文出版社2012年版,第262页。

和"人中心论"尽管聚焦的中心不同,但确实是一条不分彼此的路,是"同一条路"。在宗教学中,其实这两条路是一种处于互不关联中的两种不同的基督教思维模式:一种以"神"为中心,一种以"人"为中心,但其实,仔细察看的话,这两种思维模式是可以互相转化、互相补充的。这也就是说,实际上只有人文主义的基督教才可能与马克思主义思想存在一致性、契合性,才能对现代社会有如此激烈的批判。那反过来说,关注尘世中人的异化现象、关注现代社会一切不合理的制度又将对基督教教义起着补充与完善的作用,两者相辅相成、互相转化、互为表里。因此,我们可以说这两条路是一条不分彼此的同一条路。正因如此,艾略特的基督教观念其实就是一种既含有上帝又包括人类的宗教,这正如基督身上所表现出来的既有神性又有人性的特质一模一样!很明显,这种"既是——又是——"的思维模式并不是要把两种神学思维简单地拆开,它所强调的是两种神学思维模式相辅相成、相互补充的关系。因为只有在这样一种关系中,两种神学思维模式才能克服它们潜在的和实际的危险,才能产生大有希望的成果。这里恰好可以说明,为什么艾略特会放弃家庭成员一直信仰的唯一神教,而要转归基督教怀抱。其根本不同点就在于唯一神教不承认基督教中基督化为人身的教义!要知道,失去了神性的上帝只是一个美国版的"爱默生"而已,失去了人性的上帝那也已不是上帝。只有基督教中道成肉身的上帝才是艾略特心中完美的上帝,在这样的上帝身上,人与神紧密融合,不分彼此。

在认真探究了艾略特的宗教观以及他的基督教思维模式之后,我们发现,很难说这种思维观不是那源于古希腊的理性精神与基督教相结合的另一种独特表达。事实上,在《基督教与文化》一书的前言中,艾略特就曾明确表示,他在这里所关心的,"是政治制度、经济活动、教育思想、意识形态等各种价值的有机组合,以及对当前社会政治制度和经济制度的一种批判"。① 而且他也确切地说:"写作此书的依据是社会学家而非是神学家的观点,因此,本书是一本讨论文化的社会学著作,而非神学著作。"② 由此,我们应该可以看出,艾略特的宗教观不但与人文主义相互交织,而且与希腊理性精神相互融合,正如在文中他曾多次提及理性那样。比如他说:"即便是最冲动的神秘主义者也必定要回到现实世界中来,并且依靠他的理性将这种经验的结果运用到日常生活中去";他还说:"你可以称之为与神性的交流,也可以称之为心智的暂时结晶",但如果准

---

① (美)T.S.艾略特,杨民生、陈常锦译:《基督教与文化》,四川人民出版社1989年版,第3页。
② (美)T.S.艾略特,杨民生、陈常锦译:《基督教与文化》,四川人民出版社1989年版,第5页。

备接受基督教社会这个观念,那么就意味着"必须对基督教怀有比平常所怀有的大得多的理智上的尊重","必须把它看成对个人来说基本上是一个思想上的而非感情上的问题"。而且他认为,基督教信仰不单只是被"感受",还应该被"加以思考","以这种理性的方式来看待基督教信仰,实际上并不意味着一定要接受基督教,而只是为了解决实际存在的问题;这样也就能够把基督教社会与我们目前所生活的社会之间的差别弄清楚"……从这些零零碎碎的只言片语中,我们似乎完全可以寻找到一丝丝蛛丝马迹来证明艾略特的基督教观念确实是一种理性的基督教观念。

实际上,超自然的基督教精神与以自然为中心的科学理性,这两者的结合也并不是不可能,或者说,这种结合古已有之。我们应该看到,欧洲启蒙运动以来所倡导的理性沉思,其根源其实寓于古代哲学带有宗教意味的灵修传统之中。理性与宗教,原来本身就不可分!及至欧洲启蒙运动,基督教的世俗化让欧洲人忘却了自己的理性与宗教的本来联系,他们认为,所有的问题,其中包括宗教的问题,都可以在理性的哲学中得到解释与思考。20世纪以来,人们目睹了理性同意识形态神话一起联手,制造了奥斯维辛集中营的人间惨剧,亲身体会到了工具理性摆脱了理性的目的,不但不为人服务,反而成了强权、压迫和暴力等野蛮行径的帮凶,于是人们意识到理性原来竟可以产生邪恶与疯狂,由此,人们才开始对欧洲理性进行深刻的反思和重新认识。像艾略特这样的智者,应该早已看清楚"理性并不足以拥抱现实世界的全部深度、厚度和多重空间"。① 因此,他们选择站在开放理性的一边,努力拓展与"非理性"进行对话,他们最终也发现,理性在与信仰对抗之时,从未有过完全的凯旋。因为无论是胡塞尔的绝对主义现象学,还是尼采"价值颠覆"的虚无主义,这些,其实都深深地扎根在基督教思想的土壤之中,西方现代化社会的发展过程绝不是一个斩断过去的文化价值传统即基督教文化传统的过程。上帝从没有在欧洲社会生活中消失,"他创造了一个有法则、有秩序的宇宙,而人的职责则是运用理性去发现秩序与法则"。② 于是,如艾略特一样的基督教人文主义者选择让理性与信仰结合,让理性接受信仰,信仰接受理性。正是这种结合,使当代基督教的人文主义思想家在超越理性的同时

---

① (法)埃德加·莫兰,康征、齐小曼译:《反思欧洲》,生活·读书·新知三联书店2005年版,第56页。

② 何光沪:《多元化的上帝观 20世纪西方宗教哲学概览(增订版)》,中国人民大学出版社2010年版,第11页。

有了新的思考维度。须知，人类纵然拥有理性，但我们也绝不能没有情感、没有道德标准、没有神秘幻想地活着，宗教与理性的结合"不要求驱除我们身上的情感、神秘性和宗教信仰，它要求我们理解并与之对话"。①

通过详细考察艾略特的基督教思想，我们完全可以认识到，希腊的古典精神——理性与人文主义——与基督教应该一直是紧密相连的，无论是人文主义，还是理性都从来没有真正脱离过基督教的影响。在艾略特看来，完整地保存宗教的圣礼，或许会离耶路撒冷的宗教古典精神更近些。而系统开设古典学课程，特别是希腊语、拉丁语的教育，则承接的是希腊的理性精神传统，这样去想，我们才会明白艾略特最终的苦心。于是我们可以得出结论，研究艾略特诗歌、诗学的人若拒斥基督教，尽管也有可能收获到某些精彩，却永远得不着他的文学以及他思想里的真谛。

写到这里，似乎已接近尾声，其实不然。我们还留有一个谜团，那就是为什么艾略特会具备一种人文学"易辩法"的思维方式？从宗教的世界转回到哲学，我们似乎可以找到某种答案。1927年，艾略特写了一篇题为《弗朗西斯·赫伯特·布拉德利》的文章，不要忘记，他是在这一年皈依基督教的。因此，他在这篇文章中所阐述的哲学观点肯定和他的宗教观有一定的联系。F. H. 布拉德利，一位英国新黑格尔主义者，艾略特的博士论文即是关于这位哲学家的，题目叫作《弗·赫·布拉德利哲学中的认识对象与经验》。在博士论文里，艾略特发现布拉德利设计了一个"绝对经验"，如布拉德利自己所说的："在绝对中，我们必须保持我们经验的每一个个项。我们不可能丧失什么东西，相反，我们可能拥有丰富得多的东西，这个丰富的多样性可以如此增补我们现实经验的各种成分，同时它们在全体中也得到了转化。"②艾略特的论述始于"直接经验"，他赞同布拉德利的这种观点，即认为人的认识活动存在于"原初的整体"③，但他并没有继续跟随布拉德利去追寻形而上的"终极经验"，认为这"只不过是一种想象、一个断言罢了"④。虽然没有在哲学上继续跟随布拉德利往下思考，但无疑，

---

① （法）埃德加·莫兰，康征、齐小曼译：《反思欧洲》，生活·读书·新知三联书店2005年版，第56页。

② （英）布拉德利：《论真理的某些方面》，见：张世英编：《新黑格尔主义论著选辑》，商务印书馆1997年版，第199-200页。

③ T. S. Eliot. Knowledge and Experience in the Philosophy of F. H. Bradley. Faber and Faber Ltd, 1964：30.

④ T. S. Eliot. Knowledge and Experience in the Philosophy of F. H. Bradley. Faber and Faber Ltd, 1964：202.

布拉德利的这种"绝对经验"肯定影响了艾略特。这就正如我们在之前的一节关于"统一的欧洲"中对艾略特的"一"与"多"所作的辩证一样,"一"中包含着"多","多"里蕴含了"一",没有绝对的"多",也没有绝对的"一"。时隔多年,艾略特重新"遇"到了布拉德利,此时他已皈依了基督教,基督教精神与布拉德利的"绝对经验"相去甚远,却在某个暗处似乎又有着契合与相通。在这篇文章里,艾略特果然并没有对布拉德利的哲学思想作任何详细的阐释,相反,他通篇所强调的却是"智慧"二字。他说:"在较大的哲学家身上我们通常都能觉察到一种智慧,这种智慧我们可以称之为善于处世的智慧。"① 须知,"没有智慧的哲学是徒劳无益的"。② 他谈及了英国当时流行的一些的哲学,比如科学哲学以及实用主义哲学,但这些哲学在他看来"新奇、粗糙,不能容忍反对意见"③,因此,这种哲学总是"在一方面僵硬固执,在另一方面却又圆滑易变"④,且都带有一种"不负责任和缺少智慧的毛病"。⑤ 艾略特认为英国哲学向来是建立在经验基础之上,因此英国的哲学如同阿诺德的文章一样,总是缺乏一种抽象能力的哲学根基,由此他觉得重提具有"智慧"的布拉德利的哲学就显得非常重要。他认为布拉德利的风格和柏格森的风格很像,总是对智力有一种强烈的关注。因此,布拉德利的哲学,是一种"用智慧的眼光"⑥,"能觉察到各个不同思想领域之间的相互接触和相互延续的关系"⑦ 的哲学;"布拉德利具有很大的一份智慧。(这种)智慧主要包括怀疑主义和并不玩世不恭的醒悟"⑧,

---

① (美)托·斯·艾略特:《四个四重奏》,见:陆建德编,汤永宽、裘小龙等译:《荒原 艾略特文集·诗歌》,上海译文出版社2012年版。
② (美)托·斯·艾略特:《弗朗西斯·赫伯特·布拉德利》,见:陆建德编,李赋宁、王恩忠等译:《现代教育和古典文学 艾略特文集·论文》,上海译文出版社2012年版,第236页。
③ (美)托·斯·艾略特:《弗朗西斯·赫伯特·布拉德利》,见:陆建德编,李赋宁、王恩忠等译:《现代教育和古典文学 艾略特文集·论文》,上海译文出版社2012年版,第236页。
④ (美)托·斯·艾略特:《弗朗西斯·赫伯特·布拉德利》,见:陆建德编,李赋宁、王恩忠等译:《现代教育和古典文学 艾略特文集·论文》,上海译文出版社2012年版,第229页。
⑤ (美)托·斯·艾略特:《弗朗西斯·赫伯特·布拉德利》,见:陆建德编,李赋宁、王恩忠等译:《现代教育和古典文学 艾略特文集·论文》,上海译文出版社2012年版,第229页。
⑥ (美)托·斯·艾略特:《弗朗西斯·赫伯特·布拉德利》,见:陆建德编,李赋宁、王恩忠等译:《现代教育和古典文学 艾略特文集·论文》,上海译文出版社2012年版,第235页。
⑦ (美)托·斯·艾略特:《弗朗西斯·赫伯特·布拉德利》,见:陆建德编,李赋宁、王恩忠等译:《现代教育和古典文学 艾略特文集·论文》,上海译文出版社2012年版,第235页。
⑧ (美)托·斯·艾略特:《弗朗西斯·赫伯特·布拉德利》,见:陆建德编,李赋宁、王恩忠等译:《现代教育和古典文学 艾略特文集·论文》,上海译文出版社2012年版,第229页。

因此"布拉德利的工作是朝着使英国哲学更加接近希腊传统的方向而努力"①；也因此，他在"70年代和80年代所进行的论战中"，"目的是努力争取使英国哲学更加欧洲化，更加成熟，并且具有更高的智慧"②。

从中我们可以看到，在这篇并不长的文章里，艾略特确实是一直在强调"智慧"二字，强调布拉德利的哲学是一种智慧的哲学。其实，在他晚期（1955年）所撰写的《哲人歌德》这篇文章里，我们同样也可以找到他对"智慧"的重视。这篇文章的副标题即为《智慧颂》，里面还谈道："诗人的灵感并不那么普遍，但真正的哲人比真正的诗人更为罕见。而当一个人身上具有智慧和诗歌语言这两种禀赋，我们就有了伟大的诗人。只有这类诗人不仅仅属于本民族，而且属于整个世界。"③ "没有任何一个词比这个词更难界定，更难理解。要理解智慧，本人就必须是一个哲人。"④

如此看来，艾略特所具有的这种自觉的熔东西方思维方法于一体的人文学"易辩法"其实根源于他的"智慧"，这种"智慧"不同于哲学，或者说高于哲学。就像他在诗里所说的：

不论走哪条路，从哪里启程，
不论在什么季节或者什么时辰，
往往都一样：你得摆脱理性和观念。⑤

柏拉图就曾公开承认说，智慧是属于神的，我们是凡夫俗子，所以只能向往它，只能热爱它——因此，我们只能是"爱智的人"（philo-sophes）。而且我们还发现，哲学有其历史，却没有智慧史一说。由此，智慧究竟是什么？在《哲人歌德》中，艾略特对此如此解释："它好像是说智慧是某种可用名言、警句和

---

① （美）托·斯·艾略特：《弗朗西斯·赫伯特·布拉德利》，见：陆建德编，李赋宁、王恩忠等译：《现代教育和古典文学 艾略特文集·论文》，上海译文出版社2012年版，第237页。

② （美）托·斯·艾略特：《弗朗西斯·赫伯特·布拉德利》，见：陆建德编，李赋宁、王恩忠等译：《现代教育和古典文学 艾略特文集·论文》，上海译文出版社2012年版，第228页。

③ （美）T. S. 艾略特：《哲人歌德》，见：王恩忠编译：《艾略特诗学文集》，国际文化出版公司1989年版，第263页。

④ （美）T. S. 艾略特：《哲人歌德》，见：王恩忠编译：《艾略特诗学文集》，国际文化出版公司1989年版，第275页。

⑤ （美）托·斯·艾略特：《四个四重奏》，见：陆建德编，汤永宽、裘小龙等译：《荒原 艾略特文集·诗歌》，上海译文出版社2012年版，第272页。

隽语表的东西，但智慧比任何至理名言的总和太多了，而智慧本身又比智慧在任何人类灵魂的实现大多了。"① 他认为，"在所揭示的宗教和哲学系统中，我们必须相信此真彼伪，此对彼错。但智慧是平等的语言机能，对任何地方任何人来说都是一样的。如果不是如此的话，欧洲人怎么能从《奥义书》或佛教《尼伽雅经》中获益呢？"② 因此，"人类智慧存在于言语中，又存在于沉默中"③。通观他的论述，也许我们还可以加上前面他评价布拉德利的一句话：智慧存在于"反对意见"中，存在于非此非彼之中，存在于"毋意，毋必，毋固，毋我"之中，存在于"怀疑主义"和对怀疑主义的"醒悟"之中。一如他所喜爱的哲人帕斯卡尔曾说过的："人类美德之真标识，乃其融洽各种相反之德性而全备其间之各等级之能力也。"智慧是一种"虚淡无心"的状态，"是不固执于世俗的判断"，"不囿于是非彼此的分别"，是在"世界"和"他"之间，"既没有束缚，也不会决裂"④ 的状态。

这样的智慧存在于印度佛教之中。我们可能都知道印度佛经《自说生盲品传闻经》里那著名的四组二律背反吧。他是这样说的：

　　世界是常，此是真实，他则虚妄；
　　世界是无常，此是真实，他则虚妄。

　　世界有边，乃至；
　　世界无边，乃至。

　　命与身同一，乃至；
　　命与身不同一，乃至。

　　有情死后有，乃至；

---

① （美）T. S. 艾略特：《哲人歌德》，见：王恩忠编译：《艾略特诗学文集》，国际文化出版公司 1989 年版，第 276 页。
② （美）T. S. 艾略特：《哲人歌德》，见：王恩忠编译：《艾略特诗学文集》，国际文化出版公司 1989 年版，第 277 页。
③ （美）T. S. 艾略特：《哲人歌德》，见：王恩忠编译：《艾略特诗学文集》，国际文化出版公司 1989 年版，第 276 页。
④ （法）弗朗索瓦·于连、闫素伟译：《圣人无意——或哲学的他者》，商务印书馆 2006 年版，第 178 页。

有情死后无，乃至。①

　　这种充满智慧的句子让人读起来忍不住潸然泪下。艾略特钟情印度佛教，他也曾潜心学习了梵文，阅读了经文。他受东方智慧的影响无疑非常深刻。在他的诗句中，时常可见来源于印度佛经中的词语、句子。如《荒原》的"火诫"就是源于"佛告诉信徒们，要厌恶情欲和肉体感觉的烈焰，从而过一种圣洁的生活，从尘世的事物获得自由，最后脱离轮回而达到涅槃"。② 这和"荒原"整体的意思不谋而合。而在《四个四重奏》中，艾略特不但用《薄伽梵歌》中的四瑜伽与其诗中的四个元素相对应，比如"空气与禅、土与行为、水与智慧、火与信仰"③一一对应，而且直接引用了印度史诗《摩诃婆罗多》中的句子，比如：

　　　　此时时间已经隐退，
　　　　此处在此岸与彼岸之间，
　　　　要用同等的心智去考虑过去和未来。
　　　　在身心既非活动又非不活动的时刻
　　　　你们可以领悟到这一真理：
　　　　"人在死亡时，他的思想专注于
　　　　不论什么存在的形式"——
　　　　那是一次将在别人生命中结果的活动
　　　　（每时每刻都在死亡的时间），
　　　　所以活动的果报不必操心。
　　　　前进吧。④

　　在这里，艾略特所引用的是黑天大神曾说过的一句话的前半段，全句为"人在灵魂离开躯体时，最后不论寓于什么存在形式，他能达到目的，因为他经常专注于那个存在形式"。根据注释，我们可以看到，"艾略特在诗里对原意做了一些变动：结果或果报表现在他人的生命中；在他人生命中结果的那个'行

---

① 邱紫华：《印度古典美学》，华中师范大学出版社2006年版，第152页。
② （美）托·斯·艾略特：《荒原》，见：陆建德编，汤永宽、裘小龙等译：《荒原 艾略特文集·诗歌》，上海译文出版社2012年版，第90页。
③ 尹锡南：《英国文学中的印度》，四川出版集团巴蜀书社2008年版，第115页。
④ （美）托·斯·艾略特：《四个四重奏》，见：陆建德编，汤永宽、裘小龙等译：《荒原 艾略特文集·诗歌》，上海译文出版社2012年版，第260页。

动'是置身事外;对'每时每刻'都是'死亡时间'的那些人来说,不想将来,也不考虑行动的果报"。① 除了诗歌,在艾略特的剧本里,印度佛教的影子也无所不在。比如在《大教堂谋杀案》这一出剧里,艾略特反反复复地使用了"轮子"这一个意象,暗示着"轮回"。他是这样写的:

> 不管是吉是凶,总得让时代之轮转动。
> 都七年了,轮子一直纹丝不动,
> 这样可不行。
> 不管是吉是凶,
> 还得让它转动。②
> ……
> 愚人,执迷不悟的愚人,才会以为
> 他能将自己转动着的轮子逆向倒转。③

在这里,"艾略特似乎将佛教的轮回和如同《薄伽梵歌》里体现的吠檀多的'业报'(karma)思想融合起来"。④ 还比如,在《鸡尾酒会》和《家庭团聚》两出现代剧中,印度佛教思想同样也清晰可辨。在剧中,我们可以读到这样的诗句:

> 此处危险,此处死亡,此处而非别处
> 别处无疑是痛苦是弃绝
> 而没有诞生与生命
> 哈里已跨越了边界
> 安全和危险在那边意义不同。⑤

---

① (美)托·斯·艾略特:《四个四重奏》,见:陆建德编,汤永宽、裘小龙等译:《荒原 艾略特文集·诗歌》,上海译文出版社2012年版,第260页。
② (美)托·斯·艾略特:《大教堂凶杀案》,见:陆建德编,李文俊、袁伟等译:《艾略特文集·戏剧》,上海译文出版社2012年版,第9页。
③ (美)托·斯·艾略特:《大教堂凶杀案》,见:陆建德编,李文俊、袁伟等译:《艾略特文集·戏剧》,上海译文出版社2012年版,第16页。
④ M. K. Naik. The Image of India in Western Creative Writing. India: Karnatak University Press, 1971: 253.
⑤ (美)托·斯·艾略特:《大教堂凶杀案》,见:陆建德编,李文俊、袁伟等译:《艾略特文集·戏剧》,上海译文出版社2012年版,第87页。

在这几行诗里，"跨越边界"一词的意义与佛教的思想就非常契合。根据研究印度文化的青年学者尹锡南的考察，"佛陀许多名字中有一个就是'Tathagata'，意思是'如来'。这与'跨越'本质相似"。①

其实，印度佛教对艾略特的影响不仅仅存在于他的诗歌中，更存在于其思想里。"印度佛教主张用博大的胸怀、智慧的眼光和超现实的态度去看待物质世界和社会生活中的各种矛盾对立的现象。"② 也就是说，在印度思想里，物质世界是一种幻觉、错象、幻象。在这种幻象之中，事物总是以"双昧"的形式出现，如善恶、苦乐、生死、荣辱、得失、美丑，但印度思想认为人应当以一种更博大的胸怀和智慧的眼光以及超现实的态度去超越这种对立，要在思想上消除一切差异和独立，从而达到一种"本真的认识"③。显然，艾略特悟到了东方思想中的"智慧"，但纵然他悟到了，纵然他带有怀疑主义色彩，但他毕竟属于西方希腊文化的传统，他寻求的目标依然是"真理"，尽管他曾对真理感到失望，不相信真理，但他希望得到真理，这一点无须怀疑。因此，尽管对智慧无限向往，尽管也曾力图用智慧的方式突破哲学，但在智慧与哲学之间，艾略特终究还是处于哲学的怀抱之中。而这也许能够再次解释为什么艾略特终于还是要回归宗教。如他自己的诗歌所言：

> 此地彼处并不要紧
> 我们必须保持平静，并且进入
> 另一个剧烈的阶段
> 以便进一步与（上帝）合一，更深地交流感情
> ……
>
> 我的结束之日便是我的开始之日。④
> ……
> 烈火与玫瑰合二为一时，
> 一切都会平安无事

---

① 尹锡南：《英国文学中的印度》，四川出版集团巴蜀书社2008年版，第115页。
② 邱紫华：《印度古典美学》，华中师范大学出版社2006年版，第186页。
③ 邱紫华：《印度古典美学》，华中师范大学出版社2006年版，第186页。
④ （美）托·斯·艾略特：《四个四重奏》，见：陆建德编，汤永宽、裘小龙等译：《荒原 艾略特文集·诗歌》，上海译文出版社2012年版，第254页。

世界万物也会平安无事。①

"在我们这个时代，人们比任何别的时候都更易于将智慧同知识、知识同信息混淆起来，更易于用工程方式来解决人生问题"②，对这个时代而言，"历史只不过是人类种种计划的编年史，这些计划一经完成，便被弃置，而世界只不过是生者的财富，死者则没有份"。③ 于是，在这样的世界，我们比以往任何一个时代都需要具有智慧。在这一点上，处于西方哲学话语中的艾略特总归还是与具有浓厚东方思想的"人文学"在某种程度上同声契合，因为人文学思维本身就是一种智慧。

---

① （美）托·斯·艾略特：《四个四重奏》，见：陆建德编，汤永宽、裘小龙等译：《荒原 艾略特文集·诗歌》，上海译文出版社2012年版，第282页。

② T. S. Eliot. What is Classic?. In: Frank Kermode (eds). Sectected Prose of T. S. Eliot. New York: Harcourt Brace Jovanovich Publishiers, 1975: 130.

③ T. S. Eliot. What is Classic?. In: Frank Kermode (eds). Sectected Prose of T. S. Eliot. New York: Harcourt Brace Jovanovich Publishiers, 1975: 130.

一种走向"隐括"的诗学

结语

文章接近尾声，但却似乎意犹未尽。基于人文学对艾略特诗学所作的研究让人难以自拔。很明显，艾略特的诗歌以及文学—文化批评是那个时代的产物。那是一个人类所经历过的空前的战争化时代。其间有世界大战、社会主义革命等真枪真炮的流血战争，也有一连串如工人运动和经济大恐慌等不冒烟的战斗。"可以这样说，本世纪所用的文韬武略和经历的明争暗斗，比历史上的任何时代都惨烈。本世纪伟大的思想家都是炮火硝烟和口诛笔伐中磨炼出的人物，他们的笔下不仅有惊风雨泣鬼神的悲壮，而且有穿生死透文明的雄奇。"① 无疑，艾略特是这些伟大思想家中的一员。在他终极一生对诗歌艺术灵性的追求之中，当他试图用诗意表达的诗学理性取代工具理性之时，当他想把西方文化中那早已四分五裂的碎片进行弥合之时，当他想用宗教信仰来以有限的生命把握无限的人生意义和价值之时，他的文学文本，恰恰凸显了一副生动而震撼的西方现代性世俗化图景。在这幅图景之中，神话当中的"神"早已离我们远去，曾经那慈爱的无所不能的"上帝"也已隐藏。神的离去与神的隐藏导致人类成为宇宙中那独一无二的霸主，人类知识空前膨胀，科技霸权迅猛扩展。但科技的迅猛发展与知识的空前膨胀并没有将人类栖居的"此岸"变成幸福的家园。相反，随着大写"人"的死亡，随着知识精英逐渐减少，人类世界剩下的仅仅只是些"小写的人和比矮的人"，人类文化面临着前所未有的危机。在这种自现代主义文化以来的文化危机图景中，"人不再去度过幽美的心灵生活，人失去精神上的古典与超越的力量，人只是猛奔在物欲世界中的一头文明的野兽"②。在这样的"进步"的现代社会里，人的片面发展成为时代的标志，世俗生活成为幸福的别名。既然"人"已不再是本源意义上那完整的"人"，那么人与人之间的关系必定呈现出一副"极端冷漠、残酷"且无法沟通的可怕图景。正因如此，在艾略特的诗里会有一个刚刚与情人亲热过的女人，心里想的却是"唔，现在完事啦：谢天谢地，这事儿总算已经过去"。③ 也会有那"头脑里塞满了稻草"的空心人，这样的人"有声无形，有影无色"④。这些场景将人与人之间那"息息相通"的关系断然否定。人与人之间的关系如此冷漠，人与自然之间必定也是一种不堪。果然，在

---

① 栾栋：《感性学发微》，商务印书馆1999年版，第161页。
② 王岳川：《当代西方最新文论教程》，复旦大学出版社2008年版，第480页。
③ （美）托·斯·艾略特：《荒原》，见：陆建德编，汤永宽、裘小龙等译：《荒原 艾略特文集·诗歌》，上海译文出版社2012年版，第93页。
④ （美）托·斯·艾略特：《空心人》，见：陆建德编，汤永宽、裘小龙等译：《荒原 艾略特文集·诗歌》，上海译文出版社2012年版，第117页。

艾略特的诗歌里，我们看不到自然的"美"，看不到城市的"美"，我们看到的是伦敦桥下的死人，看到的是一块块"裹尸布"，看到的是失去性别特征的人与动物，看到的是战火硝烟。一反浪漫主义歌颂自然、高唱赞歌的甜腻诗风，艾略特冷静、客观地描摹了人对自然倾轧的种种"丑""恶"。而在人与社会的关系中，他更是极尽所能地描绘了一幅理想中的社会图景，但在这方面，他并没有对某一种具体的社会形态作出批判，而这恰恰显示了其从"个人的角度"、从"与社会游离的角度"，对社会所作的那"笼统的"、"抽象的"，但却"全面的"[①]攻击。从这些分析来看，艾略特的文学文本体现了对西方资本主义现代性的严厉批判，表现出一种对西方资本主义现代性所作的深刻自省与反思。

这种批判与反思使其艺术作品具有一种"反现代"的现代派风格，具有一种"审丑"的审美艺术情结。它反映了20世纪文化分裂、学科分裂的文化衰退的状态，也折射出20世纪人与人分离、"人与社会、人与自然、人与自我关系上脱节"[②]的异化现象，因此是一种具有鲜明特色的、坚决反抗现代性的先锋诗学。

一个世纪前曾被艾略特说出来的话如预言一般，对当今的我们仍有着超强的警示。在面对这种危及人类未来的困境之时，艾略特曾试图用诗歌对此加以审美解答，也曾试图用宗教"超越对具体问题的思考而直接深入到智慧的深层关注中去"[③]，但不管是诗歌还是宗教，不管是文学还是文化，他最终发出的是人类"诗意栖居"的心灵诉求。这种诉求预测了人类的苦难未来和走出困境的可能性，也展示出人文、神文、自然重新融为一体的"远景"。在这种诉求之中，艾略特清醒地意识到，当西方人在遇见现代性的种种危害之时，当西方世界面临着文化分裂所导致的"文化失根"之时，必须借用东方思想中的"包容"与"祥和"才能纠正"西方现代性的单边主义和消费主义"，才能返回到那文化的根源。由此，我们也就不难理解为什么艾略特会如此醉心于印度佛教，为什么会对"静止中运动的中国花瓶"如此向往，为什么会对日本的雉戏与俳句有所关注，为什么他的诗学当中会具有一种"兼会"、"兼驳"的"兼"性，一种"辟文辟学"的"辟思"精神，为什么他会运用一种与"易辩法"不谋而合的方法来对其诗歌、诗学、文化批评进行一种三者之间相互映衬，且吻合"契合结构"特

---

① 袁可嘉、董衡巽、郑克鲁：《外国现代派作品选（A卷）》，燕山出版社2006年版，第4页。
② 袁可嘉、董衡巽、郑克鲁：《外国现代派作品选（A卷）》，燕山出版社2006年版，第3页。
③ 王岳川：《当代西方最新文论教程》，复旦大学出版社2008年版，第480页。

点的诗学构建。究其原因，一方面当然是他对西方资本主义现代性所进行的自我反思；另一方面则是他试图在东方文化中寻求一种智慧来对西方现代性文化进行某种程度的纠偏，用一种"会通东西"的思维方法来打破逻各斯中心主义，从而在人类未来的新方向中寻求新的契机。而这，恰恰是艾略特诗学当中所蕴含着的、与栾栋先生所提出的"檃栝"思想殊途同归的智慧。

"檃栝"是人文学智慧的另一种称谓。它之所以是人文学智慧的另一种表达，是因为"檃栝文化将自然与人文合为一体，把伦理与道德集于一身，给科技与思想开了通途，是一种透彻的人文品位"。① 这与作为"研究文史哲互根的学问"、"求索中西学融会的艺术"和"文科大场域趋通的津渡"的人文学互为表里，交相辉映。就像栾栋先生那诗意的语言所描述的："人文学与檃栝文化类如盐与海洋，树与大地、星云与宇宙的密切关系。"② 它们"盘根错节于文化深层，交相辉映于精神品质，相养相护，相辅相成，同气相求，同脉兼通"。③ 因此，"我们可以说，'人文学檃栝'不止是指称人文学在'檃栝'的过程与动作，而且是由人文学和檃栝冶为一炉的集合名词"。她对于"理解中国传统文化是一把钥匙"；"对于解析西方学术文化，乃至广义上的外国文化也是一种方略"；但"'人文学檃栝'的命题更适合透视与中国文化有别的异域文化品相"。④

据栾栋先生考察，"檃栝"的原意是"矫正的意思，即从矫正竹木的工具引申而来，强调其扶植取正的含义"。但他认为，"这个义项与文明势头同步"，"是由技术生发出的工具理性义项"。⑤ "根据中国汉字会意表形象声指事转注假借以及开合留白的多功能综合特点来思索"⑥，他发现"檃栝的生成应当更早"，而且还有更深层的多重义项。在他看来，"檃栝的种芽"萌生于"山林守文化"，发展于"社稷守"文化，其最大的特点在于"自然人文"和"人文自然"⑦。前者表明一种"自然特色强烈的人文"，后者代表着的则是"把自然伦理化"。也就是说："自然是其前提，人文是其变数，自然与人文共同构成了我们所谓檃栝

---

① 栾栋：《人文学概论》，暨南大学出版社2012年版，第200页。
② 栾栋：《人文学概论》，暨南大学出版社2012年版，第200页。
③ 栾栋：《人文学概论》，暨南大学出版社2012年版，第200页。
④ 栾栋：《人文学概论》，暨南大学出版社2012年版，第201页。
⑤ 栾栋：《人文学概论》，暨南大学出版社2012年版，第200页。
⑥ 栾栋：《释檃栝手稿》，2013年。
⑦ 栾栋：《释檃栝手稿》，2013年。

的自然人文特点。"① 同时，他认为"櫽栝"还含有"人文技艺内涵"。他精辟地分析了"世界通往非当下时空的"三条"门道"："历史的隧道"、"技艺的擘画与哲学（包括宗教）的神思。"② 他认为，在"遥远的古代世界，华夏先民就以櫽栝的方式给人类开辟了将三者结合在一起的创造"。③ 因此，"櫽栝就是这样一种将技艺和人文交织在一起的华夏智慧"。④ 实际上，这也说明"技艺的重要性在于其工具性及技术性中包含一定的艺术成分。但是必须'进乎技矣！'"⑤ 因此"我们之所以强调要重视櫽栝的哲思，正是为了说明櫽栝在根本上所秉持的那样一种人文品格。比技艺还技艺，比诗学还诗学，因为其骨子里就是自然人文与人文技艺的集合体"。⑥ 在此，栾栋先生对櫽栝所"蕴含"的"丰富的思想智慧"作出了四点概括："一是源于山林守的神思，其中有图腾，有巫术，有神话；二是出自工艺性的技思，其中有技艺，有机心，有匠义；其三是发乎潜意识的蒙思，其中有童心，有俚语，有呓语；其四是虚拟星斗化的宇思，其中有宇树，有星果，有隐喻。"⑦ 当对"櫽栝"的含义进行了深入的理解之后，我们发现，艾略特借用东方思维方式试图打破西方逻各斯的诗学思想里其实蕴藏着的正是那样一种"人文学櫽栝"，是一种走向"櫽栝"的思想。在他的诗歌里，"有巫术，有神话"；"有技艺，有机心"；"有童心，有俚语"；"有宇树，有星果，有隐喻"，在他的诗学里，有一种跳出界内的界外思考方式，有对一种集多门艺术融多门学科于一身的理想，有一种星云图般的欧洲文学。这种走向"櫽栝"的诗学恰恰是力图突破西方逻各斯中心主义所作的一种努力，是对人类中心主义价值观的批判，是对现代世界文化文明危机的揭示与反省，更是对西方思想文化所进行"差差互补，异异契合"⑧ 的一种尝试。

如此看来，当我们对已完成的五章进行回顾与总结时，也许我们可以将艾略特"人文学櫽栝"特色表现大致归为以下三个方面。

---

① 栾栋：《释櫽栝手稿》，2013年。
② 栾栋：《释櫽栝手稿》，2013年。
③ 栾栋：《释櫽栝手稿》，2013年。
④ 栾栋：《释櫽栝手稿》，2013年。
⑤ 栾栋：《释櫽栝手稿》，2013年。
⑥ 栾栋：《释櫽栝手稿》，2013年。
⑦ 栾栋：《释櫽栝手稿》，2013年。
⑧ 栾栋：《人文学櫽栝——西方学术别解手稿》，2013年。

第一节 神话——语言的"橾桰"性突破

为什么将语言问题摆在"橾桰"诗学的第一点,其原因就在于语言是"逻各斯"一词当中的第一项词义,"而蕴藏语言妙道是逻各斯的深旨所在"。①"作为西方思想文化的神髓,逻各斯常常被看作语言的神思,语言的灵魂,语言之所以为语言的理据。"② 正因如此,"从古希腊哲人一直到索绪尔、海德格尔、维特根斯坦等现当代学者,都对逻各斯心领神会,动辄祭起这一思想法宝"。③ 作为一名诗人,艾略特痛感 20 世纪语言的衰落,因此,他同样将目光聚焦在语言的身上。虽然他很少对语言进行哲学上的思辨,但其在诗歌实际创作之中对语言所作的新的阐释正是他力图突破语言逻各斯"要义"的努力。在他看来,由于科学技术的迅猛发展,那僵化的、抽象的科学语言占据了人类生活的一切,由此,20 世纪势必成为一个语言衰落的时代。这一点在他获得诺贝尔奖之后所接受的一次访问中可以得到明证。当时他说:"我确实认为现代的传播媒介把少数人的用语强加在大众身上,这的确把问题弄得复杂。我不知道电影对白对大众影响到什么程度,但收音机里的用语显然影响更大。"④ 这就是说,在现代社会里,曾经生动活泼、丰富多样的日常语言由于受到现代媒体当中"少数人的用语"的影响将趋向于狭窄、单一、僵化,直至失去活力。日常语言的衰落不但影响了文学语言,甚至也会使政治语言变得"模棱两可,暧昧不明"。针对此种现状,艾略特在其文论中零散地提到了诸多建议。经过一番梳理,我们发现他的建议其一便是强烈反对将语言进行简化的规则,因为他相信"一个语词包含的不仅是发音,也涉及书写时呈现的形象"。⑤ 如果简化了拼写,那么将会"毁掉一个词语

---

① 栾栋:《人文学橾桰——西方学术别解手稿》,2013 年。
② 栾栋:《人文学橾桰——西方学术别解手稿》,2013 年。
③ 栾栋:《人文学橾桰——西方学术别解手稿》,2013 年。
④ (美)托·斯·艾略特:《谈诗歌创作》,见:宋兆霖编:《诺贝尔文学家获奖作家访谈录》,浙江文艺出版社 2005 年版,第 13 页。
⑤ (美)托·斯·艾略特:《美国文学和美国的语言》,见:陆建德编,汤永宽、裘小龙等译:《批评批评家 艾略特文集·论文》,上海译文出版社 2012 年版,第 49 页。

根源和历史上的痕迹"。① 这段话包含了两层含义,其一是语言不但包含发音,而且应该呈现出"形象"。这一点和德里达力图解构西方语言语音逻各斯中心主义如出一辙。但如同栾栋先生所分析的,西方语言文字是由"拼读字母构成的",其"声韵母的结合是由点到线的探条、链条以及网状条理,这些听命于逻各斯的元素如同从流水线上推出的无尽的认识环节,编织出了我们所面对的这个意义的世界"。② 因此,这种"线性"文字在表"象"方面,具有其天生的缺陷。即算如艾略特所期待的那样,不将拼写简化,保持词根,如此保持历史的痕迹,也并不能将西方文字不能"表形"、"寓象"的硬伤进行疗救。艾略特势必看到了这一点,因此,他才将拯救语言衰落状态的焦点转移到了神话之上,而这也就是艾略特上述话中的第二层含义,即如何保留"一个词语根源和历史上的痕迹"。要知道,在远古时代,人类没有书面语,人类的语言包含在神话之中,因此神话不仅包括人类的口语,还应包括原始人类在石壁上的刻画,甚至应该包括音乐在内。这与栾栋先生在一篇题为《神话不自照》的文章中所提出的观点息息相通。在这篇文章里,他说:"最早的语言人与神话同步。最早的口传神话与原始的刻画神话并行。这种现象早在公元前已经延续了数千年之久。在一种宽泛的意义上讲,所有铭刻性的东西,不论是书面的,抑或分布于空间的形态,都与口语有关,也与图画、音乐、雕刻等方面我们称之为'多途径语言'的现象盘根错节。"③ 如此看来,神话的含义非常丰富。它作为一种"多途径语言",集"口语"、"图画、音乐、雕刻"于一身。正因为神话能弥补西方语言那无法"表形"、"寓象"的硬伤,所以艾略特倡导在诗歌中引入神话,试图用神话的"多途径语言"打破西方长期以来所形成的"语音中心"的局面。而且,将神话引入诗歌,还能达到他所提出的保留词根,即保留词语上的历史痕迹的目的。因为,从远古流传下来的神话语言,势必带有历史痕迹,势必会是那词根未被切除的古英语。可惜,艾略特面对的是一个现代化的世俗社会,在那个社会,"神"早已消失得无影无踪;"神话"也被人类迫不及待地抛弃,甚至斩断。面对如此现实,如何从实际操作层面上恢复语言的历史痕迹,恢复语言的活力呢?在这方面,艾略特将触角伸入到"日常用语"当中,寄希望于日常用语。在他看来,

---

① (美)托·斯·艾略特:《美国文学和美国的语言》,见:陆建德编,汤永宽、裘小龙等译:《批评批评家 艾略特文集·论文》,上海译文出版社2012年版,第49—50页。
② 栾栋:《人文学鸑栝——西方学术别解手稿》,2013年。
③ 栾栋:《神话不自照——试论语言起源神话的贫瘠及其研究之匮乏》,引自栾栋:《比较文学十五讲手稿》。

诗歌语言应该来源于人们日常生活中所使用的、所能听到的丰富的普通语言，而不应是那种单调的、千篇一律的"广播"、"电视"语言。而且，当各国、各民族之间的语言消除了界线，变得一致之时，艾略特认为"那种景象简直是惨不忍睹"。① 在他看来，语言要不断地保持变化，才有活力；要不断地从别的语言中汲取营养，才能发展；语言要保持那种"多"样性，才能在"一"中生存。这就是艾略特的语言观，这与维特根斯坦有某种类似，也与海德格尔和德里达有某种相通。诚然，试图用从神话中流传下来的语言，给日益僵化、日趋单一的现代语言带来多样性，带来历史性，带来形象性，使语言保持活力，这虽然"无法从根本上改变拼写语言的单线伸展特点"，但至少能为西方语言文字的"转渡"注入一丝"檃栝"的智慧。

第二节 "解疆化域"的"檃栝"性实践

艾略特的诗学是一种"无体系"的诗学，他只有零散的论文，从没有过鸿篇巨制。他也不喜欢"体系"二字，因为他认为那"暗示着一种有意识的创造，而不是自发的生长"。② 面对着一盘散沙似的无体系诗学，但又明知智者的思想总是隐藏在文字底下，我们除了"细读"与梳理之外，似乎别无他法。所幸，一番努力过后，终究还是见了阳光。我们发现了其诗学中暗含的脉络。在这一脉络图中，最具檃栝性智慧的当属其"文史哲互根"之"解疆化域"这一分支。栾栋先生曾在《文学的疆域》一文中着力探讨了学术疆域的旨归，他说："'有疆无疆'一是指高校学术研究内涵上的有容乃大，二是指高素质教育方法上的破执而出，三是指原道意义上的去几者强。有疆，是对习见群科相见而言的必要遵守；无疆，才能成为既成的学科人真正开辟出一片广袤无垠的大地。"③ 这一段话完全可以当作艾略特文学批评界限的理论注解。确实，艾略特诗学当中体现得格外清晰的特点就是其"解疆化域"的诗学本质。这一本质在他那篇题为

---

① （美）托·斯·艾略特：《谈诗歌创作》，见：宋兆霖编：《诺贝尔文学家获奖作家访谈录》，浙江文艺出版社2005年版，第13页。

② T. S. Eliot. from The Music of Poetry. In：Frank Kermode（eds）. Sectected Prose of T. S. Eliot, New York：Harcourt Brace Jovanovich Publishiers, 1975：109.

③ 栾栋：《文学的疆域》，《光明日报》，2003年第1期，第15页。

《批评的界限》的文章当中已表明得十分清晰。在这篇文章中,他明确表示,当今的文学批评已成为专业人才在专业领域所作的专门性文学阐释,如此态势将导致文学批评真正的目的被遮蔽、被掩盖。在他看来,文学批评的目的就是为了帮助人民大众提高欣赏文学、理解文学的能力。既然文学批评已被局限在狭小的人群中间,因此,文学批评的目的如何能够得到实现?针对当时就已出现的分疆划界的学术局面,他提出,文学批评应将触角伸入到哲学、神学、音乐、美术,甚至科学的领地。而且,只有打破了学科界限,扩大了批评的范围,才能符合"文学批评"一词历史发展的轨迹。要知道,"文学批评"一词和"教育"一词一样,不管人们是否愿意,其词语本身的范围正变得越来越大。正因为抱有此种"解疆化域"的想法,因此,他才能将文学、哲学、神学、政治、教育熔为一炉,把诗歌、音乐、舞蹈、表演冶为一体,构建出其独具特色的艾氏诗学。在这种表面复杂但却不失生动的诗学里,学科之间的界限得以解构,各种"主义"纷纷消失,艺术门类之间的沟痕被悄然抹平,显示出一种既是文学、又是哲学,既是文学评论、又是美学,既古典、又浪漫的多重面貌,呈现出一幅内里盘根错节,外表"四面洞开"、大气磅礴的"宇树星果"图。不光诗学注重"解疆化域",诗歌同样如此。在他的诗歌里,他旁征博引,兼收并蓄,将过去的传统资源与现代的现实生活进行并置,然后用神话将表面上呈现出来的混乱无序进行统一,使各门学科、各种艺术、各个国家的文化因素熔为一炉、冶为一体。这种"史诗"般的现代诗歌与其诗学交相辉映。不单是诗学、诗歌,他的身份同样也被"解疆化域"。说他是文学批评家,但他宣称自己的文学批评仅仅只是"副产品";说他是思想家,但他扬言从不做抽象思辨;说他是宗教学家,但他否认自己是站在神学的立场进行写作;说他是社会学家,但他却称自己只是一名诗人。这样一位诗人,很明显不是"纯粹的"诗人。文学、哲学、神学、音乐、绘画、诗歌,乃至文化,这些看似难以"疆界逾越的科别"在诗人身上融为一体,"共同成就了一个独一无二的领界巨人"。[①] 栾栋先生曾对这样的人如此赞誉:"此类思想家的最大特点是独行其是,不顾人非,很少依傍,横空出世。他们的学术成就也有着不同的品格:另辟蹊径,别开生面,领异标新,自铸新词。"[②]

然而我们需要明白的是,"解疆化域",并不是不要疆域,而是指"化解"疆域。化解疆域的基础便在于"文史哲互根"的学理。栾栋先生在《论人文学

[①] 栾栋:《人文学概论》,暨南大学出版社2012年版,第146页。
[②] 栾栋:《易辩法界说》,《哲学研究》,2003年第8期,第56页。

术还家》中曾清晰地表明:"文史哲互根不仅阐发了文史哲不分家的历史原因,而且揭示了文史哲之间难以割舍的血肉亲情。它们互为表里,互为依据,互为支撑,互为资粮,互为形神,是一个名副其实的思想檃栝和文化共体。文史哲互根的思想,解决了文史哲有家而又无家的佯谬,突破了文史哲有科而又去科的悖论,消弭了文史哲有疆而又化疆的吊诡,它们在根本上脉络相连,在精神上息息相通。"①这是对艾略特诗学中"解疆化域"特质的另一种说明。要知道,在他的诗歌、诗学里,虽然他将视角伸入到了哲学、神学,甚至科学的领地,虽然他囊括了古与今、旧与新,虽然他将解构建构融为了一体,但他也有那根深深扎在历史之中,来源于古希腊那哲学、宗教、文学于一身的"根"。正因为有"根",他的诗学才能在"解疆化域"之时,"在科非科"、"在疆非疆"、"越界通化"、"出神入化"。这分明是檃栝学中那"去中心"的"界边"②思维智慧!事实上,正是具有这种"去中心"的"界边"思维方式,艾略特才能在作文学批评之时突破比较研究的常见方法,将研究对象与比较对象进行一种散点、焦点于多处相交的发散式研究。也就是说,他突破了常见的比较研究中将研究对象与比较对象相交于一处的研究方式,而是通过"借一步措置","多一环把握"③,将研究对象与比较对象之异同于多处相交,形成焦点、散点于多处交叉的复合图式,在这复合点中道出对研究对象的复合评判,也因此,他的研究对象总是形成一种复数,总能呈现出一副立体感。这种由"解疆化域"到去中心化的研究方式,由"界内"思考转置到"界边"、"界外"的思维方式,成为其诗学中最具"檃栝"性的一点。

第三节 "差异"与"同一"的"檃栝"性特色

通观艾略特诗学,我们总能轻易地遇见其"中庸"的特质。这种中庸是对导师白璧德思想里颇具代表性的"调和"特质的发扬,是"彼""此"之间的

---

① 栾栋:《论人文学术还家》,《学术研究》,2007年第10期,第6页。
② 栾栋:《释檃栝手稿》,2013年。
③ 栾栋:《释熔铸——兼说比较研究的高端冲刺》,《复旦大学学报(社会科学版)》,2013年第2期,第131页。

平衡，是"彼""此"之间的"易"，是"彼""此"之间的相融相合、相反相成，是一种"辟思"。正因为其思想里所带的"辟思"精神，因此，他才能把统一的欧洲文学与统一的欧洲文化中"一"与"多"的圆融发挥到极致，才能使他的诗学具有一种差异多元性的"檃栝"特色。

  从之前的论述中，我们已经得知，在艾略特的笔下，他格外强调欧洲文化的共同根基和共同传统。但在那个被"进步论"冲昏了头的时代里，在那个所有的人都在迫不及待地将现在与过去之间的联系斩断的岁月中，这一共同根基和共同传统早被大部分的欧洲人抛在了脑后。在历史起承转合的节点，来自于遥远美国的艾略特一路追寻来到欧洲，站在这片令他魂牵梦萦的有"根"的文化大地上，他提醒所有的欧洲人，不要忘记欧洲文化中那古老的源头：犹太—基督教传统和古希腊、古罗马文化。这两个源头互相交织，互为表现，互相隐秀，相辅相成，一道构成了欧洲文化演进的"发动机"。虽然历史上的欧洲文化之根早已分裂，早已幻变成某种曾经给人类创造出丰富辉煌的文化成果和曾经给人类带来惨烈打击与毁灭的"时而光耀天际、时而隐忍不发的电光石火"，但那"如同某种涅槃变幻、生生不息的气韵精神"①却总是吸引着艾略特，让他用尽一生的创作来试图恢复欧洲往昔的精气神，期待欧洲精神能得到"更新"与"超生"。因此，他倡导一种统一的欧洲文学与欧洲文化。只是，这种统一并非一种排他性的、封闭的、凝固的统一体。相反，在这种统一体之中，重要的是一定要保持各方之间永久的差异、影响与摩擦。也就是说，虽然"差异意味着对立"，但"只有找到差异才能破解绝对的同一"②，因为"本原、同一本身就包含着差异"。③这种一与多之间的调和、平衡、变化构成了他诗学里"诗"、"思"、"史"相交相融的"檃栝"性特色。正因如此，所以我们能够在他所解构建构的星云图般的欧洲文学、欧洲文化里，看到各国文学、文化如同宇宙中的星云，互相吸引，互相影响，互相改变。在这样的文学文化中，没有任何力量可以拥有持久的霸权，没有任何国家的文学艺术可以在任何时候独占鳌头，没有民族主义，也没有政治影响。这不是欧洲国家各民族各文化的"整合"，而是欧洲各国各民族各文化之间的"融会""贯通"与拟态狂欢。除此之外，在这种"辟思"性的文学

---

  ① （法）埃德加·莫兰，康征、齐小曼译：《反思欧洲》，生活·读书·新知三联书店2005年版，第4-5页。
  ② 栾栋：《人文学概论》，暨南大学出版社2012年版，第316页。
  ③ 栾栋：《人文学概论》，暨南大学出版社2012年版，第316页。

文化批评中,我们还能深深地感受到他那如解毒剂般的"辟文化"观点。那是一幅有机的文化图景,在那里,没有强权政治,没有文化殖民,人文教育与专业教育相互补充、有机结合,人与自然和谐发展,人类真正实现了"诗意地栖居在大地之上"。当然,正是从这个角度所进行的考察让我们发现了艾略特所立足的西方文化是不够用的,而他所汲取的佛学思辨也并不能帮助他解决根本性问题,固为东西方文化需要有母体思维方法上的熔铸创新。而这应是艾略特穷极一生的学术期待。

栾栋先生曾在《易辩法界说》中对中西方母体思维方法的差异性有如下辨识:"辩证法的统一是整合,易学的和合在融会。整合是以逻各斯为基座,以征服对象为目的的焦点思维,体系化是其必然结果。融会是以大道氤氲为根本、以化感通变为指归的散点透视,会意性是其基本特点。散点透视的散不是了无灵气的如鸟兽散或一盘散沙,而是会通适要的与道俱化。"[①]笔者在读到这段话时,总有一种茅塞顿开之感。艾略特所努力追求的智慧性的融合理想,不就是这样的境界吗?诚然,艾略特以诗人情调和批评家的笔触摸索到的思想智慧,犹如"思想源流相互碰撞时的火花四溅",但这样一种天才的诗性领悟有待于理性的升华,有待于熔铸性的学术创制。我们欣喜地看到,栾栋先生的人文学建设展开了新的一页,在某种意义上,它恰好回答了艾略特的期待视野。

---

① 栾栋:《易辩法界说》,《哲学研究》,2003 年第 8 期,第 57 页。

参 考 文 献

一、直接引用文献

[1] (英) 特雷·伊格尔顿. 二十世纪西方文学理论 [M]. 北京：北京大学出版社, 2007.
[2] (美) 斯坦利·罗迈·霍珀. 信仰的危机 [M]. 北京：宗教文化出版社, 2006.
[3] (法) 埃德加·莫兰. 反思欧洲 [M]. 康征, 齐小曼, 译. 北京：生活·读书·新知三联书店, 2005.
[4] 王岳川. 当代西方最新文论教程 [M]. 上海：复旦大学出版社, 2008.
[5] (法) 弗朗索瓦·于连. 圣人无意——或哲学的他者 [M]. 北京：商务印书馆, 2006.
[6] 栾栋. 易辩法界说——人文学方法论 [J]. 哲学研究, 2003 (8)：53-57.
[7] 栾栋. 人文学研究现况简说 [J]. 研究报告及述评, 2012 (5)：88.
[8] 栾栋. 人文学举要手稿, 2010.
[9] T S Eliot. the Function of Criticism. In：Frank Kermode (eds). Sectected Prose of T. S. Eliot [M]. New York：Harcourt Brace Jovanovich Publishiers, 1975.
[10] (美) 克莱门特·格林伯格. 艺术与文化 [M]. 沈语冰, 译. 广西：广西师范大学出版社, 2009.
[11] (美) 埃德蒙·威尔逊. 阿克瑟尔的城堡 1870—1930 年的想象文学研究 [M]. 黄念欣, 译. 南京：江苏教育出版社, 2006.
[12] (美) 莱昂内尔·特里林. 诚与真 诺顿演讲集 1969—1970 [M]. 刘佳林, 译. 南京：江苏教育出版社, 2006.
[13] 栾栋. 论人文学术还家——兼释文史哲互根 [J]. 学术研究, 2007 (10)：5.
[14] 栾栋. 诗学缘构简说 [J]. 广东外语外贸大学学报, 2012 (3)：53-54.
[15] 赵毅衡. 重访新批评 [M]. 天津：百花文艺出版社, 2009.

[16] (美)托·斯·艾略特. 四个四重奏. 见:陆建德编. 荒原 艾略特文集·诗歌[M]. 汤永宽,裘小龙,等,译. 上海:上海译文出版社,2012.

[17] 栾栋. 人文学概论[M]. 广州:暨南大学出版社,2012.

[18] (美)T. S. 艾略特. 诗的效用与批评的效用[M]. 杜国清,译. 台湾:纯文学出版社,1983.

[19] T. S. Eliot. Tradition and the Individual Talent. In: Frank Kermode (eds). Selected Prose of T. S. Eliot [M]. New York: Harcourt Brace Jovanovich Publishers, 1975.

[20] 秦明利. 对此在的把握——论T. S. 艾略特的传统观[J]. 国外文学,2011(4):22.

[21] T. S. Eliot. Knowledge and Experience in the Philosophy of F. H. Bradley [M]. New York: Columbia University Press, 1964.

[22] T. S. Eliot. After Strange Gods [M]. London: Faber and Faber Ltd, 1934.

[23] (美)欧文·白璧德. 文学与美国的大学[M]. 张沛,张源,译. 北京:北京大学出版社,2011.

[24] (美)爱德华·W. 萨义德. 文化与帝国主义[M]. 李琨,译. 北京:生活·读书·新知三联书店,2007.

[25] T. S. Eliot. What is a Classic?. In: Frank Kermode (eds). Selected Prose of T. S. Eliot [M]. New York: Harcourt Brace Jovanovich Publishers, 1975.

[26] T. S. Eliot. from The Music of Poetry. In: Frank Kermode (eds). Selected Prose of T. S. Eliot [M]. New York: Harcourt Brace Jovanovich Publishers, 1975.

[27] (美)T. S. 艾略特. 基督教与文化[M]. 成都:四川人民出版社,1989.

[28] (美)托·斯·艾略特. 美国文学和美国的语言. 见:陆建德主编. 批评批评家 艾略特文集·论文[M]. 汤永宽,裘小龙,等,译. 上海:上海译文出版社,2012.

[29] 陶东风,王南. 文学理论基本问题(第二版)[M]. 北京:北京大学出版社,2005.

[30] 周振甫. 文心雕龙今译[M]. 北京:中华书局,1986.

[31] (美)T. S. 艾略特. 诗的社会功能. 见:王恩忠编译. 艾略特诗学文集[M]. 北京:国际文化出版公司,1989.

[32] (美)T. S. 艾略特. 批评家和诗人约翰逊. 见:王恩忠编译. 艾略特诗学文

集［M］. 北京：国际文化出版公司，1989.

［33］栾栋. 感性学发微——美学与丑学的合题［M］. 北京：商务印书馆，1999.

［34］（美）克林斯·布鲁克斯. 精致的瓮 诗歌结构研究［M］. 陈永国，译. 上海：上海人民出版社，2008.

［35］Cleanth Brooks. A Shaping Joy：Studies in the Writer's Craft［M］. London：Methuen and Company Limited，1971.

［36］（英）维特根斯坦. 维特根斯坦读本［M］. 陈嘉映，译. 北京：新世界出版社，2010.

［37］（法）雅克·德里达. 论文字学［M］. 汪家堂，译. 上海：上海译文出版社，2005.

［38］（美）T. S. 艾略特. 哲人歌德. 见：王恩忠编译. 艾略特诗学文集［M］. 北京：国际文化出版公司，1989.

［39］（美）托·斯·艾略特. 但丁于我的意义. 见：陆建德编. 批评批评家 艾略特文集·论文［M］. 李赋宁，杨自伍，等，译. 上海：上海译文出版社，2012.

［40］（美）托·斯·艾略特. 欧里庇得斯和默里教授. 见：陆建德编. 传统与个人才能 艾略特文集·论文［M］. 卞之琳，杨自伍，等，译. 上海：上海译文出版社，2012.

［41］（英）考德威尔. 考德威尔文学论文集［M］. 陆建德，黄梅，薛鸿时，等，译. 南昌：百花洲文艺出版社，1997.

［42］（德）尼采. 悲剧的诞生［M］. 周国平，译. 上海：上海人民出版社，2009.

［43］（德）黑格尔. 美学 第二卷［M］. 朱光潜，译. 北京：商务印书馆，1987.

［44］T. S. Eliot, Ulysses, Order, and Myth. In：Frank Kermode（eds）. Sectected Prose of T. S. Eliot［M］. New York：Harcourt Brace Jovanovich Publishers，1975.

［45］（加拿大）诺斯罗普·弗莱. 批评的解剖［M］. 陈慧，袁宪军，吴伟仁，译. 南昌：百花洲文艺出版社，2006.

［46］（美）托·斯·艾略特. 莎士比亚和塞内加的斯多葛主义. 见：陆建德编. 传统与个人才能 艾略特文集·论文［M］. 卞之琳，李赋宁，等，译. 上海：上海译文出版社，2012.

[47] （美）琳达·莱佛尔. 尼采的悲剧理论和T. S. 艾略特的剧本 [J]. 陆道夫, 张来民, 译. 商丘师专学报, 1988（1）: 95, 97.
[48] 栾栋. 古歌三章——兼论诗性的时效. 引自栾栋. 比较文学十五讲手稿
[49] 刘燕. 现代批评之始 T. S. 艾略特诗学研究 [M]. 广西: 广西师范大学出版社, 2005.
[50] （英）I. A. 瑞恰兹. T. S. 艾略特的诗歌 [EB/OL]. 李鸥, 译. http://yc.hnadl.cn/rewriter/CNKIYC/http/dota9bmjh9mds/kns/brief/default_result.aspx.
[51] T. S. Eliot. Dante. In: Frank Kermode (eds). Sectected Prose of T. S. Eliot [M]. New York: Harcourt Brace Jovanovich Publishers, 1975.
[52] （美）爱德华·W. 萨义德. 文化与帝国主义 [M]. 李琨, 译. 北京: 生活·读书·新知三联书店, 2007.
[53] （美）T. S. 艾略特. 批评的界限. 见: 王恩忠编译. 艾略特诗学文集 [M]. 北京: 国际文化出版公司, 1989.
[54] （美）托·斯·艾略特. 伊丽莎白时代的塞内加翻译. 见: 陆建德编. 传统与个人才能 艾略特文集·论文 [M]. 卞之琳, 李赋宁, 等, 译. 上海: 上海译文出版社, 2012.
[55] （美）托·斯·艾略特. 批评的功能. 见: 陆建德编. 传统与个人才能 艾略特文集·论文 [M]. 卞之琳, 李赋宁, 等, 译. 上海: 上海译文出版社, 2012.
[56] T. S. Eliot. The Function of Criticism. In: Frank Kermode (eds). Sectected Prose of T. S. Eliot [M]. New York: Harcourt Brace Jovanovich Publishiers, 1975.
[57] 栾栋. 释熔铸——兼说比较研究的高端冲刺 [J]. 复旦学报, 2013（2）: 129-133.
[58] 栾栋. 序比较——比较研究的高端冲刺之一. 引自栾栋讲义, 2010.
[59] 栾栋. 原创论. 引自栾栋讲义, 2011.
[60] （美）托·斯·艾略特. 本·琼森. 见: 陆建德编. 传统与个人才能 艾略特文集·论文 [M]. 李赋宁, 杨自伍, 等, 译. 上海: 上海译文出版社, 2012.
[61] （美）雷纳·韦勒克. 近代文学批评史（中文修订 第五卷）[M]. 杨自伍, 译. 上海: 上海译文出版社, 2009.

[62] T. S. Eliot. the Use of Poetry and Poetic［M］. Lodon：Faber and Faber Ltd, 1961.

[63] T. S. Eliot. from the Use of Poetry and the Use of Criticism. In：Frank Kermode（eds）. Selected Prose of T. S. Eliot［M］. New York：Harcourt Brace Jovanovich Publishers, 1975.

[64] 刘燕. 二十世纪文学泰斗［M］. 四川：四川人民出版社, 2003.

[65] 栾栋. 诗学缘构简说. 引自栾栋. 比较文学十五讲手稿, 2010.

[66] 栾栋. 论人文学术还家——兼释"文史哲互根"［J］. 学术研究, 2007,（10）：5.

[67] （美）托·斯·艾略特. 教育的宗旨. 见：陆建德编. 批评批评家 艾略特文集·论文［M］. 李赋宁, 王恩忠, 等, 译. 上海：上海译文出版社, 2012.

[68] （美）托·斯·艾略特. 关于戏剧诗人的七人谈. 见：陆建德编. 传统与个人才能 艾略特文集·论文［M］. 卞之琳, 李赋宁, 等, 译. 上海：上海译文出版社, 2012.

[69] 栾栋. 文学的疆域·有感于古代文学研究的块垒化［N］. 北京：光明日报, 2003.

[70] 栾栋. 人文精神与学科建设［J］. 华中师范大学学报（哲社版）, 1996（6）：28.

[71] T. S. Eliot. Sacred Woods［M］. London：Faber and Faber Ltd, 1964.

[72] T. S. Eliot. the Metaphysical Poets. In：Frank Kermode（eds）. Selected Prose of T. S. Eliot［M］. New York：Harcourt Brace Jovanovich Publishers, 1975.

[73] （美）托·斯·艾略特. 安德鲁马韦尔. 见：陆建德编. 现代教育和古典文学 艾略特文集·论文［M］. 李赋宁, 王恩忠, 等, 译. 上海：上海译文出版社, 2012.

[74] 栾栋. 古歌三章——兼论诗性的时效［J］. 学术研究, 2009（8）：118, 121, 123-124.

[75] 栾栋. 说文［J］. 文学评论, 2007（4）：194.

[76] 叶秀山. 思·史·诗——现象学和存在哲学研究［M］. 北京：人民出版社, 2010.

[77] （英）彼得·阿克罗伊德. 艾略特传［M］. 刘长缨, 张筱强, 译. 北京：国际文化出版公司, 1998.

[78] 刘建举. 基督教文化与西方文学传统［M］. 北京：北京大学出版社，2005.

[79] Ronald Schuchard. Eliot's Dark Angel［M］. London：Oxford University Press，1999.

[80] T. S. Eliot. Religion and Literature. In：Frank Kermode（eds）. Selected Prose of T. S. Eliot［M］. New York：Harcourt Brace Jovanovich Publishers，1975.

[81] 叶秀山. 科学·宗教·哲学——西方哲学中科学与宗教两种思维方式研究［M］. 北京：社会科学文献出版社，2009.

[82] 杨从容. 宗教价值与审美情感——宗教与文学对话［J］. 重庆师范学院学报（哲社版），1998（1）：6，8.

[83] T. S. Eliot. On Poetry and Poets［M］. London：Faber and Faber Ltd，1979.

[84] （德）本雅明. 经验与贫乏［M］. 王炳均，杨劲，译. 天津：百花文艺出版社，2002.

[85] （德）彼得·斯从狄. 现代戏剧理论（1880—1950）［M］. 王建，译. 北京：北京大学出版社，2009.

[86] （美）托·斯·艾略特. 大教堂的谋杀案. 见：赵毅衡译. 外国现代剧作家论剧作［M］. 北京：中国社会科学出版社，1982.

[87] 何其莘. 英国戏剧史［M］. 南京：译林出版社，2008.

[88] 汪义群. T. S. 艾略特与英国诗剧传统［J］. 上海外国语大学学报，1994（4）：55，58.

[89] 朱虹. 外国现代剧作家论剧作［M］. 北京：中国社会科学出版社，1982.

[90] （美）托·斯·艾略特. 伊丽莎白时代四位剧作家——为一本未写成的书作的序言. 见：陆建德编. 传统与个人才能 艾略特文集·论文［M］. 卞之琳，李赋宁，等，译. 上海：上海译文出版社，2012.

[91] 赵林，杨曦楠. 神秘与反思［M］. 广西：广西师范大学出版社，2008.

[92] （英）阿诺德·P. 欣克利夫. 现代诗体剧［M］. 马海良，寇学敏，译. 北京：昆仑出版社，1993.

[93] （美）T. S. 艾略特. 叶芝. 见：王恩忠编译. 艾略特诗学文集［M］. 北京：国际文化出版公司，1989.

[94] （美）T. S. 艾略特. 诗的三种声音. 见：王恩忠编译. 艾略特诗学文集［M］. 北京：国际文化出版公司，1989.

[95] 栾栋. 人文学趋通特征刍议［J］. 中国文化研究，2012（冬之卷）：197.

[96] 栾栋. 辟文学通解——兼论文学非文学 [J]. 文学评论, 2008 (3): 23 - 25, 30.

[97] 栾栋. 《文心雕龙》辟文学思想刍议——兼论文学的"自觉"与"非自觉" [J]. 哲学研究, 2004 (12): 63, 66.

[98] 虞又铭. 艾略特诗学观中的"个人化"取向 [J]. 华东师范大学学报（哲学社会科学版）, 2009 (5): 97 - 98.

[99] （法）波德莱尔. 波德莱尔美学论文选 [M]. 郭宏安, 译. 北京：人民文学出版社, 2008.

[100] （法）托·斯·艾略特. 古典文学和文学家. 见：陆建德编. 批评批评家 艾略特文集·论文 [M]. 汤永宽, 裘小龙, 等, 译. 上海：上海译文出版社, 2012.

[101] T. S. Eliot. What is a Classic?. In: Frank Kermode (eds). Selected Prose of T. S. Eliot [M]. New York: Harcourt Brace Jovanovich Publishers, 1975.

[102] （南非）J. M. 库切. 异乡人的国度 文学评论集（1986—1999）[M]. 汪宏章, 译. 杭州：浙江文艺出版社, 2010.

[103] （美）托·斯·艾略特. 从爱伦·坡到瓦莱里. 见：陆建德编. 批评批评家 艾略特文集·论文 [M]. 李赋宁, 杨自伍, 等, 译. 上海：上海译文出版社, 2012.

[104] 杨周翰. 攻玉集 [M]. 北京：北京大学出版社, 1983.

[105] 栾栋. 文学他化说 [J]. 文学评论, 2009 (4): 191 - 193.

[106] （美）托·斯·艾略特. 哈姆雷特. 见：陆建德编. 传统与个人才能 艾略特文集·论文 [M]. 卞之琳, 李赋宁, 等, 译. 上海：上海译文出版社, 2012.

[107] 杨冬. 文学理论 从柏拉图到德里达 [M]. 北京：北京大学出版社, 2009.

[108] 黎跃进. 艾略特：诗化的理性与理性的诗化 [J]. 湘潭大学学报（哲学社会科学版）, 2007 (4): 83.

[109] T. S. Eliot. After Strange Gods [M]. London: Faber and Faber Ltd, 1933.

[110] 栾栋. 辟文学别裁 [J]. 文学评论, 2010 (4): 186, 189.

[111] （美）托·斯·艾略特. 艾略特先生的星期日早晨礼拜. 见：陆建德编. 荒原 艾略特文集·诗歌 [M]. 汤永宽, 裘小龙, 等, 译. 上海：上海译文出版社, 2012.

[112] （美）托·斯·艾略特. J. 阿尔弗雷德·普罗弗洛克的情歌. 见：陆建德

编.荒原 艾略特文集·诗歌[M].汤永宽,裘小龙,等,译.上海:上海译文出版社,2012.

[113] (美)托·斯·艾略特.传统与个人才能.见:陆建德编.上传统与个人才能 艾略特文集·论文[M].卞之琳,李赋宁,等,译.上海:上海译文出版社,2012.

[114] T. S. Eliot. The Critical Heritage [M]. Michael Grant ed, Routledge & Kegan Paul Ltd, 1982.

[115] 李永毅.艾略特与波德莱尔[J].外国文学评论,2011(1):72-73,77.

[116] (美)托·斯·艾略特.波德莱尔.见:陆建德编.现代教育和古典文学 艾略特文集·论文[M].李赋宁,王恩忠,等,译.上海:上海译文出版社,2012.

[117] (美)托·斯·艾略特.夜莺声中的斯威尼.见:陆建德编.荒原 艾略特文集·诗歌[M].汤永宽,裘小龙,等,译.上海:上海译文出版社,2012.

[118] (美)托·斯·艾略特.荒原.见:陆建德编.荒原 艾略特文集·诗歌[M].汤永宽,裘小龙,等,译.上海:上海译文出版社,2012.

[119] (美)托·斯·艾略特.圣灰星期三.见:陆建德编.荒原 艾略特文集·诗歌[M].汤永宽,裘小龙,等,译.上海:上海译文出版社,2012.

[120] (美)托·斯·艾略特.序曲.见:陆建德编.荒原 艾略特文集·诗歌[M].汤永宽,裘小龙,等,译.上海:上海译文出版社,2012.

[121] (美)托·斯·艾略特.小老头.见:陆建德编.荒原 艾略特文集·诗歌[M].汤永宽,裘小龙,等,译.上海:上海译文出版社,2012.

[122] 杨金才.谈法国象征主义诗歌对T.S.艾略特的影响[J].外国文学评论,1993(4):119.

[123] (法)保罗·瓦莱里.文艺杂谈[M].段映虹,译.天津:百花文艺出版社,2002.

[124] (法)马拉美.马拉美诗全集[M].葛雷,梁栋,译.杭州:浙江文艺出版社,1997.

[125] 施丽珠.艾略特与马拉美比较[J].杭州师范大学学报,1990(3):4.

[126] 蒋洪新.论《四个四重奏》的音乐手法[J].湖南师范大学学报,1996(6):113.

[127] 吴晓妮. T. S. 艾略特的诗剧理想和实践 [J]. 上海戏剧学院学报, 2000 (2): 62.

[128] 栾栋. 辟文学别裁 [J]. 文学评论, 2010 (4): 189.

[129] 栾栋. 世界文学格局中的中国文学 [J]. 中国文化研究, 2002, (冬之卷): 125, 132.

[130] 栾栋. 文学他化疏——兼析托多洛夫"文学危殆说" [J]. 法国研究, 2011 (1): 1.

[131] 栾栋. 法国文学的他者指归 [J]. 学术研究, 2010 (3): 6.

[132] (英) 乔治·奥威尔. 政治与文学 [M]. 李存捧, 译. 南京: 凤凰传媒集团译林出版社, 2011.

[133] 栾栋. 文艺学系谱——从艺文志分说 [J]. 广东外语外贸大学学报, 2006 (3): 6-7.

[134] 王宁. 面对文化研究的挑战: 比较文学的未来 [J]. 文艺理论研究, 2012 (5): 6.

[135] T. S. Eliot. After Strange Gods [M]. London: Faber and Faber Ltd, 1971.

[136] (英) 特瑞·伊格尔顿. 文化的观念 [M]. 方杰, 译. 南京: 南京大学出版社, 2006.

[137] (美) 丹尼尔·贝尔. 资本主义文化矛盾 [M]. 严蓓雯, 译. 江苏: 江苏人民出版社, 2012.

[138] 李庆霞. 社会转型中的文化冲突 [M]. 哈尔滨: 黑龙江出版社, 2004.

[139] T. S. Eliot. Notes towards the Definition of Culture [M]. London: Faber and Faber Limited, 1979.

[140] (美) 托·斯·艾略特. 现代教育与古典文学. 见: 陆建德编. 现代教育与古典文学 艾略特文集·论文 [M]. 李赋宁, 王恩忠, 等, 译. 上海: 上海译文出版社, 2012.

[141] (英) 马修·阿诺德. 文化与无政府状态——政治与社会批评 [M]. 韩敏忠, 译. 北京: 生活·读书·新知三联书店, 2008.

[142] 栾栋. 略论中国文化的两栖机制 [J]. 陕西师范大学学报, 1994 (4): 50-52.

[143] 栾栋. 辟文化简说 [J]. 中国文化研究, 2011, (秋之卷): 165, 168-169.

[144] (美) T. S. 艾略特. T. S. 艾略特文学论文集 [M]. 李赋宁, 译. 南昌:

百花洲文艺出版社，1994.

[145] （美）欧文·白璧德. 性格与文化：论东方与西方［M］. 上海：上海三联书店，2010.

[146] （美）欧文·白璧德. 民主与领袖［M］. 张沛，张源，译. 北京：北京大学出版社，2011.

[147] （美）托·斯·艾略特. 批评批评家［M］. 李赋宁，杨自伍，译. 上海：上海译文出版社，2012.

[148] 栾栋. 人文精神与学科建设［J］. 华中师范大学学报（哲社版），1996（6）：33.

[149] Irving Babbitt. Rousseau and Romanticism［M］. Boston：Houghton Mifflin Company. 1919.

[150] （法）卢梭. 爱弥儿（下卷）［M］. 北京：商务印书馆，1978.

[151] 赵林. 西方宗教文化［M］. 武汉：武汉大学出版社，2005.

[152] 何光沪. 多元化的上帝观 20世纪西方宗教哲学概览（增订版）［M］. 北京：中国人民大学出版社，2010.

[153] 张宪. 启示的理性——欧洲哲学与基督宗教思想［M］. 成都：四川出版集团巴蜀书社，2006.

[154] （美）菲利普·詹金斯. 下一个基督王国［M］. 台湾：台湾立绪文化事业有限公司，2003.

[155] World Christian Database，www.worldchristiandatabase.org.

[156] （美）托·斯·艾略特. 兰洛斯特·安德鲁斯. 见：现代教育和古典文学［M］. 李赋宁，王恩忠，等，译. 上海：上海译文出版社，2012.

[157] （英）阿历克·威斯特. T. S. 艾略特对诗和批评的滥用. 见：外国诗［M］. 北京：外国文学出版社，1983.

[158] T. S. Eliot. The Validity of Artificial Distinction. In：Case 1 of Philosophy Notes, Eliot Collection［M］. Houghton Library, Harford Univ.

[159] （法）安托瓦纳·贡巴尼翁. 反现代派——从约瑟夫·德·迈斯特到罗兰·巴特［M］. 郭宏安，译. 北京：生活·读书·新知三联书店，2009.

[160] （美）托·斯·艾略特. 帕斯卡尔. 见：陆建德编. 现代教育和古典文学［M］. 李赋宁，王恩忠，等，译. 上海：上海译文出版社，2012.

[161] 杨劼. 人文学视野下的欧文·白璧德［D］. 广州：广东外语外贸大学，2012.

[162] 张源. "人文主义"与宗教：依赖，还是取代？——试论白璧德的宗教观 [J]. 国外文学, 2006 (2): 41-43, 45.

[163] (美) T. S. 艾略特. 欧文·白璧德的人文主义. 见: 陆建德编. 现代教育和古典文学 艾略特文集·论文 [M]. 李赋宁, 王恩忠, 等, 译. 上海: 上海译文出版社, 2012: 259, 261, 264, 269-272.

[164] 杨从容. 宗教价值与审美情感——宗教与文学对话 [J]. 重庆师范学院学报（哲社版）, 1998 (1): 4.

[165] (德) 费尔巴哈. 基督教本质 [M]. 北京: 商务印书馆, 2010.

[166] 柴惠庭. 基督教安立甘宗的形成及其特点论析 [J]. 史林, 1994 (2): 76-77.

[167] J. M. Shaw, R W Franklin, H Kaasa, C. W. Buzicky eds. Readings in Christian Humanism [M]. Augsburg: Augsburg Publishing House, 1982.

[168] I. Babbitt. President Eliot and American Education: Essays in Spanish Character and other Essays [M]. Boston and New York: Houghton Mifflin Company, 1940.

[169] (美) 托·斯·艾略特. 关于人文主义重新考虑后的意见. 见: 陆建德编. 现代教育和古典文学 艾略特文集论文 [M]. 李赋宁, 王恩忠, 等, 译. 上海: 上海译文出版社, 2012.

[170] T. S. Eliot. Selected Essays: Essays in Second Thoughts About Humanism [M]. Boston and New York: Houghton Mifflin Company, 1932.

[171] (瑞士) 布克哈特. 意大利文艺复兴时期的文化 [M]. 北京: 商务印书馆, 2006.

[172] (德) 尼采. 权力意志（下卷）[M]. 孙周兴, 译. 北京: 商务印书馆, 2008.

[173] 孙通海译注. 庄子 [M]. 北京: 中华书局, 2008.

[174] (德) 黑格尔. 精神现象学（下卷）[M]. 北京: 商务印书馆, 1979.

[175] (美) 大卫·雷·格里芬. 后现代精神 [M]. 王成兵, 译. 北京: 中央编译出版社, 2012.

[176] (美) 列奥·施特劳斯. 现代性的三次浪潮. 见: 贺照田编. 西方现代性的曲折与展开 [M]. 长春: 吉林人民出版社, 2002.

[177] (英) 布拉德利. 论真理的某些方面. 见: 张世英编. 新黑格尔主义论著选辑 [M]. 北京: 商务印书馆, 1997.

[178] （美）托·斯·艾略特. 弗朗西斯·赫伯特·布拉德利. 见：陆建德编. 现代教育和古典文学 艾略特文集·论文[M]. 李赋宁, 王恩忠, 等, 译. 上海：上海译文出版社, 2012.

[179] 邱紫华. 印度古典美学[M]. 武汉：华中师范大学出版社, 2006.

[180] 尹锡南. 英国文学中的印度[M]. 四川：四川出版集团巴蜀书社, 2008.

[181] （美）托·斯·艾略特. 大教堂凶杀案. 见：陆建德编. 艾略特文集·戏剧[M]. 李文俊, 袁伟, 等, 译. 上海：上海译文出版社, 2012.

[182] M. K. Naik. ed. The Image of India in Western Creative Writing [M]. India：Karnatak University Press, 1971.

[183] （美）托·斯·艾略特. 空心人. 见：陆建德编. 荒原 艾略特文集·诗歌[M]. 汤永宽, 裘小龙, 等, 译. 上海：上海译文出版社, 2012.

[184] 袁可嘉, 董衡巽. 外国现代派作品选（A卷）[M]. 北京：燕山出版社, 2006.

[185] 栾栋. 人文学檠栝——西方学术别解手稿, 2013.

[186] 栾栋. 释檠栝手稿, 2013.

[187] （美）托·斯·艾略特. 谈诗歌创作. 见：宋兆霖编. 诺贝尔文学家获奖作家访谈录[M]. 杭州：浙江文艺出版社, 2005.

[188] 栾栋. 神话不自照——试论语言起源神话的贫瘠及其研究之匮乏. 引自栾栋. 比较文学十五讲手稿, 2010.

[189] 栾栋. 文学的疆域[N]. 光明日报, 2003-01-15.

二、其他参考资料

1. T. S. 艾略特的论著

[1] T. S. Eliot. The Sacred Wood：Essay on Poetry and Criticism [EB/OL]. http://www.bartleby.com/2007/se.hitml.

[2] T. S. Eliot. For Lancelot Andrewes [M]. London：Faber&Gwyer, 1928.

[3] T. S. Eliot. After the Strange God [M]. London：Faber&Faber, 1934.

[4] T. S. Eliot. Essays Ancient and Modern [M]. London：Faber&Faber, 1936.

[5] T. S. Eliot. Introduction to Revelation [M]. London：Faber&Faber, 1937.

[6] T. S. Eliot. The Idea of a Christian Society [M]. London：Faber&Faber, 1939.

[7] T. S. Eliot. Notes Toward the Definition of Culture [M]. London：Faber&Faber, 1939.

［8］T. S. Eliot. Selected Essays by Eliot ［M］. London：Faber&Faber, 1948.

［9］T. S. Eliot. A Sermon, Preached in Magdalene College Chapel (7 March, 1948)［M］. Cambridge：Cambridge University Press, 1948.

［10］T. S. Eliot. On Poetry and Poets ［M］. London：Faber&Faber, 1957.

［11］T. S. Eliot. Collected Poem 1901—1962 ［M］. London：Faber&Faber, 1963.

［12］T. S. Eliot. The Use of Poetry and The Use of Criticism ［M］. London：Faber&Faber, 1936.

［13］T. S. Eliot. To criticize the Critic and Other Writings ［M］. London：Faber&Faber, 1965.

［14］T. S. Eliot. The Complete Poems and Plays 1909—1950 ［M］. New York：Harcourt, Brace&world, 1971.

［15］T. S. Eliot. The Waste Land：A Facsimile and Transcript of the Original Drafts Including the Annotation of Ezra Pound ［M］. London：Faber&Faber, 1971.

［16］Valerie Eliot. The Letters of T. S. Eliot ［M］. London：Faber&Faber, 1988.

［17］T. S. Eliot. Eliot Collections：T. S. Eliot Collection, Modern Books and Manuscripts Collections ［J/OL］. Houghton Library, Harvard. http：//hd. harvard. edu/libraries/houghton/colecctions, Copyright 2007.

2. 艾略特的研究论著

［1］Bradley F. H. Essays on Truth and Reality ［M］. Oxford：Clarendon Press, 1914.

［2］Bradley F. H. Appearance and Reality ［M］. Oxford：Clarendon Press, 1922.

［3］Bradley F. H. Principles of Logic ［M］. Oxford：Oxford University Press, 1922.

［4］F. O. Mattiesen. The Achievement of T. S. Eliot ［M］. New York & London：Oxford University Pr. , 1947.

［5］D. E. S. Maxwell. the Poetry of T. S. Eliot ［M］. London：Routledge & Kegan Paul Broadway House, 1971.

［6］Foerster N. Humanism and America ［M］. New York：Harcourt, 1971.

［7］T. S. Eliot. A Collection of Criticism ［M］. New York：McGraw-Hill, 1974.

［8］Newton-de Molina. The Literary Criticism of T. S. Eliot ［M］. London：University of London the Athlone Press, 1977.

［9］William Turner Levy, Victor Scberle. Affectionately, T. S. Eliot ［M］. New

York: J. B. Lippincott company, 1977.

[10] Ackroyd, Peter. T. S. Eliot: A Life [M]. New York: Simon&Schuster, 1984.

3. 其他中文参考资料

[1] （德）爱克曼. 歌德谈话录 [M]. 朱光潜, 译. 北京：人民文学出版社, 2000.

[2] （法）埃德加·莫兰. 复杂性思想导论 [M]. 陈一壮, 译. 上海：华东师范大学出版社, 2008.

[3] （古罗马）安波罗修. 论基督教信仰 [M]. 杨凌峰, 译. 北京：生活·读书·新知三联书店, 2010.

[4] （法）阿尔蒂尔·兰波. 兰波作品全集 [M]. 王以培, 译. 北京：作家出版社, 2011.

[5] （法）布留尔. 原始思维 [M]. 丁由, 译. 北京：商务印书馆, 1997.

[6] （法）保尔克·洛岱尔. 艺术之路 [M]. 罗新璋, 译. 北京：燕山出版社, 2006.

[7] （英）伯特兰·罗素. 罗素回忆录 [M]. 吴凯琳, 译. 广州：希望出版社, 2006.

[8] （美）保尔·德·曼. 阅读的寓言——卢梭、尼采、里尔克和普鲁斯特的比喻语言 [M]. 沈勇, 译. 天津：天津人民出版社, 2008.

[9] （阿根廷）博尔赫斯. 博尔赫斯谈诗论艺 [M]. 陈重仁, 译. 上海：上海译文出版社, 2008.

[10] （法）布瓦洛. 诗的艺术 [M]. 范希衡, 译. 北京：人民文学出版社, 2010.

[11] （美）贝雷泰·E. 斯特朗. 诗歌的先锋派：博尔赫斯、奥登和布列东团体 [M]. 陈祖洲, 译. 南京：南京大学出版社, 2011.

[12] （美）布鲁斯·L. 雪莱. 基督教会史（第三版）[M]. 刘平, 译. 上海：上海人民出版社, 2012.

[13] 车成安, 等. 西方现代派文学与艺术 [M]. 长春：时代文艺出版社, 1987.

[14] 奠自佳, 等. 欧美象征主义诗歌赏析 [M]. 武汉：长江文艺出版社, 1988.

[15] 陈惇, 刘象愚. 比较文学概论 [M]. 北京师范大学出版社, 2000.

[16] （美）查尔斯·米尔斯·盖雷. 英美文学和艺术中的古典神话 [M]. 北塔, 译. 上海：上海人民出版社，2005.

[17] 陈钦庄, 孔陈炎. 基督教简史 [M]. 北京：人民出版社，2008.

[18] 陈晓明. 德里达的底线 解构的要义与新人文学的到来 [M]. 北京：北京大学出版社，2009.

[19] （英）道森. 宗教与西方文化的兴起 [M]. 长川某, 译. 成都：四川人民出版社，1989.

[20] （美）丹尼尔·贝尔. 后工业社会的来临——对社会预测的一项探索 [M]. 高铦, 译. 北京：新华出版社，1997.

[21] 董洪川. "荒原"之风：T. S. 艾略特在中国 [M]. 北京：北京大学出版社，2004.

[22] （意大利）但丁. 神曲地狱篇 炼狱篇 天堂篇 [M]. 张曙光, 译. 广西：广西师范大学出版社，2005.

[23] （意大利）但丁. 新的生命 [M]. 沈默, 译. 北京：东方出版社，2007.

[24] （德）恩斯特·卡西尔. 人文科学的逻辑 [M]. 关子尹, 译. 上海：上海译文出版社，2005.

[25] （美）弗雷德里克·詹姆逊. 语言的牢笼 马克思主义与形式（上、下）[M]. 李自修, 译. 天津：百花洲文艺出版社，2008.

[26] （英）F. R. 利维斯. 伟大的传统 [M]. 袁伟, 译. 北京：生活·读书·新知三联书店，2009.

[27] 郭军, 曹雷雨. 论瓦尔特本雅明现代性、寓言和预言的种子 [M]. 长春：吉林人民出版社，2003.

[28] （英）马·布雷德伯里, 等. 现代主义 [M]. 胡家峦, 等, 译. 上海：外语教育出版社，1992.

[29] （美）哈罗德·布鲁姆. 影响的焦虑 一种诗歌理论 [M]. 徐文博, 译. 南京：江苏教育出版社，2006.

[30] 何辉斌. 西方悲剧的中国式批判 [M]. 北京：中国社会科学出版社，2007.

[31] 黄裕生. 宗教与哲学的相遇 [M]. 南京：江苏人民出版社，2008.

[32] （德）汉斯·昆, 瓦尔特廷斯. 诗与宗教 [M]. 北京：生活·读书·新知三联书店，2009.

[33] （德）海德格尔. 在通向语言的途中 [M]. 孙周兴, 译. 北京：商务印书

馆，2010.

[34] （美）哈罗德·布鲁姆. 西方正典 伟大作家和不朽经典 [M]. 江宁康，译. 南京：译林出版社，2011.

[35] （美）哈罗德·布鲁姆. 读诗的艺术 [M]. 王敖，译. 南京：南京大学出版社，2011.

[36] 江玉娇. 荒原话语蕴藉研究 [M]. 哈尔滨：黑龙江教育出版社，2005.

[37] （英）J. G. 弗雷泽. 金枝 [M]. 徐育新，汪培基，张泽石，译. 北京：新世界出版社，2006.

[38] 姜岳斌. 伦理的诗学——但丁诗学思想研究 [M]. 杭州：浙江大学出版社，2007.

[39] （美）杰弗里·哈特曼. 荒野中的批评——关于当代文学的研究 [M]. 张德兴，译. 天津：天津人民出版社，2008.

[40] （美）杰里·马勒. 保守主义 从休谟到当前的社会政治思想文集 [M]. 刘曙辉，译. 江苏：译林出版社，2010.

[41] （南非）J. M. 库切. 内心活动 文学评论集 [M]. 黄灿然，译. 杭州：浙江文艺出版社，2010.

[42] （丹麦）克尔凯郭尔. 基督徒的激情 [M]. 北京：中央编译出版社，2007.

[43] （德）卡尔·雅斯贝斯. 时代的精神状况 [M]. 王德峰，译. 上海：上海译文出版社，2008.

[44] （意大利）克罗齐. 美学原理 美学纲要 [M]. 朱光潜，等，译. 北京：人民文学出版社，2008.

[45] （美）M. H. 艾布拉姆斯. 镜与灯 [M]. 郦稚牛，译. 北京：北京大学出版社，1989.

[46] 柳扬. 花非花：象征主义诗学 [M]. 北京：旅游教育出版社，1990.

[47] 柳鸣九. 从现代主义到后现代主义 [M]. 北京：中国社会科学出版社，1994.

[48] （法）吕西安·戈德曼. 隐蔽的上帝 [M]. 蔡鸿宾，译. 天津：百花文艺出版社，1998.

[49] （法）罗杰迦·加洛蒂. 论无边的现实主义 [M]. 吴岳添，译. 天津：百花文艺出版社，1998.

[50] （美）雷纳·韦勒克. 批评的概念 [M]. 张今言，译. 杭州：中国美术学院出版社，1999.

[51] (英)罗素. 西方哲学史 [M]. 北京：商务印书馆，2004.
[52] (英)拉曼·塞尔登. 文学批评理论 从柏拉图到现在 [M]. 刘象愚，陈永国，等，译. 北京：北京大学出版社，2006.
[53] 刘宗坤. 原罪与正义 [M]. 上海：华东师范大学出版社，2006.
[54] 李玉民. 阿波利奈尔精选集 [M]. 北京：燕山出版社，2008.
[55] 李枫. 诗人的神学——柯勒律治的浪漫主义思想 [M]. 北京：社会科学文献出版社，2008.
[56] (法)罗杰·加洛蒂. 论无边的现实主义 [M]. 吴岳添，译. 天津：百花文艺出版社，2008.
[57] (法)罗兰·巴特. 神话修辞术 批评与真实 [M]. 屠友详，译. 上海：上海人民出版社，2009.
[58] (美)雷纳·韦勒克. 近代文学批评史（第一卷—第八卷）[M]. 上海：上海译文出版社，2009.
[59] 梁漱溟. 东西方文化及其哲学 [M]. 北京：商务印书馆，2009.
[60] (美)罗德尼·斯达克. 理性的胜利——基督教与西方文明 [M]. 管欣，译. 上海：复旦大学出版社，2011.
[61] 刘小平. 有根的文学 文化视野下的中国现当代文学取样 [M]. 广州：暨南大学出版社，2011.
[62] (英)马修·阿诺德. 友谊的花环 [M]. 北京：中国文学出版社，2000.
[63] (法)莫里斯·布朗肖. 文学空间 [M]. 顾嘉琛，译. 北京：商务印书馆，2005.
[64] (英)马修·阿诺德. 文化与无政府状态 政治与社会批评 [M]. 韩敏忠，译. 北京：生活·读书·新知三联书店，2008.
[65] (美)M. H. 艾布拉姆斯. 以文行事 艾布拉姆斯精选集 [M]. 赵毅衡，译. 北京：译林出版社，2010.
[66] (美)玛戈·托德. 基督教人文主义清教徒社会秩序 [M]. 刘榜离，译. 北京：中国社会科学出版社，2011.
[67] (美)玛戈·托德. 基督教人文主义与清教徒社会秩序 [M]. 刘榜离，等，译. 北京：中国社会科学出版社，2011.
[68] (德)马克思·韦伯. 新教伦理与资本主义精神 [M]. 北京：社会科学文献出版社，2012.
[69] 闵丽. 宗教文化与社会关怀 [M]. 四川：四川大学出版社，2013.

[70] （英）诺曼·戴维斯. 欧洲史［M］. 郭安，等，译. 北京：世界知识出版社，2007.

[71] （美）欧文·白璧德. 民主与领袖［M］. 张源，张沛，译. 北京：北京大学出版社，2011.

[72] （美）欧文·白璧德. 法国现代批评大师［M］. 孙宜学，译. 桂林：广西师范大学出版社，2002.

[73] （古罗马）普鲁塔克. 古典共和精神的捍卫［M］. 包利民，俞建清，等，译. 北京：中国社会科学出版社，2005.

[74] （英）彼德·琼斯编. 意象派诗选［M］. 裘小龙，译. 桂林：漓江出版社，1986.

[75] 梁工. 诗歌书 智慧文学解读［M］. 北京：宗教文化出版社，2003.

[76] （斯洛文尼亚）斯拉沃热·齐泽克. 易碎的绝对——基督教遗产为何值得奋斗？［M］. 南京：江苏人民出版社，2004.

[77] （法）乔治·巴塔耶. 文学与恶［M］. 北京：燕山出版社，2006.

[78] （美）乔治·桑塔亚纳. 宗教中的理性［M］. 犹家仲，译. 北京：北京大学出版社，2008.

[79] 邱永辉. 印度宗教与多元文化［M］. 北京：社会科学文献出版社，2009.

[80] 钱承旦，陈晓律. 在传统与变革之间［M］. 江苏：江苏人民出版社，2010.

[81] （法）乔治·巴塔耶. 色情史［M］. 北京：商务印书馆，2010.

[82] （波兰）切斯瓦夫·米沃什. 诗的见证［M］. 黄灿然，译. 广西：广西师范大学出版社，2011.

[83] （法）让·吕克·南希 布朗肖. 变异的思想［M］. 夏可君，等，译. 长春：吉林人民出版社，2011.

[84] 石敏敏. 论德性、教育与人的福祉——希腊人文主义［M］. 上海：上海人民出版社，2003.

[85] （美）爱德华·W. 萨义德. 文化与帝国主义［M］. 北京：生活·读书·新知三联书店，2007.

[86] （法）托多罗夫. 巴赫金、对话理论及其他［M］. 蒋子华，译. 天津：百花文艺出版社，2008.

[87] （加拿大）T. M. 罗宾森. 赫拉克利特著作残篇［M］. 楚河，译. 桂林：广西师范大学出版社，2007.

[88] 伍蠡甫,胡经之. 西方文艺理论名著选编 [M]. 北京:北京大学出版社,1986.

[89] (爱尔兰)威廉·巴特勒·叶芝. 幻想——生命的阐释 [M]. 樊心旻,译. 北京:国际文化出版公司,1989.

[90] 王佐良. 英国浪漫主义诗歌史 [M]. 北京:人民文学出版社,1991.

[91] (加)威尔弗雷德·坎特韦尔. 宗教的意义与终结 [M]. 董江阳,译. 北京:中国人民大学出版社,2005.

[92] (美)韦勒克·沃伦. 文学理论 [M]. 刘象愚,等,译. 南京:江苏教育出版社,2005.

[93] (意大利)维柯. 维柯论人文教育 [M]. 张小勇,译. 桂林:广西师范大学出版社,2005.

[94] 王朝阳,杨曦楠. 信仰与社会 [M]. 桂林:广西师范大学出版社,2006.

[95] 王晓朝,杨曦楠. 现代性与末世论 [M]. 桂林:广西师范大学出版社,2006.

[96] (意大利)翁贝尔托·埃科. 符号学与语言哲学 [M]. 王天青,译. 天津:百花文艺出版社,2006.

[97] (俄)维谢洛夫斯基. 历史诗学 [M]. 刘宁,译. 天津:百花文艺出版社,2008.

[98] (法)夏多布里昂. 从巴黎到耶路撒冷 [M]. 上海:上海人民出版社,2002.

[99] (法)夏尔·波德莱尔. 恶之花 [M]. 郭宏安,译. 上海:上海译文出版社,2008.

[100] (德)席勒. 审美教育书简 [M]. 张玉能,译. 南京:译林出版社,2009.

[101] (古希腊)亚里斯多德/贺拉斯. 诗学·诗艺 [M]. 罗念生,译. 北京:人民文学出版社,1962.

[102] 袁可嘉. 现代派论·英美诗论 [M]. 北京:中国社会科学出版社,1985.

[103] (古希腊)亚里士多德. 修辞学 [M]. 罗念生,译. 北京:三联书店,1991.

[104] 杨匡汉,刘福春. 中国现代诗论 [M]. 广州:花城出版社,1995.

[105] 杨冬. 西方文学批评史 [M]. 长春:吉林教育出版社,1995.

[106] (法)雅克·德里达. 文学行动 [M]. 赵兴国,等,译. 北京:中国社会

科学出版社, 1998.

[107] 叶秀山, 王树人. 西方哲学史（学术版 第一卷—第八卷）[M]. 南京: 江苏人民出版社, 2004.

[108] 张玉能. 西方文论 [M]. 武汉: 华中师范大学出版社, 2004.

[109] 余文杰. 现代化进程中的人文主义 [M]. 重庆: 重庆出版社, 2006.

[110] （法）雅克·德里达. 宗教 [M]. 杜小真, 译. 北京: 商务印书馆, 2006.

[111] 姚卫群. 印度宗教哲学概论 [M]. 北京: 北京大学出版社, 2006.

[112] （匈牙利）费伦茨费赫尔. 法国大革命与现代性的诞生 [M]. 罗跃军, 等, 译. 哈尔滨: 黑龙江大学出版社, 2010.

[113] 叶秀山. 美的哲学 [M]. 北京: 世界图书出版公司, 2010.

[114] （法）雅克·德里达. 解构与思想的未来（上、下）[M]. 夏可君, 等, 译. 长春: 吉林人民出版社, 2011.

[115] （美）约翰·W. 奥马利. 西方的四种文化 [M]. 北京: 北京大学出版社, 2012.

[116] 朱光潜. 西方美学史 [M]. 北京: 人民文学出版社, 1979.

[117] 赵毅衡. "新批评"文集 [M]. 北京: 中国社会科学出版社, 1989.

[118] 张剑. T. S. 艾略特与英国浪漫主义 [M]. 北京: 外语教学与教育出版社, 1996.

[119] 朱立元. 当代西方文艺理论 [M]. 上海: 华东师范大学出版社, 1997.

[120] （美）詹姆斯·施密特. 启蒙运动与现代性 18 世纪与 20 世纪的对话 [M]. 徐向东, 等, 译. 上海: 上海人民出版社, 2005.

[121] 张少康. 中国文学理论批评史（上、下）[M]. 北京: 北京大学出版社, 2006.

[122] 赵一凡. 从胡塞尔到德里达 西方文论讲稿 [M]. 北京: 生活·读书·新知三联书店, 2007.

[123] （美）詹姆斯·L. 弗雷德里克. 佛教徒与基督徒 [M]. 王志成, 译. 北京: 宗教文化出版社, 2008.

[124] 曾庆豹. 上帝、关系与言说——批判神学与神学的批判 [M]. 上海: 华东师范大学出版社, 2008.

[125] 张源. 从"人文主义"到"保守主义"——《学衡》中的白璧德 [M]. 北京: 生活·读书·新知三联书店, 2009.

[126] 赵一凡. 从卢卡奇到萨义德 西方文论讲稿续篇 [M]. 北京：生活·读书·新知三联书店，2009.

[127] （美）朱迪安·瑞恩. 里尔克，现代主义与诗歌传统 [M]. 谢江南，译. 上海：上海人民出版社，2011.

[128] （英）钟马田. 清教徒的脚踪 [M]. 梁素雅，王国显，等，译. 北京：华夏出版社，2011.

后　记

　　本书稿是在我的博士论文基础上修改而成的。拙作面世，本人诚惶诚恐，因为论文与自己想要达到的程度还有很大差距。出版该书，既是企盼对艾略特研究有所助益，也是希望得到同仁的批评指正。

　　本书能得以面世，首先我要感谢我的恩师栾栋先生。这份感激发自肺腑。没有先生的悉心指导和谆谆教诲，文章不可能完成；没有先生将学术当作生命的思考、践行，我恐怕仍在那懒散与虚无的现实与梦境的交接处游晃！从第一次读到先生的著作被先生"思"的深透所折服到忝列先生门墙进行"思想苦旅"，先生对我这名知识结构、文字表达以及思维方法各个方面都非常欠缺，学术底子很薄弱的学生一直不离不弃，并予以了最大的包容。可以说，先生的信任与鼓励一直都是我前行的动力。在漫长的写作过程中，他的耐心和宽容鼓励我不断艰难前行，他给我的点拨总是让迷途的我豁然开朗。他的言传身教，让我敬佩不已，更鞭策我在未来的学习和工作中不敢倦怠。此刻，我似乎无法用言语来形容我的感激之情，唯愿师生情谊一生延续，祝愿恩师、师母健康快乐，平安幸福！

　　其次，要感谢师母关宝艳老师对我的关心。师母率真善良，正直和蔼。在我工作最烦乱之时，师母的一席话使我明白该往何处努力。在工作条件并非有利的情况之下，能将论文完成，师母的这句提醒值得我终生铭记感恩。

　　再次，在广东外语外贸大学学习的这几年，我得到了各位老师的精心培养。感谢徐真华教授、郑立华教授、陈桐生教授、王友贵教授、杨韶刚教授……这些老师认真对待学术、钻研学术的精神让我敬佩，他们各自的学术视野使我拓宽了知识面，让我看到了学术界另一片天空。

　　还要感谢研究中心的李瑛老师，她亲切善良，在各种事务上为我提供了诸多便利。也要感谢一直关心和帮助我的同窗好友，感谢杨劼、李亚旭、孔莉姮、何光顺、雷晓敏等学友的帮助，在我写作论文之时，他们倾力相助，使我得以顺利完成。

　　感谢父母、家人、丈夫何剑波多年以来对我的无私支持和帮助。父母的言传身教使我具有勤奋坚毅、乐观向上的品格，然而没有他们在生活上所给予的无微不至的关心和照顾，没有他们对我任性的包容，我无法在人生的道路上前进、成长！

祝福所有值得我珍惜的人，愿你们永远快乐、平安、幸福！